Tus veranos y mis inviernos

MAY BOEKEN

Tus veranos y mis inviernos

Grijalbo

Penguin
Random House
Grupo Editorial

Primera edición: mayo de 2023

© 2023, May Boeken
En colaboración con Agencia Literaria Antonia Kerrigan
© 2023, Penguin Random House Grupo Editorial, S. A. U.
Travessera de Gràcia, 47-49. 08021 Barcelona

Printed in Spain – Impreso en España

ISBN: 978-84-253-6534-8
Depósito legal: B-5.718-2023

Compuesto en Llibresimes

Impreso en Romanyà Valls, S. A.
Capellades (Barcelona)

GR 6 5 3 4 8

A todas las chicas
que siempre tendrán
un huequito en su corazón
para el chico de aquel verano

Y a Marta,
por estar a mi lado,
ser la calma en mitad de mi tempestad
y no dejar de creer en esta historia

Bajo la luz de la luna
me diste tu amor
ni tan solo una palabra
una mirada bastó, oh.
Y yo sé que nunca olvidaré
que, bajo la luz de la luna, yo te amé.

«Bajo la luz de la luna»,
Los Rebeldes

Índice

1

Las flechas nos señalan

Benicàssim, 5 de agosto de 2005

—Nagore..., las flechas nos señalan.

Mi amiga guarda silencio y se muerde el labio mientras procesa lo que acabo de decirle. Durante esos pocos segundos de paz, Beth canta «Dime», el éxito indiscutible de hace un par de veranos, por la radio.

—¿Qué dices, tía? ¿Qué flechas?

No quiero saber dónde puñetas va mirando.

—Nago, las del suelo, que vamos al revés.

—Pero ¿cómo vamos a ir al revés? El Mediterráneo está ahí mismo.

Ignora las marcas que nos apuntan con insistencia desde el asfalto y me señala el mar como si yo no lo hubiera visto ya, como si con las cuatro ventanillas bajadas no hubiera notado hace varios kilómetros el olor a salitre que llena el habitáculo, despeina mi melena y, de paso, reaviva mis recuerdos.

—Tenemos el mar a la izquierda, Nago, cuando debería estar a la derecha —digo con calma fingida—. Te has metido mal en el último cruce.

Ella mira a ambos lados buscando argumentos que me quiten la razón.

—Maider, no me fastidies, de Euskadi a Castellón se baja en paralelo a la costa, no se sube. Y el mar queda a la izquierda, que es justo donde está.

Hago un aspaviento con las manos en señal de hartazgo.

En los quinientos y pico kilómetros que llevo encerrada con ella en este coche, esta es su segunda mayor locura, justo por detrás del ratito que se ha pasado conduciendo con la cabeza por fuera del techo solar, hasta que se ha tragado un bicho y ha tenido que volver dentro a pegar un buen trago de agua.

Podría perder los nervios, arrearle en la cabeza con lo que queda del mapa de carreteras de España para que espabile o pegarle cuatro gritos por circular en sentido contrario, pero estoy demasiado cansada y alterada para hacer algo coherente. Menos mal que, gracias a que es bastante temprano, todavía no nos hemos cruzado con ningún coche y, en cuanto ocurra, la avenida paralela a la playa de Benicàssim tiene la anchura suficiente para poder retirarnos a un lado sin provocar un accidente.

Finalmente suelto un suspiro largo y opto por explicárselo.

—Nago, llevamos *subiendo* por la costa desde el desvío en Sagunto.

Se echa a reír. De pronto parece recordar la ruta que decidimos hacer ayer, que consistía en *bajar* pasando por Zaragoza hasta casi llegar a València y *subir* a Benicàssim.

—Bah, no te agobies. Ya estamos cerca, ¿no? Y si nos para la poli, ¡fingimos que somos británicas y ya está! —dice tan feliz, y menea el culo en su asiento. Añade varias frases más en inglés y suena como una Spice Girl borracha, pero ni me molesto en hacerle caso.

—Con una matrícula de San Sebastián y el volante a la izquierda, fijo que pasamos por dos señoras ilustres de Gales —digo con sorna.

—Imagínanos como si fuéramos Thelma y Louise.

—Tú sabes que además de no ser británicas, tampoco es que acabaran especialmente bien, ¿no?

—Podrías relajarte un poco —propone con retintín. Le arrea un manotazo al intermitente, se mete en un callejón derrapando y maniobra para cambiar de dirección.

—Estoy la hostia de relajada, Nago. Lo tengo todo perfectamente *descontrolado*.

Me mira de reojo con una ceja alzada.

—¿Hace falta que te recuerde por qué estoy conduciendo tu Ibiza?

Se dispone a echarme en cara las veinte veces que se me ha calado el coche en el peaje de Zaragoza y cómo el hombre de la cabina ha tenido que abrirme la barrera en tres ocasiones.

Niego rotundamente.

Paso de tener que volver a mentirle negando lo histérica que me he ido poniendo según los kilómetros que separan Donostia de Benicàssim quedaban atrás. Miro de reojo y con cierto halo de arrepentimiento los trocitos de papel que he arrancado del mapa de carreteras, que casi me cubren los pies por completo. Inconscientemente mis nervios han destrozado «su» Mediterráneo y un trocito de Murcia.

Por fin diviso la entrada del camping con sus banderas y sus palmeras. Me suelto el cinturón de seguridad como si mi objetivo más inmediato fuera tirarme del coche en marcha antes de que lleguemos y rodar como una croqueta de vuelta a Euskadi, también rezo en silencio para que Nago no se dé cuenta de que ya casi estamos y acabemos dando un par de vueltas más por Benicàssim. Pero no. Esta vez va atenta, la muy ingrata, su despiste es claramente selectivo, así que acciona el intermitente de nuevo y detiene mi viejo coche delante de la barrera de recepción.

Hola, camping Voramar. Cuánto tiempo.

Nos bajamos y estiramos el cuerpo como si estuviéramos en una clase de pilates espontánea, pero muy bien sincronizada. Cierro los ojos y aspiro el aire que me rodea intentando aflojar el nudo del tamaño de una paella que tengo en el estómago. Repito para mis adentros por enésima vez que estoy de vacaciones y que nada ni nadie me las va a estropear, que somos adultos y que el rencor se acaba consumiendo con el paso del tiempo.

Soy cinturón negro en engañarme, pero parece que hoy no me funciona del todo.

Suelto el aire que he retenido con lentitud mientras imagino varias palmeras agitándose al viento, el mar rompiendo contra el espigón, el olor a *socarrat* de la paella, la crema para el sol resbalando por mi piel, los guiris en tanga, la música de los chiringuitos y la horchata bien fría.

Vuelvo a abrir los ojos en cuanto creo que tengo la situación medianamente bajo control y que ninguno de los recuerdos que llenan cada rincón de este camping me van a atacar de improviso. Son solo reminiscencias, pedacitos inofensivos del pasado, aunque los sienta como aviones de combate impactando contra mi cuerpo.

Pero el universo, ese gran enemigo que me la lía cada vez que me despisto, no podía darme ni una tregua de cinco minutos. Claro que no, tenía que restablecer el equilibrio o alinearme los chakras. Yo qué sé.

Lo primero que veo nada más abrir los ojos es algo para lo que no estoy preparada.

Trago saliva, me encojo un poco e intento mimetizarme con el entorno, como si no fuera más que una turista. Me arrastro hasta el mostrador de la caseta de recepción con Nagore a la zaga y me apoyo en él. Lo miro de reojo y me aseguro de que no me ha visto. Contengo las náuseas que me produce la sola idea de que me reconozca, de que se acerque, de que me salude, de tener que contestarle. A él, a Rubén.

Pese a que soy la reina del disimulo, tengo el pulso descontrolado, las manos heladas, el estómago del revés y creo que mis pulmones han dejado de funcionar. Por mucho que parezca una exageración, tengo asma, siento que me puedo morir de verdad.

«Era maja», dirán.

«Se fue de vacaciones y sus cenizas reposan en el Mediterráneo», pondrán en mi esquela.

«Se comió una gamba en mal estado», contará mi amiga porque no tiene ni idea de nada.

«Se encontró con su ex y no sobrevivió», será la verdad.

Resoplo y miro a Nagore. Gracias al universo que me debía una bien gorda, está demasiado concentrada ojeando folletos del parque acuático Aquarama para darse cuenta de que parece que me haya llegado la hora y que mis casi veinticinco años de vida están a punto de irse a tomar por saco por culpa de la mera presencia de Rubén Segarra.

Según me había asegurado mi querida amiga estival de la infancia, Gemma, Rubén iba a estar durante todo agosto en Madrid, pero no, mira tú qué cosas, está aquí. Jus-to a-quí. Me descojono. En Benicàssim. Delante de mis narices. De hecho, está cruzando la calle en dirección a la piscina como si nada, como si no hubiera pasado ni un mísero día desde la última vez que nos vimos.

Juraría que hasta el aire se ha revuelto en mi contra y sopla con todas sus fuerzas, lanzándome a la cara recuerdos impregnados con su aroma.

Sigo vigilándolo de reojo y me fijo en que lleva un bañador rojo tipo bermudas, una camiseta de tirantes negra con la marca del camping impresa sobre su abultado pectoral derecho, chancletas hawaianas y una toalla al hombro. Tiene la piel tan tostada como siempre, el ondulado pelo revuelto, los labios fruncidos y la vista clavada en el suelo, escondiendo esos ojos verdes tan intensos que tiene.

Con echarle un simple vistazo sé que acaba de levantarse y que solo habrá desayunado una Coca-Cola, bebida que lleva tomando toda la vida, excepto el verano que le dio por experimentar con la Cherry Coke porque, y cito textualmente: «Iba a convertirse en la octava maravilla del mundo». También intuyo por el gesto serio que lleva, que sigue siendo mejor no hablarle hasta pasadas las dos del mediodía por lo menos, porque sus despertares siempre han sido bastante conflictivos.

Sé demasiadas cosas o, más bien, conservo en mi memoria demasiados detalles que no debería, si me he prometido que para mí Rubén ya no es más que una gamba en mal estado que podría matarme de una indigestión.

Pero es que el pasado tiene mucho peso en nuestra historia y se compone sobre todo de recuerdos y vivencias, y, aunque el tiempo haya ido avanzando, no nos ha hecho ningún favor.

Respiro hondo y noto que mi pulso se ralentiza paulatinamente en cuanto lo veo cerrar la valla de la piscina. Me centro en eso yo también, en cerrar la valla que me separa de lo que fuimos. En ponerle alambre de espino para no cruzarla. En electrificarla. En adoptar un rottweiler que me ataque si intento lanzarme. Pero, pese a todo, mi mente me sabotea con una imagen de mí misma intentando saltar la maldita valla y acabando con el bañador enganchado en el alambre mientras agito las piernas al aire.

Como dice Shakira: «Se me acaba el argumento y la metodología cada vez que se aparece frente a mí tu anatomía».

Tarareo la canción en voz baja, más que nada por aferrarme a lo primero que se me ocurre con pinta de ayudarme a desviar mis pensamientos, y Nago se me une dando vueltas sobre sí misma con las manos llenas de folletos, agitándolos como si fueran abanicos.

La chica de recepción por fin cuelga el teléfono y nos saluda. Dejamos nuestro espectáculo improvisado y nos centramos en ella. La verdad es que esperaba encontrarme a Lorena, la hermana de Rubén, pero no está y a esta tía no la conozco de nada. Este camping ha sido el lugar de vacaciones de mi familia desde que yo tenía dos años; he crecido verano tras verano con esta gente, hemos vivido juntos muchas cosas, entre otras, el éxito, la exportación y el declive de «La Macarena», pero de pronto me siento como una extraña. Aunque, a lo mejor, eso no es algo tan malo necesariamente, porque es recíproco: la chica que tengo delante tampoco sabe quién soy yo y desconoce toda la historia que arrastro conmigo. Seguro que me está sonriendo por eso y porque mis padres tienen el año entero pagado, pobre ilusa.

Nago le entrega nuestros carnets y le canta la matrícula de mi coche como si fuera una niña de San Ildefonso; mientras tanto, yo continúo metida en algún tipo de alucinación con vallas, exnovios y perros, y sigo tarareando «Ciega, sordomuda», de Shakira. Qué temazo, por Dios, y qué bien me está viniendo.

—Tenéis la parcela 22, en el pasillo del centro. La caravana ya está instalada. Gracias por haber elegido nuestro camping.

Como si hubiera tenido otra opción.

En cuanto nos levanta la barrera, cogemos el coche para

acercarnos al lugar que nos ha tocado. El camping posee tres calles paralelas con parcelas rodeadas por árboles a ambos lados y las instalaciones principales están junto a la caseta de recepción.

Mientras avanzamos con lentitud entre las tiendas de campaña, caravanas y bungalows, empiezo a tachar todas las cosas que se quedan fuera de mis planes a partir de este mismo momento: la piscina grande y la pequeña —no pienso ni acercarme a ellas—; la recepción, que está justo delante de las piscinas; la entrada principal del camping; el bar, al menos, durante las horas en las que no abre la piscina; los baños de arriba, porque están muy a la vista; la playa del Heliópolis; Castelló capital y la Comunitat Valenciana en general. Sobre la marcha llego a la conclusión de que lo mejor va a ser que no salga del coche durante las tres semanas que vamos a estar aquí, solo por si acaso.

Le indico a Nagore que aparque a un lado de la caravana para dejar espacio y que podamos montar el toldo, el suelo y la cocina, cosas que ya no me parecen tan necesarias, teniendo en cuenta que pienso comer y dormir en el coche, y hacer pis en un cubo.

Mi amiga se baja sin echar el freno de mano, como hace siempre, así que tiro de él y, antes de que otro recuerdo que no viene a cuento me lleve por la calle de la amargura, salgo tras ella. Rodeo mi Seat Ibiza y miro hacia todos los lados creyéndome Lara Croft en una misión muy chunga en la que no debe ser detectada. Aunque sé que Rubén probablemente estará en la piscina toda la mañana, temo que pase en bici, en monopatín o a la pata coja, qué más da, y que la idea de verme obligada a saludarlo intente matarme de nuevo. Porque la verdad es que no sé con qué Rubén me voy a encontrar este año y tampoco me apetece descubrirlo.

Me sitúo junto a un árbol, un pelín camuflada, y aprovecho para investigar a nuestros vecinos de parcela. A la izquierda tenemos la clásica tienda de campaña de color azul marino montada de aquella manera. Hay tres bañadores coloridos tipo slip tendidos y varias botellas vacías de cerveza Peroni tiradas por el suelo. No necesito más pistas para deducir que deben ser italianos. A la derecha, en cambio, tenemos a una familia con una caravana, según concluyo al observar las toallas de Barbie que tienen colgadas y las bicis rosas. Nadie conocido. ¡Genial!

Saco las llaves de nuestro chalet con ruedas de mi bolso y lo abro. Subo un momento y despliego la trampilla del techo para que se vaya ventilando el interior, mientras Nagore aprovecha para descargar nuestro equipaje. Estoy por decirle que no se moleste con el mío, que no pienso moverme más de cincuenta centímetros a la redonda del coche y que puedo quedarme con la misma ropa, pero decido que ya se lo comentaré más tarde, tal vez cuando me haya bebido un par de cervezas y la haya puesto al corriente de todo lo demás. Y cuando digo «Todo lo demás», me refiero a Rubén, un tema que viene a ser «todo» y «nada» a la vez.

Nagore tira nuestro equipaje al suelo y abre su maleta para cambiarse el calzado. Observo el contenido por encima de su hombro.

—¿Tres biquinis, las chancletas y la cachimba? ¿En serio, Nago? —digo, llevándome la palma de la mano a la frente—. ¿No has traído nada más?

—Pensaba cogerte algo de ropa prestada. La maría la tengo escondida en el coche. —Pone los ojos en blanco, como si fuera lo más evidente del mundo que la droga no se lleva en el neceser.

La muy zumbada ha metido marihuana en el coche, aun sabiendo la cantidad de papeletas que teníamos de que nos pararan en algún control policial por el camino.

—No te rayes, Maider. Está bien guardada, no la habrían encontrado ni desmontando tu Ibiza entero. De hecho... ¡Mierda! Esta mañana he probado a meterla en tantos huecos, que ahora mismo no tengo claro en cuál la he dejado.

Se da golpecitos con el dedo en la barbilla, toda pensativa ella, y yo vuelvo a pegarme una palmada en la frente. Estos veintitantos días que vamos a pasar juntas se están alargando a una velocidad alarmante.

—Daría la mitad de la maría que tengo escondida en algún lugar desconocido de tu coche por una *lejía* bien fresquita. —Me hace ojitos y se ventila un sobaco con la mano.

Lo mismo se piensa que yo no tengo calor y que no me apetece una *lejía*, o lo que viene a ser una cerveza con limón. Somos vascas, allí el verano este año ha caído en jueves y debería haber sido festivo. Por lo tanto, en cuanto la temperatura pasa de veinte grados, dejamos de ser personas para convertirnos en charcos. Pero, por mucho que yo me vaya a alojar en el coche, tenemos que dejar la parcela organizada antes de darnos a la bebida. Es una cuestión de imagen y de reputación.

—¿Qué te parece si ponemos el toldo y el suelo, y luego comemos algo? —negocio con ella. Ni menciono el avance para no agobiarla.

Rebusco en una de las bolsas de Eroski que hemos traído y saco los sándwiches aplastados que me preparó mi *ama* anoche. Nagore arruga la nariz y sé lo que me va a decir antes de que lo haga.

—Venga, tía, esos bocatas están recalentados del coche, mejor nos subimos al bar y pedimos una paella. ¡Que estamos en Castellón!

¿Qué parte de que no quiero moverme de aquí no está pillando?

—¡No me digas que estamos en Castellón! ¡Qué sorpresa! Ni me había enterado, oye —ironizo, y vuelvo a meter los sándwiches en la bolsa de malas formas.

Aunque sé que no puedo culparla de mi estado de ánimo *ligeramente* variable, me lo está arreglando. Y es que la mera idea de presentarme en el bar me pone la vida del revés.

De pronto oigo que una bici frena y derrapa detrás de mí. Me quedo muy quieta, más que convencida de que de espaldas no me va a reconocer: me he cortado el pelo y he perdido varios kilos. Y aunque a primera vista parece que mi plan funciona a las mil maravillas, a Nago le cuelga la mandíbula a una distancia exagerada de la cara.

Y entonces lo siento.

Unos brazos me rodean por la espalda y me levantan en el

aire. La caravana desaparece mientras giro. La veo, no la veo, la veo, no la veo... y no tengo ni puñetera idea de lo que está pasando. Solo sé que a esta escena le falta la musiquita de un carrusel de caballos para estar completa.

—¡Ya era hora de que volvieras, Maidertxu!

Cuando la atracción de feria para, apoyo los pies en el suelo e intento recuperar el equilibrio y la orientación, me recoloco el pelo y me doy la vuelta con una sonrisa de oreja a oreja.

—¡Xabi!

Me quedo unos segundos paralizada sin saber muy bien qué hacer.

En cuanto veo su sonrisa, dejo atrás nuestro pasado más cercano y me lanzo a por él en plancha con tanta fuerza que temo derribarlo. Pero la verdad es que está más duro de lo que recordaba, es como abrazar un roble, así que dudo de que haya notado el impacto.

Xabi me envuelve con sus brazos y damos vueltas de nuevo. Me pregunto si durante los años en los que no nos hemos visto ha desarrollado algún extraño complejo de peonza. Cuando por fin nos detenemos, doy un paso atrás y lo observo. Xabier Lekaroz es de Burlada, un pueblo pegado a Pamplona, aunque hace su vida en la capital desde que empezó la carrera de Arquitectura, y lleva casi tantos años como yo veraneando en este camping. Lo conocí una tarde, hace muchos agostos. Yo iba discutiendo en euskera con mi hermano y nos cruzamos con él. El muy capullo ni se presentó, se metió en nuestra disputa y le dio la razón a Unai solo por fastidiarme. Nuestros padres acabaron haciéndose amigos y nosotros, contra todo pronóstico, fuimos inseparables durante mucho tiempo, hasta que..., bueno, digamos que perdimos el contacto.

No sabría decir qué es lo que ha cambiado, pero todo es diferente en Xabi. Hace tres años, la última vez que lo vi, todavía parecía un adolescente imberbe y ahora es un hombre con un islote de vello en el pecho. Lleva el pelo más largo de lo que recordaba y se ha dejado crecer unas greñas la mar de macarras en la parte trasera que le quedan genial. Sus ojos de color avellana brillan al estudiarme con interés, parece que él también está buscando las diferencias que ha dejado el paso del tiempo en mí, pero las más relevantes no las va a ver a simple vista.

—No has crecido ni un puñetero milímetro —comenta por joder, a lo que yo respondo dándole un puñetazo juguetón en el brazo.

—No todos tenemos unos padres que se puedan permitir cuatro Petit-suisse por cada hijo.

—Qué boba eres. —Sonríe y me apachurra un moflete con sus dedos—. Estás muy diferente, Maidertxu, pero tan guapa como siempre.

Xabi es un adulador y yo me ruborizo como si volviera a tener catorce años.

Me gustaría decir que el corte de pelo que estrené la semana pasada fue un capricho veraniego, pero estaría mintiendo. En cuanto decidimos que vendríamos a Benicàssim, sentí la imperiosa necesidad de pegarme un buen cambio, tal vez buscando no seguir siendo yo misma. Mi pelo ondulado, que siempre había sobrepasado mis pechos, ahora me roza justito los hombros. Y ya no es de un marrón otoñal aburrido, ahora es tan negro como los últimos años de mi vida. También me he maquillado antes de salir de Donostia, pero doy por hecho que, después del viaje, ya no me quedarán más que varios manchurrones negros por la cara. Solo espero que las ojeras que rodean mis ojos azules y que son consecuencia del insomnio que me ha producido el viaje sigan camufladas por el corrector.

—Tú sí que estás cañón, navarrico —afirmo con una sonrisa curvándome los labios.

Xabi me abraza de nuevo dedicando un segundo a cada uno de los días que no hemos sabido el uno del otro. No me suelta, y no es que yo esté incómoda, pero sí que me siento vulnerable, tanto como la Maider que era la última noche que nos vimos.

—Te he echado mucho de menos —dice con cariño, con mi cara todavía incrustada en su pecho.

—Yo también —acierto a decir con las lágrimas llenándome los ojos—. Yo...

—No hace falta que digas nada, Maider, lo único que importa es que estás aquí.

Una tos superdiscreta nos saca de golpe de la reposición de los últimos veranos en la que estamos metidos.

Joder. He olvidado que Nagore está aquí.

La busco con la mirada y la encuentro sentada sobre mi maleta con las piernas cruzadas, contemplándonos con atención. Tiene una especie de sonrisita de resabida en la boca que no me gusta un pelo. Seguro que se cree que ha entendido de qué va toda esta historia del viejo amigo que viene a saludar y te abraza con cariño, pero dudo de que sea capaz de comprender la dimensión real de todo lo que significa este momento. Porque, por muy simpático que sea Xabi conmigo, no es más que el prólogo de algo mucho más grande.

El navarrico afloja su agarre, se vuelve hacia mi amiga y la saluda con la mano.

—Hola, soy Xabi.

Mi amiga se levanta, se contonea hasta llegar a él haciendo sonar sus chanclas, posa la mano en su pecho y le planta dos sonoros besos.

—Encantada, Xabi, soy Nagore.

Entorno los ojos ante los coqueteos nada discretos de mi compañera. No es que me moleste su repentino interés, el chaval es un amor y, encima, tiene ese cuerpazo moldeado por el surf que podría matar a cualquiera de un calentón; también entiendo que solo tenemos tres semanas de vacaciones, pero, vamos, que no veo la necesidad de correr tanto, que la conozco de sobra y me la veo eligiendo hasta los arreglos florales para la boda antes de comer.

—Vivo en Donostia, como Maider —añade Nagore a título informativo.

—Encantado. *Ongietorri* a Benicàssim.

Oír a Xabi dándole la bienvenida en euskera, con su típico acento navarro camuflado, desata una tormenta eléctrica por todo mi cuerpo. Me quedo pálida y completamente traspuesta, con un pie de nuevo en el pasado y otro en el presente. Busco la manera de salir del mal trago que estoy pasando con dignidad, soltando alguna chorrada o lo que sea, pero cuando quiero reaccionar, ambos me están observando con cierta preocupación.

—Maider, ¿estás bien? —pregunta Xabi, posando su mano en mi brazo.

Sigue siendo tan cercano como hace mil años y justo por eso ya me siento más tranquila.

—Sí, claro. Estoy perfectamente. —Sonrío con la sensación de que tengo demasiados dientes en la boca—. ¿Qué me cuentas de tus padres y de tus hermanas? ¿Todos bien?

Xabi asiente y empieza a relatar con pelos y señales cómo le va a cada uno de ellos. Juro que intento escucharlo, pero hay algo en su voz que me transporta a alguna de las muchas conversaciones que hemos tenido sobre Rubén a lo largo de nuestra amistad. Y eso no es algo necesariamente bueno.

—¿Y tus padres y tu hermano? —se interesa él.

—Mis *aitas* trabajando a tope y deseando que llegue su turno para cogernos el relevo y venirse a finales de mes. Y mi hermano, como siempre, cada día más capullo.

Mi hermano Unai y yo nunca hemos estado demasiado unidos, somos como la sal y el azúcar. Como la izquierda y la derecha. Como Euskadi y el sol. Al menos, hasta que llegó el día en el que lo necesité y nuestros lazos se volvieron irrompibles. Pero eso no quita para que siga pensando que a veces es un poco idiota.

—Si hablas con él, dale recuerdos —pide Xabi.

—Tomo nota.

—Por cierto, ¿queréis que os ayude a montar o lo tenéis controlado?

—No te preocupes, seguro que tienes algún plan más interesante.

¿Estoy intentando quitármelo de encima? Pues parece que sí y, aunque me siento fatal, sé que donde está Xabi acaba apareciendo Rubén, aunque solo sea en mi mente, y eso es algo que no quiero que suceda en las próximas tres semanas.

—Solo iba a pasar la mañana en la piscina. —Choca su hombro contra el mío y me sonríe—. Ya sabes, haciéndole compañía...

1995

Rubén

 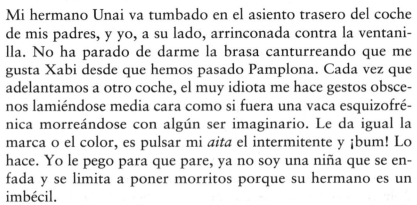

Mi hermano Unai va tumbado en el asiento trasero del coche de mis padres, y yo, a su lado, arrinconada contra la ventanilla. No ha parado de darme la brasa canturreando que me gusta Xabi desde que hemos pasado Pamplona. Cada vez que adelantamos a otro coche, el muy idiota me hace gestos obscenos lamiéndose media cara como si fuera una vaca esquizofrénica morreándose con algún ser imaginario. Le da igual la marca o el color, es pulsar mi *aita* el intermitente y ¡bum! Lo hace. Yo le pego para que pare, ya no soy una niña que se enfada y se limita a poner morritos porque su hermano es un imbécil.

Aunque no lo parezca, Unai es cuatro años mayor que yo: cumpliré los quince el 3 de diciembre y él acaba de cumplir los diecinueve, aunque mentalmente retrocede en lugar de avanzar; de hecho, ahora mismo tiene la inteligencia y la educación de un niño de cinco años muy malcriado que se come los mocos en público. Motivo por el cual, mis *aitas* no se fían de dejarlo solo en Donostia estudiando para la colección de pencos que le esperan en septiembre, y tenemos que cargar con él. Además, también tiene su pandilla en el camping.

Le dedico una miradita amenazadora para que se esté calladito, porque si se atreve a hacer otro comentario u otro gesto, lo lanzaré por la ventanilla sin muchos remordimientos. Solo le veo ventajas a ser hija única.

Pongo el *discman* en pausa, porque se me están gastando las pilas y estoy superenganchada al último disco de Bon Jovi, «These Days», y no me puedo quedar sin escuchar «This ain't a love song» un par de veces más antes de que lleguemos al camping. En cuanto me retiro los auriculares, me encuentro con que mi madre va cantando a todo pulmón «Yo no te pido la luna», de Fiordaliso. He oído tantas veces esa canción en este coche, que empiezo a sospechar que la cinta está atascada en el radiocasete y que mi padre no la saca porque le encanta oírla cantar. Por lo visto, el amor con el paso de los años se vuelve de lo más extraño.

—*Aita*, ¿falta mucho? —pregunto elevando la voz por encima de la música y apoyando los codos entre los dos asientos delanteros.

No veo el momento de salir de este coche, librarme de Unai y de los cantos de mi *ama*, y buscar a mi amiga Gemma por todo el camping. Volver a ver a Xabi y a Óscar. Y, bueno, a Rubén, que imagino que también estará, entre otras cosas, porque su madre es la propietaria del camping.

—¿Tenéis hambre? —responde mi padre con otra pregunta y me observa por el retrovisor.

—Un poco.

—¡Yo sí! —Unai grita con sus auriculares todavía cubriéndole las enormes orejas que tiene y me pega media docena de golpecitos en la pierna con sus asquerosos pies llenos de dedos.

Si es que no se puede ser más tonto.

A veces me pregunto cómo es posible que los mismos padres hayan criado a dos hijos tan diferentes y la única explicación que se me ocurre es que a él lo debieron de abandonar los dueños de algún circo y lo acabamos adoptando por lástima.

—Estamos a cuarenta kilómetros del camping, comeremos allí —sentencia mi *ama*—. Y, Unai, deja a tu hermana en paz.

Como estoy súper de acuerdo con el plan y con la orden de mi madre, vuelvo a ponerme los auriculares y le dedico una burla a mi hermano. Soy la favorita, más le vale ir haciéndose a la idea.

Media hora más tarde estamos en la barra del bar del camping saludando a todos los amigos y conocidos que hemos acumulado después de tantos años veraneando aquí. Mi hermano se ha pirado a la piscina a pegarse un chapuzón antes de comer y yo voy a tomarme una Coca-Cola con mis padres mientras nos preparan una paella. Ojalá esta mañana me hubiera puesto el biquini debajo de la ropa en lugar de meterlo en la maleta que está sepultada en el maletero bajo mil cosas, porque hace un calor insoportable. Parezco nueva.

Le pego un par de tragos a mi refresco y me como una aceituna. Justo cuando me dispongo a decirles a mis padres que voy a bajar a buscar a mi amiga Gemma a su parcela para saludarla y quedar para más tarde, y que enseguida vuelvo para comer, mi *ama* suelta la reina de todas las bombas.

—¿Ese de ahí es Rubén? —pregunta, con la mirada entornada y no precisamente por el sol. Hace ya unos meses que debería usar gafas, pero se niega. No entiendo qué les pasa a los mayores con el tema de envejecer; yo estoy deseando que pase el tiempo y cumplir los dieciocho; ella, en cambio, se niega a aceptarlo.

Intento contener la curiosidad que me despiertan sus palabras mirando si hay algo interesante en el televisor, pero como está apagado y lo de fisgonear me puede, acabo echando un vistacillo de reojo a Rubén.

Al momento me arrepiento.

Le doy otro trago a mi Coca-Cola, tan brusco que los hielos rebotan contra mi nariz. Intento distraer mis pensamientos de lo que acabo de ver de refilón, pero es imposible. Mi cuerpo entero quiere girarse hacia él y me grita que le pegue un buen repaso. A mí, que presumo de tener el superpoder de ignorarlo bajo cualquier circunstancia.

Como era de esperar, gracias a mi asombrosa capacidad de autocontrol, acabo mirándolo por segunda vez y me quedo atrapada.

Pero que muy pillada.

Tanto que hasta me cuesta respirar con normalidad y es posible que me esté chorreando la baba por la barbilla.

Pues nada, resulta que mi amigo de la infancia y enemigo

de los primeros años de la adolescencia ha aprovechado el último invierno para pegar un estirón a lo alto y a lo ancho, y ya no queda ni rastro del insecto palo asqueroso que era el verano pasado. Vamos, que ha echado cuerpo. Su cara también ha dejado de ser la de un niño, sus facciones están más marcadas y ahora parece como más serio y mayor. Le ha salido nuez y algo que intenta parecerse a una barba. Y, no contento con eso, encima presume de unos andares desgarbados de aspirante a pandillero que atraen más miradas de las que le convienen a su ya de por sí enorme ego.

—Pero ¡cuánto ha crecido! —añade mi *ama*, alucinando muy fuerte.

Si solo fuera que ha crecido..., saldría de esta tan pichi.

Mi padre le arrea un codazo a mi madre para que se calle, pero ella sigue a lo suyo.

—Qué guapo está, ¿eh, Maider?

Mírala ella, qué avispada.

Asiento sin apartar la vista de Rubén. Total, ya se habrá dado cuenta de que me lo estoy comiendo con los ojos y no creo que por cinco minutos más mi reputación de chica dura del norte vaya a salir perjudicada.

Sigo flipando con lo cambiado que está mientras ruego en silencio que se cumpla la frase que tantas veces me ha repetido mi abuela: «Los hombres que tienen el cuerpo bien cimentado suelen tener la cabeza sin amueblar», porque si no es así y se ha pasado al bando de los simpáticos, educados y agradables, estar cerca de él se convertirá en el peor de los tormentos.

Rubén continúa con su glorioso paseíllo atravesando el bar y espero que pase de mí como viene siendo tradición entre nosotros, pero no, esta vez no. El muy creído se arrima con una sonrisilla encantadora a saludar a mis padres, a hacer gala de lo bien enseñado que está. Sobra decir que a mí ni me mira ni me saluda, total, ¿para qué? Solo llevamos toda la vida siendo amigos.

En cuanto lo tengo a mi lado, confirmo lo que me temía, que ya me saca una cabeza, ¡y me cabrea un montón! Hace dos veranos nos mirábamos a los ojos en igualdad de condiciones;

el año pasado me miraba un poco desde arriba y me llamaba enana, pero ahora mismo me supera con creces. Me ha dejado plantada aquí abajo. Es insultante. Y seguro que el muy grúa torre continuará creciendo por lo menos durante cinco años más. Si no hubiera testigos y no fuera tan grandote, le pegaría un buen chancletazo en toda la cara.

Sigue pasando de mí y charla con mis padres sobre el viaje, las vacaciones y no sé qué más. La verdad es que me cuesta bastante concentrarme en la conversación, entre otras cosas, porque no reconozco ese vozarrón que sale de su boca. Además, no hace más que dedicarme sonrisitas con disimulo. Me gustaría saber qué es lo que le hace tanta gracia, pero no pregunto; por muy bueno que esté, paso de él. No es más que un niñato al que le gusta hacerse notar allá donde va, y yo que tengo experiencia sé que debo evitarlo a toda costa.

Pese a todo, me fastidia que las cosas sean así entre nosotros, teniendo en cuenta la cantidad de años que hace que nos conocemos y todo lo que hemos compartido. Mi *ama* siempre cuenta la misma historia: la primera vez que mostramos interés uno por el otro no éramos más que un par de conguitos de dos y tres años en bañador. Ella y la madre de Rubén estaban sentadas en la terraza del bar tomando un café y nosotros no dejábamos de dar la brasa porque queríamos ir a jugar al parque. Al final, harta de que no paráramos quietos, la madre de Rubén le dijo que podíamos hacerlo siempre que cuidara de mí, porque, aunque ambos nacimos en 1980, él es de finales de enero y yo de primeros de diciembre. A partir de aquel momento, Rubén se lo debió de tomar tan en serio que no hubo tarde en la que no me diera la manita para ir a los columpios o a cualquier otro lugar.

Al año siguiente, su padre y el mío nos enseñaron a montar en bici juntos, yo con ruedines y él sin nada. Después se arrepintieron cosa mala porque no dejábamos las bicis ni para dormir. Nos pasábamos todo el día calle arriba y calle abajo, atropellando a medio camping.

El año que cumplimos los cinco, nos emparejaron para participar en la carrera de llenar botellas con agua que organizaron en las fiestas del camping. Mis padres aún se ríen recordando que, según iba corriendo con el vaso entre las manos, se me escurría la braguita del bañador y Rubén se colocaba detrás de mí para sujetármela. No llegamos a llenar ni media botella, pero merendamos churros con chocolate para celebrarlo.

A los siete me daba un canguelo tremendo tirarme de cabeza a la piscina. Rubén, en lugar de reírse de mí, que es lo que haría ahora, se tomó una tarde entera para que perdiera el miedo y aprendiera. No sé la de veces que saltamos al agua y lo arrugados que acabamos... A cambio, yo le enseñé a hacer el pino en la hierba. Ese también fue el año en el que su pez naranja, Butragueño, pasó a mejor vida, le organizamos un funeral en la playa y lloramos durante horas abrazados.

El verano en que solo me faltaban unos meses para cumplir los nueve y él ya los tenía, sufrimos nuestro primer castigo importante. Estábamos llenando las pistolas de agua en los servicios de arriba del camping, cuando apareció Xabi y nos declaró la guerra: el local acabó inundado y la bronca que nos echó el padre de Rubén todavía retumba entre sus paredes.

El año que hacíamos los diez, me pasé todas las mañanas sentada al borde de la piscina mientras él entrenaba para las competiciones de natación que se disputarían a mediados de agosto, ni sé la de horas que estuve con el cronómetro en la mano. Por las tardes, en cambio, él me ayudaba con el librito de ejercicios de matemáticas que me habían mandado mis profes como refuerzo; era su asignatura favorita, así que consiguió que yo aprendiera un montón y, encima, me divertí con sus tonterías. Ese verano, además, fue el primero en el que empezó el cachondeo a costa de todo el tiempo que pasábamos juntos.

Con once años, Rubén atravesó una fase extraña en la que no se quitaba su camiseta del Madrid con el número siete ni para nadar en la piscina, hasta que una noche que nos escapamos a robar almendrucos a un terreno que hay junto al camping, vio que estaba helada de frío y me la regaló para que no me resfriara. A cambio, yo le di el chupete morado de plástico que llevaba a modo de colgante. Ese agosto también probamos juntos el granizado de café y, además de que no nos gustó, nos pasamos toda la noche en vela aprendiendo a jugar al mus con Xabi.

En el verano del 92, Gemma y yo invertimos medio agosto escondiéndonos de nuestros padres para reemplazar nuestras muñecas por Brenda Walsh, Kelly Taylor y todos sus dramas adolescentes en *Sensación de vivir*. Rubén se burlaba de nosotras, pero vigilaba con Xabi para que no nos pillaran mientras veíamos la serie. Aunque las chicas para ellos todavía éramos un puaj en toda regla, bien que les echaban miraditas furtivas a los pechos de Brenda... Aquel también fue el verano en el que empezaron los rumores.

El año que cumplíamos los trece, Gemma, otras chicas y yo nos pasamos varios días aprendiendo el baile de «Saturday Night», de Whigfield, y la tarde que por fin decidimos grabar un vídeo para la posteridad, el muy idiota de Rubén nos chafó la única toma que nos salió bien haciendo un calvo delante de la cámara. Xabi me dijo que me echaba de menos y que no me enfadara con él. Tócate los pies. Varios días después, cuando me vino la regla por segunda vez en la vida, Rubén me vio hecha polvo y, aunque nunca le expliqué lo que me pasaba en realidad, porque me daba una vergüenza horrible, me compró un Frigopie y me lo trajo a la caravana. Según me dijo, un helado rosa, que era mi color favorito por aquel entonces, me ayudaría a dejar de estar triste. Me hizo tanta ilusión, que le perdoné el calvo y le di un besito en la mejilla para agradecérselo. Él a cambio, me robó el dedo gordo del helado y me lo restregó por toda la cara.

No sé cómo no supe ver que aquello era una prueba irrefutable de lo idiota que se volvería a no mucho tardar, porque justo al año siguiente, cuando él tenía catorce años y yo todavía no los había cumplido, el cambio fue radical. Durante la primera mitad del verano pasado se dedicó a meterse conmigo, a vacilarme y a ser un imbécil integral, y yo desarrollé un odio rápido y muy fiel hacia su persona. El pobre Xabi, que siempre estaba con nosotros, intentó mediar, hasta me quiso vender la moto de que Rubén, en realidad, estaba por mí desde hacía algún tiempo. Pero ¿quién trataría de esa manera a la chica que le gusta? ¡¡¿Quién?!! Pues eso, ¡nadie!, así que no lo creí. Durante la segunda mitad, en cambio, pasamos directamente a ignorarnos y solo nos hablábamos cuando la situación o nuestros amigos lo exigían. Pasamos del «todo» al «nada» en cuestión de un verano. Aunque he de admitir que tuvo el detalle de consolarme cuando vimos morir a Mufasa juntos en el cine. Él no lloró, por supuesto, es un tío duro que ya no hace esas cosas.

Y este año, aunque nadie ha tenido la decencia de avisarme, sospecho que las reglas del juego van a cambiar otra vez, tanto como parece haber cambiado él.

Mis padres continúan hablando con Rubén un rato más y él sigue con la puñetera sonrisita en la cara. Un gesto que, por mucho que quiera evitarlo, atrae mi mirada sin remedio. Él lo sabe y está gozando. Por muy enemigos que hayamos sido, siempre le ha gustado que preste atención a sus tonterías.

Y a mí hacerlo.

2

¿Cómo está?

Xabi es un cabezota.

Se ha agenciado una escalera y herramientas y se ha puesto manos a la obra en cero coma tres. Aunque sé que mi *aita* tiene todo lo necesario para montar el tinglado, no tengo ni idea de dónde lo guarda. Rebusco entre las cosas que hay metidas en el cajón exterior de la caravana y, al sacar la malla verde para el suelo, veo la bolsa que contiene mi iglú morado en el fondo. Me quedo mirándola y noto que los ojos empiezan a llenárseme de lágrimas otra vez. Me entran ganas de cogerla y abrazarme a ella mientras me balanceo y gimo desconsolada, pero no estoy aquí para regodearme en el dolor: he vuelto para cerrar las heridas, no para abrirlas. No me puedo derrumbar por culpa de un puñetero iglú morado, por mucho que forme parte de uno de los recuerdos más bonitos que tengo.

Suspiro con fuerza y me obligo a ponerme a trabajar.

Ayudo a Xabi a colocar el toldo entre los cuatro árboles que rodean la parcela y, mientras lo tensamos y lo inclinamos un poco por si llueve, para que no se acumule el agua, le pido a Nagore que suba al supermercado y compre algunas bebidas; el calor empieza a apretar muy pronto por estos lares. En cuanto mi amiga desaparece pasillo arriba, miro el culo de Xabi, que es justo lo que tengo a la altura de mis ojos.

—¿Cómo está? —pregunto sin preliminares.

Tal vez sea un poco tarde para preocuparme por Rubén, pero no puedo evitarlo.

Mi amigo se gira y se queda mirándome unos instantes, todavía subido a la escalera, sin saber muy bien qué contestar. Y lo entiendo, claro que lo entiendo, es un tema muy delicado, pero no por eso quiero que me oculte nada, aunque sepa que sea cual sea su respuesta me va a afectar, porque si me dice que está mal me va a doler, y si me dice que está bien me voy a arrepentir de haber preguntado.

Xabi suspira y baja con parsimonia de la escalera. Deja caer el martillo al suelo y se pone a enrollar la cuerda sobrante entre su mano y su codo.

—Supongo que está bien —responde sin mirarme—. Ya lo conoces, a veces es muy suyo, en eso no ha cambiado.

Lo conozco demasiado bien. Ha sido una parte importante de mi vida.

Me gustaría recordar la primera vez que vi a Rubén, pero era demasiado pequeña, de manera que siempre me he tenido que conformar con rememorar la historia que suele contar mi madre sobre aquella tarde en los columpios, o aquel verano del 95 en el que todo cambió... Sea como sea, después de tantos años, acabó llegando el día en el que soltó mi mano y tuve que seguir adelante sola.

—No esperaba encontrarlo aquí, Gemma me dijo que no estaría.

—La verdad es que es muy raro que haya vuelto esta semana. El sábado pasado nos dijo que se quedaría todo lo que resta del mes estudiando en Madrid.

—Maldita sea mi suerte. —Fuerzo una sonrisa que resulta de lo más triste.

Xabi deja la cuerda perfectamente enrollada a nuestro lado y se mira las manos. Con ese gesto tan suyo sé que está a punto de decir algo que puede hacerme pupa.

—Maider..., sabes que cualquier cosa fuera de lugar que Rubén pueda soltarte estos días no la siente de verdad. Lo entiendes, ¿no?

Sus palabras resultan ser una advertencia bien clara sobre

la situación real. Xabi sabe que Rubén sigue cabreado conmigo, que tiene parte de razón para estarlo y también que jamás se quedará callado si tiene la oportunidad de hacérmelo saber de la manera más apoteósica y cruel posible. Así que, en cierta manera, también ha contestado a mi primera pregunta: «¿Cómo está? Como la última vez que lo viste hace tres años. Exactamente igual».

El dolor y el rencor continúan siendo mutuos, siguen presentes en ambos lados de la acera. Nuestro pasado está medio muerto, agonizando, la esperanza se nos acabó hace tiempo y todas las palabras bonitas que nos dijimos se han podrido ya. Ese es el percal.

—No me importa nada de lo que tenga que decir. —Subo la barbilla intentando que mis palabras ganen una fuerza que en realidad no tienen, porque sé que cualquier cosa que Rubén diga o haga me puede destrozar. Ese es el poder que tiene sobre mí. Una influencia que no me gusta nada otorgarle, pero que se ha ganado a pulso.

—Y tú, ¿cómo estás, Mai? Desde que te marchaste hace tres años, no he sabido de ti más que a través de nuestros padres, y mira que vivimos cerca.

Mis padres y mi hermano han vuelto los últimos veranos y me llegaron recuerdos de su parte, pero no se los devolví. No podía.

—Cambié de teléfono y perdí vuestros números.

Nos miramos a los ojos. Sabe que jamás le mentiría, pero también que mis palabras ocultan muchas cosas. Ambos somos conscientes de que lo que acabo de soltar no es más que una excusa de mierda.

—Maider, sé que me has estado evitando, no soy tonto. Te he permitido hacerlo porque entiendo perfectamente que necesitaras tu espacio después de lo que pasó, pero tenemos que hablar. No puedes seguir ignorándome durante más tiempo, mi pobre corazoncito no lo soportaría. —Sonríe y me da un codazo cariñoso.

—No estoy preparada para hablar del tema...

Apoya sus manos en mis hombros y aprieta con suavidad.

—No te agobies, no tiene que ser hoy, pero sí en algún momento de este verano. No puedes volver a marcharte dejando las cosas a medias. Tienes que prometerme que un día de estos, cuando tú quieras, quedaremos y nos tomaremos un café a solas. Y ya puestos, otro día, aprovechas que Rubén está en el camping y también hablas con él.

Estoy a punto de protestar por su segunda propuesta, pero Xabi levanta una mano y me hace callar.

—Si me avisas con tiempo, te prometo que me encargo de meterle algún sedante en la Coca-Cola que se toma por las mañanas para que lo tengas bien calmadito... —Me guiña un ojo.

Asiento con una sonrisa pequeñita.

Por mucho que me cueste admitirlo, uno de los motivos por los que he aceptado regresar a Benicàssim, aparte de que Nagore no dejó de insistir en que teníamos que venir a la playa para desconectar, ha sido volver a ver a mis amigos y recuperar el tiempo perdido. Tal vez no sea capaz de arreglar todo lo que se rompió tres años atrás, pero al menos retomaré la relación con ellos o lo habré intentado, y eso me quitará un buen peso de encima. No contaba con que Rubén fuera a estar aquí, pero una vez pasada la impresión inicial, tal vez Xabi tenga razón y haya llegado el momento de sacarme esa espinita también, aunque me acabe desangrando.

—Por cierto, ¿sigues con el tío ese?

Antes de que me dé tiempo a contestarle, Nagore irrumpe en la parcela.

—¡Chicos, aquí llega la botillera! —grita arrastrando un carro de la compra con cuatro garrafas de agua de cinco litros cada una y un pack de seis botellines de cerveza.

Estoy a punto de abrazarla por cortar de cuajo la conversación que estaba teniendo con Xabi, pero temo quedar en evidencia, así que disimulo mi alegría cogiendo un par de cervezas y le lanzo una al de Burlada.

Mientras descansamos y bebemos en silencio, Nago abre las cuatro puertas del coche, pone «Biziraun», de Berri Txarrak, a todo trapo y se sienta en el asiento del piloto para buscar lo que ha perdido.

Me es imposible no preguntarme lo mismo que Gorka Urbizu en la canción: «¿Vivo o sobrevivo sin ti?». Y tampoco tengo una respuesta.

—Uy, mira. Aquí está una parte de lo que tú y yo sabemos.

Nagore se echa a reír mientras menea en el aire un pequeño cogollo de maría como si fuera el Domingo de Ramos. Hay que joderse... Ya me veo que va a salir marihuana de cualquier parte del coche. Solo espero que no llegue a enraizar y me crezca una planta por el tubo de escape.

—¿Y qué planes tenéis para estos días? —le dispara Xabi directamente a mi amiga porque sabe que es muy posible que yo solo le responda con evasivas.

—Bueno, no tenemos nada cerrado. Piscina, chiringuito, playa, chiringuito, cama, resaca, chiringuito, lo que surja y repetir.

—Pues si queréis apuntaros, este fin de semana he quedado con Gemma y Óscar para cenar algo e ir al pueblo de marcha.

Nago ni siquiera pregunta quiénes son Gemma y Óscar, qué más da, y tampoco me mira antes de decirle que sí, que nos apuntamos de cabeza a ese plan y a todos los que tengan. Xabi, en cambio, me observa a la espera de una reacción que no llegará. Estoy tan atiborrada de emociones que ya empieza a importarme todo un pito. Es que, joder, no hay nada de malo en pasar una noche con mis amigos de juerga, aunque Rubén pueda estar presente.

Llevo tiempo aprendiendo a no dejarme dominar por el miedo, pero es que a Rubén no lo he superado, solo me he resignado a vivir sin él. Nadie tuvo la decencia de explicarme cómo hacerlo, ni siquiera mi terapeuta.

Fuerzo una sonrisa y me intereso por el resto de los planes que tienen, que resultan ser los mismos que hemos venido haciendo todos los veranos que hemos compartido: cine al aire libre en el Bohío, karts, parque acuático, discoteca... y playa, mucha playa. Y es que no puedo negarme, lo necesito más que ninguno de ellos. Tengo que volver a conectar con la Maider que fui con mis amigos a mi lado.

Nos dan casi las dos de la tarde poniendo el suelo, sacando el mobiliario de dentro de la caravana y limpiando un poco. Xabi y Nagore deciden que ha llegado la hora de subir al bar a comer y saludar a los demás, y, aunque me he prometido que el miedo no va a dominar mi vida ni mis vacaciones, vuelvo a sentirlo con la fuerza de los siete mares.

Incluido «su» Mediterráneo.

1995

Tu chica

Son las siete en punto cuando subo a la piscina con Gemma y me pego un buen chapuzón, el primero del verano. La piscina no es muy grande y está bastante llena a esta hora, motivo por el cual me extraña mucho que Xabi, Óscar y Rubén no estén en el agua haciendo el payaso como siempre.

—Oye, Gemma, qué raro que los chicos no hayan subido a la piscina, ¿no?

—Pues sí que es raro, sí... ¡Joder! Se me había olvidado por completo que hoy empiezan las fiestas del camping y esta tarde arranca el campeonato de ping-pong.

No hace falta que diga más, las dos salimos del agua, nos escurrimos el pelo, nos enrollamos las toallas en la cintura como si fueran faldas de tubo y nos apresuramos en dirección a la terraza trasera del bar.

Cuando llegamos, Óscar está jugando contra Damiano, un chico italiano y amigo de mi hermano, en una de las mesas de ping-pong y, en la otra, Rubén compite contra un ser humano que no llego ni a identificar porque, por lo visto, tengo otras prioridades que consisten básicamente en estudiar cada movimiento de mi... ¿amigo?, ¿enemigo?, ¿enemigo con derecho a roce en un futuro ojalá muy cercano? Ay, yo qué sé. La cuestión es que lo he visto millones de veces jugando al ping-pong, demasiadas para lo aburrido que es, pero hoy me parece que su estilo moviendo la palita es fascinante.

—¿Cómo van? —pregunta Gemma a Xabi, que está entre las dos mesas observando con atención cada golpe.

—Rubén va ganando por poco y Óscar va empatado. Oye, Maider, ¿no piensas darnos un par de besos a cada uno?

Rubén pierde la concentración. Se le escapa la pala de las manos y sale disparada como un bumerán. Su hermana Lorena se agacha para esquivarla y acaba incrustada en el arbusto que tiene a su lado. Él ni se inmuta, se queda mirándome, pero yo le devuelvo la jugada de este mediodía en el bar, solo le doy dos besos a Xabi y agito la mano para saludar a Óscar.

Con el marcador actualizado, los mofletes a punto de explotarme y las protestas del contrincante de Rubén flotando en el aire, Gemma y yo nos sentamos en el murete bajo que rodea el jardín del bar. Nos ponemos al día mientras vigilamos las partidas, ella a ratos y yo continuamente. Cada uno de los gestos y movimientos de Rubén son pura poesía para mis ojos, y no dejo de preguntarme qué me está pasando, porque, por muy bueno que esté, sigue siendo el anticristo en bañador.

Pasado un rato, escuchamos los gritos que anuncian que Rubén se ha hecho con la victoria y hasta me levanto con intención de celebrarlo, pero me vuelvo a sentar en cuanto percibo la mirada alucinada de Gemma. La entiendo, Rubén lleva siendo mi enemigo desde el verano pasado y parece que yo lo haya olvidado hasta el punto de casi cometer alta traición contra mí misma. No tengo excusa, estoy de lo más agilipollada desde que he llegado este mediodía.

Después de chocar los puños con sus amigotes y distraer a Óscar de su partida, que va francamente mal, Rubén coge una Cherry Coke y una silla del bar, y se sienta cerca de mí. Está sudado y algo fatigado. Ni me habla ni le hablo, cumpliendo con el programa habitual. Me siento extrañamente cómoda porque sé cuáles son las normas y así evito hacer el ridículo otra vez.

Continúo de charleta con Gemma sobre varios cotilleos del camping, nuevos amoríos en su mayoría, mientras vigilo a mi archienemigo con disimulo. De pronto, llaman a mi amiga por megafonía para que acuda a recepción a atender algún asunto relacionado con el campeonato de cartas que empieza mañana, según me hace saber, en el que participará como jueza.

Me quedo sola, cosa que hasta hoy nunca me había supuesto un problema, porque, cuando Rubén y yo estábamos a buenas, nunca se nos acababa la conversación y, cuando estábamos a malas, lo ignoraba sin pestañear. Pero ahora...

Jugueteo con un hilillo de mi toalla, tiro de él y me lo enrollo en un dedo. Miro a Rubén de reojo. Arranco una hoja del hibisco que tengo a mi espalda, la hago pedacitos pequeños y me los tiro por encima como si fuera Nochevieja. Lo vuelvo a mirar. Me hago una trencita en un mechón de pelo mientras intento centrarme en la partida de ping-pong de Óscar. Me aguanto las ganas de mirarlo por tercera vez. Canturreo bajito «Milonga del marinero y el capitán», de Los Rodríguez, que sale a todo volumen del bar, y hasta muevo los pies siguiendo el ritmo. Noto que Rubén me está observando, así que acabo sucumbiendo y decido que ya he tenido suficiente.

—Enhorabuena por la partida —digo.

Está casi tirado en la silla a mi lado, todavía exhausto y con los mofletes colorados.

—Gracias —responde con la misma voz grave del mediodía.

—¿No piensas preguntarme qué tal?

—¿Acaso tú me lo has preguntado a mí? —Sus ojos verdes me miran fijamente y, de pronto, me siento desnuda por dentro y por fuera. Me pregunto dónde habrá aprendido semejante truquito.

—¿Qué tal, Rubén? —me intereso con retintín.

—Muy bien, gracias. —Hace una pausa y se pone en pie—. Creo que me voy a pegar un baño antes del siguiente partido.

¿No piensa interesarse por mí? Y, lo más importante, ¿por qué quiero que lo haga? Sin embargo, acabo levantando las cejas e interrogándolo con la mirada.

—Me toca jugar contra Iván a las ocho y media.

Iván es el hermano mayor de nuestro amigo Óscar. No solemos coincidir mucho con él porque nos lleva varios años y suele salir con mi hermano y sus colegas, pero si algo tengo claro es que no tiene nada que ver con Óscar, que es un despiste con patas.

—No te estaba preguntando eso.

—Ya sé que Iván me saca seis años, pero la cabrona de mi hermana me ha apuntado con los mayores sabiendo que acabaría jugando contra su exnovio. No tengo claro a quién de los dos está castigando. —Lanza una mirada fulminante a Lorena, que está haciendo de árbitro al otro lado de la terraza.

No sé de qué se queja, es un clon de su hermana, solo que ella resulta adorable.

Tomo una nota mental para investigar en algún momento por qué rompieron Lorena e Iván.

—Sigues sin preguntarme qué tal estoy —insisto.

—Pensaba que esa parte ya la habíamos superado. —Me dedica una miradita de lo más penetrante otra vez. En serio, ¿cuándo puñetas ha aprendido a hacer eso? ¿O es que se ha vuelto miope como mi madre?

—Eres un...

Busco desesperadamente una palabra para insultarlo, pero mi cerebro solo responde con ruido de interferencias y sílabas inconexas.

—Eres un...

Pues no atino. Según deduzco, estoy atrapada en una especie de estado de estupor permanente desde que he puesto un pie en el camping y a él le está haciendo muchísima gracia.

—Eres un...

Ya está. Es oficial, se me ha frito el cerebro. Me doy por vencida y resoplo.

Rubén me sonríe con arrogancia mientras apoya su mano en mi hombro y me da varias palmaditas condescendientes. En cuanto cree que ya se ha burlado lo suficiente, se aparta, coge al azar una de las muchas toallas que descansan colgadas en una de las ventanas del bar y se rodea el cuello con ella.

—Cuando tengas claro qué soy para ti, me lo comentas. Y como parece que vas a necesitar un buen rato, me voy a la piscina. ¿Te vienes?

No se ha molestado en preguntarme qué tal estoy, acaba de pitorrearse de mi repentina falta de vocabulario, ¿y pretende que me bañe con él? ¿Los chicos cuanto más crecen más bobos se vuelven?

Me fastidia tener que admitirlo, pero, en realidad, no estoy enfadada con él, estoy cabreada a más no poder conmigo misma porque, ¡sorpresa!, ya no quiero pasar de él porque sea un pesado que me vacila a todas horas o un idiota prepotente que me saca de quicio. Necesito ignorarlo porque me muero de la vergüenza cada vez que me habla, y creo que eso buena señal no es.

¡Ni siquiera puedo mirarlo sin que me arda la cara!

—Venga, un bañito rápido —me anima con otra sonrisa, esta segunda mucho más provocadora que la primera, y yo sigo preguntándome dónde se la ha comprado, porque de verdad que el año anterior no la tenía. Además, por culpa de ese gesto noto algo moviéndose dentro de mi estómago. Como un aleteo. Como un montón de hormigas correteando. No entiendo qué es lo que se ha desatado en mi interior, pero sospecho que debe de ser el odio que está cambiando de forma y convirtiéndose en otra cosa mucho peor.

Finalmente, me rindo a su sonrisa y acepto su oferta poniéndome en pie.

—*Vaig a pegar-me un escabussó en Maider!* —le grita a su hermana, y consigue que todos los presentes nos miren. ¿Qué necesidad había de anunciar a grito pelado que nos vamos a bañar juntos?

Veo un poco de todo a nuestro alrededor: caras de sorpresa y sonrisas enormes, sobre todo de nuestros amigos y de Lorena. Mis mejillas se cuecen un poco más.

Lo sigo hasta la piscina con la toalla todavía colocada como si fuera una falda. No es que vayamos muy lejos, solo tenemos que cruzar la carretera de entrada al camping, pese a eso, me gusta dar este paseíllo con él. Es algo que hemos hecho millones de veces, pero por primera vez siento que es diferente. Me resulta agradable ir a su lado y que estemos a solas, aun así, no voy a decírselo, no vaya a ser que se piense lo que no es. Encima, sé que todos nos están mirando, y convertirme en el centro de atención me produce un bochorno mortal.

Tiramos nuestras toallas y chancletas junto al seto que rodea el recinto y Rubén se quita la ropa entre risitas. Con tal de no mirarlo más, no me ducho y salto al agua de cabeza directamente. Él me sigue poco después. Emergemos a varios metros y nadamos durante un rato cada uno a su rollo, pero sin perder de vista lo que hace el otro. De hecho, estoy a punto de comerme el bordillo un par de veces por ir mirando donde no debo.

Cuando me canso de dar vueltas como una patita desubicada, apoyo los codos en el borde de la piscina y dejo que mis pies floten. Me relajo mientras los últimos rayos de sol me dan en la cara y observo a Rubén. Sin duda, es la peor idea que he tenido en todo el día, y mira que hoy estoy sembrada. No recordaba el estilazo tan perfeccionado que tiene nadando, la elegancia y la rapidez con la que se mueve en el agua. Lleva toda la vida practicando natación y eso, con el tiempo, se nota: de hecho, estoy segura de que el cuerpazo que está echando tiene una relación directa con ese deporte.

Hace un par de largos más, que me parecen de lo más impresionantes, y en cuanto se percata de que estoy parada de miranda, viene hasta mí. Sabe de sobra que lo veo acercarse, y, pese a eso, el muy chorizo me tira de un pie para hundirme en el agua. Quisiera decir que ahora sí que me cabrea, pero no estoy segura de que sea verdad, porque solo me apetece sonreír como una tontorrona y seguir jugando con él. Sacamos la cabeza del agua uno junto al otro e intento hacerle una ahogadilla que él esquiva sin problemas. Se sacude en plan perro delante de mis narices.

—Ya estaba mojada, Rubén —digo, poniendo los ojos en blanco.

Se echa a reír como si eso que acabo de decir tuviera gracia, lo que me recuerda nuestro encuentro en el bar.

—¿De qué te reías este mediodía en el bar?

—De ti.

Sonrío satisfecha porque el odio que últimamente he sentido por él se reaviva un poco. Todo está volviendo a la norma- lidad, falsa alarma, dispérsense porque no hay nada que ver aquí.

Apoyo los codos de nuevo en el borde de la piscina y la- deo la cabeza para observarlo a la espera de que me dé más datos.

—No me apetecía saludarte, pero entonces he visto el rega- lito que me has hecho y, vaya...

—No te he hecho ningún regalito.

Se me acerca con la clara intención de privatizar la conver- sación que estamos teniendo.

—Tenías la falda enganchada y se te veía todo el culo.

—Eso no es verdad. —Me carcajeo.

Lo conozco tan bien que estoy muy segura de que me está tomando el pelo. No puede ser que mis padres no se hayan percatado de que su hija estaba paseándose por el camping con el trasero al aire.

—Llevabas un tanga negro.

Dejo de reírme y me pongo del color de una nariz de pa- yaso.

Es la primera vez que me compro algo del estilo con la cla- ra intención de que, a no mucho tardar, alguno de los chicos que me gustan lo vea. Lo que no esperaba ni en un millón de años era que Rubén fuera el afortunado. Maldito sea.

—¿Tengo razón o no?

—No. No uso tanga —digo con una vocecilla tan aguda que seguro que me delata.

—Di lo que quieras, pero esa imagen ya está guardada a buen recaudo. —Se da varios golpecitos en la sien.

Si fuera otro tío, estaría segura de que lo olvidaría pronto, pero Rubén no lo hará. Él lo recordará durante el resto de nuestras vidas y, lo más importante, no permitirá que yo lo olvide.

—Te has puesto roja, Maider.

—Es que me haces cabrear como nadie.

Y no estoy mintiendo, me mosquea bastante que haya teni- do que ser el primero en verme con un tanga y que encima haya

46

sido por culpa de un despiste mío. Seguro que cuando he ido a hacer pis... Empiezo a recordar el trecho que he debido de recorrer enseñando el culo, y el sofoco que siento crece a lo bestia. Pero es que, claro, en este pueblo no corre una gota de aire que te refresque el culete para que puedas percatarte de que lo llevas al descubierto.

—Pues te aseguro que lo último que pretendo este año es que te pongas roja por un cabreo. —Me sonríe, satisfecho—. ¿Sabes? Creo que este va a ser nuestro verano, no ha podido empezar con mejor pie.

—¿Nuestro verano?

—Dame una semana —afirma con la vista clavada en mis labios.

Muy a mi pesar, sé que si alguien me pregunta en el futuro qué fue lo que me enamoró de Rubén, recordaré este instante con una sonrisa y le diré: esa seguridad en sí mismo, esa manera de hablar tan arrogante y esa mirada penetrante fija en mi boca.

—En tus sueños, chaval.

—Venga, Maider, algún día tendrás que darme una tregua.

—¿Yo a ti? —No salgo de mi asombro—. Perdona, pero si lo que de verdad quieres es que cambie de opinión, tendrás que dejar de ser un gilipollas que me vacila y me hace putadas hasta el aburrimiento.

—Yo no hago eso. —Suena arrepentido, pero sé que no lo está—. A lo mejor no he sabido comportarme de otra manera, pero no pretendía...

Paso de admitir que entiendo a la perfección lo que está insinuando, ese rumor que Xabi me confesó y Tito me reafirmó cantando, así que me lanzo a acusarlo por todas las jugarretas que me ha hecho antes de que termine la frase.

—Que no pretendías, ¿qué? Rubén, ¡¡te chupabas el dedo y me lo metías en la oreja!! Si eso no son ganas de tocar las narices, tú me dirás. —Levanto las manos y salpico hacia todos los lados.

—¡Eh! No te pases. Hace años que no te hago eso.

—Dos o tres, a lo sumo. ¿Y qué me dices de cuando se te

ocurrió llenarme el iglú de grillos?, porque eso fue el verano pasado.

Se echa a reír. El muy cabrón se descojona.

Este es Rubén siendo Rubén.

Ay, cómo me gusta este odio tan denso y familiar que me corre por las venas.

—No veas qué risas cuando te vi salir corriendo y gritando: «¡Mi iglú está lleno de bichos! ¡Socorro! ¡Que alguien me ayude!» —dice, imitando mi voz, y agita las manos al aire como una damisela en apuros.

—¿Estabas mirando?

—Pues claro.

—Serás...

Soy una pacifista, pero Rubén hace que me replantee la vía diplomática demasiado a menudo. Hago el amago de estrangularlo, pero él me sonríe y no se aparta. ¿Quiere que me acerque? ¿Qué demonios está tramando? Me retiro despacito, sin apartar la mirada, y regreso al borde de la piscina.

—Tú tampoco es que seas un angelito, ¿eh, Maider? Siempre que estás con Xabi te dedicas a hablar en euskera para picarme.

Pongo los ojos en blanco y resoplo.

—Claro, discúlpame, por favor, qué cruel e insensible he sido utilizando mi propio idioma con un amigo que, casualmente, también lo habla... Porque, por supuesto, eso es muchísimo peor que echarte un pedo delante de la gente y acusarme de que he sido yo. «Oh, Maider, qué mal estás de lo tuyo, hueles a muerto».

Quiere reírse, pero se aguanta.

—Estás siendo muy injusta conmigo, lo de echarme pedos te lo hacía con nueve años, no puedes mezclar las cosas así.

—Me da igual cuándo fue porque no he olvidado ni la bromita ni el pestazo. Igual que todas las veces que me pellizcabas en el primer sitio que pillabas al grito de: «¡Cangrejo!» y me dejabas el cuerpo lleno de marcas rojas que luego te dedicabas a unir con un rotulador, ¡con un rotulador permanente, Rubén!

Ahora se está riendo abiertamente, el muy cabrito.

—Eso fue el año pasado en venganza porque tú —dice apuntándome con un dedo acusador que estoy tentada de morderle— tuviste la maravillosa idea de aprovechar que estaba dormido, para hacerme un dibujo en la espalda con la crema para el sol que pretendía parecerse a la cabeza de un pitufo. Todavía se me nota la marca.

—Mentiroso.

—¡Mira!

Se da la vuelta y yo no dudo en acercarme. Poso las manos en su espalda e inspecciono la zona. Dios mío, qué amplitud, cuánto terreno por explorar. Y qué manchurrón blanquecino tan feo en mitad de toda esta piel tan morena.

—Ni rastro de papá Pitufo —miento, y le doy varias palmaditas en el hombro. La marca es muy sutil, pero ahí está. Es como un borrón gigante con gorro, pero mejor no se lo comento.

—Sí que se nota, cada vez que me quito la camiseta, la gente se me queda mirando.

«Claro, seguro que te miran solo por eso, seguro que no tiene nada que ver con el cuerpazo que estás echando», pienso muerta de risa y un pelín sofocada. Me da que esa vocecita interior que tengo me va a amargar el verano.

—Bueno, estamos en paz, ¿no? —dice, satisfecho consigo mismo.

—Jamás. Te recuerdo que me hiciste creer que esa palmera de ahí estaba embrujada mientras la agitabas con un hilillo transparente.

—Tenías seis años como mucho, Maider, ya va siendo hora de que lo superes, ¿no?

—Aún me da miedo. Por tu culpa no puedo acercarme a una palmera con tranquilidad porque temo que empiece a lanzarme cocos.

—Pobrecita ella, que le dan miedo las palmeras. Estate tranquila, no todas dan cocos, solo las encantadas. —Se carcajea en mi cara como si fuera lo más gracioso del mundo—. Te recuerdo que tú me jodiste mi bebida favorita. Me echaste tabasco, pimienta y vinagre en el granizado de limón y yo le pegué un buen trago. Desde entonces no puedo tomarme uno sin acordarme de lo mal que lo pasé vomitando.

Abro la boca, alucinada.

—Y tú, el año pasado, no me dejaste desayunar tranquila ni un solo día. Me dabas los buenos días dedicándome un calvo. ¡Y tienes el culo feísimo! Hay que ver qué manía tienes con bajarte el bañador en público.

—Deberías mirármelo más y mejor porque seguro que te acaba encantando. Además, tú ibas enseñando el trasero esta misma mañana, no sé de qué me acusas.

—Eso ya lo hemos aclarado, no iba enseñando nada, pedazo de mentiroso.

Me dedica una sonrisilla que me indica claramente que, aunque ahora mismo lo dejará correr, está recreando la imagen de mi culo en su mente y le está gustando mucho.

Y, qué puñetas, quiero que lo haga, quiero que piense en mi trasero.

—¿Me vas a echar algo más en cara o ya se te ha acabado el rencor? Porque parece que solo recuerdas lo malo.

¿Es tristeza eso que acabo de detectar en su voz y en sus ojos? Sea como sea, desaparece rápido.

—De momento no tengo nada más que añadir. Creo que el marcador ha quedado bastante clarito: tú eres el capullo en esta relación.

—No me hagas hablar.

—Eso es lo típico que se dice cuando sabes que has perdido la discusión.

Se me queda mirando fijamente y avanza por el agua despacito hasta que la distancia que nos separa es casi nula.

—Me besaste. —Lo dice tan serio que ya no sé si me lo está echando en cara a buenas o a malas.

Tardo varios segundos en reaccionar porque de pronto me veo absorbida por el recuerdo del tacto de sus labios. Esperaba que hubiera olvidado que el año anterior lo besé, o más bien, que lo hubiera borrado de su memoria de manera selectiva. No sería de extrañar, vivíamos cegados por el odio y la rabia, y aunque el roce de unos labios no se puede olvidar, ponerle una cara anónima es legal y necesario en nuestro caso.

—No fue más que un piquito inocente. —Le quito toda la importancia que en realidad sí tiene ahora mismo—. Ya que no tenía a mano la máquina que transforma a Steve Urkel en Stephan, decidí darte un beso a ver si así te convertías en un príncipe.

—¿Me acabas de llamar sapo indirectamente?

Apoya sus manos en el borde de la piscina y me atrapa contra la pared. Pone cara de estar tramando algo muy cruel y malvado que seguro que se parece a una ahogadilla de la que saldré con secuelas.

—Qué va, no te he llamado nada, pero si tú te has dado por aludido... —digo, y estudio mis opciones de escapar, que son nulas cuando se trata de Rubén y una piscina. Está claro que debería recular—. Sabes de sobra que jamás te habría besado por voluntad propia, no fue más que una prenda que me pusieron en ese juego absurdo que se inventó Gemma.

—Te pasaste más de un minuto pegada a mi boca. Fue un pico bastante extenso.

—¡Porque, si no, no habría valido! Tenía que demostrar que podía besarte.

—A mí no me quedó tan claro. Demuéstramelo.

Cierra los ojos y me pone morritos.

Menos mal que estoy en el agua, porque a esto en el exterior, con el calor que hace, a lo mejor no sobrevivo. Juraría que hasta hay burbujas explotando a nuestro alrededor.

—Estoy esperando —dice, con los labios todavía apuntando hacia mí y un ojo abierto.

—Pues sigue haciéndolo porque no te voy a volver a tocar ni con un palo —miento toda digna, porque en realidad estoy más que tentada de apoderarme de su boca aunque solo sea para hacerlo callar.

Abre los ojos y me sonríe de medio lado.

—Esto demuestra que tengo razón. Te alargaste más de la cuenta porque te gustó demasiado y ahora te avergüenza admitirlo.

—¿Qué pasa, que te robé tu primer beso? Porque mira que le estás dando importancia a semejante chorrada.

—No. No me robaste nada.

Mierda, ¿qué significa eso? No quiero saberlo. Y mucho menos quiero admitir que él sí que fue mi primer beso y que me alargué más de lo debido justo por eso, porque no quería que durara quince segundos y necesitaba que se grabara a fuego en mi memoria, aunque hubiera tenido la mala suerte de que fuera con él.

—Así que ya te habías morreado con otras antes de hacerlo conmigo... —dejo caer de pasada.

—¿Y a ti qué te importa? —responde, evasivo.

—Me has mentido.

—No, no lo he hecho. He dicho que no me robaste nada y es la verdad, porque quería que me dieras aquel beso.

Sigo sin saber si fui o no fui su primer beso. Pero creo que acabo de confirmar que los rumores son ciertos o, al menos, lo eran el año pasado. Le gustaba.

—Puaj. No me lo recuerdes. —Me lleno la boca de agua, la muevo contra mis carrillos y la escupo a su espalda.

Rubén entorna la mirada, molesto, y sé que está a un tris de liarme alguna gorda, pero se muerde el labio y se contiene.

—Eres una tocapelotas. Luego te quejas de que te llenara el saco de dormir de arena y conchas.

—¡Me dijiste que había sido Xabi! —Alucino muy fuerte.

—Bah, te mentí. No pensaba que te fueras a enfadar tanto y sabía que a él se lo perdonarías antes que a mí.

—¡Fue asqueroso! Sabes que odio la arena.

Recordar el momento en el que metí todo el cuerpo entre arena húmeda y conchas que me arañaban la piel me pone los pelos de punta. Adoro la costa, pero la arena... Ya va siendo hora de que barran las playas.

—Solo pretendía que tuvieras la playa a tus pies la última noche que pasabas en el camping.

—¿Lo hiciste porque creías que me iba a gustar?

Mueve la cabeza arriba y abajo despacito, y yo siento un

chasquido alto y claro. Me llevo la mano al pecho asustada, ¿qué ha sido eso? ¿Se me ha roto el esternón?

Rubén siempre ha sido divertido, descarado y un poco insoportable, pero, según estoy viendo, hay una parte que no había descubierto hasta ahora, y es que, cuando quiere, también puede ser tremendamente dulce.

—Creí que te gustaría el detalle, pero te prometo que este año no habrá nada de eso, ni grillos ni palmeras encantadas.

—¿Y qué habrá?

—Eso tendrás que descubrirlo con el paso de los días, Maider.

Estoy a punto de lanzarme a por él y hacerle una ahogadilla para que confiese qué demonios está planeando cuando Noelia, la socorrista y amiga de mi hermano, se nos acerca. Ay, qué gran profesional es, siempre velando por la vida de los bañistas, hasta sin saberlo.

—Venga, Rubén, fuera del agua tu chica y tú, que ya sabes que tengo que cerrar la piscina.

—Enseguida salimos, Noe.

La socorrista se aleja justo en el momento en que estoy a punto de asfixiarme con mi propia saliva. Toso mientras Rubén me da varias palmaditas en la espalda.

—¿Tu chica? ¿Por qué no le has dicho que no lo soy? —digo con la voz rota—. ¡Se lo va a soltar a mi hermano!

—A veces sueño despierto.

Ya es oficial: tantos veranos tragando cloro nos han dejado tontos. Pese a todo, me arden las mejillas y, muy en el fondo, deseo que esto que está diciendo sea verdad y no una pequeña parte de su plan para fastidiarme durante estas vacaciones también.

—Pues cuando te despiertes te vas a llevar una decepción.

Le doy la espalda y empiezo a subir por la escalera para salir del agua.

—Confundes la palabra «decepción» con «sorpresa» demasiado a menudo. Pero no te preocupes, yo te seguiré esperando.

Me detengo a mitad de la escalera, con un pie en el tercer

peldaño y otro en el segundo, y me doy la vuelta. Pillo a Rubén completamente despistado mirándome el culo y choca conmigo. Sus manos van a parar a mi cintura para evitar que me caiga y nos quedamos sumidos en silencio en ese extraño abrazo durante un ratito. Sus ojos verdes me intimidan, su tacto me calienta y su olor me rodea, me atonta, me...

—¿Me acabas de olisquear?

—¡¿¿Estás flipado??! —Me indigno porque me ha pillado.

—Juraría que has aspirado apuntando con tu nariz hacia mí.

Su cara y la mía están a la misma altura, y por un segundo creo que lo voy a besar para hacerlo callar. Bueno, en realidad es más tiempo, algo como treinta segundos, y no es que lo crea, es que estoy a punto de hacerlo. Está claro que tengo dos personalidades en mi interior que ni se conocen, porque una me anima a que me lance sin paracaídas y la otra me tacha de loca.

—Maider, no te vayas a pensar que odio este momento, pero deberíamos salir.

Sacudo la cabeza intentando superar la tontería que me ha entrado. Debe de ser cosa de la adolescencia que dicen que estoy pasando y que no llevo demasiado bien.

—Sí, claro. Salir del agua. Vale. Buen plan.

Pero sigo mirándolo embobada, disfrutando de la suave caricia de sus manos en mi cintura y deseando que todos mis besos sean suyos a partir de este instante.

—¿Te ayudo a subir? —Levanta una ceja hasta el infinito y camufla una sonrisilla.

—No, no, ya me apaño.

Pero no me muevo, ni puedo ni quiero hacerlo, estoy perdida en el verde de sus ojos, ahogándome entre la cantidad de cosas que despierta en mi interior, fundida contra su cuerpo. ¿Qué demonios me pasa? Solo es Rubén, el chico al que odio, evito e insulto de lunes a domingo. No puedo sentir esto desde el primer día, porque cuando lleguemos al último estaré abrasada y dudo de que vaya a resurgir de mis cenizas con facilidad.

Por fin consigo apartarme de sus brazos, muerta de vergüenza, y subo lo que resta de la escalera lo más rápido que puedo, pero eso no evita que lo oiga reírse detrás de mí. Voy directa hacia la palmera embrujada donde habitualmente dejo mis cosas y la rodeo buscando mi toalla, pero no, hoy las hemos dejado junto a los setos. Cuando reacciono y me muevo, Rubén ya está a mi lado ofreciéndome mi toalla abierta. Me acerco, él me envuelve con ella y la cierra bajo mi barbilla. Ninguno de los dos decimos nada, nos limitamos a dejar que el momento se alargue hasta el infinito otra vez.

—Chicos, por favor, que ya son las nueve y diez...

Noe se carga la magia del momento y nos separamos, pero sospecho que nadie será capaz de romper esto que a lo mejor lleva mucho tiempo forjándose entre nosotros sin que nos diéramos cuenta.

¿Cómo he podido estar tan ciega?

¿Cómo ha olvidado Rubén que hace más de media hora que debería haber jugado la final de ping-pong?

¿Por qué no ha venido nadie a por él?

Cuando salimos del recinto de la piscina, me acompaña hacia la parcela. Se detiene junto al coche de mis padres y me mira de una manera que me es muy difícil interpretar.

—¿Qué tal te ha ido el año? —pregunta a bocajarro.

—¿Te estás interesando por mí?

Me resulta increíble que haya necesitado media tarde para devolverme la pregunta y que lo haga ahora mismo.

—Aunque tú no te hayas molestado en darme dos besos, no quiero que pienses que soy un maleducado rencoroso.

—¿Y no crees que llegas un poco tarde, que a lo mejor ya no tiene arreglo?

Resopla y se pasa la mano por el pelo.

—¿Me vas a contar cómo te ha ido el año o tengo que volver a llenarte el iglú de grillos?

Se ríe con toda la boca mientras yo intento aniquilarlo con la mirada. Pese a todo, decido ser cordial y ver adónde nos lleva el asunto.

—Me ha ido bastante bien, he aprobado todo. Gracias por preguntar.

Asiente sin mirarme. No parece satisfecho con mi respuesta. Me pregunto adónde quiere llegar en realidad con esta amabilidad tan repentina...

—¿Puedo hacerte otra pregunta?

Siempre ha sido muy echado para delante y ahora resulta que pide permiso para hacerme una pregunta. Algo trama. Este Rubén me inquieta y me pone nerviosa.

—Claro —concedo.

—¿Estás pillada por algún tío?

Mi boca se abre, pero las palabras se niegan a salir. Lo miro a los ojos a la espera de que se ría y me diga que me está tomando el pelo, pero no lo hace, está esperando una respuesta.

No sé qué pretende, o sí, pero no quiero pararme a pensar en ello. El año pasado jugábamos a ignorarnos y este año, en cambio, pinta que vamos a jugar a perseguirnos, a encontrarnos y a sonreírnos siempre que podamos. El deshielo está siendo muy repentino. Es como si de pronto hubiéramos puesto cierto tema encima de la mesa, aunque ninguno de los dos estemos preparados para hablar de él.

—A mí los tíos me gustan o salgo con ellos, no me dejan pillada.

Toma fanfarronada que acabo de soltar, pero que no salga de aquí.

—Bueno, ya me entiendes...

—Tampoco te lo contaría.

«Entre otras cosas, porque me muero de la vergüenza por admitir que a lo mejor eres tú el chico por el que podría encoñarme a lo loco».

—¿Por qué no me lo habrías de contar?

—Porque no es algo que te incumba, Rubén.

Ay, qué mala estoy siendo, jope. El pobre se queda mirándome desolado y mordisqueando su carnoso labio varios segundos.

—Tienes razón. No me incumbe, pero quiero saberlo igualmente.

—¿Por qué?

Le estoy dando la oportunidad de que admita abiertamente lo que tantos años lleva rumoreándose por todo el camping, pero parece que no se atreve. De hecho, da un paso atrás y se aleja un poco de mí. Se ha acobardado y no sé por qué.

—Tengo que ir a cenar —dice con cierto pesar en la voz.

Asiento y veo cómo se marcha con los hombros hundidos.

—Oye, Rubén, ¿te veo después?

—Sí, estaremos en los almendros.

Continúa calle arriba y no sé qué hacer para que no se marche, para que vuelva y me diga lo que de verdad siente por mí.

—¡Rubén! —grito de nuevo. Se da la vuelta y me interroga con la mirada.

Me acerco hasta él y le planto los dos besos que le debía.

—Me gusta que volvamos a ser amigos —admito.

—Te equivocas, tú y yo nunca podremos ser solo amigos. —Me guiña un ojo y se marcha dejándome desarmada.

Cuidado, amiga, que te vas a enamorar y dicen que los primeros amores nunca se olvidan.

3

«Ese toro enamorado de la luna»

Benicàssim, 5 de agosto de 2005

Entro en el bar con los ojos cerrados.

Es lo que hay. Por mucho que haya trabajado para aprender a controlar mis miedos, así de madura y valiente me siento ahora mismo. Mi terapeuta me aplaudiría. En la cara.

Pero es que me cuesta un mundo asimilar todos los recuerdos que me trae cada rincón de Benicàssim. Hay señales de nuestro pasado por todo el camping, pero aquí, concretamente en este bar, empezó todo, en 1983, y terminó de manera apoteósica, en 2002.

Como era de esperar, por hacer el idiota, acabo comiéndome una silla y consigo justo lo que menos busco: montar un escándalo considerable y llamar la atención de todos los presentes. Cuando abro los ojos me encuentro a Nagore frente a mí muerta de risa.

—¿Qué leches hacías con los ojos cerrados?

Mi amiga no pilla una ni por esas. Es un ser de luz, no puedo reprochárselo.

—Un experimento.

—¿Que consistía en...?

—Comprobar si soy capaz de entrar y salir a ciegas, por si acabamos pillándonos una mandanga de las buenas y tengo que arrastrarte de vuelta a la caravana.

—Pues vamos mal, amiga. —Se carcajea y me da un par de palmaditas en la espalda.

—Cuando bebes, ¿te sigue dando por cantar canciones de Disney? —pregunta Xabi de cachondeo, pero no tiene ninguna gracia. No es divertido mencionar cosas que la gente prefiere no recordar.

—Con los años he ido mejorando mi tolerancia al alcohol —contesto y, aunque no lo pretendo, sueno borde.

Soy consciente de que Xabi se imagina cómo me siento en estos momentos y que estoy evitando lo inevitable, pero necesito que me siga el rollo, que me deje afrontar esto a mi manera y me perdone si ya hace algún tiempo que no soy tan buena amiga como debería.

Retiro la silla que se ha interpuesto en mi camino y nos acercamos a la barra. Encargamos una fideuá para cuatro y pedimos unas cervezas y varias cosas para picar mientras esperamos a que nos la preparen.

Me estoy llevando la primera patata cargada de alioli a la boca, cuando oigo que alguien entra al bar hablando a grito pelado con un acento más valenciano que la horchata. Me doy la vuelta para ver quién es, pero antes de que me dé tiempo a prepararme para lo que está por venir y ponerme una buena armadura hecha de indiferencia, el susodicho se pone a cantar.

—«Y ese toro enamorado de la luna que abandona por la noche la manáááááá...».

Como no podía ser de otra manera, las risotadas de Xabi y Nagore le hacen los coros. Mi amiga hasta da palmas. Si es que, de verdad, la quiero, pero no se está enterando de la fiesta.

Aprovecho el alboroto que se ha organizado a mi alrededor para echarle una mirada furibunda a la reencarnación de Nino Bravo que acaba de entrar por la puerta y que resulta ser también el primo de Rubén, además del jefe del bar y azote de nuestro amor. Si pensaba que la gente con el tiempo se acaba aburriendo de escuchar o cantar la misma canción, estaba muy equivocada. Aquí, el señor Tito Vicent, lleva la friolera de más de diez años cantándome lo mismo con ese vozarrón que se gasta.

—Tito, ¿tú sabes que, además del top de las gasolineras de carretera secundaria turolense, existen los Cuarenta Principales? —digo sin poder evitar que se me escape una sonrisilla traicionera. En cierta manera, me hace gracia que siga vacilándome a costa de la historia que esconde esa canción.

Se acerca a nosotros, me planta un par de besos con achuchón cariñoso incluido y se apoya en la barra a mi lado.

Los años no pasan por este hombre: aunque sé que rondará los cuarenta, sigue teniendo el pelo negro como un escarabajo pelotero y ni una miserable cana a la vista. Ni siquiera en las cejas o en la tupida barba que luce. Además de tener los mismos ojos que su primo pequeño, grandes y verdes, apenas le han salido un par de arruguitas a su alrededor. Por lo demás, está tan moreno como cualquiera que no provenga de Euskadi.

—Me dirás que no te gusta esa canción —dice Tito, guiñándome un ojo.

—No sabía que en la intimidad le pegabas al cancionero de las verbenas —comenta mi amiga en tono de pullita.

—Y no le pego —aseguro con seriedad y las manos en alto.

—No reniegues tanto, Maider. Es una canción preciosa, ¿nunca te has fijado en la letra? Habla de un toro que se escapa por las noches para ver a su amada —me vacila el que faltaba, Xabi, que parece encantado de recuperar la vieja costumbre de tomarle el pelo a la pobre vasca, que resulta que soy yo.

—La verdad es que no me he quedado nunca con lo que dice. —Miento como una bellaca.

Detrás de cada canción favorita u odiada siempre hay una historia que prefieres no contar, bien sea porque quieres guardarla solo para ti, o porque no puedes ni rozarla con los dedos de tanto que te duele. Así que deberían respetar el duelo que todavía estoy atravesando y no sacar la cancioncita de marras cada vez que surge la ocasión.

—Pues mira que te la he cantado veces, más o menos desde... Déjame que haga memoria. —Tito se masajea la barba como un mafioso planeando su mayor golpe—. Si mal no recuerdo, corría el año noventa y dos cuando tu padre pilló a Rubén apedreándote el iglú a las tantas de la madrugada para que fueras a pasar el rato con él. Yo me enteré de casualidad al escuchar a vuestro vecino de parcela comentándolo aquí. Así que, como primo mayor y responsable que soy, fui a tirarle de las orejas por importunar a los clientes, pero cuál fue mi sorpresa cuando en mitad de la bronca que le estaba echando me di cuenta de que, en realidad, lo que pasaba ¡era que le gustabas! Y no pude evitar empezar a cantarte esa canción para ver si te dabas cuenta.

Nagore me está interrogando con la mirada sobre quién puñetas es Rubén Picapiedra, pero no tengo tiempo de contestarle sin antes aclarar ciertos puntos.

—No me estaba apedreando el iglú para que me fuera con él, nos escapábamos toda la pandilla a los almendros —aclaro un pelín molesta, sobre todo porque fue una de las épocas más chulas que vivimos todos juntos.

Encima, tal como lo está contando Tito, parece que hubiéramos cruzado el país entero a dedo, cuando «los almendros» no era más que un terreno sin edificar, lleno de almendros —¡sorpresa!—, que había entre el camping y las urbanizaciones que lo rodean. Pese a que mi padre nos pilló una vez, volvimos a fugarnos en alguna ocasión más para sentarnos allí, comer almendrucos, hablar de nuestras cosas... Incluso hubo una noche en la que nos bajamos a la playa, pero nadie necesita recordarlo ahora mismo.

—Ya sé que os escapabais todos juntos, pero a la que despertaba Rubén era a ti, porque a quien quería ver era a ti. —Tito enfatiza todo lo necesario para que quede claro que los amantes de Teruel éramos su primo y yo—. El resto nunca han sido tan importantes como tú. No te ofendas, Xabi.

—Todo bien, Tito —dice el navarro con una sonrisita, sacudiéndole una palmada en la espalda.

—Maider, tía, nunca me habías hablado sobre el tal Rubén —protesta Nagore, y me tira una patata a la cara que cazo al vuelo y me como.

«Porque fue el amor de mi vida y nunca lo recuperaré», reflexiono para mis adentros.

—Es que no hay nada que contar, Nago —digo con la voz un pelín tomada.

Xabi y Tito sufren el ataque de tos fingida más sincronizado de la historia. Está claro que, si mi plan ha de consistir en mentir, tengo que buscarme mejores aliados.

Nagore lo capta a la primera y cambia de táctica girándose a mi amigo. No ha necesitado más que un par de horas para deducir que sacarle información está chupado.

—Xabi, ¿hay o no hay algo que contar?

El susodicho asiente y yo noto que mis mofletes se empiezan a teñir de un rojo tan intenso como el bañador que vestía Rubén por la mañana.

—Como bien ha dicho Tito, Rubén lleva toda la vida enamorado de Maider —confiesa Xabi con cara de disculpa, como si mi amiga le hubiera puesto una navaja en la garganta al muy blandurrio.

—Llevaba —rectifico.

—Eso está por ver, porque cuando digo: «Toda la vida», no estoy exagerando ni un solo día. ¿A que no, Tito?

Joder con mi amigo Xabi, del Rubén del pasado habla que da gusto, pero del del presente casi todo son evasivas.

—Ni uno. Y lo más gracioso del asunto es que lo sabíamos todos menos ella, no veas lo mal que lo pasaba mi primo —prosigue Tito, y todos se descojonan a mi costa—. Mira que hicimos nuestros buenos intentos para que se diera cuenta, pero ni por esas, ella seguía a lo suyo, todo el día pegada a este.

Resoplo. Ya estamos con el tema de Xabi.

No hay año que no salga a colación la supuesta relación que jamás he mantenido con mi amigo. Y es que la única vez que hemos tenido contacto físico, más allá de un abrazo o nimiedades por el estilo, fue aquella noche que, jugando al maldito juego de la botella que trajo Gemma de un campamento, lo tuve que besar durante un minuto sin lengua. Pero también lo hice con la mismísima Gemma, con Rubén y con un chico de Barcelona que no volvió a aparecer por el camping. No por mi beso, sino porque la gente solía desaparecer de un año para otro sin más. O tal vez Rubén enterró su cadáver en el Desert de les Palmes, no lo sé... La cuestión es que Xabi y yo nunca jamás nada de nada.

—¿En serio, Maider? ¿No te dabas cuenta de que Rubén estaba enamorado de ti? Es que, tía, de verdad, a veces no reconoces el amor ni aunque te lo tatúen en el culo y te duela cada vez que te sientas —me recrimina Nagore, como si tuviera que posicionarse en algún bando y hubiera elegido el de mi ex solo por las risas y el buen ambiente.

—Está claro que acabé dándome cuenta —admito con la boca pequeña.

—Hombre, es que Rubén se lo curró mucho, pero mucho mucho. Hasta aprendió euskera para pedirle que saliera con él —añade Xabi con orgullo.

—¿Aprendió euskera? —Nagore no da crédito.

—Solo lo básico. *Kaixo*, *agur*... y esas cosas —comento quitándole importancia.

—Y *zurekin atera nahi dut* —contribuye el navarro—. Anda que no me costó ni nada que consiguiera pronunciar *zurekin*.

«Quiero salir contigo», qué frase tan trillada en castellano, pero qué bonita me sonó viniendo de él en euskera.

Nagore se lleva la mano al pecho y me lanza rayitos de color rosa con los ojos.

—Maider, si alguien aprende por ti ese idioma indescifrable que nos hemos inventado los vascos, es amor, es el AMOR de tu vida con mayúsculas —se viene arriba mi amiga—. ¡Qué bonito, de verdad! ¡Es el típico romance adolescente de verano!

Está saltando, la muy zumbada está pegando botes mientras aplaude como una foca.

Y sé que acaba de aflorar su lado más romántico con toda su fuerza y no va a haber Dios que la pare a partir de ahora. Estará vomitando ositos de gominola y piruletas con forma de corazón lo que resta de las vacaciones y querrá saberlo todo. TODO con mayúsculas, que diría ella. Y yo prefiero mil veces que me atropelle un tractor a tener que recordar tanto. Solo de pensarlo ya me duelen hasta las pestañas.

—¿Y qué pasó cuando te enteraste de que lo tenías loco por tus coletitas? —se interesa Nagore.

Se ríen todos otra vez, y es que los amores juveniles es lo que tienen, despiertan la ternura y los recuerdos propios de la gente. Lo malo es que hay algunos amores que consiguen traspasar un pelín la adolescencia y no solo porque duren, sino porque te dejan marcada de por vida.

—Pues nada —digo, forzando el tono más neutro posible—, no pasó mucho, la verdad, salimos un par de veces y ya.

—¡Un par de veces! —comenta Tito entre carcajadas que casi no lo dejan ni hablar.

Nagore me observa con los ojos entornados como si no me conociera. Desde que somos amigas, he tenido el tiempo suficiente como para haberle hablado de él, algún detalle o algún comentario de pasada, pero no lo he hecho porque todavía me duele. Sabe que hubo un chico que me afectó especialmente, pero no que fue Rubén.

Lo que viví con él no es la típica historia que acabas soltando entre risas cuando estás borracha, es algo que te callas porque temes que al abrir la boca salga todo lo que no quieres admitirte a ti misma cuando estás sobria.

A nadie le gusta perder y a él lo acabé perdiendo.

1995

«Su» Mediterráneo

Benicàssim, 22 de agosto de 1995

Es la tercera semana que estoy en el camping y, como Gemma se ha ido a Castelló a cenar con sus padres, he decidido no salir con los chicos. El motivo principal es Rubén, que no me ha dejado en paz desde aquella extraña conversación que tuvimos sobre si estoy o no estoy pillada por algún tío. Además de todos los planes que compartimos con nuestros amigos, en los que pasamos la mayor parte del tiempo juntos, nos hemos estado encontrando «por casualidad» a todas horas y en todos los lugares posibles del camping. ¡Hasta en los columpios! Y ya no tenemos cinco años...

Rubén el Encontradizo, lo llama mi madre.

El punto álgido de nuestras reuniones casuales sucedió hace un par de noches, cuando fui a fregar los platos de la cena y me lo encontré en los fregaderos comunes lavando una cesta llena de utensilios de cocina, algo completamente absurdo teniendo en cuenta que él desayuna, come y cena en el bar, y, que yo sepa, cuentan con un lavavajillas como poco. Pese a todo, me gustó la experiencia de fregar a su lado, compartir el Fairy, salpicarnos con agua y la conversación que mantuvimos acerca de las olimpiadas de matemáticas para las que se está preparando este año. Alucino con lo comunicativo y hablador que está. Estoy por decir hasta que me cae bien y me gusta pasar el tiempo con él a solas, pero no dejo de pensar que está jugando a despistarme con su simpatía, para que, en cuanto me lo haya creído, la hostia sea mayor.

Mis padres se han acostado bastante pronto porque mañana temprano planean subir al Desert de les Palmes, un parque natural que está muy cerca del camping, y hacer alguna ruta a pie. A eso de las doce y pico, Unai aparece en la parcela con una tirita cubriéndole la ceja izquierda. Dejo el libro que estoy leyendo y le pregunto qué le ha pasado. Me da largas y se enfurruña, así que nos metemos cada uno en su correspondiente iglú a dormir.

Una hora después estoy medio grogui, pero hay algo que no me deja caer del todo en un sueño profundo. También tengo calor, así que saco las piernas de debajo de las sábanas y me muevo buscando algún hueco fresquito en la colchoneta.

Clap.

Me giro y le doy la espalda a la mosquitera del iglú, no encuentro la postura.

Clap.

Meto la cabeza debajo de la almohada y cierro los ojos con fuerza.

Clap.

No parece que los golpecitos vayan a parar y me pregunto qué demonios será. Si estuviera en casa, pensaría que es una gotera o el idiota de mi hermano excavando un hoyo para fugarse.

Clap, clap, clap.

Saco la cabeza de debajo de la almohada y me quedo escuchando, a ver si averiguo de dónde proviene el ruido.

Clap.

Abro un poco la cremallera de la mosquitera y asomo la nariz con una sospecha anidando y creciendo en mi interior. La noche es especialmente calurosa y noto el olor del mar mezclándose con el de las hojas de los almendros que rodean el camping, pero no veo nada fuera de lugar, hasta que una piedrita me da en la punta de la nariz y escucho una risilla. Vuelvo a estudiar la calle con atención y distingo una sombra en mitad de ella.

¡No puedo creer que haya vuelto a las andadas!

Es Rubén, obviamente, quien está en cuclillas justo en el borde de nuestra parcela, y parece tener un buen arsenal de piedras preparadas en la mano, como cuando éramos unos críos.

No me sorprende que sea él, y no Gemma, Xabi u Óscar, porque este tipo de vandalismo siempre ha sido muy suyo.

—¡¿Me estabas apedreando el iglú otra vez?! —susurro, pero grito. No sé cómo me las apaño, pero hago las dos cosas a la vez.

—¡Por fin te despiertas! —responde con efusividad, y tira el resto de las piedras a su espalda, que caen en cascada al suelo.

—Baja la voz, que vas a despertar a mis padres y ya sabes lo que puede pasar.

Asiente y se lleva el dedo índice a los labios. A buenas horas se da cuenta, parece mentira que sea tan inteligente.

Me hace señas para que salga, pero no lo tengo nada claro, no debería escaparme del iglú a las tantas de la noche, y menos con él. Ya hemos pasado por esto y me costó mucho convencer a mis padres para que me volvieran a dejar dormir fuera. De hecho, accedieron a mantener mi independencia siempre que me comportara en consecuencia y me advirtieron de que otra fuga más supondría cascabeles en la cremallera de mi iglú o un castigo de por vida. Así que, aunque me quede solo un día más en el camping, si me pillan perderé la tienda de campaña y no podré salir con mis amigos el año que viene, y no sé si me compensa.

—Venga, no seas miedica —masculla Rubén, ya en pie, en posición para salir corriendo en cuanto me decida, con una mirada de súplica que me hace cositas en el estómago.

Sigo dudando unos instantes más hasta que él vuelve a apremiarme con un gesto de sus manos y me sonríe. Menos mal que los vuelcos en el corazón y las palpitaciones no son visibles desde el exterior, porque, de ser así, estaría más que abochornada por la manera en la que está reaccionando todo mi cuerpo este verano.

Y así, a cuatro meses de cumplir los quince y con una historia de más de diez años juntos, confirmo por primera vez que estoy tan colgada por Rubén, que estoy a punto de cometer una locura con tal de estar con él. No me reconozco.

Aparto las sábanas, me calzo unas zapatillas de deporte y abro despacito el resto de la cremallera. Salgo de la tienda de campaña como una contorsionista para no hacer ruido, vuelvo a cerrarla y voy de puntillas hasta la calle. Maldita sea, no recordaba que las piedritas que hay en la parcela son más efectivas que cualquier alarma de alta tecnología: a la mínima que me despisto, crujen como si abriera una bolsa de patatas fritas en mitad de misa.

En cuanto pongo un pie en la calle, Rubén me coge de la mano, que es diminuta en comparación con la suya, y salimos corriendo juntos. Nos reímos, no sé muy bien de qué, porque si me pillan nos va a caer la del pulpo. Y, en esta ocasión, dudo de que Rubén se libre como la otra vez.

Al llegar al bar, que ya está cerrado, pasamos de largo y vamos hasta la barrera de recepción. Él la salta por encima y yo la paso por debajo, porque esto es una fuga al estilo libre, sin planificar.

—¿Adónde vamos? —pregunto en cuanto hemos alcanzado la libertad, también conocida como la acera que hay delante del camping.

—A la playa —dice, todavía jadeando.

—¡No puedo ir a la playa en pijama!

—Eso que llevas no es un pijama. —Me mira de arriba abajo más tiempo del necesario, empieza por la cara y va descendiendo milímetro a milímetro hasta los pies. Y vuelta a empezar.

Pongo los ojos en blanco por varios motivos: primero, porque el repaso que me está pegando es de lo más descarado e innecesario, y, segundo, porque por mucho que Rubén se crea a la altura de juzgar lo que es un pijama y lo que no, el conjunto de pantalón corto y camiseta de tirantes que llevo es la ropa que uso para dormir. La mar de fresquita, además.

—Deja de mirarme —exijo con las mejillas encendidas.

—Deja de pedirme cosas que sabes que no quiero hacer.

Ya estamos otra vez con la sonrisa en la boca. Si es que no tenemos remedio. El año pasado él era un idiota, pero este año hemos hecho equipo para serlo los dos.

—Venga, Mai, eso que llevas puesto pasa por ropa de calle de sobra... Además, Xabi, Gemma y Óscar nos están esperando.

No me sorprende saber que los demás están por ahí todavía. Normalmente soy la que tiene los horarios de salida más reducidos, a las doce en la parcela, como Cenicienta. A Gemma, en cambio, como vive en la zona y sus padres son más permisivos, la dejan quedarse hasta la una, y Xabi, Rubén y Óscar, como son chicos, hasta las dos. Las cosas son así. Pese a todo, me quedo clavada en la acera. Una cosa es fugarme a los almendros que rodean el camping y otra muy diferente bajar hasta la playa.

—Venga, estás conmigo, no dejaré que te pase nada.

Se piensa que me da miedo andar de noche por las solitarias urbanizaciones de Benicàssim, pero no es así. Solo temo por mis padres y tal vez un poquito por estar con él a solas ahora que sé que esto me importa más de lo que creía.

Decido que explorar lo que siento por él en este momento es más importante que todo lo demás y vuelvo a cogerlo de la mano. Pegados el uno al otro rodeamos el camping por fuera y enfilamos hacia la playa del Heliópolis.

En cuanto pisamos la arena, que todavía no ha perdido del todo el calor del sol, veo a mis amigos sentados en el suelo bajo varias palmeras, un poco camuflados.

—¿Están de botellón? —pregunto a Rubén.

—Sí, Óscar se ha agenciado una botella de vodka, Xabi una de Kas de limón y yo he cogido prestados unos cuantos vasos del bar.

Me pongo un pelín nerviosa. No es la primera vez que bebo —el año pasado en la feria de Santo Tomás me bebí un *kalimotxo* yo solita—, pero está claro que el vodka juega en otra liga. Y si con el *kalimotxo* me puse de lo más alegre, amorosa y habladora, no sé qué puede pasar esta noche. Ojalá no se me escape nada que me deje en evidencia, que nos conocemos.

Cuando nos acercamos, todavía cogidos de la mano, Xabi nos dedica una sonrisa cómplice, añade dos vasitos más a la fila de tres que ya tenía preparada y empieza a llenarlos como si fuera un barman profesional.

—Por fin, Maider —dice Gemma con otra sonrisita tan cómplice como la de Xabi, y moviendo las cejas arriba y abajo me indica que está segura de que Rubén y yo nos hemos enrollado por el camino. Si es que...

Suelto la mano de Rubén y me siento junto a mi amiga. Él hace lo propio a mi lado.

Gemma me interroga con la mirada, pero con tanto público, no puedo más que encogerme de hombros, aunque, por desgracia, tampoco es que tenga mucho que contarle. Mi amiga asiente, me hace un gesto con la mano indicándome que ya hablaremos en otro momento y acto seguido empieza a relatarme, toda emocionada, que cuando ha vuelto de cenar en Castelló con sus padres, Óscar la estaba esperando en su parcela con la botella de vodka escondida debajo de la camiseta. Por lo visto, ha sido ella quién ha elegido la playa como destino, y ha estado a solas con él hasta que ha llegado Xabi. Al final, va a ser que mi amiga tiene más que contar que yo.

—Xabi, colega, ¿hace falta tanto ritual para preparar unos chupitos? —pregunta Óscar con recochineo.

—Menos quejas, esto ya está —anuncia Xabi—. Dos golpes y de un trago.

Mis amigos han mangado una tabla pequeña de algún sitio para que haga las veces de barra y, uno a uno, van cogiendo los chupitos que ha preparado Xabi, tapan la boca con la palma de la mano, les dan dos golpes fuertes contra la madera, haciendo que las burbujas estallen, y se los beben.

Cuando me llega el turno, hago lo mismo que ellos y me trago lo que Xabi ha bautizado como «machacado». No me agrada demasiado el sabor, es fuerte, pero no quiero ser menos que los demás y poner caras raras.

—¿Te gusta? —se interesa Rubén.

—Hace que me pique la nariz —respondo, sintiendo todavía el cosquilleo que me han dejado las burbujas en la boca y calorcillo en el estómago.

Gemma, Xabi y Óscar se preparan un segundo «machacado».

—No quiero más —dice Rubén con cierto halo de misterio y superioridad.

En mi caso, tampoco quiero otro chupito más porque prefiero ir despacio. Nadie me juzga cuando lo comento y agradezco que sea así.

La noche avanza y la conversación y las bromas fluyen alegremente entre nosotros. Pero yo solo tengo ojos para Rubén. Me gusta verlo reír con nuestros amigos, me apasiona fijarme en cada pequeño detalle, en cómo se mueven sus generosos labios cuando habla, cómo gesticula con sus manos, la cantidad de cosas que expresa su mirada...

—Y vosotros dos, ¿cómo es que este año ya no os tiráis a la yugular? —pregunta Óscar a bocajarro mientras se prepara otro chupito.

—¿Tienes algún problema con eso? —le recrimina Rubén muy gallito.

Xabi y Gemma se ríen por lo bajo. Óscar no ha hecho más que soltar la pregunta que se hacen los tres desde que llegué, y Rubén ha reaccionado con recelo, como siempre tratándose de mí. Porque una cosa es que él se meta conmigo y otra que lo hagan los demás. Eso no lo permite, nuestra relación de vacile siempre ha sido exclusiva.

—No tengo ningún problema con que os llevéis bien —asegura Óscar—, de hecho, me jode cuando discutís a todas horas, pero podríais habernos informado de que este año habíais decidido ser amiguitos de nuevo. Nos tenéis en vilo a la espera de que empiece la bronca.

—¿Y a ti qué más te da lo que hagamos Maider y yo? —continúa Rubén, cada vez más mosqueado.

—Pues también es verdad, tío. —Óscar levanta el tercer chupito y lo machaca contra su propia cabeza—. ¡Por vosotros y por lo que sea que estéis haciendo!

71

Se lo bebe de un trago a la par que Gemma niega levemente y Xabi se mea de la risa. A este paso, sé de uno al que vamos a tener que arrastrar de vuelta al camping.

Seguimos sentados un rato más, hablando de nuestras cosas, y machacamos varios vodkas más. Al final, acabo tomándome cuatro en total, pero Rubén continúa sin beber. Empezamos a notar las lenguas sueltas, la ausencia de filtros y nos reímos de tonterías. Siento un ligero mareíllo bastante sospechoso que me nubla un poco la mente y decido acercarme a la orilla para despejarme. Rubén me acompaña y me viene genial que lo haga, lo uso de apoyo para quitarme las zapatillas antes de meter los pies en el agua. Él hace lo mismo.

—Parece mentira que el agua esté tan caliente —digo chapoteando en la orilla.

—¿No es del agrado de la chica del Cantábrico?

—Bueno, parece una charca, la verdad.

Sus cejas se fruncen de indignación y sus ojos verdes brillan de rabia. Sé que acabo de tocar uno de sus puntos débiles, pero no pienso parar hasta que reviente, necesito que se meta conmigo como hacía el año pasado, ponerlo a prueba, porque esta situación de amistad renovada, esta tensión tan palpable, me descoloca el corazón demasiado a menudo.

—Rubén, míralo —señalo el mar con mis manos—, no es más que agua estancada entre España e Italia. ¡La piscina de Europa!

Resopla y me encara. Mi nariz queda, más o menos, a la altura de su abultada nuez.

—Te estás metiendo con «mi» Mediterráneo, con el mar que me ha visto crecer.

—Ni que fueras la Sirenita, chaval.

Se ríe echando la cabeza hacia atrás. Me gusta su risa, es tan... gutural. Si es que esa palabra significa lo que creo.

—¿No te parece que, más que una sirena, soy un tritón?

—Siento explotarte la burbuja, pero no eres ningún dios griego.

—Me conformo con semidiós del agua.

—¿Y no te vale con semiidiota?

72

—Esa palabra no existe.

—No existía hasta que naciste tú.

—Me ofendes.

—Ya me extraña que tu ego sienta algo.

—Claro que siente, de hecho, ha sufrido un pinchazo. Voy a tener que llevarlo a que le pongan un parche.

Me mira fijamente como queriendo decir que el comentario es lo de menos, que lo que le importa es que se lo he hecho yo. Pese a todo, se está riendo. Creo que estos tiras y aflojas le gustan tanto como a mí.

—Pues aprovecha para que te lo revisen bien, porque ese tamaño tan descomunal no puede ser normal.

—¿Seguimos hablando de mi ego?

Pongo los ojos en blanco y resoplo.

—Volvamos al tema principal, por favor... Como te iba diciendo, tendrías que ver la costa Cantábrica antes de fardar tanto de esta charca.

—¿Te refieres a ese mar del que huis los vascos porque no hay quien se bañe ni en verano? —responde picado.

—Eso no es verdad, no huimos.

Vuelve a soltar una risotada.

—A los hechos me remito: llevas doce años veraneando en Benicàssim, también conocido como un pueblo costero del Mediterráneo, por algo será.

El muy sabelotodo lleva la cuenta.

—Que vengamos aquí, tiene poco que ver con el Cantábrico y mucho con el clima. No se puede tener una costa tan espectacular como la nuestra y que, encima, haga sol. No se puede tener todo.

—¿Y aquí lo tienes todo?

Deja la pregunta suspendida en el aire mientras camina de espaldas con una sonrisa dedicada a mí con nombre y apellido. Se quita la camiseta y me la tira para que se la guarde. Avanza unos metros más y en cuanto el agua lo cubre lo suficiente se lanza de cabeza y empieza a nadar. Me quedo plantada, abrazada a su camiseta y rodeada por su olor, pero sin olisquearla, por si me vuelve a pillar. No lo sigo al agua, porque he bebido y, encima, tengo un lío de proporciones épicas en el corazón. ¿Qué estamos haciendo? ¿Por qué no podemos estar siempre así de bien? ¿Por qué no podemos asumir de una vez por todas que hay algo más entre nosotros?

Y lo más importante de todo: ¿por qué no damos el paso ninguno de los dos?

Media hora después, para sorpresa de todos, ha sido Óscar quien se ha tenido que llevar de vuelta al camping a una Gemma bastante borracha, que no dejaba de cantar «Aquí no hay playa», como si estuviera en mitad de Cuenca rodeada de madrileños. Así que nos hemos quedado solos Xabi, Rubén y yo. Estamos sentados en la arena de nuevo, echándonos unas risas como hacíamos antaño y, aunque se nos ha acabado ya el alcohol, tengo un subidón considerable todavía. Me siento la reina del mambo.

—Rubén, ¿te acuerdas de cuando Tito nos echó ginebra en las Coca-Colas?

Nos partimos de la risa los tres. Fue dos años atrás, durante las fiestas del camping. Xabi y Rubén se habían apuntado al campeonato de mus y llegaron hasta la final. Les tocó enfrentarse a su primo Tito y a otro campista habitual de Madrid. Los chicos son buenos en mus, muy buenos; de hecho, Xabi nos enseñó a jugar con apenas once años, y los adultos tenían muy mal perder. Les pareció gracioso achisparlos y hacerles perder la concentración, solo que el resultado no fue el esperado: Xabi y Rubén ganaron el campeonato.

—¿Y cuando pillaron a Maider robando aceitunas en la parcela de aquel matrimonio de Jaén? —nos recuerda Rubén.

El buen señor de Jaén maceraba sus propias olivas y se comía un platito todos los mediodías. A mí siempre me han pirrado las aceitunas de cualquier tipo y aquel era un manjar irresistible, así que un día que estaban en la playa me colé en su parcela y, cuando volvieron, me pillaron con el tarro abierto y la boca llena. Menos mal que les dio por reírse, aunque eso no quitó para que se enterara todo el camping de mi pequeño delito.

—A partir de ese día, cada vez que voy al bar, Tito me regala un palillo con dos aceitunas —comento con una sonrisa.

74

—Te quejarás, mi primo te trata como a una reina —dice Rubén, guiñándome un ojo.

—Excepto cuando me canta «El toro y la luna».

Rubén sonríe, pero no dice nada. Por verlo así, soy capaz de aprenderme la canción y cantarla a coro con Tito.

Durante un buen rato, seguimos recordando viejas historias del camping que nos hacen sentir muy mayores. Y es que tenemos tantos recuerdos compartidos y tantas experiencias, que, aunque solo nos veamos unas pocas semanas al año, sentimos que hemos crecido juntos.

A eso de las tres de la mañana, habiéndonos saltado el horario de vuelta de Xabi y de Rubén, nos encaminamos hacia el camping. Todavía voy bastante perjudicada, pero ellos parece que no. Xabi farda de su práctica con el alcohol y Rubén apenas ha bebido un chupito en toda la noche.

En cuanto llegamos al camping y veo la piscina, tan calmada como el mismísimo Mediterráneo, me pongo a dar saltitos de la ilusión que me entra.

—Tengo una idea supergenial, chicos. ¡Vamos a bañarnos! ¡Desnudos! —propongo a grito pelado. Xabi me tapa la boca y le echa una mirada a Rubén pidiéndole un poco de ayuda. El susodicho resopla y se revuelve el pelo.

—Xabi, párala tú, porque a esto me apunto de cabeza.

—¡Uuueee! —Levanto los brazos y agito el trasero en señal de celebración.

Me quito a Xabi de encima, me saco la camiseta por la cabeza, se la tiro a Rubén como ha hecho él en la playa y me quedo en sujetador. Disfruto viendo lo paralizado y descolocado que se ha quedado.

—De cabeza, Xabi, voy con ella de cabeza donde quiera.

El navarro le da un par de palmadas en la espalda, pero Rubén no aparta los ojos de mí ni por esas. Me ve a diario en biquini en todas las posturas posibles, pero tenerme en sujetador le está afectando una barbaridad. Por lo visto, la ropa interior tiene un morbo que el biquini nunca alcanzará. De hecho, se ha puesto tan serio que parece que estuviera debatiendo consigo mismo qué hacer con su vida a partir de ahora, no sabe si saltarse las normas del camping que regenta su familia, darme lo que le estoy pidiendo y ganarse el castigo del siglo, o ser un buen chico y escoltarme hasta mi parcela.

—Cuando nos pillen, la mayor bronca te la vas a comer tú. Así que tú mismo —le recuerda Xabi.

—Sigue por ahí, que me estás convenciendo —lo anima Rubén.

—Recuerda que tu padre te ha prometido que te comprará una moto si no le tocas los cojones más de la cuenta...

—Chica o moto. Tío, no sé si me convence tener que elegir. ¿De qué me sirve la moto si no la tengo a ella? —Sigue con la vista clavada en mis pechos y a mí me encanta que me mire así.

—Venga, Rubén, piénsalo, colega, ¿de verdad quieres que yo la vea desnuda? —Xabi alza una ceja porque sabe que esta vez sí que ha dado en el clavo.

—Maider, ¡ven aquí ahora mismo! —me exige Rubén con mi camiseta preparada para que meta la cabeza por el agujero.

No le obedezco, más bien todo lo contrario: le hago una pedorreta, empiezo a correr alejándome de él en dirección a la piscina y por el camino me voy soltando las zapatillas y quitando el pantalón corto torpemente. Rubén se echa a reír con ganas y sale disparado detrás de mí, pero yo le lanzo una zapatilla para ralentizarlo. Xabi nos observa con los brazos cruzados sobre el pecho, no sabe si reírse o pegarnos cuatro gritos por comportarnos como dos críos. Mientras tanto, sigo corriendo en círculos y me burlo de Rubén porque no consigue pillarme, pero sus brazos de nadador acaban alcanzándome justo cuando estoy a punto de encaramarme a la valla y saltar dentro del recinto de la piscina. Me coloca sobre su hombro y me arrea un cachete juguetón en el culo. Como voy boca abajo y lo que tengo justo delante es su trasero, estiro la mano y se lo devuelvo.

—Menudo culazo que tienes, Segarra —digo, y me echo a reír en plan «jijiji».

—¿Segarra? ¿Ahora me llamas por mi apellido?

—¿Cómo prefieres que te llame?

Me deja en el suelo y me mira fijamente.

—Se me ocurren un montón de cosas, pero las dejo para otro momento. Ahora centrémonos, jamás pensé que llegaría el día en que tendría que decirte esto: Maider, vístete, por favor.

Me ofrece mi ropa y las zapatillas, pero lo ignoro, apoyo mis manos en su pecho, me pongo de puntillas y le hago ojitos.

—Porfa, Rubén, vamos a bañarnos juntos, tengo muchísimo calor... —ruego, pegada a su oído, y deposito un besito casto y tierno en su mejilla.

—Me lo estás poniendo muy, pero que muy difícil...

Alterna la mirada entre la piscina y mi cara. Estoy consiguiendo que dude, así que le doy otro besito en el cuello y este segundo lleva un poquito de lengua de regalo.

Noto cómo se le tensan los músculos bajo las palmas de mis manos y lo oigo resoplar sobrepasado por la situación en la que lo he puesto. Estoy a punto de ganar.

—Venga, vamos a portarnos bien y a hacer caso al tío Xabi, ¿vale? —me pide con su mirada clavada en mi boca.

—Oye, por mí no os cortéis, ¿eh? —responde el aludido entre risas.

—Xabi, *amic*, no te creas que lo hago por ti, porque por mucho que estés aquí y por mucho que seamos colegas los tres, no te vayas a pensar que me voy a cortar un pelo con ella, pero tenemos que llevarla a la cama antes de que líe alguna bien gorda.

—Si queréis meteros mano a saco, me piro a mi iglú tan feliz... —aclara el navarro, guiñándome un ojo.

«Ay, Xabi, cuánto sabes y cuánto callas siempre».

—¡No te vayas, Xabi! ¡Nooo! —me lamento a tope de drama y me lanzo a abrazarlo—. No quiero que te marches, eres mi segundo mejor amigo.

Xabi me pone los dedos en la barbilla para que lo mire.

—¿Segundo?

—Sí, segundo.

—¿El idiota de Rubén ha vuelto a destronarme de tu corazón? —se mofa el muy capullo.

—¡Eh! Que te estoy oyendo —protesta el otro.

—Chiiicooos —los riño y me llevo las manos a las caderas como una señora—, sois mis mejores amigos *forever* los dos. Y os quiero un huevete. —Los estrujo entre mis brazos y los sobo por todas partes con cero pudor. Un culo por aquí, un pecho por allá..., indistintamente.

—Nosotros también te queremos —dice Xabi, y me aparta las manos sin muchos miramientos—. Pero para quieta, anda, y vámonos a dormir.

—Me gusta tu pelo, Xabi. —Acaricio su cabeza como si fuera un perrito y oigo que Rubén se ríe a mi lado—. No te pongas celoso, Segarra, que también me encantan tus ojazos. —Alargo un dedo hacia él con la intención de metérselo en un ojo, pero me lo aparta. Me rodea la cintura con un brazo y siento su boca pegada a mi oído. Como por arte de magia, estoy ardiendo otra vez.

—Venga, Mai, pórtate bien, que si me despisto me sacas un ojo.

—Es que me gustan mucho. Son tan verdes que parecen dos kiwis con sus puntitos y todo.

—Pero mejor en mi cara que en tu mano, ¿no crees?

Acepto que tiene razón meneando la cabeza arriba y abajo. La calle entera se mueve como si estuviera montada en un barco que navega a la deriva y que está a puntito de empotrarse contra la costa.

A lo mejor mañana me arrepiento de este ataque de amor incondicional que acabo de tener, pero es que necesito sentirlos cerca, quiero que sepan lo importantes que son los dos para mí.

Xabi enfila calle abajo y Rubén se queda pegado a mí mientras me visto. Le cuesta un mundo apartar la mirada.

En cuanto estoy lista, echamos a andar detrás de Xabi. Rubén lo alcanza enseguida, mientras que yo me vuelvo a detener para observarlos. Estos dos chicos lo son todo para mí, no entiendo la vida sin ellos a mi lado. Además, me flipa cómo están cambiando sus cuerpos, sobre todo el de Rubén. Esa anchura de espaldas, ese culo respingón, esas piernas fuertes...

Xabi se para a ver qué estoy haciendo y me apremia con

la mano para que los siga, pero no puedo hacerlo porque, de pronto, se me ha iluminado la única neurona que me queda sobria. He recordado la conversación que he tenido con Rubén sobre el Mediterráneo, su mar y cuánto lo admira, y creo que he dado con la manera de lanzarme y decirle lo que siento por él.

—«Quiero que sepas que bien estarás, quisiera poder quedarme a tu ladooooo...» —me pongo a cantar como si me fuera la vida en ello.

Xabi y Rubén están entre atónitos y muertos de la risa. Pese a eso, se me acercan.

—¿Qué leches le ha dado ahora? —le pregunta Xabi a su amigo.

—Diría que es *La Sirenita*. Mi hermana tuvo una época muy fuerte con esa peli, pero no estoy seguro.

—«Me gustaría tanto verte feliiiiiiiiiiiz...».

Dirijo con mis dedos la orquesta imaginaria que me acompaña con una melodía que sospecho no suena más que dentro de mi cabeza.

Xabi se parte de risa. Creo que ya ni siquiera intenta ser discreto por la bronca que nos pueda caer si nos pillan. Lo cojo de las manos y le hago dar vueltas, pero no es buena idea, así que paro y sigo cantando.

—«Y disfrutar bajo el sol tu compañía sin condicióóóóón. Yo volveré, ya lo verás, por ti vendréééééééé...».

Giro sobre mí misma y no me voy al suelo porque Rubén me endereza en el último momento. Aun así, continúo con la canción; de hecho, llego a la parte más importante, al subidón, y tengo que darlo todo. Elevo los brazos al aire y me dejo llevar por la letra con la vista clavada en los ojos de Rubén.

—«No sé qué hacer, cuándo será, pero yo debo aquí regresaaaaaar, siento que síííí, puedo formaaaar ¡¡¡parte de éééééél!!!».

Noto el viento a favor revolviéndome la melena.

Las olas rompiendo a mi espalda.

El agua salpicándome la cara.

Y sé que es el momento más perfecto de mi vida, al menos

hasta que el segurata del camping viene corriendo hacia nosotros, porque, como me dice Rubén entre dientes «la estoy liando».

—A ver, esa exaltación al amor, chicos, más bajito —dice, y me indigno.

—¡Es *La Sirenita*, Jacinto! ¡Es la magia de Disneeeyyy! —Muevo las manos en el aire imitando las olas del mar. Rubén me las baja y le sonríe a su tío como queriendo decirle: «Aquí no hay nada que ver, solo está un poco zumbada». Me río de la cara de bueno que está poniendo y agito los deditos un poco más para fastidiar su coartada y hacerlo rabiar.

—A tu padre le encantará saber esto mañana, Maider —amenaza el señor Jacinto Segarra, esforzándose por mantenerse en su puesto como adulto responsable.

Debería preocuparme que mi *aita* se entere de esto, pero, contra todo pronóstico, lo que más me duele en este instante es que nadie se tome en serio *La Sirenita* y que no valoren como es debido el momentazo que estoy viviendo con su canción, por lo tanto, hago un mohín y le doy la espalda al tío de Rubén muy mosqueada.

—Venga, Ariel, a la cama. —Xabi aprovecha mi cambio de dirección para rodearme la cintura y empujarme de nuevo hacia mi caravana.

—¿Y tú quién eres? ¿Sebastián? —le pregunto a Xabi con sarcasmo.

Abro y cierro las manos como si tuviera pinzas y me descojono yo sola.

Xabi interroga con la mirada a su amigo.

—Creo que es el cangrejo —susurra Rubén, y se encoge de hombros.

—¿Tengo que tomármelo bien o mal?

—No lo sé, colega, no soy experto en esa peli, pero parece majete.

Dejamos atrás a un alucinado Jacinto que amenaza a Rubén con una conversación por la mañana.

Llegamos a mi parcela y abren la cremallera de mi iglú como si estuvieran desarmando una bomba, algo que no me extraña, sabiendo que mi padre a veces tiene el oído más fino que un murciélago. Me tiran dentro y reboto contra la colchoneta. Protesto, menuda delicadeza tienen, parece mentira que me quieran tanto.

—Deberíamos montar guardia. Con el pedo que lleva, lo mismo sigue cantando si nos vamos —le dice Rubén a Xabi entre susurros.

—Yo creo que caerá muerta en breve.

—¿Tú sabes cuántas pelis tiene Disney? No me la jugaría.

Me revuelco sobre las sábanas mientras sigo tarareando *La Sirenita* bajito, pero con toda la emoción del mundo. Rubén se lleva el dedo índice a la boca y me chista para que abandone mi carrera en el canto y, aunque me doy cuenta de que le cuesta mucho mantenerse serio, me callo, cruzo los brazos sobre el pecho y resoplo.

—Tienes razón, tío, será mejor que la vigilemos. ¿Te quedas y vengo en un par de horas?

Rubén asiente, conforme, y se despiden chocando los puños. Xabi se marcha rumbo a su caravana para dormir y Rubén se sienta junto a mi iglú. Estoy tumbada en la colchoneta con la cabeza apoyada al lado de la entrada, mirándolo. Parezco una tortuga que ha volcado.

—Maider, venga, duérmete.

Mete las manos en el iglú y tira de la sábana para taparme.

—¿Te vas a quedar conmigo? —pregunto con ojos soñadores.

—Hasta que me pille tu *aita*.

—¿Tú también me quieres, Rubén?

—Muchísimo. Sobre todo esta noche, que me estás volviendo especialmente loco.

Ignoro sus protestas camufladas, me enderezo y me acerco mucho a él. No sé qué me pasa con su espacio vital, pero solo quiero invadirlo, conquistarlo y llenarlo con mi amor.

—¿Sabes? Tú estás enamorado de mí. —Entorno los ojos y lo señalo—. Por eso me preguntaste si estoy pillada por alguien y usas el Fairy como excusa para estar a solas conmigo.

—No me digas que por fin te has enterado de que me gustas. ¿Quién te lo ha dicho? —se cachondea como si el tema fuera una novedad.

—Tú. Me lo has dicho tú.

—Yo no he abierto la boca, Maider.

—Aquella tarde en la piscina, tú me dijiste... —Subo y bajo las cejas y espero que pille a qué me refiero, porque me ha costado la hostia sincronizarlas.

—Yo... ¿qué? —Se está mofando, el muy cabrón se está riendo de mí.

—Me dijiste que me dabas una semana..., y aunque no te lo he dicho, me han sobrado días.

Por mucho que estemos en penumbra, veo que se está poniendo colorado.

—¿Te ha gustado la canción de *La Sirenita*?

—Sí, claro, se nota que le pones alma. —Asiente exageradamente y, aunque creo que me está mintiendo, acepto su cumplido.

—Gracias. —Me sonrojo un poco yo también—. Te la estaba cantando a ti.

—Nunca he sido muy fan de Disney.

—Es posible que no haya acertado eligiendo la canción, pero solo quería que supieras que tú también me gustas.

Con lo engreído que es siempre, a la hora de la verdad está jugando con las piedritas del suelo mientras sonríe con timidez.

—Repítelo.

—Me gustas.

—Otra vez, pero a poder ser, sin reírte.

Y me río, claro que me río. Como una loca.

—Rubén Segarra, me molas.

—¿Desde cuándo? —Le cuesta hasta pronunciar la pregunta.

—Ay, no sé. —Me llevo las manos a la cara y me la tapo.

—Mai, no te me vuelvas vergonzosa ahora. Con la noche que llevas, sería una pena.

No sé de dónde sale este ataque de valentía, pero me pongo a cuatro patas y saco medio cuerpo del iglú. Mis manos se apoyan en sus rodillas y mi boca apunta y dispara a la suya. No tengo ni idea de lo que estoy haciendo. Tal vez sea el calor, el alcohol, Disney o el grillo que me amarga todas las noches, pero voy a besarlo.

—¡¿¿Qué cojones estás haciendo??!

—Baja la voz —lo riño con mis labios casi rozando los suyos.

—¡Te has tirado encima de mí!

—Iba a besarte, pero ¡te has movido!

—Y eso, ¿a santo de qué? —Pretende hacerse el duro, pero está sonriendo.

—¿Estás rechazándome?

—Nuestro primer beso de verdad no va a ser así —dice con dulzura, y me retira un mechón de pelo detrás de la oreja.

Vuelvo a lanzarme a por sus labios para rebatir su negativa, pero él me esquiva otra vez. Puede que el alcohol me esté empujando a la locura, pero es algo que deseo hacer con todas mis fuerzas desde hace días y no entiendo por qué él me está dando calabazas.

—¿Mi opinión no cuenta? —protesto.

—No, porque yo llevo bastante más tiempo que tú en esta relación —se pitorrea.

Vuelvo a meterme en el iglú, enfadada, y me tumbo dándole la espalda.

—Si mañana sigues queriendo besarme... —susurra—, cuando se te haya pasado la borrachera que llevas y eso...

—Espero que mañana se me hayan quitado las ganas del todo, ca-pu-llo.

Por la mañana, cuando me despierto, Rubén ya no está fuera de mi iglú. Me cambio de ropa y subo corriendo al bar, donde lo encuentro desayunando mientras hojea un periódico.

A pesar de que me muero de la vergüenza por todo lo que pasó anoche, en especial por el tema del beso que no me permitió darle, me acerco a él con valentía. Total, no puedo liarla más...

—*Egun on*, Ariel —me saluda alzando las cejas y, aunque no se ríe, sé que por dentro se está descojonando a causa de mi actuación magistral.

—Hola —respondo con timidez y carraspeo. Tanto cantar por el camping me ha dejado la voz un pelín tocada.

Aparto la silla, me siento a la mesa frente a él y estudio mis manos, preocupada. Sé que quiero decirle muchas cosas, demasiadas, pero no tengo ni idea de por dónde empezar. Él me concede un tiempo para que reorganice las ideas y no se hace una idea de lo agradecida que le estoy.

—¿Te has quedado conmigo toda la noche? —pregunto por fin.

Levanta sus ojos verdes del periódico y me mira. Parece cansado, pobre, dormir a la puerta de mi iglú para evitar que organizara una verbena lo ha dejado hecho polvo.

—Pues sí, Xabi no ha vuelto a aparecer, así que me he quedado hasta que se ha despertado tu *ama* y me ha pillado con un balón de playa medio desinflado como almohada.

Estrujo el bajo de mi camiseta entre mis dedos.

—Vaya... ¿Te ha echado la bronca?

Rubén pasa una página de deportes con parsimonia y le da un traguito a su Cherry Coke. Me está haciendo sufrir deliberadamente.

—No, no me ha dicho gran cosa.

—¿Y qué le has dicho tú?

Vuelve a alzar sus ojos y los clava en mí.

—Que había bebido demasiado y que me perdonara por haberme quedado dormido en vuestra parcela mientras hablaba contigo.

Esto sí que no me lo esperaba. Me ha cubierto y ha cargado con las consecuencias que pueda haber. ¿Quién es este chico que tengo delante y por qué nadie ha tenido la decencia de presentármelo antes?

—Parece que ha colado. Tu madre se ha reído y me ha invitado a desayunar, creo que le gusto. —Me guiña un ojo—. Pero no he aceptado, he preferido no tentar a la suerte y que se despertara tu padre, porque él sí me da miedo. Además, seguías profundamente dormida, así que me he ido a la cama a descansar un rato.

—Gracias.

—Tú también lo hiciste por mí. —Se encoge de hombros quitándole importancia.

—¿Yo? —Abro los ojos, alucinada—. ¿Cuándo he hecho algo así?

—Aquel verano que estuve con anginas no te separaste de mí.

Mi cerebro busca a través de los años hasta dar con el verano del que me está hablando. Tendríamos unos ocho o nueve años, no estoy segura, y él se puso realmente enfermo, tanto que llegó a estar en cama toda una semana. Me parece increíble que lo mencione, más que nada porque nunca creí que lo que hice hubiera sido tan importante para él.

—Es que estabas muy gracioso delirando por la fiebre —me justifico—. Me dijiste que, si palmabas, podía quedarme con tus cromos de fútbol.

—Tenía el cromo de Schuster con la camiseta del Madrid. Cualquiera con dos dedos de frente sabría que era una demostración enorme hacia ti.

Con Rubén siempre hay que leer entre líneas, pero hoy no estoy en mis cabales, entre otras cosas, porque los cuatro chupitos que me bebí están jugando un partido de tenis entre mi cabeza y mi estómago. ¿Qué está tratando de decirme, que ya entonces le gustaba? No puede ser.

—Tal vez no te lo agradecí lo suficiente —añado con ironía.

—Bueno, es verdad que no me diste las gracias, pero, en su defecto, me prometiste que, si sobrevivía, serías mi novia.

—No dije eso.

Madre mía. Menudo giro acaba de pegar la conversación y yo con esta resaca.

—Sí que lo hiciste.

—Pero es obvio que te mentí empujada por la pena que me daba tu inminente muerte, porque estaba claro que no pensaba convertirme en tu novia.

—Me lo dices o me lo cuentas —espeta con resentimiento.

—¡Era una niña, Rubén! Pensaba que estabas al borde de la muerte, me habías prometido tus cromos y, encima, todavía me caías bien.

Cierra el periódico, lo dobla por la mitad y cruza los brazos sobre el pecho. Digamos que se ha puesto una armadura por lo que pueda pasar.

—¿Y en qué momento dejé de caerte bien?

—Cuando empezaste a ser taaan tú.

—¿Y te sigo cayendo mal?

—No lo sé. Aún te tengo en cuarentena.

Asiente con los ojos entornados.

—Una cuarentena curiosa la tuya, Maider. Tocarme el culo como hiciste anoche, decirme que te gusto e intentar besarme es, cuando menos, poco recomendable si tan a prueba me tienes.

—Tú también me sobaste.

—Solo intentaba caerte bien otra vez. Por lo visto, no a todas las chicas se las gana por el corazón.

—¡Serás idiota! Además, no intenté besarte —niego con efusividad a ver si cuela, aunque sé de sobra que mis mejillas me están delatando y que ¡él también estaba presente cuando pasó!

Rubén apoya las manos en la mesa y se inclina hacia mí.

—No te agobies, sé que se nos está acabando el verano, que apenas nos queda una noche más, pero nuestro primer beso de verdad está al caer. Y te encantará. Me aseguraré de ello. Esto no ha hecho más que empezar, Maider.

Dicho eso, se pone en pie, se coloca el periódico debajo del brazo y se larga a la piscina.

Levanto la mano para llamar la atención de Tito y cantar juntos «El toro y la luna».

Y ya, de paso, que se traiga una fregona para recoger lo que queda de mí en el suelo.

4

¡A ver esa vasca!

Benicàssim, 5 de agosto de 2005

—¡A ver esa vasca! —grita mi amiga Gemma según entra corriendo por la puerta del bar.

Abro los brazos y espero a que llegue hasta mí para envolverla y apretujarla.

—Mai, afloja un poco, que tengo la mala costumbre de respirar varias veces al día.

Le arreo un golpecito en el hombro y la vuelvo a estrechar entre mis brazos.

Gemma es una de las mejores amigas que tengo. Nació en Castelló capital y pasa casi todo el año en el camping junto con sus padres, de manera que, aunque hayamos tenido varias interrupciones, somos amigas desde que, a los ocho años, nos tocó ser vecinas de parcela. Además, fue al instituto con Rubén y, aunque no compartían el mismo grupo de amigos, su relación era muy cercana.

Deshacemos el abrazo y hago las presentaciones de rigor con Nagore, que le planta un sonoro beso en cada mejilla.

Tito aprovecha el momento y se retira al otro lado de la barra para sacarle un granizado de limón a la recién llegada.

—No puedo creer que por fin estés aquí. Me alegro tanto... —anuncia Gemma la mar de contenta.

—Yo también me alegro de haber venido.

Y lo digo de verdad, aunque sienta cierto desasosiego por lo que pueda pasar.

—Xabi ya nos ha puesto al corriente de los planes que tenéis.

—Dime que no te quedarás a un lado —me ruega.

Los últimos años han sido complicados, pero ella, poco a poco, ha ido acercándose a mí. Y aunque no se lo he puesto fácil porque no me sentía con fuerzas para enfrentarme a nada que tuviera que ver con el camping, no puedo más que estarle agradecida por la amistad tan sólida que me ha demostrado. Este verano tenemos la oportunidad de retomar nuestra relación y estoy dispuesta a ponerlo todo de mi parte.

—Por supuesto que me apuntaré a todos los planes.

Aunque en un principio, cuando Xabi ha sacado el tema, me he resistido, en realidad no soy capaz de negarles nada.

—Chicos, ¡va a ser un verano como en los viejos tiempos! —aclama Gemma dando saltitos como una animadora hasta las cejas de coca.

Xabi alza su cerveza y la choca con las nuestras.

—¿Eso de los viejos tiempos incluye a Rubén, el misterioso pero ardiente amor adolescente? —pregunta Nagore meneando las cejas. Este gesto está empezando a preocuparme. Debe de estar sufriendo algún tipo de espasmo muscular muy raro porque no hace más que mover las cejas desde que hemos llegado a Benicàssim.

—Uy, Rubén... —Gemma deja la frase colgada, pero se le escapa una risita traviesa como cuando teníamos quince años.

Gem y Nago no han cruzado más que dos frases, pero, por cómo se miran, estoy más que segura de que se van a llevar mejor de lo que me convendría. Sobre todo, si eso implica sacar el tema de Rubén cada cinco minutos, para mi eterna desgracia.

—Voy al servicio —anuncia Nagore—. A la vuelta tenéis que contarme toda la historia con pelos y señales.

—Mejor otro día —sugiero con una sonrisa falsa—, que es larga de contar y en nada nos habrán sacado la fideuá.

Le doy un trago a mi cerveza mientras escucho a Xabi y Gemma ponerse al día. Ella le está hablando de cómo le ha ido la mañana en la peluquería que abrió el año pasado. Le está poniendo toda la emoción del mundo, pero él parece distraído y con la vista perdida en el espacio infinito.

De pronto, me percato del silencio que se ha hecho en el bar, un silencio cargado de tensión que tan solo se ve interrumpido por el telediario que se escucha a lo lejos y por Tito, que se ha puesto a cantar de nuevo «El toro y la luna» como si fuera una maldita gramola atascada, y como si los rayos láser que le estoy disparando con los ojos ni lo rozaran.

No necesito mirar para saber qué está pasando, pero pese a eso lo hago, porque me siento arropada por la presencia de mis amigos y porque no puedo evitarlo. Nunca he podido.

Rubén está atravesando el bar hacia la cocina, con la vista clavada en el suelo, ignorándonos como si no fuéramos más que los postes que sujetan el techo.

—¿Es o no es un toro miura? —dice Tito, apoyándose en la barra detrás de nosotros—. Debería dejar los sueños y los planes que tiene y mandar el currículum a la ganadería como semental. Seguro que lo cogen a la primera.

—Más que un toro, diría que es un buey de arrastre... —responde Xabi entre risas.

—Nadie da la vuelta al ruedo con esa bravura, chaval —rebate Tito.

Ahora que he podido verlo mejor que esta mañana, debo admitir que, con el paso de los años, Rubén sigue siendo el típico tío de la segunda mirada. La primera vez que lo ves te quedas tan pillada que tienes que volver a mirarlo, y eso es justo lo que me está pasando a mí. Es un inevitable, al menos hasta que abre la boca.

En verano, su pelo castaño tontea descaradamente con el rubio. Lleva un corte desenfadado, degradado en los laterales y con un tupé desordenado en la parte superior tan bien ejecutado que te hace creer que no ha pisado una peluquería en su vida.

Como ya he mencionado, tiene los ojos verdes, herencia de un antepasado holandés que dice tener perdido en su árbol genealógico, un ceño bordado por la mala hostia que se gasta y una boca abundante y muy expresiva, que a veces sonríe más bien poco, pero que se las apañó para marcar a fuego nuestra historia para siempre en mi piel. No es el guaperas de turno que aparecería en la portada de una revista, pero sí el típico tío que se te queda grabado para los restos.

Sigo contemplando la trayectoria que lleva, cual misil balístico, y me pregunto si cuando hemos llegado esta mañana me ha visto, pero ha pasado de mí como está haciendo ahora mismo. Y no sé qué es lo que más me duele, este rechazo tan incuestionable o que se acerque y tener que enfrentarme a la situación de una vez por todas.

Interrogo a todos con la mirada, pero nadie se atreve a pronunciarse. Gemma mantiene la vista clavada en la puerta por donde Rubén ha entrado. Xabi está estudiando el morro de su botella de cerveza como si fuera la octava maravilla del mundo. Tito guarda silencio. Y Nagore..., pues Nagore en su línea, viene dando saltitos del baño y se cruza con Rubén sin enterarse de quién es, pero, eso sí, toma medidas de cada parte de su cuerpo a conciencia antes de que él desaparezca en la cocina.

—Me dijiste que estaba en Madrid —le reprocho a Gemma entre dientes.

—Pero ha vuelto. —Sonríe y le da vueltitas a su granizado con la pajita, haciéndose la interesante.

—Podrías haberme avisado en cuanto lo supiste.

—Entonces no habrías venido —señala la evidencia, deja su vaso sobre la mesa que tenemos al lado y me mira con seriedad—. Maider, *carinyet*, ¿y si ha vuelto de Madrid por ti?

—Has perdido la cabeza. Ya es oficial.

Me llevo su vaso a la nariz y lo olisqueo por si le han echado algo, porque lo que acaba de soltar no tiene sentido. Sabe de sobra que Rubén jamás haría algo así por mí, y menos desde que pasó lo que pasó.

—Le dejé caer que vendrías a primeros de agosto y aquí está, ¿no?

Se encoge de hombros como si acabara de darme un dato supercontrastado que corrobora su mierda de teoría.

—No tiene nada que ver conmigo. *No puede* tener nada

que ver conmigo. A saber, lo mismo echaba de menos a su madre, o se había dejado el móvil aquí...

—Piensa lo que quieras, pero yo no voy a perder la esperanza. A vosotros el amor siempre sabe dónde encontraros, da igual el tiempo que haya pasado o lo mal que hayan salido las cosas.

Aunque parezca una broma, estoy convencida de que Gemma sigue creyendo a pies juntillas en el resultado de aquel comecocos de papel que vaticinó que Rubén y yo nos casaríamos antes de los treinta.

—Oh, vamos, Gemma. ¿De qué esperanza me estás hablando?

—De que algún día volváis a estar juntos. Hemos sufrido demasiado por vosotros para rendirnos, y ya has visto que sigue siendo el chico del que te enamoraste...

Ahí se equivoca.

En algún momento de los últimos años, ese hombre joven que acaba de atravesar el bar ha dejado de ser el adolescente del que me enamoré. Se le parece mucho, pero la verdad es que ya no sé si es feliz, qué lo hace sonreír o qué lo entristece, si le gusta la vida que lleva, si ha encontrado su camino o lo ha perdido. No sé qué mueve su mundo y qué lo para. No tengo ni idea de si se ha enamorado en este tiempo, si le han roto el corazón o si ha roto él alguno. No sé quién llora en su hombro o si es él quien busca refugio en otros brazos. No sé si hay una chica por la que lo dejaría todo o si alguna ya lo ha dejado todo por él. No sé si ya me ha olvidado o si lo intenté yo primero. Tampoco sé si cocina, si lee, si canta mientras conduce o si le gustan los videojuegos. Ni siquiera sé si dobla el talón de las zapatillas de casa. No sé nada. Por lo tanto, por mucho que me duela admitirlo, ya no es el chico por el que estuve loca durante tantos años.

Una tristeza enorme me invade cuando me doy cuenta de que, en realidad, me he perdido mucho de Rubén. Me lo he perdido todo.

Sin embargo, lo que más me molesta de las palabras de Gemma es que me recuerde lo mal que lo han pasado por nuestra culpa. Soy consciente de que además de ser verdad, se está quedando muy corta. Nosotros iniciamos la guerra, pero nuestros amigos son los que han pagado las consecuencias.

—Ya no somos los mismos, Gem. He seguido adelante y seguro que él también. Yo qué sé, lo mismo hasta tiene novia.

Mi amiga me observa con tristeza. Nunca le ha gustado que me dé por vencida cuando se trata de Rubén y tampoco aprueba que él haya dejado de luchar.

—Claro que ha estado con otras personas durante estos años, igual que has hecho tú. Pero lo que importa es que Rubén siempre ha sido y será de los que no olvidan a su primer amor. Porque eso es lo que siempre serás para él, la primera y la más importante.

El estómago me hace cosas raras. Me pregunto si el alioli de las patatas que nos hemos comido estaba en buen estado.

—Gemma, te agradezco a muerte la fe que siempre has tenido en nosotros, pero lo hemos superado. Fuimos el primer amor el uno del otro y fue bonito mientras duró, lo más extraordinario que he vivido jamás, pero ya está, la jodimos bien jodida y la vida tiene que seguir su curso.

—¿Habláis de Rubén, chicas? —pregunta Nagore uniéndose a nuestra conversación con curiosidad. Por lo visto, ya se ha cansado de meterle fichas a Xabi, que ahora mismo está hablando con Miguel, un chico de Castelló y primo de los Segarra.

Gemma me mira y levanta una ceja, como queriendo decirme que estoy sola en esto. O le cuento la verdad a Nagore o me invento alguna versión alternativa que Gemma no va a apoyar por nada en el mundo.

—Sí, estamos hablando de Rubén, que, casualmente, es el tío con el que te has cruzado cuando volvías del baño —admito por fin a regañadientes.

Nagore se queda con la boca abierta y señala la puerta de la cocina con los ojos como platos. Balbucea algo que suena a hebreo antiguo y yo asiento como toda explicación.

—¡La hostia con los chicos del Mediterráneo! Cómo se nota que crecen al sol, no como nosotras, Mai, que nos hemos quedado tan pequeñas que las margaritas nos rozan las narices... Pero ¿cómo no me habéis dicho antes que está en el camping?

—Claro que está, su madre es la dueña y toda su familia trabaja aquí —informo de mala gana.

Cuando el bisabuelo de Rubén se vino del extranjero, compró un terreno lleno de almendros y su abuelo lo convirtió en un camping en los años sesenta. Pilar, su madre, se enamoró de un madrileño que veraneaba en Oropesa, se casaron de penalti y poco después, ella heredó el camping. Con el tiempo, ha sido Tomás, el padre de Rubén, quien ha acabado gestionándolo todo y ella se dedica a lo que realmente le gusta, la enfermería.

—Y es el socorrista de la piscina a media jornada —añade Gemma con otro bailecito de cejas.

¿Qué coño les pasa hoy a estas dos con las cejas?

—¡Sacrilegio! ¡Sacrilegiooo! —grita Nagore toda indignada. Me salpica con la botella de cerveza como si fuera el sonajero que utilizan en misa para bendecir a los feligreses—. ¡Mala amiga! ¡Traidora!

—Nago, venga, no montes un drama y baja la voz. Pensaba decírtelo.

—Claro, claro —me reprocha arrugando el morro—. Esto me recuerda al último novio que tuviste, que todavía no os habéis dignado ninguno de los dos a explicarme por qué lo dejasteis. Y a todo esto, ¿por qué no se ha parado a saludarte?

Ahí está la pregunta del millón.

—Digamos que lo nuestro no acabó demasiado bien.

—Ya me estás dando detalles, amiga. Ya me estás dando TODOS los detalles.

Pues nada, ya me está hablando en mayúsculas, y todas sabemos lo que significa.

—Mejor en otro momento, Nagore, de verdad. Te prometo que te lo contaré todo.

Ella entorna los párpados, se bebe de un trago lo que le queda de la cerveza y deja la botella en la barra de golpe.

—Me estás dando largas —me acusa.

—Si quieres, yo te puedo ir adelantando algunos detallitos que seguro que Maider pasará por alto queriendo —se ofrece Gem.

Estoy a punto de protestar, pero, oye, que suelte lo que quiera, ese mal trago que me ahorro. Hago un gesto con la mano instándola a que hable; total, Tito ya la ha puesto en antecedentes. Gemma carraspea y sonríe encantada, hay que ver cómo le gusta el tema.

—La historia de Maider y Rubén se remonta a muy atrás, pero sin duda fue en 1995 cuando las cosas se pusieron interesantes —dice Gemma con solemnidad, como si le estuviera dando un dato histórico superimportante para la humanidad—. Y tal como suele decir Xabi, su relación tenía dos temporadas, verano e invierno. Bañador y abrigo. Contigo y sin ti.

Nago se echa a reír, pero a mí se me revuelve el estómago al recordar el calor de los veranos a su lado y el frío de los inviernos sin él. Puede que al principio pareciera una gran idea eso de mantener un noviazgo intermitente, pero el tiempo ha demostrado que no lo fue. Ambos acabamos jodidos cuando la relación nos pidió más.

—Así que en invierno no os veíais, pero cuando llegaba el verano, os enrollabais. —Nagore me mira a la espera de la confirmación y yo asiento, porque así eran las cosas al inicio.

En agosto estaba con él y de septiembre a julio malvivía anhelando ese mes del año.

—Qué bonito, ¿no? —Nago parece encandilada con la idea—. Entonces ¿volvías aquí y lo retomabais como si nada?

—Más o menos —respondo de manera escueta.

—No era tan fácil —rebate Gemma—. Durante los primeros días se ignoraban, intentaban con todas sus fuerzas que, por el bien de todos, no se repitiera lo del verano anterior, pero siempre acababan cayendo. Y te aseguro que cada año era aún peor. Las discusiones y vaciladas se elevaban más y las caídas eran desde más altura.

Nagore no deja de sonreír. En cuanto volvamos a la caravana y estemos a solas me va a pedir todos los detalles que Gemma no le está dando y yo... Yo no estoy preparada para hablar de esto. Imagino la caja de mis recuerdos abriéndose y saliendo un tigre de Bengala que me devora de un bocado.

Gemma continúa contándole cosas durante un ratito más, pero desconecto. Me está evitando el mal rato de tener que hablar del tema, al menos de las partes bonitas, pero eso no significa que oírlo salir de su boca no me duela.

—¿Te imaginas que les vuelva a pasar? —escucho que le dice Gemma a Nagore como colofón.

—Eso no va a suceder —intervengo de malas formas.

—¿Está diciendo que no? No la oigo bien, ¿tú la oyes, Nagore?

—Pues en esto, de momento, estoy de acuerdo con Maider —sentencia mi amiga—. No puede volver con él así como así. Todas sabemos que retomar la relación con tu ex es como recalentar un cuenco de palomitas en el microondas, poco recomendable. Pero como todavía no conozco al chico en cuestión, si al final resulta que merece la pena de verdad, estaré muy a favor y podríamos empujarlos un poco —sugiere como si yo no estuviera presente.

—Habrá que empujarlos con mucha fuerza, no conoces a Rubén. —Gem se echa a reír y me mira con cariño—. Cuando quiere algo, se lanza de cabeza a por ello, pero cuando no quiere...

Cuando no quiere, todas sabemos lo que pasa.

1996

La amistad hace el roce

Benicàssim, 7 de agosto de 1996

Hace casi una semana que llegué al camping y Rubén sigue sin mirarme a la cara.

Que alguien haga el favor de explicarme por qué los chicos son así de idiotas, porque por mucho que lo intento, no acabo de entenderlo.

El verano pasado apenas nos separamos ni un segundo. Incluso, la última noche estuvimos paseando por la playa cogidos de la mano a solas y, aunque finalmente no sellamos lo que sea que hubiera entre nosotros con un beso, se supone que las cosas habían cambiado, que habíamos dado algún tipo de paso adelante, pero debí de equivocarme, porque no he recibido ni una sola noticia suya en todo el invierno y ni siquiera se dignó contestar a ninguna de las dos cartas que le escribí. Confirmamos que es un imbécil.

Así que este año hemos vuelto a la casilla de salida y estamos metidos de lleno en una fase que Xabi ha bautizado como: «Me da tanta vergüenza la ilusión que siento por verte, que he decidido pasar de ti como de la mierda». Parece que Rubén pretende batir su propio récord ignorándome y haciéndome sentir que no le importo. Yo finjo que me da igual, que no me molesta que hable con todos menos conmigo, y es que no pienso ir detrás de él porque sé que es lo que está buscando. Aunque también soy consciente de que es exactamente lo que acabará pasando, porque, por desgracia, me sigue gustando incluso más que el año pasado. Además, solo tengo tres semanas y ya hemos desperdiciado una. No puedo pasarme otras dos jugando al gato y al ratón con él. Tengo que enfrentarme a esta situación y si realmente ya no le gusto, cuanto antes lo admita y yo lo asuma, mejor.

Como cada tarde desde que llegué hemos bajado a la playa. Vamos un poco a la contra de la mayoría de la gente del camping, que aprovechan las mañanas para venir y plantar sus sombrillas a primera hora, y por la tarde se echan la siesta en el camping, resguardados del calor. Justo por eso nos gusta tanto bajar sobre las cinco, porque la playa es nuestra y todas las miradas adultas que nos suelen vigilar están lejos.

Rubén se lanza de cabeza y nada hasta alcanzar a Xabi y a Óscar, que están jugando otra vez a bajarse los bañadores el uno al otro. Es la moda de los últimos veranos, aunque, obviamente, no son pioneros en el tema. Apuesto a que los tíos llevan siglos practicando eso de bucear para pillar a su víctima desprevenida y, ¡zas!, tirar de su bañador para dejarlo en bolas. Diría que la única aportación de estos tres ha sido incorporar un marcador: si lo hacen mar adentro, ganan un punto, y si es en la orilla, puntúan doble.

Al cabo de un rato, el marcador está muy igualado entre Rubén y Xabi, y al pobre Óscar le hemos visto el culo más de lo que nos habría gustado.

Gemma y yo estamos sentadas en nuestras toallas. Pasamos de sus niñerías, preferimos quedarnos en la arena hablando de nuestras cosas y mirándolos con atención por si se llega a ver algo interesante. Mi amiga está tumbada haciendo como que lee una revista que le ha robado a su madre, pero de vez en cuando echa miraditas furtivas por encima de las páginas, y yo finjo que admiro la inmensidad el mar, aunque en realidad no dejo de vigilar a los tres besugos que andan haciendo el gamberro en sus aguas.

—Pues yo creo que Diana y Sarah Ferguson traman algo. ¿Has visto las fotos que les han hecho en una playa en Francia? —Gemma sacude la revista ¡Hola! delante de mis narices.

97

—Pues no lo sé, chica. Pero en caso de que sea así, espero que tengan suerte.

—Ni siquiera has mirado las fotos.

—Es que me da igual. —Me río. Nunca he sido muy fan de los cotilleos del verano, bastante tengo con protagonizarlos de vez en cuando.

—No es que te dé igual, es que ahora mismo estás concentrada en otras cosas, ¿no? —Deja caer la revista sobre su toalla y se sienta con las rodillas flexionadas.

—Es gracioso que puedan pasarse horas jugando a esa tontería. Por cierto, Óscar está en pelotas otra vez, acabo de ver una mata de pelo bastante...

Gemma se lleva una mano a la frente a la velocidad de la luz y se la coloca en modo visera. Mira con atención hacia donde están los chicos y suspira decepcionada al ver que Óscar ya ha recuperado su bañador y se lo ha vuelto a poner. Disimula la decepción que se acaba de llevar retomando nuestra conversación como si nada hubiera pasado.

—Resumiendo, que este año has decidido que te gusta verlos hacer exactamente lo mismo que el verano pasado y el anterior y el anterior... —dice.

—No es lo mismo —justifico, pero no sé muy bien por qué, aunque puede tener mucho que ver con cierto chico que me gusta tanto como me ignora.

—¿Xabi o Rubén? —pregunta Gemma en voz baja. Como si los chicos fueran a oírla, pese al escándalo que tienen organizado.

Xabi y yo seguimos siendo tan amigos que, cuando nos ven juntos, la gente continúa pensando que hay algo más entre nosotros. Y aunque este verano estamos pasando mucho tiempo a solas porque Rubén está especialmente tonto, nada más lejos de la realidad. Al menos, por mi parte. Xabi es como un hermano de otra madre.

—¿Descartas a Óscar como candidato a ganarse mi corazón así de fácil? —digo con recochineo.

—Nunca he visto nada que me indique que te gusta, más bien al contrario —se defiende a capa y espada, aunque se ruboriza un poco. Jamás ha llegado a confesarme nada, pero llevo un par de veranos sospechando que está loquita por él. Lo que sucede es que Óscar es el más infantil de los tres y hasta este año, por lo menos, no había indicios de que el sexo le interesara más que el fútbol.

—Efectivamente, Óscar está fuera de mi radar.

—¿Y los otros dos? —Se muerde la lengua en plan bruja cotilla.

—Xabi y yo seguimos siendo solo amigos, ya lo sabes. Pero Rubén... —Suspiro y clavo la vista en él. Tiene el bañador de Xabi en la mano y lo está ondeando al viento como si fuera la bandera de algún país nudista.

—Rubén... ¿qué? —insiste mi amiga con una sonrisilla—. ¿El año pasado hicisteis algo más que hablar y pasear de la manita y no me lo contaste?

La puse al corriente por carta sobre todo lo que pasó la última noche que estuve con él, pero no estoy preparada para admitir que el rechazo que he sentido hacia Rubén durante tanto tiempo ha desaparecido por completo y que este año puedo confirmar que estoy loca por él. Cosa que me deja totalmente a su merced y expuesta a sus desplantes. Creo que, si se lo cuento a Gemma, se va a reír de mí, porque va a pensar que, al final, no soy más que una idiota que ha acabado cayendo. Pero es que desde que sentí aquel chasquido dentro de mi pecho, cada vez que lo miro es como si mi estómago activara un programa de centrifugado superpotente.

—Rubén ya no es el mismo. —Es la única justificación que sé que es cierta.

Lo sigo con la mirada mientras le devuelve el bañador a su amigo del alma y le pega un par de palmaditas en la espalda.

—Sigue siendo el mismo crío prepotente, Maider. No te dejes engañar porque ahora tenga cuerpazo.

Y tanto que cuerpazo... Me ahorro el comentario, pero la verdad es que, si el año pasado ya me pareció que había cambiado mucho físicamente, este verano ha dado un paso gigantesco. Ya me puedo hacer una idea bastante clara del tío en el que se va a convertir: roza el metro ochenta, es ancho y sus músculos han empezado a hacer acto de presencia, y hasta tiene un caminito de vello que se pierde dentro del bañador que me tiene tan intrigada que me están dando unas ganas locas de matricularme en Arqueología cuando me llegue el momento. Ni siquiera me importa que esa carrera no tenga muchas salidas más allá de su bañador, porque voy a ir de cabeza.

—No es solo que haya cambiado físicamente —continúo hablando con Gemma—. Este año hay algo más...

—¿No será que eres tú que lo miras con otros ojos? —Me sonríe como si hubiera descubierto mi secreto.

—Es posible, pero ¿no te has fijado en su forma de hablar? Es como si fuera otra persona. Ya no suelta tantas chorradas, y las pocas que suelta ya no suenan igual.

—Claro que suenan igual, solo que tú las estás pasando por tu recién estrenado filtro del amor. El año pasado te molaba, pero este año estás jodidamente colgada de él...

—¿Y qué me dices de cómo me mira? El verano pasado se suponía que le gustaba, pero me hablaba con relativa normalidad. Ahora se me queda mirando y no dice nada. Me pone muy nerviosa.

—Bueno, es que vaya par de tetas que te han salido, ¡como para no quedarse sin palabras!

Cojo la revista que está a nuestro lado, hago un churro con ella y le pego en el brazo.

—Bastante tengo ya con mis tetas ¡como para que vengas tú a recordarme que están ahí!

Resulta que antes de salir de Donostia no se me ocurrió probarme los biquinis del verano pasado, y cuál fue mi sorpresa cuando, al llegar al camping, me puse uno y descubrí que no estaba hecho para sujetar el pecho que tengo ahora mismo. Dependiendo de cómo me lo ponía, se me salían las tetas por arriba o por abajo. Como era de esperar, monté un drama y me encerré en la caravana a llorar un buen rato porque me avergonzaba cosa mala de mi cuerpo. Mi *ama* acabó hablando conmigo largo y tendido, tranquilizándome y prestándome uno suyo, el que llevo ahora mismo puesto: un precioso biquini negro con triángulos, que se ata al cuello. Mi primera prenda de este estilo y ya es mi favorita. Además, la braguita es mucho más pequeña que las que solía ponerme hasta ahora y me hace sentir mayor. Me pienso comprar cinco iguales.

—Yo sigo como una tabla. La Plana soy yo, no Castelló. Así que no sé qué es peor —se lamenta mi amiga—. Los chicos ni me miran.

—Te aseguro que esto no es mejor. —Me señalo los pechos mientras tuerzo el morro.

No somos como las chicas que salen en las revistas, tampoco como las protagonistas de *Sensación de vivir*, ni nunca lo seremos, pero ojalá algún día acabemos aceptando que cada cuerpo es hermoso a su manera. Mientras llega ese día, continuamos quejándonos de nuestros respectivos cuerpos un rato más, hasta que los chicos nos llaman para que alguna de las dos entremos en el agua. Según nos dice Xabi a gritos, necesitan un cuarto jugador para no sé qué juego con una pelotita que se acaban de inventar.

—Ve tú —me dice mi amiga—. Me apetece leer un poco más.

Que prefiera quedarse me huele a chamusquina. Gem siempre es la primera en apuntarse a cualquier locura que se les ocurra a los chicos y me extraña que hoy no esté por la labor. Sin embargo, no insisto, porque, egoístamente, me apetece acercarme a Rubén.

Me meto en el agua corriendo y nado hasta ellos. Xabi me pone al corriente de las absurdas normas que acaban de inventarse para jugar con la pelotita y me empareja con Rubén de regalo. La clave es tirar a marcar, punto. Así que me dedico a robar la pelota, porque me muevo más rápido que Rubén, y él se la tira al equipo contrario. Poco después, Óscar ya tiene un par de marcas rojas en la espalda, pero los demás conseguimos mantenernos bastante vírgenes.

Sin darnos cuenta, hostia va, hostia viene, nos vamos metiendo poco a poco mar adentro, tanto que me cuesta hacer pie y empiezo a estar con el agua al cuello, cosa que ralentiza un poco mis movimientos y me vuelve más torpe. Es lo que nos pasa siempre: cualquiera de los tres me saca una cabeza y no se dan cuenta de que la partida se va complicando para mí cuanto más adentro vamos.

Rubén me grita, pero Óscar consigue robarme la pelotita con facilidad y, aunque intento huir a nado hacia la orilla, me da de lleno entre los omoplatos. Y pica, pica un huevo.

Seguimos jugando un buen rato más, entre risas por los pelotazos que nos llevamos y vaciladas por la mala puntería de algunos, hasta que Xabi anuncia que se sale a la toalla para merendar y Óscar nos hace saber que prefiere marcharse con él a seguir recibiendo golpes. Rubén y yo nos quedamos solos, y por las sonrisitas que veo en mis amigos al marcharse, sospecho que esta espantada estaba tan pactada como la negativa de Gemma a meterse en el agua.

—¿Te apetece seguir jugando? —pregunta Rubén como si tal cosa.

—La verdad es que no, ya llevo un par de marcas bastante bonitas en la espalda. —Las señalo por encima de mis hombros—. Además, tengo las piernas reventadas de tanto mantenerme a flote.

—Es que eres una enana.

—Qué idiota eres. —Pongo los ojos en blanco y lo salpico—. Me salgo a mi toalla.

Paso de quedarme con él para que se dedique a insultarme. Si es lo único que piensa hacer este año, que le den. Empiezo a nadar alejándome de él, pero me tira del brazo y me obliga a parar.

—No te vayas, quédate un rato más conmigo.

Lo miro a la espera de que se eche a reír, me diga que es una broma y me acuse de ser una creída porque lo último que desea en esta vida es quedarse a solas conmigo. Pero no sucede nada de eso, parece que me lo ha pedido en serio. Me lo pienso unos instantes mientras sigo agitando las piernas debajo del agua para no ahogarme.

—¿Quieres que me quede para que sea aún más evidente que llevas una semana ignorándome?

—Oh, venga, ¿estás enfadada por eso?

—No, qué va, me ha encantado que no me contestaras las

dos cartas que te escribí, que al llegar al camping ni me saludaras y que apenas te hayas dignado hablarme hasta hoy.

—Vale, estás enfadada.

Es un tío listo, se nota que siempre encontraba a Wally a la primera.

—Pensaba que las cosas habían cambiado entre nosotros el verano pasado —admito con la voz llena de tristeza.

—En realidad, fuiste tú la que cambió, y lo que había entre nosotros se convirtió en otra cosa por ti.

—¿Me estás culpando, o algo así?

Suspira y se revuelve el pelo, incómodo.

—No, no te estoy acusando de nada. Pero necesito que entiendas que yo seguía siendo el mismo. Fuiste tú quien decidió que merecía tu atención, y, cuando se acabó el verano y te marchaste, tenía miedo de que hubiera significado más para mí que para ti.

Me mira con sus ojitos verdes llenos de culpabilidad. ¿Se sintió como un capricho pasajero? Ay, Rubén.

—¡Pero si te escribí!

—Igual que a Xabi, a Gemma o a cualquiera del camping.

Siento un calambrazo recorriéndome todo el cuerpo, y no solo porque tenga las piernas molidas de tanto menearlas en el agua. Me sorprende encontrarme con este percal, alucino con toda la inseguridad que me está transmitiendo con sus palabras. Sé que le gusto desde hace mucho tiempo, pero jamás pensé que se sintiera así, que mis rechazos continuos le hayan podido afectar tanto.

—No es igual, Rubén, tú sabes que ya no lo es.

—Tal vez ese es el problema, que no lo sé, que no estoy seguro.

No soporto verlo dudar, pero tampoco sé qué hacer para ayudarlo, excepto confirmarle que lo que había por mi parte el año pasado sigue intacto.

—Puedes estar seguro de que tú no eres igual que los demás para mí. Te lo dije bien claro el verano pasado, Rubén, me gustas.

Noto mis mejillas en llamas y me juro a mí misma que, si

después de abrirme así y admitir lo que siento en voz alta por segunda vez se ríe o me suelta cualquier gilipollez, tendrán que dragar el Mediterráneo para volver a saber de él.

—¿Aunque haya sido un imbécil durante el invierno y durante toda esta semana?

—Eso te ha restado puntos, claro está, pero habrá que ver si apruebas cuando llegue septiembre.

Me sonríe y el cuerpo se me llena de cosquillas.

Ojalá él pudiera entender lo que siento cuando me sonríe así, porque no le quedaría ni la menor duda de que me tiene conquistada.

—Me voy, empiezo a no sentir las piernas...

—No te vayas —me pide con rotundidad—. Acércate, que hago pie.

Lo miro fijamente mientras él levanta una ceja, retándome, y me ofrece una mano.

Sigo esperando la carcajada, el dedo señalándome y las burlas, pero no llegan y, aunque me gusta el giro que han dado las cosas, me desconcierta después de tantos días sufriendo.

—Imagina que soy tu boya particular, con be o con pe, lo que tú prefieras —me concede con una sonrisilla de granuja.

—Eres un cerdo, Rubén... —lo riño, pero sonrío—. Y tu ortografía chirría un poco.

—Venga, déjate de tonterías y quédate conmigo.

Pese al tamaño de mis miedos, cojo su mano y, en cuanto lo hago, tira de mí y mi cuerpo se desliza por el agua hasta chocar con el suyo.

La impresión me deja sin aliento.

Coloca mis manos alrededor de su cuello y guía mis piernas para que lo rodee con ellas. Sus manos se mueven despacito por mi piel y se anclan a mi trasero. Nuestros cuerpos se tocan en todas las partes completamente necesarias.

El corazón empieza a palpitarme tan deprisa que no distingo un latido del siguiente.

Mi respiración empeora de modo preocupante.

Y es que nunca lo había sentido tan cerca.

Además, es la primera vez que comparto algo así con un

chico, tan íntimo, tan nuestro... que no sé ni qué hacer, excepto aguantarme las ganas que me han entrado de repente de explorarlo enterito, de tocar cada centímetro de su piel y así asegurarme de que está tan cañón como parece a primera vista.

De hecho, mis manos no tardan mucho en rebelarse y lanzarse a acariciarle la piel del cuello sin que les dé permiso. El pelo se le ha rizado por la humedad y tiene la nuca llena de unos caracolillos que normalmente no están ahí y que me encantan. Juego con ellos enroscándolos en mis dedos.

No hablamos, solo nos estudiamos el uno al otro, como si nunca nos hubiéramos visto de esta manera, como si, de pronto, hubiéramos conectado a otro nivel.

Noto que algo empieza a crecer y a presionar entre mis piernas y me pongo supernerviosa. Reconozco lo que es, no soy idiota, pero no tengo ni idea de qué hacer ahora mismo; no sé si debería apartarme o seguir pegada a él. Rubén no dice nada, pero nada de nada, y aunque no se le ve incómodo, tampoco parece que respire. Entiendo que el mar le da cierta privacidad y nadie va a ver el lío que se ha organizado dentro de su bañador, pero tiene que saber que yo sí lo estoy notando. Sé que está cachondo. Muy cachondo. Y yo también empiezo a sentir cierto cosquilleo entre las piernas, justo en la zona que está en contacto con su bulto. Es como si el calor viajara de su cuerpo al mío y viceversa.

Y aunque no sé muy bien cómo manejar esta situación, si algo tengo claro es que mi cuerpo quiere restregarse contra el suyo. Es una orden clara y concisa: «¡Rózate con él!». Y es justo lo que hago, me dejo llevar por el instinto y las ganas, y empiezo a moverme muy despacio, con discreción, presionando mi parte más blanda contra su parte más dura, probando y experimentando sensaciones nuevas.

A medida que la fricción entre nuestros cuerpos va creciendo, lo observo con atención, porque sigue sin decir nada y me preocupa que no le esté gustando. Sin embargo, por la manera en la que me está mirando, sin apartar sus ojos verdes de los míos, y cómo me está manteniendo pegada a él, con sus manos acopladas a mi culo, me inclino a sospechar que sí, que lo está viviendo con la misma intensidad que yo, que está disfrutando de lo increíble que está siendo este momento.

Sus dientes me acaban confirmando la respuesta que buscaba en cuanto apresan su labio inferior y lo torturan. Cierra los ojos unos pocos segundos y noto cómo sus manos se aferran con más fuerza a mi trasero para aumentar el roce entre nosotros.

Cuando vuelve a abrirlos, me mira los pechos, apenas cubiertos por el agua y se relame los labios.

—Maider... —gime acercándose a mi oído y hace una pausa intentando recuperar el hilo de lo que sea que me va a decir—, me gusta mucho, pero que mucho mucho, el biquini que llevas.

—No es mío —acierto a comentar.

—Vale, entonces, me gusta cómo te sienta.

—¿En qué quedamos?

—En que llevas varios días matándome con ese biquini, sea tuyo o no. Y si sigues moviéndote así... —Ni siquiera termina la frase, pero sé lo que me quiere decir, lo pillo a la primera. Yo también estoy acercándome al borde del mismo precipicio. Y pocas cosas me gustan tanto como saber que tengo este poder sobre Rubén, que pese a haberme ignorado durante días, ahora mismo está a merced de lo que dicten mis caderas. Me hace sentir fuerte, me hace olvidar incluso quiénes somos y cómo hemos llegado hasta aquí.

Menos mal que estamos en el agua, porque, de estar fuera, me consumiría entre llamas.

—No lo hago queriendo —me justifico, pero no dejo de acariciarlo con mi pelvis.

—Y eso es justo lo mejor.

Continúo moviéndome lentamente, sin saber muy bien qué hago, pero presiono un poco más en cada roce. Sus manos cada vez me atraen con más fuerza y me incitan para que me mueva un poco más rápido. Me gusta la sensación, me gusta esto que está pasando entre nosotros. Me vuelve loca saber que estamos en mitad del mar viviendo este momento tan íntimo.

Seguimos interpretando nuestro baile privado un rato más, mirándonos a los ojos, sin decir absolutamente nada, porque las palabras sobran cuando el cuerpo habla, hasta que una de sus manos va a parar a mi nuca y su boca empieza a acercarse a la mía.

Digamos que este es el instante exacto en el que entro en pánico.

No quiero que esto se acabe, no quiero volver a hacer pie en la realidad, pero no estoy preparada para dejar en evidencia a la luz del sol lo que está pasando por debajo del agua. Por mucho que el año pasado intentara besarlo después de mi célebre interpretación de «La Sirenita», no estoy preparada para que me meta la lengua en la boca delante de nuestros amigos.

—A veces, cuando estoy tan mar adentro, temo que me coma un pez —le suelto, y automáticamente me quiero morir. Si es que no me canso de hacer el ridículo en los momentos clave, es lo mío.

—¿Un pez?

Sus manos aflojan la fuerza que estaban ejerciendo en mi trasero y en mi nuca, y me siento tan decepcionada que me quiero tragar el mar entero.

—Bueno, un tiburón, para ser más exactos.

—¿Un tiburón?

Se está riendo de mí, aunque intenta disimularlo apretando los labios.

Siento que estamos viviendo dos realidades paralelas bien diferentes. En la superficie, somos los de siempre, nos estamos metiendo el uno con el otro y nos reímos, pero bajo el agua... el silencio es absoluto, nuestros cuerpos siguen relacionándose a través de las caricias y no quiero que pare.

—Ay, yo qué sé, Rubén. Hay mucha agua, podría haber algo ahí debajo y nosotros jamás lo veríamos acercarse.

—¿Me estás diciendo en serio que ahora mismo estás pensando en peces gigantes?

—Es posible que me esté obligando a pensar en peces gigantes.

—¿Y eso por qué?

—Por nada.

—¿Por nada? —Sonríe al tiempo que sus manos se reagrupan en mi trasero y empiezan a moverse. Esto ya no es una cuestión de sujetarme o acercarme más a él, me está sobando, con toda la mano y con toda la intención. Y no podrían gustarme más las sensaciones que me recorren de pies a cabeza. La presión entre mis piernas aumenta y ya no estoy segura de si es él o soy yo, pero no quiero que pare porque estoy a punto de explotar.

—Estoy nerviosa —susurro cerca de su oído.

—No deberías, nadie va a comerte estando conmigo.

Ay, qué prepotente es a veces y cómo me mola que lo sea.

—¿Seguimos hablando de lo mismo?

—Seguimos. Pero si quieres podemos comentar otro asunto.

Me fijo en cómo los últimos rayos del sol acarician la piel de sus hombros, en su pelo alborotado por el mar, en sus pestañas que están llenas de gotitas de agua, y en su boca mojada y llena de esa sonrisilla traviesa que he descubierto que me gusta tanto, y ya no sé de qué tema me está hablando, he perdido completamente el hilo de mis pensamientos.

—¿Sigues conmigo? —pregunta entre risas que hacen que su pecho vibre contra el mío.

—Sigo entre tus brazos, aunque es posible que me haya despistado un poco. Tú dirás cuál es ese otro asunto.

Vuelve a acercar su boca a mi cuello.

—Te voy a contar un secreto: la gente normal se besa antes de magrearse.

Mi cara arde. Se incendia como las putas fallas de València.

Él se aparta unos centímetros para observarme y yo rezo para que el pez gigante aparezca por fin y me coma de un bocado.

—El año pasado me hiciste la cobra cuando intenté besarte. Así que he decidido devolverte el rechazo y saltarme esa fase —me defiendo de aquella manera.

—Yo intentando conquistar tu corazón y tú disparando

mucho más abajo. Ay, Maider, Maider, nunca dejarás de sorprenderme.

—No he disparado a ningún objetivo.

—Ah, ¿no? —Mueve sus caderas contra las mías con fuerza y el aire se atasca en mis pulmones.

¿Qué haces cuando solo llevas un biquini, y pese a eso llega un momento en el que te sobra todo? Porque acabo de alcanzar ese estatus. Socorro.

—No es que me esté quejando, no me malinterpretes, solo constato un hecho. —Sonríe de medio lado—. Si tú prefieres hacer las cosas así...

—Tú también te estás restregando.

—Mi primera intención no era esa, te lo aseguro, pero digamos que has insistido y no soy quién para negártelo.

—¿Y cuál era tu primera intención?

—Hablar contigo, disculparme, terminar lo que dejamos pendiente el año pasado... Y no sé, pensaba improvisar sobre la marcha.

—Besarnos confirmaría muchas cosas.

—Y crees que lo que estamos haciendo, ¿no?

—No, porque desde la orilla solo nos ven abrazados. Estarán pensando que estamos jugando o lo que sea...

Estamos en mitad de una competición de miraditas y cejas alzadas cuando Gemma decide que ya hemos tenido bastante tiempo a solas.

—¡Chicos! Nos vamos al camping, ¿os venís u os quedáis ahí enrollándoos? —nos grita desde la orilla.

Pues va a ser que sí nos han pillado.

—¡Que estamos en horario infantil, salidos! —se mofa Xabi—. ¡Que a esta hora dan *Barrio Sésamo*!

—A esta hora echan *Campeones*, idiota —rebate Óscar.

Pues eso, que el chaval está más interesado en las jugadas de Oliver y Benji, que en el sexo en general.

—¿Quieres volver o prefieres quedarte conmigo? —pregunta Rubén, elevando el nivel de encanto de sus palabras y cambiando el tono de voz por uno más suavecito. Me flipa cómo ha aprendido a manejar los sonidos que salen de su boca. Y aunque me muero por pasar lo que me resta de las vacaciones entre sus brazos, no quiero darles más argumentos a nuestros amigos.

—Deberíamos ir subiendo al camping para ducharnos y eso —digo, pero ninguno de los dos se separa. Y aunque hemos ido ralentizando el ritmo, nuestras caderas siguen frotándose.

—Bueno, ¿qué? —insiste Óscar, que ya se ha puesto la camiseta.

Rubén resopla y, ante la falta de entusiasmo que le he demostrado al sugerir que me quiero ir a la ducha, se gira hacia nuestros amigos.

—¡Ahora vamos! —responde de mala gana.

Y aunque es lo último que quiero que pase, se separa de mí y empieza a nadar hacia la playa.

No sé qué significa lo que acaba de pasar entre nosotros, pero creo que las cosas han vuelto a su cauce demasiado rápido. Estoy ardiendo, pero siento frío. Todo a la vez. Tengo el cuerpo en tal estado de excitación que, en cuanto llegue al camping, voy a tener que tomar cartas en el asunto para poder recuperar a la hija modosita y decente que siempre han adorado mis padres. Así no me puedo sentar a cenar con ellos, por Dios.

Nado en dirección a Rubén y lo pillo a mitad de camino. Se ha parado en una zona donde el agua todavía le llega a la cintura.

—Vete saliendo, ahora voy —ordena.

—Vale, ¿estás bien?

—Claro, enseguida os alcanzo.

Continúo hacia la orilla y camino hasta mi toalla.

—¿Y Rubén? —se interesa Gemma—. ¿Se queda?

—Me ha dicho que ahora sale.

—Me da a mí que la espera puede alargarse un buen rato —comenta Xabi muerto de risa, mientras sacude la arena de su toalla—. ¿Qué pasa, Rubén, que has pescado una anchoa y te la has guardado en el bañador?

—¿Una anchoa? Esto es por lo menos una anguila, gilipollas.

—Gem, llama a los Cazafantasmas —se mofa Xabi.

—¿Me acabas de llamar fantasma? —protesta Rubén todavía desde el agua—. Porque si tienes dudas, puedes preguntárselo a tu amiga Maider, seguro que tiene una idea bastante clara de lo que escondo en el bañador.

Rubén se lleva las manos a la nuca y menea las caderas. Yo me quedo con la boca abierta unos instantes. Acabo de pillar a qué se debe su tardanza.

—Ni me hables ni me mires mientras te la sacudes, puto guarro —responde Xabi de broma.

—No pienso tocarme mirándote a ti, *amic*, esperaré a ver si Maider se apiada de mí.

Me gustaría decir que me siento orgullosa de haber provocado esta situación, pero el bochorno me gana la partida. Qué morro tiene el muy capullo, pasándome la pelota así. Está claro que este tío me cabrea y me excita. A veces por separado y a veces al mismo tiempo.

—¡Que te den, Rubén! —reacciono por fin. Le dedico una peineta y me río de lo que acabo de decir, porque hasta rima.

—La próxima vez ignora a tu supuesta amiga cuando nos interrumpa y podré salir del agua como un ciudadano normal y corriente —responde él, todo ufano.

—Usa cualquiera de las dos manitas que tienes, ¡no lo voy a hacer yo todo!

—¡¿¿Se la has tocado??! —grita Gemma superescandalizada.

—Habéis empezado el verano fuerte, ¿eh? —aporta Xabi.

—Lo que se dice de cero a cien —comenta Óscar.

Me pongo la toalla por encima de la cabeza y hago como que no estoy. Soy una sombrilla plegada, por lo tanto, nadie puede pedirme explicaciones ni abochornarme más.

Me paso un buen rato escondida, pero los oigo hablar igualmente: siguen discutiendo sobre el tamaño del miembro de Rubén, y los comentarios se mezclan con opiniones dispares sobre el espectáculo que les hemos ofrecido. Desconecto y esta es la peor idea que he tenido en mi vida: primero, porque mi cabeza empieza a repetir en bucle imágenes de los restregones que nos hemos dado en el agua y vuelvo a encenderme, y, segundo, porque no oigo acercarse a la persona que me derriba y me hace rodar por la arena.

Saco la cabeza de debajo de la toalla y veo a Rubén a pocos centímetros de mi cara. Está sobre mí, entre mis piernas otra vez, y desde luego que si lo que pretende es que no lleguemos vírgenes a cenar, lo va a conseguir.

—Podrías haber defendido mi honor —dice, medio de cachondeo, medio en serio.

—Dudo de que lo necesitaras, te he visto muy seguro de... ti mismo.

—Si alguien se metiera con el tamaño de tus tetas, me liaría a hostias sin dudarlo.

—¡Mis pechos no te necesitan, idiota!

Como no sé muy bien qué hacer, cojo un puñado de arena y se lo tiro a la cara. Prefiero dejarlo ciego a seguir sintiendo esta vergüenza mezclada con ilusión que me llena el pecho. Él se echa a reír mientras se va quitando la arena con las manos, pero se está descojonando con tantas ganas que hasta le caen lágrimas, de modo que la arena se le queda pegada a la cara y no consigue quitársela del todo.

—¿Estás segura de eso? —dice con la voz cascada de tanto reír—. Creo que tú y tus pechos me necesitáis cerca.

—Sé defenderlos yo solita.

—Es una pena. ¿Y qué me dices de tu boca?

Pasa su pulgar por mi mandíbula y me mira a los ojos.

Se acerca lentamente hasta que su boca roza la mía con dulzura y timidez, apresa mi labio inferior y pasea la punta de su lengua por él con parsimonia. Siento la suavidad de su piel y la aspereza de la arena que todavía tiene en la barbilla.

El contacto dura apenas un par de segundos, pero siento una segunda —o quinta— oleada de calor tan potente arrasándome entera que hasta gimo suavecito. Se separa de mí sonriendo, orgulloso.

¿Me está tomando el pelo? No puede darme un inocente besito, si es que ha llegado a alcanzar esa categoría, y mandarme de vuelta a la realidad o lo que sea que esté planeando. No, después de que por fin he probado sus labios carnosos sin juegos de por medio.

Tiro de él y lo atraigo hacia mi boca con brusquedad.

Sus labios colisionan con los míos mientras mis manos se aferran a su cara. Rubén suelta un gruñido grave que sale de lo más hondo de su garganta. Y pese a todo el ímpetu que le he puesto, se las apaña para coger las riendas y ralentizar el ritmo otra vez. Se vuelve a tomar unos segundos para rozarme la boca con delicadeza y acariciarme las mejillas, hasta que la pasión por fin lo supera, lleva una mano a mi nuca, la otra a mi cadera y profundiza de verdad.

La seguridad con la que se mueve me vuelve tan loca que me entrego totalmente a él y le devuelvo el beso con intensidad.

No hay una manera simple de describir lo que siento porque mi mundo explota.

Vuela por los aires en cuanto su lengua encuentra la mía y se enredan.

Nos besamos largo, dulce y un poco sucio durante incontables minutos.

Cuando por fin nos separamos completamente exhaustos y nos miramos, no puedo evitar sonreír.

¿Por qué demonios me privó de esto el año pasado?

Tan pronto como nos incorporamos dispuestos a volver al camping, observamos que nuestros amigos continúan a nuestro alrededor tan callados como petrificados.

5

Fideuá para cinco

Benicàssim, 5 de agosto de 2005

En cuanto nos han sacado la fideuá de la cocina, hemos cogido dos jarras de cerveza enormes y, aunque hace un calor infernal, nos hemos sentado en la terraza. Me he colocado estratégicamente de espaldas a la piscina y a la puerta del bar, pero, aun así, detecto a las mil maravillas las dos ocasiones en las que Rubén pasa por detrás de mí. Es una especie de Moisés que, en lugar de abrir los mares, genera un silencio sepulcral a su paso.

Al final, hemos acabado comiendo cinco personas de una fideuá para cuatro, pero es lo que pasa en un camping, que se comparte todo y la mayor parte de las ocasiones se improvisa. El quinto en discordia es obvio que no es Rubén sino Óscar, que aparece casi a las tres y media, recién salido de trabajar en el puerto de València.

Por tercera vez en lo que va de día presento a mi amiga Nagore mientras Gemma reparte la fideuá. Tengo la sensación de que estoy metida en el día de la marmota, sobre todo cuando Óscar abre la boquita.

—¿Rubén no se apunta a comer, o qué? —pregunta.

Si cada vez que pronuncian su nombre me tomara un chupito, estaría rozando el trigésimo octavo coma etílico en seis horas.

—Óscar... —lo reprende Gem.

—¿Qué pasa? —duda el pobre chaval. Nunca se entera de

la fiesta y estudia a todos los presentes con atención—. Ah, vale. Es por Maider.

—Óscar... —lo riñen Gemma y Xabi al unísono.

—A ver, no os cabreéis conmigo, llevo años sin saber qué decir y qué no decir cuando se trata de estos dos. No me voy a fumigar por ello.

—Fustigar —lo corrige Gemma, con una sonrisilla.

Óscar pone los ojos en blanco y continúa:

—Es que no sé si os dais cuenta, Rubén suele pasar del tema, pero con Maider siempre ha sido todo como muy delicado...

Me encanta que hablen de mí como si no estuviera.

—Además, hace mil años que pasó la movida aquella —él sigue a lo suyo—, ya es hora de que lo olviden, aunque sea a base de echar polvos.

Oigo el sonido de una palmada grupal en la frente alrededor de la mesa. Óscar siempre ha tenido la delicadeza de una broca del doce y la empatía de una mandarina.

—¿Qué? Todo el mundo se folla a su ex —se justifica, y se encoge de hombros—. Un clavo se saca con otro, ¿no?

Nos echamos a reír.

—¿Tú te das cuenta de que cuando hablas los demás te escuchamos? —le pregunto a Óscar entre risas.

—Déjale que siga al chaval, que me está pareciendo todo un figura —lo anima Nagore con una sonrisa.

—Y, a todo esto, vosotras dos, ¿de qué os conocéis? —Óscar señala a Nagore con el tenedor y reparte fideos para toda la terraza.

La pregunta no me sorprende por dos motivos. Primero, Óscar es curioso por naturaleza y famoso por la ausencia de filtros, y segundo, Nagore y yo no es que seamos lo que se dice muy parecidas. Ella lleva unas pintas muy macarras, con muchos pendientes, melena larga con restos de diferentes épocas en las que no tenía claro qué color de mechas le gustaba más, flequillo cortado en diagonal como si un burro le hubiera pegado un bocado, varios tatuajes coloridos y ropa muy oscura. Yo, en cambio, soy mucho más clásica y discreta, casi aburrida.

—Nos conocimos una noche muy turbia en Donostia —suelta mi amiga con tono misterioso.

Xabi y Óscar se apoyan en la mesa y la miran con atención. Óscar hasta ha dejado de comer y eso, viniendo de él, es mucho.

Nagore guarda los treinta segundos de rigor para hacerse la interesante. Nadie sabe contar historias como ella. Y aquí viene, una vez más, la nuestra, peculiar donde las haya.

—Yo estaba muy pillada por un morenazo que estudiaba en la misma facultad que Maider. Se trataba del típico tío con ojazos azules, hoyuelos, un culo bien prieto, espaldas anchas...

—Se hacen una idea, Nago —la interrumpo.

—Bueno, pues eso, que estaba bueno a más no poder y, además, tenía el plus de jugar al fútbol en el segundo equipo de la Real Sociedad. Vamos, que fue verlo en la cafetería el primer día y declararle mi más sincero amor eterno. —Hace una pausa y le da un traguito a su cerveza—. Me pegué varias semanas buscando una casualidad, un tropezón, un despiste..., lo que fuera, para abordarlo, pero el tío no me hacía ni caso. Cero. Creo que hasta me esquivaba.

—Y luego los vascos se quejan de que no follan —se pitorrea Xabi, muy aficionado él, como buen navarro, a meterse con los vecinos.

—El problema no es que no follemos, es que siempre follamos los mismos —responde mi amiga, y le guiña un ojo a cámara lenta—. Total, que decidí tomar cartas en el asunto y pasarme a la vía clásica. Le escribí una notita muy sugerente y se la colé en su taquilla.

—Oh, eso es muy de instituto americano —comenta Gemma con una mirada soñadora.

Nagore se inclina en la mesa y le susurra:

—¿De dónde te crees que saqué la idea? No me considero una tía delicada y romántica, soy más bien brusca, un poco bruta...

—Muy vasca —vuelve a aprovechar el de Burlada para meter una cuña—. Lo que os decía...

Xabi mueve la cabeza a un lado justo a tiempo para esquivar el pegote de alioli que Nagore le lanza usando la cuchara a modo de catapulta, que acaba empotrado en la pared a su espalda.

Pues eso, que un poquito bruta sí que es la chavala a veces.

—Total, que mis notas se fueron acumulando en su taquilla, cada una más subida de tono que la anterior. Hasta que, un buen día, me encontré con que me había respondido. —Se lleva las manos al pecho y suspira—. Me dejó un papelito pegado fuera de su taquilla y empezó a seguirme el rollo, vamos, que respondía a todas mis notas. Pero luego me lo cruzaba en la cafetería y nos ignorábamos. Era muy morboso todo, como si estuviéramos manteniendo una relación meramente clandestina.

—¿Y él te presentó a Maider? —pregunta Xabi impaciente.

—Sí y no —dice Nagore—, la cuestión es que un día acabamos quedando...

—Y cuál fue mi sorpresa cuando descubrí que el chico que firmaba aquellas notas tan subiditas de tono como N en realidad no era Nick Carter, como solía llamarlo en secreto, sino una chica morena muy zumbada —remato la historia entre risas.

Xabi y Gemma se parten el culo de risa, Óscar se está rascando los pelillos de la nuca con cara de haberse perdido hace un buen rato.

—¿Quedasteis las dos con el mismo? —dice con la mano todavía hurgando en la parte trasera de su cabeza.

—No, Óscar, Nagore se confundió de taquilla, se pegó semanas dejándome notitas a mí en lugar de al maromo de la Real. Y como escribíamos en euskera y en ese idioma no hay género, pues ninguna de las dos caímos en la cuenta...

—¿Y os liasteis? —insiste, buscando un final que lo satisfaga que parece que no le estamos dando.

—No. Pero decidimos mantener la cita que habíamos acordado, aunque como las dos heterosexuales del montón que somos. Nos fuimos a la parte vieja de potes y el resto es historia —termina Nagore.

—¿Y el pavo se quedó a dos velas? —pregunta Óscar superdecepcionado.

—Pues no lo sé, pero nosotras nos hemos corrido unas buenas juergas gracias a él. De hecho, siempre brindamos por su culo, por la Real y por la amistad sin fronteras —afirma Nagore, y me da un par de palmaditas en la mano.

Me gusta recordar cómo nos conocimos, pero, sobre todo, me enorgullece reconocer cuánto he avanzado desde que entré en la facultad y Nagore se cruzó en mi vida. El primer año no era más que una niña asustada por diferentes motivos, pero, a los pocos meses, empecé a recuperar a la chica joven que debía ser.

—¿Y a ti cómo te va en Arquitectura, Xabi?

Según he sabido por mis padres, el pobre no está teniendo unos años muy buenos. Por lo visto, se le atragantó una asignatura en primero, otra en segundo y alguna más en tercero, así que siete años después, continúa arrastrando la carrera como una gripe mal curada o como un exnovio bastante impertinente.

—Me gusta tanto que no puedo dejar de repetir cursos. Mezclar las matemáticas y la física en un proyecto arquitectónico no es lo mío, debería haberlo sospechado en primero —se lamenta, aunque sonríe.

Xabi no es de los que se rinden. Él es de los que, por muy perdida que esté la guerra, pelean hasta el último momento. Bien lo sé yo.

—Este, en realidad, lo que no quiere es marcharse de Pamplona —comenta Gemma con retintín—. Por qué será...

Al implicado se le encienden las mejillas como dos pañuelicos de San Fermín.

Ay, madre, que el niño se nos ha enamorado. Tomo una nota mental para preguntarle en otro momento sobre el tema porque no soy nada partidaria de aplicar el tercer grado a nadie con tanto público delante. ¿Será porque es justo lo que me han hecho a mí cientos de veces?

—Tú ya has terminado, ¿no? —Xabi me pide confirmación.

—Sí, me diplomé en Magisterio y a continuación hice Psicopedagogía. Durante los dos últimos años me he dedicado a ir de una escuela a otra cubriendo bajas, sin tiempo ni para hacer pis. A partir de septiembre, empezaré en una *ikastola* en Donostia y espero que se alargue una temporada.

—Y el amigo Rubén, ¿estudia o trabaja? —suelta Nagore como si viniera a cuento. Es única guiando las conversaciones hacia los temas que le interesan.

—Estaba estudiando Física en Madrid y quería hacer un posgrado en Astrofísica. Imagino que, si no ha acabado ya, no le faltará mucho —explico con una naturalidad tan fingida que estoy segura de que lo que ha salido por mi boca no se parece en nada a mi voz. También es posible que esté desarrollando algún tipo de tic nervioso en el párpado superior de tanto aparentar que todo va bien. Creo que empiezo a parecerme a Millán Salcedo haciendo de Encarna de noche.

Y es que de verdad que lo intento, pero soy incapaz de mencionar nada que esté relacionado con Rubén sin que una avalancha de recuerdos me sepulte.

—¿Astrofísica? ¿Y eso para qué sirve?

—Su fantasía infantil era llegar a ser astronauta. Quería explorar el espacio.

—Menudo coquito, ¿no? —Nagore abre los ojos y la boca exageradamente.

—No todo el mundo tiene un exnovio que, además de ser guapo, tiene un cociente intelectual de casi ciento treinta —dice Gemma como la amiga orgullosa que es, y me guiña un ojo.

Si está intentando vendérmelo, llega tarde, hace tiempo que me enamoré de aquel niño que soñaba con vivir en una estación espacial, aunque ya no sepa si queda algo de él.

—Yo soy ingeniero de caminos, canales y puertos, o, como dice Xabi, «ingeniero de atajos y caminos de cabras», experto en hacer agujeros y meter los cimientos hasta el fondo. Como comprenderás, soy otro coquito, chata. Y Rubén, en realidad... —continúa Óscar, pero Gem lo hace callar con una patada por debajo de la mesa tan discreta que tiemblan todos los platos y los vasos, y un tenedor se cae al suelo.

—Lo que Óscar quiere decir es que aún no ha terminado, es una especialidad muy complicada —zanja Xabi con rapidez y una sonrisa nerviosa.

Me están ocultando algo y no sé por qué, pero lo descubriré.

1996

Mestalla

Rubén se apoya contra el bordillo en la parte que menos cubre de la piscina, justo de espaldas al bar, y yo estoy sentada sobre él a horcajadas. Ha convertido su cuerpo en una silla para mí y sus manos me están acariciando la espalda mientras mis labios se pierden en los suyos.

Nuestro primer beso tardó un año en llegar, pero los siguientes se han apelotonado uno detrás de otro con mucha prisa y ninguna pausa. Llevamos una semana pegados a la boca del otro, como si acabáramos de descubrir lo excitante que es besarse y no pudiéramos hacer otra cosa.

—Tu hermana nos está mirando —digo, y le doy un firme empujón en su pecho desnudo para guardar un poco las distancias.

—Me importa un huevo.

—Y juraría que oigo cantar a tu primo a lo lejos.

—Me importa otro huevo.

Es evidente que a él le da bastante igual quién nos pille morreándonos y, aunque creo que medio camping ya está al corriente de las novedades, me preocupa que mis padres se acaben enterando. Mi *aita* suele ser bastante exagerado con el tema de «su niña y la panda de cabrones que solo pretenden meterle mano», cosa que me parece de lo más injusta, porque nunca se entromete en la vida de mi hermano en ese sentido. Y mira que a Unai, una mañana de domingo que salía a por setas, se lo encontró en nuestro garaje con una chica sentada en su cara. Pero, claro, el drama y los aspavientos vienen cuando se trata de que Maider tontea con Rubén. Mi *ama*, en cambio, es la típica madre que está deseando que su hija le vaya contando confidencias e intimidades: «*Ama*, he tocado a un chico. Sentémonos». Pero es evidente que, aunque a ella le encantaría, yo no me sentiría cómoda haciendo algo así ni en un millón de años, por lo tanto, prefiero que de momento no nos pillen con la lengua metida en la boca del otro.

Pese a todo, Rubén sigue a lo suyo. Me aprieta el culo y me atrae hacia él hasta que nuestros labios se tocan de nuevo. Me muerde con suavidad, introduce su lengua en mi boca y a mí me invade una oleada de emoción que apenas soy capaz de gestionar, y es que sus besos tienen trampa, porque no solo me excitan, me hacen sentir tantas cosas... Desliza una mano por mi columna mientras que la otra se enreda en mi pelo. Le rodeo las mejillas y me balanceo contra el bulto que hay dentro de su bañador. Algo que me muero por explorar con mis manos.

Seguimos metidos de lleno en ese juego hasta que oigo una alarma en mi cabeza, despego mi boca de la suya y respiro. A veces, se me olvida hacerlo y es un problema, porque temo que algún día no muy lejano acabe ahogándome.

—¿Habías hecho esto antes? —pregunto. Mi voz suena muy fatigada, como si acabara de participar en la carrera popular Behobia-San Sebastián y la hubiera ganado. Tres veces.

—¿El qué?

Sus labios carnosos no descansan nunca, continúan realizando pequeñas succiones a lo largo de mi cuello y yo me estremezco.

—Esto. —No quiero decirlo en alto porque me da vergüenza.

—¿Besar a una chica en la piscina? —responde con una sonrisa tan preciosa como petulante.

—Sí, eso y todo lo demás...

Continúa sembrando un reguero de besos pequeñitos con lengua por detrás de mi oreja y yo me deshago entre sus brazos. Así no hay quién mantenga una conversación civilizada.

—¿Y tú? —me la devuelve.

—Nunca he besado a una chica.

—Pues bien que le comiste los morros a Gemma en aquel jueguecito —me susurra al oído con un tonito bastante cochino.

—No tuvo nada que ver con *esto*.

—¿Y qué tiene *esto* de especial?

—¿Cómo lo haces para conseguir darle la vuelta a la conversación siempre?

—Es fácil distraerte. —Su dedo índice recorre la piel entre mis pechos y yo no es que esté distraída, es que estoy flotando completamente fuera de mí. Soy un globo aerostático de color rosa y, si no fuera porque su otra mano me está sujetando, ya estaría rozando la atmósfera y saludando a toda la galaxia.

—Rubén... —Jadeo y mis dedos se aferran a los caracolillos que tiene en la nuca.

Aparta su boca de mi mandíbula y me mira. Dios, ¿por qué hasta el color de sus ojos me excita? No son más que unos ojos verdes, ¿qué me pasa? ¿Estoy enferma?

—¿Qué quieres saber?

—¿Has... has estado con otras chicas?

Me muero. Juro que me muero preguntando estas cosas.

Rubén me observa unos instantes en silencio, pero su mano continúa acariciándome el trasero por debajo del agua. Este chico es capaz de elevar la multitarea a otro nivel.

—Sí, he estado con otras chicas.

Siento la decepción corriendo por mis venas, pero, pese a eso, lo entiendo. No puedo pretender que con dieciséis años se haya dedicado solo a mirar a las chicas sin tocarlas, pero eso no quita para que el enamoramiento que se supone que siente por mí desde hace tanto tiempo pierda un poco de valor. Yo tampoco es que me haya dedicado a aprender a hacer encaje de bolillos con mi abuela, pero él no empezó a gustarme hasta el año pasado, así que, técnicamente, no es lo mismo.

Rubén posa sus dedos en mi barbilla y me obliga a mirarlo.

—Este es el motivo por el que estaba evitando responderte. No quiero que este tema nos traiga problemas...

—Prefiero saberlo, Rubén.

—Y estoy dispuesto a contártelo a cambio de que tú también lo hagas, porque no quiero que cuando nos estemos morreando perdamos el tiempo pensando en a quién más ha besado el otro.

—¿Tú también le das vueltas a eso?

—Claro. —Se encoge de hombros y me sonríe—. Maider, llevo bastante tiempo intentando que me prestaras un poco de atención, así que me he pasado unos cuantos inviernos haciendo conjeturas sobre si al llegar el verano aparecerías en el camping hablando sobre lo majo que era el novio que habías dejado en Donostia.

Rubén es la mezcla perfecta entre atrevido y adorable.

Es una locura lo que me hace sentir cuando me dice estas cosas.

—Estuve saliendo con un chico de clase durante dos meses y me he enrollado con un par más.

—Pero tu primer beso fue conmigo, aunque formara parte de un juego.

Muevo la cabeza arriba y abajo con las mejillas encendidas.

—Para mí no fue el primero, pero sí es el que esperaba desde hacía más tiempo. —Me besa en la boca, rápido pero intenso, sin tonterías—. En cuanto a lo demás, solo he estado con una, pero me duró dos semanas, no me va mucho eso de salir en serio, también me he liado con otras tres.

Me gustaría decir que me duele que se haya enrollado con otras, pero no es así, porque es lo mismo que he hecho yo. Lo que más me inquieta es que no le vayan las relaciones. ¿Acaso es lo que estoy buscando con él? ¿Que esto que tenemos vaya más allá de este verano?

—¿Qué pasa, Rubén, hoy tampoco vas a llegar a cenar? —pregunta Xabi desde el borde de la piscina.

Estamos tan metidos en ese mundo paralelo que se está

construyendo a nuestro alrededor que ni siquiera nos hemos dado cuenta de la hora que es y de que nuestros amigos han vuelto de la playa para darse el último baño del día. Los primeros días que nos pillaron liándonos, nos abuchearon, nos jalearon y un poco de todo, pero han llegado a un punto en el que les da igual, entre otras cosas, porque estamos todo el día haciendo lo mismo.

En cuanto al comentario de Xabi, no le falta razón, no es la primera vez que alguno de nuestros hermanos aparece en la piscina reclamando nuestra presencia a la hora de comer o de cenar. Normalmente, salgo deprisa y corriendo del agua, pero Rubén se suele quedar un rato más, de ahí que Xabi siga pitorreándose a costa del volumen de su miembro. Un cachondeo que me mosquea bastante.

—Hoy no llego ni al postre, *amic*, tengo la polla como el campo del València —le responde Rubén.

Y el navarro se atraganta. Juro que está a punto de ahogarse de la risa que le ha entrado, hasta se cae de rodillas, se rodea el estómago con las manos y rueda como una albóndiga. No es exagerado ni nada.

—Qué basto eres, Rubén —lo riñe Gemma a la par que intenta contener las carcajadas.

—Me dirás que no está bien traída —responde el aludido con toda su jeta mientras apoya los codos en el borde de la piscina.

Paso de sus tonterías, me dirijo a la escalera y salgo del agua. Gem me pasa la toalla y me seco el cuerpo.

—Pero mira que es tonto «el señor» —dice, y pone los ojos en blanco.

—Déjalo, si se cree que la tiene tan grande como un campo de fútbol, en algún momento descubrirá que no es así y se llevará el chasco de su vida.

—Maider, *carinyet*, tú no tienes ni idea de cómo se llama el campo del València, ¿verdad?

Niego con la cabeza mientras estrujo mi pelo dentro de la toalla.

—Mestalla. Se llama Mestalla.

Abro la boca y la vuelvo a cerrar. Me giro hacia Rubén, que continúa en el agua regodeándose de su chiste con Xabi.

A mí sí que me van a estallar las mejillas de tanta sangre que se me está acumulando.

—Muy gracioso, Rubén. ¡Muy, pero que muy gracioso! —espeto, mosqueada, y le arreo una patada en el hombro—. Serás gilipollas...

—¿No querrás que le mienta a mi mejor amigo?

—Eres un sobrado.

Me largo a mi parcela hecha una furia sin añadir nada más.

Que les den. Bueno, solo a Rubén. Y con la fuerza de los siete mares.

Después de cenar, Gemma viene a buscarme y nos vamos a los almendros a pasar el rato con los chicos. Sigo mosqueada con Rubén por ser tan bocazas y tan infantil. Lo que está ocurriendo entre nosotros también es nuevo para mí, muy excitante y estoy deseando indagar más en ese terreno, pero también es algo bonito sobre lo que nunca haría chistes. Jamás hablaría como lo ha hecho él sobre lo que siento cuando estamos juntos, ni sobre la humedad que noto entre las piernas ni sobre ese sentimiento que me llena el pecho. Puede que esté exagerando un poco, pero me ha dolido que para él solo sea una empalmada digna de un premio Guinness cuando para mí es mucho más.

No veo a Rubén en toda la noche y, aunque no tengo ni idea de dónde se ha metido, no pregunto por él e intento disfrutar del tiempo que paso con Xabi, Óscar y Gemma. Hacemos planes para los próximos días, hablamos sobre una escapada al Aquarama, el parque acuático que está cerca del camping, y sobre una salida al Bohío, un cine al aire libre. No llegamos a concretar los días, pero todos estamos de acuerdo en que tenemos que ir antes de que se nos termine el verano.

Gemma y yo nos retiramos a eso de la una de la mañana, porque este año me dejan volver una hora más tarde, y vamos juntas a los servicios a lavarnos los dientes.

—¿Sigues cabreada con Rubén? —pregunta con la boca llena de pasta de dientes.

—Sí, me ha molestado mucho el comentario que ha hecho en la piscina y que esta noche no se haya dignado aparecer.

—Ya —dice sin más, y escupe lo que tiene en la boca—. Se estará escondiendo hasta que se te pase el mosqueo y seguro que mañana se presenta en tu parcela y te lo compensa con creces.

Me guiña un ojo y se mete en uno de los cubículos a hacer pis. Yo hago lo mismo en el de al lado.

Cuando termino, me encuentro con que Gemma ya se ha marchado. Me lavo los dientes con parsimonia mientras pienso en lo que me ha dicho mi amiga y, cuando estoy lista, salgo de los servicios. Para mi sorpresa, me encuentro a Rubén esperándome camuflado entre los hibiscos que adornan la entrada.

—Perdóname. —Es lo único que me dice antes de que su cuerpo me atrape contra la pared llena de flores y su boca se pegue a la mía.

Si pensaba discutir, me acaba de dejar desarmada y sin argumentos.

Su lengua busca la mía con desesperación, como si hiciera años que no se tocan cuando en realidad no han pasado ni cuatro horas desde la última vez. Me gusta esta necesidad que sienten nuestros cuerpos, me gusta que sus manos recorran cada centímetro de mi piel y me vuelve loca la manera en que consigue que mi corazón enloquezca.

Nos besamos durante lo que me parece una eternidad, pero nos vemos forzados a interrumpir nuestro morreo cuando el segurata del camping pasa por nuestro lado tosiendo. Debe de padecer algún tipo de bronquitis muy chunga, porque ya se ha alejado varios metros y todavía sigue dale que te pego, ajú ajú.

Normalmente, solo se mete con los homenajes a Disney a horas intempestivas y suele dejar en paz a las parejitas que aprovechan la oscuridad de la noche para desatar sus pasiones más turbias, pero, claro, estoy dándome el lote con el hijo de la dueña, que resulta ser también su cuñada, no somos una pareja cualquiera de campistas.

—¡Que duermas bien, Jacinto! —grita Rubén con retintín—. Y vete a que te miren esa tos, anda.

El aludido levanta la mano y se despide.

—Mañana lo sabrá todo el camping —suelto como si fuera un drama supremo.

—¿Te piensas que no lo saben ya? —se carcajea Rubén—. Te lo he dicho esta tarde, nos ha visto ya todo el mundo.

—Me refiero al hecho en concreto de que nos hemos estado comiendo la boca en plena noche junto a los servicios de arriba.

—Maider, que mi tío nos pille morreándonos no es más que la confirmación de todo lo que ya sospechan. Pero ¿sabes qué? Solo ven lo que queremos que vean, nunca van a saber lo que hay aquí. —Aprieta mi mano contra su pecho—. Porque esto es solo nuestro.

Por primera vez, soy consciente de que este chico no solo me tiene loca y quiero pasarme el resto de mi vida pegada a sus labios, también acaba de ganarse el poder de romperme el corazón. Y eso me aterra.

—Antes de que se me olvide, acepto tus disculpas por lo que ha pasado en la piscina —le confieso con mi mano todavía en su pecho.

—¿Crees que me estaba disculpando por eso antes de besarte?

—¿Por qué, si no? —Me aparto un poco y lo observo con el ceño fruncido.

—Porque esta noche han venido unos amigos de mis padres a cenar, no he podido salir y te he dejado plantada.

Resoplo y noto cómo el cabreo vuelve a mí con la misma fuerza que por la tarde.

—Acabas de estropear mi primer beso de reconciliación.

—Y pese a eso, ha sido el mejor que has tenido —dice el muy capullo con una sonrisilla en la boca.

Hago un repaso rápido de todos los besos que me han dado hasta la fecha, incluido el que me dio aquel chico de clase con el que estuve saliendo. Un morreo bien dado, durante el cual me tocó las tetas por primera vez y me puso a cien. Y me repatea tener que admitir que ni por esas, cualquier beso de Rubén ha sido mejor con diferencia. Pero no pienso decírselo.

—¿No crees que andas con el ego un poco hinchadito últimamente? —Le doy varios golpecitos sobre los pectorales, justo encima del logo del camping que lleva impreso en su camiseta.

—La culpa es tuya, me pones nervioso y acabo soltando lo primero que se me pasa por la cabeza.

—¿Te pongo nervioso?

—Me pones de muchas formas. —Espero que me sonría otra vez, pero no lo hace. Se acerca a mi boca y me vuelve a besar incluso con más intensidad que la primera vez, si es que eso es posible.

Creo que he vuelto a olvidar el motivo por el que estaba cabreada con él, pero ¿qué más da ya? Prefiero las reconciliaciones llenas de besos a los enfados llenos de reproches.

Después de enrollarnos un ratito largo al abrigo del hibisco que trepa por la pared de los servicios, Rubén me convence para que me quede un rato más con nuestros amigos. Y aunque debería estar puntual a la una en mi iglú, decido quedarme con él, ya me buscaré después una coartada para mis padres. La diarrea como excusa puede ser indiscutible.

Cogidos de la mano nos acercamos a los almendros, donde están todavía Xabi y Óscar.

—Vaya, vaya, mira quién está de vuelta con su chico, la princesita del enfado —se mofa Xabi, y Óscar se ríe con él.

—Ya os he dicho que convencerla para que se quedara un rato más conmigo iba a ser muy fácil —afirma Rubén con toda la arrogancia que lo caracteriza.

Le arreo un manotazo en el hombro, pero él tira de mi mano y me aprisiona contra su pecho. Sus manos se aferran a mis caderas con fuerza.

—No te mosquees otra vez, ni siquiera me has dejado terminar la frase —me dice al oído—. No hay nada que no haría por estar con la chica que me gusta desde que era un niño. Incluso convencerla para que se escape cada noche para estar conmigo. —Deposita en mi frente un beso que me envuelve, me abraza y me llena de mariposas—. Y ahora sí, perdóname por el comentario de mierda que he soltado en la piscina. Sé que es una excusa bastante pésima, pero estar contigo así me supera, porque ni en mis mejores sueños llegué a creer que pudiera pasar.

6

Feliz aniversario a ti también

Benicàssim, 8 agosto de 2005

—Mirad, ahí va Rubén en su paseíllo mañanero diario —comenta Gemma señalándolo.

No me hace falta mirar para saber que son las diez en punto y que va de camino a abrir la poza de la que tanto ha fardado siempre: su adorada piscina. Le pego un mordisco a mi *fartó* bañado en Cola Cao y espero a que empiece la vacilada que le van a meter Óscar y Xabi pese a que él los ignora y pasa de largo, como ha hecho los dos días anteriores.

—¡¡Rubén, guapo!! ¡¡Menudo culazo!! —Xabi se viene arriba y le silba y todo, como si fuera una rubia despampanante cruzando una obra.

—¡¡Segarra, sálvame, que me estoy ahogando en mis propias babas de tan bueno que estás!! —Óscar no se queda atrás.

Sé que Rubén se está riendo. Aunque intenta seguir recto en su trayectoria y fingir que se la suda todo, los hombros se le mueven.

—No seas tan gilipollas y vente a tomar algo con tus amigos, flor morena. —Xabi le tira un chusco de pan y le acierta de lleno en la espalda, pero Rubén ni ralentiza el paso. Es como un ariete, cabezota a más no poder, y si ha decidido que este año no me va a mirar a la cara, todos sabemos que no lo va a hacer. Sin embargo, en esta ocasión no va a ser como cuando éramos adolescentes, que no consistía más que en un juego que ambos estábamos deseando perder, esta vez va muy en serio.

—Venga, tío, no seas tan rancio —insiste Óscar.

—Debe de tener un pedo cruzado —añade Xabi.

—Lo que tiene cruzado es un amor imposible de superar —aporta mi querida Nagore con socarronería.

Óscar, Nagore y Xabi se ríen de su propio monólogo. Le doy un trago a mi Cola Cao. No quiero echarme a reír porque temo que, si lo hago, me oirán desde el torreón de Benicàssim.

—¿Este qué se piensa que es, Txiribiton? Porque le compramos una bocina y que al menos la haga sonar, en lugar de estar callado todo el día.

Ahora sí, me entra tal ataque de risa que juraría que hasta se me ha escapado el pis. Txiribiton es un payaso mudo de nuestra infancia que se limitaba a tocar una bocina como toda respuesta. La imagen que Nagore ha puesto en mi cabeza va a ser lo más recurrente de este verano.

—Rubén, ¡tómate una Coca-Cola con nosotros! —propone Gemma con tono conciliador.

—¡Tengo que abrir la piscina! —responde el aludido, porque ella siempre ha sido digna de su respeto, muy al contrario que el resto.

—¡Oh, milagro! ¡Ha recuperado la voz! —constata Xabi mientras eleva los brazos al cielo.

—¿No piensas saludar a tu ex, o qué?

Le arreo un codazo a Gemma que le duele bastante, pero menos de lo que le va a doler cuando la pille por banda Rubén, que, por cierto, ahora sí, está parado a mitad de camino mirándonos con una ceja enfurecida. Se ha quitado hasta las gafas de sol para que su intento de aniquilación de la humanidad no tenga fisuras.

Oigo el rápido clap clap clap de sus chancletas.

Se acerca. Mierda, viene hacia nosotros.

Se detiene junto a la escalera que da acceso a la terraza y apoya las manos en la barandilla.

—¿Mi ex? ¿Te refieres a la zorra insensible que está sentada a tu lado?

Bum.

Primer disparo directo a mi estómago y silencio absoluto durante unos instantes.

Xabi consigue recuperarse de los daños provocados por la onda expansiva, se levanta y tira su silla a tomar por saco.

—Joder, Rubén, me cago en tu puta calavera, te acabas de pasar un huevo, colega —le recrimina muy cabreado.

Gemma y Óscar se miran sin entender por qué la coñita de todas las mañanas se nos acaba de ir de madre. Nagore está masajeándose los nudillos y la conozco lo suficiente para deducir que está a punto de saltar de su silla como un puma si Rubén no se disculpa o suelta otra impertinencia. Mi amiga es remera, por lo tanto, una hostia salida de su mano podría convalidarle la catequesis, la comunión y la confirmación a Rubén. Y, aunque se lo merezca, porque nadie me llama zorra y menos él, agarro a Nagore del brazo y le hago un gesto para que se calme. Ella resopla y yo aprieto un poco más, porque, si no lo hago, al final voy a ser yo la que salte de su silla y le diga cuatro cosas.

Respiro hondo, pero la rabia no deja de fluir por mi cuerpo como si fuera gasolina, directa hacia mi lengua.

—Me han llamado cosas peores que zorra, por ejemplo, «tu novia». Ah, y feliz aniversario, cariño.

—Uuuh. —Óscar se frota las manos, encantado con el espectáculo.

Xabi, Gemma y Nagore se mantienen callados pero con la boca abierta, mirándome como si hubieran descubierto que estoy poseída.

Soy la primera sorprendida por lo calmada que he sonado pese a la ira asesina que estoy conteniendo dentro. Supongo que no lo recuerda, pero de no haberse acabado nuestra relación, hoy cumpliríamos ocho años juntos y aquí estamos, celebrándolo por todo lo alto.

—Ay, Maider, qué ingenua eres, te dan cuatro muerdos en la boca y ya te crees novia.

Me pongo en pie, bajo de la terraza de un salto y avanzo hasta él. Lo aparto un poco de nuestros amigos por respeto hacia ellos. No sé de dónde estoy sacando tanta valentía, aunque es posible que la culpabilidad que siento me esté espoleando a la desesperada.

—Hola, preciosa, cuánto tiempo —dice mordaz—, te echaba de menos.

—Yo más, *maitia* —respondo con un tono cariñoso forzado.

—Feliz aniversario a ti también. Hummm... Me encanta el olor a traición por las mañanas. ¿Qué perfume llevas?

Le doy un empujón que, por la cara que pone, le resulta hasta gracioso. Estoy a punto de arreglarle de un bofetón ese gesto tan soberbio que tiene.

—Qué patada en las pelotas tienes, Rubén —murmuro entre dientes, pero me oye a la perfección.

—Cuánto te sigue gustando hablar de mis pelotas, ¿eh?

—No tanto como tocártelas.

—Tocar, ¿en qué sentido? —Levanta la ceja otra vez de una manera tan sugerente y tan fuera de lugar que solo deseo arrancársela.

—Con el pie y a toda velocidad. ¿Quieres probarlo?

—Sabes que contigo siempre me apunto a probar lo que sea. ¿Sigues tan estrecha... de miras?

—Joder, mis recuerdos no te han hecho justicia, había olvidado lo cabrón que puedes llegar a ser.

—¿Cabrón? Qué feo, Maider. Después de tantos años, deberías hablar sobre mí como si fuera quien te puso las estrellas en el firmamento.

Ya estamos con las estrellas y la luna.

—Serás gilipollas. Pero si no sabes ni... —levanto las cejas con suficiencia—, vamos, que muy habilidoso no solías ser, ya me entiendes, como para ponerme las constelaciones en orden.

Aprieta los dientes y masculla algo que suena como que a Dios han debido caerle un par de toneladas de mierda encima. Observo de reojo que nuestros amigos están fingiendo no escucharnos.

—No me pidas milagros, bonica, solo fue una vez y a oscuras —dice por lo bajo, con un tono tan jodidamente condescendiente que me escuecen los ojos.

Sé que he sido yo quien ha sacado a colación este tema que no nos atrevemos a mencionar en alto, pero también soy yo la que más tiene que perder. Y lo primero que me ha perdido ha sido la boca, está claro.

—Intento no recordar aquella noche, así que no tengo ni puñetera idea de la iluminación que había —digo intentando sonar dura, aunque noto que me he hecho pequeñita por culpa del dolor que siento.

—Pues bien que me la estás haciendo recordar a mí. *La mare que et va parir.*

Sus ojos verdes se han convertido en dos pantanos oscuros y profundos. Me encojo un poquito más y, aunque no quiero hacerlo, apelo a su compasión como último recurso.

—No puedes seguir culpándome, Rubén.

—Te aseguro que sí que puedo.

—Ya me disculpé, y si lo que necesitas es que vuelva a hacerlo...

—No quiero tus putas disculpas, porque no me sirven para nada. Solo quiero que me olvides y que te largues de aquí —espeta con una rabia que jamás había visto en sus ojos.

Tantos años de terapia para superar mis problemas y llega él, y con cuatro frases me destroza. El hueco de mi corazón que alberga sus recuerdos se rasga y rebosa. Y es que hay cosas que ni el paso del tiempo puede hacerte olvidar.

Y antes de acabar echándome a llorar delante de él, corro camping abajo.

Mis ojos están tan llenos de lágrimas que ni siquiera estoy segura de que esta sea nuestra parcela, pero me meto de todos modos. Abro la puerta de la caravana, me descalzo y me encierro dentro. Soy incapaz de respirar con normalidad, el aire entra y sale por mi boca aceleradamente, pero mis pulmones no alcanzan a llenarse del todo. Me tiemblan las manos y tengo frío. Ignoro todos los síntomas que me indican que voy de cabeza hacia un ataque de pánico de los gordos y me siento erguida sobre la cama. Cierro los ojos e intento calmarme. El inhalador de rescate está en mi bolso y este en la terraza, lugar al que no pienso volver, y menos en este estado. No quiero la compasión de nadie.

Aspiro y exhalo lentamente. Sé cómo salir de esto, no es la primera vez que lo hago.

Poco después, cuando ya he empezado a sentirme algo mejor y el aire fluye como debería, oigo que alguien entra en nuestra parcela con paso acelerado. Me rodeo las rodillas con los brazos y espero a que Nagore suba a la caravana. No sé qué le voy a decir, pero empiezo a pensar que tengo que soltar todo lo que llevo dentro antes de que me acabe engullendo. Y no me refiero a las partes bonitas.

—Maider, sé que estás ahí, entre otras cosas, porque tus chancletas están aquí abajo. Sal de la caravana y vamos a dejar las cosas claras de una puta vez.

Mierda, es Rubén, la última persona que esperaba y, para colmo, se ha traído consigo un cabreo de tres pares. Me pego a la pared que nos separa y me encojo un poco más. Quiero que se vaya, pero no encuentro la voz para pedírselo.

—No vuelvas a buscarme la boca si cuando te respondo tu único plan es salir corriendo para esconderte.

Tiene toda la razón del mundo. No debería sacar temas que me van a hacer más daño a mí que a él. Pero es que, aunque nunca le he contado toda la verdad, quiero que le duela tanto como a mí.

—*Collons*, Maider, ¿quieres salir de ahí?

Lo oigo moverse por la parcela, nervioso; las piedrecitas que hay bajo el suelo crujen a su paso. Asomo la nariz por detrás de la cortina, pero no lo veo, debe de estar justo en el otro extremo de la caravana. Vuelvo a acurrucarme en un rincón de mi cama y espero a que se marche.

—Maider, joder, siento haberte llamado zorra, sal de ahí y hablemos.

Sigo sin poder decirle nada. No me fío de mí misma. Es posible que, si abro la boca, empiece a salir todo de golpe y no estoy preparada.

—«Atención, esto es un aviso para Rubén Segarra. Rubén Segarra, acuda a recepción».

La voz de la chica de recepción a través de la megafonía del camping lo reclama para que abra la piscina. Lo oigo resoplar;

a continuación, mueve el altillo que da acceso a la caravana y, en cuanto comprendo que está a punto de entrar, el nudo que me cierra la garganta se aprieta un poco más.

De pronto, la cortina que tengo frente a mí se abre y veo los ojos verdes de Rubén escrutándome, rodeados por un par de cejas muy fruncidas. Me sorprende que haya optado por no subir a la caravana, tal como habría hecho hace años; está claro que la confianza que teníamos ya no existe.

Me mira y lo miro. Siento que el tiempo se ha parado de repente.

No puedo apartar la mirada, apenas respiro y me duele el corazón de tanto que lo he echado de menos. A él y a todo lo que deberíamos haber sido juntos.

Me quedo a la espera de que, al contemplar mis lágrimas, diga algo que me consuele, algo que haga que mis mejillas se sequen como por arte de magia, pero nunca ha hecho lo que se espera de él. Así que apoya los brazos en el borde de la ventana y me sigue observando sin decir absolutamente nada. Toda nuestra historia está capturada en sus iris verdes. Cada palabra, cada risa, cada canción, cada beso, cada caricia, cada despedida, cada llanto.

Cierra los ojos y suspira. Se nos ha gastado medio verano en un instante.

—¿Por qué has tenido que volver? —Lo dice en voz alta, pero juraría que es algo que se está preguntando a sí mismo.

No le contesto, bastante tengo con mantener la compostura.

—Con lo bien que estabas enterrada en mi pasado.

Abre los ojos cuando se cansa de que no le dirija la palabra. Pero es que temo que la voz no me responda, temo tartamudear y temo derrumbarme más de lo que lo estoy ya.

—¿No piensas hablarme? —reclama, frío y ácido como un Calippo de lima-limón—. Por favor, Maider, dime algo, tengo que abrir la piscina.

—¿Ahora me ruegas?

—¿Ahora me hablas?

—Déjame en paz, Rubén.

—No me vale con eso.

—¿Y qué necesita «el señor», entonces?

Veo un pequeño brillo de diversión en sus ojos, pero desaparece más rápido de lo que me gustaría.

—Necesito que me digas por qué te has largado así.

«Me he marchado así porque nunca te conté toda la verdad y tú me sigues culpando».

—Mírate, Maider...

Sé que no entiende por qué tengo la cara empapada y, si lo hace, le da francamente igual.

—Déjalo estar, por favor.

—¿Ahora eres tú quien me ruega?

—Por favor —imploro de nuevo.

Se muerde el labio con fuerza, me observa durante un par de segundos más, aparta la mirada y cierra la cortina de malas formas. Lo oigo colocar el altillo de nuevo en su sitio y marcharse a grandes zancadas.

Siento frío y tiemblo. Me trago las ganas de salir tras él y gritarle que a mí tampoco me vale con que venga a exigirme explicaciones a estas alturas, pero estoy bloqueada.

Al cabo de pocos minutos, vuelvo a oír los pasos de alguien entrando en la parcela, pero esta vez es Nagore quien sube a la caravana. Me pregunto si ha escuchado todo lo que hemos hablado Rubén y yo, porque las explicaciones que le debo a mi amiga se están empezando a amontonar.

—¿Estás bien? —pregunta. Se sienta a mi lado en la cama y me entrega el bolso.

—Sí, estoy bien. Lo siento, es que... —El nudo de la garganta se me vuelve a cerrar de golpe y mis pulmones vuelven a no llenarse del todo.

—Mai, no necesito que me des explicaciones. Si hasta ahora no me habías hablado de Rubén, supongo que es porque todo lo relacionado con él te sobrepasa. Lo entiendo y lo respeto, pero sabes que aquí me tendrás cuando estés preparada para contármelo.

—Son demasiadas cosas, Nago.

—No pasa nada.

—Tal vez no deberíamos haber venido —admito con tristeza.

Me da pena haber puesto a mi amiga en esta situación. Ella, que venía con el espíritu fiestero a tope, va y se encuentra con este percal.

—Ay, amiga, si te has atrevido a volver aquí es porque, en el fondo, estás dispuesta a superar lo que sea que os sucedió. Es un paso muy valiente por tu parte. ¿Rubén es el chico aquel que mencionaste una vez que tanto te afectó?

—Sí, es él. Y te juro que no sabía que iba a estar aquí, así que no sé si hablamos de valentía o de inconsciencia, pero, sea como sea, ya ves que él no está muy por la labor...

Me restriega la mano por la espalda y yo me acurruco entre sus brazos. El abrazo de mi amiga es medicina curativa para mi pobre corazoncito destrozado.

—Si te sirve de algo, ha dejado flipados a tus colegas cuando ha salido corriendo detrás de ti. Ninguno esperaba que lo hiciera.

—Es famoso por ser bastante imprevisible.

—Pues no veas qué risas cuando lo hemos visto volver a la cafetería hecho una furia y cagándose en todo. Por lo visto, no sabía en qué parcela estamos. Le ha costado lo suyo, pero ha decidido que rebajarse y preguntar merecía la pena.

—¿Quién le ha dicho el número de la parcela?

—¿Vas a vengarte?

Levanto la mirada y observo la sonrisilla de bruja que me está dedicando mientras se da golpecitos con un *fartó* en los labios. ¿Se ha traído el desayuno? Esta tía no perdona la primera comida del día ni aunque su mejor amiga sufra una crisis de las gordas.

—No voy a desquitarme con nadie, pero lo que me extraña mucho es que Rubén no haya preguntado en recepción, en lugar de rebajarse. ¿Estar emparentado hasta con el señor que recorta los setos ya no tiene ventajas?

—Con lo capullo que parece, seguro que hace tiempo que ha agotado todos los comodines de «dame respuestas, soy el hijo de». Y, por cierto, después de haberle cantado las cuarenta por ser un bocazas de mierda, ha sido el navarrico quien se ha chivado.

Xabi, siempre tan implicado.

—¿Te das cuenta de que cada vez que mencionas a Xabi suspiras?

—¿Suspiro o gimo? —pregunta toda coqueta.

—Ay, Nago...

Me sonríe de oreja a oreja y se aparta de mí.

—¿Todavía te apetece que bajemos a la playa? —Me da un toquecito con su *fartó* en la nariz—. ¿O es demasiado tarde?

—Ya sabes que la playa está solo a cinco minutos andando, diez por culpa del calor que suele hacer en este pueblo, así que todavía podemos bajar, estar un rato y volver para irnos al Aquarama con los demás.

Tal como solía decir Rubén en broma: «En Benicàssim, la temperatura la medimos en Celsius, pero la sentimos en Fahrenheit».

Me pongo en pie y me quito los pantalones cortos para anudarme un pareo, cualquier plan que implique alejarme de la piscina me apetece a muerte.

—¿Has terminado de desayunar? —pregunto a mi amiga, que sigue mordisqueando un *fartó*.

—Sí, pero es que estos bastoncillos de la perdición están que te cagas. Me comería una caja entera.

Por primera vez siento ganas de reír.

Incluso cuando recuerdo aquella caja de *fartons*...

1996

Zurekin atera nahi dut

Benicàssim, 22 de agosto de 1996

Me despierta el ruido de la cremallera de mi iglú abriéndose muy muy despacio. Me doy la vuelta en la colchoneta, alarmada y con el pulso a mil.

No salgo de mi asombro al verlo. De hecho, mi pobre corazón se precipita un poco más hacia la locura más absoluta.

—Bonito pijama —dice, y deja escapar una sonrisa de medio lado megapícara.

Rubén me está mirando el escote con todo el descaro del mundo y yo doy gracias al cielo porque una de mis tetas no haya decidido que este jueves tormentoso es un buen día para conocer el mundo que hay fuera de mi camiseta de tirantes.

—¿Quieres decirme a qué has venido, además de a mirarme las tetas? —Le arreo un manotazo en el hombro.

—Habla bajo y hazme sitio, anda. Me estoy mojando.

Ignora mi pregunta y me empuja para que le deje espacio. Dudo, pero, finalmente, me muevo en la colchoneta y le dejo un hueco a mi lado. Cierra la cremallera del iglú despacito y nos tumbamos cara a cara. La lluvia rebota contra la tela de mi tienda de campaña cada vez con más fuerza. Soy vasca, adoro la lluvia. De hecho, me parece que su sonido le otorga a cualquier situación un toquecito muy romántico, pero odio las tormentas, siempre me han puesto los pelos de punta.

—Y bien, ¿a qué se debe esta visita?

Rubén se pega a mí y me da un beso muy dulce en los labios.

141

—Me he dado cuenta de una cosa: tu *aita* me dijo en su día que no volviera a apedrearte el iglú por las noches, algo que, aun así, he vuelto a hacer en alguna ocasión, pero no me dijo nada sobre colarme dentro. Es un vacío legal.

Me hace mucha gracia cada vez que lo oigo decir *aita*, porque cuando era pequeño se pensaba que el nombre de mi padre era *aita* y empezó a llamarlo también él así.

Lo que no me hace tanta gracia es recordar la noche que lo pilló apedreándome el iglú. Teníamos once y doce años cuando empezamos a fugarnos de madrugada para pasar el rato juntos, y, en una ocasión, dormía tan profundo que no oí las piedritas que golpeaban mi iglú y rebotaban por toda la parcela. Fue mi progenitor quien tuvo el honor y, cuando me desperté, ya se habían desatado los gritos. «¡Rubén! ¿Qué cojones estás haciendo en mi parcela a las tres de la mañana?», gritó mi padre asomando la cabeza por una ventana de la caravana.

La cortina se cerró de golpe y, en pocos segundos, Rubén tenía a mi *aita* con sus calzoncillos y su cabreo delante de las narices. Yo seguía observándolos a través de la mosquitera en silencio.

«Juan, ¡no se le digas a mi padre, por favor!», decía un Rubén histérico, con las palmas juntas delante de su cara, como si en lugar de rogar, le estuviera rezando a mi padre. Pero es que todos sabemos cómo de estricto es el suyo y el drama familiar que supondría un cliente insatisfecho por culpa de una trastada de Rubén.

Cuando la cosa parecía que iba a calmarse, apareció el padre de Xabi con pinta de que lo había despertado el escándalo.

«He pillado a los chavales escapándose», le informó mi padre. «Xabi está dormido en su iglú desde hace dos horas», contestó el suyo. Momento que aprovechó el susodicho para pasar en dirección a su caravana, vestido de calle, con el rollo de papel higiénico en la mano. Por mucho que intentara disimular entornando los ojos para fingir que todavía estaba medio dormido y que volvía del baño, olvidó el pequeño detalle de que venía justamente en la dirección contraria a donde se encontraban los servicios. Al final se comió un castigo tan largo y aburrido como el mío. Rubén, en cambio, salió de rositas de aquello gracias a la intervención de mi madre, que apaciguó las aguas.

Es increíble que ya hayan pasado cuatro años y que la aversión que mi *aita* desarrolló hacia Rubén no haya dejado de crecer desde entonces. Seguramente porque, con el paso del tiempo, hemos acabado convirtiéndonos en lo que él más temía: dos adolescentes que se gustan, que siguen escapándose por las noches, que se tocan y se besuquean.

—¿Y has pensado que pillarte dentro de mi iglú no va a cabrear a mi padre? —Me río por lo bajo en plan tontorrón.

—He decidido jugármela. Además, estoy protegiendo a su hija de la tormenta, no puede castigarme por eso.

—Gracias por el detalle, pero estaba dormida y ni me había enterado de que estaba tronando...

—Puedes volver a dormirte, pero conmigo.

—¿Y si roncas?

—¿Y si te abrazo?

—Te lo perdonaré.

Me rodea con sus brazos y yo recuesto la mejilla en su pecho; tiene la camiseta un poco húmeda por la lluvia y el pulso superacelerado, incluso más que el mío. Suspiro, abrumada entre sus brazos. Es la primera vez que comparto cama con un chico y estoy muy nerviosa. Sé que es Rubén, que lo conozco de toda la vida y que tenemos una relación especial, pero, vaya, las sensaciones que viajan por mi cuerpo, una vez más, son algo más que amistosas.

—¿Por qué no podemos quedarnos así para siempre? —pregunto con la mirada clavada en su mentón.

—Porque tu *aita* acabaría cortándome las pelotas.

—Me refiero a llevarnos bien.

«A lo cariñoso y atento que eres conmigo. A todo lo que me haces sentir. A los besos que me das. A las sonrisas que me regalas. A todo el tiempo que pasamos juntos...».

—Me dirás que este verano estamos discutiendo mucho...
—comenta un poco molesto.

—No, ya sé que este año las cosas están siendo diferentes, pero temo que volvamos a nuestras viejas costumbres...

—Son varios veranos a la gresca, Mai, lo raro sería que no nos volviera a pasar en algún momento. Seguro que hasta lo echamos de menos...

—Creo que yo ya no.

—¿Intentas decirme algo? —Su pregunta me suena tan casual como premeditada.

«Lo que intento decirte es que estoy total y completamente loca por ti, pero eh, no pasa nada, si te saco de la cuarentena y vuelves a ser un capullo conmigo, solo me romperás el corazón. Nada grave».

—No, no intento decirte nada. Solo que tanto discutir contigo a veces me cansaba de verdad.

—Si te vuelve a pasar, me lo dices.

—¿Y dejarás de provocarme?

—Jamás. Me gusta demasiado verte mosqueada, con ese acento del norte que tanto se te marca...

Nos echamos a reír con ganas y ambos nos tapamos la boca a la vez. Si no nos cortamos un poco, mis padres se van a despertar y se va a liar una gorda. Es verdad que el sonido de la lluvia y el viento nos camufla un poco, pero tampoco es plan tentar a la suerte. Además, no quiero que este momento se acabe nunca. Me siento tan cómoda entre sus brazos y me resulta tan natural y necesario que me toque de esta manera, que solo pienso en quedarme a vivir en este instante.

De pronto, un rayo ilumina el desastre de ropa, libros y CD que hay dentro de mi iglú, y en cuanto el trueno que lo sigue hace temblar hasta el suelo, me pego a Rubén, asustada. Lo estrujo como si fuera mi particular osito de peluche.

—Odio los truenos —me justifico, no vaya a ser que se piense que le estoy metiendo mano.

—Lo sé, Mai.

Tira del saco de dormir que tenemos a los pies y nos tapa un poco. Su boca se posa en mi frente y su mano empieza a recorrer mi espalda con calma, arriba y abajo, ayudándome a relajarme poco a poco.

—Sé que es irracional sentir este pánico, pero...

—No importa, estoy aquí contigo.

Su mano continúa acariciando mi espalda y aunque cada pasada lo hace más despacio que la anterior, a mí me resulta de lo más tentador. No quiero que pare, y, en caso de que lo haga, solo deseo que sea para explorar otras partes de mi cuerpo.

—Siempre que llueve pienso en ti —dice con sus labios todavía pegados a mi frente—. Te imagino corriendo por Donostia, como tú sueles decir, con la lluvia cayendo en diagonal.

—A veces también cae en horizontal.

Nos reímos otra vez. Parece que esta noche estamos bastante tontorrones.

—La cuestión es que no falla, caen dos gotas y te adueñas de mis pensamientos.

—¿Solo piensas en mí cuando llueve? Porque diría que aquí no lo hace muy a menudo...

—Pienso en ti cuando llueve, pero eso no significa que sea el único momento en que lo hago. Y esto es más de lo que estoy dispuesto a admitir delante de ti.

El muy gamberro se ríe, pero, a mí, un escalofrío me recorre el cuerpo.

Y es que este chico tan dulce y cariñoso que me tiene envuelta en su abrazo me vuelve loca. Ojalá no saque de nuevo a pasear al capullo que sé que lleva dentro y que tan bien conozco.

—No hay nada de malo en admitir que piensas en mí, Rubén.

—¿Crees que a estas alturas es necesario que admita algo que ya sabes?

Meneo la cabeza arriba y abajo, pero él ya no se ríe. De pronto se ha puesto serio. Son pocas las veces que lo he visto así, a él, que siempre va con la broma y el cachondeo por delante, no le pega nada ese gesto tan formal en la cara.

—*Zurekin atera nahi dut.*

—¿Perdona? —Me incorporo de golpe y varios libros que guardo a los pies de la colchoneta se caen.

—¿Xabi ha vuelto a liármela? —increpa con la frente arrugada.

—¿Qué pretendías decir en euskera?

—Que quiero salir contigo. —Lo suelta tan pancho, como quien te da la hora.

—Entonces no, no te ha engañado. Es justo lo que has dicho.

—También me he aprendido la canción de *Bola de dragón* en euskera. —Levanta las cejas orgulloso de sí mismo y se pone a tararear.

Vuelvo a tumbarme sobre su pecho ignorando los últimos treinta segundos de mi vida. Hace varios veranos que todos sabemos que le gusto, hace ya un año que me he dado cuenta de que es correspondido y llevamos dos semanas comiéndonos la boca a todas horas, pero por mucho que sea lo más natural que podría pasar ahora mismo, jamás pensé que llegaríamos tan lejos como para plantearnos salir juntos. La idea me gusta tanto que temo meter la pata si abro la boquita.

La tormenta arrecia, las ramas de los árboles chocan entre sí, las paredes de tela del iglú se mueven enloquecidas por culpa del viento y me extraña muchísimo que mis padres no se hayan despertado con semejante escándalo. Pese a todo, me centro en disfrutar de los pocos minutos que puedan quedarnos a solas.

—Entonces ¿qué? ¿Quieres que vayamos al Bohío el domingo?

—¿Al Bohío?

Es el último día que estaré en el camping y me sorprende que, con el verano que llevamos, se le ocurra que una cita en el cine es una buena idea. Es como muy formal, no sé.

—Sí, ya sabes, ese sitio al aire libre que hay cerca del pueblo que tiene una pantalla gigante donde proyectan películas.

—Sé lo que es el Bohío, idiota. Pero ¿tú y yo?

No es que me esté haciendo la tonta, es que no puedo creer lo que está pasando.

—Maider, ¿qué parte de que quiero que salgas conmigo no has entendido? Porque mira que te lo he dicho en tu propio idioma...

—Creía que me estabas tomando el pelo.

—Esta vez va a ser que no. —Su mano busca la mía bajo la tela del saco. La tengo justo sobre su corazón.

—¿Por eso te has colado en mi iglú?

—No veas la de días que llevo esperando a que hubiera tormenta.

—¿Para hacerlo más romántico?

—Para que no tuvieras escapatoria.

Está quedándose con mi corazón y yo se lo estoy permitiendo.

Ojalá no me acabe arrepintiendo.

Cuando me despierto por la mañana, busco en su mitad de la colchoneta, pero ya no está.

Escucho la voz de mi *ama* fuera del iglú preguntándole a Rubén qué quiere para desayunar. Él le contesta que tan solo tomará una Coca-Cola. Mi *ama*, como buena madre que es, lo regaña por su mal hábito y le ofrece a cambio un Cola Cao y *fartons*, que siempre que estamos aquí compramos a montones porque me encantan. Pero no le dice ni mu acerca de habérselo encontrado una vez más tan temprano en nuestra parcela. Rubén se ríe por la bronca que le echa mi madre por no desayunar algo decente, y yo confirmo que su risa por la mañana es el mejor sonido del mundo.

Me abrazo a la almohada y aspiro su olor mientras recuerdo lo maravillosa que ha sido nuestra primera noche juntos y esa primera cita que vamos a tener.

7

«Esa» charla

Benicàssim, 11 de agosto de 2005

Hoy hemos quedado con Óscar, Xabi y Gemma para bajar a la playa y, muy a mi pesar, ver las perseidas. Aunque dudo de que vayamos a divisar muchas estrellas por culpa de la contaminación lumínica, no soy quién para cuestionar los planes que se han organizado en grupo. Además, soy la primera que prefiere no tener que ver ni una puñetera estrella, porque no es más que otra de las muchas experiencias que habían quedado vetadas para siempre en mi vida. Pero sé que tengo que hacer el esfuerzo por recuperarlas, de ahí que haya acabado accediendo a todo lo que me han propuesto, por ejemplo, la excursión que hicimos a pie al Desert de les Palmes, la sesión de cine en el Bohío, la noche que nos fuimos de marcha al pueblo, la tarde en el parque Aquarama..., aunque hayan supuesto un martillazo tras otro para mí.

Después de cenar cada uno en su parcela, hemos venido a la playa en tropel, armados con sillas, un radio CD, la sombrilla, la cachimba de Nagore y una nevera llena de alcohol, refrescos y hielo. Ya no nos andamos con tonterías, si vamos a pasar la noche en la arena, será con todas las comodidades a nuestro alcance.

Según he observado al llegar, no somos los únicos que se han traído la casa a cuestas, la playa del Heliópolis estaba y sigue estando llena de gente con muchas ganas de alargar la fiesta hasta el amanecer.

Y yo no puedo más que sentir una tristeza enorme.

No he vuelto a cruzarme a Rubén por el camping.

Imagino que después del encontronazo que tuvimos y lo afectados que acabamos los dos, me estará evitando como a una enfermedad venérea. Y aunque prefiero que las cosas sean así de momento, eso no quita para que me duela vernos de nuevo en esta situación. Mis amigos no han vuelto a sacar el tema y Nagore tampoco ha insistido, cosa que les agradezco de todo corazón. No obstante, por las caras que vi a mi alrededor la mañana de autos, sospecho que a ninguno le gustó el comportamiento abiertamente hostil que tuvo Rubén conmigo, y apostaría mi coche —con toda la marihuana de Nagore que todavía sigue en paradero desconocido— a que se lo han hecho saber y que él se está lamiendo las heridas refugiado en alguna esquina del camping. No es que me guste pensar que le están dando la espalda por mí; al revés, siento que todo lo que está pasando es por mi culpa y que Rubén, en realidad, tenía motivos de sobra para estar tan enfadado y llamarme «zorra insensible». Pero, por mucho que así fuera, se pasó de frenada y no parece que nuestros amigos puedan ignorarlo. Ninguno de los dos merecemos lo que está sucediendo: él no debería estar solo y yo no debería haber vivido todo lo que viví.

—Casi no nos queda hielo —dice Gemma, y me saca de golpe de mis pensamientos nocivos.

Está sentada a mi lado en una silla de playa, con los pies apoyados en la neverita que hemos traído.

—¿Cómo es posible? Si no hace ni una hora que hemos llegado...

Al pronunciar esta última frase, miro a mi alrededor para comprobar en qué estado se encuentran los demás, porque está claro que, para fundirse una bolsa de dos kilos de hielo hay que preparar unos cuantos combinados. No me hace falta investigar mucho para saber quién está al mando del asunto.

Nagore es de las que algunas palabras la hacen reír como si fuera una niña de ocho años, cuando está pedo. El ejemplo más claro es «envergadura», con solo pronunciarla puedes evaluar el nivel de borrachera que lleva. Si va achispada, se tapará la boca y esconderá una sonrisilla, pero si va bien servida, sucede justamente lo que estoy viendo en estos momentos: está tirada en el suelo revolcándose por la arena con un ataque de risa tan infantil como homicida mientras Xabi no para de repetir la palabrita de marras a grito pelado.

A mí estos dos juntos me encantan. No sé si llegarán a ser algo más que colegas, pero me están alegrando un poquito las vacaciones y consiguen que recupere la esperanza en el amor.

—¡En-verga-dura! —repite Xabi como si los demás no hubiéramos pillado el chiste todavía, a lo que Nagore responde abrazándose a la sombrilla que ha traído y rodando un poco más por la arena.

Sí, lo de traer la sombrilla ha sido cosa suya, porque, según me ha explicado, playa y sombrilla van de la mano, y que sea de noche no es más que un contratiempo que no debería separarlas. Así son las cosas, así de disparatada es a veces y así hay que quererla.

A Óscar, en cambio, no lo veo por ningún lado. Hace un buen rato que nos ha informado de que se iba «a Chicago» y aún no ha vuelto. Vamos, que se ha metido en el mar y todos nos imaginamos lo que está haciendo. Me apuesto el cuello a que cuando salga del agua nos relata por enésima vez y con todo detalle la historia de aquella vez que el asunto empezó a flotar y a delatarlo al perseguirlo. Otro que sigue anclado en los ocho años. Cuando nos lo cuente, Xabi hará bromas diciendo que los de Greenpeace tienen carteles con su cara, Gemma le replicará que espera que no se haya limpiado el ojete con algún alga venenosa, y Rubén..., Rubén no dirá nada porque no está.

De las estrellas, ni rastro tampoco. Al principio de la noche ha habido un momento en el que me ha parecido ver una estela brillante en el cielo, pero no estoy segura de si era un avión o Papá Noel con su trineo camino de sus vacaciones en Benidorm.

Me da a mí que esta noche van a caer más borrachos que estrellas.

Le pego un buen trago a mi combinado de vodka con naranja y me pongo en pie.

—Olvidémonos de los hielos, Gemma. Creo que ha llegado la hora de poner algo de música y dejarnos llevar. ¿Has bajado las pilas?

Asiente y rebusca con insistencia en su bolsa de playa. Me entrega un paquete con unas pilas enormes. Se las coloco a la radio con CD que hemos traído y pulso *play* sin mirar cuál es el disco que está metido.

Un par de horas después, seguimos con el recopilatorio *Now 2000* sonando en bucle y como ninguno nos hemos acordado de bajar más CD, pues nos jodemos y escuchamos por enésima vez «Bailamos», de Enrique Iglesias. Menos mal que voy ya por mi tercer combinado —sin hielo— y ya empiezo a sentir cierta indiferencia hacia la música, hacia la última vez que bailé con mi ex, hacia mi precaria vida amorosa en general y hacia los rituales de apareamiento disfrazados de casualidad de mis amigos. Aunque tal vez haya hablado demasiado rápido.

—Con esta canción me estrené —nos comunica Óscar con ojos soñadores.

Gemma se atraganta y la miro, pero no sé si está pasando un mal rato o recordando uno muy bueno. Ay, la leche. ¿Qué ha pasado aquí? Muevo mis ojos hasta Xabi y busco respuestas en su reacción.

—¿Y estabas de cara o de espaldas? —pregunta el navarrico, deduzco que no tiene ni idea de lo que su amigo acaba de soltar.

—Mira que eres gilipollas, *Chavi* —pronuncia exageradamente.

—Joder, Óscar, mi nombre es Xabi, en euskera, no en catalán. ¿A Xuxa cómo la llamabas, *Chucha*? Pues esto es lo mismo.

—Deja las putas lecciones de logopeda aficionado y céntrate en lo que importa: estaba de cara.

Óscar se pone a hacer un baile de caderas bastante torpe al son de Enrique Iglesias, que pretende demostrar sus palabras.

¿Qué les pasa a algunos hombres que, contra todo pronóstico, siguen sin saber cómo interpretar la danza ancestral del sexo sin parecer idiotas?

—Eh, no te hagas el ofendidito —protesta Xabi—. A mí me la sopla si te gusta el pescado, la carne o ambas cosas. Solo era por tener una imagen clara del momento.

Qué necesidad.

Sin embargo, me muero por preguntar quién fue la afortunada, pero si por un casual abro la boca y me estoy equivocando en mis sospechas, temo que voy a lanzar a Gemma hacia la más absoluta desilusión.

Xabi y Óscar continúan discutiendo sobre sus primeras veces y se les incorpora Nagore, mientras que Gemma pasa del tema. Yo me alejo del alboroto buscando distanciarme de Enrique Iglesias y de la conversación, y así despejarme un poco de la nochecita que llevamos. Me dejo caer en el suelo, en la orilla, con lo que me queda de mi tercer vodka en la mano y, tan pronto como siento el agua mojándome el trasero, recuerdo que debería haberme quitado los pantalones cortos antes de sentarme. Mala suerte.

Dejo el vaso a mi lado, meto las manos en la arena húmeda y es automático, el recuerdo que me asalta es como un tortazo en toda la cara.

«Solo pretendía que tuvieras la playa a tus pies la última noche que pasabas en el camping».

Pero antes de que los ojos se me empiecen a llenar de lágrimas, noto la presencia de alguien a mi espalda.

—«Lolaaaa, no bebas solaaaaa» —me canta a pleno pulmón.

—Xabi, jamás habría imaginado que te oiría cantando Cicatriz.

—Ni yo a ti bebiendo sola. «Ella bebe *pa* olvidar a esta puta sociedad» —dice volviendo a cantar la canción—. ¿Y tú?

—Todos bebemos para olvidar. Lola, la sociedad; yo, otras cosas...

—Me parece fatal que a tu ex y mi mejor amigo lo llames «cosa». Es un capullo, pero sigue siendo una persona.

Y hablando del amor de tu vida, vengo a darte una buena noticia.

Xabi se tira a mi lado y me rodea los hombros con su brazo. Parece que la misión que lo ha traído hasta mí le importa más que mojarse los pantalones.

—Dime que llegará el día en el que olvide los movimientos sexuales de Óscar.

—Uf, siento decirte que no. Ese recuerdo te perseguirá para siempre.

—Genial.

—Pero la noticia que te traigo te va a gustar aún más.

Me huelo lo que me va a decir, lo conozco tan bien que sé de sobra que esa mezcla de felicidad y tristeza que he notado en su voz solo se la provoca una persona.

—Y que sepas que he esperado a que pasaran unos días y a que tuvieras el estómago lleno de vodka para soltártela...

—Qué considerado y amable eres siempre conmigo. No sé si me lo merezco...

Intento acariciarle la cara, pero calculo mal y le sacudo una hostia en el hombro.

—Rubén se marchó al día siguiente de llamarte zorra —anuncia sin muchas ceremonias.

—Ya me extrañaba a mí que no se hubiera apuntado al plan de bajar a la playa con nosotros esta noche —digo con sarcasmo, a lo que Xabi responde dándome un codazo—. ¿Ha vuelto a Madrid? —pregunto.

—Sí. A la mañana siguiente del altercado me encontré con Noe mientras corría por la avenida. Por lo visto, ya que iba a estar aquí en agosto, Rubén se ofreció a echarle un cable en algunos turnos de la piscina; ella está preparando unas oposiciones y va muy justa de tiempo. Pero resulta que, de pronto, Rubén le dijo que se volvía a Madrid, sin más explicaciones, y que no se preocupara, que había encontrado a alguien que lo cubriera.

Supongo que debería alegrarme por la noticia, pero no lo hago ni por muy borracha que esté. No sé qué lo empujó a venir de Madrid cuando se suponía que iba a pasar todo el verano allí, pero sí sé por qué se ha marchado. Por mí. Porque no soporta que estemos en el mismo lugar, porque le duele demasiado tener que verme. No diré que a mí no me duele, pero una vez asumida su presencia, mi propósito era intentar arreglar las cosas en algún momento, al menos lo suficiente para que dejáramos de ser un problema para nuestros amigos.

—¿Sabes si va a volver?

Xabi se encoge de hombros y lanza una concha al mar, que, en lugar de rebotar sobre el agua, se hunde de golpe.

—No tengo ni idea de los planes que tiene.

No me puedo creer que con lo amigos que han sido durante tantos años, Xabi no sepa qué va a hacer Rubén este verano y aún me sorprende más que se haya enterado de que se había marchado a través de otra persona. Solo espero que lo que sea que esté pasando entre ellos no les afecte más, porque no podría perdonármelo. Sé que soy yo quien les empuja a mantener la distancia y ya me odio lo suficiente. Soy la Yoko Ono estival.

—Aprovechando que estamos en esta playa tan bonita los dos juntos, con Enrique Iglesias de fondo otra vez y tal y cual, quiero que tengamos «esa» charla, Mai. —Eleva las cejas arriba y abajo.

—«Esa» charla que me prometiste el día que llegué —confirmo.

—«Esa» misma.

No me apetece, ¿a quién pretendo engañar?, pero sé que nos la debo.

Las relaciones sanas se construyen con conversaciones incómodas y bastante hemos estropeado la nuestra para negarnos esto.

—Vale. Hablemos.

—Qué fácil ha sido convencerte, ¿no?

—Tal vez yo necesite esta charla más que tú.

Me abraza y con ello consigue que Óscar y Gemma nos jaleen desde lejos. Si es que, de verdad, parece que no crecemos.

—Tú dirás.

—Bien, hagamos un repaso rápido de los hechos. —Carraspea un par de veces con la vista clavada en el cielo—. La última vez que te vi en el verano del noventa y ocho, eras la novia de Rubén —sentencia y consigue que un escalofrío me recorra el cuerpo.

Recuerdo perfectamente quién era hace siete años, porque nunca olvidaré esa parte de mí, esa Maider tan llena y tan feliz.

—Estabais todo el día comiéndoos la boca y parecíais jodidamente enamorados. ¡Dabais asco! —Se mofa para aligerar el peso, supongo—. Habíais empezado a veros durante el invierno, hacíais planes juntos, Maider, estabais construyendo un futuro, estabais ilusionados..., pero lo siguiente que supe de ti fue que te habías largado del camping sin previo aviso, sin despedirte de nadie, y que Rubén estaba destrozado. —Detiene la narración y me mira con tristeza, aunque en el fondo de sus ojos veo un atisbo de rabia y rencor dirigidos hacia mí.

No me sorprende saber que Rubén estaba tan destrozado como yo, porque supongo que al principio fue así. Después fui yo la única que sufrió las consecuencias y él simplemente pasó del tema.

—Se quedó un par de días más en el camping después de que tú te fueras. No sé si estaba esperando a que volvieras o asimilando el golpe, pero al final nos acabó contando la milonga de que tenía muchas cosas que preparar en Madrid antes de que empezara la universidad y se marchó sin más.

Aquí empieza la parte de la historia que desconozco. ¿Qué pasó con Rubén una vez me hube marchado dejándolo todo atrás?

—Al principio pensé que habíais discutido por alguna tontería y que lo habíais dejado por eso. Creí que a no mucho tardar te vería en Donostia y me lo contarías. Estaba seguro de que acabaríais arreglándolo, porque sabía lo que sentíais el uno por el otro. Pero no. Ni te pusiste al teléfono ni contestaste a ninguna de mis cartas. Empecé a preocuparme de verdad, me hice mil teorías, a cuál más loca, y no paré hasta que conseguí hablar con Rubén. Un buen día, a mediados de noviembre, se dignó a devolverme una llamada, pero solo obtuve evasivas por su parte, ni siquiera una confirmación de que hubierais roto. En el momento en que mencioné tu nombre, me colgó. No quería ni oírlo, Maider, y, como comprenderás, yo seguía sin entender por qué cojones te habías largado y él estaba tan jodido. Continué insistiendo como un gilipollas, volví a escribiros y volví a llamaros a los dos, pero ni tú ni él tuvisteis la decencia de decirme nada.

Nunca sabré cómo se sintió Rubén durante ese tiempo, pero sí cómo me sentí yo, y lo último que deseaba era hablar del tema, solo quería que el vacío que notaba en el pecho desapareciera y, cada vez que recibía noticias de Xabi o de Gemma, el dolor crecía y lo único que me aliviaba era ignorarlos.

—Llegó el verano siguiente y con él se esfumó la última esperanza que tenía de saber de ti al ver que ni tú, ni tus padres ni tu hermano aparecisteis por el camping —continuó Xabi—. Mi madre no hacía más que interrogarme para que le contara qué era lo que había pasado, porque, aunque tus padres pusieron como excusa que habían decidido veranear en el extranjero por cambiar de aires, todos sabíamos que el motivo real eras tú. ¿Y sabes lo triste que es que tu madre piense que estás protegiendo a tu amiga, que estás escondiendo algo, cuando en realidad no tienes ni pajolera idea de lo que está pasando?

—Sé que no solo dejé a Rubén atrás...

—Correcto. No fue solo a él, nos dejaste a todos. Nuestra amistad te importó una mierda.

—No fue así, Xabi, pero no podía... —Soy incapaz de acabar la frase.

—Lo sé, Maider, lo sé.

Se acerca a mí y deposita un beso en mi sien. Su cariño me rodea y me envuelve, me siento fatal por haberlo apartado tanto tiempo de mi vida.

—Pasaron tres putos años durante los que tu hermano me aseguró que seguías viva y poco más, y de pronto llegó el verano de 2002 —continúa con mi calvario—. Y, sorpresa, reapareciste en el camping como si no hubiera pasado nada, como si el tiempo que habías estado desaparecida hubiera sido una mera anécdota. Y encima, llegaste con una sonrisa en la cara y con Agaporni a tu lado, y, para más cojones, coges y me lo presentas como tu «novio».

¿Agaporni? ¿Él también lo llama así?

Y no me vale la excusa de que Andoni es un nombre en euskera y que es complicado de recordar, ¡porque Xabi es navarro y está acostumbrado!

—Es que era mi novio, llevaba saliendo muchos meses con él.

En realidad, estábamos a punto de cumplir dos años juntos. A Andoni lo conocí en unas regatas en las que participó Nagore. De hecho, fue ella quien nos presentó.

—Pero tú pusiste mala cara desde el minuto uno, Xabi, ni siquiera nos diste una oportunidad.

Ni yo misma me creo que esté defendiendo mi relación con Andoni, pero así son las cosas, el paso del tiempo a veces tergiversa los recuerdos, los villanos pasan a ser los héroes y viceversa.

—¿Qué cara pretendías que te pusiera?

—Pues no sé, no esperaba que fuerais todo sonrisas y amor conmigo y menos después de tanto tiempo, no soy tonta, pero tampoco esperaba que os pusierais de parte de Rubén.

—Me daba igual que te hubieras buscado a otro, aquello no iba de bandos. Lo que me jodía era que hubieras pasado por encima de nuestra amistad tan fácilmente, que me hubieras dejado de lado durante tantos años y que volvieras como si nada.

—Te pedí perdón por eso —admito por lo bajo.

—Y yo lo acepté sin dudarlo porque te había echado un huevo de menos y porque sabía que la ruptura con Rubén te había afectado mucho. De hecho, hasta llegué a entender que te dedicaras a tocarle los cojones paseándote por delante de sus narices con tu novio. Pero después vino la bomba que soltó Agaporni... ¡Y volviste a desaparecer! —Alza las manos al aire de lo cabreado que está.

Nunca lo había visto tan dolido y, sin duda, es la primera vez que soy testigo en directo de las consecuencias que tuvieron nuestros actos en los demás.

—¿Por qué, Mai? ¿Por qué has estado desaparecida dos veranos más? Ayúdame a entenderlo, por favor.

—Cuando Andoni habló, todos me juzgasteis, Xabi.

—No, no lo hicimos, simplemente nos pilló a contrapié, porque jamás pensamos que el motivo por el que rompisteis Rubén y tú fuera ese.

—Ya no es mi novio —le suelto como si eso lo arreglara todo, como si me hubiera quitado de encima el problema principal, cuando Andoni, sí, la cagó abriendo la boca delante de todos y contando entre risitas algunos de los motivos por los que Rubén y yo nos habíamos separado, pero la única culpable era yo, por habérselo confesado y por habérselo ocultado a quienes de verdad les importaba.

—Me alegro no sabes cuánto de que ya no estés con él, porque menudo gilipollas...

—Jamás os importó que Andoni fuera o no fuera un gilipollas, porque vosotros ya habíais tomado la decisión de poneros del lado de Rubén. Lo vi en vuestras miradas y en vuestros gestos en cuanto abrió la boca. Y después de eso, como es obvio, no me sentía con fuerzas para enfrentarme a la decepción que os había causado.

—No nos decepcionaste, nos sorprendiste, Maider. Nunca llegaré a entender por qué te lo tragaste todo tú sola, éramos tus amigos.

—¿Lo erais?

—Por supuesto. Fuiste tú la que no buscó nuestra ayuda. Ni la nuestra, ni la de Rubén.

—Lo siento, Xabi. La situación me superó y lo sigue haciendo. Me sentí sola, abandonada por completo... Y sí que busqué la ayuda de Rubén, pero él...

Vuelve a apretarme entre sus brazos y me acaricia la espalda.

—Si tú hubieras querido, no habrías estado sola ni un segundo, porque Gemma y yo lo hubiéramos dejado todo por ayudarte. Y Rubén... Espero que creyeras lo que te dijo cuando discutió con Agaporni, porque sé que jamás te mintió. Es la única persona por la que pondría la mano en el fuego sin dudarlo.

—¿Y por mí?

—También lo haría, sabiendo lo que sé ahora. Aun así, hay un detalle en todo lo que dijo Agaporni que me preocupó mucho, pero no me has dado la oportunidad de hablarlo contigo.

—¿Solo uno?

Se carcajea sin ganas. Y es que mi ex soltó un torpedo de los gordos, pero también mucha metralla, y en cuestión de cinco minutos se lio parda.

—¿Por qué estuviste medicada?

Y así, sin reflexionar demasiado, empujada por el momento, por el cariño que me está ofreciendo y por el alcohol que corre por mis venas, se lo cuento todo. Todo lo que pasó, todo lo que vino después. Todo lo que he callado y todo lo que desconoce. Y, poco a poco, voy quitándome parte del peso con el que he cargado durante tantos años.

—Mai, ¿cómo cojones te guardaste todo esto?

—¿Qué querías que hiciera? ¿Soltarlo sin más delante de todos?

—Habría explicado muchas cosas.

—No podía, Xabi, no podía...

Me echo a llorar y él me arropa de nuevo entre sus brazos. Es una sensación extraña: por un lado está la liberación que siento porque por fin alguien sabe todo lo que viví, pero, por otro, es una sensación amarga, porque no quiero que sienta pena por mí. No deseo que sea su lástima la que me acabe perdonando. No he sido una buena amiga.

—No llores, anda, que no estás en condiciones de encoger más.

Está intentando quitarle peso al asunto, pero no va a funcionar. Llevo mucho tiempo con demasiadas cosas en mi interior y acaban de salir de golpe. El dolor que me han causado es infinito.

—Eres un idiota —digo entre risas y lágrimas.

—No tanto como Rubén.

—Rubén... No sé ni qué decirte..., pero tengo que hablar con él.

—Exacto, coge el toro por los cuernos. Cuéntaselo todo tal como has hecho conmigo y cierra esa herida, Mai. Creo que lo entenderá y podréis pasar página.

Tal vez Xabi no sea la persona con la que tengo que empezar a curar las heridas, pero lo considero un paso importante, un ensayo de lo que acabará llegando.

—Prométeme que no le contarás a nadie, y menos a Rubén, lo que acabo de confesarte.

—Me estás pidiendo mucho. —Se revuelve el pelo, incómodo—. Pero no lo haré, eres tú quien debe hablar con él. ¿Quieres que te allane el terreno?

—¿Serviría de algo? —dudo con la garganta cerrada.

—Fácil no te lo va a poner, de eso estoy seguro, pero veré cómo lo hago. Uf, qué noche... ¿Volvemos? Creo que necesito un trago. O tres.

Se pone en pie y me ofrece su mano.

—Y recuerda que siempre que necesites que esté a tu lado, ahí estaré.

—¿Me perdonas por no habértelo contado desde el principio?

—Siempre. Ya lo había hecho, incluso sin saber todo lo que pasó en realidad.

Acepto su mano, me levanto del suelo y lo abrazo con cariño.

—Gracias, Xabi.

—Si vuelves a dármelas, le diré a Rubén que en el verano del noventa y cuatro nos enrollamos a lo bestia.

Me aparto y me carcajeo.

—Muy gracioso. Y hablando de enrollarse... ¿qué me dices de ti?

—Hay alguien.

—¡Oy, oy, oy! Ya estás cantándome una jota, navarrico.

—Es una chica que he conocido en la uni, pero es complicado. Casi más que lo tuyo con Rubén.

Le arreo un manotazo en el hombro y él se echa a reír. Ambos sabemos que lo mío con Rubén es más complicado que intentar someter a un tiburón a base de besos.

—Pero ¿hay tema o no?

—No tanto como me gustaría, Mai. Es la chica perfecta en el momento más inoportuno. Tanto, que ahora mismo está en Galicia disfrutando de unas maravillosas vacaciones con su novio.

—Uy.

—Exacto. Uy. No va a ser fácil, pero más me vale olvidarme del tema.

Xabi me habla durante un rato de la chica misteriosa, cómo la conoció y tal, y en cuanto consigo serenarme del todo, nos acercamos a nuestros amigos.

No sé cómo lo ha hecho Nagore, pero tiene a media playa sentada en fila en el suelo, incluidos Gemma y Óscar, y están todos remando. Ella está en pie con la sombrilla en la mano guiando una trainera invisible.

—¿Ha organizado unas regatas? —Xabi está mirándola tan alucinado como yo.

Él no la conoce pero yo sí, y lo que me asombra de ella no es este espectáculo en sí mismo, es la capacidad que tiene para mover a las masas hasta cometer cualquier locura. Pero es que Nagore es así, pura improvisación y risas mil. Es lo mejor que me pudo pasar cuando llegué a la universidad.

—Efectivamente, estarán jugándose la bandera de Benicàssim —digo entre risas.

—¿Qué os pasa a los vascos que, si no estáis levantando piedras o robando setas en Navarra, acabáis organizando unas regatas?

—Para el carro, chavalín, ¿porque tú adónde vas a hacer surf, a las playas que hay en la ribera de Navarra?

—Cómo os duele que os llamemos *robasetas*. Qué pasada.

—Sois unos pesados con ese tema, las setas no son más que la factura por venir a mearnos las playas todos los veranos.

—Aceptamos. Pero, oye, en serio que lo de tu amiga es grave, ¿eh?

—Es que es remera, Xabi. Bueno, en realidad, en su familia todos lo son: su abuelo, su padre y sus dos hermanos son miembros del club de remo Arraun Lagunak de Donostia, y ella hace años que entrena, pero las chicas no compiten con traineras, solo con botes cortos.

—Vaya putada.

—Ya ves. Pero algún día remarán en La Concha, verás.

1996

Bohío

Llego a las nueve y media en punto a recepción con la sensación de que medio camping me estaba esperando. Y es que, casualmente, los habitantes del bar, incluido Tito, hoy han abandonado la seguridad y la estabilidad de la barra y se amontonan junto a la entrada con sus cervezas en la mano. Son como una panda de señoras del visillo, pero sin que les importe una mierda no tener la privacidad de las cortinas.

Óscar es el único que ha aparecido antes que yo y está apoyado en el coche de la hermana de Rubén. Lleva un tejano recortado y deshilachado a la altura de las rodillas, una camiseta verde bosque y zapatillas de deporte. Su pelo está mojado y repeinado, como si fuera uno de los chicos de Viceversa, y solo puedo pensar en la cara que pondrá Gemma en cuanto lo vea, se lo va a comer.

Al final, a base de chantajes bastante feos y varias amenazas a mis amigos, he conseguido que vayamos los cinco al Bohío. Sé que es nuestra primera cita formal y que tal vez tanta compañía puede estropearla, pero los necesito a mi lado. Tan atacada estoy que casi no he dormido desde que Rubén me pidió para salir. Y él..., bueno, desde que se marchó de mi parcela, apenas lo he visto el tiempo suficiente para darnos un par de morreos, porque, según dice, está liado, algo muy raro teniendo en cuenta que está de vacaciones y los días tan intensos que hemos pasado. Una vocecita molesta que habita en mi cabeza se pregunta si no se estará arrepintiendo de la oferta, así que necesito tener a mis amigos cerca por si acaso.

—Qué guapa estás —dice Óscar con una sonrisa sincera.

Me he puesto un vestido corto de tirantes, con un poco de vuelo, de color coral, y unas sandalias de esparto con plataforma que me ha prestado Gemma. Llevo el pelo suelto y un pelín ondulado, y brillo de labios. Cuando he bajado de la caravana, ya vestida y maquillada, el gilipollas de mi hermano me ha tirado a la cara un billete de mil pelas y me ha pedido un baile. Mi *aita* me ha mirado como si fuera una pilingui y, sin comentar nada, se ha marchado a airear su mosqueo. Mi *ama*, en cambio, me ha guiñado un ojo mientras me decía que estoy preciosa y que lo pase bien, muy muy bien.

—Tú también estás cañón —respondo a Óscar, dándole un golpecito con el hombro.

—No vayas por ahí, Maider, que la cita la tienes con otro —dice con cara de circunstancias.

El plan es acercarnos al Bohío en dos coches y volver paseando. Óscar y Gemma irán con el padre de ella y Rubén, Xabi y yo con Lorena, que anda por aquí corriendo de un lado para otro intentando dejar varios asuntos del camping atados antes de venirse con nosotros. Normalmente se encarga de dar entrada y salida a los campistas por las mañanas e imagino que, en el turno de tarde, se dedicará a otras cosas. Parece ser la que más emocionada está con nuestra cita, no hace más que sonreírme cada vez que pasa por mi lado.

Gem y Xabi llegan juntos poco después, y el olor de la colonia de Rubén aparece a eso de las diez menos cuarto; él viene detrás, por supuesto, paseando tan tranquilo. Me gustaría decir que huele que alimenta, pero es que huele que alimenta a todo el pueblo de Benicàssim. Sospecho que le han sobrado unas veinte pulverizaciones de ese perfume de padre con el que se ha bañado. Quitando ese pequeño detalle, está muy guapo, lleva un tejano corto negro y una camiseta blanca que le resalta su piel morena. Aunque diría que le faltan accesorios, por ejemplo, un reloj Flik Flak para no llegar tarde a las citas.

Ni siquiera nos saluda y mucho menos se acerca a darme

un beso, está demasiado concentrado pegándole un buen mordisco al bocadillo de beicon con queso que sujeta con las dos manos.

—Con eso no te vas a subir en mi coche —dice su hermana amenazándolo con el dedo índice.

Él, ni corto ni perezoso, se acerca hasta mí y me ofrece el bocadillo. Yo rodeo sus manos con las mías, me lo acerco a la boca, le pego un bocado y lo saboreo.

—Poco queso —digo con una sonrisa.

—Tres lonchas, como siempre.

Se mete el resto en la boca y le dedica una peineta a su hermana.

—A este no le quita el apetito ni salir con la chica de sus sueños —oigo a Xabi decir a mi espalda, y se descojona de la risa con Óscar y Gemma.

Rubén intenta contestarle algo, pero todavía está trajinando con el pedazo de bocata en la boca, así que se limita a enseñarle el dedo corazón otra vez. En cuanto se limpia las manos en los pantalones y se dispone a montarse en el coche, abro la puerta del lado del copiloto y me subo.

Salimos del camping bajo la atenta mirada de todo el público, con el último disco de Metallica, *Load*, uno de los favoritos de Rubén, acompañándonos durante todo el trayecto. Los chicos aprovechan para comentar el Gran Premio de Bélgica de Fórmula 1 que se ha disputado hoy, y que, según dicen, ha sido el culpable del retraso de Rubén, ya que el teletexto no cargaba bien los resultados y ha tenido que esperar a ver no sé qué repetición del *safety car* y Schumacher. Ignoro su conversación y miro por la ventanilla abierta las villas de Benicàssim. Disfruto del aire impregnado de mar y me vuelvo a preguntar si esta cita le hace tanta ilusión a Rubén como a mí. Sé que ha sido él quien me ha invitado a salir, pero no entiendo que se haya mantenido tan alejado desde que lo hizo y que al llegar solo me haya dado un pedazo de bocadillo en lugar de un beso. Es posible que esté sufriendo algún tipo de síndrome de abstinencia.

—Aunque no lo parezca, está nervioso —me dice su hermana Lorena, bajito—. Nos ha vuelto locos.

—Ah, ¿sí? —pregunto con las cejas levantadas.

—Claro, ¿qué esperabas?

—Pues la verdad es que no lo sé, pero no le pega nada eso de ponerse nervioso...

—Qué poco lo conoces, o, mejor dicho, qué poco se deja conocer a veces. Ha estado ordenando compulsivamente sus cromos de fútbol y hacía por lo menos cuatro años que no lo veía tocándolos... También ha salido a correr tres veces al día, por no hablar de lo borde que ha estado...

—Vaya.

—Son muchos veranos esperando...

No hace falta que termine la frase. Sé cuánto tiempo ha pasado desde que me contaron el primer rumor acerca de su enamoramiento.

Llegamos a nuestro destino a la hora muy justa. El Bohío es un cine al aire libre rodeado de palmeras, que se encuentra entre el casco urbano de Benicàssim, lo que llamamos cariñosamente «el pueblo», y la zona de urbanizaciones junto a las playas.

Compramos palomitas y bebidas en la entrada y nos sentamos en la última fila según el orden de llegada: Gemma, Óscar, Xabi, Rubén y yo. Como no hemos mirado la cartelera antes de salir, descubrimos que esta noche ponen *Twister*, así que me fastidio y me dispongo a hacer terapia de choque para vencer mi miedo a las tormentas. Esto es como poner *Viven* en un vuelo comercial. Hay que joderse.

La película solo lleva cinco minutos en pantalla y ya empiezo a estar agobiada. No por el huracán que imagino que arrasará Oklahoma en algún momento, ni por los nervios por que sea nuestra primera salida como parejita, sino porque me cuesta respirar con normalidad. Tengo asma y alergias varias, cuento con un inhalador de rescate en todos los bolsos, pero nada puede protegerme del halo de perfume que rodea a Rubén.

Suelto el primer estornudo a los quince minutos de película y sé que vendrán más, que esto ya es imparable.

—Salud —dice el foco de mi alergia con una sonrisa dulce

adornándole la cara—. Menudo estornudo de Toys'R'Us, suenas como un gatito enfadado.

Me río por no llorar y empiezo a llenarme la boca de palomitas a lo bestia, a ver si con el aroma a mantequilla consigo aplacar el de su colonia, pero ni por esas. A los veinte minutos de *Twister*, llevo ya ocho estornudos y me empiezan a picar los ojos. Rubén me da la mano y me la aprieta, se cree que estoy compungida por la película o yo qué sé. Está siendo cercano y cariñoso conmigo, pero no quiero más que apartarlo, como poco, hasta el otro lado de Benicàssim.

A mitad de película me doy cuenta de que no tengo ni idea de lo que está pasando en la pantalla; soy incapaz de prestar atención porque estoy superconcentrada en despejar cada acercamiento de Rubén, y es que, si se me pega más, temo que lo voy a moquear de arriba abajo.

Seguro que por culpa de mis reacciones se piensa que hemos venido a ver la película. ¡Y yo no quiero verla! Quiero probar la sal de las palomitas de sus labios, quiero comerle la boca hasta conseguir que todo el cine carraspee por la incomodidad que les provocamos. Pero mis planes se vienen abajo porque no paro de soltar estornudos de juguete, y los ojos y la garganta me escuecen cada vez más.

Finalmente, decido que la cita ya es toda una ruina.

—Rubén, ¿podemos ir fuera un momento? —pido por lo bajini, sin acercarme demasiado.

—¿Qué?

—Que si podemos ir fuera un segundo —levanto la voz, y me gano varias protestas.

Arruga el ceño, pero asiente. Me da la mano y me guía hacia a la salida.

Tan pronto ponemos un pie fuera, se lanza a por mi boca y no me queda otra que pararlo apoyando mis manos en su pecho. Odio tener que hacer esto, pero no quiero que me toque.

—Pensaba que habíamos salido a enrollarnos... ¿Qué ocurre? —pregunta, basculando entre la decepción y la preocupación.

Le respondo con una ristra de cinco estornudos.

—¿No te encuentras bien?

Niego y suelto otro par de estornudos más que le hacen reír.

—En serio, Mai, míratelo porque estornudar así no es serio.

—No le veo la gracia, Rubén.

—¿Qué te pasa? —Me pone las manos en las mejillas y me mira, pero, sintiéndolo mucho, me veo obligada a dar varios pasos atrás. El pestazo que desprende me aturulla.

—Es una reacción alérgica.

—¿Qué necesitas? —pregunta, de pronto bastante nervioso.

—No voy a morirme, tranquilo. Pero... ¿podrías sentarte lejos?

Se queda en silencio con los labios apretados. Seguro que se piensa que lo estoy vacilando.

—¿Es alguna broma que has preparado con Xabi?

—No, Rubén. Simplemente, no puedo respirar contigo a mi lado.

—¿Me estás diciendo que me tienes alergia? ¿Me estás tomando el puto pelo?

Me sueno los mocos y parezco la sirena que da salida a los autos de choque, solo falta que suene Camela de fondo.

Qué vergüenza. Le dedico una mirada de disculpa.

—No seas idiota, no te tengo alergia, lo que está intentando matarme es tu colonia.

Se muerde el carrillo por dentro y me mira fijamente.

—Pues vale.

Se marcha contrariado dando grandes zancadas hacia donde se encuentran nuestros amigos y le pega cuatro empujones a Xabi para que se mueva y lo deje ocupar su sitio. Yo voy a los servicios, me lavo la cara y me tomo un tiro del inhalador. En cuanto me despejo un poco y consigo no estornudar más de dos veces cada minuto, me siento junto a Xabi, que me interroga con la mirada. Le explico lo que me ha pasado y el pobre no puede evitar mearse de la risa, más o menos hasta que

168

Rubén le mete un puñetazo en el hombro con toda su frustración acumulada y le tira las palomitas al suelo. Y es que no es para menos, tiene tela que la primera vez que tenemos una cita haya estado a punto de ahogarme por los mocos que me provoca su colonia.

La película termina casi a las doce y nos encaminamos de vuelta al camping disfrutando del paseo. Todos, menos Rubén, que se arrastra en última posición.

Aunque todavía noto la nariz algo irritada, ya me encuentro mucho mejor.

En cuanto llegamos, Rubén desaparece dando por terminada la cita, así que me siento en la terraza del bar con Gemma y aprovechamos que Xabi y Óscar están jugando a los dardos para comentar la nochecita de marras.

—Qué mala suerte, tía. No puedo creer que Rubén haya decidido echarse colonia por primera vez en toda su vida justamente hoy.

—A mí me lo vas a decir... En serio, he estado a punto de echarme a llorar de rabia. Y lo peor es que creo que se ha enfadado conmigo.

—¿Cómo se va a enfadar? Nadie puede controlar una reacción alérgica. No creo que «el señor» sea tan imbécil. Aunque pensándolo bien, yo lo adoro, ya lo sabes, pero cuando se lo propone, imbécil es un rato...

—No seas tan mala, Gem...

De pronto Lorena se me acerca apresuradamente con cara de agobio.

—Maider, lo siento.

No tengo ni idea de por qué se está disculpando «mi cuñada».

—He sido yo.

Cada vez estoy más perdida en esta conversación.

—Cuando lo he visto vestido para la cita contigo, me ha parecido que estaría muy mono si lo peinaba con un poco de gomina. Así que me he puesto manos a la obra y cuando he terminado le he echado un poco de la colonia de papá, pero como es un capullo integral, ha empezado a vacilarme con un tema que no viene a cuento y yo he seguido disparando sin piedad... Se ha quejado de que olía que apestaba, pero lo he convencido de que nos gusta que los tíos huelan bien...

Quiero echarme a reír con todas mis fuerzas, pero la preocupación que veo en sus ojos me frena en seco. Pobre, la que ha organizado sin querer.

—No te puedes imaginar la bronca que me ha montado hace cinco minutos. La madre que lo parió, qué mala hostia tiene cuando quiere, pero yo jamás habría pensado que podría provocarte una reacción alérgica. No sabes cómo lo siento... por ti, porque mi hermano se lo tiene merecido por capullo.

—No te preocupes —digo, dándole golpecitos en la mano.

—No va a volver a hablarme en una temporada, serán como unas vacaciones. Pero en el fondo, me siento fatal... Para una vez que tenéis una cita, voy yo y la fastidio. Además, es tu última noche aquí, ¿no?

—Sí, nos vamos mañana. Pero, de verdad, Lorena, no te agobies, tendremos otras oportunidades.

¿Las tendremos? Porque este año desde luego que no, y el siguiente, pues a saber.

—Eso confío.

La abrazo para demostrarle que no la culpo o que la perdono, yo qué sé, solo quiero que no se sienta tan mal porque es una tía genial y todos sabemos la mala leche que tiene Rubén a veces. Al fin y al cabo, de esto nos reiremos algún día, o eso espero cruzando los dedos.

Le doy un trago a mi Coca-Cola mientras observo cómo Lorena se aleja de vuelta a su casa algo menos abatida.

Continúo hablando con mi amiga un rato más, y, aunque intento estar normal, me río sin ganas. Sigo preocupada porque Rubén se haya marchado tan cabreado justo hoy, que es nuestra última noche, y mucho me temo que este año no habrá una despedida.

—Maider, creo que has dado la noche por terminada demasiado rápido. —Gemma me hace un gesto con la barbilla señalando a mi espalda.

En cuanto me doy la vuelta, veo a Rubén caminando hacia nosotras con decisión y el ceño muy fruncido.

Tiene el pelo mojado y revuelto, y se ha cambiado de ropa.

Vamos, que se ha duchado. Por mí, por estar conmigo. Cosa que me hace sonreír embobada.

Cuando llega a mi lado, no me dice absolutamente nada, se limita a ofrecerme su mano. En cuanto se la doy, me acerca a él y, aunque tengo el olfato estropeado, noto un deje muy sutil a gel de ducha que no tiene nada que ver con el tufo del brebaje mortífero que le ha echado su hermana antes. Me dedica una sonrisita tímida, posa las manos en mis caderas, me atrae hacia su boca y me planta el beso más impulsivo y ardiente de la historia.

Me coge de la nuca y profundiza. Y esta vez vuelve a haber lengua, mucha lengua. Y manos por todo mi cuerpo. Y jadeos. Esto se nos está yendo de madre.

Nos separamos un poco con la respiración muy agitada.

—Necesitaba hacerlo antes de que se nos acabara este verano —confiesa.

—¿Te has pasado toda la noche intentando matarme y en los últimos minutos que me quedan antes de irme a la cama, pretendes que lo hagamos todo deprisa y corriendo? —lo riño en broma, a lo que él responde con una sonrisa la mar de traviesa.

—Hombre, Maider, no corras tanto. Todo, lo que es todo todo, no lo vamos a hacer ahora mismo, para eso tendrás que esperar un poco más.

—¿Tendré? ¿Perdona?

—Venga, no seas mojigata, estás deseando arrancarme los pantalones desde hace días. ¿O te piensas que no te he pillado mirándome el paquete en la piscina?

—Ay, Rubén, qué hostia tienes en toda la cara.

—¿Me has echado de menos? —Me dedica un mohín que hace que me parta de la risa.

—Casi tanto como te echaré el próximo invierno.

Vuelve a besarme en la boca y decido que esta segunda cita, por muy corta que sea, me gusta veinte veces más que la del cine.

—Te prometo que... —digo con la boca todavía pegada a la suya.

—No hagamos promesas, Maider. No, cuando vamos a estar tan lejos. Tú solo vuelve el verano que viene, que aquí estaré.

—¿Me escribirás?

—¿Quieres que lo haga?

—Esperaré impaciente cada carta, como siempre...

8

No seas ridícula

Me encanta la playa al amanecer. Es un hecho.

Ese momento en el que las estrellas se apagan, el aire fresco viene impregnado de salitre del mar, la arena aún no se ha templado por culpa del abrasador sol de la costa del Azahar y el horizonte, pintado de mil colores, anuncia otro día despejado. Estos momentos de paz, sin nadie a mi alrededor y sin el tic-tac imparable del reloj, tienen un precio incalculable para mí, sobre todo porque puedo cerrar los ojos y pensar en mis cosas, recordar la cantidad de veces que he estado en esta misma playa y todas las vivencias que se han quedado grabadas aquí.

Desde que hablé con Xabi y le solté todo, me siento algo más liberada, pero durante el día de ayer no me dejó en paz, lo tuve pegado a mí con cara de pena siguiendo cada uno de mis movimientos. De verdad que se lo agradezco, pero, por desgracia, su cariño llega tarde y tampoco es el que siempre necesité. Entiendo su preocupación, pero estoy bien, o, al menos, estoy mejor que hace algún tiempo.

Aunque hoy he conseguido esquivarlo y bajarme a la playa a solas, el destino parece tener todos sus cañones apuntando hacia mí y ni siquiera está dispuesto a permitirme una mañana en paz y armonía. Supongo que no debería haber olvidado la jugarreta que me hizo el primer día nada más llegar.

Hago un barrido con la vista por el paseo de la playa, que

está prácticamente vacío, y veo a un chico acercándose al trote. Aún le quedan bastantes metros para llegar a donde estoy y, si no supiera que Rubén está en Madrid, pondría la mano en el fuego por que es él. Y es que reconocería la forma en la que se mueve su cuerpo entre mil corredores, pero me repito que no, no es posible.

A cada segundo que pasa, está más cerca y empiezo a estar segura de que...

¡Joder, es Rubén!

Salto el murete de la playa, me refugio tras unas palmeras y cruzo los dedos para que pase de largo. Espero un par de minutos y, en cuanto creo que ya se habrá marchado, asomo la nariz por encima del pretil y miro a mi derecha. No lo veo. Miro a la izquierda y mascullo un ¡mierda! demasiado alto. Se ha parado a pocos metros y, por lo visto, tiene programada una tabla de estiramientos justamente a mi lado. No esperaba menos de alguien que está tan sudado que parece haber venido corriendo desde Madrid.

Me siento de nuevo en la arena y espero a que termine.

Lo miro a hurtadillas de vez en cuando, total, no tengo nada mejor que hacer y las vistas son tan impresionantes como cualquier amanecer que se precie. Él sigue a su bola, estirando los brazos y las piernas, ajeno a que su ex está pasando un buen rato a su costa.

En una de las muchas veces que me asomo, él se gira un poco y, aunque creo que no me ha visto, me tiro al suelo detrás de las palmeras que tengo a mi lado y empiezo a hacer ruidos de insecto.

—Sal de ahí, Maider. No seas ridícula.

Rubén sigue teniendo una voz tan grave, profunda y sensual que te hace pensar en cosas sucias. No quieres que se calle por muy borde y arisco que sea.

—No estoy siendo ridícula —mascullo, mosqueada, todavía escondida.

¿Por qué me sale todo al revés cuando se trata de él? El plan era bien simple: meterme detrás de estas palmeras y pasar desapercibida. Pero no, tenía que pillarme. Si es que ya lo lleva diciendo Gem un porrón de años: soy una mirona y eso me pierde.

—Ah, ¿no? Entonces ¿qué cojones haces ahí escondida imitando a una cigarra? Bastante mal, por cierto, parecías un sifón con fuga.

Me pongo en pie, me sacudo la arena que se me ha pegado por todo el cuerpo, salgo de mi escondite agarrándome con uñas y dientes a toda la dignidad que me queda, y con la cabeza bien alta, para encararlo. Lleva puesto un pantalón corto de deporte de colores chillones y la camiseta descansa sobre su hombro izquierdo. Tengo un primer plano perfecto de su pecho desnudo, sus marcados abdominales, la uve que se le forma entre las caderas... Y no sé de dónde ha salido todo esto, porque juro por toda mi familia que la última vez que lo vi no estaba ahí. Aunque siempre ha tenido un cuerpo con un ensamblaje bastante perfecto, sabe Dios que esa tableta no es obra de la casualidad.

—Maider, la última vez que me miré en el espejo mi cara seguía estando en la parte superior de mi cuerpo, en una zona llamada cabeza.

Levanto la vista de golpe y me lo encuentro riéndose.

—Y que sepas que tienes arena en las mejillas —añade con ese tonito tan suyo, a medio camino entre la mofa y la insinuación.

—Es exfoliante, no tienes ni idea.

Me restriego la arena por la piel hasta que noto que me escuece un poco. Él no retira la mirada, quiere saber hasta dónde estoy dispuesta a llegar con tal de sostener mi coartada. Me rindo antes de acabar con la cara tan irritada como el culo de un niño.

—Me habían dicho que te habías vuelto a Madrid después de nuestra agradable charla de la otra mañana.

—¿Preguntaste por mí? —Se rodea el cuello con la camiseta y se lo frota un poco. Esos bíceps tan desarrollados tampoco estaban ahí. Lo juro por Snoopy.

Está evitando que indague en los motivos que lo han traído de vuelta a Benicàssim y, aunque ahora mismo no voy a insistir, acabaré enterándome de la razón que lo ha hecho volver.

Solo espero que no haya sido Xabi, o que, si ha sido él, no haya traicionado mi confianza.

—No pregunté. Me enteré por casualidad, estaba hablando con Xabi sobre... sobre...

Venga, cerebro, que tú puedes, suelta otra chorrada mayor que la del exfoliante y te coronas del todo.

—Sobre la Organización Mundial de Exfoliantes Naturales Contra el Cambio Climático, que tiene su sede en Madrid, aunque lo conocerás como OMENCCC, por sus siglas, y Xabi dejó caer como quien no quiere la cosa, que te habías vuelto a la ciudad.

—No pensaba que estuvieras interesada en el OMENCCC.

—Pues sí, ya ves. ¿Conoces la organización? Se dedican a la cooperación en el campo de la cosmética.

Se va a pensar que he bebido, y solo son las siete y pico de la mañana.

—No tengo ni idea de lo que me estás hablando. Por cierto, el otro día se me pasó preguntarte, ¿dónde has escondido a tu novio el terrorista? —Echa un vistazo por detrás de mí buscándolo y levanta las cejas al comprobar que no hay nadie más. ¿Qué esperaba? ¿Qué Andoni siguiera tirado detrás de una palmera?

Apoyo el culo en el murete del paseo y le lanzo una mirada que pretende matarlo, pero no pasa nada, sigue tan pichi, respirando. Su pecho sube y baja consumiendo el oxígeno que a mí tanto me falta ahora mismo.

—Este año no ha podido venir.

—¿Lo pillaron quemando contenedores y está pasando el verano a la sombra?

—Es vasco, no un terrorista. Ese comentario no tiene ninguna gracia.

—Me da igual de dónde es, como si es de Cáceres y no sabe ni ponerle la tilde a la palabra «política». Alguien que se dedica a soltar bombas y a largarse de vuelta a su pueblo sin pagar las consecuencias no es más que un terrorista.

—Visto así, puede que tengas razón, pero sigue sin gustarme la comparación.

—Algo gordo ha tenido que pasar para que este año no esté pegadito a ti, se os veía muy acaramelados.

Levanta las cejas en plan juguetón y yo resoplo en respuesta.

—¿Estuviste mirándonos?

—No lo recuerdo. —Sacude la mano en el aire como quitándole importancia.

—Si nos viste acaramelados, fue porque estuviste mirando. A mí no me engañas.

—Soy el socorrista, nena, siempre estoy alerta —me suelta mofándose.

—No corría ningún peligro de morir ahogada entre sus brazos.

—La verdad es que sí, tenía bastante pinta de baboso.

—No era un baboso.

—Entonces ¿lo eras tú?

—Claro, cada vez que te miraba se me caía un chorro de saliva por la barbilla.

—Así que tú también me observabas desde los brazos de tu amado. Qué feo es eso, Maider.

—Me estás liando.

—Siempre ha sido mi fuerte, ¿no?

Se echa a reír y por fin hay algo que reconozco de verdad: su sonrisa. Eso sí que estaba ahí tres años atrás, incluso diez años atrás, justamente en el mismo sitio, en su boca. Es una pena que ya no sonría tan a menudo en mi presencia, porque gana mucho cuando lo hace. Lo gana todo, joder.

—Ya no estoy con él —admito por lo bajo.

Rubén se sienta a mi lado y me mira con una cautela que no es nada propia en él, que siempre va por la vida pisoteando las consecuencias de sus actos y sus palabras, por ejemplo, cuando me llamó zorra.

—Sé que esto te va a sonar fatal, pero me alegro de que así sea.

Y por desgracia sé que no se alegra de mi soltería en general.

—Qué feo es eso, Rubén, ¡qué feo! —lo parafraseo intentando quitarle peso a la conversación y consigo que vuelva a dedicarme una sonrisilla.

—¿Cómo te van las cosas? —pregunta con timidez.

¿Este es el efecto que tiene Xabi sobre las bestias? Porque estoy más que segura de que mi amigo ha tenido algo que ver en todo esto. No es posible que Rubén haya pasado de la más extrema ira a la más dulce contención por sí solo.

—¿A qué viene tanta cordialidad? Estoy abrumadísima. —Me llevo la mano al pecho de manera teatral y él se rasca los pelillos de la nuca—. Hoy te noto especialmente simpático y efusivo. ¿Has ido al baño puntual, o qué?

—Vete a la mierda.

—Valga la redundancia.

—¿Me vas a responder? —insiste.

—Estoy bien —aseguro a la par que me encojo de hombros.

—Yo no lo tengo tan claro.

—¿Por qué dices eso?

Ha llegado la hora de comprobar hasta dónde se ha implicado Xabi esta vez.

—No eres la misma, Maider. La chica de la que me enamoré siendo un niño era valiente y atrevida, una puta locura, y jamás habría huido de mí para encerrarse a llorar en su caravana como hiciste tú el otro día. Se habría enfrentado a mí, le hubiera echado un par de ovarios y me hubiera cantado las cuarenta.

La niña de la que se enamoró creció y hoy es una mujer con una lesión en el corazón.

—Todos cambiamos con el tiempo. Además, no creo que sea tu problema.

Siento la imperiosa necesidad de acabar con esta conversación de inmediato. Puede que él esté en esa fase vital en la que necesita compartir sus sentimientos y opiniones con el mundo y me parece perfecto, pero yo no lo estoy ahora mismo.

—El otro día no es que tuviéramos una charla especialmente agradable, ¿no crees? —admite con pesar.

—Te pasaste un huevo, Rubén.

—Lo sé y lo siento. Cada vez que te veía tan feliz desayunando con nuestros amigos me encabritaba cosa mala, me faltaba el puto aire y el corazón me latía como si estuviera a punto de partirme el pecho en dos. Así de jodidas son las cosas, supongo que el zurcido que me hice para cerrar las heridas es más chapucero de lo que parecía. Y ya me conoces, no era de extrañar que la lengua me fuera más deprisa que el sentido común cuando Gemma... Bueno, ya sabes, cuando me dijo que me acercara a saludar a mi ex.

—¿He despertado cosas que prefieres no recordar?

Porque es justo lo mismo que me hace su presencia a mí: es una bola de demolición emocional. No hay droga ni terapia que me haga olvidar todo lo que viví con él y sin él. Y aunque Rubén solo habla de encabritarse, sé que detrás de sus palabras esconde mucho más.

—Lo único que me despierta es la Coca-Cola, eso no ha cambiado.

Y esa frase me duele más que cualquier otra de las que ha soltado en los últimos cinco minutos. Ya no despierto nada en él, es un hecho. Tal vez debería alegrarme, pero no.

—La cuestión es que el camping no es lo suficientemente grande para los dos, Maider. Haga lo que haga, nos vamos a encontrar a todas horas y la verdad es que me cansa tener que estar escuchando a todo el mundo hablar de nosotros. Que si no se han saludado, que si él la está mirando...

A la hora del primer café de la mañana, en los vermuts con *pescaíto* frito antes de comer o durante las cervecitas de la noche, somos los protagonistas de todas las tertulias del bar. Que Rubén esté emparentado con la mitad de los empleados es lo que tiene. Además, es un camping familiar, veranean varias generaciones de las mismas familias que nos han visto crecer, odiarnos, enamorarnos y volver a odiarnos. Temporada tras temporada. Tenemos más audiencia y más capítulos acumulados que la telenovela *Santa Bárbara*.

—Es posible que tengas razón —admito—. ¿Crees que si me hablas dejarán de juzgarnos?

—Dejarán de tener carnaza que alimente su sed de cotilleos, esa es mi esperanza.

—O sea que básicamente te has dignado dirigirme la palabra porque quieres que te dejen en paz.

—Sí —reconoce, como si después de tantos años no fuera algo horrible lo que está diciendo.

—¿Y si yo no quiero? —Me cruzo de brazos y entorno la mirada. Me parece increíble todo esto.

—Pensarán que eres una rencorosa: «Pobre Rubén, él se esfuerza, pero la chica lo ignora de una manera tan rastrera...». No les des argumentos, Maider, que la gente es muy mala.

—No tanto como tú.

Intercambiamos una mirada de resentimiento que viene tan concentrado como el Avecrem.

—¿Qué me dices? ¿Crees que podremos convivir durante las dos semanas que te quedan aquí?

—¿Cómo sabes cuánto tiempo nos vamos a quedar?

—He acabado mirándolo en el *planning* de las parcelas. —Se encoge de hombros con inocencia.

—Lo tuyo es alucinante.

—Al enemigo hay que tenerlo vigilado.

Es como si estuviera intentando parafrasear a Gila, pero la verdad es que no tiene ni la mitad de gracia.

—No me vuelvas a soltar lo de «Soy el socorrista, nena, siempre estoy alerta».

Se echa a reír y asiente.

—Cómo me conoces...

Pues sí, lo conozco y esa es la mayor de mis desgracias, porque sé cómo es cuando está a buenas, cuando te da todo lo que tiene, pero también cuando te lo quita.

—Supongo que podemos hacer un esfuerzo por nuestros amigos y fingir que lo hemos superado y olvidado.

—No necesito fingir, ya te he olvidado —dice sin titubear.

Crac. Algo suena a roto en mi interior. Parece que el remiendo que le hice a mi corazón es tan precario como el suyo.

—Me alegro por ti. Pese a todo, tal vez algún día deberíamos hablar de lo que pasó.

Me dedica una mirada tan gélida que estoy segura de que

hasta el mar se ha retirado, atemorizado. Pero sus ojos me cuentan más de lo que a él le gustaría, tiene miedo.

—No quiero volver a tocar ese tema, Maider, porque, si lo hago, no voy a ser capaz de contenerme. Entiendo que hayas vuelto, también son tus amigos, pero para mí ya no eres nadie. Lo nuestro murió del todo hace tres años y supongo que siempre nos guardaremos rencor, pero no podemos estar a broncas y a reproches todo el día, compartimos unos amigos que no merecen tener que elegir con cuál de los dos se quedan, y tampoco deberían aguantar otra vez nuestros malos rollos. He vuelto al camping para estar con mi familia y de paso, le echaré una mano a Noe en la piscina, así que imagino que nos veremos si pasas por allí. Haz tu vida y disfruta de las vacaciones y, cuando nos crucemos, hagamos un esfuerzo y seamos cordiales, nada más.

1997

Helado de crocanti

Benicàssim, 5 de agosto de 1997

—Rubén es el nuevo socorrista de la piscina.

Gemma ni se ha molestado en saludarme antes de soltarme la bomba de este verano. La miro fijamente a la espera de que me diga que es una broma.

—No te estoy vacilando —confirma toda seria, leyéndome la mente.

—¿Hay algún Rubén más en el camping además del que tú y yo conocemos?

—No, no hay más, me refiero al único e irrepetible, a tu Rubén, «al señor».

Me parto de la risa. Por un lado, está que me hace gracia que Gemma lo llame «el señor», como si estuviéramos hablando de un conde, y, por otro lado, me acabo de imaginar a Rubén con un salvavidas naranja en la mano saltando al agua en plan bomba como suele hacer siempre y vaciando la piscina de golpe como método de rescate infalible.

—¿Quién se atrevería a dejar la vida de varios seres humanos en sus manos?

—Su padre. —Se encoge de hombros—. Según me contó Lorena, a principios de verano le dijo que o se ponía a trabajar en el camping más allá de las cuatro chorradas que ha hecho hasta ahora, o lo mandaba a recoger fruta a Almería. Así que se inscribió en un curso de socorrismo y lo ha aprobado. Ya sabes que lo suyo es la natación y, encima, tonto no es...

—Aunque a veces hace méritos para parecerlo.

—Pues espera a que lo veas paseándose por el camping como si acabara de salir de *Los vigilantes de playa*, vas a flipar. Parece que le brilla la piel y todo.

Por lo visto, «Soy el socorrista» es el nuevo «Tengo tierras, morena».

—Si es que no se puede ser más creído.

Nos echamos a reír como dos brujas. Aunque en realidad me duele tener que fingir que Rubén me importa tan poco que me puedo burlar de él, porque nada más lejos de la realidad.

—Como suele decir mi madre: nunca pongas a prueba lo idiota que puede llegar a ser un hombre porque siempre perderás.

Volvemos a troncharnos otro poquito más, aunque a mí me sale sin ganas.

—Y a todo esto, ¿se puede ser socorrista a los diecisiete?

—Eso mismo se preguntaba medio camping la primera mañana que Rubén apareció en la piscina y se puso a dar órdenes a todo el mundo: que si no se puede correr, que si ese flotador es demasiado grande, que si no se puede fumar... Pero resulta que sí, para desesperación de todos, a partir de los dieciséis es posible, siempre que sea en una piscina inferior a no sé qué tamaño.

—Madre mía, Gem, suelo pasarme la mitad del verano en la piscina, no sé qué puede suceder a partir de ahora si es él quien manda...

—Estás bien jodida, amiga, porque no perdona ni una, ni siquiera a Xabi... De hecho, hace unos días, lo echó por hacerle una ahogadilla a Óscar.

—¿Echó a Xabi por una ahogadilla? Tendrá jeta, pero ¡si fue él quien trajo la ahogadilla a la costa del Azahar!

—Tal cual. Y a Óscar lo expulsó por burlarse de él haciendo de socorrista con un Chupa Chups con silbato.

—Pues sí que se le ha subido a la cabeza.

—Supongo que quiere que la gente se lo tome tan en serio como a Noe, pero lo que sucede es que «el señor» siempre se pasa de listo... Aun así, parece que ya se le están bajando un poco los humos. Veremos qué hace cuando te vea jugando en el agua con Xabi.

Las cejas de Gemma cobran vida propia y se mueven como dos limpiaparabrisas.

—Esperemos que no necesite sus servicios, porque dudo de que vaya a saltar al agua a por mí.

—Maider, sabes que por mucho que este invierno no hayas tenido noticias suyas, Rubén no solo saltaría al agua para rescatarte, se bebería la piscina entera con todas las meadas incluidas si fuera necesario —dice, y sus cejas siguen bailando como poseídas.

Ha vuelto a pasar.

Después de todos los besos que nos dimos el año pasado, la noche que dormimos juntos, la cita en el cine y un etcétera muy largo, llegó septiembre y, con él, Rubén se metió en algún tipo de madriguera a invernar. Una guarida tan remota que, por lo visto, allí no llega el correo, ni la línea telefónica ni el sentido común.

Gemma me confirmó a mediados de septiembre que lo había visto pululando por el instituto con normalidad. Por una carta de Xabi que me llegó en Navidad, supe que él sí había tenido noticias de Rubén y que se verían en Semana Santa. Así que parecía que seguía vivo y conservaba todas sus extremidades en su sitio. Por lo tanto, no hay excusas que valgan para que no se haya dignado ponerse en contacto conmigo.

Simplemente, me la ha vuelto a liar. Porque es un engreído, un egoísta y un sinvergüenza de mierda que no tiene respeto por nadie, ni siquiera por la chica que se supone que tanto le gusta. Confío en que cuando me toque insultarlo a la cara, no me falten todas esas palabras.

Un momento, ¡ni pensarlo!

No voy a consentir que se me acerque lo suficiente para darme pie a insultarlo.

Y es que este año he salido de Donostia preparada y muy concienciada para tratarlo como si no fuera más que una mísera farola, algo que implica ignorarlo hasta niveles nunca vistos por la humanidad. Me importa un pito que me ilumine las noches y el alma con su presencia.

A primera vista, mi plan parece no tener fisuras, pero también es verdad que aún no me he cruzado con él y no sé a qué versión de Rubén me voy a enfrentar en esta ocasión. Cuando hemos llegado este mediodía, la piscina ya estaba cerrada y, aunque hemos comido en el bar, no lo he visto por ninguna parte. Solo espero que en el momento en que me lo encuentre, mi corazón no decida dedicarle una tamborrada con todos los honores, porque será una gran decepción.

No va a volver a jugar conmigo. Esta vez no.

—Puaj, Gemma, ¡qué asco! —Hago como que le vomito en los pies. La idea de beberse una piscina por amor es, cuando menos, cuestionable.

—Es para que te hagas una idea clara de lo loco que sigue estando por ti.

—Pues lo disimula de puta madre, amiga.

—Ay, Maider, *carinyet*, pareces nueva. Cuando se trata de sentimientos, Rubén se convierte en un helado de crocanti: duro y crujiente por fuera, pero suave y dulce por dentro. Solo hay que esperar a que se ablande un poquito con tu presencia.

Pongo los ojos en blanco porque ya son muchos años con la misma cantinela, aunque he de admitir que lo del crocanti es nuevo y bastante original.

Tiro de su brazo y la aparto un poco de nuestra parcela. La conversación se está poniendo seria y, aunque mi hermano parece distraído leyendo un tebeo, tirado en una hamaca mientras mis padres terminan de montar el avance, no me fío ni un pelo de él. Es amigo de Lorena, ¡confraterniza con los Segarra!

—Olvida todo lo que pasó el año pasado, porque no significó nada —digo bajito—. Cada beso, cada caricia, cada palabra... Todo fue una farsa. Es un imbécil. Así que espero por su bien que no se piense que vamos a retomar lo nuestro justo donde lo dejamos, porque no va a pasar ni en un millón de años.

Gemma asiente en plan «claro, claro, guapa», como si esperara todo lo que le estoy diciendo.

—El viernes antes del mediodía estaréis comiéndoos la boca.

—Ni de broma, Gem.

Me mira fijamente, como tratando de decirme que puedo ser todo lo ingenua que quiera, pero que ella no se lo traga.

—¿Este año has decidido que te toca a ti ser el hielo y a él el fuego?

—Este año he decidido que no me voy a arrastrar por Rubén Segarra.

Y lo digo súper en serio, estoy preparada. ¡Tengo un plan!

Y aunque debo insistir en que todavía no lo he visto, tengo clarísimo que no voy a volver a vivir otro invierno deseando que me llegue una carta suya para acabar descubriendo en julio que ha vuelto a pasar de mí.

Son dos años así, he tenido suficiente.

—Le voy a pagar con la misma moneda, no pienso ni saludarlo.

—¿Antes he dicho el viernes?

—Sí. —Pongo los ojos en blanco.

—Lo retiro. Si esto va a depender de tu fuerza de voluntad, os estaréis metiendo la lengua el jueves antes de comer.

—Serás cabrona...

Sonríe, toda ufana ella.

—Es que... Hay otro detallito insignificante que no te he mencionado. Lo descubrí hace unos días, justo después de mandarte mi última carta.

¿Tiene novia? ¿Es eso? ¿Se ha enamorado?

Resoplo muy agobiada, apoyo la espalda en el árbol que tengo detrás y la apremio agitando la mano para que se deje de tanto misterio y lo suelte ya, antes de que me fulmine un infarto.

—Sus padres le han comprado una moto.

—¡No fastidies! —Levanto los brazos al aire, indignada.

La idea de verlo montado en una moto me altera, me pone tensa. Me pone..., en general.

A la mínima que me dé un poco de pie, mañana por la mañana me lo voy a comer a besos.

—Sí, tía, tiene una Aprilia no sé qué negra y, claro, como con el tema de ser socorrista tiene pasta para la gasolina y el seguro, va a todos los lados motorizado.

—¿Y cómo le queda?

Cierro los ojos a la espera de su respuesta mientras me hago un *tour* por la imagen de Rubén con la moto entre sus piernas que me acabo de inventar.

—Pues le queda... como a un roquero la guitarra eléctrica, como a un macarra la chupa de cuero, como a un modelo un traje de Armani, como a un policía el uniforme...

—Me hago una idea. —Suspiro abatida—. Pues nada, voy a ver si me inmolo antes de cruzármelo. Mis disculpas si salpico mucho.

Gemma se echa a reír y me da varias palmaditas en señal de ánimo.

—Cada verano me lo pone un poquito más difícil, ¿eh? —gimoteo.

—Sin duda. Deberíamos olvidarnos del rey Jaume I y nombrar «al señor»: Rubén I el conquistador.

Ni que tuviera que hacer el más mínimo esfuerzo... Una simple carta, eso era todo lo que necesitaba y ahora mismo estaría de rodillas besándole los pies y una rueda de su moto.

—¿Y los demás?

—Óscar está trabajando en el Grau de Castelló por las mañanas y Xabi llegó la semana pasada con sus hermanas. Sus padres llevan desde julio aquí.

—¡Guay! —Doy unos cuantos saltitos de alegría.

Aunque Rubén haya protagonizado mis últimos veranos, no solo han sido suyos. Y este año me voy a centrar en pasármelo bien con mis amigos.

—Oye, Maider, ¿quieres que alguno de nosotros hable con él? —pregunta Gemma con su mano apoyada en mi hombro.

—No hace falta. Además, no serviría de nada.

—Lo que no quiero es verte sufrir por él.

—Eso no va a pasar, Gem, lo tengo superado.

Mi amiga se descojona, pero lo peor es que mi hermano y mi madre le hacen los coros por detrás.

9

El plan de Nagore

Benicàssim, 16 de agosto de 2005

Nagore me está llevando a rastras a la piscina. Literal. De hecho, he perdido las chancletas hace unas cuantas caravanas y, aunque todavía llevo el café del desayuno en la mano, va medio vacío porque ella no deja de tirar de mí y salpico el suelo cada pocos pasos. La madre que la trajo, qué fuerza tiene y qué cabezota es.

Según me ha informado, tiene un plan. Y cuando mi amiga tiene un maldito plan, acaba habiendo heridos y destrucción. Descarrilan trenes, caen civilizaciones, ¡se acaba la cerveza!

Me cuenta sobre la marcha que anoche se enteró por Gemma de que Rubén ha vuelto al camping y que su genial idea, elaborada con la aprobación de mi otra supuesta amiga, consiste en ayudarme a fingir normalidad e indiferencia delante de él, dando por hecho que siento justamente lo contrario, y provocarlo hasta que acabe perdiendo el juicio. Y es que según ella: «Ese tío merece sufrir por haberte llamado zorra insensible delante de tus amigos y la mejor manera es que tenga que ver lo buena que estás y todo lo que pasas de él».

Cuando se propone algo así, no tengo fuerzas que me animen a llevarle la contraria ni dinero suficiente para pagar la fianza. Además de que lo de pasar de Rubén nunca se me ha dado especialmente bien, al año 97 me remito. Nagore continúa tirando de mi brazo y yo me dejo arrastrar con desgana hacia el interior del recinto de la piscina. Lanzo lo que me queda del café a la papelera que hay en la entrada y encesto de casualidad.

—Ahí. —Nagore me señala una zona donde Rubén nos va a ver de pleno siempre que no se ponga de espaldas al agua, cosa que dudo que haga ejerciendo de socorrista. De hecho, es la primera vez que lo vemos en su puesto. Por suerte, hasta ayer tuvimos la fortuna de coincidir con Noe y yo era la mar de feliz.

Mi amiga corre hacia el sitio que la ha encandilado como si hubiera doscientas personas interesadas en quitárselo y planta el campamento. Coloca nuestras toallas estratégicamente en el suelo y, no contenta con el resultado, las mueve un par de veces. Estoy por sacar una escuadra y un cartabón, y echarle una mano, pero allá ella con su plan. No pienso involucrarme en sus locuras más de lo estrictamente obligatorio.

Rubén la observa con una ceja asomando por encima de sus gafas de sol de aviador y sé que se está quedando con las ganas de pegarle cuatro gritos por correr dentro del recinto, pero es demasiado listo y siempre se huele los planes a la legua. Seguro que sabe que estamos en una misión contra él y va a pasar de nosotras como de la mierda, algo que me pone los pelos de punta, porque Nagore es capaz de robar hasta un submarino a la Marina y meterlo en el agua con tal de llamar su atención.

Nos sentamos cada una en su toalla y mi amiga no me da ni un minuto de descanso. Coge la crema para el sol y me obliga a darle la espalda, lo que supone quedarme mirando de frente a Rubén con los lazos del biquini sueltos y las tetas sujetas con las manos, no vaya a ser que suceda la fuga de Alcatraz y el plan triunfe antes de lo debido. Nago empieza a embadurnarme la espalda con cuatro litros de crema que noto resbalar por mi piel. Rubén sigue mirándonos, o eso creo, porque no se ha quitado las gafas de sol. Cuando Nagore termina con mi espalda, que noto húmeda y pringosa a más no poder, me pide que me ponga de pie. Me ato el biquini al cuello por si las moscas y obedezco; paso de protestar, que está muy loca. Entonces la muy sobona se llena las manos de crema otra vez, me obliga a colocarme de costado y se pone a restregármela por las piernas moviéndose hacia mis tobillos y vuelta hacia arriba. Rubén se baja un poco las gafas porque seguro que hasta se le están empañando y, ahora sí, confirmo que no se está perdiendo ni un solo detalle de nuestro disparatado plan. Mi amiga suelta una risita con disimulo en cuanto se da cuenta y yo pongo los ojos en blanco. Si le dan alas, Nagore no tiene límites. De hecho, noto que sus manos empiezan a centrarse cada vez más en tocar mis cuartos traseros.

Cuando está segura de que tiene a Rubén enganchado, eleva la apuesta un poco más. Retira la braguita de mi biquini como si fuera un tanga, y me manosea las posaderas con ganas. Me entra la risa floja al pensar que ya es oficial, que en lugar de pasar la mañana jodiendo un poco a mi ex, nos hemos montado un canal porno y estamos emitiendo en directo desde aquí.

Que alguien ponga la banda sonora de *Moulin Rouge*, de Lady Marmalade, por favor, porque es lo único que nos falta.

Como era de esperar, Rubén también está sonriendo, como para no hacerlo, lo mismo hasta está tarareando la misma canción que yo. El muy cabrón está señalándonos y cachondeándose con unos chicos que se han sentado a su lado y, para rematar la jugada, acaba de hacerse un recolocamiento estratégico y muy indiscreto del paquete.

Nagore sigue adelante con su maquiavélico plan y yo la dejo hacer, porque en el fondo me gusta que Rubén me esté mirando, que esté recordando lo que era tocarme como lo está haciendo mi amiga y que se excite en consecuencia. De hecho, me llevo las manos a los pechos con disimulo y empiezo a manosearme con la clara intención de echar más leña a un fuego que ya está arrasando la piscina. Hasta que de pronto...

Plas.

Salgo de golpe de mis pensamientos, de mi cuerpo y de la provincia.

El eco del azote que me acaba de sacudir Nagore en todo el culo atraviesa el camping y da varias vueltas alrededor del planeta. No es que nos hayamos ganado la atención de Rubén, es que Telecinco va a mandarnos un corresponsal para cubrir la noticia.

Al susodicho se le caen hasta las gafas al regazo y abre la boca, alucinado; los chicos que tiene a su lado se han quedado congelados y se ha hecho el silencio absoluto. Hasta el señor mayor que viene a la piscina a diario a hacer sus ejercicios matutinos está mirando al cielo pensando que a lo mejor se acerca una tormenta. No, señor, no ha sido más que mi pompis recibiendo un impacto.

—Objetivo conseguido —susurra la zumbada de mi amiga con orgullo, agitando la mano en el aire—. Esto va directo a las tomas falsas de nuestra amistad.

No sé si reírme o hacerle tragar el bote de crema para el sol de tanto que me pica el trasero por la hostia que me ha metido, así que me largo hacia las duchas. Si sigo a su lado, hay muchas probabilidades de que alguna de las dos acabe de vuelta en Donostia en una urna con su nombre.

—Bonita marca la que tienes en el culo —dice Rubén con su típico tonito jocoso cuando paso por su lado.

Me giro y, efectivamente, ahí están los cinco deditos de mi amiga marcados a fuego en mitad de mi nalga izquierda, parece una pintura rupestre de Altamira con relieve y todo. Aprovecho para sacarme el biquini de la raja del culo y le sonrío fingiendo indiferencia.

—Dedícate a lo tuyo y deja mi trasero en paz.

—Estoy harto de recordarte que, siempre que estés en la piscina, eres mi puto problema.

—Yo ya no soy nada tuyo.

Es posible que tenga el corazón tan irritado como el culo por culpa de una de las últimas frases que me dedicó en la playa: «Para mí ya no eres nadie». No es que sea la típica dedicatoria bonita que pones en una postal de Navidad.

—Pues ya sabes dónde está la puerta. —Me señala la salida con la mano y vuelve a ponerse las gafas de sol.

—Gracias por las indicaciones, muy amable por tu parte, me encanta esta nueva cordialidad, pero, si me disculpas, me voy a pegar una ducha.

—No te disculpo nada.

Sigo mi camino hacia las duchas ignorando sus palabras y con el pilotito rojo encendido que anuncia que mi dignidad ha entrado en reserva. Menos mal que íbamos a intentar llevarnos bien para no fastidiar más a nuestros amigos. Por lo visto, la idea es fingir solo cuando estén delante.

Abro el grifo y me meto debajo del chorro. Me restriego bien para quitarme las dos toneladas de crema que mi piel no puede absorber. Mi amiga abre la ducha contigua y me sonríe.

—Lo tienes en el bote —comenta orgullosa—. Dudo de que vaya a olvidar la imagen de tu culo entre mis manos.

—Me da igual, Nagore, por culpa de tu maravilloso plan no sé si recuperaré algún día la sensibilidad en la nalga izquierda.

—Exagerada...

—¿Exagerada? Va a pasar a los anales de la historia como la marca de Gorbachov. Tienes que parar lo que sea que tengas en mente, por favor —ruego con una mirada seria y algo triste. He tenido un subidón al comprobar que Rubén me miraba con deseo, pero ya se ha encargado él de bajármelo al llamarme «Su puto problema» y recordarme que a mí «No me disculpa nada».

—Te llamó zorra —contraataca Nagore, mosqueada y más alto de lo que debería—. No se lo pienso perdonar.

Primero lo siento y después lo compruebo de reojo: Rubén está atento a nuestra conversación desde que mi amiga ha pronunciado la palabra clave, que viene a ser «zorra». Obviamente, se ha dado por aludido. Pese a todo, no hace nada al respecto y no sé si me duele o me da igual.

—Es que no tienes por qué perdonárselo, Nago, es mi problema, es a mí a quien ofendió. Y, además, se disculpó poco después.

No sé qué hago defendiéndolo, pero es que, aunque el insulto estuvo completamente fuera de lugar, sigo pensando que, en cierta medida, me lo merecía.

—No me valen sus disculpas.

—A la que le tienen que valer es mí. ¿No crees?

Aprieta la mandíbula y, aunque no está convencida del todo, asiente dándome la razón.

Me abraza, me estruja entre sus brazos y yo me pregunto si es un gesto sincero o alguna nueva fase de su descabellado plan, en la que me va a soltar el biquini, o a saber. Cuando se separa de mí, me mira a los ojos y me guiña uno toda traviesa, y confirmo que su plan no ha hecho más que empezar.

Pasamos el resto de la mañana en relativa paz, excepto por los momentos en los que mi amiga le lanza indirectas a Rubén o él intenta fulminarla con la mirada. Está claro que lo que sea que haya tramado Nagore ha quedado en suspenso de momento, pero no piensa rendirse.

A eso de las doce, cuando el sol ya nos ha convertido en dos pollos bien asados con sus patatas y todo, Nago se lanza de cabeza a la piscina. Corro por el borde y salto en bomba justo cuando saca la cabeza del agua. Le doy un susto de muerte, tanto que enumera todo mi árbol genealógico a gritos, me insulta y me amenaza con igualarme el rojo chillón en la nalga derecha. En cuanto deja de toser por toda el agua que ha tragado, empiezo a alejarme de ella a nado.

—¡Azurmendi, no huyas! —grita, y me hace el gesto universal de «voy a por ti y te vas a cagar».

Sospecho que me acaba de declarar la guerra, así que sigo nadando en dirección contraria, pero la muy lancha motora me intercepta en mitad de la piscina y me hace una ahogadilla. Rubén está protestando y echándonos la bronca sin moverse de su silla, primero por no habernos duchado, segundo, por correr, y tercero, por hacernos ahogadillas, pero nos importa una mierda. Si quiere que paremos, que se meta en el agua y nos detenga. Maldito policía cortapedos.

Nagore tira de los cordones de la braguita de mi biquini y se aleja nadando entre risas. Me lío a atármelo y la muy bruja aprovecha que estoy distraída para caer en bomba a mi lado. Trago agua por la boca y por la nariz, y me pongo a toser escandalosamente. En cuanto consigo llenar mis pulmones de aire de nuevo, echo a nadar hacia ella, que está quieta y muerta de la risa en la zona que menos cubre. Buceo para que no me vea llegar, le agarro una pierna y hago que se hunda. Se revuelve y me arrastra con ella al fondo. La veo reírse debajo del agua y a mí también se me escapa una sonrisa. De verdad que necesitaba este momento con mi amiga para aflojar la presión de los días anteriores.

Hago pie, así que, ayudándome con las manos para ir más deprisa, me escapo de ella, esquivo a varios bañistas y voy hacia la escalera. Nagore viene detrás de mí dispuesta a atacar de nuevo, se dispone a bajarme el bañador y dejarme con el culo al aire. Lo sé yo, lo sabe Rubén y hasta el alcalde de Benicàssim. Empiezo a subir la escalera, pero con las prisas y la fatiga que llevo encima, resbalo en el tercer peldaño.

Veo el bordillo cada vez más cerca, Nagore grita y yo cierro los ojos instintivamente.

El golpe retumba por toda mi cabeza y me zambullo en la piscina otra vez de espaldas.

Me duele, me duele horrores.

Emerjo del agua con una maraña de pelo cubriéndome la cara y, en cuanto me la retiro, lo primero que veo es a Rubén saltando de cabeza con la camiseta aún puesta y con un poderío que creo que incluso veo doble. En cuatro brazadas lo tengo delante. Aparta a Nagore de malas formas y me acorrala contra el bordillo. Noto sus manos por todos los lados, hasta que me rodea las mejillas y me mira. Sus ojos me dicen que está muy asustado y que solo necesita asegurarse de que estoy bien. Entonces me doy cuenta de que el agua a nuestro alrededor se está tiñendo de rosa y empiezo a sentir miedo. No tengo ni idea de dónde sale tanta sangre, no puede ser mía, pero me zumban los oídos, veo puntitos y empiezan a fallarme las piernas. Temo desmayarme de un momento a otro. Dejo que todo mi peso recaiga sobre Rubén y él me acoge entre sus brazos.

—Tranquila, Maider. Estoy aquí, voy a sacarte fuera —dice con una calma que sé que está fingiendo porque le tiembla todo el cuerpo levemente.

Me deja a cargo de Nagore, apoya las manos en el bordillo y sale del agua de un salto. En cuestión de segundos, me alza por las axilas y vuelvo a estar envuelta por sus brazos y recostada contra su pecho.

—Se te va a salir el corazón, Rubén.

Se detiene unos instantes y me mira.

—Joder, es que esto asusta…, verte así acojona.

No comenta nada más y continúa caminando hacia nuestra toalla. Nagore viene detrás y está chillando, pero no consigo registrar qué dice.

Rubén me deja sobre mi toalla y vuelve a tocarme aquí y allá. Tiene algo de sangre —mi sangre— en las manos y en el pecho.

—¿Cuántas veces te he dicho que no corras en la puta piscina?

Uy, pues parece que el cabreo gana al susto, aunque empiezo a sospechar que es su reacción natural hacia mi persona y no algo especial por la emergencia.

—Entre cientos y miles —admito, arrepentida.

—¡¿Y en qué cojones estabas pensando?!

—No me montes un pollo, por favor.

Le hago un mohín y él se dispone a gritarme un poco más, pero se le atragantan las palabras a medio camino y se queda mirándome. Veo dolor en sus ojos, preocupación y un montón de cosas más que hace cinco minutos no estaban ahí. Tampoco estaban ayer.

Oigo las voces de la gente que habla a nuestro alrededor: que si tengo una herida en la frente, que si estoy consciente, que si Rubén poco me ha reñido para lo que me merezco, que si tal y cual, pero no puedo apartar la vista de sus labios, de esa boca fruncida que tan loca me ha vuelto siempre. Por lo visto, con el golpe me he quedado más agilipollada de lo que ya vine de casa.

—Vamos al botiquín —ordena de malas formas.

—No hace falta, solo es un rasguño. —Me llevo los dedos a la frente, pero él me los retira y presiona mi pareo hecho un churro contra la herida.

—No te toques y mantenlo tapado. Estás sangrando bastante y tu amiga Nagore se está poniendo verde.

La miro y, efectivamente, está a mi lado y no tiene buen color, aunque la muy capulla sonríe orgullosa. Me pregunto si su plan en realidad consistía en alejarme o acercarme a Rubén. Sea como fuere, ha conseguido lo segundo y está encantada. Verde como una pera, pero encantada.

—Está bien, vamos —le concedo a Rubén, más para que me quite de en medio de todos los mirones que porque quiera estar a solas con él cinco minutos más.

—¿Puedes andar?

—Creo que sí.

Nada más ponerme en pie, me voy de medio lado por culpa del mareo que me está provocando el subidón de adrenalina. Él me rodea la cintura sin titubeos, sin darle importancia. Me agarra y punto. Caminamos hasta el botiquín despacio para no resbalar; estamos chorreando agua y repetir la jugada no sería una buena idea. Una vez dentro, el frío del aire acondicionado me sienta de maravilla, pero Rubén me cubre a toda prisa con una manta. Quiero quejarme porque tengo calor, pero decido que lo mejor será no tocarle las narices, sentarme en la camilla y estar calladita.

Alucino al ver cómo se mueve de un armario a otro sacando las cosas que necesita. Con todo lo que nos hemos cachondeado de sus dotes como socorrista y de sus conocimientos sobre primeros auxilios, mira por dónde, en realidad, controla lo que está haciendo. No puedo evitar sentirme orgullosa de que sepa exactamente cómo manejar esta situación y por que no me haya dejado tirada en la piscina desangrándome, por mucho que haya podido sentir la tentación.

De pronto Nagore asoma la nariz por la puerta del botiquín.

—¿Puedo ayudar? —pregunta con timidez.

Rubén la observa y noto cómo le palpita el músculo de la mandíbula. La bronca que está conteniendo dentro de su cuerpo debe ser descomunal.

—Tráeme una bolsa de hielo del bar —ordena entre dientes.

Mi amiga cierra la puerta suavecito, Rubén vuelve a lo suyo, y yo continúo observándolo con atención. Sigue descalzo y su pelo está completamente desordenado; la húmeda camiseta se le pega al pecho, a ese rincón tan acogedor en el que tanto me gustaba acurrucarme cuando estábamos juntos. Exploro cada milímetro de su cuerpo mientras él continúa distraído y me veo obligada a sentarme encima de la mano que tengo libre como medida preventiva, por si el golpe en la cabeza me ha estropeado el sentido común y acabo tocando donde no debo cuando se acerque.

Poco después, se acomoda en la camilla pegado a mí, a una distancia tan escasa que casi respiramos el mismo aire.

—Hola. —El saludo sale con suavidad de entre sus labios, trepa por mi pecho, se enreda con mi corazón y me deja sin habla. Es la primera vez que nos saludamos oficialmente este verano.

En una bandeja a nuestro lado deposita todos los bártulos que va a necesitar: gasas, desinfectante, puntos y unas tenazas que me hacen arrugar la frente, aunque me duela.

—¿Y esas tenazas?

Las coge, las mira con una sonrisilla complaciente y me las acerca.

—En realidad son unos fórceps y se usan para sacar cualquier cosa que se haya podido quedar dentro de la herida.

—Ni se te ocurra tocarme con eso.

Muevo el culo unos centímetros para alejarme de él.

Se echa a reír y deja los fórceps sobre la camilla.

—Solo los he sacado para devolverte un poco el susto.

—Pues lo has conseguido, capullo.

Detecto la misma nostalgia en mi voz que en su mirada cuando pronuncio «capullo».

Estamos esforzándonos por fingir cierta normalidad, entre risas y tal, pero nada es normal entre nosotros desde hace mucho tiempo y la situación me resulta completamente artificial. Por la manera en la que suspira, sospecho que él piensa lo mismo.

—Venga, menos protestar y más dejarme trabajar.

Me ofrece su mano para que vuelva a acercarme y la acepto. Resbalo por la camilla y volvemos a estar pegados, incluso me atrevería a decir que algo más que antes.

Lo primero que hace es retirar el pareo que todavía estoy sujetando contra la herida y, lo segundo, mirarme a los ojos con una intensidad que provoca que me falte el aire.

—La hemorragia ha parado. Pupilas sin dilatar —afirma para sí mismo—. No has llegado a perder la consciencia, eso es bueno. ¿Estás mareada?

Niego levemente.

En esas estamos cuando Nago vuelve a abrir la puerta de golpe y entra en el botiquín a la carrera con la bolsa de cubitos de hielo en la mano, se la entrega a Rubén y se queda mirándonos.

—¿En qué más puedo ayudar? —pregunta por lo bajo.

—Ya has hecho bastante. Te agradecería que nos dejes a solas.

—¿A solas? —duda ella con retintín.

—Que te largues, joder.

Hay que ver lo bien que se hace entender el muchacho cuando quiere. Pese a la hostilidad de sus palabras, mi amiga no acepta sus órdenes hasta que yo le hago un gesto sutil.

—Pues me voy —dice resuelta.

Se dirige hacia la puerta y, antes de cerrarla, le pone la guinda al pastel:

—¡Palomitas! —grita, y cierra de un portazo.

A mí me entra la risa, Rubén se queda mirando la puerta, alucinado.

—¿Palomitas? ¿Los vascos os despedís así?

«¡Ay, si tú supieras! Mi amiga tiene una maravillosa teoría sobre que follarte a tu ex es como recalentar las palomitas. Algo que jamás pienso contarte, por si se te ocurre que, recalentada o no, todavía te interesa».

Rubén se centra en echar un poco de desinfectante en una gasa y estudia mi herida con el ceño fruncido. Creo que se está preguntando si debería tocarme o no, y diría que, por cómo se revuelve el pelo, está muy indeciso y asustado. No entiendo a qué vienen tantas dudas a estas alturas de la película. Quiero que me toque; por mucho que las cosas estén así de jodidas entre nosotros, no confiaría en otras manos para que me cuidaran.

—Recógete el pelo —me pide con un susurro muy familiar.

Me retiro la melena hacia atrás, pero apenas alcanzo a hacerme una coleta, se me escapan mechones por todos los lados, así que me pongo la goma que llevo en la muñeca y me coloco todo el cabello que me tapa la cara detrás de las orejas.

—Te has cortado el pelo y estás mucho más delgada.

Con toda probabilidad no lo pretende, pero suena a reproche. No me está juzgando por la pérdida de peso, él jamás haría algo así, pero sí por el motivo que pueda haber detrás. Me conoce, sabe que solo dejo de comer cuando no estoy bien, y no es que haya pasado por mis mejores años precisamente. Decido que no quiero que indague más en el tema.

—Pues tú parece que te has hinchado los pectorales y los brazos con un inflador de colchonetas.

—Es lo que tiene hacer mucho deporte. Esto te va a escocer. —Alarga el momento un poco más y yo suspiro, decepcionada. Me entristece saber que ya no queda nada del Rubén que conocí, del chico que jamás dudaría ni alargaría un momento antes de tocarme.

—Qué bien, ¿no? Vas a disfrutar cosa mala viéndome sufrir —espeto, disgustada, aunque él me ignora. Le puede el deber y comienza a limpiarme la herida con delicadeza, con pequeños toquecitos para no hacerme daño. Está casi tan nervioso como aquella noche que hoy me parece tan lejana.

Han pasado tres años desde la última vez que me tocó —parezco la abuelita de *Titanic*— y todavía siento ese aleteo, ese pellizco, ese calor..., ese todo. Su tacto me enciende, y no solo los recuerdos. Hacía mucho tiempo que ciertas partes de mi cuerpo no reaccionaban con tantísima efusividad. Los muros que he levantado se tambalean y es que el tiempo lo acaba curando todo, pero, según parece, es incapaz de mitigar algunos sentimientos.

Pese a todo, me molesta la herida y noto un ligero escozor en la frente, pero soy incapaz de prestarle la atención que merece porque no puedo dejar de mirar a Rubén. Su rostro se ha vuelto inexpresivo mientras me limpia la herida, no sé cómo es capaz de conseguirlo cuando a mí me duele el corazón de tanta pena que siento por tenerlo tan cerca y saber que ya no somos nada. Mi cara debe de estar reflejando el mayor de los sufrimientos.

¿Dónde han ido a parar sus sentimientos por mí?

¿Los ha guardado o los ha destruido?

Quiero gritarle que sigo siendo la misma chica de la que se enamoró, y que no puede tratarme con esta indiferencia, que lo nuestro no merece tanta frialdad. Me encantaría zarandearlo un poco para que espabile y entienda de una vez que, pase lo que pase, él siempre será el chico con el que descubrí lo que es el amor y la amargura de perderlo.

Pero no debo hacerlo. No puedo humillarme así.

Alguien debería desarrollar una alerta de «recaída en enamoramientos» a fin de que cuando mires a tu ex con la suficiente nostalgia para estar planteándote luchar por volver con él, un sistema de poleas y cuerdas accione un pie que te dé una buena patada en todo el culo.

Aprieto las manos en mi regazo y me trago el nudo que me cierra la garganta.

—¿De verdad crees que me gusta hacerte daño? —dice cuando tira la primera gasa y coge otra.

—A las pruebas me remito.

—No tienes ni idea de lo que estás diciendo.

Me retira un mechón de pelo húmedo de la mejilla que se ha escapado de mi coleta y me mira, me observa como solía hacer mucho tiempo atrás. Sé que quiere decirme algo más, que en el fondo sigue habiendo algo entre nosotros que se parece mucho al amor, aunque el dolor y el odio lo tengan enterrado bajo varias toneladas de escombros, y sea muy posible que nunca consigamos recuperarlo.

—Estás confundiendo mi indiferencia con crueldad. Jamás haría nada que te hiriera. De hecho, mientras te veía caer, se me ha parado el puto corazón. He tardado en reaccionar más de lo que debería porque de la impresión no podía moverme... Podrías haberte abierto la cabeza.

—Ya estoy sangrando.

—Me refiero a una herida tan grave que se te saliera hasta el cerebro.

—Qué gráfico, Rubén. Qué maravilla, me viene genial para las náuseas.

—Lo siento, ¿tienes náuseas? —Deja de echarle desinfectante a la gasa que tiene entre las manos y me mira preocupado.

—Es un decir.

—Pero ¿estás bien? —Sigue estudiándome sin parpadear siquiera; no está nada convencido. Maldita la hora en que he mencionado las náuseas, no pretendía preocuparlo más.

—Sí, estoy bien.

—¿De verdad? —insiste—. Tu madre no me lo perdonaría.

«Mi madre te lo perdonaría todo. De hecho, creo que ya te ha indultado por todo lo que sucedió. Sigues siendo su favorito, no importa cuántos años hayan pasado».

—Te he dicho que sí, que estoy perfectamente, ¿por qué habría de mentirte?

—Te conozco.

Solo dos palabras y tantas cosas implícitas. Nunca se le pasa una cuando se trata de mí y la verdad es que me resulta agradable la sensación que me produce que siga pensando que sabe quién soy y cómo soy, por encima de todo lo que ha pasado. Es como si no todo estuviera perdido.

—Tienes cierta tendencia a ser orgullosa y a quitarle importancia a las cosas.

—No estoy siendo orgullosa, estoy bien de verdad, Rubén.

—Vale. Pero si la situación cambia, no seas boba y dímelo.

Vuelve a limpiarme la herida con otra gasa y sigue pegado a mí. No sé si esta segunda cura es necesaria, pero no pienso quejarme: de hecho, cierro los ojos y me relajo para disfrutar de sus atenciones. Puede sonar un poco masoquista y bastante triste, pero si esto es todo lo que voy a obtener de él, no quiero que este momento se acabe. Si así lo desea, que me haga un bonito bordado en la frente, aunque no haga falta.

—La herida es pequeña y no vas a necesitar puntos, pero el golpe ha sido fuerte.

Una pena, oye. Esto se acaba.

—Debería llevarte a urgencias.

Y esa es la palabra mágica, la que hace que mi estómago se encoja de golpe y mis ojos se abran, desorbitados.

—No quiero pisar un hospital.

Deja la gasa en la bandejita y me interroga con la mirada.

—No me obligues, por favor.

Por la cara de circunstancias que acaba de poner, estoy casi segura de que sabe a qué me refiero.

—Está bien, a mí tampoco es que me apetezca pasar la mañana en urgencias. Pero me tienes que prometer que, si te duele la cabeza, te mareas, te zumban los oídos, ves borroso o cualquier síntoma que no te parezca normal, me avisarás. Hay un médico en el camping, voy a pedirle que pase a verte, y mi madre está en el pueblo, pero en cuanto vuelva y se entere, también querrá echarte un vistazo.

—No hace falta que los molestes, te prometo que, si me siento mal, te lo diré —acepto como la niña buena y obediente que soy casi todo el tiempo.

—Te vigilaré.

—No será necesario.

—En lo que va de verano, me has demostrado justo lo contrario.

—Te doy mi palabra: me mantendré alejada de la piscina.

—Con que no corras, me vale. Es lo único que llevo pidiéndote desde hace años.

Deja sus palabras flotando entre los dos y se aleja dándome la espalda.

Cuando vuelve a mi lado, trae una sudadera azul con el logo del camping impreso en el pecho. Retira la manta que tengo sobre los hombros y me ayuda a pasármela por la cabeza. No me dice nada, pero sabe que después del bajón de adrenalina, me he quedado fría.

En cuanto me he enrollado las mangas, porque me sobran como diez centímetros, noto su olor. Ese aroma a salitre y a verano que siempre lo acompaña, mezclado con un deje sutil a un *aftershave* que no reconozco. Inmediatamente decido que voy a hacer todo lo que esté en mi mano para no devolverle jamás esta sudadera, que será mi premio de consolación.

—Ponte esto en la herida.

Ha envuelto varios hielos en una toalla pequeña.

—Gracias —digo con los ojos llenos de unas lágrimas que probablemente no entendemos ninguno de los dos.

—No ha sido nada. Soy tu socorrista de confianza, no podía fallarte. ¿Quieres que también le eche un vistazo a tu culo?

—Como no lo has hecho ya...

—Pues también es verdad.

Así de fácil es que me haga sonreír.

1997

Aprilia Chesterfield trucada

Benicàssim, 8 de agosto de 1997

Estamos terminando de cenar cuando Rubén aparece en nuestra parcela.

Ni siquiera toca el timbre, entra hasta el fondo como si fuera de la familia.

¡Será cretino, el tío!

Vale, no tenemos timbre, pero podría haber fingido un ruidillo tipo ding dong o podría haber tocado con los nudillos en alguna pared de la caravana... Yo qué sé, cuando quiere es más listo.

Lleva tres días paseándose sin camiseta por el camping, una provocación que me parece de lo más injusta. ¿Quién se ha creído que es, David Hasselhoff en sus tiempos mozos? ¡No es más que el socorrista! Y no, no me vale con que estemos a treinta grados desde la mañana. Es un desafío para mi pobre autocontrol. Es un grito para que mire los abdominales y los pectorales que le están brotando, y, claro, según Gemma, es superior a mí y estoy a punto de caer de cabeza en una trampa para ositas despistadas. Pero, gracias al cielo, esta noche lleva una camiseta amarillo mostaza bastante ceñida, unos tejanos oscuros y zapatillas de deporte. Acaba de ducharse, lo deduzco porque todavía tiene el pelo húmedo y desprende un olor a gel que me llama como a un marinero el canto de una sirena. Ojalá pudiera decir que no está guapo y que mi objetivo de seguir pasando de él está a salvo, pero va a ser que no.

Mi plan se tambalea como un borracho en San Fermín.

Rubén saluda a mis padres echando mano de toda la simpatía que ha debido de acumular siendo un seco conmigo todo un año mientras yo sigo con el melocotón que me estaba comiendo suspendido en el aire, a pocos centímetros de mi boca, incapaz de reaccionar. No sé si comérmelo, plantarlo en el suelo y verlo crecer o tirárselo a la cabeza y poner fin a esta pantomima que acaba de organizar sin previo aviso.

Sinceramente, no sé cómo tomarme que se haya presentado aquí.

Mi *ama*, por su parte, se deshace de la ilusión que le ha entrado al verlo y le ofrece algo de beber, de comer o mi mano en matrimonio, no estoy segura, pero él lo rechaza todo con educación. No salgo de mi asombro. No tengo ni idea de quién es este tío tan educado y modosito que se está camelando a mis padres. Sí, incluso mi *aita* parece encantado con la visita sorpresa, probablemente porque sospecha que lo voy a mandar a freír espárragos de un momento a otro.

Lo invitan a sentarse y, aunque tampoco lo hace, responde con estoicidad al interrogatorio al que lo someten. Les habla sobre lo que quiere estudiar, una carrera muy larga, muy aburrida y muy chunga, sobre las virtudes de trabajar en verano y empezar a ganarte tu propio dinero y sobre las ganas que tenía de verme. Tal cual. Vamos, que les da una charla de chico perfecto que deja a mi madre al borde del hechizo, y a mí, traspuesta.

Una vez que ya los tiene a todos comiendo de su manita como si fuera una estrella del rock, y no el puñetero socorrista, decide que ha llegado el momento de hacerme caso.

—Mai, ¿hoy no subes? —pregunta con una sonrisa, el muy Judas.

Dejo el melocotón a medio comer sobre la mesa, saco la servilleta del servilletero con forma de plátano, cortesía de Danone, me limpio las manos, me levanto y me acerco a él con parsimonia. Lo empujo hacia una esquina de la parcela, detrás de las toallas que tenemos tendidas, porque no quiero que mi *ama* oiga lo borde que voy a ser con el chico de sus sueños.

—¿Y a ti qué más te da lo que yo vaya a hacer?

Cierra los ojos y se pasa la mano por el pelo.

—Ya sé que no me hablas, lo he notado, pero... los chicos van a subir al Desert de les Palmes y no quiero que te quedes aquí sola.

—¿Tú también vas?

—Solo si consigo sacarte de esta parcela. Si no, me quedaré contigo.

Abro la boca alucinada y miro a mi alrededor buscando algo con que pegarle. Lástima que haya dejado el melocotón en la mesa.

—Pero... ¡te estoy ignorando! —grito fuera de mí—. ¡No puedes cambiarme los planes sin avisarme! Que te quedes aquí va contra las reglas.

—Nunca he sido de hacer lo que se espera que haga. Los chicos ya van de camino, les he dicho que yo te subo —me suelta tan tranquilo.

De hecho, se sienta en una de las hamacas que tenemos en un rincón y coge el especial de verano de la revista *Vale*. La *Súper Pop* y la *Bravo* me sirven para resolver mis cuestiones amorosas; la *Vale*, en cambio, es mi guía sexual. De manera que no me queda otra que morirme de la vergüenza en cuanto lo veo con la cara metida entre sus páginas.

—Venga, prepárate o lo que sea que tengas que hacer —me dice.

—No sé cómo te da para cerrar las piernas con los huevazos que tienes. ¡No pienso ir a ningún sitio contigo! —Me cruzo de brazos y miro de reojo a mis padres. Aunque nos protegen las toallas, es obvio que no insonorizan, así que no se están perdiendo ni un detalle de nuestra pequeña disputa.

—Entonces me quedaré aquí, ya te lo he dicho.

Ni siquiera se molesta en levantar los ojos de la revista, supongo que el test de este número, «¿Sabes tener un orgasmo a solas?», le está dando muchas pistas, aunque no todas. Menos mal que tener un hermano mayor me ha enseñado a no dejar marcadas mis respuestas...

—No puedes estar hablando en serio. Esto es...

—¿Una putada? —sugiere con una sonrisilla.

Se levanta de la hamaca, tira la revista y se acerca a mí.

—Cuanto más tardes en entender que no me voy a marchar sin ti, más tiempo estaremos junto a tus padres —dice bajito—. ¿De verdad quieres que me oigan suplicarte?

Niego con la cabeza, estoy desubicada del todo.

—Ya me parecía —continúa diciendo—. Por cierto, me gusta eso que te has puesto en la nariz. Te queda muy bien.

Me da un golpecito en el arito que llevo en la nariz y sonríe.

¿Ahora me está piropeando indiscriminadamente? Porque si tira por ese camino, ¡todas sabemos que voy a caer!

—Rubén, deja de tocarme las narices literalmente y dime qué demonios pretendes.

—Que te vistas y que nos vayamos al Desert, es bien fácil.

—Mis padres no me dejan ir tan lejos por la noche.

Yo también puedo fingir ser una chica buena como él. Nos ha jodido.

—Si vas con Rubén, puedes subir al Desierto, pero no vuelvas tarde —interrumpe mi madre con tono jocoso.

Mi padre gruñe de fondo, pero no llega a decir nada concreto.

—Joder, *ama*, ¡que estoy intentando darle calabazas!

—Esa boca, Maider —me regaña—. Encima de que ha venido a buscarte, no puedes ser tan borde con el pobre Rubén.

El chico con el que mi madre quiere que me case alza una ceja y me dedica otra sonrisita de satisfacción.

—Ponte pantalones, subiremos en mi moto.

Dicho eso, vuelve a acomodarse en la hamaca y retoma la lectura justo donde la había dejado.

Yo ya no sé a quién cargarme primero, si a él, por presentarse aquí y romperme todos los esquemas, o a mi *ama*, por haberse convertido en el esquirol de la familia.

Decido que Rubén tiene razón, que lo mejor será que nos marchemos de la parcela cuanto antes porque de esa manera podré gritarle con libertad. Pero antes de que me aleje, me interrumpe con sus palabras.

—Oye, Mai, tengo una duda.

—No quiero saberla.

—Te la voy a comentar igualmente. ¿Te tocas? ¿Y cuando lo haces es pensando en mí? —susurra, obsceno, y me enseña la página por la que tiene abierta la *Vale*.

Si es que ya sabía yo...

Resoplo, le doy la espalda y me alejo de él supermosqueada, sobre todo, porque no hay respuesta posible a su pregunta. Si le digo que sí, se va a mofar, y si le digo que no, va a saber que le estoy mintiendo y se va a burlar de todos modos.

Subo a la caravana y todavía lo oigo reírse fuera. Maldito sea.

Abro el armario de malas formas y empiezo a rebuscar entre toda mi ropa hasta que doy con un tejano finito blanco. Me quito el vestido playero que llevo y lo lanzo al suelo hecho una bola, pero, como no hace el ruido que merece mi cabreo, arrojo las chancletas también. Satisfecha por haber soltado un pelín de tensión, me pongo los pantalones, un top lencero negro que me deja los hombros y la barriga a la vista y unas zapatillas de deporte. Me hago una coleta desordenada y vuelvo a bajar.

Rubén sigue tirado en la hamaca con la revista entre sus manos y cara de empollón, pero tarda como tres milésimas de segundo en reaccionar e incorporarse cuando me oye. Aparta las toallas y me pega un buen repaso de arriba abajo, el mismo de cada mañana cuando entro en la piscina con el biquini puesto. Solo que esta vez intenta disimular por mis padres, aunque no consigue camuflar del todo el brillo salvaje que esconde su mirada.

No me dice nada, solo balbucea un adiós bastante torpe en euskera para mis padres y, con la mano apoyada en mi espalda, me guía hacia la entrada del camping.

Una vez fuera, al ver lo que tiene aparcado en la acera, me entra una risa histérica que a duras penas contengo y acto seguido me doy la vuelta con la intención de volver a mi parcela.

—¿Adónde vas ahora? —pregunta con las manos extendidas.

—No me voy a subir ahí contigo.

Señalo el vehículo que tengo delante, que resulta ser una moto negra deportiva bastante grande. No tengo ni idea de qué modelo es, si es cara o si corre mucho, pero estoy muy segura de que no voy a montarme en ella.

—Venga, Mai, solo es una moto. Tampoco es que sea la primera vez que me tienes entre tus piernas, ¿no?

Ay, madre.

Va a sacar la artillería pesada y a desplegar todos sus encantos conmigo, y yo con estos pelos.

—Prefería el Rubén que no me hablaba —gimoteo.

—Sí que te hablaba, eras tú la que pasaba de mí. Además, eres una mentirosa: aunque te has pasado tres días sin mirarme a la cara, me hacías ojitos cada vez que nos cruzábamos, como si fuera el Frigopie más sabroso del mundo.

Tócate los pies. Nunca mejor dicho. Si esta noche acabo soñando con un Rubén desnudo y rebozado en helado de nata y de fresa, la culpa será exclusivamente suya, yo seré inocente. Aunque pienso tocarme y de eso sí que seré la única responsable.

—¿Tu ego no entiende de fronteras? —le recrimino, como viene siendo habitual.

—Mi amor por ti es lo que no tiene fronteras —dice mientras parpadea y me lanza besitos.

El muy idiota se está pitorreando de mí y yo pierdo los papeles. Lo agarro del cuello y finjo que lo estrangulo, aunque, si suelta otra chorrada más, voy a dejar de aparentar. Él se deja hacer; de hecho, diría que el muy masoca está disfrutando, sobre todo porque se está riendo con toda su boca y sus manos se han anclado a mis caderas. No me permite alejarme, de manera que, con la tontería, estoy restregándole las tetas por el pecho.

No sé cómo lo hace, pero siempre acabo lanzándome a sus brazos, aunque sea con intenciones homicidas.

Y no es por nada, pero mi plan va de maravilla.

—Eres un imbécil, Rubén —sentencio, y lo empujo para apartarlo.

Estoy sofocada y, en contra de todas mis promesas, me palpita el pecho.

—Permíteme que te corrija: soy tu imbécil favorito. Venga, monta.

Se sube a la moto y me ofrece su mano para ayudarme.

Protesto un poco porque nunca me he subido a un vehículo de dos ruedas y me da muchísima vergüenza intentar encaramarme a él y acabar cayéndome por el otro lado, pero me mete tanta prisa porque nos están esperando que, sin pensármelo dos veces, paso una pierna por encima y me acomodo pegada a él.

Iremos al Desert de les Palmes, le cantaré las cuarenta, enterraré su cadáver y me volveré al camping tan feliz.

Nos ponemos los cascos, Rubén retira el caballete y arranca el motor, que ruge y vibra entre mis piernas.

Pues nada, aquí estoy, un maravilloso 8 de agosto de 1997, tres días después de prometerme que pasaría de él, montada en una moto, encajada contra su culo, abrazada a su cintura y con mis pechos aplastados contra su ancha espalda.

Que alguien me explique cómo hemos acabado así, por favor.

Me agarro un poco más fuerte a su cuerpo, solo porque no me quiero caer cuando nos movamos, y él me da un par de palmaditas en el trasero que pretenden ser tranquilizadoras antes de salir quemando rueda en dirección al desierto.

Atravesamos la mitad de la Gran Avenida de Benicàssim y, cerca del parque acuático Aquarama, cogemos una carretera secundaria. Subimos un puerto durante varios kilómetros, hasta que llegamos a un aparcamiento y Rubén detiene la moto cerca de un mirador. Debería bajarme, pero, contra todo pronóstico, no quiero separarme de él; me gustaría poner mi canción favorita y quedarme aquí para siempre. Y es que no necesito mucho más que su compañía y una melodía que llene el resto de nuestros días.

Cuando vuelve a colocar el caballete en el suelo, lo maldigo por enésima vez para mis adentros por haber estropeado lo que había entre nosotros y no me queda otra que apearme. Así que lo hago de un salto, me quito el casco para devolvérselo y me acerco al borde para observar el mar a oscuras, iluminado solo por las farolas del paseo de la playa. Respiro hondo por primera vez desde que llegué a Benicàssim y me empapo de la brisa mediterránea. Me dejo engullir por mi particular mar de dudas y deshojo una margarita imaginaria. ¿Me quiere o no me quiere?

Rubén deja los cascos en el suelo y duda unos instantes antes de acercarse a mí; me sonríe un tanto cohibido. Finalmente se pega a mí, me rodea con sus brazos y apoya la barbilla en mi hombro desnudo. Vuelvo a sentir su cuerpo en contacto con cada centímetro del mío y mi corazón bombeando la sangre por mis venas como si fueran las olas de un Mediterráneo enfurecido. ¿Por qué consigue que mi cuerpo reaccione así, cuando se supone que lo odio?

—No importa cuántas veces suba aquí, siempre me impresiona ver el mar —me dice al oído.

Me giro entre sus brazos. Tengo su boca a pocos centímetros de la mía, pero no pienso besarlo ni hoy ni mañana ni pasado.

—¿Aunque solo sea una charca? —pregunto con tanta nostalgia que, muy a mi pesar, me indica que me estoy ablandando como una tableta de Nestlé Jungly al sol.

—De lejos es bastante más resultón que de cerca, ¿no crees?

—Es posible. ¿Dónde están Xabi y compañía? —Miro por encima de su hombro, pero el aparcamiento está tan vacío como cuando hemos llegado.

—No van a subir.

Nos miramos en silencio. No sé cómo interpretar que me haya engañado así y mucho menos la cara que está poniendo. Parece un pelín arrepentido.

—¿Me has mentido?

—Ha sido por una buena causa. Ya que verme trabajando en la piscina no te ha impresionado en lo más mínimo, he pensado que tenía que fardar de moto. Es una Aprilia Chesterfield trucada... No puedes culparme.

Mi enfado se cae a pedazos en cuanto veo esa sonrisa tan bonita y sincera que curva sus labios. Mariposas, venid a mí, instalaos en mi estómago de nuevo, enamorémonos juntas de este chico un poco más.

—Rubén...

Con un gesto suave y dulce me retira de la mejilla un mechón de pelo que el viento se ha empeñado en soltar de mi coleta.

—Creo que tenemos que hablar, Maider.

Mi pulso alcanza semejante velocidad que temo por mi vida. Puede que mi experiencia en cuanto a las relaciones sea escasa todavía, pero si algo aprendí viendo *Sensación de vivir* es que esa frase nunca trae nada bueno. Además, no tenía pensado hablar con él, mi plan no llegaba tan lejos, solo tenía previsto ignorarlo y que funcionara a la primera.

—¿Crees que tenemos que hablar? —pregunto.

—Estoy seguro.

—Tú dirás. —Alzo la barbilla tratando de fingir indiferencia. Llevo practicando varios días ante situaciones bastante peores que esta, por ejemplo, todas las veces que salta de cabeza a la piscina con ese cuerpazo que tiene, cuando se pasea sin camiseta, cuando me mira y piensa que no me doy cuenta... Tampoco es tan complicado.

—He sido un gilipollas contigo.

Una frase y ya me fallan las rodillas. Me derrumbo.

¡Pero ¿¿qué demonios me pasa??!

—Empiezas fuerte —balbuceo.

—Bueno, mejor ir al grano, ¿no?

Lo observo pasmada. Este Rubén que tengo delante no solo ha cambiado físicamente, también detecto algo en su voz que suena a madurez, que huele a que de verdad le ha estado dando vueltas a lo que sea que quiera decirme y, encima, le preocupa. Me temo lo peor.

—He vuelto a cagarla, Mai, he vuelto a pasar de ti todo el invierno.

—Otoño, invierno y primavera —le corrijo, que no se vaya a pensar que solo han sido tres meses, cuando han sido once.

—Y llegaste al camping hace tres días y en lugar de ir a hablar contigo directamente y disculparme, he permitido que me ignoraras. Hasta hoy, que Xabi me ha dicho un par de cosas que me han abierto los ojos. Yo... quisiera justificar el daño que te he hecho estos meses, pero no puedo.

No sé qué decirle porque no tengo ni idea del rumbo que van a tomar sus palabras. Así que me quedo observándolo, qué ojazos tiene.

—Maider, la verdad es que no puedo seguir con esto...

La mirada se me empaña por culpa de las lágrimas. Sospechaba que este momento iba a llegar, pero no tan pronto. Tal vez por eso me he mantenido al margen. No era difícil imaginar que lo que sea que ha habido entre nosotros estaba condenado a morir después de un invierno tan frío. Sé que nunca prometimos nada que no se pudiera romper, así que tengo que asumir que lo más probable es que se haya enamorado de otra. Y me ha traído aquí para contármelo y que nadie vea cómo me vengo abajo de manera estrepitosa.

—Para decirme que ya no quieres... —dejo la frase a medias porque soy incapaz de ponernos una etiqueta—, no tenías que gastar gasolina. No está el planeta para que idiotas como tú malgasten los pocos recursos que quedan.

—¿Que ya no quiero estar contigo? —me interrumpe de sopetón.

—Sí, es lo que has dicho.

—No, no he dicho eso. Lo que trataba de explicarte es que Xabi tiene razón, que soy un miserable cobarde cuando se trata de ti y que he de dejar de hacernos esto, porque ya no tengo doce años para seguir tratando lo nuestro de esta manera. Ya no somos la misma canción de aquel primer verano. Ya no quiero tirarte de las coletas, Maider, quiero tocarte por todos los lados a todas horas.

—¿Por todos los lados?

Esto sí que no me lo esperaba. Pero, eh, si quiere sobarme, solo voy a reclamar igualdad de condiciones.

—Pero ¿tú has visto lo buena que estás?

Una sonrisa juguetea con sus labios y yo me sonrojo.

—Lo estás arreglando.

—La cuestión es la siguiente, necesito que aclaremos qué es esto. —Nos señala a ambos. Vamos, que «esto» es nuestra relación inexistente pero todavía posible—. O salimos en serio, o nos olvidamos del tema. Pero no puedo pasarme otro invierno amargado pensando si te habrás liado con otro, si habrás decidido no volver aquí nunca más...

Apoyo mis manos en su pecho y hago lo único que se me ocurre: deposito un besito dulce y largo en su mejilla, que ya no es tan suave como el verano pasado.

—Maider... —gime junto a mi oído y no sé si es una pregunta, un ruego o una promesa—. Déjame terminar, que bastante me está costando ya.

—Está bien, sigue.

Aparto mis manos de su pecho, pero él me las vuelve a colocar en el mismo sitio.

—¿Estamos saliendo? —pregunta y, aunque me quiero poner a bailar la conga, no lo hago porque reconozco que para él es un momento delicado y le debo un poco de respeto.

—¿Me lo estás pidiendo o me lo estás preguntando?

—¿Me vas a obligar a ponerme romántico y pedírtelo?

—Si es lo que quieres, tendrás que hacerlo.

—Tú también podrías pedírmelo.

—No, no puedo, se supone que soy la que está cabreada.

—Vale, entonces, ¿estamos saliendo o no?

Me encojo de hombros y él se echa a reír.

—Mira que te gusta hacérmelo pasar mal.

Lleva sus manos a mi trasero y con un gesto rápido me levanta y hace que lo rodee con las piernas. Volvemos a estar pegados y en una postura muchísimo más interesante que en la moto. Sin embargo, algo me dice que, si pretendo mantener mi coartada, debería gritarle o algo por tocarme el culo.

—¿Me estás torturando porque esperabas una carta de mi puño y letra y no te la escribí?

Me da un pico que me deja con ganas de mucho más.

—¿O es porque no te llamé ni una sola vez?

Deposita otro beso en mis labios que vuelve a saberme a poco.

—Es por todo, idiota.

—Solo te lo voy a preguntar una vez más: ¿estamos saliendo sí o sí? Te lo estoy poniendo bastante fácil.

—No lo sé, dímelo tú. —Me hago la dura y consigo arrancarle un gruñido a medio camino entre la risa y la rabia.

—No soy un experto en el tema. Solo he salido con una chica y ya sabes que apenas me duró dos semanas.

—No creo que yo te vaya a durar más...

Deja que apoye los pies en el suelo y se aleja un paso.

—¿Ves? A eso me refiero. O estamos o no estamos. Me mandas señales contradictorias. ¡Me vuelves loco!

Tiro de su camiseta y lo obligo a mirarme a los ojos.

—Rubén, seré tu chica en el momento en que me lo pidas, pero tiene que ser en serio. Nada de preguntas retóricas o frases a medias. Enfréntate a la situación si de verdad es lo que quieres.

Suspira y mueve la cabeza a ambos lados.

—Está bien, lo he pillado. Quieres que me arrastre un poco. Me lo tengo merecido por ser un imbécil... —dice para sí mismo—. Allá va: ¿te gustaría ser mi novia sin paréntesis invernales?

—Meh. Te doy un cinco. No me ha parecido nada romántico.

Se echa a reír de nuevo.

—Deberías reconsiderar esa nota, porque dudo de que haya algo más romántico que el chico que lleva toda la vida colgado de ti, el mismo que nunca se ha rendido por mucho que lo ignoraras, se atreva por fin a pedirte que seas su novia en un sitio tan bonito como este.

—Está bien, te doy un seis por las vistas.

—Eres una...

—¿Sí? —Aprieto los labios para no echarme a reír.

—Eres una...

Se acerca a mí y me rodea con sus brazos. Me aprieta el culo otra vez y gruñe. Me encanta verlo tan fuera de sí, me encanta no ser yo la que no atina con las palabras por una vez.

—Venga, no te agobies por atascarte, solo es que te gusto.

—Creo que a estas alturas es mucho más que gustar —afirma con un pelín de derrotismo en la voz.

—Rubén, a mí también me gustas, es evidente, y quiero

salir contigo, pero, sobre todo, quiero que seas mi chico todos los días, los que estemos juntos y los que estemos separados. Eso sí, con una condición.

—Odio la letra pequeña, pero, venga, tortúrame un poco más.

—A mi padre se lo cuentas tú.

—Pero ¿tú qué quieres? ¿Salir conmigo o asistir a mi funeral?

—Solo castigarte un poquito más. Y respecto a los meses que te has pasado invernando en tu cueva...

—¿Qué cueva?

—Déjalo, no importa.

Pensaba decirle lo mal que me he sentido estos meses, cada segundo que he pasado echándolo de menos y sufriendo, pero ya tendremos tiempo para hablar de ello en otro momento, porque ahora mismo el cuerpo solo me pide comerle la boca.

10

Frigopie

Cuando abro los ojos el sol ya se está escondiendo. No sé cuántas horas llevo dormida, pero deben de ser unas cuantas.

Parpadeo tratando de enfocar la vista y me encuentro unos ojos verdes mirándome.

Automáticamente, cojo la almohada y empiezo a pegarle con ella. No sé qué me ha dado, pero estoy asustada.

—¡Joder, Maider! Que me vas a romper la cara.

Apoyo la almohada en mi hombro, como si fuera la sota de bastos, y lo miro.

—¿Rubén?

—Sí, al menos lo era hasta que has decidido reventarme el cráneo.

—Es una almohada, exagerado.

—Arma blanca.

Pongo los ojos en blanco. Si algo no echaba de menos de él, son sus chistes muy justitos.

—Perdona, estaba dormida y me he asustado.

—Tranquila, entiendo que no puedas contener las ganas de pegarme. —Me guiña un ojo—. El médico y mi madre han pasado a verte, ¿no?

—Sí, el médico vino ayer mismo por la tarde y tu madre, anoche y este mediodía.

Pilar es muy profesional, apenas se ha salido del guion y ha sido muy cariñosa y atenta conmigo, pero eso no ha evitado

217

que la situación se haya puesto un poco rara cuando me ha confesado lo preocupado que está su hijo por mí. Como si «preocupado» fuera una palabra que abarca muchísimos sentimientos.

—Me han dicho que todo parece estar bien y que me lo tome con calma. También han pasado Gemma y Xabi. No deberías haberles dicho nada, no ha sido tan grave...

—Les pedí que te echaran un vistazo porque estaba intranquilo. Joder, es que debería haberte llevado a rastras a urgencias.

—Y hoy has decidido desatender a los bañistas en la piscina y colarte en mi caravana.

Recuerdo que el primer día que hablamos en esta misma caravana, se limitó a asomarse por la ventana. Hoy debe de estar muy inquieto para haberse atrevido a entrar.

—Me he colado muchas veces en tu iglú estando tu padre al acecho, esto ha sido pan comido. Y puedes estar contenta de que no haya montado guardia toda la noche.

Con esa frase tan inofensiva a primera vista corroboro que, cada vez que abre la boca, Rubén me lanza recuerdos en forma de misiles diplomáticos. Se muestra vulnerable y me duele. Se muestra hostil y me duele. Se muestra dulce y me duele aún más.

—Esta semana solo trabajo algunas mañanas, por las tardes siempre está Noelia, así que no te preocupes por los bañistas, sobrevivirán sin mí. Además, mira, te he traído una cosa.

Me ofrece un envoltorio amarillo que, por lo que veo, ya ha sido abierto. Asomo la nariz por la abertura y un olorcillo a fresa me manda de una patada en el culo a mi infancia otra vez.

—¿Un Frigopie?

—Y le he quitado el dedo gordo, como en los viejos tiempos.

Me incorporo un poco más en la cama, lo saco de su envoltorio sujetándolo por el palito y le pego un buen mordisco.

—¿A qué se debe este honor? —pregunto con la boca llena.

—Según venía hacia aquí, he recordado aquella vez que

estabas tan triste y te traje uno. Me pareció que te sentaba bien, así que he vuelto al bar y se lo he pedido a mi primo, he tenido que aguantar que me cantara «El toro y la luna» un par de veces y me he venido a tu parcela.

Nos reímos juntos de la bromita por primera vez en años. Nunca habrá un nosotros sin Tito poniéndonos la banda sonora de fondo, eso es así.

—Ni siquiera sabía si todavía seguían fabricándolos, pero mira por dónde, siguen y están tan cojonudos como antaño, aunque dudo de que sigan costando solo cuarenta y cinco pesetas.

De pronto vuelvo a ver a aquel chaval de trece años con los ojos verdes más bonitos del mundo asomando por la puerta de mi iglú con una sonrisa sincera que últimamente escasea mucho en su boca y con un Frigopie tan mordisqueado como el que me acaba de traer en la mano.

No entiendo por qué ha tenido este detalle conmigo, pero tampoco le voy a dar más vueltas. Me gusta recuperar este pedacito de él.

—No estaba triste, Rubén. —Lo miro fijamente como queriendo explicarle sin palabras que solo se trataba de que me había bajado la regla, pero por la manera en la que arruga la frente, deduzco que la telepatía no es lo nuestro—. Me había venido el periodo.

Sus labios dibujan una O perfecta y, a continuación, me regala una sonrisa pequeñita.

—Cuando era un niño pensaba que el periodo era una carta que os llegaba a las tías para saber si estabais embarazadas.

—¿Creías que era una especie de boletín?

—Algo así.

—O sea, pensabas que nos llegaba una carta al buzón y eso provocaba que nos bajara la regla de modo automático.

—No hilaba tan fino. Yo qué sé, tendría seis años, no me juzgues. ¿Me das otro mordisco? —Me lo pide con la mirada clavada en el helado. Le está haciendo ojitos.

Pienso hacer camisetas con la frase: «Quédate con el tío que te mire como Rubén mira un Frigopie».

Se lo ofrezco sin dudar, él rodea mi mano con las suyas, lo acerca hasta su boca y muerde. Se lleva todos los dedos que quedaban y se relame los labios.

—¿Tú estás seguro de que el helado lo has comprado para mí?

—Ni siquiera lo he pagado. —Levanta las cejas varias veces y consigue hacerme reír.

A veces parece el antagonista de su propia historia.

—Límpiate el morro, anda, que te ha salido un bigotillo rosa. Aunque te queda muy mono, yo que tú me lo quitaba antes de que las masas piensen que ha vuelto cierto dictador alemán.

Señalo la mancha de helado que tiene en el arco de Cupido que no puedo dejar de mirar y sujeto a duras penas toda la tensión que de pronto se acumula en mi bajo vientre. Esa boca es el principio y el final de todo. Siempre lo ha sido.

A él parece importarle más bien poco que le esté mirando los labios, retira los restos del helado y se chupa el dedo.

—¿Y cómo te encuentras? —Cambia de tema con una maestría que ya me gustaría a mí tener.

—Bien, no me duele la cabeza, solo estoy un poco cansada.

Ni corto ni perezoso, se acerca un poco más a mí, me aparta el pelo de la frente, posa sus manos en mis mejillas e inspecciona la herida. En cuanto siento su aliento con un ligero toque a fresa y nata en mi boca, cierro los ojos. Es superior a mí tenerlo tan cerca y no poder tocarlo, porque en el remoto caso de que lo hiciera, me rechazaría y lo poco que hemos avanzado se vendría abajo como el World Trade Center.

—La herida tiene buena pinta —observa—, pensaba que te saldría un buen moratón.

Lo peor de estar así, a buenas con él, es que soy más consciente que nunca de que sigue siendo el mismo y que sigo enamorada de él, que siempre lo he estado y que siempre lo estaré.

Pero también corroboro que lo he perdido.

Siento unos celos terribles por la chica que se gane su corazón algún día, porque si las cosas no se hubieran torcido tanto, podría haber sido yo. Mi capricho adolescente se habría convertido en mi amor adulto. De hecho, ahora mismo sería yo la que se perdería entre sus brazos y lo besaría hasta el final de los tiempos.

Y en esas estamos, él cuidando de mí y yo planeando cómo besarlo sin que se entere, cuando Nagore asoma la cabeza por la puerta de la caravana como si fuera un reloj de cuco.

—¡Maider! Saca el culo de la cama, ya hemos vuelto de los Karts y vamos a... —Deja la frase a medias en cuanto se percata de con quién estoy.

Los tres nos quedamos tan petrificados que la escena parece una *foto finish*.

Nagore con la cortinilla de plástico de la puerta todavía recogida en un moño improvisado, Rubén con sus manos en mis mejillas y yo más acalorada que los buenos señores que asfaltan la autopista del Mediterráneo en pleno agosto.

—Oh, joder —dice Nagore, antes de darse la vuelta y salir corriendo.

Oímos que da varias vueltas alrededor de la caravana y murmura incongruencias en varios idiomas. Ha entrado en modo huracán, le suele ocurrir, no es grave.

Pasados un par de minutos, vuelve a asomarse por la puerta y me gustaría decir que la escena que se encuentra es diferente de la primera, pero no, seguimos igual.

—¡Oh, joder, joder! —repite en bucle.

Sospecho que confirmar lo que ha visto la primera vez le ha impactado.

Rubén se pone en pie con toda la calma del mundo y se aproxima a ella.

—Solo he venido a comprobar que Maider estaba bien.

—¿Te estás justificando? —responde ella con tono burlón.

—No. Solo te cuento lo que pasa antes de que lo interpretes a tu manera.

—Tarde.

Apostaría diez euros a que Rubén le va a cantar las cuarenta a Nago por sugerir que estaba sucediendo algo más, pero como nunca hace lo que espero, se echa a reír con mi amiga y le da varias palmaditas en la espalda. Por lo visto, la pedrada que tiene Nagore le hace una gracia tremenda. Afortunada ella.

—¿Y cómo está Maider? —pregunta mi amiga con recochineo.

—Perfectamente.

—Entonces, si tan bien está, ¿para qué le has recetado un helado? —Señala el palito que aún sujeto entre mis manos y el mojón rosa que se va escurriendo hacia mis dedos.

Rubén se revuelve el pelo, desconcertado, pero se vuelve a reír.

—¿Quieres uno o qué? —Le ofrece.

—No, no me van los helados infantiles, pero me encantan las explicaciones.

—Pues tendrás que quedarte con la incógnita.

Vuelve a sacudirle un par de golpecitos en el hombro y sale de la caravana.

Me habría gustado una despedida que implicara algo así como un «te veo después», o lo que sea, pero no, se ha largado sin más. Las cosas han vuelto al punto de partida, si es que en algún momento se habían movido de ahí.

—Bueno, bueno, bueno.

Las cejas de Nagore me bailan el «Aserejé». Paso del tema mientras me meto en la boca lo que resta del Frigopie. Cuando termino, ella continúa con una miradita Disney llena de amor y de ilusión.

—Nagore Alkorta —le digo por fin—, para la producción de la película que te estás haciendo en la cabeza ahora mismo. Ni tienes guion ni presupuesto para semejante proyecto.

—Pero tengo dos protas que van perfectos para la historia.

—No hay historia. Punto.

Se sienta en la cama a mi lado y, de pronto, se pone seria.

—¿No piensas contarme qué hubo entre el repartidor de Frigo y tú?

—Ya lo sabes, salimos durante un tiempo.

—Ya, claro, esa es la versión para todos los públicos. Pero yo la que quiero es la versión adulta, con drama, sexo guarro y ruptura.

—No estoy preparada para contártelo.

Me da un par de palmaditas en la pierna y asiente despacio.

—Nos queda una semana y pico aquí, espero que lo hagas antes de que nos vayamos, más que nada por si tengo que pegarle dos hostias a tu ex o comprar una botella de tequila y bebérmela con él.

1997

Geometría

◖

Llevamos dos semanas saliendo.

Nuestras manos se tocan por debajo de todas las mesas y nuestras bocas se besan por encima de todas las miradas. A estas alturas, nos importa bastante poco quién nos vea; mis vacaciones tienen las horas contadas, así como la cantidad de veces que podré estar entre sus brazos. Prefiero arriesgarme que perder un instante a su lado.

Pasamos las noches enteras sin dormir por estar juntos, por un beso más, intentando robarle al verano unos minutos, como si pudiéramos jugársela al destino que nos va a separar a finales de mes. Nos despedimos al amanecer y volvemos a vernos a las diez en punto en la piscina; mientras él trabaja vigilando a los bañistas o dando cursos de natación a los niños del camping, yo lo miro y remiro. Cada uno come con su familia y, por la tarde, dormimos juntos en la playa. Cenamos un bocata con nuestros amigos, salimos por ahí con ellos y estamos un rato de cháchara. A eso de las dos, me acuesto, vuelvo a escaparme cuando él me despierta y la noche vuelve a ser solo nuestra. Mis padres han estado a punto de pillarme un par de veces, pero cualquier castigo que me caiga merece la pena con tal de estar con Rubén. Ni siquiera me lo cuestiono.

Los días han pasado volando y no hemos hablado de lo que está por venir, de esa despedida que nos espera a la vuelta de la esquina. Me gustaría haber sacado el tema, pero cuando estamos a solas no es que hablemos mucho. Además, Rubén sigue siendo como un acorazado cuando se trata de sentimientos, por mucho que me los haya mostrado más que cualquier otro tío de su edad y se abriera en canal la noche que subimos al Desert de les Palmes.

Esta noche es la última antes de marcharnos del camping y nos hemos quedado a solas en un rincón junto a la piscina pequeña, al abrigo de la oscuridad que se ha convertido en el hogar de nuestra relación. Son casi las cuatro de la mañana y estamos camuflados en una esquinita discreta, a la sombra del enorme seto que rodea el recinto. En el remoto caso de que alguien se asomara a mirar, le costaría deducir que estamos aquí. Estas son las ventajas de que tu novio se conozca cada rincón del camping.

—¿Sabes que siempre me ha apasionado la geometría? —dice con la boca pegada a mi oído.

—Sé de sobra que estoy saliendo con un empollón.

Se ríe con ganas y deposita un beso que no tiene nada de casto en mis labios.

—Pues esta es la primera vez que miro a una chica y me hace pensar en el baricentro.

—Rubén, que soy de letras.

Retira las manos de mi cintura y se sienta frente a mí.

—El triángulo equilátero tiene tres lados y tres vértices iguales. —Dibuja uno juntando los dedos índices y los pulgares a modo de explicación—. Si trazáramos una línea desde cada uno de los vértices hasta el punto medio del lado opuesto, la intersección donde se cruzan los tres trazos sería el baricentro.

—No sé a dónde pretendes llegar con esto.

Baja las manos y me dedica una mirada de sabelotodo.

—El baricentro de un triángulo es el punto central, por lo tanto, ahí debería de estar tu pezón.

Me echo a reír con ganas. Es el rey de los giros inesperados, además de un experto en corromper cosas tan serias como la geometría.

—¿Estás aplicando geometría a mis tetas?

—Digamos que sí. De hecho, si consiguiera centrarme, podría hacer cálculos más exactos.

—Pareces bastante centradito, Pitágoras.

—Aparento y disimulo muy bien.

—¿Y qué te hace perder la concentración?

—Tú y tu biquini. Tu biquini y tú. Es un círculo vicioso.

—¿También vas a hablarme de círculos? Pensaba que íbamos a enrollarnos...

Ignora mi indirecta con su vista clavada en mis pechos.

—Qué va, el cerebro no me da para meterme con las circunferencias ahora mismo. Además, sigo muy intrigado por los polígonos de tres lados.

—Entonces ¿dónde calculas que está mi...? ¿Baricentro, has dicho?

Saco un poco de pecho y le guiño un ojo. Él se revuelve el pelo y se acerca un poco más a mí. Está sentado a lo indio y yo rodeándolo con las piernas abiertas.

—Dudo de que vaya a ser capaz de recordar la fórmula exacta ahora mismo, pero acepto el reto. —Recorre el borde de mi biquini con sus dedos, deteniéndose un poco en los vértices. La suavidad con la que se mueve me hace cosquillas y me acalora más de lo que ya lo estaba por culpa de todos los besos que nos hemos dado—. Calculo que cada uno de los lados mide unos doce centímetros. Así que el punto medio... No sé para qué estoy perdiendo el tiempo con esto, Mai.

Resopla y yo lo interrogo con la mirada.

—Tu cuerpo me está dando la respuesta. Ha perdido toda la gracia.

Miro hacia abajo y confirmo lo que me temía: con tanta caricia, mis pezones están duros e intentan perforar la tela. Sus dedos se desplazan lentamente desde el borde del biquini hasta su baricentro y me rozan con suavidad.

—Esto sí que es un claro ejemplo de lo perfecta y exacta que puede llegar a ser la geometría.

Ahogo un jadeo y centro todos mis esfuerzos en respirar. Rubén estira las piernas, lleva sus manos a mi culo y me atrae un poco más hacia su cuerpo, hasta que acabo montada a horcajadas encima de él.

Damos la clase de geometría por terminada en cuanto nuestros labios se tocan.

Su lengua entra en mi boca sin miramientos y busca la mía con desesperación. Sus manos se mueven por todo mi cuerpo y las mías van a parar a su nuca, juguetean un poco con su ondulado pelo y tiran de él.

Rubén levanta un poco la tela de mi biquini y me roza el pezón, pero no tengo suficiente con eso. Mis dedos se acercan a mi cuello y sin dejar de besarlo, sueltan las cuerdas que mantienen el bañador en su sitio. Cojo sus manos y las guío hasta mis pechos. Gemimos juntos en cuanto me toca.

La inocencia que nos ha rodeado durante los últimos años está ardiendo, consumiéndose en llamas, y es que ya no somos los mismos. Hemos pasado de ser dos críos que se gustaban, se besaban y se avergonzaban de ello, a convertirnos en dos adolescentes que se desean, que anhelan tocarse de todas las maneras posibles y a cada instante.

Esto no tiene nada que ver con el día que me enrollé con aquel compañero de clase y me amasó las tetas como un futuro panadero, ni con ninguna de las veces que he estado con otros chicos o con Rubén. Esto es mucho más, lo es todo.

Me aparto un poco de él, levanto la faldita que llevo puesta y le muestro la braguita de mi biquini.

—¿Vas a calcular el centro aquí también?

—¿Quieres que lo haga?

Me muerdo el labio inferior y asiento efusivamente.

Su mano recorre la cara interna de mis muslos desde las rodillas hasta las ingles. No dice nada, pero sus ojos se enredan con los míos y nuestras respiraciones se aceleran.

Sé que está deseando tocarme, pero le encanta jugar con la dulce anticipación de lo que está por descubrir. Desliza un dedo por encima de la tela de la braguita de mi biquini y un escalofrío atraviesa mi cuerpo. Vuelve a pasar por la misma zona una y otra vez, en cada una apretando un poco más. Noto la humedad empapando la tela y siento cierta vergüenza porque mi excitación sea tan evidente y abundante, pero es que, cuando me toca siento que muero. Él deposita un reguero de besos por mi mandíbula y mi cuello, despacio, empujándome un poco más hacia la más dulce locura. Desplaza un poquito la tela del biquini y me toca por debajo, piel con piel. Sus dedos me recorren de arriba abajo, resbalando con la humedad, y dibujan círculos lentos en mi centro de placer. Me estoy deshaciendo entre sus manos, tiemblo y jadeo pegada a su cuello.

—¿Quieres que...? —Deja la pregunta a medias.

—Hummm.

—Voy a deducir que es un sí, pero si te molesta...

—Hummm.

—Gracias por tu ayuda. —Se ríe con suavidad.

Llevamos varias noches enrollándonos sin descanso, pero hasta ahora nunca...

Su dedo índice entra dentro de mí lentamente, con facilidad; estoy muy cachonda, mojada y me siento hinchada. Mi cuerpo está preparado para recibir esto y mucho más. Rubén entra y sale con calma, sin apartar sus ojos de los míos, y aunque me gusta mucho lo que está haciendo, necesito que me dé algo más.

Llevo mi mano hasta su bañador y la cuelo por dentro. Está caliente y dura; se la acaricio con algo de torpeza y un siseo escapa de entre sus dientes. Es la tercera vez que toco a un chico de esta manera y no sé muy bien lo que estoy haciendo; además, es posible que sufra un infarto en cualquier momento con tanta emoción corriendo por mi cuerpo. Mi experiencia se limita a sobeteos por encima de la ropa interior o del bañador y a un par de pajas mal hechas, por lo tanto, agradezco que Rubén sea habilidoso con ambas manos y, mientras con una sigue jugando conmigo, con la otra afloja el cordón de su bañador, coloca su mano sobre la mía y me guía, mostrándome qué le gusta y cómo le gusta. Él se encarga de marcar el ritmo y yo me dejo llevar, muevo la mano arriba y abajo, y vuelvo a besarlo en la boca. Muerdo su labio y le meto la lengua buscando la suya.

El cosquilleo crece en mi interior a marchas forzadas y

noto que él empieza a perder el ritmo con el que me toca: los movimientos de mi mano lo desconcentran. Saca la suya de sus pantalones, la lleva a mi nuca para atraerme más a él y devora mi boca con desesperación y la respiración acelerada.

Dios, como el segurata del camping pase cerca de aquí nos va a oír, pero no puedo parar de restregarme contra su mano, estoy a punto de explotar y, por cómo se mueven sus caderas, sospecho que él también.

Solo necesito un par de roces más para alcanzar el orgasmo y correrme como nunca lo había hecho, ni a solas ni acompañada. Poco después, Rubén gime con fuerza y siento el líquido caliente empapando mi mano.

Pasamos varios minutos más besándonos despacio, permitiendo que nuestros cuerpos recuperen la normalidad. Entre risas nos limpiamos con los pañuelos de papel que llevo en el bolso.

—¿Te ha gustado? —pregunto con timidez.

Acabo de masturbar a mi novio y me he corrido con sus dedos dentro de mí, y ahora me muero de la vergüenza, ¿qué diablos me pasa?

Rubén se limita a señalar la mancha de humedad visible en su bañador y a sonreír.

—Vale. —Mis mejillas arden un poco más.

Se acerca y me da un beso largo en la boca.

—Ha sido... —niega con la cabeza—, una puta pasada. ¿Te he hecho daño?

Siempre se preocupa por mí, pero debería haber deducido por la respuesta de mi cuerpo que lo que me ha hecho no es exactamente daño, me ha creado una necesidad, eso sí. Porque no sé qué voy a hacer sin él durante los meses que no nos vamos a ver.

—No, estaba deseando que lo hicieras, pero me daba un poco de cosa pedírtelo.

—Nunca te avergüences por decirme algo así. Pídeme lo que quieras, que para eso soy tu novio y tengo dos manitas muy dispuestas.

—Vale. —Sigo roja como una señal de *stop*.

—¿Te habías hecho un dedo antes? —pregunta, y yo paso a un rojo aún más intenso, si es que existe—. Joder, Mai, ¿por qué cojones estás tan callada?

«Porque estoy loca por ti y durante el extraordinario orgasmo que me acabas de dar me he debido tragar la lengua».

—No lo sé, Rubén.

Me rodea la cara con sus manos y sus ojos verdes me interrogan como un puñetero polígrafo.

—¿Seguro que estás bien?

—Sí, vaya, estoy maravillosamente bien, solo un poco descolocada. En serio, no te preocupes por mí.

Le doy un beso que pretende tranquilizarlo, porque de verdad que no me pasa nada excepto que la situación me ha superado en muchos sentidos.

—Y sí, respondiendo a tu pregunta de hace un ratito, sí me había hecho un dedo.

—Algún día tengo que verte.

—Eres un guarrete.

—Y tú una mojigata.

—Deja de meterte conmigo y abrázame, anda —le pido—. Alarguemos este momento y este verano todo lo que podamos.

Se aferra a mi cuerpo y hunde la cara en mi cuello. Deja caer varios besitos y estoy segura de que, si sigue así, voy a volver a meterle la mano en el bañador.

—¿Te das cuenta de que los mismos veranos que nos han unido también nos han separado? —dice con la boca pegada a mi piel.

—Está en nuestras manos que este año no sea como los anteriores. De hecho, dijimos que no lo sería...

—Tal vez este invierno deberíamos vernos.

—¿Tal vez?

—Intentaba parecer interesado, pero preparado para recibir un no por tu parte. Dentro de seis meses tendré el carnet de conducir y subiré al norte a verte.

—¿Lo dices en serio?

—En cuanto pueda, ahí me tendrás. Vete convenciendo a tu padre para que me ponga una cama en el garaje.

—Dormirás en casa.

—Entonces no le digas nada todavía, no le demos la oportunidad de obtener una licencia de armas.

Cuando salgo de mi iglú a la mañana siguiente, dos horas después de habernos despedido, me encuentro con una caja de *fartons* en el suelo. Salto por encima y sonrío. Hay un sobrecito pegado en un lateral de la caja con la frase «La primera carta de muchas».

Oh, por favor. Lagrimones, os necesito.

¿Tengo o no tengo el novio más adorable de la historia?

Feliz cumpleaños, feliz Navidad, feliz Año Nuevo, ¿feliz Semana Santa? ¿La gente se felicita por eso? Bueno, da igual. Te deseo una feliz cualquier ocasión en la que no pueda estar en Donostia contigo.

Espero que no me olvides y, si sucede, que los *fartons* te hagan pensar en mí mientras te duren.

Maite zaitut.

11

Cosita preciosa

Benicàssim, 18 de agosto de 2005

—¡Hola, perrito!

Le acaricio la cabeza mientras él parece un helicóptero de tanto que menea la cola.

—Pero ¡qué simpático eres! —Sigo rascándolo entre las orejas mientras me pregunto de dónde habrá salido.

No son más que las siete y media de la mañana, estaba paseando tranquilamente por la calle exterior paralela al camping cuando ha aparecido este perro tan bonito y simpático que parece un labrador pero tiene mezcla. Hoy he decidido no bajar a la playa a ver el amanecer y así evitar otro encuentro con Rubén. De manera que he ido paseando por la avenida hasta el club de tenis y ya estoy de vuelta. Después del golpetazo en la frente que me llevé el otro día y el cambio de tercio que pegó Rubén ayer, necesitaba este rato a solas para aclararme las ideas.

—¿Te has perdido, bichito?

Obviamente, el labrador no me contesta, pero sigue moviendo la cola con insistencia. Madre mía, qué pasión y qué empeño tiene por dirigir una orquesta. Miro a mi alrededor para comprobar si veo a su dueño por alguna parte, pero nada. Peluche y yo estamos solitos. Me agacho delante de él, miro el collar y me alegra ver que tiene un número de móvil impreso.

—No te preocupes, encontraremos a tu dueño. ¡Cosita preciosa!

—¿Me hablas a mí o al perro?

Me incorporo y cuadro los hombros como si hubieran tocado diana. Esa voz, por Dios, me altera de una manera que odio y adoro con todas mis fuerzas. Ese timbre profundo, ese deje valenciano y ese tono borde que lo caracteriza...

Lleva puesta la ropa de correr y está sudado, y me alegra mucho no ser la única cantamañanas menor de treinta años en este camping que sale tan temprano. Me pregunto si él también ha cambiado la ruta por la que corre para no encontrarse conmigo y hemos acabado tropezándonos igualmente.

—Contigo no sería tan efusiva, Rubén. Le hablaba al perro. ¿Es tuyo?

—Sí, y es «tuya», no «tuyo».

No me sorprende que tenga una compañera de cuatro patitas, siempre ha sido un tío con mucho amor para repartir. Solía pararse a hablar y a acariciar a todos los perros con los que se cruzaba por ahí, solo era cuestión de tiempo que decidiera adoptar uno.

—Que sepas que me duele mucho que después de regalarte un Frigopie te niegues a ponerme un apelativo cariñoso.

—Oh, pobrecito, Rubén. ¿Quieres que te llame «cosita» a ti también?

—Qué menos, Maider.

Me echo a reír porque ya no sé si está de broma o me toma el pelo.

El labrador me está olisqueando entera. Siento su narizota entre los dedos de mis pies, me hace cosquillas con los pelillos del hocico.

—¿Y cómo se llama?

—¿Me ves con cara de querer presentarte a la única mujer que hay en mi vida?

Dato interesante el que acaba de soltar como si tal cosa. Tomo nota. No sé para qué, pero yo lo apunto todo por si acaso.

—¿Temes que quedemos para echar un café y te pongamos a caer de un burro?

—Tú sabes que los perros no hablan, ¿verdad?

Le arreo un manotazo en el hombro y, aunque no quiere, se ríe.

Echamos a andar calle abajo, como si fuera lo más normal del mundo que paseemos juntos, como si nunca hubiéramos dejado de hacerlo, como si no hubiéramos acabado aquí justo por evitarnos.

La compañera perruna de Rubén va delante, olisqueando todo lo que pilla a su paso y marcándonos el camino.

—¿No me piensas decir su nombre?

—No.

—Se te acabará escapando.

—Lo dudo.

—Venga...

—Que no, joder. No insistas.

—¿Es porque le has puesto Maider?

—No es una zorra, es una perra.

Le meto un buen puñetazo en el brazo y él me lanza varios besitos al aire. Sé que lo dice para chincharme, y que, en cierta manera, intenta quitarle hierro a la primera vez que me insultó. Creo que es su manera de disculparse de nuevo, pero no estoy segura, con él nunca sé a qué atenerme, y menos este año.

—¿Y tú por qué andas por aquí tan temprano? —pregunta con curiosidad.

—Necesitaba despejarme y Nagore todavía está dormida.

—Todo un personaje, tu amiga. Aunque parece maja.

—Es una gran tía... —Me río, Nago siempre deja huella—. ¿Y vosotros salís a pasear cada mañana?

—Claro, esta señorita no perdona. Voy a correr temprano por la playa y, cuando vuelvo, salimos un rato y nos tomamos una Coca-Cola en El Rincón.

Vale. No ha cambiado de ruta. Esta no es más que su segunda caminata matutina. Creo que me siento mejor al saberlo, algo pequeño que se parece mucho a la ilusión está echando raíces en mi tripa.

Recuerdo perfectamente lo que supone pasear con él por dentro del camping. Lo saludan todos los campistas y se para a hablar con dos de cada tres. Siempre tiene palabras amables y detalles con todos. No me extraña que a veces prefiera salir del recinto.

Por otra parte, El Rincón es un bar con terraza que está al lado del camping y no sé si ha soltado el dato aleatoriamente o si me está invitando a que lo acompañe.

No, no lo ha hecho. ¿O sí?

¿Quiero que lo haga? Ay.

—Antes no madrugabas tanto —suelto de golpe.

—Antes no salía a correr. ¿Qué tal tu herida?

—Bien, tengo una postillita la mar de mona. —Me doy la vuelta para caminar de espaldas y me aparto el pelo para mostrarle la herida. Él se detiene y hace que yo me pare. Me rodea las mejillas con las manos y le echa un vistazo. Noto su piel caliente en mi cara, su aliento rozando mi boca y mi pulso errando cada dos latidos en mi pecho. Me pregunto si él siente lo mismo que yo, y, sobre todo, si nota la revolución que ha iniciado mi cuerpo, porque de repente tengo tanto calor que sospecho que mis células deben de estar ardiendo como barricadas. No puedo controlarme, no cuando se trata de él, y la cosa empeora con el paso de los días.

—En nada estarás como nueva.

Sigue pegado a mí, aunque está claro que ya tiene un diagnóstico.

—Soy una chica con suerte y buena piel.

Me mira a los ojos y aún tarda varios segundos más en apartarse. Reanudamos la marcha el uno junto al otro, pero con una tensión flotando a nuestro alrededor que antes no estaba y necesito disiparla como sea.

—Será el exfoliante de arena —dice con una sonrisilla arañándole la boca.

—Sin duda. Y tus primeros auxilios. Se nota que viste todos los capítulos de *La vida es así* y que te pasabas los veranos jugando a *Operación*.

Caminamos algunos metros más en silencio, hasta que, de pronto, aparece el Romeo de todos los perros al fondo de la calle, un mastín precioso de color crema, acompañado por su dueño, un señor que me suena haber visto por el camping. La perra de Rubén —Dios, qué mal suena eso— sale corriendo hacia él con la lengua fuera.

—¡Eh, vuelve aquí! —protesta Rubén.

Como era de esperar, no le hace ni caso, está centrada en ligar. Me tapo la boca para que no se me escape una carcajada.

—Venga, ¡ven aquí!

Él insiste, pero su amiga ni levanta el hocico. Se ha debido de enamorar a primera vista, y no la culpo, el mastín es un ejemplar precioso.

—¡Que vuelvas de una puta vez!

Pasa de su culo y sigue tonteando con Romeo, olisqueándole el trasero, para ser más exactos. Me descojono de la risa.

—Luna, joder, ¡que vengas!

Es oír su nombre y obedecer a la primera. Vuelve trotando con Rubén y Romeo se queda con cara de pena junto a su dueño. Han tenido un romance corto pero intenso. Así es la vida, chicos.

Me agacho para acariciarla y ella me lame media cara. Por mucho que le fastidie a su dueño, ya somos amigas, aunque no sepa hablar.

—¿Por qué no me querías decir que se llama Luna?

Se queda callado y me levanta una de sus famosas cejitas, la izquierda, para ser más exactos.

Un momento. Me pongo en pie de un salto y me acerco a él.

—¿Es por la canción?

—No digas chorradas, Maider.

—¡Es por la canción!

No sé lo que significa esto, pero le ha puesto a su compañera, a la única mujer que hay en su vida, Luna. Como «El toro y la luna», y como esa otra canción que...

—Que no, hombre, que no es más que una feliz casualidad. No te hagas películas.

—¡Eres un mentiroso!

—Jamás le pondría un nombre que me recordara a ti.

—Así que te recuerda a mí. —No pregunto, confirmo—. Es inevitable.

No me discute más porque sabe que tengo razón. Se limita a ponerle la correa a Luna y se vuelve al camping sin despedirse.

Ay, Rubén, ¿qué demonios estamos haciendo con nuestras vidas?

1998

Rubén, esas confianzas

Benicàssim, 8 de agosto de 1998 ◯

Me bajo del coche y lo primero que veo es a Rubén saliendo por la puerta de la piscina, estrenando unos andares de chico malo que casi me ponen de rodillas. Viene hacia mí sin dudar, sin mirar a nadie más, me envuelve con sus brazos y me planta un beso en la boca que me deja temblando. Así, delante de todo el camping, pero, sobre todo, delante de mis padres y de mi hermano, que se quedan tan petrificados como yo junto a nuestro coche. Es un beso dulce que me dice muchas cosas, entre otras, lo mucho que me ha echado de menos. Imagino que a mi padre le estará diciendo la cantidad de hostias que le va a meter en cuanto nos separemos.

Nunca hemos sabido cómo despedirnos o saludarnos, pero está claro que estamos aprendiendo a una velocidad vertiginosa.

—Rubén, esas confianzas —dice mi *aita* a medio camino entre el cabreo y el homicidio en primer grado.

—Perdón, no volverá a pasar.

—¿Por qué será que no te creo? —le recrimina mi progenitor, bastante serio.

—Juan, deja a los chavales en paz, que llevan meses deseando volver a verse —nos defiende mi *ama*.

—No creo que organizar este espectáculo sea de recibo —sigue él, indignado.

—¿Ya no te acuerdas de cuando tenías dieciocho años?

Mi madre le guiña un ojo, coqueta, y diría que mi padre acaba de perder el color de sus mejillas y ha envejecido veinte años de golpe, aunque se recupera rápido y protesta porque yo aún tengo diecisiete, pero mi *ama* capea el temporal como la jefa que es.

—No vayas por ahí, Juan, que los tiempos han cambiado.

Mi padre gruñe, refunfuña, echa humo por las orejas y creo que hasta se santigua, pero no dice nada más sobre el tema. A veces me pregunto qué fue lo que enamoró a mi madre, porque si era tan protestón de joven, salir con él debía de ser toda una fiesta.

Pese a la tirantez del momento, Rubén no se separa de mí, guarda las distancias por mis padres, pero su mano tiene agarrada la mía con fuerza. Está reafirmando nuestra relación y no podría enamorarme más de él.

—¿Qué tal te ha ido la selectividad? —se interesa mi padre, y mi madre resopla. Todos sabemos que está buscando carnaza y se está portando como un capullo integral, porque si hubiera prestado un poco más de atención a todo lo que cuento después de pronunciar el nombre de Rubén, sabría que ha aprobado y que está hurgando en balde.

—Muy bien, señor.

—Hombre, Rubén, que de pequeño me llamaras *aita* era excesivo, pero «señor» me parece demasiado también, puedes llamarme Juan.

Oh. Un paso. Mi padre acaba de dar un paso. ¡Qué mayor se está haciendo! ¡Qué orgullosa estoy de él!

Poco después, mis padres se entretienen saludando a varios amigos, Rubén me lleva de la mano hacia la piscina y, cuando ya no estamos a la vista, me arrastra fuera del camping por la salida lateral y me acorrala contra la pared. En cuestión de segundos, sus manos están por todo mi cuerpo y su lengua se hunde en mi boca.

Si esto es el tráiler de este verano, quiero todas las entradas para todos los pases.

—Tenía tantas ganas de verte, y estaba tan nervioso, que he estado a punto de coger el coche y acercarme a Zaragoza.

—¿Ya estás fardando otra vez de carnet de conducir? —pregunto, y deposito un besito dulce en la punta de su nariz.

—¿Necesito hacerlo? —Levanta las cejas de manera juguetona.

—No te recordaba tan hablador.

—¿Y qué recordabas?

—A un chico moreno con los ojos verdes que el año pasado no se separaba de mis labios ni para dormir.

—Hummm. Sospecho que era yo, porque es justo lo que pienso hacer este verano también.

Su boca vuelve a pegarse a la mía y nuestras lenguas se enrollan a lo bestia.

Obviamente la necesidad que siento de que me toque es veinte veces mayor que el verano pasado. Además, llevo meses esperando este momento y está siendo mucho más bonito de lo que jamás habría imaginado. Porque, muy en el fondo, temía que Rubén volviera a ignorarme y que nos pasáramos unos cuantos días luchando por demostrar quién es el débil en esta relación. Pero no. Está cumpliendo cada promesa que me ha hecho por carta, cada bonita palabra que me ha susurrado por teléfono, cada «Te quiero» que me dijo en persona.

Y puedo confirmar que lo que siento por él ya no me cabe en el pecho. No hay un «Te quiero» que abarque mis sentimientos. Frase, por cierto, que él me repite bastante a menudo, pero que yo aún no he sido capaz de verbalizar. Sé lo que hay por mi parte, tengo cero dudas, pero la vocecita interior que me amarga la vida a ratos sabe qué teclas tocar para dejarme muda en algunas situaciones. Temo que todo se vaya al garete si me dejo llevar. Tal vez necesite estas vacaciones para estar segura de que no es un espejismo, que estamos metidos en esta relación sin fisuras.

Al final, durante el invierno pudimos vernos un par de veces. Rubén aprovechó las vacaciones de Navidad y subió a Burlada con Gemma y Óscar. Los padres de Xabi se marcharon a esquiar, así que pudimos ocupar su casa y acampar en la sala. Cuando lo vi bajándose del autobús, sentí que me moría de amor. Corrí hacia él y lo besé mucho rato, para ser más exactos, hasta que Xabi nos dijo que estábamos «mancillando la acera por la que pasa cada puta mañana». Después, volvimos a vernos en Semana Santa, pero en esa ocasión, Rubén vino a Bilbo con varios amigos del insti y compartimos cuatro días maravillosos de turismo por la ciudad y la costa.

El resto del tiempo nos hemos tenido que conformar con escribirnos y llamarnos cada pocos días. COU, la petición de prórroga de la mili y las notas de corte han sido una locura para Rubén. Física tiene una nota más alta que la media, pocas plazas y bastantes candidatos, así que, no ha podido entrar en la Universidad de Valencia y ha solicitado plaza en un centro privado de Madrid. Yo, en cambio, me he quedado unas décimas por encima del corte y tengo la plaza confirmada en la Universidad del País Vasco. En octubre empezaré mi primer cuatrismestre en la facultad de Magisterio de Donostia, y no puedo estar más contenta. Ojalá pronto sepamos si Rubén ha conseguido esa ansiada plaza, porque mi *ama* me ha dado permiso para irme a Madrid con él unos días y ayudarlo en la búsqueda de un piso. Tendremos que negociar con mi *aita* ese permiso, pero mi madre sabe cómo ganar esas batallas y lo dejaré en sus manos. Estoy convencida de que este será el último verano que pasaremos bajo las miradas de nuestros padres y, a partir de septiembre, gozaremos de cierta libertad para poder vernos cuando la necesidad nos venza, tal vez no tan a menudo como nos gustaría, por culpa de los estudios, pero será un paso enorme.

Rubén interrumpe nuestro morreo para centrarse en depositar varios besitos por mi cuello. Si sigue así, me quedan como dos minutos de contención, a partir de ahí le voy a arrancar la ropa. Decido hacerlo hablar, a ver si nos distraemos.

—¿Ha llegado Xabi? —pregunto.

Sé que el navarrico era de venir unos días antes que yo, o al menos eso fue lo que me dijo la última vez que nos vimos. Resulta que se va a matricular en Arquitectura y ha estado tanteando la UPV, así que hace poco pudimos comer juntos en Donostia. Al final se ha decantado por la Universidad Pública de Navarra; una pena que no vayamos a compartir ciudad.

—Sí, ya está aquí. Odio que me preguntes por Xabi cuando te estoy metiendo mano.

—Es que a lo mejor no deberías estar sobándome en la calle a plena luz del día.

—Cualquiera que nos vea, excepto tu padre, claro está, entenderá que llevo cuatro putos meses deseando comerte la boca, tocarte por todas partes y... aguantando un dolor insoportable en las pelotas.

Hala. Qué bocaza tiene el muy sobrado. Aun así, creo que ya estoy solo a treinta segundos de quitarle la ropa. Resoplo y agito las manos, intentando recuperar el control.

—Céntrate, Rubén.

—No quiero —protesta y se ríe, todo a la vez—. ¿Hace falta que te recuerde que hoy es nuestro aniversario, que justamente hoy hace un año conseguiste que me arrastrara para pedirte que salieras conmigo?

—No hace falta, sé perfectamente en qué día estamos.

—Pues entiende que tenga ganas de celebrarlo por todo lo alto, contigo desnuda y mi cara metida entre tus piernas.

Tiro de su camiseta y estampo mi boca en la suya.

A la mierda con todo, hombre ya.

12

Mecánica de fluidos

Benicàssim, 18 de agosto de 2005

Acabo de despertarme con la baba resbalándome por la mejilla. Esto empieza a convertirse en una costumbre. No sé qué me pasa desde que estoy en el camping, tal vez sea el calor, pero no perdono echar un sueñecito a media tarde.

Transcurridos los cinco minutos que necesitaba para reubicarme, he descubierto que estamos en la playa, y que Xabi, Óscar, Nagore y Gemma están jugando a las palas en la orilla. Gem se ríe y Nago hace trampas, como siempre. Cada vez que le toca sacar a Xabi, mi amiga juega con el tirante de su biquini y tararea la banda sonora de *Nueve semanas y media*. «La reina del disimulo», la llamo. Xabi se desconcentra y acaba perdiendo la pelota entre las olas. «El rey del autocontrol», lo llamo. Óscar responde con aspavientos a todo el espectáculo.

Me doy la vuelta en la toalla para recostarme mirando hacia el paseo y ponerme a leer un rato tranquila, pero me doy cuenta de que en realidad no estoy sola. Aunque, si he de ser sincera, antes de que mi cerebro haya procesado lo que mis ojos están viendo, mi cuerpo ya ha reaccionado en consecuencia y se ha tensado de todas las maneras posibles, algunas la mar de agradables, otras no tanto.

Rubén está sentado en su toalla con las rodillas flexionadas a pocos metros de mí, con un libro sobre mecánica de fluidos en las manos y un lápiz entre los dientes. Tiene un par de libros más apilados sobre la arena, *Fundamentos de la aeronáu-*

tica y otro sobre meteorología, también veo algo que parece una ¿bocina? al otro lado. Estoy más que segura de que antes de dormirme él no estaba aquí, porque, de haber sido así no habría caído en brazos de Morfeo tan tranquila. Aunque me curara la herida que me hice en la piscina, me llevara un helado a la caravana y hayamos podido mantener una conversación medianamente normal sobre su compañera peluda esta mañana, sigo temiendo que en cualquier momento desate su ira desmedida contra mí. Y es que por mucho que estemos viviendo en el oasis del buen rollo, no podemos olvidar que nuestros problemas siguen ahí y que hay muchas cosas que aún tengo que contarle. Bueno, en realidad solo es una, pero con todos los detalles es posible que me lleve un buen rato y que él se lo tome... ¿fatal?

Pese a todo, me jode bastante haberme perdido el momento en el que ha aparecido en la playa y se ha acomodado con nosotros como uno más. Aunque viva con el miedo detrás de la oreja, me hace muy feliz que haya venido. Algo que jamás pensé que volvería a sentir tratándose de Rubén.

Me pregunto si Nagore habrá cancelado ya su plan de normalidad, indiferencia y provocación, que está siendo todo un desastre, porque no sé si hemos conseguido algo más que generarle varios dolores de cabeza al pobre Rubén; aun así, aquí está, listo para ser la víctima de mi amiga otra vez.

Apoyo la barbilla en las manos y sigo mirándolo con escaso disimulo. El cuerpo solo me pide a gritos que no deje de hacerlo, que me quede aquí hasta que nos hagamos viejos, pero soy realista, sé que esto no va a durar tanto como me gustaría y que llegará un momento en el que me pillará, alucinará muy fuerte con la cara de boba que debo de tener y tendré que fingir que los diez minutos que llevo mirándolo han sido pura casualidad. Tal vez le diga que son los daños colaterales del golpe que me di, espero que cuele. Sea como sea, me encanta observarlo cuando está tan concentrado e imperturbable, ajeno al mundo que lo rodea. Tan él. Y es que el Rubén de verdad, el que intenta ocultar a todos, es como el mar: espectacular, misterioso, salvaje y libre. Y yo me he convertido en su playa, siempre a la espera de que llegue otra ola más que la acaricie o la destroce.

No hay paso del tiempo, ni discusión ni decepción con la fuerza suficiente para apagar la atracción que siento por él. Estoy condenada a vivir el resto de mis días enamorada de él, anhelando todo lo que pudo ser, sobreviviendo con mis sueños de juventud rotos.

—Buenos días —dice de pronto. Deja el libro en la toalla y se pone en pie—. Ya que estás despierta, me voy al agua.

¿Me ha pillado comiéndomelo con los ojos? Hummm, parece que no. Falsa alarma.

—¿Estabas vigilando que no tuviera pesadillas contigo o qué?

Se detiene justo delante de mí y me obliga a contorsionar el cuello para mirarlo a la cara. Qué alto es, me encantaría trepar por su cuerpo, con la lengua.

—Aunque empiece a parecerlo, no creo que vigilar tus sueños sea ya mi cometido. —Noto el impacto de sus palabras en el centro del pecho, pero disimulo lo mejor que puedo—. Además, estaba distraído leyendo.

—Oh, mírate, ¡has aprendido a leer! —Aplaudo como un chimpancé feliz con sus platillos y consigo que una sonrisa pequeñita conquiste su boca—. ¿Tiene muchos dibujitos?

Coge el libro y me muestra la portada con una ceja disparada hacia arriba. Hago como que leo el título entornando los ojos y todo, no vaya a ser que se dé cuenta de que me sé hasta los números del código de barras de tanto que lo he mirado.

—*Mecánica de fluidos*, ¿el último superventas en literatura erótica? —Le guiño un ojo y espero a ver su reacción, pero la expresión de su cara no cambia. Cuando se lo propone, es el rey de la indiferencia, bien lo sabe mi corazoncito. Y aunque durante los últimos días ha habido momentos en los que lo he pillado con la guardia baja, parece que ahora mismo no estamos viviendo uno de esos.

—Efectivamente. No hay nada como conocer la mecánica de los fluidos a la hora de conquistar a una tía, es casi tan importante como la química o la geometría.

Me la devuelve sin despeinarse. El muy capullo ha tirado de hemeroteca y ha sacado uno de nuestros muchos recuerdos a la palestra: la geometría. La regresión al pasado que acabo de sufrir ha sido tan repentina y húmeda que casi puedo sentir sus dedos en...

—Siempre has sido un poco rarito —espeto con la cara sofocada.

—Hace algunos años no opinabas lo mismo. —Su sonrisa se vuelve traviesa. De verdad que me cuesta mucho seguir sus cambios de tercio.

Tira el libro sobre su toalla y se quita la camiseta de tirantes que lleva. Estoy por meterme en el agua con él y así refrescar el calentón que me acaba de entrar viéndole los pectorales. ¿Por qué, oh, dios de la misericordia selectiva, por qué no puedo tener un exnovio gordo, calvo y antipático? ¿Por qué me ha tenido que tocar el que está bueno a más no poder, es inalcanzable y borde, y, para colmo, sabe entrar a saco en el juego?

—¿Y qué me dices del libro que tienes tú ahí escondido? —Señala la novela que reposa medio tapada por mi toalla—. ¿De qué va, de parejitas que se dan besitos?

—¿Acabas de decir «besitos»?

—Sí, sé usar a la perfección los diminutivos con fines irónicos.

—Pues sí, va de eso. No todo el mundo lee literatura con alto contenido erótico como tú, algunas preferimos el romance.

—¿Historias de amor a la luz de la luna que siempre acaban bien?

—Exactamente. Puedes mofarte todo lo que gustes.

Se carcajea y no sé muy bien de qué. ¿De mí por leer literatura romántica? Porque no le veo la gracia por ningún lado. ¿O se está riendo de que, aun sabiendo lo que hemos vivido, sigo siendo una defensora acérrima del final feliz?

—Hay algo que me gustaría decirte —dice, de pronto superserio.

—Dispara.

—Fue por la canción.

Mentiría si dijera que no me ha pillado a contrapié, no sé de qué puñetas me está hablando.

—Me refiero a lo de Luna —aclara por lo bajo.

Bueno, pues resulta que por culpa de esto tan bonito que acaba de admitir, me han entrado otra vez unas ganas locas de levantarme, abrazarlo y besarlo. Quiero hacer las paces con él por todo lo alto. Y es muy posible que, conociendo mis antecedentes, no me conforme solo con eso y necesite algún que otro restregón.

—Le puse ese nombre para demostrarme a mí mismo que te había superado —añade, y aborto la operación «Besitos en el Mediterráneo».

—¿Y por qué me lo cuentas ahora? —Sueno un pelín cabreada, aunque no lo estoy, más bien me siento decepcionada y descolocada; me está dando una de cal y veinte de arena. Dudo que mi ventrículo izquierdo vaya a soportar un cambio de velocidad más.

—Porque no te quiero mentir. Si le puse a mi perra un nombre que me recordaba a ti, fue porque me sentí capaz de escucharlo cada día saliendo por mi boca sin que me doliera.

¿Y sigue siendo capaz, o ya no? Porque yo no puedo escuchar nada que me recuerde a él sin que se me encoja el estómago, sin sentir una tristeza enorme.

—Solo quería que lo supieras. Enseguida vuelvo. —Me guiña un ojo y me tira su camiseta a la cara.

Cortocircuito durante varios segundos por culpa del aroma que emana la prenda, hasta que me armo de valor y me la quito de la cara. La dejo a mi lado, pegadita a mí, como si fuera un tesoro que no quiero que nadie me quite y que pienso guardar junto a la sudadera que le robé.

Suspiro. Nadie es culpable por sentirse atraída por su ex. Nadie.

Por mucho que él haya admitido que puede escuchar algo que le recuerda a mí a diario sin sentir nada en absoluto.

Miro hacia la orilla justo cuando Rubén emerge del agua y sacude su pelo mojado como si fuera el prota de algún anuncio de Cool Water, de Davidoff. Alzo la vista al cielo y añado con el tono de Scarlett O'Hara: «¡A Dios pongo por testigo de que volveré a conquistar a ese tío, aunque sea lo último que haga!».

Un rato después, Nagore se sienta en mi toalla y, además de llenármela de arena que sabe que tanto aborrezco, me moja el libro. No sé qué hago que no la mato. A estas alturas ya debería saber que los libros están por encima de la amistad. Lo seco con la toalla mientras la fulmino con la mirada, pero ella sigue tan feliz, escurriéndose el pelo y lanzando gotitas de agua hacia todos los lados como si fuera un aspersor.

—He tenido una charla con tu Txiribiton —suelta sin preámbulos.

Me sigue haciendo mucha gracia que utilice este nombre, el del payaso mudo de nuestra infancia. Esta tía es una *crack* poniendo motes.

—¿Cuándo has hablado con él? —La miro con la mano en la frente a modo de visera.

—Mientras tú roncabas, princesita.

—Yo no ronco.

—A otra con esa milonga. A lo que iba, lo he pillado por banda cuando ha llegado, me he disculpado por la que liamos en la piscina y le he entregado una ofrenda de paz que he encontrado en el bazar que hay ahí delante.

—¿Que has hecho qué?

No salgo de mi asombro ni a empujones. Mi amiga no es de las que dejan a medias un plan y mucho menos se disculpan a la primera de cambio, por no hablar del supuesto regalo que le ha hecho. Miedo me da.

—Le he dicho que todo fue culpa mía, que solo pretendía demostrar que aún sigue habiendo algo entre vosotros y que no medí las consecuencias. No veas la bronca que me ha echado por irresponsable. Da mucho miedo, es de los que no levantan la voz pero te hunden en la miseria con cuatro frases. Tiene muy mala leche, ¿eh?

—La tiene —reconozco meneando la cabeza arriba y abajo con solemnidad.

—Aunque lo entiendo. Jugamos con nuestra integridad física y tú acabaste herida delante de sus narices. Fue una cagada de las gordas, pero, tal como le he dicho, demostré que le importas más allá de su deber como socorrista.

No es directa ni nada aquí la amiga Nagore.

—¿Y qué te ha dicho?

—Se ha echado a reír y me ha dado varias palmaditas en la espalda. Es un gesto muy suyo cuando no quiere que lo cacen en algo, ¿no? Pero, vamos, que sí, que lo he pillado con el carrito del helado. También le he dicho que, si no deja a un lado ese rencor tan recalentado que siente hacia ti, ni siquiera te tendrá como amiga y que piense si de verdad es eso lo que quiere.

—Nago, tía, qué profesional, estás hecha toda una terapeuta.

—Más que terapeuta, soy la patrona de los afligidos por las causas perdidas.

—¿Y te ha dado más palmaditas?

—No, me ha colgado un ramillete de perejil de las orejas como si fuera san Pancracio, no te jode.

Me echo a reír. Esta tía está fatal de lo suyo, es la mejor.

—Al final, tras mucho insistirle, ha admitido con la boca muy pequeña que no te odia tanto como le gustaría, que tal vez tenga razón y que debería aflojar un poco más porque bastante habéis perdido ya por el camino. Me ha prometido que va a pensar en ello.

El corazón me pega un saltito. De hecho, parece que quisiera iniciar una contramarcha brusca, como si fuera el *Titanic* intentando esquivar el iceberg en el último momento.

—Por eso me ha contado lo de Luna...

—¿Quién es Luna?

—Su compañera perruna. Según acaba de admitir hace un rato, le puso ese nombre porque ya no le duele recordarme.

—Miente más que el gobierno. —Se echa a reír con sorna—. Claro que ya no le duele recordarte, necesita hacerlo, que es muy diferente.

—Venga ya. —Me carcajeo, pero me sale tan mal que sueno como un coche que no arranca.

—Maider, no sé lo que os pasó, ni quiero que me lo cuentes

hasta que decidas hacerlo, pero tenéis que ponerlo encima de la mesa antes de que sea demasiado tarde.

—¿Demasiado tarde para qué?

—Para recuperar el lugar donde merecéis estar cada uno en la vida del otro. Sigues enamorada de Rubén *como sea que se apellide*. Y Rubén *como sea que se apellide* continúa estando loco por ti. Es un hecho.

Está tan segura de lo que dice que me da hasta miedo. Son pocas las veces que se pone tan seria. Razón de más para echarme a reír.

—Ja, ja, ja, ja.

Venga, Maider, si te lo propones, puedes sonar aún más falsa.

Nagore ignora mis risitas y sigue a lo suyo.

—Atiende a la sabiduría de Sonia y Selena: «Cuando llega el calor, los chicos se enamoran, es la brisa y el sol...» —me canta—. Aunque en este caso, al chico de turno solo le hacía falta que alguien le recordara que hubo un verano en el que él se enamoró...

Sonríe orgullosa y, en cuanto se levanta, recuerdo una cosa.

—Espera, Nago, ¿qué ofrenda de paz le has hecho?

—Una bocina. —Se encoge de hombros—. Mírala, ahí está, la ha dejado sobre la toalla.

Esta tía no tiene límites. La adoro.

—Me da mucha pena que siempre se mantenga al margen y que las contadas veces que se acerca hable tan poco. Algo me da que tiene mucho que decir, mucho guardado. Hemos quedado en que, de ahora en adelante, dará dos toques para decir que sí y uno para decir que no.

—¿No se ha cabreado?

—Qué va, le caigo bien. Y él a mí.

Me dedica una miradita intensa y se despatarra en su toalla.

1998

Perseidas

Me recuesto sobre el pecho de Rubén y él me rodea la cintura con sus brazos.

Es casi la una de la mañana y estamos tumbados sobre una manta en el Desert de les Palmes mirando el cielo. En esta ocasión no nos hemos fugado del camping, esta vez les hemos pedido permiso a mis padres para venir a ver la lluvia de estrellas en el coche que Tito nos ha prestado. Y aunque mi padre ha puesto el grito en el cielo y ha soltado las palabras «sexo», «castración» y «asesinato» varias veces entre dientes, mi madre lo ha mandado callar y me ha empujado fuera de la parcela con Rubén.

Gemma, Óscar y Xabi también han hecho planes para esta noche, pero ellos están en la playa, donde van a ver entre cero y ninguna estrella por culpa de toda la luz que hay. Pero, claro, ellos no buscan un momento romántico con las perseidas, buscan una excusa para hacer una fiesta bañada con muchos «machacados» y música chunga.

—Oye, se me acaba de ocurrir una cosa.

Escalo un poco por su pecho, rodeo sus mejillas con mis manos y deposito un beso en su boca.

—Cuéntame. —Rubén me anima con un toquecito de ilusión en la voz.

—¿Y si todas esas estrellas que caen en el cielo son señales de los habitantes de tu planeta para avisarte de que ya puedes volver?

—En realidad no son estrellas, Mai, son partículas de polvo del cometa Swift-Tuttle impactando contra nuestra atmósfera a doscientos diez mil kilómetros por hora.

—Eres un sabelotodo insoportable.

—Pero soy tu sabelotodo insoportable y te encanto.

Reconozco la evidencia y le planto un beso en la punta de la nariz.

—A lo que íbamos, ¿no piensas responder a tus compatriotas?

—Ya lo he hecho. Les he dicho que, aunque no acabo de adaptarme a la vida en la Tierra, me he echado novia y me voy a quedar aquí.

—Novia, ¿eh?

—Sí, ya lo siento. Estoy pilladísimo.

—¿Y quién es la afortunada?

—Una tía preciosa.

Me separo de él unos centímetros y lo observo. Qué guapo está cuando me mira así, qué bien le sienta esa mirada de enamorado. Poso mis manos en sus pectorales y lo acaricio, pero me las aparta.

—Deberías dejar de meterme fichas, no vaya a ser que se entere mi novia y se mosquee. Además, no tienes nada que hacer, la quiero.

Me quedo tan flasheada cada vez que pronuncia esas palabras, que no sé ni qué decirle y me limito a darle unas palmaditas en la mano.

—Bien por ti. Yo también tengo novio. —Levanto las cejas de manera juguetona—. Así que te equivocas, jamás le metería fichas a otro.

—Dame su nombre y dirección, voy a partirle la cara.

Este Rubén celoso de sí mismo me hace mucha gracia. Menos mal que nunca tendrá que enfrentarse a nadie, básicamente, porque nunca habrá otro que no sea él. Estoy segura de que estamos destinados y que las cosas no pueden más que escalar a partir de ahora. Sé que es mi primer amor y que muchas relaciones que empiezan tan pronto tienen todas las papeletas para fracasar, pero a nosotros jamás nos pasará algo así: el único obstáculo que tenemos es la distancia, y pronto dejará de serlo.

—¿Estás celoso?

—Una puta barbaridad.

Rodea mis caderas con sus manos y me coloca a horcajadas sobre cierto bulto que ya está pidiendo guerra.

—¿Le pegarías a mi novio solo por serlo?

—Depende. ¿Lo quieres?

Nunca se ha quejado porque todavía no le haya dicho a las claras que lo quiero, pero está más que comprobado que cada vez que puede intenta indagar. No es que esté siendo cabezota, es que me da pánico mostrarme tan vulnerable por muy absurdo que parezca. Sé que llevamos toda la vida en este juego, pero se está poniendo tan serio que un poquito de respeto sí que me da.

—Tal vez lo quiera. ¿Una respuesta negativa por mi parte cambiaría tus ganas de pegarle?

—No, en realidad solo le partiría la cara si no te tratara bien o fuera un gilipollas contigo, pero eso no quita para que quiera tener su dirección a mano por si acaso.

Me acerco y lo beso en los labios, pero él me arrea un cachete juguetón en el culo y me aparto.

—Oye, déjame besarte. ¡Basta ya!

—Hemos venido a ver las perseidas. Además, hay muchísima gente, y, si sigues provocándome, me va a importar una mierda apartarte las bragas a un lado y meterte un par de...

—Vale, he pillado la idea. Qué romántico, Rubén.

—Será porque tú eres el romanticismo hecho persona —dice a la par que me quita la mano de su entrepierna.

No sé en qué momento me he lanzado, pero es que con él me pasan estas cosas muy a menudo. Seguro que la culpa es de la canción de este verano, «Horny'98», de Mousse T. y Hot 'n' Juicy, que está gobernando cada uno de mis actos.

Resoplo y me vuelvo a tumbar a su lado con la cabeza apoyada en su pecho. Estoy deseando enrollarme con él esta noche también, pero, por desgracia, lo conozco lo suficiente para saber que el público que tenemos alrededor no le supone un problema y que si se propone conseguir que me corra y grite a los cuatro vientos su nombre, lo hará.

—Por cada meteoro que veamos hay que pedir un deseo —comenta entre risas. El muy capullo sabe que me ha dejado con las ganas.

Llevamos un par de noches yéndonos por ahí con el coche de Tito y hemos estado a punto de avanzar un paso más, pero, al final, aunque parezca mentira, Rubén es de los que prefieren dar los pasos de uno en uno. En público, pero de uno en uno.

—Rubén, caen cientos, es imposible pedir un deseo por cada uno.

—Tendrás que ser rápida.

—Me distraes —protesto, indignada.

No soy más que una víctima de sus dotes y encantos masculinos.

—¡Pero si ahora mismo no estoy haciendo nada!

Frena la mano que tiene sobre mi escote, que lleva ya un ratito dibujando círculos. A lo mejor se piensa que no me había dado cuenta, que no estoy deseando que en una de esas circunferencias que está trazando, sus dedos se acerquen más a mis pechos...

—Tu mera presencia me despista. En una escala de cero a diez, un trece.

—¡Mira, ahí va uno! —Señala el cielo todo emocionado y hasta se incorpora para sentarse, arrastrándome con él—. Pedazo de estela que ha dejado. ¿Has pedido un deseo? Porque seguro que se cumple.

Estoy demasiado entretenida conteniendo la excitación que me provoca la sensual curva de su labio inferior, pero me las apaño para formular un deseo rápido y conciso.

—Sí, he deseado que nunca se acabe este verano.

Coloca su mano en mi barbilla y me acerca a su boca.

—El verano no se termina, Mai, solo se va para que lo disfruten otras personas. Quién sabe si al otro lado del planeta no habrá otra pareja como nosotros esperando a que llegue el verano para verse y disfrutar de esos pocos días juntos. Por ejemplo, en Chile. ¿No te dan pena los chilenos?

—Con todos los respetos, pero que les den. No creo que les vaya a pasar nada si el invierno se les alarga un poco más. Solo quiero que este verano sea eterno para nosotros.

Por Dios, qué *cursirulis* nos ponemos a veces y cómo me gusta que así sea.

La verdad es que, bajo la luz de las estrellas y la luna, todo es más bonito. Incluso las palabras.

—Venga, Maider, no estás haciendo ni caso a las perseidas.

Vuelve a recostarse en la manta, muerto de risa. Me está buscando y al final, voy a ser yo la que acabe detenida por escándalo público.

—Miras las estrellas como si estuvieras enamorado de ellas —comento un pelín celosa.

—¿Y qué me dices de la luna? ¿Cómo la miro?

Me subo encima de su cuerpo otra vez y le rodeo el cuello con los brazos. No puedo estar sin tocarlo, no puedo estar lejos de su boca.

—No lo sé, dímelo tú.

—La miro como si fuera el astro más bonito del sistema solar, el único que me importa de verdad. Y es que el sol te acaricia el cuerpo, pero la luna te roza el alma, como el primer amor. —Su dedo me acaricia el labio inferior—. No sé cómo lo haces, pero contigo siempre acabo diciendo cosas tan sensibleras que si se me escaparan delante de mis colegas me moriría de la vergüenza.

Deposito un beso dulce y lento en su boca.

—*T'estime*, Rubén.

Se me queda mirando sin saber qué decir.

Pero es que él no es el único que puede aprender palabras bonitas en euskera, yo tengo a Gemma, que me ha enseñado un par de cosas en valenciano, por ejemplo, el «Te quiero» que le acabo de decir.

—¿Te has puesto colorado?

Se acerca a mi cuello y cuando pienso que lo va a llenar de besos, me hace una pedorreta. Está intentando disimular, pero sé que mis palabras le han tocado muy dentro, sé lo importantes que son para él.

—Qué va, es la luz de la luna, que no me favorece nada.

Vuelvo a recostarme sobre su pecho y él retoma las caricias justo donde las ha dejado. Sigue observando las estrellas y yo lo miro a él.

—Me parece muy bonito que me hayas traído a ver las perseidas.

—No siempre puedo ser el típico tío romántico que con palabras bonitas pone las estrellas a tus pies, pero algún día te llevaré ahí arriba para que las pises tú misma.

—¿Has conseguido la plaza en Madrid?

—*Sip* —dice sin darse importancia.

—¡Joder, Rubén! ¿Cómo no me lo has dicho hasta ahora?

—Me han llamado esta tarde. —Se encoge de hombros como si tal cosa.

—Vas a cumplir tus sueños.

—No es mi sueño, es mi plan: algún día seré astronauta y exploraré el espacio en una nave superguapa.

—Lejos de mí —me quejo.

—Nunca.

Enredo mis dedos en su pelo y lo beso con fuerza.

Espero que las estrellas fugaces que tanto le apasionan nos concedan todos los deseos que hemos pedido esta noche. Por mi parte, lo que más deseo es poder seguir teniendo a Rubén así, entre mis brazos, y continuar juntos en lo que sea que nos depare el futuro. Es el chico con el que quiero ir de la mano el resto de mi vida, no tengo dudas.

El año necesita un verano, igual que el verano necesita un amor.

Y Rubén siempre será el mío.

13

La madre de todas las tempestades

Benicàssim, 19 de agosto de 2005

—¿Maider?

Me llevo tal susto al oír su voz detrás de mí que se me cae la linterna de las manos y rueda por la parcela como si estuviéramos en una peli de terror.

Me agacho, recojo la única iluminación que tengo y lo apunto con ella a la cara. Esos ojos verdes tan bonitos que tiene se cierran de golpe.

—Baja eso, Luke Skywalker, que me vas a dejar ciego.

Hago lo que me pide y, gracias al haz de luz que recorre su cuerpo, veo que ha venido en bici. Tiene las manos en el manillar, sus fuertes brazos en tensión y los pies apoyados en el suelo. Hacía siglos que no lo veía montado en una bicicleta, más o menos desde la época en la que su espalda no abarcaba ni la mitad de lo que lo hace ahora. No debería estar fijándome tanto en su cuerpo, pero esto es una emboscada visual en toda regla. Ninguna chica debería encontrarse a un antiguo amor con la ropa mojada en su momento más vulnerable. Es que hasta la iluminación intermitente de los rayos que están cayendo le sienta bien. Parece un maromo recién salido de un videoclip de Madonna. «Life is a mistery, laralarala...».

—¿Estás bien? —me pregunta al ver que me he quedado aturullada, pero, sinceramente, creo que está confundiendo el motivo principal.

—Sí, todo bien por aquí, dentro de lo bien que he llevado siempre las tormentas... ¿Es una avería gorda?

—Parece que va para largo, afecta a la mayor parte de Benicàssim.

—Qué maravilla —afirmo, rebosando sarcasmo.

Todas estamos al corriente de que odio las tormentas y ahora mismo tenemos encima la madre de todas las tempestades: un maldito ciclón. Ha empezado a eso de las nueve, cuando el cielo se ha puesto más negro que en una noche sin luna. Hemos corrido a refugiarnos en la parcela y al poco se ha desatado el aguacero. A continuación ha caído un rayo demasiado cerca del camping para mi gusto y se ha ido la luz. Desde entonces, estamos a oscuras. Además, el cielo está descargando tanta agua que un niño de las primeras parcelas del camping lleva un buen rato soltando barquitos de papel que recorren la calle navegando hasta el final, solo falta que aparezca Pennywise, lo secuestre y se lo lleve a alguna alcantarilla. A lo lejos también se puede escuchar a un señor cantando «El brindis» de *La Traviata*. Por lo visto, se cree que está en la ducha, y empiezo a pensar que razón no le falta. Con semejante panorama, me he pegado una hora encogida dentro de la caravana y he salido cuando Nagore se ha puesto a gritar: «Nos hundimos por proa».

Mi amiga, la pobre, además de haberse encargado de poner a resguardo todas las cosas susceptibles de sufrir daños, porque yo estaba metida en mi madriguera, lleva un buen rato encendiendo velitas por toda la parcela para convencerme de que la tormenta ya está pasando y que puedo estar tranquila fuera, pero con la ventisca que todavía hay, aparte de que no lo consigue, debe de tener el dedo gordo en carne viva de tanto darle al mechero. En esas estábamos cuando ha aparecido Rubén.

—Hola, Txiribiton. —Nagore lo saluda agitando efusivamente la manita.

Deja en el suelo el cubo que acaba de vaciar detrás de la caravana, nos enfoca con su linterna y se nos queda mirando como si fuéramos la dama y el vagabundo, y hubiera un espagueti entre nuestras bocas que acabará haciéndonos colisionar.

—Hola, lianta. Haz el favor de dejar de mirarnos así —le pide Rubén.

—Así, ¿cómo? —pregunta Nagore con inocencia.

—Lo sabes perfectamente, te lo dije el otro día en la playa también. —Rubén se gira hacia mí—. Deberíais meteros en la caravana, es lo mejor cuando hay una tormenta así.

—A mí me han obligado a salir —comento, y miro fijamente a mi amiga.

—Lo sabemos, pero ¡estamos vigilando el toldo! —afirma Nagore, apuntando hacia arriba con su linterna.

Rubén se baja de la bici y la deja apoyada en un árbol. Camina hasta el centro de la parcela y mira hacia arriba con los brazos en jarras.

—¿Cómo cojones pusisteis el toldo para que se haya hecho semejante bolsa?

—Fue Xabi —contestamos las dos a coro.

Rubén niega con la cabeza y nos pide una cuerda y algo que se le parezca a un garfio. Creo que pretende hacer lo mismo que se me ha ocurrido a mí, solo que yo no me atrevo a moverme por culpa de todos los rayos que están cayendo y tampoco creo que llegue tan arriba como él ni subiéndome a una silla.

—Toma, ¿te vale con esto? —Nagore le ofrece una cuerda rosa de tendedero de varios metros y unos ganchos que mi *aita* solía utilizar para anclar mi iglú en el suelo, que ha encontrado en el cajón exterior de la caravana.

—No sé si podré hacer algo decente con esto... —comenta Rubén mientras inspecciona el material con ojo crítico.

—Oye, Txiribiton, hay que ver lo bien que te comunicas. ¿Ves?, la bocina te ha servido para soltarte. —Nagore le guiña un ojo y le arrea un codazo amistoso.

Rubén entorna los párpados justo en el momento en el que un rayo le ilumina la cara. Sospecho que está a puntito de atarla con la cuerda que sujeta con las manos. No podría estar más a favor.

—Según con quién, hablar está sobrevalorado —le contesta a mi amiga con tono neutro—. Acércame esa silla, ¿quieres?

—Bah, no te compliques, que esto lo arreglo yo. Apartaos —dice Nagore, y sin darnos tiempo a que nos retiremos, le sacude semejante viaje al toldo con una escoba, que el agua se mueve de golpe, cae al suelo y nos salpica de arriba abajo a Rubén y a mí.

Paso de estar totalmente aterrorizada a estar aterrada, empapada y helada.

La noche mejora por momentos.

En lugar de protestar y montarle la bronca por lo que acaba de hacer, Rubén se echa a reír al tiempo que escurre el bajo de su camiseta. Claro, es que él ya venía mojado por el paseo en bici y, total, por un poco más...

Cuando termina de exprimir el agua de su camiseta, me mira las tetas y, aunque sabe que lo he cazado de lleno, sigue estudiándome con una sonrisita en la cara. La situación es la siguiente: no llevo sujetador, tengo la camiseta blanca empapada y pegada al cuerpo, las largas encendidas y él no deja de mirarme. Sutilezas, las justas.

—Hola, ¿hay alguien ahí? —Chasqueo los dedos delante de sus narices.

—Cuánto tiempo, Ariel. —Sonríe en plan gamberro y por fin aparta la vista.

Se acerca a Nagore como si durante los últimos segundos no hubiera tenido un *affaire* la hostia de lujurioso con mis pechos.

—Vivir tan al norte debe de dejaros las neuronas fritas o algo, porque no se puede ser tan bruta, menuda hostia le has sacudido al toldo... A todo esto, ¿sabéis algo de Xabi? —pregunta, y ambas respondemos moviendo la cabeza a izquierda y derecha.

—¿Estará bien? —Noto cierta preocupación en la voz de mi amiga.

—Sí, claro, no es la primera vez que vivimos una tormenta así en este camping —replica Rubén quitándole importancia—. Solo quería saber si ha pasado por aquí.

—Tal vez debería asegurarme de que está bien, ¿no? Debería hacerle compañía, alumbrarle la vida, darle un par de hijos... Ya sabéis, lo típico —dice Nagore, y sacude unas velas al aire—. Os dejo a solas un ratito, no os peguéis y no os olvidéis de vigilar el toldo, no vaya a ser que se haga otra... Bah, que me piro. *Agur.*

Coge un par de cervezas del frigorífico, se pone el chubasquero rosa lleno de palmeras de mi madre, que hemos encontrado en un armario de la caravana, y se encamina calle arriba justo en la dirección contraria a la parcela de Xabi. Parece mentira que llevemos dos semanas aquí y que la tía todavía no se oriente. En fin.

—¿Qué se traen entre manos esos dos? —pregunta Rubén.

—Ni idea y no pienso preguntar.

Nagore vuelve a pasar por delante de la parcela en la dirección correcta bailando algo que se quiere parecer a una conga.

Rubén continúa a lo suyo con las manualidades. Se sube a una silla, mete uno de los ganchos por un agujero del toldo y ata la cuerda en un extremo. A continuación se baja y clava otro gancho en el suelo para mantener la cuerda tensada. Vamos, que básicamente ha inclinado una parte del toldo de manera que el agua vaya cayendo al suelo y no se vuelva a formar una balsa.

—Déjalo así hasta mañana. Después, sueltas el gancho del suelo y lo dejas colgando por si vuelve a hacer falta.

—Gracias.

—No es nada, espero que hables bien de nuestro camping... —dice de cachondeo.

De pronto, un relámpago cae cerca y pego tal bote que casi acabo montándome a lomos de la caravana. No voy a conseguir vencer el pánico que siento por las tormentas en la vida. Rubén me observa de reojo, sabe lo mal que lo paso, pero dudo de que se atreva a hacer nada al respecto, tal como están las cosas.

—Creo que deberíamos meternos en la caravana —sugiero con voz de niña asustada.

—Bueno, yo casi me voy a ir retirando a recepción, por si me necesitan y eso...

Se dispone a acercarse a su bici, pero tiro de su brazo con bastante brusquedad.

—No me dejes sola.

Es pura necesidad lo que estoy manifestando. Tengo tanto miedo que la mera idea de quedarme sola me provoca una ansiedad incontrolable. Sé que le estoy pidiendo mucho y solo espero que se niegue en redondo.

Rubén me mira unos instantes. Mi petición lo confunde hasta que parece que lo que un día sintió por mí desestabiliza su balanza: se acerca a la puerta de la caravana, retira la cortinilla de plástico y me hace un gesto elegante con la mano para que suba.

—Gracias por quedarte.

—Deja de darme las gracias por todo y tira para arriba, anda.

Subo de un salto antes de que se arrepienta, coloco la linterna apuntando al techo y cojo un par de toallas para que nos sequemos. Le doy la espalda y fingiendo toda la naturalidad del mundo, me cambio la camiseta. Pese a no verlo con mis propios ojos, siento su mirada recorriendo mi piel desnuda. Una vez que estoy adecentada, me giro y me siento en mi cama. Él hace lo propio a mi lado, guardando una distancia que odio con todas mis fuerzas.

—Vaya pelos te has dejado con la toalla —digo, estirando la mano con la intención de bajarle el tupé, pero antes de rozarle un cabello siquiera, la retiro como si me quemara.

—Puedes tocarme, no te voy a morder —murmura tan cálido y cercano que se me pone la piel de gallina.

Vuelvo a mover la mano y enredo mis dedos en su pelo para peinárselo. Por el rabillo del ojo veo cómo aprieta los puños y no sé si lo hace para no apartarme de un manotazo o para no tocarme él también. Sea lo que fuere, me consuela que esté tan perdido como yo.

Cuando deja de parecer Espinete, me aparto un poco.

Pasan los minutos y el cielo no deja de romperse. Los relámpagos se suceden uno tras otro, algunos más cerca que otros, el viento maúlla dentro de la caravana, las gotas repiquetean contra el techo con furia y estoy completamente segura de que, como no pare de llover en la próxima media hora, Madrid tendrá la costa que tanto ha deseado siempre. Los viejos de la zona hablarán de esta tormenta durante años, me encargaré yo de que lo hagan.

—¿Estás temblando?

—¿Yo?, qué va. —Miento.

—Ven aquí.

Abre los brazos y, aunque sé perfectamente lo que me está ofreciendo, un espacio seguro en el que me voy a sentir más protegida que en un búnker, no puedo. Me limito a mirarlo asustada: es un abrazo envenenado, es dolor en estado puro. Porque una vez que se aleje la tormenta, se terminará y me pasaré días extrañándolo. Pero él, ajeno al daño que me puede hacer, se me acerca arrastrando el trasero por el colchón, me rodea con su cuerpo y apoya la barbilla sobre mi cabeza.

Nunca he sentido con nadie tanto calor por dentro y por fuera como con Rubén.

Sigue teniendo ese lado superprotector que abarca a cualquiera que esté cerca de él.

Y yo sigo temblando, aunque ya no estoy segura del motivo.

Este amor que siento por él ya no atiende a razones cuando le ruego que nos olvide, que se vaya a buscar a otros porque está claro que ya no hay vuelta atrás.

Rubén se inclina y lleva sus labios a mi oreja.

—Tranquila, estoy contigo. —Sus dulces palabras se quedan flotando en el ambiente como el aroma de un pastel de chocolate recién horneado.

Y yo, en lugar de centrarme en relajarme, estoy apabullada por su cercanía y su olor, y es que huele maravillosamente bien, es un aroma muy masculino, agradable, familiar.

—No pasa nada, Maider, de verdad, la tormenta pasará, aquí estás a salvo.

No, no estoy a salvo siempre que él esté cerca.

Tengo tantas cosas que decirle y tan pocas ganas de hacerlo... Entre otros motivos, porque sé que, en cuanto lo haga, este pequeño acercamiento que estamos viviendo llegará a su fin, y eso es algo que no quiero que suceda.

Los truenos siguen retumbando en la noche y no puedo dejar de temblar. Rubén me aprieta más entre sus brazos y ya no sé qué pensar. ¿Por qué lo hace? ¿Es que lo que siente por mí es tan débil que no le afecta tocarme? ¿Es que necesita de verdad abrazarme?

—Calculo que con la energía de un solo rayo podríamos hacer unas tres mil quinientas o cuatro mil tostadas.

—¿En serio, Rubén?

—Muy en serio. Si no me equivoco, puede alcanzar una temperatura de treinta mil grados y si...

—¿Y has pensado que esta información podría ayudarme a...?

Me aparto un poco con la excusa de interrogarlo, pero él no deja de rodearme el cuerpo con sus brazos.

—Podría ayudarte a relativizar el miedo que sientes desde niña.

—Ni siquiera recuerdo por qué las temo tanto. Supongo que he heredado el miedo que le dan a mi *ama*.

—Las tormentas no son más que un fenómeno...

—Tú eres el único que siempre ha conseguido paliar mis miedos, Rubén.

Nos miramos a los ojos y sé que ambos volvemos a estar en 1996 abrazados en mi iglú, en una postura similar a la que nos encontramos ahora mismo, pero con toda nuestra historia aún por vivir. Aquella fue la primera noche que dormimos juntos, y la primera vez que me pidió que saliéramos. Parece mentira que hayan pasado nueve años de aquello, y que lo que siento por él no haya parado de crecer y madurar por mucho que el camino haya sido cuesta arriba.

—Cada vez que hay tormenta recuerdo la noche que te colaste en mi iglú —confieso como si no supiera que él también lo está recordando—. ¿Sigues... sigues pensando en mí cuando llueve?

Rubén se queda callado mirándome. Probablemente está decidiendo si responderme con una de sus frases lapidarias, de esas que me dispara a matar, o decirme la verdad. Le ruego con la mirada que haga lo segundo, que me deje ver si en realidad aún queda algo dentro de su pecho.

—Sobre todo cuando lo hace en diagonal —rememora nuestra conversación de aquella noche.

No hace falta que diga mucho más, porque hay silencios que son más esclarecedores que muchas palabras.

—Pues hoy te habrás puesto las botas.

—Efectivamente. Estaba tan tranquilo en recepción, atendiendo por radio a lo que decían los de Protección Civil, y cuando te he imaginado encogida de miedo, he salido pitando para ver cómo estabas.

Vale. Ahí tengo una pequeña confesión que me llena el cuerpo de esperanza.

—O sea, que has salido corriendo para estar en primera fila cuando me partiera un rayo.

¿Por qué tengo que responderle algo así en lugar de decirle que me gusta que haya pensado en mí? Hay que ver lo idiota que me vuelvo a la mínima que veo que mis sentimientos pueden quedar expuestos. Se supone que he ido a terapia, que sé gestionar lo que siento, pero resulta que con él no hay teorías que valgan y siempre acabo perdiendo la oportunidad de abrirme.

—Claro, quería ver si después se te pegaban los cubiertos...

—Me moriría, no llegarías a verme con la cubertería pegada al cuerpo.

—Tienes razón, pero mejor estar presente y así, cuando repartieran tu herencia, recuperaría mi cromo de Schuster.

—Nunca llegaste a dármelo.

—Cierto, no me duraste lo suficiente como novia.

—¡Buuu, ese comentario escuece!

—Tienes razón, ha sido muy feo por mi parte.

—Bueno, pero también contiene un poco de verdad.

Sus dedos van a parar a mi pelo y se ponen a jugar con un mechón. No sé si es consciente de lo que está haciendo, pero yo sí y no quiero que pare por nada del mundo. De hecho, me gustaría estar haciendo justamente lo mismo.

—Maider, te lo dije el otro día cuando te caíste en la piscina y te lo repito todas las veces que lo necesites: que te quiera lejos no implica que te quiera mal. Métetelo en la cabeza de una vez.

—¿Sigues queriéndome lejos?

—Está claro que no tanto como debería. No hay más que ver que a la mínima he salido corriendo a buscarte —admite, pero noto cierto resquemor hacia sí mismo en su tono—. Otra vez, esto no ha hecho más que empezar...

No termina la frase, pero tampoco hace falta que lo haga.

—Yo también habría salido a buscarte.

—¿Estás segura?

—No me cabe la menor duda.

—¿Me habrías protegido de la tormenta? —dice burlón.

—Siempre, aunque fuera con la cara llena de lágrimas por el miedo que me dan.

Nos miramos con intensidad, con una conexión que hacía mucho tiempo que no sentía entre nosotros. Veo un destello de calor y protección en sus ojos y no puedo evitar acercarme lentamente a su boca hasta que mis labios rozan los suyos. Sé que me estoy precipitando, que estoy haciendo justo lo que más temo, exponerme a que me haga daño, pero no me puedo resistir. Siento mil emociones recorriéndome todo el cuerpo y una sensación de acuciante necesidad. La montaña rusa sin frenos en la que se ha convertido mi vida está a punto de descarrilar. Rubén no se aparta ni parece sorprendido, pero veo una clara contradicción en su mirada, quiere que lo bese, pero a su vez, odia que lo haga.

Me aparto antes de que decida rechazarme.

—Perdona, no quería...

Echa la cabeza hacia atrás y suelta una carcajada.

Yo aquí, pasando el mal rato de mi vida, y él de risas. Si es que hay cosas que nunca van a cambiar...

—Discúlpate todo lo que quieras, Mai, pero no me mientas, porque sí que querías, te has lanzado a comerme la boca con todas las intenciones.

¿Vuelve a llamarme Mai?

«Ay, madre, Rubén, no me hagas esto, por favor, que me emociono con nada cuando se trata de ti».

—Lo siento —repito, porque no sé qué decir, estoy francamente avergonzada de lo que casi acabo de hacer.

—Ojalá no tuvieras que pedirme perdón por querer meterme la lengua. —Se ríe de nuevo—. Y aunque soy consciente de que parte de la culpa es mía, quiero que sepas que, de haberme besado, no te habría rechazado, nunca podría hacerlo..., pero también me habría cabreado tres cojones conmigo mismo por ser tan débil.

—¿No me ibas a hacer la cobra? Porque es justo lo que me ha parecido. Has hecho un gesto así con la cabeza... —Inclino el cuello hacia la izquierda y abro un poco la boca fingiendo los últimos segundos antes de que nos besáramos.

—Qué va, solo estaba pillando postura. ¿Debería haberte rodeado la cara? No sé, tal vez me ha faltado eso, pero te aseguro que estaba más que dispuesto a ver hasta dónde llegabas. Un error de principiante por mi parte, porque sigues siendo bastante cobarde cuando se trata de mí y me habría quedado con los morros en posición y besando el aire. Una imagen triste donde las haya.

Manda huevos. Besando el aire, dice, ¿cómo se piensa que me he sentido yo?

—No soy una cobarde. —Me cruzo de brazos y le echo una miradita fulminante.

—Ah, ¿no? Solo viniste a Benicàssim porque Gemma te confirmó que yo no estaría. Eso es ser muy gallina.

—¿Y a ti quién te ha dicho eso?

—Gemma, obviamente. —Pone los ojos en blanco—. Y claro, ella no esperaba que se me fuera a ocurrir volver.

—¿Y por qué lo hiciste si tan bien estabas en Madrid?

—Para amargarte las vacaciones —responde con sarcasmo—. Siempre he sido el villano en tu historia. No me quites méritos.

—¿Por qué, Rubén? ¿Por qué? —insisto.

Quiero que me diga de una vez por todas por qué volvió cuando se suponía que iba a pasar todo el verano en Madrid.

—Porque tú me jodiste a mí este camping, me robaste mi espacio, mis amigos, mi infancia, mi adolescencia... Todo me recuerda a ti.

—Pero mira que eres dramas —suelto por pura maldad, porque no sé cómo defenderme de todo el daño que sé que le he hecho.

—¿Me acabas de llamar «dramas»? ¿En serio? ¿Has bebido o qué cojones te pasa?

—No, y no será porque tú no me empujes al mal camino.

—Muy graciosa. Pues aún no he terminado contigo, así que te jodes y me escuchas. Porque además de todo lo que te he dicho, he de añadir que esta es la segunda vez que vuelves a este camping como si no hubiera pasado nada y que me encanta que todo el mundo me siga tratando como un cabrón por no recibir a la princesita con todos los honores. Tengo a mi madre comiéndome la oreja a diario con «lo bien que estaríamos juntos de nuevo», por no mencionar a mi primo cantándome «El toro y la luna» cada vez que nos cruzamos, o a mi hermana suplicándome que te dé otra oportunidad, como si eso estuviera solo en mi puta mano. Hasta nuestros amigos, en grupo y por separado, me han dado la charla. —Hace una pausa y suspira—. Si te ignoro, mal, pero si te hablo, es aún peor... No sé qué cojones hacer ya.

No me había parado a pensar en la presión que debe de estar recibiendo por parte de todos, al fin y al cabo, él vive rodeado de las personas que fueron testigos de nuestra relación, no me extraña que a veces se convierta en un calvario para él. Pero por mucho que lo entienda, no es culpa mía.

—Te recuerdo que eres tú quien me estaba buscando en mitad de una tormenta. Si tanto te jodí, si tan enfadado estás y si tanto me odias, ¿para qué has venido?

—¡Estaba preocupado!

—Ah, pues te jodes —repito lo que me ha dicho él—. No tengo la culpa de que me creas una damisela en apuros todo el tiempo.

—No te confundas, no creo que seas una imbécil que no sabe cuidar de sí misma y que se pondría a bailar en mitad de la tormenta como si pretendiera atraer un rayo, pero si siento que puedes necesitarme, que puedes tener miedo, que debería estar ahí para ti, por mucho que me joda, no puedo evitarlo. Eso es así y la culpa es de mi madre por convertirte en mi puta debilidad desde que era un crío. Y ahora, cuéntame, ¿a qué has venido tú a Benicàssim? ¿A volverme loco? Porque, hostia, Maider, ya no sé qué coño hacer si no dejas de reaparecer en mi vida cada dos por tres y encima, coges e intentas besarme.

—Olvídame como hiciste siete años atrás, que se te dio de lujo. Gilipollas, hombre ya.

—¿Gilipollas? —Cruza los brazos y sus bíceps se tensan. Me entran ganas de darles golpecitos con un dedo y comprobar si están tan duros como parecen, pero me contengo.

—Sí, gilipollas. ¿Te lo deletreo?

—Permíteme que te recuerde que no fui yo quien quiso olvidarte, que hubo otros implicados. A ver quién es el gilipollas.

—¡Es que fíjate...! —Hago aspavientos—. Ni para olvidarme pones de tu parte. Hasta para eso hay que empujarte.

—¿De qué me estás culpando exactamente? Hace un par de frases que no te sigo.

—Yo qué sé ya. Me estoy liando.

Ambos estamos disimulando una sonrisa, pero seguimos con el ceño fruncido.

—¿Tú estás segura de que no has bebido?

—¿Me has oído cantar «La Sirenita»?

—No, y es una pena, porque te pones la hostia de graciosa cuando te dejas llevar.

Nos echamos a reír como dos idiotas. Si algo saco en claro de todo esto, es que no tenemos remedio.

—¡Contigo no se puede discutir, joder! —me recrimina entre carcajadas.

—¿Ahora el problema es que las discusiones no son de tu gusto?

—El problema sigue siendo el mismo de siempre, que nunca hemos hablado todo lo que deberíamos.

—¿De veras piensas que ese es nuestro problema? Porque

te recuerdo que el día que nos encontramos en la playa, fuiste tú quien no quiso hablar.

—No estaba preparado. Y eso confirma que nuestro problema siempre ha sido que hemos evitado hablar claro... Mai, no quise dejarte de lado hace siete años, jamás. Creo que esto ya lo aclaramos tras el espectáculo que montó tu novio, pero necesito repetírtelo: ambos nos equivocamos y desconfiamos del otro, hicimos caso a quien no debíamos. Si tu padre no...

—Mira, mejor dejamos a mi padre aparte porque prefiero no meter a mi familia más entre nosotros, aunque tienes razón y lo reconozco, debí creer más en ti, pero en ese momento no fue tan fácil..., y ahora, ya no sé. —Suspiramos al unísono y nos miramos—. ¿Dónde nos deja todo esto?

—Supongo que en la posición incómoda de dos personas que siguen enamoradas, pero que, en cierta manera, ya no confían en la otra porque el daño causado ha sido demasiado grande.

—¿Enamoradas?

—¿Quieres hacerme creer de verdad que ya no sientes nada? —Tiene el gran descaro de sonreírme—. Porque si así fuera, esta situación nos importaría una mierda, pero nos sigue doliendo como el primer día. Eso es algo que no me puedes negar.

Resoplo. No puedo asimilar lo que acaba de decirme.

—Cuando me ves, ¿todavía sientes...?

—¿Esas putas cosquillas? —me interrumpe.

—Sí, esas putas cosquillas.

—Aunque intento obligarme a odiarte y mantener la distancia, está claro que muy bien no se me da, porque las sigo sintiendo con la misma fuerza de siempre, y ese es el motivo por el que me cabreo tanto contigo y conmigo mismo. Da igual lo grande que sea la putada que me hagas, siempre seguirán ahí. Y a estas alturas, la verdad es que ya me importa bastante poco admitirlo.

Suspiro en balde porque mis pulmones se niegan a llenarse del todo.

—A veces sigo sin poder creerme todo esto —digo bajito.

—¿El qué?

—Que hayamos significado tanto para el otro, pero que ya no seamos nada.

—¿Nada?

Rubén rodea mi cara con sus manos y justo en el maravilloso instante en el que está a puntísimo de hacerme callar con su boca y demostrarme que sí que seguimos siendo algo, que lo somos todo por mucho que nos neguemos, oímos unos pasos entrando en la parcela. Se aparta de golpe y se acerca a la puerta de la caravana para ver quién es, aunque es posible que esté huyendo muy sabiamente. Y luego la cobarde soy yo...

—¿Estáis vestidos, parejita? —pregunta Nagore con retintín.

—¿A ti qué te parece que es todo esto que me tapa el cuerpo? —responde Rubén, asomándose por la puerta.

—Demasiada ropa —se cachondea ella.

Rubén baja de la caravana entre risas y yo lo sigo poco después.

—¿Estás bien, Maider? —Noto un poquito de inquietud en la voz de Xabi. ¿Habrán escuchado la parte final de nuestra conversación?

—Esa pregunta llega por lo menos treinta minutos tarde —le recrimina Rubén con acritud.

—Ya sé que odia las tormentas y que lo pasa fatal. Quería haber venido hace un rato, pero nos ha entrado agua a la caravana, mis hermanas se han puesto histéricas, después ha aparecido Nagore, nos hemos ido a..., y nos hemos liado a... Entonces ¿todo bien por aquí?

¿Nos hemos liado y puntos suspensivos? ¿Hoy es el día internacional de dejar las frases a medias y nadie ha tenido la decencia de avisarme?

—Aquí todo parece estar bien —dice mi amiga de manera críptica—. Todo menos las cervezas que hay en el frigo, que se van a calentar.

Está a oscuras, pero sé que el navarro ha sonreído. Estos dos han echado un polvo. No me cabe la menor duda. Y han venido aquí a alardear de sexo fresco.

O tal vez han venido a comprobar qué cadáver de nosotros dos ha acabado enterrado junto al fregadero.

Sea como sea, Nagore se dirige al frigorífico y saca cuatro cervezas. Nos sentamos todos a la mesa con varias velas en el centro.

—Ya que estamos los cuatro, hay que acabar las cervezas y el apagón va para largo..., ¿beso, verdad o atrevimiento? —dispara Nagore.

—¿Me estás vacilando? —respondo con el morro del botellín pegado a la boca.

—Qué cobarde eres, amiga.

—Me suena que esta conversación la he tenido hace poco —comenta Rubén entre risas, y yo le saco la lengua.

Me quedo en silencio observando a mis amigos y haciendo una valoración subjetiva de esta noche. Podría decirse que la tormenta ha provocado un cambio de vientos definitivo y que no solo estoy despeinada.

1998

El músculo que más me importa

Benicàssim, 22 de agosto de 1998

—Recuerda: embrague a la izquierda, freno en el centro y acelerador a la derecha.

—Controlado.

—¿Estás segura? —Entorna la mirada, poco convencido.

—*Sip*.

—Vale, pues pisa el embrague, mete primera y...

—Ya sé lo que tengo que hacer, Rubén.

—Perdona, Schumacher. Venga, dale.

Hago todo lo que me ha explicado y salgo despacito, avanzo unos cuantos metros y, cuando sospecho que el motor me lo pide, meto segunda como la casi experta que soy. Aunque el coche traquetea un poco y parece estar a puntito de ahogarse en mis manos, estoy consiguiendo conducir con bastante dignidad. En cuanto llego al final del descampado donde han empezado a celebrar el FIB, giro el volante y vuelvo a enfilar por donde he venido.

Observo a Rubén por el rabillo del ojo: con una mano se está agarrando al asa de la puerta, la otra la tiene sobre el freno de mano y solo le falta llevar sus últimas voluntades entre los dientes. Además, lo oigo resoplar desesperado cada poco. Si superamos esto, estaremos preparados para enfrentarnos a cualquier cosa que la vida nos eche encima, estoy segura.

—O levantas el pie del acelerador o metes tercera.

—Estoy en ello, listillo.

273

—Tercera, Mai. Ya.

Me aferro al volante con fuerza y repito mentalmente los pasos que debo dar para cambiar de marcha, suponiendo que lo que me ha funcionado con la segunda lo hará con la tercera también.

—¿La tercera cuál es? —pregunto, un pelín avergonzada. Estoy más que tentada de mirar, pero la primera norma que me ha impuesto es que no puedo apartar los ojos del camino, «Ni aunque nos crucemos con Brad Pitt en pelotas», palabras textuales, y no estoy yo para jugármela y que él se mosquee.

—Recto hacia arriba. Venga, deja de mordisquearte en labio y hazlo ya.

—No me metas prisa, Rubén, que son demasiadas cosas a la vez.

—Pues espera a que te veas rodeada de tráfico... Además, no te cabrees conmigo, solo pretendo evitar que le quemes el coche a mi primo y se vea obligado a enfadarse con una de sus chicas favoritas.

Sonrío y suelto la mano derecha del volante y, aunque me tiembla un huevo, intento meter la tercera, pero no lo consigo: la palanca está tan dura que no entra. Vuelvo a probar un par de veces más mientras seguimos avanzando en punto muerto.

—¿Y vosotros os dedicáis a levantar piedras? Menuda vasca de los cojones estás hecha, ¿la mano derecha la tienes de adorno o qué?

Rubén acaba perdiendo la escasa paciencia que suele tener, agarra la palanca por encima de mi mano y mete la tercera a lo bestia con la zurda.

—Podía hacerlo yo solita.

—Ya lo he visto. —Se ríe de mí y me manosea el bíceps derecho.

Freno suavemente, detengo el coche y apago el motor.

Me abalanzo hacia su asiento y empiezo a hacerle cosquillas. No tendré la misma fuerza física que él, pero desde luego que sé de sobra dónde están sus puntos débiles y pienso aprovecharlos. Intento colar mis manos por debajo de su camiseta para poder toquetearle con saña los costados, pero él intenta resistirse y finge no tener cosquillas.

—Para o acabarás haciéndote daño —dice todo gallito mientras se revuelve en su asiento muerto de risa, procurando por todos los medios que mis dedos no alcancen sus axilas.

—Qué pena que no tenga cosquillas, ¿eh?

—No es que no las tengas, es que aún no he dado con el punto estratégico.

Continúa la lucha encarnizada varios minutos, carcajada va, carcajada viene, más o menos hasta que el coche empieza a moverse despacito hacia delante. Rubén me aparta y echa el freno de mano. Con tanto juego, no me he parado a pensar que tal vez el terreno tiene más pendiente de la que parece. Y es que esto es justo lo que pasa siempre que Rubén se adueña de toda mi atención, que el mundo deja de girar a mi alrededor para centrarse exclusivamente en él.

—Creo que a mi primo tampoco le haría gracia que empotremos su coche.

—Estoy de acuerdo.

Apoyo la espalda contra la puerta de mi lado y lo miro. Está guapísimo con el polo de color azul petróleo que se ha puesto, resalta sus ojos verdes.

A veces me cuesta creer que este chico que lleva tantos años siendo mi amigo se haya convertido en mi novio.

—¿Quieres volver a intentarlo o prefieres que escuchemos música en el asiento trasero?

—¿Escuchar música en el asiento trasero? —Alzo ambas cejas.

—Claro, tengo el disco nuevo de Placebo.

Se pone a rebuscar en la guantera. Y no dudo de que tenga lo nuevo de Placebo, pero sí sospecho mucho de sus propósitos reales.

—Y quieres que lo escuchemos detrás porque todo el mundo sabe que los altavoces en la parte trasera suenan mejor, ¿no?

—Pura acústica.

—¿Qué pretendes en realidad, Rubén? —pregunto con picardía. Me acaricio el labio inferior con un dedo.

Él apoya el codo en mi asiento y me dedica una sonrisilla de granuja tan suya que me quiero casar con ella.

—Pretendo meterte mano —susurra y levanta una ceja para provocarme.

Me echo a reír por lo directo que es a veces. No es que me queje, pero algún día me van a estallar las mejillas.

—A mí no me levantes la ceja, ¿eh? —Me llevo el dedo a la frente y empujo la mía hacia arriba—. Que yo también puedo hacerlo si quiero.

—No digas tonterías, a ti te falta algún músculo aquí arriba. —Me acaricia la frente. Un solo roce y mi cuerpo ya está declarándome la guerra.

—Dicen que el único músculo del cuerpo que de verdad importa es el de aquí abajo, ¿no? —Señalo mi corazón como maniobra de despiste, porque si le sigo el juego, la partida acabará muy rápido.

Rubén posa su mano sobre mi pecho y clava sus ojos en los míos.

—Sin duda, ese es el músculo que más me importa.

Ay, por favor, ¿cómo es tan bonito? Acabo de enamorarme un poco más de él, si es que eso es posible a estas alturas en las que ya basculo entre la adoración perpetua y la locura absoluta. Quién diría que me he pasado más de media vida dándole calabazas a lo grande.

—Pues debes saber que, cuando estás cerca, mi corazón se pone muy nervioso. No sé si será bueno para mi salud que haya tanto jaleo dentro de mi pecho.

—Podríamos ponerlo a prueba. —Roza mis labios con los suyos y es automático: mi pulso se dispara bajo la palma de su mano—. Vaya, qué rapidez, creo que voy a tener que estudiar este fenómeno más a fondo.

Tira del bajo de mi top de tirantes y yo levanto los brazos para ayudarlo a sacármelo. Debajo llevo puesto un biquini rojo de triángulos de esos que tanto le gustan, pero ni siquiera se para a mirarlo, su boca se lanza directa a depositar un beso húmedo entre mis tetas, en esa zona estrecha que me vuelvo loca cuando la acaricia. Le siguen otros ocho besos y su mano, que se aferra a uno de mis pechos y empieza a manosearlo por debajo de la tela del biquini.

No ha hecho más que empezar a tocarme y ya estoy sobrepasada en todos los sentidos.

Lo beso en la boca y juego con su lengua mientras lo toco por todas partes. Los brazos, la espalda, la cara, el pecho... Cada una de las zonas de su físico que conozco tan bien y que ya siento tan mías.

En el momento en que nos empieza a vencer la pasión y necesitamos más espacio para que nuestros cuerpos puedan desnudarse y rozarse, pasamos entre los asientos a la parte trasera. Ni siquiera importa que el disco de Placebo siga en algún lugar perdido de la guantera, el silencio que reina en el habitáculo se llenará con sus gemidos, y esa es la única música que deseo escuchar ahora mismo.

Rubén se acomoda en el asiento trasero y yo me coloco encima de él rodeándolo con mis piernas. Antes de que retomemos el beso justo donde lo hemos dejado, veo que el sol ya se ha escondido en el horizonte y que la noche está empezando a caer sobre nosotros.

Sus labios dejan un reguero de besos en mis pechos y tira del biquini con los dientes para apartarlo y tener acceso libre a mi pezón derecho. Lo lame, lo muerde y lo vuelve a envolver con sus labios. Una y otra vez, hasta que me duele un poco de tan duro que lo tengo. Hace lo mismo con el izquierdo, tomándose todo el tiempo del mundo, haciéndome gemir en su oído. Sabe perfectamente lo que tiene que hacer para conseguir que me derrita entre sus brazos.

Tiro de su polo y se lo arranco. A continuación él me mueve hasta que acabo tumbada en el asiento y se deshace de mis pantalones cortos y de los suyos. Su lengua recorre mi estómago dibujando el abecedario mientras sus dedos exploran dentro de mi ropa interior. Mima mi clítoris muy despacito durante un rato y, cuando ve que estoy completamente mojada por sus caricias, me mete un par de dedos. Me retuerzo de placer, consciente de que estoy a punto de correrme. Él lo sabe, lo nota en cada músculo tensionado de mi cuerpo, y acelera el ritmo hasta que grito su nombre y me deshago sobre el asiento. Me come la boca a la vez que yo le dedico atenciones a su polla, todavía encerrada en su bóxer y más que ansiosa por salir.

—Rubén, creo que estoy lista —digo de pronto.

—¿Quieres que volvamos al camping? —La decepción campa a sus anchas por su cara. No me extraña, entre otras cosas, porque tengo mi mano en su polla.

—No, para nada. —Me río nerviosa—. Lo que quiero es que lo hagamos.

Pasa de la decepción al estupor en un segundo.

No es la primera vez que sale el tema, pero sí que es la primera que se lo propongo tan a las claras. Hasta ahora hemos ido avanzando solo guiados por las reacciones del otro, pero es que las cosas están escalando mucho entre nosotros y a mí el cuerpo me pide mucho más.

Quiero que sea el primero. No imagino ese momento con ningún otro chico.

Él no dice nada, se limita a mirarme estupefacto, como si le acabara de soltar que me he enamorado de su mejor amigo y que nos vamos a mudar juntos a Paraguay.

—Si no lo tienes claro, no pasa nada. —Sueno desilusionada porque es justo como me siento. Sé que para ambos esta sería la primera vez, pero quizá no soy la chica con la que quiere que suceda. O eso es lo que murmuran mis inseguridades en este momento.

Rubén continúa sin abrir la boca y yo estoy empezando a preocuparme, temo haber estropeado el momento pidiéndole algo que no está dispuesto a darme todavía. Sigue con la mirada anclada en mis ojos y no tengo ni la más remota idea de lo que está pensando.

Pasados varios segundos, se mueve y empieza a recorrer mis piernas rozándome suavemente la piel hasta llegar a mis caderas. Me está dando el tiempo y la oportunidad para que pueda pedirle que pare, pero no lo voy a hacer, estoy segura de lo que quiero. Solo espero que él también lo esté y que este sea el paso definitivo que tanto deseo dar con él. Tira de la parte inferior de mi biquini y me lo quita. Sus manos se han perdido muchas veces dentro de mis bragas, pero, hasta hoy, no me las había quitado. Me siento algo expuesta, porque nunca me ha visto completamente desnuda, pero sigo estando muy segura de todo y, dentro de esa colección de cosas que anhelo, la primera es que me vea así. De hecho, aprovechando que parece que le gusta mirarme, abro un poco las piernas, me llevo las manos a los pechos y los manoseo. Quiero que sea testigo de lo que su cuerpo le hace al mío y de las ganas que tengo de que me haga suya aquí y ahora.

Sus dedos acarician mi parte más íntima de nuevo y, además de lo empapada que sigo estando, noto ese cosquilleo tan rotundo que empieza a crecer en mi interior otra vez. Abandono mis pechos y lo toco por encima del bóxer. Está muy duro, pero no acabo de encontrar toda la valentía que necesito para desnudarlo por completo. Él, que parece veranear dentro de mi cabeza, me echa un cable: se baja el bóxer por detrás y se queda con el culo al aire, yo me apresuro a tirar de él por delante. Su erección se alza dura y orgullosa ante mí. Me quedo sin respiración. Me excita y me aterra verlo desnudo del todo. Me gusta la intimidad del momento, pero me asusta pensar que eso vaya a caber dentro de mí. Vamos, que estoy segura de que no.

En cuanto lanza el bóxer al asiento delantero, dejo a un lado mis miedos y me centro en tocarlo tal como él me enseñó, moviendo la mano arriba y abajo lentamente, acelerando y mimando la parte superior de vez en cuando. Él me besa, me muerde los labios, me acaricia los pechos y no me da tregua entre las piernas. Seguimos así un rato, preparando el cuerpo del otro, disfrutando, rozando el orgasmo juntos...

Rubén se separa de mí durante unos instantes para coger sus pantalones del asiento delantero, saca un condón de su cartera y lo deja sobre la bandeja del maletero. Me gusta descubrir que él también tenía en mente este momento.

Se coloca entre mis piernas y, aunque lo noto bastante nervioso, después de varios intentos consigue ponerse el preservativo. Me mira a los ojos y deposita un beso en mi frente. Entonces guía su polla con la mano hasta mi entrada y empuja.

No entra.

Vuelve a intentarlo una segunda vez y tampoco tenemos suerte. Resopla y sonríe de medio lado; aunque me pongo muy nerviosa, le devuelvo el gesto. Estoy segura de que no va a caber, que tengo algún tipo de problema o que no lo estamos haciendo bien. Rubén mantiene cierta calma e intenta transmitírmela besándome otra vez, profundo y muy dulce. Se toma su tiempo para comerse mi boca, y es un beso tan largo, tan lleno de cariño y confianza, me sabe a tantas cosas bonitas, que me olvido de que ninguno de los dos sabemos a ciencia cierta lo que estamos a punto de hacer. Solo conocemos la teoría, pero él se está esforzando porque me sienta cómoda en todo momento.

Entonces, sin interrumpir la unión entre nuestros labios, lo intenta por tercera vez y me penetra con un poco de brusquedad. Se queda quieto unos instantes, observándome, pero no percibo lo que se dice dolor, solo la impresión repentina de sentirme tan llena, tan conectada a él.

Ambos soltamos el aire que hemos estado conteniendo y Rubén empuja un poco más. Lo siento tan dentro que se me encoge el corazón en el pecho.

—¿Estamos bien? —se preocupa.

Una vez pasada la primera impresión, asiento y él empieza a moverse despacio, entrando y saliendo de mí, atento a cada gesto que yo hago. Me cuesta varias embestidas acostumbrarme a su envergadura y relajarme del todo, pero cierro los ojos e intento centrarme en disfrutar de este instante y en disfrutar de él, en guardar en mi memoria cada detalle de lo que estamos viviendo.

Me besa entre jadeos que van creciendo y escapando de nuestras bocas. Acelera el ritmo poco a poco, respondiendo a la necesidad de nuestros cuerpos. Lo dejo hacer y moverse a su antojo, estoy por completo a su merced.

—Estoy a punto, Maider —me dice al oído.

Noto el segundo orgasmo cerca, pero no acaba de llegar y quiero irme con él.

Cojo su mano y la cuelo en el poco espacio que hay entre nuestros cuerpos sudorosos y lo guío hasta mi clítoris. Con unos pocos roces de sus dedos, ya estoy cayendo de cabeza al precipicio.

—Te quiero. —Es lo último coherente que soy capaz de decir.

Él se corre poco después con la boca pegada a la mía.

Ralentiza el ritmo y me da un beso en los labios de los que marcan un hito en la vida, aunque sepan a poco. Me acaricia las mejillas y me mira a los ojos. No hace falta que pronuncie ni una palabra, nuestros cuerpos ya lo han dicho todo por nosotros. En lo más profundo de mi ser sé lo que siente por mí, porque es exactamente lo mismo que siento yo por él.

La casualidad quiso que mis padres eligieran Benicàssim.

Podría haber sido cualquiera de los pueblos que baña el Mediterráneo, pero fue el suyo.

Fue el pueblo de este chico de ojos verdes que ya lo es todo para mí.

14

Experto en soltar bombas

Benicàssim, 20 de agosto de 2005

Salgo de la parcela de puntillas y me dirijo a la puerta del camping.

Todavía no han dado las siete de la mañana y es posible que Rubén aún esté dormido, después de la nochecita que hemos pasado por culpa de la tormenta, pero tengo la esperanza de que las necesidades de Luna lo hayan sacado a empujones de la cama y me lo encuentre paseando. Mi objetivo es estar un rato con él y darle las gracias por lo de ayer. Vale, tal vez quiera pasar más tiempo con él y el agradecimiento solo sea una excusa, pero él no necesita saberlo.

Anoche nos dieron las cuatro de la mañana sentados entre botellas de cerveza vacías. Hacía tiempo que no pasaba un rato tan agradable con Rubén y Xabi, y la verdad es que fue terapéutico volver a reírme con ellos, de sus tonterías, recordar viejas historias e incluso jugar un rato a «beso, verdad o atrevimiento».

Cuando se marcharon los chicos, tuve una charla bastante esclarecedora con Nagore. Según me contó, Xabi y ella se liaron por primera vez la noche de las perseidas, cuando yo ya me había retirado al camping, y ayer repitieron. No entró en detalles, pero no los necesité para saber que para ella no es más que una aventura de verano, espero que Xabi no salga herido. Y hablando de salir heridos...

Intenté besar a Rubén en plan kamikaze.

Y cada vez que lo recuerdo, solo quiero cavarme una bonita tumba, meterme dentro con el pijama puesto y echarme tierra encima.

Tal como le confesé a Nagore después de que los chicos se fueran, no entiendo por qué reaccioné así. Está claro que la situación propició el acercamiento, que me atrae y que aún quedan ascuas ardiendo, pero no puedo lanzarme a lo loco sin poner sobre la mesa todo lo que tengo pendiente con él. Mi amiga siguió insistiendo en que estamos locos el uno por el otro y que, teniendo en cuenta que empiezan a quedarnos pocos días en el camping, va llegando la hora de que echemos un polvo de despedida o nos sentemos y tengamos una conversación incómoda. Anoche habría sido la ocasión perfecta para cualquiera de las dos cosas, pero como yo estaba muy por la labor de comerle la boca y él no parecía muy en contra, habríamos descartado la charla por unanimidad.

Tengo que disculparme de nuevo, es urgente.

Paseo durante un buen rato por la calle exterior del camping y me cruzo con un par de personas que me miran raro, como si estuviera buscando o vendiendo droga. Justo cuando estoy a punto de rendirme y largarme a tomar un café, diviso a Luna doblando la esquina. Tiene la nariz metida en unas plantas, está superliada haciendo cosas de perro.

—¡Hola, Luna! —grito, feliz de verla.

La susodicha pone las orejas en guardia, levanta la mirada y, en cuanto me reconoce, sale corriendo hacia mí. La recibo agachada y con los brazos abiertos. Salta sobre mí y me tira al suelo. Me da un morreo loco con mucha lengua y yo me abrazo a su cuello peludo.

Hay que ver lo simpática que es para lo borde que es su dueño a veces.

Rubén aparece poco después, viene paseando tan tranquilo, con la vista clavada en la pantalla de su Motorola plateado con tapa. Esta mañana no lleva la ropa de correr, se ve que tiene resaca y que se ha limitado a ponerse el bañador y tirarse por encima una camiseta del revés, estoy casi segura. En cuanto se percata de que Luna me tiene acorralada en el suelo y que estamos retozando como dos locas, me dedica un alzamiento de ceja y me saluda con un sutil gesto de la cabeza, como si fueran a cobrarle por ser más efusivo. A este tío deberían acordonarlo por las mañanas para que no se le acerque nadie.

—Buenos días a ti también —digo con retintín mientras sigo achuchando a Luna, que no deja de pegarme lametazos.

—No he desayunado todavía, no me pidas que te dé palabras bonitas y todo el amor que te debo.

Él es el primero que se queda noqueado por lo que acaba de decir, pero yo, que estoy despierta desde hace un buen rato, reacciono *ipso facto* y me echo a reír como si me hiciera gracia lo que acaba de soltar. No me sale natural, todo hay que decirlo, pero creo que he salvado el momento con bastante dignidad.

—Luna, deja de acosar a Maider —la riñe—, guarda un poco para otro día.

La perra se aparta de mí con pena y Rubén me ofrece una mano para levantarme.

—Si te invito a una Coca-Cola, ¿dejarás de ser un trol?

—Sonrío avergonzada como una novicia que se ha metido por error en un *sex shop*. Él no se queda corto, se le encienden los mofletes mientras se mira las manos y probablemente calcula cómo darme calabazas de una forma civilizada, pero a estas horas, con la mala uva que se gasta, dudo de que lo consiga.

—Si quieres que se me pase la mala hostia, tendrás que añadir a tu oferta una napolitana, por lo menos.

«Con tal de desayunar contigo, te ofrecería de buen gusto hasta una pierna».

—Hecho. Añado napolitana de chocolate.

—Tú sí que sabes conquistarme.

—Por cierto, llevas la camiseta del revés.

—¿Me has estado mirando?

—Puede ser.

Cinco minutos después estamos sentados en la terraza de El Rincón uno frente al otro, con Luna entre nosotros bebiendo agua fresca de un cuenco que le ha puesto la dueña del bar. Para sorpresa de todos, la conversación entre Rubén y yo fluye como anoche, o como cuando lo éramos todo, y las pullas

284

envenenadas brillan por su ausencia. Hemos hablado de Nagore, Xabi y su rollete; de la tormenta, de varios asuntos del camping, de la partida de «beso, verdad o atrevimiento» y en este momento estamos rememorando algunas de las peores resacas que hemos vivido juntos.

—¿Te acuerdas de la noche aquella en la que Óscar llevaba semejante mierda que le estuvo metiendo fichas a la tía esa que se suponía que era inglesa, pero que resultó ser de Teruel?

—La verdad es que no —contesta con la boca llena de napolitana y la comisura izquierda pringada de chocolate.

«Dios mío, dame fuerzas para que no salte por encima de la mesa y le chupe media cara, porque es justo lo que estoy a punto de hacer».

—Oh, vamos, Rubén, tienes que acordarte... A la mañana siguiente Óscar aún seguía hablando en inglés y fardando de haber internacionalizado sus artes amatorias.

Se relame y se lleva el chocolate con la punta de la lengua.

Creo que voy a tener los labios pegados el próximo año entero, porque si los separo, si los abro solo un poquito, será para que mi lengua salga y se meta en su boca.

—Óscar ha hecho tantas estupideces que es complicado recordarlas todas.

Asiento entre risas y le doy un trago a mi café con leche.

Es curioso el tema de Óscar. Siempre he tenido la sensación de que no encajaba del todo en nuestro grupo de amigos, sobre todo desde aquella primera noche en la que apareció y, sin presentarse siquiera, se acopló al puzle de cuerpos que teníamos organizado en el suelo. Algo que solíamos hacer para pasar el rato mirando al cielo tumbados, apoyados unos encima de los otros, hablando de nuestras cosas. Pero, por otra parte, no imagino nuestro puzle particular sin él, sin la cantidad de momentazos que nos ha dado. Y luego está Gemma, que, aunque muchas veces ha tenido que ejercer de niñera con él, sé que está loca por sus huesos.

—Hablando de estupideces, miedos irracionales y demás tonterías, quisiera darte las gracias por lo de anoche.

—¿Por permitir que casi me besaras?

—Eh…, no me refería a eso.

—Cuando quieras, aquí me tienes. —Sonríe y estira la mano hacia mí—. Anda, deja que pruebe tu café. A ver si espabilo del todo y dejo de soltar gilipolleces.

Aunque estoy pasmada, se lo ofrezco. Le pega un buen trago y, automáticamente, cierra los ojos, frunce la frente y saca la lengua pintada de marrón como si fuera un camello. No sé qué le pasa hoy, que no hace más que provocarme con esa boca que tiene. Bien sea con sus gestos o con sus palabras.

—Confirmamos que sigue sin gustarme el café —dice, todavía con cara de asco.

—¿Por qué sigues insistiendo?

—Porque os veo disfrutar tanto cuando lo bebéis que me da envidia.

—Vamos, lo que viene a ser pura cabezonería.

—Ya me conoces. —Se encoge de hombros y me sonríe.

De pronto, me doy cuenta de que estamos viviendo uno de los momentos que las circunstancias nos robaron: desayuno y conversación. Uno de nuestros instantes más perfectos, lejos del rencor y de todo el dolor que ha gobernado la parte final de nuestra historia. Pero no quiero hacerme ilusiones, sé que todo lo que estamos construyendo estos últimos días es muy frágil, sobre todo porque hay muchas cosas que todavía no he podido contarle, no he sido capaz.

Estoy disfrutando de su compañía y la situación no me resulta incómoda ni violenta, aunque, claro, por muy nerviosa que pueda estar, es difícil sentirse intimidada por un tío que se está comiendo una napolitana con tantas ansias y que tiene manchas de chocolate alrededor de la boca. Intimidada, desde luego, no es la palabra. Está adorable, chupable y besable. Que alguien le traiga otra napolitana, por favor, porque podría pasarme toda la vida mirándolo disfrutar así.

—No quisiera incomodarte metiendo las narices en tu vida, Maider, pero tengo una pregunta, hay tantas cosas que no sé de ti…

¡Bum! El corazón me sacude un golpe en el esternón. Asiento levemente.

—¿A qué te dedicas? —pregunta con timidez.

—¿De verdad que eso es lo que quieres saber?

Me echo a reír. Sé que se trata de una pregunta la mar de lógica, porque no hemos tenido una conversación en condiciones en mucho tiempo, pero también me resulta bastante absurda y triste a estas alturas de nuestras vidas.

—Mai, la última vez que hablamos de lo que querías hacer después del instituto, te acababas de matricular en Magisterio, y la verdad es que no tengo ni idea de si seguiste por ese camino o cambiaste de carrera. No es que haya preguntado mucho por ti...

Joder, ¿tan bajo caímos que no fuimos capaces ni de preguntar por el otro?

—Terminé Magisterio, hice Psicopedagogía y, después de haberme pasado un tiempo conociendo todos los pueblecitos con escuela de Euskadi, me ha surgido una oportunidad en Donostia para empezar este otoño. Aprovecharé para seguir preparando las oposiciones.

—Me alegro. Es genial que hayas encontrado algo que te llene.

—¿Y tú?

—Ahí sigo, como ya sabes, en Madrid, a lo mío...

—¿Y dónde encontraste el piso al final?

—En La Latina. Estuve unos meses de alquiler hasta que mis padres decidieron comprarlo, inversiones y esas cosas. Es un barrio que está bastante bien y tengo de todo. De hecho, hace unas semanas, paseando con Luna, encontré *La Sirenita* en un videoclub y la alquilé.

Toma cambio de tema radical que se ha marcado. Llamadme Pitonisa Lola y dadme un espacio en *Crónicas marcianas*, pero me apostaría dos velas negras a que este tío me está escondiendo algo gordo que está relacionado con Madrid. Decido seguirle el rollo un ratito y atacar después.

—¿Aún quedan videoclubs?

—En mi barrio, sí.

—Pues me alegro mucho, ¡porque es un peliculón! ¿A que sí? Si quieres, podemos verla juntos otra vez.

Vale. ¿A qué ha venido eso, amiga? ¿Cómo te has venido tan arriba? ¿No tuviste suficiente con intentar besarlo? Echa el freno, que todas sabemos lo que pasa cuando corres.

Rubén se inclina sobre la mesa con tal sonrisa que sé que me va a vacilar con el tema hasta el día de mi muerte. Pero, a ver, ¿por qué leches le doy munición con tanta alegría?

—Oh, claro, ¿cómo no se me ha ocurrido antes? La alquilo de nuevo, te compro un kilo de chuches y la vemos acurrucados en tu caravana. Te prometo que me aprenderé las canciones y las coreografías para que podamos hacer un dúo. Y, si quieres, cuando la bruja pulpo se porte como una cabrona con Ariel, te sujeto la manita y la insultamos juntos.

Sé que está siendo sarcástico, pero me importa una mierda. La escena que me acaba de pintar me encanta. Quiero que veamos la película juntos. O que no la veamos. Abrazados. En mi cama. Desnudos.

—Pues tampoco me parece un plan tan malo, y la bruja se llama Úrsula. Habla con propiedad.

—Se me está ocurriendo otra cosa aún mejor. ¿Y si busco un par de trajes de la peli y la vemos disfrazados?

—Vale, pero me pido el de Ariel desde ya, no te vayas a creer que será para ti.

—¿Qué personaje me recomiendas?

Uy, ¿lo vacilo o lo provoco? Soy experta en meterme en jardines y no encontrar la salida así que...

—Siempre te creíste un tritón.

«Toma, Rubén, a ver qué haces ahora».

—Ser tu padre sería muy raro.

Pues también es verdad. Tengo que andar más rápida.

—Hay más tritones además del padre de Ariel, pero si prefieres ser Flounder, el pececillo amarillo con cresta azul, por mí perfecto.

—¿Estás descartando al príncipe?

—Es que no sé si das la talla, chaval. Eres un poco bajito para el puesto.

Resopla tan indignado que las migas de su napolitana se esparcen por toda la mesa.

—Mido metro ochenta y tres, no soy para nada pequeño. Además, hace un tiempo daba la talla para ser tu príncipe, ¿no?

Y así es como una conversación en la que *a priori* tienes todas las de ganar porque controlas el tema al dedillo, se te vuelve en contra y te muerde el culo con saña. Pues nada, a ver cómo salgo de esta.

—Tienes razón, no eres bajito.

—Gracias, enana. Creo que es la primera vez en tantos años que te oigo darme la razón en algo con tanta facilidad.

—La gente cambia y madura. Mírate, no hay mejor ejemplo que tú, ahora hasta eres capaz de mantener una relación seria con una chica, aunque camine a cuatro patas. —A lo mejor me he pasado afilando ese cuchillo—. A todo esto, ¿desde cuándo salís juntos? —me apresuro a preguntar antes de que se mosquee.

—Desde hace casi cuatro años. La encontró un compañero de la uni junto a sus dos hermanos, abandonados en una caja tirada en una cuneta.

—Joder. —Miro a Luna con desolación, pero ella está tan feliz, ensimismada con la vista clavada en Rubén y moviendo la cola. Siente devoción por él y no me extraña lo más mínimo. Creo que estoy un poco celosa.

—Mi amigo no podía llevárselos al colegio mayor en el que residía, así que acepté tenerlos en mi piso hasta que cogieran peso y alguien los adoptara. Les di el biberón cada cuatro horas durante dos semanas, les di calor..., les di todo lo que estuvo en mi mano. Gracias al cielo, salieron los tres adelante: Luna, Mercurio y Júpiter. Cuando llegó el momento de darlos en adopción, encontramos dos familias geniales para los chicos, pero no pude deshacerme de Luna. Nadie me parecía lo bastante bueno para ella, me hacía mucha compañía, era muy mimosa... Se dormía cada noche encima de mis zapatillas, Maider, ¿cómo la iba a echar?

Sé que la gente que comparte sus vidas con animales los quiere incluso más que a otros miembros de la familia, pero ver a Rubén así... Se me encoge el corazón.

—Es tu niña —digo con la voz tomada por la emoción.

—Lo es, estuvo ahí cuando... —Se calla y le acaricia la cabeza a Luna.

—Cuando ¿qué?

Me mira fijamente valorando una vez más cuánto abrirse a mí. Al final suspira.

—Cuando dejé la carrera.

He aquí a Rubén Segarra, experto en soltar bombas desde el mismísimo día en el que aprendió a hablar. Pero algo me dice que solo ha soltado una pequeña detonación, que lo gordo viene a continuación. Mi instinto brujeril hoy está a tope.

—¿Cómo? —pregunto alucinada.

La verdad es que no sé cómo reaccionar a lo que me acaba de confesar. No sé si abrazarlo, gritarle o darme de cabezazos contra la mesa.

—Es bien fácil, vas a administración y les dices que abandonas. Ni siquiera te preguntan el motivo, no eres más que otro alumno que se rinde. Están habituados. —Se echa a reír, pero el asunto no tiene ninguna gracia.

—Pero te gustaba...

—Sí, claro que me gustaba, hasta que se convirtió en más de lo que podía asumir. Ya ves, nunca seré astronauta. A veces no puedo con todo, ni siquiera soy tan listo como parezco... Uf.

No es que lo vea decepcionado consigo mismo, es que lo veo avergonzado a más no poder. Ojalá yo fuera capaz de admitir mis propias debilidades con tanta franqueza.

—Mis sueños se fueron a la mierda, Maider.

—No eran sueños, eran planes.

—Lo eran, pero ahora sí que no son más que sueños que nunca se cumplirán.

Me levanto de mi silla y me acomodo en la que hay a su lado. Quiero que sienta que estoy con él en esto, aunque llegue tarde; quiero que sepa que a mí no me ha decepcionado, que acepto sus fracasos y que me preocupa muchísimo haber podido ser una de las causas por las que acabó liándola en sus estudios. Fuera lo que fuese lo que sucedió, Rubén debió de pasarlo muy mal.

—A ver, Rubén, cuéntame lo que ocurrió. —Apoyo mi mano en la suya y, aunque creo que la va a apartar, no lo hace, me permite estar cerca.

—Lo que sucedió fue que no fui capaz de ser todo lo que necesitaba mi novia, no la pude proteger y ella no creyó en mí..., y tan pronto como comprendí que la había perdido, me marché a Madrid con la esperanza de centrarme en la carrera y en mi futuro. Pero cuál fue mi sorpresa cuando empezaron las clases y aquello no era lo que esperaba. Lo supe en primero, no necesité más que un par de meses para darme cuenta de que no era lo que estaba buscando, y se me cayó el mundo encima. No tenía un plan B, no sabía qué hacer con mi vida y, encima, tampoco tenía a mi chica. —Me observa y noto que los ojos se me llenan de lágrimas—. Lo seguí intentando, no te creas que me rendí a la primera, pero cada día se me hacía más difícil continuar. Lo odiaba. Así que después de repetir primero, malvivir en segundo y arrastrarme con una buena colección de asignaturas en tercero, abandoné poco antes de las recuperaciones de septiembre y estuve perdido sin saber qué hacer con mi vida durante bastante tiempo. Y sin ti, claro, pero eso ya lo sabes.

Hace una pausa y le pega un buen trago a su Coca-Cola. La impresión que me causa todo lo que me acaba de contar me deja muda. El septiembre del que habla fue el que siguió a mi visita al camping con Andoni.

—Así están las cosas, Maider, nunca podré llevarte ahí arriba para que pises las estrellas —admite abatido.

—No hace falta tocar el cielo para ser feliz, sobre la tierra también hay muchas cosas bonitas que merecen la pena. Siento que hayas pasado por todo eso... —Me aferro a su mano con fuerza, pero, ahora sí, la retira de golpe.

—¿Qué parte sientes? ¿Eh? —Me mira dolido—. ¿La de que la carrera de mis sueños resultó no ser lo que esperaba? ¿La de que decepcioné a todos? ¿La de que estuve tan perdido que casi me derrumbo del todo? ¿O la de que mi chica me dejó destrozado?

No es su odio el que habla, sino su vulnerabilidad y su soledad, y no puedo enfadarme. Entiendo a la perfección esa sensación lacerante de estar pagando las consecuencias de un error que no has cometido a posta.

—Todo, Rubén, siento saber que sufriste tanto. Como tú bien me dijiste anoche, yo tampoco te quiero mal.

Aprieta la mandíbula pero no replica nada. Se está callando cosas y, si necesita gritarme, prefiero que lo haga, necesito que explote la burbuja y que todo ese rencor que aún guardamos salga a la superficie. Necesito que me dé la oportunidad de hablarle de cierto tema, pero los silencios como el que estamos viviendo ahora mismo siempre traen consecuencias, y no suelen ser buenas. Eso lo sé de sobra.

—Si ya no estás en la universidad, ¿por qué sigues en Madrid? ¿Qué es lo que te ata allí?

Se reclina en su silla. La distancia que nos separa en sentido figurado y literal va creciendo.

—Si lo que buscas es que te diga que hay alguien esperándome, te voy a decepcionar tres cojones. Estoy solo. Hubo otras, no te voy a engañar, pero después de ti, dejé de creer en el amor. Me dediqué al sexo sin compromiso y a los rollos de una sola noche. Y no sé qué fue peor: buscarte en cada chica o encontrarte, porque por mucho que algunas tuvieran cosas que me recordaban a ti, ninguna de ellas eras tú... —Hace una pausa y llena sus pulmones—. Imagino que estarás disfrutando al saber lo jodido que me dejaste.

Eso no es amor, es despecho.

—Nunca quise joderte —digo, y una lágrima corre por mi mejilla.

—Pero lo hiciste igualmente.

—Rubén, ¿de verdad quieres que recuperemos esa discusión? Porque si es así...

Estoy a punto de soltarle lo que llevo guardando tanto tiempo, pero me interrumpe.

—No hay nada que recuperar. Ni siquiera lo bueno.

—¿Ni siquiera una amistad?

—Estamos desayunando juntos, ¿no? Es un paso, eso no puedo negarlo, pero por mucho que aún sigamos sintiendo algo por el otro, no creo que vayamos a avanzar mucho más.

Deja suspendida la duda en el aire y yo no me atrevo a preguntar, pero está claro que los acercamientos de estos días no han sido más que un espejismo, algo que se acabará cuando agosto llegue a su fin. Nunca lo vamos a superar, jamás encontraremos la manera de perdonar al otro.

—¿Por qué sigues en Madrid? —insisto, aun a riesgo de que me mande a la mierda—. Cuéntamelo, por favor.

Se revuelve el pelo y empiezo a temerme lo peor.

—No sé si alguna vez lo hemos hablado, pero dedicarme al negocio familiar nunca ha estado entre mis planes, así que, cuando se torcieron tanto las cosas con mi carrera, tuve que sentarme con mis padres y pedirles que me dieran un tiempo para decidir qué hacer. Mi padre puso el grito en el cielo y me dijo que, si pensaba pegarme otro año más de juerga en juerga en Madrid, él no estaba dispuesto a pagarlo. No veas qué manía le entró con recordarme a todas horas que era su dinero el que estaba tirando a la basura —comenta con ironía—. Al final, intervino mi madre y lo convenció para que me diera un tiempo de margen y si para entonces no había tomado una decisión, tendría que volver aquí. Así que, durante un año, me dediqué a dar clases particulares de mates a chavales para ganarme el pan y a pensar qué cojones hacer con mi vida.

—Nunca me había planteado que no te interesara el camping.

—No es que no me interese, cuando vengo en verano y me toca trabajar, lo hago a gusto, pero lo que no quiero es que se convierta en mi vida. No soy mi hermana Lorena.

—¿Y qué decidiste al final?

—Lara, una amiga, sugirió que tal vez mi camino estaba equivocado, pero igualmente relacionado con el cielo. No preguntes, es muy mística...

—¿Te has metido cura?

Rubén se ríe con ganas y, por mucho que sea de mí, no me importa, su sonrisa lo vale todo después del mal trago que está pasando.

—Me dejaste hecho polvo, pero no tanto como para vestirme una falda y enrolarme en la castidad por propia voluntad.

293

Lo que hice fue seguir en el gremio, pero moderando mis expectativas: me metí en una escuela de pilotos. Y eso es lo que he estado haciendo.

—¿Piloto... de qué? ¿De carreras? ¿De motos? —pregunto atropelladamente.

—De aviones, Mai.

Abro los ojos como dos platos.

—¿Aviones? —Hago un gesto con la mano que pretende imitar una aeronave despegando.

—Sí, chica lista, eso es un avión.

—Vale. A ver si lo estoy entendiendo bien. —Me aprieto el puente de la nariz—. Dejaste la carrera y ¿te has sacado el carnet de aviones?

—Sí, aunque no es tan sencillo. Tuve que pasar un reconocimiento médico muy exhaustivo para entrar en una escuela aprobada por la Agencia Estatal de Seguridad Aérea en Madrid. Ahí saqué la licencia PPL de piloto privado para avionetas de uso recreativo. A continuación me centré en la CPL para pilotar aviones comerciales y hace unas semanas acabé los exámenes para la ATPL, para transporte de línea aérea, así que solo me falta completar las horas de vuelo en...

—Deja de inventarte siglas a lo loco, por favor.

Hace una pausa y se rasca la nuca, ha enumerado tantos términos y letras al azar que no sé quién de los dos está más perdido, aunque todo apunta a que soy yo.

—Está bien. —Sonríe—. Resumiendo, que han sido dos años y medio intensivos de curso en curso, echando horas como un cabrón y aún me queda.

—Vaya.

No salgo de mi asombro con este tío. ¿De verdad es piloto?

—¿Te he decepcionado?

—¿Por eso no querías contármelo?

Por toda respuesta, se limita a asentir.

—Pero ¿por qué leches piensas eso? —pregunto, mosqueada.

—Bueno, todos esperabais que algún día fuera astronauta.

—No, Rubén, ese listón ahí arriba te lo pusiste tú solito. A mí me daba igual lo que quisieras estudiar con tal de que fueras feliz conmigo a tu lado.

—Joder, eso es justo lo que no quiero oír saliendo de tu boca ahora mismo, Maider. Porque tú eras parte de mi plan, ¿sabes? Eras uno de los dos putos pilares que lo sostenían. Iba a estudiar la carrera perfecta y tenía la novia perfecta. Pero en cuanto tú desapareciste, lo otro también se fue a la mierda. Sé que fui un gilipollas, pero te culpé de todos mis fracasos durante mucho tiempo.

Sabía que el momento de repartir las culpas acabaría llegando, pero me alegra ver que al menos en este tema, habla en pasado.

—No fui la responsable de que no encajaras en esa carrera. Aunque hubiera estado a tu lado, tarde o temprano habría acabado pasando lo mismo.

—¿Crees que no lo sé? Pero al principio me costó asimilarlo, y más cuando apareciste aquí con tu flamante nuevo novio. Jodiste el último rayo de esperanza que me quedaba.

—No podía saber por todo lo que estabas pasando...

—No, no podías, porque habías desaparecido, porque ya no te importaba. —Hace una pausa y suspira—. Creo que hemos tenido suficiente por hoy. Gracias por el desayuno.

Se pone en pie arrastrando la silla y se larga con Luna corriendo detrás de él.

Siento que seguimos avanzando, el problema es que no tengo claro en qué dirección.

1999

Me duele

Londres, 15 de agosto de 1999

Mis padres han pasado meses insistiendo para me viniera al Reino Unido a estudiar inglés en julio y agosto. Me resistí, no lo voy a negar, porque aún conservo sentimientos hacia Rubén, pero, al final, he acabado aceptando. Sé que mis amigos están preocupados, así me lo han hecho saber por carta; sin embargo, tengo que poner distancia de todo y de todos. No puedo hacer otra cosa.

Observo el Támesis moverse con lentitud mientras la luna se refleja en sus aguas y Duncan Dhu me canta «En algún lugar» al oído. La voz de Mikel Erentxun me lleva de vuelta a mi hogar, aunque ya ni siquiera sepa cuál es. Porque vaya donde vaya, Rubén ya no está.

Y es que no he sabido nada de él en todo el año que ha pasado.

No hubo despedidas. No hubo gritos. No hubo nada.

Pero me duele igualmente. Me duele más que todas las veces anteriores juntas.

Me ha costado, pero con gran esfuerzo he acabado asimilando que se ha acabado, que sin Rubén ya no habrá más veranos.

Me lo he prometido a mí misma y esta vez lo voy a cumplir.

15

Emboscada

—Serás bruja, no me habías dicho que hoy empiezan las fiestas del camping —me reprocha Nagore, que entra en la parcela como una flecha con una barra de pan debajo del brazo y algo que no logro identificar en la otra mano.

Sigo dándole vueltas a la pasta que estoy cociendo sin prestarle demasiada atención.

—Bueno, se celebran cada año en julio y agosto, no estaba segura de en qué fecha caerían.

Alza una ceja y me muestra el enorme cartel que ha debido de arrancar del bar. Cómo le mola el vandalismo.

—Menos mal que lo he visto. —Sacude el papel con ganas y una sonrisa—. ¡Me encantan estas mierdas!

—¡Qué bien! —exclamo con ironía. Una oleada de recuerdos hace que mi estómago gire como una turbina.

Las fiestas del camping me traen demasiadas cosas a la cabeza, algunas buenas y otras no tanto, pero no me da tiempo a terminar el intenso viaje que estoy haciendo por el pasado porque Nagore me interrumpe.

—Nos he apuntado.

—No es verdad.

—Sí que lo es, amiga. Esta noche participaremos en los juegos que habrá en la piscina. Total, aquí no nos conoce casi nadie...

Aplaude feliz y contenta, a mí se me cae el cucharón a los

pies y me pongo a saltar, no precisamente de alegría. Los planes de Nagore, por muy inocentes que parezcan, nunca salen bien y menos con una piscina de por medio.

Apenas la he visto desde la noche de la tormenta, porque ha estado desaparecida con Xabi. Yo he aprovechado para hacer planes con Gemma y alejarme un poco del camping. Estuvimos haciendo senderismo en el Desert de les Palmes y fuimos de compras en un centro comercial en Castelló y, aunque nos tuvimos que llevar a Óscar con nosotras porque el muy cansino «tenía ganas de experimentar una tarde de chicas», nos lo pasamos en grande. Rubén también ha estado más o menos ausente después del desayuno que compartimos, que todavía no sé si definir como un paso adelante, tres hacia atrás o un triple tirabuzón. Según me han dicho, ha estado atareadísimo haciendo básicamente nada, porque cuando volvimos de la sesión de compras y nos lo encontramos en el bar, no supo explicarle a Óscar con qué había estado tan liado. Así que supongo que solo se ha escondido, gesto que entiendo perfectamente y agradezco en parte. Así me he ahorrado tener que hacerlo yo.

Después de haberme pegado todo el santo día temiendo este momento, llegamos a la piscina a las diez y pico de la noche. He venido todo el camino arrastrando las chancletas y protestando, pero ni por esas se ha apiadado mi amiga de mí. Qué frías e insensibles son las vascas de pura cepa cuando quieren.

Suena «El cielo no entiende», de OBK, a todo volumen, uno de los grupos favoritos de Lorena y está todo el recinto lleno de globos y serpentinas de colores, como si hubiera volado por los aires la fiesta de cumpleaños de un niño. Se respira un ambiente la mar de alegre y, aunque como norma general no se puede beber en la piscina, veo una cerveza en casi cada mano. Ha venido muchísima gente, en su mayoría adultos, y por cómo nos miran a Nagore y a mí, diría que somos las últimas en llegar. Los padres de Rubén están junto a la caseta de recepción con varios amigos. A su padre me lo he encontrado un par de veces desde que llegamos, pero no hemos cruzado más que cuatro palabras; a su madre, en cambio, no la he vuelto a ver desde que vino a comprobar cómo estaba después del golpe y temo que se acerque a preguntar qué tal me encuentro, así que me camuflo un poco detrás de Nagore.

Gemma, Xabi y Óscar están cerca de Lorena, que, junto a otros miembros del equipo del camping, anda trasteando con el micrófono y los altavoces que han instalado para la ocasión. Rubén, en cambio, está de cháchara con algunas chicas algo más jóvenes que nosotros, que conozco de vista. No me importa que hable con otras, faltaría más, pero sí me llama la atención y me molesta que a veces se siga manteniendo al margen de nuestros amigos, como intentando buscar cierto espacio lejos de mí. No se lo reprocho, para mí también es duro estar juntos, pero me escuece igualmente.

—¿Os habéis apuntado? —me pregunta Gemma al observar nuestro atuendo.

Hemos subido en biquini, con los pareos puestos y cada una con su toalla. Nagore está feliz y contenta contándole a Xabi los juegos en los que vamos a participar; yo no me molesto en hacerle caso, me limito a mirar con pena a mi alrededor, como si me hubieran empujado hasta el matadero y no estuviera preparada para morir.

—Sí, Nagore nos ha apuntado —respondo a Gemma. Resoplo, gruño y pataleo, pero a nadie le importa, es más, ella se ríe por lo bajo.

—Bueno, tía, no es la primera vez que participas, no te quejes tanto.

—Claro que he participado muchas veces, pero entonces quería hacerlo.

De pronto, baja la música, Lorena coge el micrófono y le arrea varios golpecitos que casi nos dejan sordos.

—¡Buenas noches! —saluda con su típica efusividad—. *Benvinguts* a los juegos nocturnos del camping. Este año se han apuntado seis grupos y hemos preparado una serie de pruebas que disputaremos en dos tandas. Los primeros en participar serán los equipos... —Rebusca entre sus papeles—. Los Selenitas, Tahúres Zurdos y Los Discípulos de Chimo Bayo.

Xabi, Óscar y Miguel se acercan a Lorena mientras el público aplaude con ganas.

Como no me siento identificada con ninguno de los grupos que ha mencionado, doy por hecho que nuestro turno será después.

—Nos toca en la segunda tanda —le digo a Nagore, contenta de no tener que ser la primera en hacer el ridículo. Porque sí, estos juegos suelen ser divertidos y la gente se lo pasa en grande, pero también son la ocasión perfecta para perder la dignidad delante de todo el camping.

—Claro, en la segunda tanda —responde mi amiga entre risas.

Tengo el ceño tan fruncido y estoy tan concentrada intentando deducir qué es lo que le hace tanta gracia que no soy capaz de procesar lo que Lorena acaba de decir por megafonía hasta que lo repite por segunda vez.

—A ver, repito, el equipo Los Selenitas: Rubén Segarra y Maider Azurmendi, ¿podéis hacer el favor de acercaros? Que no tenemos toda la noche...

No dudo ni un instante, sé perfectamente la cara de quién tengo que buscar si lo que quiero son explicaciones aquí y ahora. Cuando la vuelvo a mirar, está mordisqueándose el pulgar para disimular una sonrisita de capulla orgullosa.

—Rubén pasaba por ahí y te he apuntado con él. —Nagore encoge los hombros con inocencia, como si la culpa fuera del mismísimo Rubén, que, por cierto, está sacudiendo el listado de los equipos delante de las narices de su hermana.

Qué bonito, estar emparejado conmigo le hace tantísima ilusión que hasta se tiene que abanicar con los papeles.

—¿Cómo que pasaba por ahí? —retomo la conversación con mi amiga. Ya que me ha jodido la noche, al menos, que me explique cómo ha sido la jugada.

—Yo tenía las inscripciones en la mano, él pasaba por mi lado, me ha saludado y ha sido como una señal divina. Tenía que daros un empujoncito. He cogido el boli, he escrito vuestros nombres uno junto al otro y he preguntado cuál era su apellido. Pero, claro, ha sido superfácil enterarse, por estos lares todo el mundo se sabe hasta el número de su DNI.

—¿Y Lorena te ha dejado inscribir a su hermano, así como así?

Jamás metería a la hermana de Rubén en el saco de las irresponsables a nivel laboral, pero si emparejar a su hermano troleando la lista de equipos le parece bien, tengo que empezar a replantearme mis amistades.

—No, claro que no ha sido tan fácil. Hemos tenido que manipular varios nombres de la lista porque Rubén ya se había apuntado con Xabi. Encima, hemos tenido que buscar un nombre para el equipo.

Los Selenitas. Está claro que la luna, Rubén y yo somos un trío inseparable.

—Hace tiempo que descubrí que estás como una puta cabra, así que no sé de qué me sorprendo. —Niego con la cabeza porque esta gente no tiene remedio.

—Ni yo. —Se descojona, la muy traidora, y se marcha hacia Lorena pegando saltitos.

Me tomo unos minutos para intentar asimilar el cambio que ha pegado la noche o, más bien, me busco algo que hacer para no mirar a Rubén, aunque eso no impide que escuche la discusión que tiene en marcha con su hermana mayor, entre otras cosas, porque todavía tienen el micro abierto.

—No se pueden modificar los equipos —sentencia ella con aburrimiento.

—¿Cómo que no? No me toques los cojones, Lorena, ¡porque es justo lo que has hecho! Estoy bastante seguro de que me apunté con Xabi.

—A mí no me acuses, Rubén, yo no he hecho nada.

Todas las miradas se dirigen a mi amiga Nagore, pero ella está silbando «Mala vida», de Mano Negra, tan tranquila, mientras hace una trencita en las greñas a Xabi.

—*És una gran merda*, Lorena —insiste Rubén, y me pregunto en qué consistirán los juegos para que le esté saliendo la felicidad a chorros por las orejas.

—Pues es bien fácil, si tanto te jode, no participes. —Ella lo reta y se cruza de brazos—. Descalifico a Maider por no tener pareja y se acabó el problema. Está en tu mano, hermanito.

Rubén se toma unos instantes para aniquilarla con esa mirada asesina que tan trabajada tiene, pero finalmente se da la vuelta y me observa en busca de mi opinión. No sé qué contestarle, no sé si ponerme de su lado e insistir en que es una emboscada imperdonable que merece que alguien ate a mi amiga al poste que sujeta las banderas de la entrada del camping para lo que queda del verano, o hacerme la tonta, dejarlo estar y ver adónde nos llevan las cosas. Él tampoco dice nada, pero no me pasa desapercibida la insistencia con la que se mueve el músculo de su mandíbula.

—Muy bien, participaremos —resuelve de mala gana.

¿Es posible que haya aceptado participar conmigo porque no ha sido capaz de rechazarme delante de todos?

Sea como sea, se acerca al borde de la piscina y, cuando parece que va a empujar a su hermana, se quita la camiseta y salta al agua de cabeza. Me pregunto si no deberían descalificarlo por exhibicionista y hacernos un favor a todos. Porque si ya es malo tener que participar en estos juegos, hacerlo junto a su cuerpazo es infinitamente peor. Tal vez debería ir llamando a la funeraria para encargar las flores a mi gusto, porque de esta mierda no voy a salir viva.

Al pasar a su lado, Lorena me regala unas palmaditas en el hombro y me dedica una mirada con un toque de arrepentimiento.

Me suelto el pareo y me quito las chancletas con parsimonia, bajo por la escalerilla al agua y me acerco a mi compañero de equipo. No hablamos ni comentamos lo que acaba de suceder; imagino que la idea es participar, no dar la nota más de lo que ya la hemos dado y largarnos en cuanto acabe.

Nagore y Xabi, y Óscar y el primo de Rubén, Miguel, me siguen de cerca. Según veo, el plan de mi amiga también incluía emparejarse con Xabi, esto es un *win-win* en toda regla para ella.

En cuanto las tres parejas estamos en el agua, Lorena procede a explicar en qué consiste el primero de los tres juegos:

—Lo hemos llamado «Viaje con globo». Tenéis que ir hasta el otro lado de la piscina sujetando un globo con la nariz entre los dos. Cada vez que se os caiga, debéis volver a la posición de salida y empezar de nuevo. Ganará el que menos tiempo tarde en tocar el bordillo del otro lado.

Una de las ayudantes de Lorena nos reparte unos globos verdes que ni siquiera están inflados. Rubén se pone a ello y me lo pasa para que le haga un nudo. Nunca ha sabido hacerlo y, por lo visto, a los veinticinco años se le sigue resistiendo. En cuanto lo tengo preparado, lo aprieto para comprobar su consistencia. No sé si el hecho de que Rubén no lo haya hinchado demasiado es mejor para nuestro objetivo o peor, pero no pienso cuestionarlo.

—Intentaré adaptarme a tu ritmo, pero, por lo que más quieras, que no se te caiga —me advierte.

Ya está el socorrista fardando de sus dotes en natación.

—¿Qué pasa? ¿Que a ti no se te puede escurrir el globo?

—Puede que sí, no lo sé, pero si sucede, ya sabes lo que puede acabar pasando.

—¿Me vas a reñir? ¿Es eso? Porque esto no es más que un juego, no puedes elevar tu competitividad hasta esos niveles.

—No, Maider, no, no te voy a reñir, pero tampoco quiero acabar besándote por accidente —afirma con una sonrisilla.

Ay. Qué imagen más bonita, el globo resbalando y nuestros labios chocando. Quiero cerrar los ojos y recrearme un buen rato.

No obstante, no voy a concederle la oportunidad de que haya un accidente y pueda echármelo en cara, voy a aferrarme al globo con los dientes, si hace falta.

No, mejor no, que así podría explotar.

Necesito un bote de pegamento con urgencia. Me importa una mierda llevar durante el resto de mi vida un pedazo de globo verde pegado en la nariz. Mal menor.

—¿Preparados? —pregunta Lorena.

Echo un vistazo rápido a mi alrededor, Óscar y Miguel ya tienen el globo en posición, pero parece que Nagore y Xabi no se han enterado de qué va el juego, porque ni siquiera han inflado el suyo y se están dedicando a contarse cositas al oído.

Coloco nuestro globo delante de mi cara y noto cómo Rubén apoya la suya al otro lado y acomoda una de sus manos en mi hombro con suavidad.

Oigo que me está explicando la estrategia que debemos seguir y, aunque asiento demostrándole que estoy de acuerdo, no tengo ni idea de lo que vamos a hacer y me importa más bien poco. «Me está tocando» es lo único que repite la vocecita que hay en mi cabeza.

Lorena da el pistoletazo de salida y Rubén y yo empezamos a avanzar despacio por el agua, pasito a pasito, probando cuánto nos podemos mover sin perder el globo. La gente nos anima, sobre todo Pilar, mi exsuegra, que no deja de repetir nuestros nombres emparejados.

—Agárrate a mí.

—¿Cómo dices? —pregunto.

—Que pongas tus manos en mis hombros, Maider, yo me encargo de mantenerte a flote y nadar en cuanto no hagas pie.

—Tú también dejarás de hacer pie en algún momento, machote —digo con fastidio.

—Unos cuantos metros más tarde que tú. ¿Quieres hacer el favor?

—No pienso tocarte.

Simplemente, no puedo hacerlo. No me creo capaz de asimilar semejante cercanía entre nosotros otra vez sin que me dé un algo. Bastante sufrí el día de la tormenta para volver a meterme de cabeza y a conciencia en lo mismo.

Rubén se revuelve mosqueado e intenta obligarme a apoyar mis manos en su cuerpo, pero, además de no conseguirlo, perdemos el globo por el camino.

—¡Joder, Maider! —me regaña el que no me iba a reñir.

—¡No me grites! Eres tú quien se ha movido.

Nadamos juntos hasta el punto de salida y volvemos a colocar el globo en posición. Según veo por el rabillo del ojo, no somos los únicos que tienen que empezar de nuevo.

—Esta vez vamos a hacerlo a mi manera —me reprende Rubén.

Así que acabo viéndome obligada a colocar mis manos en sus hombros y, en cuanto lo hago, percibo un remolino creciendo dentro de mi estómago. Es una pena que no se metiera a cura, porque necesito algún tipo de exorcismo que me libere de todo lo que siento por él con urgencia. Debería bañarme con un par de litros de agua bendita o lo que fuera, porque está claro que no sé cómo pasar página.

Rubén, ajeno a la atracción que estoy experimentando a lo bestia con un mísero roce, empieza a guiarnos a través de la piscina otra vez y, aunque durante el trayecto estamos a punto de perder el globo un par de veces más, conseguimos llegar al otro lado los primeros. No tengo ni pajolera idea de cómo, pero lo hemos hecho.

—¡Enhorabuena, parejita! —nos dice Lorena a reventar de entusiasmo—. Tres puntos para vosotros, dos para Los Discípulos de Chimo Bayo y uno para Los Tahúres Zurdos, que todavía ni han inflado el globo.

Rubén y yo chocamos los cinco como cuando éramos niños. Óscar y Miguel discuten acaloradamente sobre la barba de quién de los dos ha pinchado su globo. Y Nagore y Xabi siguen tonteando. Estos dos no sé si acabarán en algo, pero al menos se lo están pasando pipa.

Los seis participantes volvemos a agruparnos en la parte de la piscina donde menos cubre, a la espera de que nos den las siguientes indicaciones.

—El segundo juego de la noche es lo que hemos bautizado como «La batalla de los gigantes». La gracia del juego reside en que un miembro del equipo se subirá a los hombros del otro e intentará derribar a los de los otros equipos. ¿Preparados?

Dos parejas nos situamos en dos extremos de la piscina y la tercera en el centro, dibujando un triángulo.

Rubén se sumerge en el agua hasta quedarse en cuclillas, y aunque me cuesta Dios y ayuda acercarme de nuevo a él, lo hago antes de que acabe ahogándose y le rodeo el cuello con mis piernas. Acto seguido noto cómo sus manos se agarran a mis pantorrillas antes de volver a emerger. Si el primer juego ya me ha parecido altamente peligroso, cuestionable y calenturiento a más no poder, no sé ni qué pensar de este.

Su cabeza está casi entre mis pechos, me hace cosquillas con sus ricitos en el estómago, y, por si fuera poco, si se gira, le voy a meter un pezón en el ojo o en la boca, lo que él prefiera. Pero, por favor, puestos a elegir, que sea en esos labios carnosos que tiene y que tan bien sabían divertirse con mis pechos...

—¡Ya! —grita Lorena dando inicio al segundo juego.

Rubén avanza por el agua en dirección a Xabi. En cuanto los tenemos delante, derribar a Nagore me resulta relativamente fácil, entre otras cosas, porque está más centrada en lamerle la oreja a Xabi que en lo que estamos haciendo. Así que ni nos ven acercarnos y, a los dos minutos de haber empezado, ya solo quedamos dos equipos en el agua.

—En cuanto se nos acerque mi primo —dice Rubén por lo bajo—, hazle cosquillas a Óscar como solías hacerme a mí.

—Ni lo pienses, ¡pueden usarlo en mi contra!

—¿Has desarrollado cosquillas a partir de los veinte? —Recorre mi pantorrilla izquierda con sus dedos y yo me muevo y le hago perder un poco el equilibrio—. Veo que se confirma lo que te dije: no es que no tuvieras cosquillas, es que no llegué a localizar el punto exacto. Acabas de desmontar mi arma secreta.

—Céntrate, Rubén. Voy a intentar bajarlo a base de hostias.

—Qué vasca eres en la intimidad. Limítate a pellizcarlo, seguro que se revuelve, puedo empujar a Miguel y ganamos.

Y es lo que hago, lleno los costados de Óscar de pequeños pellizquitos, a los que él intenta responder con empujones. Rubén aguanta las embestidas como si fuera un jugador de rugby profesional, hasta que Óscar descubre por casualidad que tengo cosquillas y ataca sin clemencia. Empiezo a revolverme sobre los hombros de Rubén y no dejo de carcajearme como una tarada.

—¿Qué cojones estás haciendo, Mai? —me echa la bronca él desde abajo.

Pero no puedo ni contestarle de tanto que me estoy riendo mientras le bailo un Aurresku sobre los hombros. Rubén da algunos pasos hacia atrás intentando alejar a Óscar de mí, pero Miguel es más rápido, se vuelven a acercar y reanudan el festival de las cosquillas. Cada vez me muevo más y con la tontería, no hago otra cosa que frotar mis partes íntimas contra la nuca de Rubén. Empiezo a no estar segura de cómo va a acabar este juego, pero tiene muchas papeletas de que sea con un orgasmo alto y claro para toda la piscina.

Finalmente, decido fingir que pierdo el equilibrio y me dejo caer de espaldas al agua, al tiempo que arrastro a Rubén conmigo.

—Joder, Maider, me has dejado el cuello hecho una mierda —dice cuando emergemos, y se lleva la mano a la nuca.

No quiero echarme a reír, pero lo hago.

Él me mira extrañado y yo no pierdo el tiempo explicándole que a lo mejor me he masturbado un poquito y sin querer al restregarme contra su cuello.

Óscar y Miguel se abrazan y saltan dentro del agua para celebrar su victoria.

—Esto está muy empatado, ¿eh? Los Selenitas y Los Discípulos de Chimo Bayo están igualados a cinco puntos, y Los Tahúres Zurdos solo llevan dos —anuncia Lorena.

El público aplaude, hay pique. Rubén y Óscar se están retando con la mirada. Madre mía, cuánta testosterona y qué mal me viene ahora mismo que el amigo Segarra se ponga gallito.

—El tercer juego lo hemos bautizado como «La sirenita» —Lorena me guiña un ojo con cero disimulo— y consiste en que cada pareja tiene que nadar como si fueran una sola persona, uno haciendo los movimientos de los brazos y el otro el de los pies, ir hasta la parte más honda de la piscina y volver.

Según entiendo, me tengo que encaramar a Rubén y permitir que él haga el esfuerzo con los brazos para que crucemos la piscina mientras yo sacudo los pies con brío y me restriego contra su cuerpo.

—No pienso subirme a tu puta espalda —le dice Óscar a su pareja.

Miro a Rubén como tratando de decirle que yo tampoco pienso hacerlo, más que nada porque ya no me fío de mí misma, pero a él le da bastante igual. Se acerca a mí y me insta a que me suba a su espalda a caballito.

—Rodéame el pecho justo por las axilas e intenta pegarte a mí lo máximo posible.

No acaba de decir eso. ¿Estoy despierta o estoy soñando? Por favor, diosito mío, que sea lo primero.

Evito pararme a pensar demasiado en las consecuencias que le puede traer esta noche a mi pobre cuerpo, apoyo las manos en sus anchos hombros y me impulso para subirme a su espalda. Que sea lo que Dios quiera.

—Cuanto más te pegues, más aerodinámicos seremos —me explica, muy técnico él, como el físico que debería haber sido—. Intenta impulsarnos con los pies al mismo ritmo que yo o te cansarás en balde y no avanzaremos a una buena velocidad.

No le contesto y, aunque es un poco triste por mi parte emocionarme con tan poco, me limito a cerrar los ojos y disfrutar de estar abrazada a su ancha espalda. Esto es infinitamente mejor que tener su cuello entre mis piernas. Aquí siento más cosas. Lo siento todo. Sobre todo, su corazón latiendo enloquecido bajo las palmas de mis manos y, aunque sé que tal vez ya no sea por mí, me gusta notarlo tan vivo.

Cuando Lorena nos da el pistoletazo de salida, Miguel está haciendo las veces de mochila con Óscar y Nagore le está comiendo la boca a Xabi. En serio, a estos dos habría que tatuarles una docena de rombos en la frente.

Rubén empieza a nadar hacia la parte más honda con tal agilidad y precisión que cualquiera diría que no lleva un exceso de peso en la espalda. Agito los pies e intento amoldarme a su velocidad, al tiempo que trato de no escurrirme y frenarlo. Es más difícil de lo que parece, pero nuestros cuerpos acaban sincronizándose y rozándose como si estuviéramos llevando a cabo el acto sexual más perfecto de la historia.

Cruzamos la piscina y llegamos al borde contrario con bastante dignidad, es lo que tiene que tu compañero sea un nadador experto. Ejecutamos un giro y emprendemos el camino de vuelta. Veo que Óscar y Miguel nos siguen de cerca; a Nagore y Xabi, en cambio, nos los cruzamos por el camino. Me cuesta distinguir bien qué demonios están haciendo, pero, por cómo se retuerce Xabi, diría que Nagore está metiéndole mano por dentro del bañador.

Cuando alcanzamos un tercio de la piscina, estoy tan cansada de agarrarme a Rubén y de agitar las piernas que empiezo a escurrirme de medio lado. Rubén lo nota, echa una mano atrás y me empuja por el culo intentando que vuelva a mi posición correcta. No quiero darle importancia, pero además de haberme sobado el trasero con ganas, sus dedos me han rozado ahí. Justo ahí.

Él sigue nadando como si nada, así que deduzco que no se ha dado cuenta. O tal vez es que no se arrepiente. Sea como sea, desvío mis pensamientos y continúo aferrándome a él, rozándome contra su espalda y agitando los pies como si fuera una lancha motora que se está quedando sin gasolina.

—Maider, eso que noto es... —dice Rubén de pronto, y aunque no tengo ni idea de a qué se refiere, tampoco estoy segura de si se está riendo o me lo ha parecido.

De pronto, me percato de que noto su piel en contacto con la mía en zonas donde no debería. Echo un vistazo rápido y compruebo que mi teta izquierda está saludando a la afición. No me extraña en lo más mínimo, con tanto restregón contra Rubén, se me ha debido levantar el biquini. Era de esperar.

—Tengo que soltarte un poco para intentar taparme.

—¿Estás enseñando las tetas? —se interesa entre jadeos por el esfuerzo físico que solo alientan mis pensamientos impuros.

—Solo una.

—¿La izquierda o la derecha?

—¿Qué más da?

—Era por hacerme una idea. Pégate más a mí, ya casi hemos llegado.

Mentira. Falta media piscina.

—No me jodas. ¿Prefieres que me vean un pezón antes que perder?

—Tienes unos pezones muy bonitos, Mai.

—Serás imbécil.

—Tan rosas y redonditos...

Alargo la mano hacia su cara y, al intentar agarrarle la nariz para retorcérsela, acabo tapándole los ojos. Nunca he tenido buena puntería, es lo que hay. Avanzamos varios metros a ciegas en diagonal y aunque me parece superdivertido que estemos a punto de comernos el bordillo y que todo el público nos esté gritando asustado, retiro la mano y vuelvo a agarrarme a él.

Pese a su comentario completamente fuera de lugar y las risas que se está echando con el tema, ralentiza un poco la velocidad, y al hacer pie aprovecho para intentar recolocarme el biquini con una sola mano.

En cuanto Rubén nota que vuelvo a estar vestida con decoro y enganchada a su cuerpo, nos ponemos en marcha de nuevo y acelera el ritmo de sus brazos para recuperar la distancia que hemos perdido, pero cuanto más rápido bracea él, más nos descoordinamos y más me resbalo hacia un lado. Con dificultad, intento aferrarme a su cuerpo, pero apenas tengo fuerzas ya. Estoy molida.

Hago un último esfuerzo por no caerme en los últimos metros, muevo las manos buscando un punto de agarre mejor y acabo palpando más de lo que debería.

—Uy, perdón.

Y la noticia de la noche es que, además de haber enseñado una teta, soy una pringada a la que nada le sale a derechas: le acabo de agarrar la polla a mi presunto exnovio.

No se la he rozado, no. En mi afán por no caerme, se la he rodeado con mis cinco deditos y la he apretado como si fuera la manilla de una puerta.

Me gustaría decir que la tiene amorcillada y que no ha sido

nada relevante, pero va a ser que no. Además, he notado perfectamente bajo la palma de mi otra mano cómo se contraían sus abdominales por la impresión y un pálpito la hostia de prometedor entre mis piernas.

Qué bochorno. Bochorno de calor, no de vergüenza.

A él le preocupaba un beso accidental y voy yo y en los últimos metros le agarro el rabo como si le fuera a dar cuerda. Si es que no me canso de ponernos a prueba. Esta noche no hace más que escalar en el ranking de noches memorables que espero que no se repitan muy a menudo.

Cuando llegamos al borde de la piscina y me bajo de su espalda, me avergüenza admitirlo, pero sigo recreando el glorioso momento en el que le he tocado la polla. No la recordaba así, tan dura, tan grande, tan... Mierda. Rubén me está abrazando y yo estoy a punto de explotar de tan cachonda que estoy.

Un momento. ¿Hemos ganado?

¡Hemos ganado! ¡Uuueee!

Rodeo su cuerpo con mis brazos y, por si todavía no nos habíamos restregado suficiente, damos saltitos juntos dentro del agua. Ahora llega el momento más incómodo de la noche, y mira que llevamos unos cuantos... Dejamos de saltar y nos quedamos mirándonos a los ojos, nuestros cuerpos pegados, su cabeza inclinada y su boca alineada a la perfección con la mía. Está exhausto y no puedo apartar la vista de sus labios entreabiertos y húmedos, de ese huequito por el que me muero por deslizar mi lengua.

Voy a besarlo en pos de la victoria. Seguro que no protesta.

—¡Comeos la boca, hombre ya, que estáis poniendo cachondo a medio camping! —nos grita una señora que lleva un bañador negro y un pareo lleno de gatitos.

Rubén se aparta antes de que pueda besarlo y se aleja de mí.

Fulmino a la buena señora durante unos instantes y veo cómo Rubén sale del agua. Ahí se va el amor de mi vida, con el cuerpo lleno de mis babas, mis huellas y mis feromonas.

Siento las mejillas ardiendo y no soy capaz de reaccionar.

Pasados los minutos, salgo de la piscina y me pongo a buscar mi toalla. Estoy tan desubicada que no sé ni dónde la he dejado, así que doy varias vueltas por la piscina sin saber muy bien lo que hago. En cuanto rodeo las palmeras embrujadas, me encuentro a Rubén con mi toalla entre sus manos y la suya atada a la cintura.

Me mira y lo miro.

Sé que él también está recordando. De hecho, temo que se atreva a envolverme con la toalla como aquella vez en el 95 y que mi cuerpo decida derribarlo y montarse encima, porque dudo de que en esta ocasión sea capaz de aguantarme las ganas que le tengo.

Da un par de pasos y se pega a mí. Ladea la cabeza y se queda con la vista clavada en mi boca, suplicándome sin palabras que le deje dar ese paso, saltar esa barrera, pero no me toca y no hay cosa en el mundo que desee más.

Pasan los segundos como si fueran siglos.

Su boca, por fin, empieza a coquetear con la mía. Lame mi labio inferior y lo muerde un poco. No profundiza, no me da lo que espero, pero, pese a eso, un gemido ronco escapa de mi garganta. Se aleja un poco.

—¿Tengo que explicarte cómo besarme? —pregunta con una sonrisilla que juguetea en sus labios—. Y más en el día que se cumplen siete años de nuestra primera...

—¿Es hoy?

Él asiente con lentitud y se queda a la espera de que reaccione de alguna manera, pero yo estoy sufriendo un bloqueo total.

—Me encanta que te siga gustando explorar mi cuerpo como entonces. Mi espalda, mi torso, mi cuello, mi...

—Ha sido todo fortuito.

—Claro. Y has encontrado un asa y te has agarrado a ella para no caerte, es lo lógico.

Si se pone a cantar «Soy una taza» y a mostrarme cuántos mangos, pitorros y asas tiene, salgo por patas.

—Bueno, ¿qué? ¿Vas a besarme o vas a quedarte mirándome? —me reta.

El beso que se nos quedó a medias la noche de tormenta ha vuelto para vengarse.

—¿Por qué debería hacerlo?

—La gente besa por muchos motivos. Por placer, por castigo, por despecho, por necesidad, por supervivencia... Tú eliges.

—¿Y cuál es el tuyo?

—Todos.

La situación me vence y antes de acabar cometiendo una estupidez con mayúsculas que ya no tenga vuelta atrás, rompo el contacto visual, le quito mi toalla de las manos y salgo del recinto sin recoger el premio.

Rubén sabe que ha ganado, y no solo un trofeo.

2000-2001
Interludio

Marzo de 2000

De: Xabier Lekaroz (xlekaroz@email.com)
Fecha: 12 de marzo de 2000 18:29
Para: Maider Azurmendi
Asunto: Echándote de menos

Maider:
Hace casi dos años que no me has contestado a ni una sola carta o email y ya no pretendo que lo hagas a estas alturas, pero quiero que sepas que sigo echándote de menos, pequeñaja.
X

Mayo de 2000

De: Óscar Fabra (elfabras@email.com)
Fecha: 08 de mayo de 2000 12:32
Para: Maider Azurmendi
Asunto: Flipa

A ver si sin poner el prefijo de la provincia te llega este mensaje.
Mira este vídeo: <u>Sesión Discoteca Arsenal 1990 – Chimo Bayo</u>.

Diciembre de 2000

De: Gemma Ros (gemmmmma@email.com)
Fecha: 3 de diciembre de 2000 19:54
Para: Maider Azurmendi
Asunto: Felicitats

Feliz cumpleaños, Mai.
Espero que todo te vaya bien y que pronto nos veamos.
El camping no es lo mismo sin ti.
Gem

Abril de 2001

Nagore Alkorta
Qué pasa, *sexy thing*. Hoy tengo entreno.
Te vienes cuando acabe y nos vamos a echar
unos tragos?
O ya solo tienes tiempo para «estar» con
Andoni?
Mejor no contestes a mi segunda pregunta
Te veo a las 8

16

Columpios

—¿Qué tal estaba la cena? —nos pregunta Tito.

Gemma y yo alabamos cada uno de los platos que nos ha servido, le damos las gracias por todos los aperitivos extra que nos ha sacado y le pedimos la cuenta. Él se hace el loco murmurando que «la familia no paga» y se marcha de vuelta a la barra cantando lo de siempre.

Hoy ha sido un día mortalmente aburrido comparado con el de ayer. Por la mañana he estado en la playa de relax con Óscar y Gemma, y por la tarde me he echado una placentera y reparadora siestita de cuatro horas. Después, me he pegado una buena ducha y aprovechando que Óscar se marchaba a Castelló, he quedado con Gemma para tomar algo y cenar a solas. El único momento en el que he visto a Rubén ha sido cuando salía de las duchas con una toalla tapándome el cuerpo y él estaba sentado en la terraza del bar con el hermano de Óscar y otro tío más. No se ha acercado ni me ha saludado, pero, eso sí, no ha perdido detalle del recorrido que he hecho al atravesar la calle, supongo que por si volvía a pasearme con el culo al aire como en los noventa.

Las fiestas del camping han seguido su curso, pero después de la emboscada que me preparó Nagore anoche, ni me he acercado a ningún evento. Ella y Xabi, en cambio, se han pasado todo el día ayudando a Lorena con los juegos infantiles, y cuando a última hora de la tarde han conseguido escaquearse, se han bajado a la playa a pegarse un baño y a saber qué más, porque todavía no han vuelto. Ojalá se los haya comido algún tiburón. Sobre todo, a mi amiga, por traidora.

Gemma y yo nos levantamos de la mesa y enfilamos hacia la salida lateral del camping con la intención de dar un paseo. Al acercarnos al parque, vemos que Rubén está sentado en los columpios, de espaldas. Se balancea como un niño perdido y triste, y a mí el estómago me pega un vuelco. Gem me mira y aunque no ha sacado el tema en toda la noche, sé que se dispone a atacar.

—Deberíamos dejar nuestro paseo para otro día.

—Gemma...

Se detiene en mitad de la calle y me dedica una sonrisita.

—Anoche os vi.

—¡Tú y todo el camping!

—No, Maider, os vi como la pareja que fuisteis.

—Te quiero mucho, Gem, pero estoy bastante cansada de esta conversación.

—No, Maider, de lo que realmente estás harta es de negarte lo que sientes. Sé que no has pasado unos años fáciles, pero él tampoco. —Mira a Rubén con los ojos llenos de pena—. Te lo pido por favor, haz el esfuerzo, déjate llevar un poco y permítele que se acerque. Ve con él y habla con él, no pierdes nada por intentarlo.

Cojo su mano entre las mías y le planto un beso en la mejilla.

—Gracias por estar siempre a mi lado y por ser la vocecilla que me anima y empuja al desastre.

—Es mi deber como amiga. —Se ríe—. Hasta cuando no querías verme ni en pintura.

—No era eso, ya lo sabes...

—No, no lo sé, pero confío en que algún día me lo contarás todo.

Gemma suelta mi mano y se marcha con una sonrisa en la boca. No la merezco, tampoco su cariño ni su amistad.

Las briznas de hierba me acarician los dedos de los pies según me acerco a Rubén. Una suave brisa con olor a salitre mueve el columpio que está libre a su lado, como queriendo decirme que, efectivamente, ese es mi sitio, justo a su lado. La melodía de «Si tú no estás», de Rosana, me llega desde el bar.

«Ay, Rosana, yo tampoco sé quién convirtió el paraíso en un infierno».

En cuanto llego a su lado, me apoyo en una de las barras que sujetan los columpios.

—Hace algunos años llegabas más alto —le vacilo.

—Estaba distraído pensando. El balanceo tiene un punto relajante bastante inesperado.

Me acomodo en el columpio libre y me impulso con suavidad hasta alcanzar su ritmo.

—Supongo que ese es el motivo por el que siempre hay una cola enorme de niños esperando.

—Ni que lo digas, he tenido que mandar a cenar a unos cuantos para que me dejaran solo. Por cierto, te debo medio trofeo.

«Y yo a ti medio beso, pero aquí estoy, sin mencionarlo y sin hacer nada al respecto. Mándame al cobrador del frac y pónmelo fácil, por Dios».

—Tener medio trofeo sería raro. Ya me lo pagarás de alguna otra forma.

¿Segundas intenciones yo? Por lo que se ve: TODAS.

Rubén me mira de reojo y se ríe con suavidad.

Seguimos balanceándonos en silencio mientras la luna empieza a asomar entre los árboles. Una luna que, aunque está menguando, rebosa fuerza.

—Hoy la luna está especialmente bonita —comento sin dejar de mirarla.

—¿Sabes que no brilla con luz propia, sino gracias a la luz de otro astro?

Me giro hacia él, sigue observando el satélite.

—Es un poco lo que nos pasa a nosotros —continúa.

—¿Te piensas que solo brillo gracias a ti? ¿Que eres el sol que alumbra mi existencia?

Es posible que haya sonado bastante borde. Rubén siempre ha sido y será muy importante en mi vida, pero si algo he aprendido en estos siete años, ha sido a brillar por mí misma. O al menos lo he intentado, aunque a veces haya parpadeado un poco.

—No, no creo que me necesites para brillar, lo que quiero decir es que parece que juntos resplandecemos más. Olvídalo, en mi cabeza sonaba bonito, pero por lo visto, no lo es.

Ay, él tan romántico y voy y me pongo arisca. Por no hablar de que ayer le agarré la polla. Si es que de verdad...

—Lo siento, he sido yo quien lo ha interpretado mal.

Continuamos columpiándonos como cuando teníamos ocho años, solo que esta vez no competimos por ver quién llega más alto y se rompe los dientes contra el suelo.

—A veces sueño que volvemos a estar aquí jugando, justo como lo hacemos ahora mismo. —Suspira un pelín abatido—. Todo sigue siendo bonito, fácil, divertido..., perfecto. Ya sabes, aquella época en la que la vida aún no se había puesto cabrona. Sin rencores, sin secretos...

—¿Y en esos sueños, vuelves a cogerme de la mano?

—Siempre. Aunque algunas veces intento con todas mis fuerzas no hacerlo, controlar los sueños no resulta fácil.

—No, no lo es.

Quiero admitir que yo también he soñado muchas veces con él, pero la vulnerabilidad me aterra cuando se trata de Rubén, así que lo dejo pasar y sigo columpiándome con algo más de fuerza.

—¿Has cenado?

—Sí, hace un rato, con Gemma.

—Maider, yo... —Se queda callado y me observa mientras voy y vengo.

—¿Tú?

Detiene su columpio derrapando con las chancletas en el suelo. Me mira otra vez y se revuelve el pelo con una mano. Un terremoto de seis en la escala de Richter está teniendo lugar en mi pecho.

—¿Qué te parece si me cojo algo del bar para picar y tú y yo...? No sé, ¿bajamos a la playa? ¿O te apetece ver una peli en el Bohío? Prometo no echarme colonia.

—Rubén... —protesto entre risitas.

—O tal vez podríamos acercarnos al pueblo a tomar algo...

—Rubén...

—¿Qué? —espeta molesto, pero con un atisbo de sonrisilla.

—Estás muy mono cuando te pones nervioso.

—Y tú cuando estás callada y no señalas lo evidente.

—No te mosquees.

—No me mosqueo, pero parece mentira que a estas alturas me cueste un mundo decirte que quiero que hagamos algo juntos. Lo que sea, como antes. Ya me entiendes.

Me río por lo bajo. Me encanta cuando se aturulla de esta manera.

Rubén suelta un suspiro y le arrea una patada a una piedrecita que recorre el parque dando saltitos.

—Ya nos estamos columpiando juntos, ¿no?

—Oh, claro, y, si quieres, después saco las canicas y jugamos un rato. No me toques las pelotas, Maider.

—¿Canicas? Nunca hemos jugado a las canicas.

—Entonces ¿a qué te gustaría jugar conmigo? —Alza las cejas como un granuja.

—Hummm, no estoy segura.

—¿Al pillapilla, tal vez? ¿Tú corres y yo te persigo, como hemos venido haciendo todos estos años? —me chincha y se muerde la lengua.

—Si estuviéramos en la piscina, ahora mismo te haría una ahogadilla.

—Cuidado con eso. Cuando juegas con alguien en el agua, puedes acabar tocando «cosas» sin querer, o queriendo, y yo podría malinterpretarlo, pedirte que salgas conmigo...

Intento arrearle un manotazo en el hombro, pero él gira el columpio y acabo arañando el aire. Lo observo mientras da vueltas como una bailarina de ballet en su caja de música. Era de esperar que en algún momento se mofaría de lo que pasó anoche.

—Así que lo que en realidad buscas con tu invitación es que te meta mano —le reprocho en broma.

Para de dar vueltas y se me queda mirando.

—En realidad, no pretendo solo eso. La gente huye de lo cotidiano y yo es justo lo que quiero ahora mismo, Maider. Lo de siempre, que en nuestro caso es mucho. Me conformo con una noche contigo. Solos, los dos, ya sabes, para poder hablar y...

—¿Por qué, Rubén?

—Porque lo he intentado todo y nada funciona. Puedo seguir cabreado contigo toda la vida o puedo darnos una oportunidad. Y lo primero ya no me sirve, ya no puedo, Maider. Te echo de menos. Me la suda todo lo que ha pasado entre nosotros, yo solo quiero estar contigo.

—Rubén, yo...

Lo deseo con todas mis fuerzas, pero dudo. No puedo darnos esperanzas. No cuando todavía no sé muy bien cómo enfrentarme a todo lo que pasó hace siete años, cómo abordar el tema y contarle toda la verdad.

—Debería haber aceptado aquella conversación que me ofreciste cuando volví de Madrid, pero el orgullo a veces me puede, ya me conoces, y, sobre todo, debería haberte invitado a cenar antes de pedirte que me besaras ayer. Pero es que se nos acaba el tiempo y yo pierdo la paciencia con facilidad. Te quedan pocos días aquí, deberíamos llenar todas esas hojas que se nos quedaron en blanco, volver a ser nosotros... —añade.

—Tal vez otro día, Rubén.

Se pone en pie, se acerca a mí y agarra las cadenas que sujetan mi columpio. Su cara frente a la mía y la luna a su espalda como testigo.

—¿Cuánto tiempo más vamos a seguir fingiendo? ¿Hasta que el fuego se nos apague?, porque dudo que a estas alturas de la película eso vaya a suceder, Maider. Mira lo que pasó anoche o el otro día en tu caravana. Cada vez que nos acercamos, las cosas fluyen entre nosotros, no podemos ignorarlo. Yo ya no puedo hacerlo, necesito ponerle remedio.

Lo miro a los ojos sin saber qué contestar. No sé cuánto tiempo voy a necesitar.

—¿A qué le tienes miedo? ¿A que la caguemos? Porque es bastante complicado que metamos la pata más de lo que ya lo hemos hecho.

—Te tengo miedo a ti, a mí y a todo lo que pasó. No creo que sea una buena idea que tú y yo volvamos a...

—Te vas a arrepentir de esto.

—¿Me estás amenazando? —pregunto alucinada.

—No, joder, jamás lo haría. Pero me parece mentira que yo sepa mejor que tú lo que tu corazón quiere.

Sus manos descienden por la cadena que sujeta mi columpio y acarician las mías. Siento que estoy a punto de exhalar mi último suspiro.

—¿O es que no has tenido pruebas suficientes estos últimos días?

—Sé perfectamente lo que mi corazón siente, desea y me está pidiendo a gritos, Rubén. Eres tú, pero no creo que sea buena idea. Todavía quedan muchas cosas pendientes entre nosotros.

—Y lo seguirán estando si no hacemos algo para remediarlo.

—No sé si estoy preparada —confieso con los ojos llenos de lágrimas—, podríamos empeorar las cosas. Yo... necesito pensarlo con calma.

Rubén se muerde el labio con saña, pero acepta lo que le digo, y yo solo quiero besarlo, joder.

—Nunca me habías dado calabazas de esta manera tan rotunda: anoche me rechazaste un beso y hoy me rechazas a mí entero. Pero esperaré, Mai, tal como he hecho siempre, y si al final decides que no merece la pena, lo entenderé.

—Suena a rendición.

—Y así es en cierta manera, porque da igual lo que hagamos o cuánto tiempo haya pasado, nuestra historia siempre continúa.

Y, dicho eso, deposita un beso en mi frente y se aleja en dirección al bar.

—Rubén, ¡no puedes ir por ahí echándole en cara a la gente lo que siente!

—Déjate de chorradas, ¡ambos sabemos que en dos días estarás rogándome que te coma la boca! —me grita el muy arrogante—. ¡Y lo que no es la boca!

—¡Vete a hacer puñetas!

2002

Agaporni

Benicàssim, 4 de agosto de 2002

¿En qué momento se me ocurrió que volver a este camping era una buena idea?

Andoni baja de la caravana y mira a su alrededor con desagrado. No sé si es que la parcela le parece una mierda o que odia el olor a paella que viene del bar. Sea como fuere, son casi las nueve de la noche y si este es el plan que va a seguir durante todas las vacaciones, lo llevamos claro.

—Qué puto calor hace —anuncia asqueado.

—Es agosto y estamos en la costa del Azahar. Era de esperar que no estuviera lloviendo como en Donostia.

—¿Te has levantado cruzada de la siesta? —espeta de malas formas.

—Eso deberías habérmelo preguntado hace como cuatro horas.

Menea la mano en el aire indicándome que pasa del tema y se marcha a los servicios.

No es que hoy me sienta más sarcástica de lo normal, pero sí es verdad que desde que he puesto un pie aquí, estoy muy alterada. Y aunque Andoni no tiene ni idea de todo lo que he vivido en este lugar, tampoco es que me esté poniendo las cosas fáciles. Se supone que hemos venido de vacaciones porque, según él, yo necesitaba desconectar. Se le ocurrió de sopetón cuando casualmente se enteró de que mis padres tenían una caravana aquí y la cuota pagada, vamos, que se sacó de la manga la excusa de mi desgaste y, aunque me negué en redondo, prácticamente me obligó a hacer las maletas. ¿Qué excusa le podía haber puesto, si nunca le he confesado que todo lo que me marcó de por vida sucedió en este camping? Además, mi madre insistió en que podíamos usar la caravana tanto tiempo como quisiéramos porque ellos este año tampoco piensan bajar, otro clavo ardiendo al que se agarró mi novio. Mi terapeuta también estaba a favor del experimento y, como se supone que ella sabe lo que hace, fue el último empujón que necesité para acabar cediendo.

Apenas hemos visto a mis amigos durante los tres días que llevamos aquí.

Las dos veces que me he cruzado con Xabi y Gemma no hemos intercambiado más que cuatro frases de cortesía, y es que las cosas entre nosotros están más tensas de lo que pensaba. Está claro que apoyan a Rubén, porque es a él a quien han visto sufrir, y les importa más bien poco lo que yo haya podido padecer, porque soy la que se marchó, la que lo abandonó y la que pasó de sus amigos cuando intentaron ponerse en contacto conmigo. Óscar, en cambio, como nunca se entera de la fiesta y necesita más vigilancia que un Tamagotchi, la segunda noche se presentó en nuestra parcela a cenar. Me lo tuve que quitar de encima como buenamente pude y, tras ponerle varias excusas a Andoni, conseguí que no indagara demasiado en todas las cosas que soltó mi amigo en el poco rato que estuvo con nosotros. Hay que ver lo bocazas que es el chaval a veces.

Sé que todos me culpan de lo que pasó, pero, en realidad, no tienen ni puñetera idea de lo que sucedió ni de la cantidad de motivos que tenía para largarme. Tampoco es que se hayan molestado en entenderme ni en concederme el beneficio de la duda, se han posicionado y punto. Es posible que Xabi nunca llegue a perdonarme por haber pasado de nuestra amistad, algo que valora mucho, pero confío en que, con el tiempo, las cosas acabarán volviendo a su cauce.

Lorena, la hermana de Rubén, ha intentado interceptarme varias veces al salir de los servicios, pero la he esquivado fingiendo que tenía prisa. Lo último que necesito es que algún Segarra intervenga e intente «arreglar» todo lo que se rompió.

Y luego está Rubén.

A él me lo he encontrado más de lo que me merezco.

Doy gracias porque la mayoría de las veces hubiera suficiente gente a nuestro alrededor para evitar la bronca que sé que acabará estallando. Soy consciente de que me odia, sus miraditas no dejan lugar a dudas, pero no tanto como yo a él.

Andoni vuelve a la parcela, se tira en una de las hamacas y enciende el televisor. Su concepto de vacaciones tiene bastantes similitudes con algo que yo llamo esclavitud. La tónica habitual desde que llegamos a Benicàssim viene siendo la misma: él tirado y yo preparando la cena, la comida, el desayuno o lo que toque. No me extraña que le encante el rollo este de ir de camping cuando hay alguien que se encarga de todo, debe de ser de lo más cómodo y placentero.

—No nos queda agua —anuncio de malas formas.

—¿Y a mí qué me cuentas? —contesta desde la hamaca en la que sigue tirado rascándose las pelotas a dos manos.

Es triste decirlo, pero empiezo a pensar que los dos veranos que estuve saliendo oficialmente con Rubén tuve más momentos románticos que con Andoni en los casi dos años que llevamos juntos. Por no decir que lo que todavía siento por Rubén, incluso ahora que el odio es la emoción dominante, está a años luz de lo que jamás llegaré a tener con Andoni. Me gusta, pero no es magia.

Rehacer mi vida no está siendo una tarea fácil. No, señoras.

—No soy el que más agua bebe de los dos —añade mi novio justificándose.

—Perdona, claro, nunca es tu problema —respondo con sarcasmo.

Cojo la cartera de mi bolso y salgo de la parcela hecha una furia, que es mi estado de ánimo habitual gracias a la toxicidad que se respira en este camping. Quien dijo que la convivencia no es complicada merece morir aplastado por la caída de un satélite, a poder ser de origen ruso, que seguro que pesa más y está peor ensamblado.

La cuestión es que, desde el día que llegamos, no hemos hecho más que discutir por tonterías a todas horas y follar para reconciliarnos. Nuestra relación ha entrado en un bucle cuando menos inquietante y destructivo, que espero que superemos tan pronto como estemos de vuelta cada uno en su casa. Andoni es vago por naturaleza, algo que de buenas a primeras no encaja con su carácter activo. Y yo soy muy mandona, lo admito, pero es que me gusta mantener las cosas bajo control, porque un entorno estable y ordenado me ayuda a estar centrada, y lo último que necesito que me pase estando en este camping, que es el foco de muchas de mis ansiedades, es perder el control sobre mí misma otra vez.

Paso a la carrera por delante del bar, que está lleno de campistas tomando la primera o la última cerveza antes de cenar, y me apresuro a entrar en el pequeño supermercado antes de que cierren. Por mucho que me disculpo por haber llegado cuando solo le quedan un par de minutos para cerrar, la señora del mostrador me mira con desaprobación y me suelta varias frases en valenciano que no entiendo. Paso de ella, me agencio un carro y me apresuro por el pasillo central en busca del agua.

Mientras cargo el segundo garrafón en mi carro, empiezan a apagarse algunas luces y escucho a la dueña quejarse desde la entrada. Alucino con la bordería que manejan algunas, además de que no creo que dejar el supermercado en penumbra vaya a ayudar a clientas tardonas como yo a terminar lo más rápido posible la compra. Cuando ya tengo el agua que necesito apilada, decido pasarme por el pasillo de la bollería para darme algún capricho y ya, de paso, vengarme de la buena señora por meterme prisa por las malas.

Empujo con fuerza el carrito para rodear los estantes y, en cuanto levanto la vista tratando de ver si estoy donde debo, me quedo clavada en el sitio.

Está oscuro, pero, pese a eso, sé lo que tengo delante o, más bien, a quién tengo delante.

Solo lleva el bañador puesto y la toalla que le rodea los hombros. Tiene el pelo húmedo y una mirada fría que me cuesta tanto reconocer como interpretar.

Pasan los segundos y ninguno de los dos dice nada, ni siquiera la dueña del supermercado se queja otra vez, pero, claro, quién se atrevería a soplarle a uno de los futuros herederos del camping cuando claramente acaba de organizarle una encerrona a su exnovia.

—No te quiero aquí —dice Rubén con un tono exigente que no me gusta un pelo.

Intento rodearlo con el carro y pasar de largo, pero, seamos realistas, este nuevo Rubén de veintidós años ocupa lo suyo a lo ancho y no parece que se vaya a apartar, entre otras cosas, porque a cabezota no le gana nadie. De manera que me quedo atrapada entre las estanterías y él, sin más remedio que aguantar todo lo que tenga que decirme.

—¿No piensas hablar conmigo? —pregunta.

—Pensaba que no dirigirte la palabra te traería buenos recuerdos. Además, tampoco es que tenga nada que decirte.

Aprieta los puños y resopla.

—¿Que no tienes nada que decirme? —repite entre risas bastante macabras—. Yo creo que sí, y lo primero de la lista es que me asegures que has entendido lo que acabo de pedirte.

—¿El qué?

Apoyo los codos en la barra del carro y le dedico una mirada de aburrimiento. La pasividad es la mejor arma cuando se trata de Rubén; no conviene darle más combustible, y tampoco que vea mis flaquezas.

—Que no te quiero en mi puto camping.

—Demasiado tarde. Por si no lo has notado, ya estoy en el puto camping de tu madre.

—Me la suda de quién consideres que es este negocio. No mereces estar aquí. Punto.

—Puede que tengas razón —admito sin inmutarme.

—Ya no tienes ningún motivo. Ni siquiera te quedan amigos.

Me echo a reír por no pegarle con un paquete de pan de

molde en la cabeza, que es lo que tengo a mano. Sería jodidamente ridículo y, además, tampoco casaría bien con mi técnica de frialdad, ¿no?

—Ha sido un placer hablar contigo. Déjame pasar, por favor.

Se lleva las manos a la cabeza y se tira del pelo. Esperaba que le entrara a saco, pero la verdad es que, aunque me cuesta fingir esta calma e impasibilidad, tengo que pasar del tema por mi propio bien.

—No hasta que me prometas que te largarás.

—No seas tan crío, Rubén. Madura un poco y asume que he venido a pasar las vacaciones con mi novio y que tendrás que cruzarte conmigo de vez en cuando.

—¿Te refieres al tío ese que has traído contigo?

—Sí, Andoni.

—Me la suda su nombre, pero me hace muchísima gracia el apelativo «novio».

—Pues genial. ¿Te apartas?

Vuelvo a hacer amago de marcharme, pero no me lo permite. Coloca sus manos en la parte central del carro. Por cómo se le tensan los músculos de los brazos, sé que me va a resultar imposible moverlo.

—Por favor —le pido.

Suspira con cierta desesperación y me mira.

—¿Crees que ha sido fácil no saber de ti en cuatro años y verte aparecer con ese tío? —Niego levemente con la cabeza, pero no digo nada. Sé cómo ha debido de sentirse—. Lo jodido no es que hayas vuelto, lo jodido es que has aparecido con otro. Porque, que yo sepa, la última vez que nos vimos, eras mi novia.

—Rubén, está claro que, vistos los acontecimientos, no teníamos nada real.

—Y una mierda que no. Teníamos una puta relación.

Un escalofrío me recorre el cuerpo en cuanto lo escucho pronunciar la palabra «relación». Sé perfectamente lo que teníamos, no lo he olvidado, entre otras cosas porque fui yo quien pagó las consecuencias de esa «relación».

—Lo nuestro terminó aquella noche —digo por lo bajo.

—Aquella noche —repite para sí mismo, y sé que está rebuscando en el pasado, pero no acaba de atar todos los cabos, y yo no pienso ayudarlo.

Acerca su cara a la mía y por la intensidad de su mirada sé que no es una imprudencia ni un despiste, su acercamiento tiene intención, va a por todas, es una provocación de primer grado. Sabe cómo hacerlo mejor que nadie, me conoce mejor que nadie.

—Lo nuestro no salió bien porque tú fuiste la primera en no creer que era amor —dice con una mezcla de rabia y pena que me descoloca.

¿Que yo no creía que fuera amor? Ojalá, porque si mis sentimientos no hubieran sido tan fuertes, me habría ahorrado un tiempo considerable de terapia.

—¿Y acaso estaba equivocada? Porque fue bonito, pero no hay más que ver cómo acabaron las cosas para entender que uno de los dos mentía, y no era yo.

—Maider, no intentes darle la vuelta al asunto. Para mí fue amor desde el primer roce, lo sabes perfectamente. Y no voy a dejar que lo estropees más de lo que ya hiciste, no permitiré que me jodas aquellos primeros recuerdos también.

Las lágrimas empiezan a llenarme los ojos, y si algo no quiero por nada en el mundo, es llorar delante de él.

—No he venido a joderte nada. Solo estoy de vacaciones con mi novio.

—¿Cuántas veces tienes que repetírtelo para creértelo? Además, ese tío no es tu tipo —dice con un tono tan arrogante que me entran unas ganas locas de quitarme una chancleta y arrearle un sopapo con ella en toda la boca.

—¿Y qué tíos son mi tipo, según tú? Ilumíname, por favor. —Me cruzo de brazos y me quedo a la espera de que me dé su valiosa opinión al respecto.

—Tal vez no lo he planteado bien.

—Tú nunca te equivocas, ¿no?

Ignora mi pullita y sigue adelante con su exposición acerca de mis gustos masculinos.

—Puede que ese tío te atraiga físicamente, te guste, te ponga y todo eso, pero mereces algo mejor. Mereces a alguien que bese el suelo por donde pisas.

Abro la boca, alucinada. ¿A qué coño viene ahora esto? ¿Ha perdido la cabeza?

—Venga, Rubén, no juegues conmigo.

—¿Crees que no he visto cómo se comporta contigo? —increpa, enfadado, como si cualquier cosa que me haga Andoni le afectara directamente a él.

—Me parece una sobrada todo lo que me estás diciendo. ¿No te hace gracia cómo me trata mi novio? Pues te voy a dar una noticia al respecto: no es tu problema. Y tampoco es que tú me trataras mejor al final. Permíteme pasar y haz el favor de dejar de espiarnos.

Apenas niega con la cabeza y me mira a los ojos.

—Si no quieres que vea cómo besas a tu novio y él te mete mano, no vengas aquí a restregarme tu relación.

—Yo no he hecho eso.

—Me apuesto la moto a que no lo besas tanto ni en todo el año junto.

—¿Y a ti qué más te da cuánto beso a mi novio?

—Me importa siempre que lo hagas para joderme.

—No lo hago para fastidiarte, Rubén, solo he seguido adelante y eso implica morrearme con mi novio cada vez que me apetece y que él me toque las tetas cada vez que puede. Supéralo, rehaz tu vida, porque tú y yo nunca volveremos a estar juntos.

Al oír mis palabras se echa a reír y a mí se me llena el cuerpo de rabia.

—A lo mejor no me estoy explicando bien —dice con tonito condescendiente—. Espero que lo que te estoy diciendo no te lleve a creer que lo que quiero es que dejes a Agaporni y vuelvas conmigo, porque es lo último que deseo que hagas.

¿Agaporni? ¿Tan difícil es decir Andoni?

—Lo único que busco es que dejes de engañarte a ti misma —añade.

—¿Engañarme?, ¿perdona?

331

—Cada vez que me colocas a tu novio delante de las narices, lo que en realidad estás intentando es convencerte a ti misma de que es lo que quieres, pero ambos sabemos que no es así. Puede que a mí tampoco me quieras ya, pero con él no estás haciéndole más que un apaño a tu vida.

Entorno los párpados y lo estudio. Me está culpando de engañarme, cuando sus ojos me dicen que es justo lo mismo que está haciendo él.

—¿Qué sientes todavía por mí, Rubén?

No me contesta, pero sé que tengo que insistir, necesito que me lo niegue.

—¿Qué sientes? —repito entre dientes.

Aprieta los puños con fuerza y me mira a los ojos.

—¡Nada, Maider, no siento nada!

—¡Y una mierda que no! —replico.

—Te equivocas de lleno. A estas alturas, ya no siento ni respeto por ti.

Cree que está consiguiendo hacerme daño con sus palabras, pero no me cabe la menor duda de que esta vez es él quien más está sufriendo.

—Entonces ¿a qué viene todo esto? ¿Crees que para mí ha sido fácil tirar hacia delante? Porque no lo ha sido, maldita sea. Y si es cierto que no sientes nada ya, olvídame otra vez, que eso sabes hacerlo de maravilla.

—Yo no fui quien te olvidó, fuiste tú la que se piró sin más.

—¡Sin más! —reitero fuera de mí—. Tendrás valor... Déjame en paz, Rubén, déjame seguir con mi vida y con mi novio.

Se aparta a un lado y me hace un gesto elegante con la mano para que pase.

—Fóllate a quien quieras, Maider. Ojalá consiga hacerte feliz y quitarte esa cara de amargada que llevas puesta, pero lo dudo.

17

Dime que quieres que vaya contigo

Benicàssim, 24 de agosto de 2005

Entro en el bar con paso decidido, taconeando como un metrónomo superacelerado. Recorro la estancia con la mirada, con la esperanza de encontrar a Rubén y no tener que preguntar por él a su primo, a su hermana o a quien sea, porque está claro que la vacilada que me va a caer puede ser gorda. Si alguien me vuelve a soltar lo de que «Los que se pelean se desean» como cuando teníamos doce años, arrasaré el camping entero.

Estiro el cuello y lo veo al fondo del bar, sentado con Iván —el hermano de Óscar—, Damiano y su primo Miguel. Rubén está justo delante del televisor con la vista clavada en la información deportiva que están emitiendo. Por lo que escucho, los medios siguen dándole vueltas al pastizal que va a cobrar Sergio Ramos por defender el blanco seda del Real Madrid. Poco se habla de lo mal que le sienta la diadema.

Me planto al lado de Rubén y espero a que termine las extensas explicaciones que está dando sobre los entresijos del fichaje. Cuando acaba su elaborada tesis, se ríe y le da un trago a una Coca-Cola. A estas alturas, todos los que comparten mesa con él ya me están mirando, pero él ni se ha enterado de que estoy aquí plantada a la espera de que decida concederme audiencia. Entonces Iván hace un gesto con la cabeza hacia mí y Rubén se gira. Sus ojos se abren, desconcertados, y, a continuación, hacen una ruta exhaustiva por todo mi cuerpo, me recorren de pies a cabeza con premeditación y mucha alevosía. Cuando llega a mi cara, sus ojos brillan, diría que le gusta lo que acaba de ver, y es que esta noche me he vestido para matar: llevo un vestidito negro con escote en forma de corazón y cerrado con una lazada cruzada en el pecho, tirante ancho, falda muy corta y vuelo en el bajo. Me he puesto unas sandalias de plataforma con las que gano bastante altura. Llevo los ojos ahumados y los labios pintados con un rojo mate aterciopelado.

—Vaya, Maider —dice fingiendo sorpresa, como si acabara de darse cuenta de que la dueña de ese cuerpo que acaba de estudiar soy yo—. No te había visto, qué susto me has dado.

Claro, claro.

Cuando alguien te asusta, te tomas tu tiempo para recorrerle el cuerpo de arriba abajo varias veces y después, ya, si eso, reaccionas. Es de primero de sustos.

—¿No vienes a K'Sim? —pregunto sin rodeos.

Inclina su silla hacia atrás, apoya los codos en la mesa que tiene a su espalda y me mira con atención con una sonrisilla condescendiente muy mal disimulada que me dice claramente «Aquí estás, justo donde esperaba que acabases, rogándome».

—Esta vez has tardado solo un día —se regodea.

—¿Vienes o no? —insisto, y taconeo, impaciente.

—¿Quieres que vaya?

Oigo risitas a nuestro alrededor y contengo las ganas de pegarle una buena colleja. Me encanta que vaya de sobrado por la vida, pero odio que lo haga cuando sabe que tenemos público. Me jode que se venga arriba así, que se haga el duro de esta manera y que se convierta en el Capitán Orgullo Desmedido cuando en realidad no es más que su manera de camuflar cuánto lo altera esta situación. Así llevamos todo el día. Cualquiera pensaría que después del refrote tan intenso que tuvimos en la piscina, el casi segundo beso y la conversación que tuvimos anoche en los columpios, las cosas habrían cambiado entre nosotros y sabríamos manejar la situación como adultos, pero no. Es como si nos avergonzáramos de todo lo que ha pasado en las últimas semanas. Aunque él me haya asegurado las dos veces que le he preguntado que todo está bien, que entiende que no quisiera salir con él y que necesite más tiempo, ambos sabemos que nuestra relación ha cambiado, la realidad es que hemos entrado en un terreno en el que no sabemos cómo comportarnos.

—Haz lo que quieras, Rubén —admito con cansancio—. Solo pretendía que por una vez fuéramos todos juntos..., como en los viejos tiempos.

No sé qué nota en mi tono de voz, pero vuelve a sentarse como Dios manda sin apartar la mirada de mí, estudiando cada uno de mis gestos. Carraspea un par de veces antes de volver a hablar.

—Quieres que vaya —confirma con cierto halo de sorpresa en la voz.

No digo nada, me limito a cruzar los brazos delante del pecho y a esperar a que decida por sí solo qué quiere hacer.

—Dime que quieres que vaya contigo —ruega con un hilo de voz.

Sé lo que necesita ahora mismo de mí, y, aunque el retortijón que noto en el estómago me pide que no lo haga, decido dejarme de tonterías y ser sincera por una vez.

—Me gustaría que lo hicieras.

—¿A qué viene este cambio de opinión?

—A muchas cosas.

—No me vale esa respuesta.

—Pues tendrás que moverte de este bar si quieres otra.

Duda un par de segundos, pero al final se pone en pie y se acerca a mí.

—Nunca he sabido decirte que no. —Está completamente descentrado mirándome, tanto que me cuesta interpretar su expresión y tono. No sé si está capitulando o reconociendo algo.

Siento semejante alivio y felicidad que el corazón está a punto de salírseme por la boca y saludar a todos los presentes con la manita.

—Te espero mientras te cambias —afirmo, todavía un poco aturdida, buscando desesperadamente que me conceda diez minutos a solas para recomponerme de todas las sensaciones que me están atravesando.

Me siento como si estuviéramos otra vez en el primer capítulo de nuestra historia y tuviéramos, como dijo él anoche, un montón de páginas en blanco a la espera de ser llenadas. Me estoy haciendo demasiadas ilusiones, y más teniendo en cuenta que esta noche me he propuesto hablar con él de una vez por todas, y eso puede torcer bastante las cosas. La discoteca K'Sim es el lugar perfecto para que nos relajemos o, al menos, esa es mi esperanza.

—No veo la necesidad de cambiarme.

—¿Piensas ir vestido así?

Lleva su famoso bañador rojo hasta la rodilla, una camiseta blanca de tirantes con el logo del camping y chancletas. Etiqueta de tercera regional.

—Hoy toca fiesta de la espuma. Voy preparado —se justifica, encogiéndose de hombros.

—No puedes ir con esta pinta, Rubén.

Se me acerca otra vez, mucho, demasiado.

—Hasta ahora jamás habías protestado por este atuendo —dice casi rozándome el cuello con sus labios—. ¿O es que me sobra la camiseta?

Le arreo un manotazo en el brazo y me echo a reír. Dios, nunca pierde la oportunidad de sacarme los colores y, en el estado en el que estoy, no es lo que más me conviene.

—Eres un..., eres un...

—Venga, Maider, nunca has sabido insultarme, no sigas intentándolo.

—¡Aaargh!

—Esa es mi chica, concisa como un diccionario. Espérame aquí, anda, voy a ponerme algo más acorde con la cita que me acabas de proponer.

—No te he propuesto ninguna cita, capullo.

—Yo lo hice ayer, Mai, y no me avergüenza, no pasa nada por admitirlo. Acabas de exigirme que me cambie de ropa, de manera que has convertido esta noche en la típica ocasión especial en la que uno tiene que ponerse guapo y echarse perfume.

—Eres un...

Lo oigo reírse a carcajadas mientras camina hacia la barra. Además, el muy exhibicionista, aprovecha el paseo para quitarse la camiseta. Le miro la espalda desnuda y el trasero tanto rato que me río de mí misma de lo ridícula que soy, pero me preocupa bastante poco, lo único que me importa en este momento es conseguir llenar mis manos con ese precioso culito.

Desaparece en la parte trasera del bar, que es donde tienen el acceso a su casa. No tarda ni cinco minutos en volver a salir vestido con un tejano negro bastante ajustado, una camiseta retro del mismo color con el logo de Pan Am Airways impreso sobre los pectorales, una chupa de cuero debajo del brazo y zapatillas deportivas. Lleva el pelo húmedo y yo me pregunto cómo se lo ha montado para pegarse un manguerazo en tan poco tiempo. Mientras se acerca a mí, sigo observándolo sin perder detalle; esos andares que tiene me dejan con la boca seca y un cosquilleo por todo el cuerpo.

Seamos claras, mi ex es guapísimo, tanto, que deberían imprimir sellos con su cara, y encima, está como un tren. Es la palomita más sabrosa de todo el cuenco, aunque esté recalentado. Con ese halo de me la suda todo, ese flequillo despeinado, esa mirada penetrante de color verde Euskadi, esos labios abundantes y tan expresivos, esa boquita descarada, esa mandíbula prominente, esos hombros anchos, ese torso esculpido al detalle... Y mejor no sigo de ahí para abajo porque me pierdo.

—¿Voy a tener que rescatarte de tu propio charco de babas? —se cachondea en cuanto llega a mi lado.

—Ya está el socorrista pasándose de listo —protesto pero me río—. ¿Una chupa de cuero en pleno agosto en Benicàssim? ¿En serio, Rubén?

—¿Y si nos dan las mil y tú tienes frío? Con ese vestidito que llevas, si refresca, voy a tener que hacerme el caballero y cubrirte los hombros, más me vale estar preparado.

—Me muero por verte en plan caballeroso.

—¿Solo te mueres por verme en ese plan? Me decepcionas. Menuda birria de cita me espera. —Hace un mohín con sus labios y todos los músculos de mi cuerpo se tensan al instante.

Tengo un problema con esa boca, un problema muy grave.

—No, no solo me muero por verte en ese plan. Estoy deseando que vuelvas a mostrarme otras facetas de ti.

Le dedico una sonrisa enorme, él se queda callado luchando contra su propia sonrisita. Me parece a mí que va a perder.

—Cada vez que me miras así y sonríes, me destrozas, Mai. Me la pones jodidamente dura.

Pues va a ser que ha ganado.

Como dirían en el tenis: juego, set y partido para Rubén.

—Llevo queriendo morderte el culo desde que tu amiga te lo azotó. Y eso es lo más romántico que puedo decirte ahora mismo.

Repito para mis adentros un «¡Joder!» alto y claro que abarca a la perfección como me siento en este mismo instante, y echo a andar hacia la puerta. De no hacerlo, acabaré quitándome las bragas y agitándolas en son de paz porque son suyas y de nadie más.

—¿Me llevas o te llevo? —pregunta con tono neutro, como si no acabara de soltar la madre de todas las frases incendiarias, pero yo lo interpreto como un «¿En tu coche o en el mío?» y automáticamente noto cómo mi cuerpo se llena de más expectativas. No puedo pasarme la noche así, pero sospecho que es justo lo que va a suceder.

—Como quieras —respondo, aunque entre las plataformas que llevo y los nervios, dudo de que vaya a ser capaz de sacar el coche del camping sin organizar una buena escabechina y cargarme alguna palmera.

—Yo te llevo. Paso de tener que ayudarte a meter tercera cada vez que toque. Vamos. —Posa su mano en la parte baja de mi espalda y me guía hacia la salida lateral del camping. Juraría que nos está mirando toda la gente que está tomando algo en la terraza del bar, pero probablemente me esté quedando muy corta. Nunca dejará de sorprenderme la cantidad de personas que están abonadas a nuestra historia desde la primera temporada.

Nos montamos en un coche negro, pero estoy tan fuera de mí que ni me fijo en la marca ni en el modelo, datos insignificantes con los que habitualmente me quedo sin querer. En cuanto Rubén coloca el panel extraíble de la radio y arranca el motor, Ken Zazpi sale a toda pastilla por los altavoces y el aire acondicionado me dispara un chorro helado en toda la cara que me viene de perlas para rebajar un poco el sofoco que llevo.

Miro el frontal del radio CD supermoderno que tiene instalado y confirmo que no estoy soñando, está sonando uno de mis grupos favoritos.

—¿Ken Zazpi? —pregunto, y lo miro alucinada.

—Si no escucho música en euskera de vez en cuando, se me olvida todo lo que aprendí con vosotros.

Me echo a reír.

—No ha colado, ¿verdad?

—*Nop*.

—Xabi me suele prestar algún CD, sabe que me gusta el sonido del euskera.

—A nadie que no lo hable le gusta.

—Porque no les recuerda a ti.

Me muerdo el labio para no seguir sonriendo como una gilipollas. Qué bonito es cuando quiere, cuando se abre y deja salir todo lo que guarda en su corazón.

Quiero a este Rubén. Hala, ya lo he dicho.

—Me gusta mucho la melodía de esta canción, pero es muy jodido deducir de qué habla, solo se entiende la palabra «parque» un par de veces. Me he hecho mi propia versión, pero ¿de qué va realmente?

—Ken Zazpi deprimió a medio Euskadi con ella. Se titula «Ezer ez da betiko», «Nada es para siempre». —Guardo silencio unos instantes y respiro hondo—. Habla de amarse bajo las estrellas, del último abrazo y el último beso cuando algo ya se ha terminado y es demasiado tarde para recuperarlo. También dice lo difícil que es pronunciar el último adiós...

Pasa a la siguiente canción y me mira durante un instante.

—No encaja con nosotros. Nunca permitiré que lo haga, ya no.

Baja un poco la música y, con un par de maniobras bastante torpes, saca el coche y enfilamos hacia K'Sim por la Gran Avenida de Benicàssim. Quiero hablar más con él, pero no me salen las palabras, necesito aclimatarme y asumir la noche que tengo por delante. Y es que la situación es la siguiente: estoy montada en el coche de Rubén, su olor me rodea —sin rastro de perfume, he de puntualizar—, suena mi grupo favorito, estamos solos, ha accedido a venir después de que yo ayer le diera calabazas, ha admitido que escucha música porque le recuerda a mí, voy a sincerarme con él... Vamos, que la coyuntura me está comiendo viva. Me viene enorme. Y la esperanza hace su agosto en mi estómago.

¿Siete días de buen rollo se consideran resucitación?

Él, en cambio, parece tranquilo a primera vista, al menos hasta que paramos en un semáforo en rojo y se pone a tamborilear en el volante como si le fuera la vida en ello. Está definitivamente inquieto, y eso, viniendo de él, que tiene el autocontrol metido en formol para que no se mueva más de la cuenta, es mucho decir.

—¿Los demás han ido en el coche con Gemma? —indaga con la vista clavada en la calzada. Entre el tono serio que ha utilizado y la luz roja del semáforo que alumbra su rostro, la pregunta me resulta bastante inquietante.

—No, han ido con Xabi.

Hace otro redoble en el volante creyéndose Safri Duo y suspira suavemente.

—Y tú has venido a buscarme.

Nos miramos unos segundos y siento que está a punto de decirme algo más, pero el coche que tenemos detrás nos interrumpe con un concierto de bocina en sol mayor, porque, según observo, el semáforo ya está en verde. Rubén gruñe y le dedica una mirada asesina por el retrovisor, pero no le queda otra que reanudar la marcha.

—Después de lo que me dijiste en los columpios, no quería agobiarte más y joderte la noche. Ese es el motivo por el que he decidido quedarme en el camping cuando Gemma me ha contado cuáles eran vuestros planes.

—Rubén, tú no jodes nada.

Lo observo mientras se mordisquea un carrillo por dentro evitando mirarme.

—No digo que estuviera planeando hacer nada en concreto para molestarte, pero he supuesto que, ya que son tus últimos días aquí, preferirías disfrutar de nuestros amigos sin que anduviera yo pululando por ahí.

—Da igual todo lo que haya pasado entre nosotros, tú también eres mi amigo.

—¿Lo soy?

—Me gusta creer que sí.

Me mira y me regala una sonrisa pequeñita preciosa.

—Aunque el día que desayunamos juntos te solté justamente lo contrario, me gusta que pienses así, que sigas considerándome un compañero. Pero siento tener que repetirte lo mismo que te dije en el noventa y cinco: tú y yo nunca podremos ser solo amigos. Es imposible, Mai.

No dejo de alucinar por cómo han cambiado las cosas. Hace tres años me echó en cara que ya no me quedaban amigos en Benicàssim, hace unos días me advirtió de que no contara con su amistad y hoy, en cambio, admite que no es que seamos amigos, es que siempre seremos algo más. Pese a todo, si al final la amistad es lo único que nos queda, me agarraré a ella como si fuera el mejor paliativo existente. Mi corazón no soportaría volver a perderlo de ninguna de las maneras.

Llegamos al aparcamiento de K'Sim poco después. Como estamos en agosto, está bastante lleno, así que Rubén aparca lejos de la entrada. Se apea del coche, me abre la puerta y me ayuda a bajar, como si de pronto se hubiera convertido en el caballero fuera de su época que me ha prometido que va a ser esta noche. Paseamos con calma hacia la entrada de la discoteca, entre otras cosas porque los zapatos que llevo no me permiten avanzar más rápido por las piedritas que cubren el suelo.

—Hay algo que no te he dicho. —Se detiene a mi lado con el ceño arrugado y a mí se me encoge el corazón un poco por lo que pueda decir—. Estás preciosa.

Me acaricia la melena con sus dedos, un gesto que pretende

ser casual y que a mí me supone un mundo entero. Recorre la línea de mi mandíbula y, justo cuando está a punto de rozarme los labios, retira la mano de golpe. Casi suelto un jadeo y todo.

—Pero no hacía falta que te vistieras así para llamar mi atención.

—No me he puesto este vestido por ti.

—Me alegra oír eso. Porque en cuanto me des la más mínima oportunidad, lo primero que voy a hacer es arrancártelo.

Vértigo. Anticipación. Calor. Familiaridad.

—No eres la típica chica que solo está guapa porque se ha arreglado, a ti te vale con sonreír para estar preciosa. Cuando te vi bajarte del coche el día que llegaste y te pusiste a hacer estiramientos con tu amiga, corroboré que siempre serás lo más bonito que he visto, incluso con esa mirada de cervatillo asustado que traías.

—¿Me viste?

—Es posible que estuviera esperando que llegaras escondido detrás del hibisco que rodea el bar, quién sabe. —Suelta una carcajada que oscila entre el nerviosismo y la travesura—. La verdad es que me he pasado la vida esperando que volvieras. Ya sabes, tú te marchabas y te quejabas de «tus inviernos», pero nunca pensabas en los míos, que eran tan largos y tristes como los tuyos.

Bum.

No sé si soy yo que capto lo que me dice con interferencias, o él que no está siendo claro del todo, pero esto que acaba de soltar suena mucho a declaración amorosa. Voy a esperar a ver si dice algo más antes de sacar conclusiones.

—Siempre he sido un capullo al que le cuesta admitir cuánto te echa de menos, incluso tengo la sensación de que anoche no acerté con mis palabras.

Sigue sonando mucho a declaración en presente.

—Rubén, aquellos inviernos ya son historia.

—Supongo que en realidad todo el pasado es historia, ¿no?

Vuelve a posar su mano en la parte baja de mi espalda y, dejando la conversación a medias, me empuja hacia la entrada. Casi mejor, porque eso último que ha dicho no sé cómo tomármelo, no sé si se trata de una propuesta para hacer borrón y cuenta nueva o de que, en realidad, por mucho que me eche de menos y se sienta atraído por mí, ya es demasiado tarde para retomar lo nuestro.

K'Sim es una discoteca con solera de inspiración ibicenca, con todo el mobiliario blanco, al aire libre y llena de vegetación. Mire donde mire, hay gente bailando, riendo y charlando. También veo varias parejas enrollándose a lo bestia y me muero de la envidia.

Atravesamos la zona comúnmente conocida como «pachanga», donde pinchan toda la música salida de la academia de *Operación Triunfo*, pagamos la entrada y nos dirigimos hacia la barra del fondo, donde el ambiente es por completo diferente: el trance, house y techno se mezclan con los clásicos más maquineros de la histórica «Ruta del Bakalao» y con algunos temas actuales. Diría que lo que está sonando ahora mismo es «Sandstrom», de Darude, pero no estoy del todo segura; este estilo de canciones no me desagrada, pero me suenan todas igual. Pese a todo, me alegra comprobar que hemos superado la época de los Vengaboys.

En un primer vistazo no veo a nuestros amigos por ningún lado y me dejo guiar por Rubén. En cuanto llegamos a la barra principal, se nos acerca un camarero guapísimo con una sonrisa de oreja a oreja.

—Rubén, cuánto tiempo.

—¿Qué tal, David?

—Pues ya ves, hoy tiene toda la pinta de que nos van a reventar. ¿Quién es esta monada?

—¿No la conoces? —responde Rubén, divertido.

Intercambio una mirada con el camarero. Su cara se me hace conocida, pero no soy capaz de situarlo en el espacio tiempo.

—Madre mía, ¿eres la hermana de Unai? —pregunta de pronto.

Asiento, sorprendida y sin haber ubicado todavía su cara dondequiera que la haya visto.

—Yo también pasaba el verano en el camping —añade, y

343

mi mente se llena de imágenes en las que me veo a mí misma con seis años en la fiesta de cumpleaños del niño rubio de la parcela de al lado.

—¡Ostras, David! ¡Tu cumpleaños era en agosto!

—Y sigue siéndolo —contesta entre risas.

—¡Felicidades!

—Rubén, recuérdame que la invite a mi fiesta el año que viene. Ven aquí y dame dos besos, Maider.

Me subo al altillo de la barra y le planto dos sonoros besos, él aprovecha para darme un achuchón afectuoso. Madre mía, la de años que hace que no coincidimos. Si es que esto es lo bonito del camping: compartes tu vida durante unas semanas con alguien, estrechas lazos y conservas su amistad para toda la vida.

—Cuánto me alegra volver verte —dice con cariño sin dejar de observarnos—. Verte y veros juntos.

Me gustaría decir que se genera un momento incómodo por su comentario, pero no es así. A mí también me gusta estar de nuevo con Rubén, solo espero que esta noche sea el primer giro de un cambio brusco en la trayectoria de nuestra amistad, relación o lo que tengamos.

—¿Has visto a Xabi, Gemma...? —pregunta Rubén cambiando de tema.

—Sí, andaban por aquí hace un rato. —David se pone de puntillas y estudia la discoteca a conciencia—. Mira, ahí están, junto a la piscina.

Ambos miramos en dirección a la piscina con forma del continente africano que preside la zona. Gemma está hablando con alguien, Xabi y Nagore lo están dando todo bailando muy pegaditos y Óscar está lanzando pepitas de algo con la pajita de su bebida a una morena. Nada nuevo en el horizonte.

—¿Qué queréis tomar?

Rubén me interroga con la mirada y yo me decanto por el vodka con naranja.

—Ponme un destornillador —le digo a David.

—Que sean dos —añade Rubén—. Creo que hoy voy a dejar el coche aquí.

En cuanto nos saca las bebidas, nos despedimos y nos acercamos a nuestros amigos. La situación sigue siendo la misma que cuando los hemos visto desde la barra, con la única diferencia de que Gemma ya no está hablando, sino que está metida de lleno en la bronca que le está echando a Óscar, y cito textualmente: «Por ser más infantil que un paquete de Sugus».

La relación entre estos dos es, cuando menos, insólita. Siempre están juntos, pero nunca revueltos. Me pregunto si habrá pasado algo más entre ellos durante estos años.

En cuanto da por finalizada la charla, Gemma se nos acerca con una sonrisa enorme y trae a Óscar a rastras.

—Rubén, me alegro de que al final hayas venido —dice, y le guiña un ojo.

Según avanza la noche, los clásicos de discoteca se van acumulando uno tras otro, casi tanto como los vasos vacíos que vamos dejando atrás. Bailamos en grupo y en parejas, nos reímos y recordamos aquellas primeras veces en las que nos escapábamos a esta discoteca y nos teníamos que conformar con escuchar la música desde fuera porque no nos dejaban entrar.

Rubén y yo nos acercamos a la barra en busca de la siguiente ronda y, mientras esperamos a que nos atienda David, escuchamos los gritos de uno de nuestros amigos.

—¡Gemma! ¿Dónde estás? —oímos a Óscar en mitad de la discoteca.

—¡Óscar, estoy aquí! —vocifera la aludida agitando la mano en el aire al volver de los servicios.

Nuestro amigo atraviesa la pista de baile a la carrera y, cuando llega a su altura, se tira de rodillas con la intención de hacer una llegada triunfal patinando sobre el suelo, pero se queda clavado en el sitio. Gatea los metros que le faltan hasta alcanzar los pies de Gemma y la mira.

—«Desátame o apriétame más fuerte, pero no quiero que me dejes así. No pararé, me muero por tener algo entre tú y yoooooooo...» —canta Óscar a pleno pulmón y en ese momento me percato de que está sonando Mónica Naranjo.

Toda la discoteca se queda a la espera de que Óscar explique a qué viene semejante despliegue artístico. Hasta los camareros han bajado un poco la música para que nadie se pierda sus explicaciones.

—¿Qué me dices, Gemma?

Xabi, Nagore, Rubén y yo intercambiamos una mirada a cuatro.

Un momento.

¿Acaba Óscar de declararle su amor a Gemma cantando a Mónica Naranjo?

No tengo nada en contra de la muchacha, canta bien, pero que «Desátame» sea la canción que le va a recordar a mi amiga este momento durante el resto de su vida, pues va a ser que no...

Me acerco a David, que sigue ocupado sirviendo cócteles, y le pido que ponga algo más acorde con la estampa. Él asiente con una sonrisilla y va hasta la cabina del DJ.

Pocos segundos después, «Desátame» se fusiona con una versión dance de «Heaven», de Bryan Adams, que no es que sea una obra de arte, pero mantiene la esencia romántica de la original. Y entonces sí, mi amiga le da una respuesta a Óscar.

—Si lo que me estás pidiendo es que salga contigo, la respuesta es: «Pensaba que ya lo estábamos haciendo».

Todos nos echamos a reír, sobre todo por la manera en la que Óscar abre la boca, alucinado.

Gemma le ofrece la mano y lo ayuda a levantarse.

—¿Desde cuándo estamos saliendo, eh, listilla? —pregunta Óscar, sacudiéndose el polvo de las rodillas de malas formas.

—¿En serio? —espeta Gemma, divertida—. ¡Me lo pediste la noche de las perseidas, so idiota! ¡Me dijiste que te diera un poco de margen para contárselo a nuestros amigos cuando se te hubiera pasado el pedo!

Ay, madre, el despiste de Óscar no tiene límites. Gemma podría estar celebrando su tercer aniversario y él seguiría preguntándose cómo conquistarla.

—¿Y por qué no me lo has recordado hasta ahora?

—¡Porque no soy tu secretaria!

—Pero sí mi novia, ¡y hemos estado perdiendo el tiempo!

Óscar no le da opción a rebatir y le planta un buen morreo,

como si estuvieran en una película de Hollywood, tan metidos en el papel que hasta se inclinan.

Qué bonito, joder. Ya era hora.

Miro a Rubén con los ojos anegados en lágrimas, él me responde con una sonrisa un tanto triste y me da la espalda para pedir nuestras bebidas.

Una hora después, Gemma está pletórica meneando las caderas con Óscar; Nagore me guiña un ojo de vez en cuando mientras sigue restregándose con Xabi —la electricidad estática que están acumulando me preocupa—; Rubén no se separa de mí, tampoco se acerca más de lo políticamente correcto, pero no pierde detalle de todo lo que hago, de cada movimiento, de cada gesto... Y yo, intento vivir el momento sin comerme demasiado la cabeza.

Algo me dice que esta noche la luna volverá a brillar.

2002

Bajo la luz de la luna yo te amé

Benicàssim, 16 de agosto de 2002

Gemma lleva un par de días intentando convencerme para que esta noche subamos a cenar con ellos al bar. Me he estado negando por motivos obvios, porque no quiero incomodar a nadie, pero ha pillado por banda a Andoni cuando subíamos de la playa y, en cuanto mi novio ha escuchado «fiesta ochentera» saliendo de la boca de mi amiga, ha aceptado por los dos.

Hace una semana que Gemma y Xabi dieron el paso de acercarse a nuestra parcela para hablar conmigo. Según me contaron, tras la charla que tuvimos en el supermercado, Rubén se marchó a K'Sim con ellos. Más tarde tuvieron que cargar de vuelta al camping con un Rubén jodidamente borracho y pasado de rosca. Por el camino, no escatimó detalles a la hora de contarles todo lo que habíamos hablado junto a la sección de bollería, el modo cortés con que me había pedido que me largara y lo que él pensaba que había roto nuestra relación. Sospecho que no llegó a contarles la verdad, más que nada porque iba tan ciego que, según me dijo Gemma, hablaba en un idioma tan difícil de entender como el euskera. Además, de haberlo hecho, mi conversación con Gemma y Xabi habría ido por otros derroteros.

Sea como fuere, aproveché que Andoni había salido a dar una vuelta con la bici y me senté con mis amigos en mi parcela. Hablé con ellos largo y tendido, me disculpé por la parte que me tocaba y admití que no estaba preparada para hablarles del motivo por el que me marché. Ellos hicieron lo mismo conmigo y aquí estamos, sentados de nuevo, pero esta vez alrededor de una mesa en la terraza del bar, esperando a que Tito nos saque los bocadillos que hemos pedido. Al menos he evitado otras actividades que se celebran durante las fiestas del camping.

Gemma está contándome que el grupo que actuará esta noche es de Castelló y muy conocido por versionar canciones de los ochenta. Óscar y Xabi están discutiendo sobre cómo el Betis le ha sacado los colores al Real Madrid en el partido amistoso del Trofeo Bahía de Cartagena y Andoni interviene de vez en cuando. Me gusta esa naturalidad que veo entre ellos, sobre todo porque sé que Xabi y Óscar están haciendo un esfuerzo por que las cosas fluyan con mi novio. Pese a lo feliz que me hace eso, la conversación que Gemma mantiene conmigo es prácticamente unidireccional. Sé que es bastante absurdo no integrarme más con el grupo, son mis amigos y mi novio, y hay mil cosas de las que podría hablar con ellos, pero no me salen las palabras, es como si estuviera triste sin estarlo, como si estuviera sumida en una desesperación que no sé de dónde viene.

O sí lo sé.

Y es que Rubén está sentado a mi izquierda en absoluto silencio.

No hemos vuelto a dirigirnos la palabra desde nuestro en-contronazo, ni siquiera nos hemos visto por el camping, y, aunque es lo último que esperaba, ha aparecido en la terraza del bar como si nada. De hecho, ha sido puntual y todo. Me pregunto si Gemma lo habrá sometido a uno de sus famosos tirones de orejas o si habrá sido Xabi el que, una vez más, ha intervenido por el bien de todos. Poco les pagamos para todo lo que hacen.

Doy por hecho que la alegre charla que tuvimos Rubén y yo ha quedado atrás, pero no olvidada. Y tal vez ese sea el motivo por el que apenas ha abierto la boca. Pero, eso sí, lo he pillado mirándome más veces de las que me gustaría, lanzán-dome miraditas tristes que me preguntan por qué las cosas ya no pueden ser como antes entre nosotros. Y no tengo una respuesta, amigo, no la tengo. Pero no me cabe duda de que invitándome de malas formas a que me marche, las cosas no van a mejorar.

Está claro que ninguno de los dos nos sentimos cómodos si actuamos con normalidad, y, aunque imagino cuáles son sus motivos, no estoy segura de si es Andoni quien le molesta, si soy yo o es la situación en general, pero bien podía haberse quedado en su casa jugando con sus cromos de fútbol. En mi caso, desde que he vuelto al camping he llegado a la conclusión de que me he convertido en una versión artificial de mí misma: no quiero que la Maider que mis amigos conocen, que era alocada, divertida y estaba colgada por Rubén, se mezcle con la Maider del presente, que es la novia de Andoni, una tía seria, responsable y bastante contenida. No es que culpe a Andoni del cambio que he pegado, soy la única responsable, pero la cuestión es que ya no soy la misma chica que se marchó deprisa y corriendo de este camping en 1998, y no quiero decepcionar a nadie.

Tito interrumpe mis pensamientos con el estruendo que provoca al dejar la bandeja con nuestra cena sobre la mesa.

—Dos de tortilla de patatas, uno de calamares, otro de tortilla de chorizo y dos más de beicon con queso —nos dice—. ¿Os traigo algo más para beber?

Rubén hace un barrido por la mesa para asegurarse de que las bebidas de todos están vacías, hasta que llega a mi cerveza. Coge el botellín con el ceño fruncido y me mira extrañado al comprobar que sigue intacto.

—Cinco botellines —le dice a su primo, que ya está recogiendo los cascos vacíos— y llévate el de Maider, que está más caliente que Óscar viendo *Melrose Place*.

Las carcajadas brotan alrededor de la mesa. Hasta mi novio se ríe.

—No hace falta, Tito —le digo.

Extiendo la mano para que me devuelva mi cerveza, pero no lo hace. En lugar de eso, camina para colocarse a mi lado, se agacha y apoya las manos en el reposabrazos de mi silla.

—¿Qué le pasa a mi vasca favorita para que rechace una cerveza fresquita? —dice haciéndome ojitos.

Adoro a este hombre más de lo que él se imagina. Y no sé cuál es el motivo, pero un nudo enorme me cierra la garganta.

—Estoy bien, pero tengo el estómago vacío y prefiero no beber —me justifico.

—Pues menos hablar y más cenar —comenta Óscar con la boca ya llena—, hay que ponerse a tono para darlo todo bailando.

Tito ignora las palabras de mi amigo y me sostiene la mirada por unos instantes que aprovecha para hurgar en mi interior, pero finalmente me devuelve la cerveza templadita, se aparta con el ceño fruncido y vuelve al interior del bar.

—¿Calamares? —pregunta Gemma con un bocata entre las manos.

—Para mí —contesta Andoni.

Gemma se lo entrega y, a continuación, se queda con un bocadillo de tortilla de patatas y le pasa el otro a Xabi. Solo quedan dos en la bandeja y está claro de quiénes son. Sé que es una tontería, pero me invade la nostalgia al ver que después de tantos años seguimos pidiendo lo mismo para cenar, que ese detalle tan insignificante no haya cambiado, y que, a la vez, nosotros nos mostremos tan diferentes y tan distantes.

—¿Quieres que compartamos el de calamares? —me pregunta Andoni.

—No, gracias, los calamares entre pan y pan siguen sin apasionarme.

Rubén me ofrece uno de los bocatas de beicon y automáticamente, rodeo sus manos con las mías y me lo llevo a la boca. Le pego un buen mordisco y me aparto.

—Gracias —digo con los carrillos todavía llenos—, aunque tiene poco queso.

Él no puede evitar sonreírme antes de darle un buen bocado al mismo bocadillo.

Noto varios pares de ojos clavados en mí, entre otros, los de mi novio, y de pronto caigo en la cuenta de lo que acabo de hacer. He recuperado una tradición que Rubén y yo teníamos cuando éramos novios: el primer bocado de su cena siempre era para mí. Con el paso del tiempo, se convirtió en un gesto que nos salía natural. Casi tan natural como lo ha sido ahora mismo.

Xabi carraspea y retoma la conversación sobre Vicente del Bosque, el entrenador del Madrid, con Óscar y Andoni, y yo no quiero ni mirar a mi novio, no vaya a ser que se dé cuenta del mal rato que estoy pasando y lo culpable que me siento.

Está claro que lo mejor que puedo hacer es quedarme quieta y calladita, porque cada vez que bajo la guardia, la Maider del pasado, que sigue siendo fan de *La Sirenita* y de los colgantes con forma de chupete, sale a la palestra y se adueña del momento buscando retomar el roce y recuperar la confianza con Rubén, como si no hubiéramos pasado esa página ya.

Cojo mi cerveza calentita y me bebo la mitad de un trago bajo la atenta mirada de Andoni y de Rubén. El primero con el ceño fruncido a más no poder y el segundo con una sonrisilla de medio lado que me muero por borrarle de la cara, y tal vez no exactamente a guantazos.

Continuamos cenando y la situación fluye a trompicones hasta que llegan los combinados de alta graduación y Xabi, Óscar y Gemma animan la conversación contando sus últimas peripecias en la discoteca K'Sim, obviando la borrachera de Rubén.

En cuanto oímos los primeros acordes de «Ni tú ni nadie», de Alaska y Dinarama, pagamos y nos acercamos a la zona de la entrada del camping, que es donde han montado un pequeño escenario.

Sospecho que el repertorio de esta noche me va a calar hondo, más que nada porque, después de la enérgica «Ni tú ni nadie», vienen Greta y los Garbo con «Pienso tanto en ti», que, aunque no es ochentera, da el pego a las mil maravillas y duele como ninguna otra.

Nos ponemos en círculo y bailamos todos con todos mientras la noche se va llenando con los ecos del pasado de la mano de Duncan Dhu y «Cien gaviotas», Danza invisible y su «Sabor de amor», Loquillo con su «Cadillac solitario», Modestia Aparte recordando «Cómo te mueves», Los Inhumanos y el

Simca 1000 más vulgar de la historia, y «La fuerza del destino», de Mecano, una de las favoritas de Gemma, con la que se viene arriba como la que más.

La verdad es que el repertorio es todo un éxito y la gente se lo está pasando bomba. Todos excepto Óscar, que no hace más que exigir que toquen alguna de Chimo Bayo, mientras mueve el pie como si estuviera hinchando una colchoneta y sacude la mano en el aire. A ninguno nos queda la paciencia suficiente para explicarle por enésima vez que, por mucho que insista en que la movida valenciana también molaba, esta noche no procede. Lo siento por Gemma, pero si Óscar suelta otro «¡Hu-ha!», voy a estrangularlo con el primer cable que pueda robar del escenario.

En cuanto llega la hora de soltarse el pelo con los Hombres G, Xabi pierde la vergüenza norteña que nos caracteriza y se pone a bailar en el centro del círculo que formamos sus amigos. Hay que ver lo que nos gusta un clásico ochentero y cómo nos desmelenamos a la mínima que nos dan pie.

—¿Me concedes este temazo? —me propone con elegancia.

Acepto dándole la mano y me arrastra al centro con él.

Empezamos a movernos y me doy cuenta de cuánto echaba de menos tener un momento de liberación como este, sin complejos y sin comerme la cabeza con mis mierdas, y es que Xabi tiene la habilidad de llenarte la vida de risas y buen rollo sin pretenderlo siquiera. Él es de los que siempre suman.

—«Yo lo que quierooooo es verte sonreír» —canta y me guiña un ojo.

Y yo no dejo de hacerlo, no paro de reírme mientras danzo al son de Hombres G con uno de los mejores amigos que he tenido la suerte de encontrar y recuperar.

—¡Suéltate el pelo, Maider! —me anima Gemma.

Hago lo que me dice entre risas y me lo revuelvo con ambas manos como si estuviera protagonizando un anuncio de champú, le tiro la pinza que me sujetaba la melena a Xabi y casi le saco un ojo. Él la recoge del suelo y se la engancha en la nariz. Puede que ahora le haga mucha gracia, pero dentro de un rato, se le pondrá como un pimiento. Observo por el rabillo del ojo que Rubén y Andoni me están mirando, el primero, sonríe abiertamente, con un brillo de nostalgia, y el segundo parece descolocado porque no reconoce a su novia en esta chica tan desenfadada y feliz.

La canción sigue su curso y nosotros no dejamos de bailotear hasta que agotamos la última nota y Xabi me pega tal achuchón que creo que me ha astillado un par de costillas.

—Esta es mi Maider —me dice al oído con cariño, justo antes de soltarme.

Le quito la pinza de la nariz, observo que la marca que le ha dejado es pequeña y vuelvo a recogerme la melena con ella.

—No te tenía por una chica a la que le gustan los Hombres G —comenta Andoni, y me da un beso rápido en la boca que me sabe más a marcaje que a cariño.

—Porque no la conoces —contesta Rubén por lo bajo.

Mi novio se lo queda mirando como si hubiera captado algo, tal vez mi reacción, y se pensara que me ha insultado de alguna manera. Está equivocado, sus palabras me han herido, pero no del modo que piensa.

Los siguientes en dar el espectáculo son el propio Rubén y Gemma con «La culpa fue del chachachá», de Gabinete Caligari. Las manos de Gemma descansan sobre su ancho pecho, justo encima del logotipo de Reincidentes que lleva impreso en su camiseta gris oscuro, las de él están ancladas en las caderas de ella, y se mueve con sutileza y sensualidad. Aunque prefiero no recordarlo, me resulta inevitable evocar lo que sentía cuando era a mi cuerpo al que se aferraban sus manos.

Cuando termina la canción, Rubén le dice algo al oído a Gemma, a lo que ella responde arreándole un manotazo en el brazo y echándose a reír como una loca. Reconozco al chico del que me enamoré en esa jugada, porque solo él posee esa habilidad innata para hacerte enfadar y reír hasta que pierdes la dignidad con una sola frase.

En cuanto la gente para de aplaudir al grupo, son Los Secretos con «Déjame» los que cogen el relevo.

—Maider, esta la tienes que bailar conmigo —suplica Andoni.

Los Secretos es uno de sus grupos favoritos, así que no me lo pienso dos veces y me lanzo a bailar con él.

Andoni no es lo que se dice la reencarnación de Fred Astaire, vamos, que su cuerpo no reconoce el compás ni sabe moverse en consecuencia, pero se esfuerza y yo intento guiarlo para que no tengan que amputarme varios dedos de los pies. Pero lo gracioso de la situación no es su falta de pericia, es otro detalle que no pasa inadvertido a ninguno de mis amigos. De hecho, Xabi tiene una ceja tan levantada que es posible que se le fusione con el flequillo y nunca más se vuelva a saber de ella.

La canción de Los Secretos habla de un amor que ya no funciona y de una relación que ya no tiene sentido. No deja de ser un pelín irónico oír a mi novio cantándola como si le fuera la vida en ello.

Aunque el pesimismo de la canción me esté revolviendo entera, me obligo a ignorarlo.

En cuanto suena el último acorde, me disculpo para ir al servicio. Necesito unos minutos a solas, porque por mucho que esté resultando ser una noche bastante divertida, estoy confusa, desubicada y un poco mustia.

Cuando vuelvo del baño, Xabi y Óscar lo están dando todo al son de la «Lambada», de Kaoma, y yo solo quiero lavarme los ojos con lejía. Han convertido una de las danzas más sensuales que existen en una cutre aberración con sobredosis de testosterona. Andoni y Gemma bromean sobre los movimientos lascivos de nuestros amigos mientras yo busco a Rubén entre la multitud. Temo que se haya marchado y me invade una sensación de pérdida que no acabo de comprender ni aprobar. En cuanto lo veo volviendo del bar con un montón de botellines de cerveza en las manos, como por arte de magia negra, me tranquilizo. Él es mi condena y mi salvación. Le cojo algunas bebidas para repartirlas y me relajo dándole un buen trago a la mía.

Gracias al cielo, la «Lambada» no se alarga mucho más y el grupo anuncia que van a tocar la última canción de la noche.

—¡Los Rebeldes! —celebra Óscar nada más escuchar la primera nota. Acto seguido se abalanza sobre Xabi y empieza a hacer movimientos que supongo que pretenden ser provocativos. Creo que los prefería bailando la «Lambada», porque mancillar «Bajo la luz de la luna» me parece un crimen imperdonable.

Gemma coge a Andoni de la mano, lo arrastra hacia el centro de la multitud y se pone a bailar con él sin darle opción a protestar. Reprimo en el último momento el grito que está a punto de escaparse de mi boca para rogarles que no se vayan y es que... solo quedamos Rubén y yo, aferrándonos a nuestras cervezas.

Él está apoyado en la barandilla del bar, y yo justo enfrente.

Me está mirando, tan fijamente como yo a él.

Dudo de que se atreva a sacarme a bailar, pero en cuanto le da un trago largo a su botellín y lo deja en una esquina en el suelo, sé que ha tomado una decisión.

Doy un paso atrás y lo miro asustada al tiempo que noto cómo el corazón se vuelve loco dentro de mi pecho. Me cabreo conmigo misma, primero, porque no puedo sentirme así cuando mi novio está como a diez metros de distancia y podría darse cuenta de lo que está pasando, y, segundo, porque Rubén ya no se merece ni uno de los latidos que mi corazón está interpretando por él.

Sin embargo, en cuanto lo veo acercarse a mí con paso firme, no puedo evitar que se me aflojen las rodillas por la anticipación que me está poseyendo. Es lo más injusto que he sentido en toda la vida, pero quiero que me toque, quiero tenerlo cerca por última vez.

Rubén me quita la cerveza a la que me estoy agarrando y la deja en el suelo.

A continuación me ofrece su mano.

Sin palabras, sin gestos bonitos. Lo hace y punto.

No dudo ni un instante antes de posar mi palma sobre la suya.

Me atrae hacia su cuerpo y nos quedamos quietos. Juraría

que es el mundo el que se ha parado, pero la música y el movimiento de la gente que nos rodea me indican que no, que solo somos nosotros los que nos hemos perdido en este momento.

Empezamos a mecernos lentamente con nuestros dedos todavía entrelazados sobre su pecho, su otra mano en mi cintura y la mía sobre su hombro. Noto su olor envolviéndome, ese aroma a mar, a sol y a aventura; su barba incipiente rozándome la piel de la mejilla, y la suave vibración de su voz mientras tararea la melodía que flota a nuestro alrededor.

Bajo la luz de la luna me diste tu amor.
Ni tan solo una palabra, una mirada bastó, oh.

—Siento mucho lo del otro día.

—Supongo que te refieres a nuestra charla en la sección de bollería.

—¿Estábamos junto al pan de molde? —Se ríe apenas.

—Sí, y quise pegarte con un paquete en la cabeza.

—Me lo merecía, pero al menos era algo blando. Sea como sea, lo siento de verdad —admite de nuevo—. Creo que nos debíamos una conversación, pero no precisamente la que tuvimos.

Me pregunto si Xabi o Gemma han tenido algo que ver en este cambio de actitud, pero en realidad no importa. Rubén está dando un paso y eso es lo primordial.

—Tienes razón. Tal vez uno de estos días, antes de que me vaya, podríamos sentarnos y hablar con un poco más de educación.

—Hecho —promete—. ¿Puedo hacerte una pregunta? —dice casi pegado a mi oído. Su aliento me hace cosquillas en la piel del cuello.

—Puedes.

Duda unos instantes, pero al final se lanza.

—¿Cuántas veces te ha preguntado tu novio si todavía sientes algo por mí? Porque tal y como nos está mirando ahora mismo, diría que muchas.

Giramos un poco y observo a Gemma y a Andoni por encima del hombro de Rubén, que siguen bailando. Cruzo una mirada con mi amiga, que me guiña un ojo y me doy cuenta de que intenta empujar sutilmente a mi novio para alejarlo de nosotros y está haciendo movimientos muy extraños para mantenerlo de espaldas, cosa que no consigue del todo porque él se las apaña para que ella se dé la vuelta cada poco. No sé si agradecérselo o preocuparme por que sea tan evidente que necesitábamos este momento a solas.

—¿Sigue mirándonos? —se interesa Rubén.

—No, ya no. —Levanto la mirada para contemplar sus ojos verdes y veo una sonrisilla disimulada.

—¿De qué te ríes?

—Es gracioso que estemos así otra vez. Te tengo entre mis brazos y tú no dejas de vigilar por encima de mi hombro como cuando éramos unos adolescentes y temías que nos pillara tu padre.

Me es imposible contener la carcajada que escapa de mi boca. Fueron numerosas las ocasiones en las que Rubén puso el aguante de mi *aita* en jaque: todas las veces que nos escapamos juntos, el día que me besó delante de todos, aquella última noche...

—Mucho miedo no le tenías...

—La verdad es que lo respetaba bastante, pero me la jugaba igualmente por ti.

Aprieta mi mano un poco más contra su pecho y lo dejo hacer, porque no estoy preparada para que volvamos a separarnos tal vez para siempre.

Qué rápido parece girar el mundo cuando estás con la persona indicada y qué despacio cuando te falta. Ojalá el tiempo decidiera detenerse en este instante y congelarnos para toda la eternidad en este baile.

—No me has contestado a la pregunta que te he hecho —recuerda.

—Andoni me ha preguntado varias veces sobre Xabi.

—Pobre chaval, siempre pagando nuestros platos rotos...

—Pero nunca me ha preguntado sobre ti explícitamente porque no sabe que estuvimos juntos.

—Vaya, eso deja bastante claro lo poco que signifiqué para ti. Y duele.

—No te equivoques, Rubén. Sabe que mantuve una relación con un chico y que fue muy especial, pero nunca le he dicho que eras tú.

Detiene nuestro baile y noto que sus músculos se han tensado de repente.

—¿Te avergüenzas de haber salido conmigo?

—No, para nada, simplemente prefiero no recordarlo.

«Porque todavía hay días en los que te siento y me dueles. Por eso intento no pensar en ti con todas mis fuerzas».

—Me entristece que hables así sobre lo que tuvimos, como si fuera algo que debes olvidar a toda costa..., pero no te preocupes, yo siempre lo recordaré por los dos. —Guarda silencio unos segundos en los que su cuerpo comienza a mecerse de nuevo pegado al mío y su pulgar me acaricia la palma de la mano—. ¿Te habías fijado alguna vez en que la letra de esta canción parece escrita para nosotros?

—La verdad es que no.

—Que mencione la luna debería haberte dado alguna pista... —se mofa en mi oído y me roza sin querer el lóbulo con sus labios.

—Cierto, pero no es que hoy esté demasiado centrada.

—¿Qué te pasa?

Niego levemente con la cabeza y él lo deja pasar. Siempre ha sabido cuándo no es el momento de insistir.

Bajo la luz de la luna me dijiste adiós.
Con lágrimas en la cara me rompiste el corazón.

—Ojalá Tito nos hubiera cantado esta canción, es bastante más bonita que «El toro y la luna».

—Lo es, pero tiene un fallo: tú y yo nunca nos dijimos adiós —dice con la voz llena de añoranza—. Hubo lágrimas, eso es cierto, más de las que me habría gustado, pero no hubo despedidas, porque, en realidad, nunca rompimos. Te marchaste.

—Y tú no me buscaste.

—Eso no es verdad y lo sabes.

Se inclina hacia delante y yo arqueo la espalda. El pulso se me para porque no sé lo que va a pasar a continuación. Me mira los labios y sé que le están suplicando un beso, pero por su mirada deduzco que no va a hacer nada, que esta no es más que otra floritura en este baile que estamos interpretando y que se va a contener por mucho que ambos estemos sintiendo mil cosas en este instante. Me ayuda a incorporarme y vuelve a posar nuestras manos unidas sobre su pecho.

—Siguiendo con la letra —dice con un tono suavecito—, hay otro trozo en el que dice que no hizo falta más que una mirada para que ella le diera su amor, y eso aplicado a nosotros tampoco es del todo exacto, porque necesité a todo el camping de mi parte y tuve que aprender otro idioma para que aceptaras salir conmigo.

Alza nuestros brazos y giro por debajo. Vuelvo a acurrucarme contra su cuerpo y apoyo la mejilla en su hombro.

—Pero centrémonos en las estrofas de la canción que encajan a la perfección con nosotros, por ejemplo: «y yoooo sé que nunca olvidaré que bajo la luz de la luna yo te amé» —canta cerca de mi oído a la vez que la canción y suspira profundamente—. También hicimos el amor bajo la luz de la luna y he de decir que esa es una de mis partes favoritas.

La ternura con la que recuerda me cierra la garganta.

—Y es que tu cuerpo también se abrió como una flor.

—Oh, joder, Rubén, si te atreves a utilizar la palabra «desflorar» refiriéndote a mí, te voy a meter una colleja que se te van a salir esos ojos tan bonitos que tienes.

Se ríe y ese sonido es mil veces más bonito que la canción.

—Fuiste tú la que me desfloró a mí. Yo no era más que un muchacho inocente que se estaba enrollando con su novia.

—Bueno, técnicamente, fuiste tú quien empujó.

—Y tú quien me rogó que lo hiciera.

—Yo no te rogué, te lo pedí muy...

—¿Acalorada? ¿Efusiva? —sugiere entre risitas.

—¿Podemos dejar de hablar de esto?

—No es más que una amable charla sobre jardinería: flores, semillas, abejas...

—Por Dios.

Sus dedos me recorren la espalda con una cadencia que me está matando. No sé si es consciente de lo que está haciendo o si simplemente se deja llevar, pero está torturándome de la manera más dulce que existe.

—También recuerdo aquella vez en la que te restregaste contra mí en el mar o cuando nos enrollamos junto a la piscina pequeña. Aquella primera vez en la que me perdí en los laberintos de tu cuerpo...

Los recuerdos se calientan en mi cabeza y se me escapa un jadeo involuntario.

Me gustaría decir que Rubén busca provocarme, pero en el fondo sé que no es solo eso. En realidad solo se muestra vulnerable, me está dejando ver lo que tiene dentro y cómo se siente. Aun así, la situación me asusta porque temo perder el control de un momento a otro. No dejo de vigilar a mi novio ni de preguntarme por qué la vida nos ha llevado a este callejón sin salida. Y es que lo único que deseo en este instante es que nos perdonemos, que hablemos claro de una vez por todas, y que, admitamos que todavía sentimos algo por el otro.

Rubén se separa un poco de mí y me hace dar la vuelta de nuevo, solo que en esta ocasión no vuelvo a cobijarme contra su pecho, me rodea la cintura con sus brazos y apoya la barbilla en mi hombro. Lo noto duro en mi espalda, pero no puedo reprochárselo, no cuando yo estoy ardiendo tanto por sus caricias como por la ausencia de ellas. Por mucho que esta situación sea lo más incorrecto que hemos hecho jamás, no me cabe la menor duda de que seguimos atrayéndonos. Llevamos toda la vida jugando a este juego y es muy difícil dejar de hacerlo.

—Cuando salió esta canción —dice con la boca pegada a mi cuello—, allá por los ochenta, ya me parecías bonita. Después te volviste un poco insoportable y bastante susceptible con respecto a mis acercamientos, pero cada vez eras más guapa. Y aquí estamos, no sé cuántos años después, y en todos los sentidos sigues siendo la chica más espectacular que he conocido.

Me separo de él y me doy la vuelta. Soy incapaz de mirarlo a los ojos porque no sé con qué me voy a encontrar.

—No podemos seguir con este juego, estoy con Andoni. —La voz me sale sin fuerza, en parte porque estoy jadeando por culpa de la excitación y los nervios.

Rubén lleva su mano a mi barbilla y me obliga a mirarlo. Me encuentro con lo que más temía, sus profundos ojos verdes llenos de la misma amargura que llevo viendo todo el verano.

—¿Crees que estamos jugando? —pregunta, molesto—. Solo estamos recordando, Mai, es algo inofensivo.

—Este baile, tus palabras y esta canción son de todo menos inofensivos. Además, estás citando las partes que te interesan y se te está olvidando la más importante: «Todo lo que empieza tiene un final».

Resopla suavemente y me sonríe, justo lo último que quiero que haga, porque ahora mismo solo deseo que sea borde conmigo, necesito que me ayude a mantener la distancia porque ya no me fío de mí misma.

—Las canciones de amor a veces mienten. Lo más bonito del primer amor es la inocencia con la que creíamos que nunca se acabaría.

—Pero se acabó, Rubén.

—¿Estás segura?

Asiento, aunque esté ahogándome en un maldito océano de dudas.

—Sí, lo estoy. Basta ya, por favor.

Doy un paso atrás, pero antes de que me dé tiempo a marcharme, vuelve a cogerme la mano.

—Sabes, me encanta la ironía de esta situación, Maider. Con él has bailado «Déjame» y conmigo «Bajo la luz de la luna». Pero soy yo quien se irá a dormir solo mientras tú te vas con él. En mi camping, bajo nuestra luna.

—Pero ¿tú quién te has creído que eres?

Lleva su dedo índice a mis labios y yo guardo silencio.

—Antes de montarme la bronca por intentar recordar todo

lo bueno que vivimos juntos en lugar de volver a echarnos los trastos a la cabeza, tal vez deberías pararte a pensar qué es lo que realmente te cabrea, porque diría que tiene mucho que ver con quién de los dos te ha hecho sentir más esta noche.

Y es él quien se marcha sin mirar atrás.

«Maider, sigue agarrándote a ese final que nunca existió y rómpete el corazón a ti misma cuando lo descubras», pienso con lágrimas en la cara, como dice la canción.

18

«Désenchantée»

Discoteca K'sim, 25 de agosto de 2005

En cuanto escucho las primeras estrofas de «Désenchantée», de Kate Ryan, la adrenalina se acumula dentro de mi cuerpo y siento la necesidad de dejarla salir con urgencia. Alzo las manos al aire y me balanceo en consonancia con la lenta cadencia del inicio de la canción. Las luces de colores parpadean, giran a mi alrededor e iluminan y colorean a toda la gente que baila conmigo. Son más de las dos de la mañana y estoy sola en mitad de la pista, pero me da igual, necesito este momento de conexión con la melodía y conmigo misma. Doy vueltas sobre mi propio eje hasta que me siento un poco mareada, tanto que me veo obligada a dar un par de pasos hacia atrás. Choco con alguien, unas manos se aferran a mí y me ayudan a mantener el equilibrio. Sé que es él, no necesito más que sentir el calor de su tacto para saber que es Rubén quien está a mi espalda. Hay sensaciones que el cuerpo nunca olvida.

Mis manos cobran vida propia y rodean su cuello por detrás, las suyas continúan en mi cintura y sin mediar palabra nos movemos al ritmo que marca la canción, rozándonos y tentándonos. Vuelvo a elevar las manos al aire mientras las suyas recorren mi cintura en sentido ascendente, acariciando con necesidad mis costados. Por fin estamos arriesgando y reencontrándonos. Me doy la vuelta y una pequeña sonrisa traviesa adorna su preciosa boca. Por unos instantes me recuerda a aquel loco que se coló en mi iglú y aprendió euskera para pedirme que saliera con él, a aquel chico que siempre llevaba una sonrisa insolente por bandera.

Llega el estribillo y es como si alguien hubiera pulsado un detonador.

La canción revienta, mi corazón explota. Todo a nuestro alrededor vuela por los aires y se desata la locura.

> *Tout est chaos à côté.*
> *Tous mes idéaux: des mots abîmés...*
> *Je cherche une âme, qui pourra m'aider.*
> *Je suis d'une génération désenchantée, désenchantée.*

La gente no para de pegar botes por toda la discoteca; cantan la letra de cualquier manera, y es que los idiomas extranjeros nunca han sido el fuerte de nuestra generación.

Rubén y yo, en cambio, hemos ralentizado el ritmo, bailamos pegados sin dejar de mirarnos, como si fuera Sergio Dalma quien está gritando por los altavoces a favor del roce. Lo tengo tan cerca que podría perderme en el verde de sus ojos. De hecho, es lo que quiero hacer, sentir que me mira como lo hacía antes y naufragar en su mirada para siempre.

—«Si la mort est un mystère, la vie n'a rien de tendre. Si le ciel a un enfer, le ciel peut bien m'attendre. Dis-moi, dans ces vents contraires comment s'y prendre. Plus rien n'a de sens, plus rien ne va...» —canta en mi oído, meloso.

—¿Desde cuándo sabes francés?

—Suelo aburrirme a menudo, ya me conoces. A veces me da por hacer ecuaciones matemáticas por pura diversión, otras, por aprender idiomas...

—Tan pedante como siempre... —digo entre risas.

—Admítelo, nadie te había cantado en francés hasta que lo he hecho yo.

—Ni siquiera sé lo que estabas diciendo.

—Un montón de guarradas en francés —me toma el pelo.

—¿Por ejemplo? —lo incito.

Levanta una mano hacia mí y me acaricia la mejilla, no hay indecisión en sus ojos, solo una honestidad brutal.

—Que ahora mismo podría follarte contra una pared hasta hacerte perder el sentido, *ma chérie*.

Abro la boca y la vuelvo a cerrar varias veces. Unas diez, parezco un pez.

Sus palabras son la hostia en verso.

—Venga, Mai, haz un esfuerzo y admite que te ha encantado.

Claro que me gusta, su voz es perfecta para pronunciar el idioma galo y más si su aliento me roza la piel que tan sensible siento. En realidad, me daría igual que fuera italiano, portugués o esperanto, funcionaría igual siempre que fuera él y me dijera lo que me acaba de decir.

—A mí no me vas a engañar, tu cuerpo está respondiendo a cada palabra que sale de mi boca. —Me recorre los brazos con sus manos, tratando de dejar en evidencia mi piel de gallina—. Como ha hecho siempre, incluso cuando fingías querer a otro.

—Mi cuerpo y mi corazón no siempre hacen lo que quiero.

Que nadie se confunda. Cada célula de mi ser está incendiándose, reaccionando a lo que siento por él, y mi mente está completamente desconectada y entregada a la causa, tanto que dudo de que sea capaz de decir algo coherente. Pero eso no quita que esté un pelín apabullada.

—¿Y qué es lo que quieres? —pregunta mientras sus manos vuelven a mis caderas y su cuerpo se mueve con suavidad contra el mío al ritmo de Kate Ryan.

—Que me toques.

—Ya lo estoy haciendo.

—No lo suficiente.

—¿Me estás pidiendo guerra? Si es así, la vas a tener.

Sus manos recorren la distancia hasta mis pechos, pero se paran a pocos milímetros. Suspiro decepcionada. Quiero que siga subiendo, pero no sé si es lo que él desea o busca en este momento, lleva toda la noche mandándome señales contradictorias: te miro pero no me acerco, me acerco pero no te toco... Rubén siempre ha sido así de impredecible, como una tormenta en pleno mayo en el Cantábrico. Y, por desgracia, esto es justo lo que más me atrae de él.

—Has parado —constato con cierta desilusión mal camuflada.

—Solo estoy haciendo un descanso en mi camino.

—¿Y no piensas seguir?

Su mirada se clava en la mía, inescrutable. Vivo enganchada a esos ojos verdes sin remedio.

—Seguiré, si es eso lo que quieres que haga.

Sus pulgares empiezan a acariciar la base de mis pechos, pero me sabe a poco; a estas alturas necesito más, lo quiero todo. Cojo sus manos y las lleno con mis tetas sin miramientos. Automáticamente, él se pega más todavía a mí y acerca su boca a mi oído.

—No te recordaba tan decidida.

—Ni yo a ti tan dubitativo.

Sonríe de nuevo inclinando la cabeza hacia atrás con cierta arrogancia, es un gesto tan suyo que siento que lo he recuperado, que este es el Rubén del que me enamoré, el tío que ha protagonizado todos mis veranos.

—¿Así es como quieres que vuelva a caer? —pregunta.

Me acaricia los pechos con suavidad, pero quiero codicia, quiero que me manosee con saña, que me arranque la ropa y me haga suya aquí mismo, delante de toda esta gente, frente a todos nuestros amigos si hace falta.

—Si tú caes, caemos los dos —digo a punto de perder los papeles—. ¿Qué hay de malo en eso?

—Nada. El amor y el odio son lo mismo en el aspecto químico, pero pasar de un sentimiento al otro lleva su tiempo y, a veces, la primera parada es la lujuria.

Mis dedos se lían con el cuello de su camiseta y tiro hasta que mis labios rozan su oreja.

—Dicen que los que se odian con tanta fuerza es porque en su día, se amaron con la misma intensidad.

Compartimos el silencio mientras Kate Ryan se va precipitando hacia el final de la canción. Veo resolución en sus ojos, pero ya no es la misma que hace algunos minutos.

—Volví por ti.

—¿Qué? —Lo observo completamente perdida y suelto su camiseta de golpe.

—Que volví de Madrid por ti.

Doy un paso atrás para alejarme. Él me mira con recelo.

—¿La primera o la segunda vez?

—Ambas.

—¿Por qué?

Se acerca a mí otra vez y me retira un mechón de pelo de la frente con una confianza que me acelera el pulso más si cabe.

—Porque la balanza cayó hacia tu lado. —Cierra unos instantes los ojos, como si le fuera la vida en la frase que acaba de pronunciar—. Por mucho que me joda o haya pretendido fingir lo contrario, tú siempre vas a pesar más que cualquier otra cosa. La primera vez, necesitaba venir a Benicàssim, verte y comprobar que después de tres años estabas bien.

—Eso lo confirmaste enseguida, me viste nada más bajarme del coche, ¿no?

—Sí, pero quise quedarme y asegurarme del todo, aunque bueno, después se torcieron las cosas un poquito. Siempre me ha perdido la boca... —Me dedica una sonrisilla a la que no puedo evitar responder con otra—. Pero la segunda vez, Xabi me dijo que me necesitabas a tu lado.

—¿Que hizo qué?

Siento la decepción creciendo en mi interior. ¿Xabi traicionó su palabra? Lo busco por la discoteca y, como no lo veo, vuelvo a centrarme en Rubén.

—Cuando te llamé zorra y salí por patas de vuelta a Madrid, Xabi me llamó. Me dijo que había tenido una conversación contigo en la playa la noche de las perseidas y que, aunque jamás me revelaría lo que le habías contado, tenía que confiar en él y volver a Benicàssim, porque aquí es donde debo estar. Y yo...

—Volviste otra vez.

—Sí, Mai, he salido corriendo del puto Madrid dos veces por ti. —Me sonríe con un toquecito de amargura—. Cogí el coche y me vine a Benicàssim sin hacer más preguntas. Y volvería a hacerlo otras mil veces más si supiera que me necesitas, porque, como te dije el día de la tormenta, así de gilipollas soy cuando se trata de ti.

—¿Por qué me lo cuentas ahora?

—Porque ya va siendo hora de hablar claro, ¿no?

Madre mía, es mi oportunidad.

Me está dando pie a que le cuente todo, pero no sé ni por dónde empezar. Además, la mera idea de sacar todo lo que llevo tanto tiempo guardando, me revuelve el estómago, porque no sé cómo se lo tomará y cabe la posibilidad de que acabe perdiéndolo.

—Según van pasando los días, cada vez te siento más dentro otra vez... —suspira—, pero sé que tenemos que hablar, que, por una vez, debemos hacer las cosas bien. Nos debemos esa conversación que me ofreciste aquel día que nos encontramos en la playa.

Me acerco tanto a él que casi nos fusionamos. Me atrae, es irremediable.

—Yo también estoy igual, Rubén, a veces tengo la sensación de que no ha pasado ni un solo día desde la última vez que estuvimos juntos. Lo que siento latiendo en mi pecho me calienta más que lo que siento entre las piernas, y eso solo me sucede contigo.

—Lo sé. Siempre ha sido así entre nosotros.

Me retira el pelo con suavidad, se inclina hacia mí y dibuja una caricia con sus labios detrás de mi oreja. No sé qué es lo que vendrá a continuación, si me va a besar, si va a seguir hablando...

—¿Por qué creyó Xabi que me necesitabas? —pregunta con la boca todavía pegada a mi piel.

Me quedo en silencio. No es la parte por la que quiero empezar. No es lo que quiero contarle ahora mismo porque no es más que el final, el desastre y las consecuencias. Necesito ir hasta el origen del problema, tal como he hecho en terapia miles de veces, pero no sé si seré capaz en el estado en el que me encuentro.

Pasados unos segundos, al no obtener respuesta, Rubén se

aparta un poco y me dedica una mirada de profunda exasperación que me habla a gritos. Una vez que se ha atrevido a abrir su testarudo e introvertido corazoncito, pretende que yo haga lo mismo con el mío y sé que no va a parar hasta que le dé una respuesta que lo satisfaga, pero por mucho que me haya prometido que lo voy a hacer, ahora mismo no puedo.

Esto no es lo que necesito de Rubén en este instante.

Solo quiero que me haga olvidar como solo él sabe hacerlo.

Olvidar y recordar todo lo que fuimos.

Que por una noche vuelva a ser mío.

Que me tape el balazo con una tirita.

—Te necesito, Rubén, te necesito más que nunca, pero ahora mismo solo deseo que me ayudes a olvidar toda esta culpa y este dolor que siento desde hace tanto tiempo.

—No sé si podré curarte esa mirada triste que tanto me ha estado haciendo sufrir.

—Tú eres el único que puede. Tócame y hazme olvidar, por favor.

Levanta las cejas sorprendido, pero le dura apenas un par de segundos.

—Está bien. Déjame intentarlo.

Va a concederme la tregua que tanto me urge en este momento, alargará este verano por mí y yo me prometo que no retrasaré la conversación ni un día más, que en cuanto volvamos al camping hablaré con él y que sea lo que tenga que ser.

Sus manos vuelven a estar sobre mis pechos y las mías rodean su cuello. Su olor me envuelve otra vez y mi pulso se desmadra.

—Tú siempre arreglando cosas.

—Una vez fui casi astronauta. Es lo mío.

Kate Ryan aprovecha el momento para cederle la noche a Shakira con «La tortura».

—¿Estábamos más o menos así? —pregunta mientras sus pulgares me rozan con discreción los pezones erguidos.

—Más o menos —farfullo recuperando a marchas forzadas toda la excitación que he acumulado hace un rato—. Milímetro arriba, milímetro abajo.

—Te aseguro que el asunto está más arriba que abajo. —Se carcajea como el sinvergüenza que ha sido siempre—. ¿Hay algo más que quieras que arregle?

Al contrario que Shakira, yo sí puedo pedirle lo eterno a un simple mortal.

Porque Rubén me conoce mejor que nadie. Mi cuerpo, mi corazón, mis deseos, mis necesidades, mis debilidades. Todo.

—Me muero de sed —confieso.

—Podrías habérmelo dicho antes.

Resopla y lanza una mirada hacia la barra que tenemos como a diez metros. Sonrío, puede que esta sea como mucho la segunda vez que lo pillo con la guardia baja.

—No me estás entendiendo.

Se pega con saña un mordisco en el labio, que pretende esconder una sonrisilla. Llevo mi mano a su cara y lo libero. Me acerco a su boca despacio, sin apartar mis ojos de los suyos y me detengo a escasa distancia. Pasan los segundos sin que nos movamos, ninguno de los dos nos atrevemos a dar el último paso. Finalmente, es la multitud que nos rodea la que obra la magia empujando a Rubén hacia mí y provocando que sus labios toquen los míos. Tan solo un mísero roce basta para despertar una cantidad desorbitada de emociones y de recuerdos en mi interior. Toda una vida.

De pronto ya no importa quién ha dado el paso: ambos nos lanzamos a devorarnos sin miramientos.

Ha pasado mucho tiempo desde la última vez, pero huele y me sabe como aquel primer beso en la playa, y estoy segura de que, por muchos años que pasen, esto es lo único que nunca cambiará: la manera en la que nos besamos, la manera en la que los sentimientos fluyen a través de nuestras bocas, la manera en la que le damos de comer a ese algo más que siempre hemos compartido.

Este beso es nuestro, es casa, es vida, es futuro.

Tan difícil de conseguir como la complicidad entre dos enemigos.

Y es que, si existe una palabra perfecta para describir lo que estamos haciendo, es justo esa: complicidad.

Rubén profundiza, se enreda con mi lengua como si ya no le bastara solo con eso, como si me estuviera reclamando mucho más a todos los niveles. Y yo estoy a favor de dárselo. Quiero entregarle todo lo que tengo, cada sentimiento, cada pena, cada alegría, cada jadeo...

Seguimos besándonos durante todo lo que dura la canción y cuando Shakira se despide, el clásico «Back in my life», de Alice DJ, empieza a sonar como una premonición.

—¿Y ahora qué hago? ¿Cómo te arrastro hasta algún sitio discreto sin quitarte las manos de encima?

—Prioridades, Rubén...

Seguimos en mitad de la pista de baile rodeados de cientos de personas que no paran de bailar, pero ¿qué más da?

A la mierda.

Deslizo mi mano por encima de su bragueta y disfruto notando lo excitado que está, dudo de que necesitemos llegar a ningún sitio discreto. Son demasiados años desde la última vez para perder el tiempo con nimiedades.

—¿Quieres que lo hagamos aquí mismo?

—¿Quién te ha dicho que vayamos a hacerlo? —lo vacilo, fingiendo estar un poco indignada con su suposición.

—Tu mano, Maider. Tu puta mano sobre mi polla.

Su respiración acelerada anida en mi cuello, sus latidos desbocados retumban contra mi pecho, su otra mano se lía con mi pelo, y tiene esa mirada otra vez, esos ojos que entre frase y frase paran el tiempo y me desvisten más rápido que sus dedos.

—Te aseguro que, si tu mano no se aparta en los próximos segundos, me voy a correr como un adolescente y la gente se va a pensar que alguien ha puesto en marcha el cañón de la fiesta de la espuma antes de tiempo.

—¡Mira que eres exagerado!

—Solo pretendo que entiendas la envergadura del problema.

—No veo problema alguno, pero sí mucha envergadura.

Presiono un poco más su paquete con mis dedos.

—Por favor no pares de hacer eso que estás haciendo. Pero ¿nos movemos? —ruega con la respiración entrecortada—.

Vámonos a mi coche, vámonos a los servicios, vámonos donde quieras.

—No os recordaba tan tímidos a ti y a tu polla.

—No somos tímidos, pero estamos tan desesperados que tememos que esto no dure tanto como merece.

Me coge de la mano y me arrastra fuera de la pista, pasamos por la barra, rodeamos la piscina con forma de África y nos alejamos de la gente para ir a una zona ajardinada con mi mano todavía en su paquete. No pienso soltarlo.

Me aprisiona contra el tronco de la primera palmera que nos cruzamos y me mete la lengua en la boca como si los últimos segundos le hubieran supuesto una tortura. Mi mano sigue acariciando su miembro y la suya se cuela por debajo de mi vestido con una trayectoria bien clara.

—Malditas palmeras embrujadas que me empujan a la locura —dice mientras me ayuda a sacarme las bragas por los pies y se las guarda en el bolsillo.

—¿No podías elegir otro sitio? Las palmeras nunca han sido de fiar. Ahora es cuando nos cae un coco a cada uno en la cabeza.

Sonríe de esa manera tan bonita como solo él sabe.

—No. Ahora es cuando te beso otra vez y no dejo de hacerlo hasta que salga el sol.

Su boca se posa en la mía y comienza a besarme de nuevo, pero esta vez con calma, explorando cada recoveco, tomándose su tiempo mientras sus manos obran su magia por todo mi cuerpo. Lo siento en cada rincón de mi ser.

Le desabrocho los botones de los pantalones mientras sus dedos resbalan desde mi mejilla hacia mi cuello, viajan a través del escaso espacio entre mis pechos y cruzan mi estómago con lentitud. Su boca va llenando mi piel de lamidos y mordiscos suaves diseñados exclusivamente para hacerme explotar.

Me abre las piernas con delicadeza y acaricia mis muslos, poco a poco va acercándose a su destino. No separa sus ojos de los míos, está dándome una última oportunidad de detener lo que estamos a punto de hacer. Pero no quiero que pare, quiero que recuperemos todo lo que hemos perdido aquí y ahora.

Nadie me ha tocado como él. Nadie ha conseguido que con un mísero roce todo mi cuerpo se rinda de esta manera.

Empiezo a masturbarlo cada vez con más rapidez mientras él me mete un par de dedos. Este instante tiene todos los componentes salvajes de un «aquí te pillo, aquí te mato», pero también hay mucho más soterrado: besos, caricias y miradas de las que nunca cambian.

—Me vuelve loco lo mojada que estás —dice como si la química sexual que hay entre nosotros lo pillara por sorpresa.

Sigue resbalando en mi humedad, sin prisa pero sin pausa.

—Te gusta, ¿verdad? ¿O quieres algo más?

Creo que hace ya un buen rato que he perdido la capacidad de hablar y solo me limito a gemir en respuesta, que haga conmigo lo que quiera. Bandera blanca. Rendición.

Rubén se separa de mí un poco, saca un preservativo de algún sitio y lo abre con los dientes.

Hurga entre nuestros cuerpos para bajar su bóxer un poco más, pinza la punta del condón y se lo coloca con destreza. Noto un latigazo en el pecho, pero lo ignoro a duras penas y me centro en lo que siento entre las piernas, en esa hinchazón que me pide de forma agónica que libere la tensión cuanto antes.

Se apodera de mi boca una vez más, muerde mis labios con hambre y los recorre con su lengua. Me agarra por el culo y me alza contra la palmera. Levanta mi vestido un poco más, acaricia mi clítoris con la punta de su polla y la guía hacia mi abertura. Me penetra suavemente y creo que me muero entre sus brazos. Eso es lo que siento cuando Rubén empuja dentro de mí, cuando lo escucho gimiendo por mí. Que muero, que revivo y que vuelvo a morir.

No me concede ni un segundo para acostumbrarme y tampoco es que lo necesite: empieza a moverse en mi interior y, por cómo lo hace, sospecho que no le queda mucho recorrido. A mí tampoco.

Rubén se ha convertido en el tipo de tío que deja marcas durante el sexo en todos los sentidos. De los que les puede la pasión y se agarran a ti con fuerza, te empotran, te muerden, te lamen y te susurran guarradas. Y una de las cosas que más me gustan de él es que, aunque sepa que me tiene a punto, echa más leña al fuego.

—Te he echado tanto de menos... —Se retira un poco y embiste con fuerza otra vez, llenándome de golpe—. Llevas toda la vida metida en mi corazón, nunca podré sacarte de ahí, y cuanto antes lo asuma...

Pese a todo, una lágrima solitaria y traidora me corre por la mejilla. No quiero llorar, no quiero estropear este momento, pero tampoco puedo negar que me esté superando.

Porque lo está haciendo.

—Joder, Mai, córrete conmigo.

Un profundo rugido de placer escapa de su garganta cuando se corre entre embestidas contundentes.

Mi propio orgasmo invade mi cuerpo al instante, tan rápido como las lágrimas me llenan los ojos otra vez. Trago saliva e intento contener todos los sentimientos que están a punto de destrozarme.

Rubén sigue con su cara hundida en mi cuello, recuperándose de su propia corrida. Rezo para que no se dé cuenta de que me estoy viniendo abajo en picado.

Pasados los minutos, Rubén sujeta el condón y sale de mi interior sin mirarme siquiera, le hace un nudo y se deshace de él. Apoyo los pies en el suelo y aparto la mirada, no quiero ni mirar porque las ganas de llorar se me multiplican.

Me besa con dulzura en la mejilla y dibuja un reguero por mi mandíbula hasta llegar a mi boca. Soy la primera que nota el sabor salado de mis lágrimas mezclándose con su saliva, pero él tampoco tarda en darse cuenta.

Me mira. Me mira fijamente. Sabe que algo no va bien, pero duda; pese a todo, me acaricia la cara.

—Mai, ¿te arrepientes de lo que acabamos de hacer? ¿He hecho algo que te haya molestado?

Está siendo cariñoso y atento, justo lo último que necesito si no quiero que todo esto me explote en la cara en mitad de K'Sim, como pasó aquella noche en el camping.

2002

No somos ni Romeo ni Julieta

Benicàssim, 17 de agosto de 2002

Xabi y Gemma chocan los cinco y saltan del escenario después de haber cantado «Estoy por ti», de Amistades Peligrosas.

—Venga, colega, nos toca —le dice Óscar a Rubén.

Les ha llegado el turno, así que nos dejan sus bebidas y suben al escenario como dos gallitos con la pechera bien hinchada.

Es la segunda noche de las fiestas del camping y aquí estamos, delante del escenario de nuevo, por mucho que me haya negado en redondo a volver.

Después de cenar en la parcela, Andoni ha insistido en lo bien que se lo pasó anoche y las ganas que tenía de apuntarse al karaoke de hoy. Comentario que me ha dejado bastante patas arriba, porque es la primera vez que oigo a mi novio meter la palabra «karaoke» en una frase, por no hablar de la efusividad desmedida que le ha puesto al asunto.

Desde que hemos subido, Rubén apenas me ha mirado a la cara. Y la verdad es que después de lo que pasó ayer entre nosotros, ese bailecito que tantas cosas dejó en evidencia, creo que es lo mejor. No entiendo qué fue lo que nos empujó a comportarnos de esa manera, a bailar y a hablar así, olvidando todo lo que ha pasado entre nosotros, pero si algo tengo claro, es que, si seguimos por ese camino, solo conseguiremos hacernos más daño y herir a las personas que nos rodean.

376

Todavía siento algo por él, y me odio por ello, porque nunca tendrá la decencia de disculparse por haberme dejado tirada cuando más lo necesité y, pese a eso, parece que ya lo he perdonado. Que ya nos he perdonado a los dos.

Cuando miro la pantalla del karaoke, la canción que han elegido Rubén y Óscar ya está cargada: «El roce de tu cuerpo», de Platero y Tú.

—Temazo —dice Andoni a mi lado, y yo estoy de acuerdo, es una de las mejores canciones que recuerdo de los noventa.

Le doy un traguito a mi combinado mientras espero escuchar la batería que da inicio a «El roce de tu cuerpo», pero en lugar de eso suenan unas trompetas que no pintan nada. Hago un barrido rápido con la vista a mi alrededor y lo primero que veo es a Tito trasteando con el ordenador del karaoke junto a Lorena y, lo segundo, a una joven Karina en la pantalla.

Óscar está descolocado y Rubén parece estar a punto de reducir drásticamente el número de miembros que tiene su familia. El público se ríe con ganas por la encerrona que les acaban de preparar, y yo los miro con la boca abierta. Estoy segura del todo de que Rubén se va a negar a cantar esa canción, soltará cuatro palabrotas, se bajará del escenario y no lo volveremos a ver en lo que resta de verano, porque acabará teniendo que huir del país después de cargarse a su primo y a su hermana.

Pero resulta que no, que ha debido de beber más de lo que yo pensaba, porque empuja a Óscar hacia el micro y lo anima a cantar.

—Tío, es Karina, no podemos hacerle el feo —dice encogiéndose de hombros entre risas.

Óscar duda unos instantes de si ese que tiene delante es de verdad su amigo Rubén o, por el contrario, se trata de algún alienígena que lo ha suplantado los últimos cinco minutos.

La letra empieza a correr por la pantalla y Óscar sigue sin reaccionar, así que Rubén se hace con el micro.

—«No, no somos ni Romeo ni Julieta, actores de un romance sin finaaaaaaal».

Óscar levanta el pulgar en señal de aprobación. A lo mejor

se pensaba que su amigo lo iba a dejar tirado con Karina, pero está claro que Rubén está dispuesto a darlo todo.

Continúan con la canción como dos cantantes profesionales y yo no puedo más que mirarlos maravillada.

—«No, no somos ni Romeo ni Julieta, aquellos que murieron por su amooooor» —canta Óscar.

—«No, no somos ni Romeo ni Julieta, viviendo prisioneros del temor» —aporta Rubén. No sé si solo está borracho y pasándoselo bien o si de verdad cree en el mensaje que está lanzando.

Y es que no aparta la mirada de mí ni para leer la letra.

Veo demasiadas emociones reflejadas en sus ojos cuando pronuncia esas estrofas, sentimientos que van desde la pena hasta el anhelo, pasando por la esperanza y la preocupación..., y el corazón me dice a gritos que me sigue mirando igual que hace cuatro años, igual que ayer, y que mientras estemos cerca, la llama nunca va a dejar de arder.

Cuando Rubén pronuncia por segunda vez la parte de la letra que habla de no tener que enfrentarse a nadie que se oponga a su amor, siento las miradas de mis amigos y de todo el camping clavadas en Andoni, y me parece de lo más injusto.

En todo caso, somos nosotros, el Romeo y la Julieta *millennials*, los que nos negamos a admitir la existencia de nuestro amor. Un amor que, contra todo pronóstico, parece sobrevivir a la distancia, al maltrato sistemático y a cualquier contratiempo que le pongamos delante. Andoni no es más que una víctima en esta guerra abierta y nunca se ha opuesto a los sentimientos que pueda haber entre Rubén y yo, entre otras cosas, porque nunca ha sabido que existen. Al menos hasta esta noche.

—Ese tío está loco por ti —me dice Andoni de sopetón.

—¿Quién? —Me hago la tonta, incluso miro a mi alrededor buscando a mi supuesto amante.

—El socorrista.

Me carcajeo y sueno como un pato.

—¿Rubén? Qué va.

—No hay más que ver cómo lleva todo el puto fin de semana mirándote.

—Rubén no está enamorado de mí —repito mirándolo a los ojos, intentando que se crea mis mentiras, porque hasta yo sé que sigue quedando algo.

—¿Y nunca lo ha estado?

Me quedo callada. Una cosa es hablar de lo que Rubén pueda estar sintiendo por mí ahora mismo, y otra negar lo que se supone que sentía hace algunos años.

—No hace falta que me contestes —espeta mi novio con rabia.

Nuestra conversación llega a su fin a la vez que la canción y veo que los chicos se abrazan como si hubieran realizado la mayor hazaña de sus vidas. Se bajan de un salto y recuperan sus cubatas para brindar.

La siguiente pareja, Damiano y su hermano Marco, sube al escenario y aparece Rafaella Carrá en la pantalla.

—Me estoy quedando seco —anuncia Xabi. Le da la vuelta a su vaso y deja que los hielos caigan al suelo.

Todos parecen conformes con que hagamos una visita al bar, así que nos acercamos a la barra y pedimos otra ronda más. La cuarta de la noche, si no me equivoco.

Mientras esperamos a que pida Óscar, Andoni se gira hacia Rubén y lo estudia durante un par de segundos.

—¿Cómo es posible que no me haya dado cuenta antes? —le suelta mi novio.

Mis amigos se quedan en silencio a la espera de lo que tenga que decir. Casi puedo ver cómo un arbusto seco atraviesa el corrillo en el que nos encontramos.

—Hostia puta, tú eres el mingafría.

No hace falta que Andoni señale a nadie, todos sabemos de sobra a quién se refiere.

—¿Y tú Javier Clemente? —responde Rubén con ese tono burlón tan típico en él. Pese a la tranquilidad que está intentando transmitir, tiene todo el cuerpo en tensión.

Óscar deja a la camarera con la palabra en la boca para carcajearse por el chiste, hasta que Xabi le sacude un codazo.

—No me estás entendiendo, chaval —continúa Andoni—. Eres el puto mingafría que pierde los condones de tan pequeña que la tiene. El mismo que dejó a Maider tirada en urgencias con todo el pastel.

Se me cae el vaso de las manos e impacta contra el suelo. Los cristales salen disparados en todas direcciones, pero ni siquiera me preocupo por ello, no puedo apartar la mirada de él, de Rubén. Se ha quedado petrificado y su cara pasa por varios estados, aunque la sorpresa y la ira son los dominantes. Aprieta los puños y cierra los ojos. Está intentando asimilar lo que acaba de oír, lo que la bocaza de mi novio ha soltado.

—¿Maider? —Es lo único que dice, pero hay muchas preguntas implícitas: «¿Por qué se lo has contado?», «¿A qué viene esto ahora?», «¿Qué te he hecho yo para merecer que tu novio me deje en evidencia?».

Y todo el dolor, la incertidumbre y la vergüenza que viví con diecisiete años vuelven a mí con fuerza y se me llenan los ojos de lágrimas. Rubén sigue mirándome a la espera de una explicación y sé que tengo que decir algo, pero las palabras llevan demasiado tiempo podridas en mi interior.

Además, no estamos solos. Aunque parezca que lo estemos, nuestros amigos siguen a nuestro alrededor, todos calladitos, contemplándome como si hubiera esparcido el virus de la peste por el camping. Y yo no estoy preparada para abrirme en canal.

Finalmente, Rubén resopla decepcionado y aparta la mirada de mí para posarla en Gemma, Xabi y Óscar deteniéndose en cada uno de ellos, y, por cómo frunce la frente, sé que no le gusta un pelo lo que está viendo.

—Ahora mismo me estoy sintiendo juzgado y no solo por el supuesto tamaño de mi polla —dice con una frialdad apabullante—. Sí, la primera y única vez que Maider y yo follamos se le quedó el condón dentro, ¿vale? La cagué. ¿Todos informados y contentos?

Nuestros amigos guardan silencio, pero asienten. La cosa no está como para echar más leña, hasta Óscar se ha dado cuenta.

—Eso no era necesario, Rubén —digo con las mejillas llenas de lágrimas.

—Ha empezado tu novio, y si él puede hablar sobre el tema, ¿por qué yo no? A fin de cuentas, fui yo quien perdió el condón, ¿no? Y estamos hablando de mi polla.

—No, no estamos hablando de tu polla, estamos hablando de *nuestra* primera vez y de todo lo que pasó a continuación.

—Rubén, ¿la dejaste tirada? —pregunta Gemma con un claro tono de decepción.

Decido intervenir antes de que el daño sea mayor para todos.

—No es verdad que me dejara tirada en urgencias —acierto a decir—. Pero sí lo es que, a partir de esa noche, no volví a saber de él.

Gemma se lleva las manos a la boca y dirige su mirada cargada de desengaño hacia Rubén, en busca de una explicación. Es su favorito, no admite con facilidad que meta la pata.

Xabi y Óscar siguen paralizados; pese a todo, en algún momento se han colocado a ambos lados de Rubén. Andoni está feliz y contento por el caos que acaba de desatar a su alrededor, sabe de sobra que no necesita decir mucho más para que el drama siga creciendo.

—Eso no es verdad —me rebate Rubén.

—Sí lo es, ¿o es que acaso volviste a hablar conmigo después de que nos marcháramos del hospital?

—Tu madre me dijo que todo estaba bien...

—¿Y con eso te bastó? ¡Porque no lo estaba! Me pasé días esperando.

—Mai, ¿qué estás diciendo? ¿Días?

—¡No estoy diciendo nada! Déjame en paz, Rubén.

—No te vas a largar dejándome con la palabra en la boca.

Tira de mi brazo y me obliga a mirarlo. No dice nada, pero me está rogando una explicación.

—Sí, días, ¿quién te crees que se quedó esperando a que toda la medicación que me metieron hiciera efecto? ¿Quién te piensas que se miraba las bragas cada día a ver si aparecía la maldita mancha? Yo, Rubén, yo SOLA, porque tú pasaste de mí.

—Eso no es verdad.

Da un paso atrás y, si no lo conociera, diría que está a punto de echarse a llorar él también.

—No llamaste ni una vez —susurro.

—Sí que te llamé, Maider, cada puto día. Llamé miles de veces y nunca te quisiste poner. Seguí insistiendo hasta que tu padre me dijo muy amablemente que no llamara más, que no querías hablar conmigo.

—Eso es mentira, mi *aita* nunca te dijo tal cosa.

Rubén resopla asqueado.

—¿Por qué te mentiría? Pregúntaselo a tu querido papá. Seguro que aprovechó la coyuntura para librarse de mí, como hizo en el hospital cuando me apartó como a un perro.

Niego contundente con la cabeza, sé que me está mintiendo. No es posible que mi padre haya hecho algo así. No, cuando fue testigo de lo destrozada que estaba justo por no tener a Rubén a mi lado.

—Si te creyera me molestaría en aclararlo con mi padre, pero como ya no me trago ni una de las palabras que salen de tu boca...

—Pues genial, Maider, no me creas. Pero te recuerdo que tú tampoco me llamaste. —Me señala con su dedo índice muy mosqueado.

—Muy al contrario que tú, lo hice. Llamé, a tu casa y al camping, y al final, Tito tuvo la decencia de ponerse al teléfono y me contó que te habías marchado a Madrid, que solo querías olvidarte de todo y de todos.

—Y claro que era así. ¡Me habías dejado! ¿Qué querías que hiciera, que me quedara cuatro años esperando a que decidieras volver? Porque ese es el tiempo que ha pasado desde la última vez que hablamos de este tema.

—¿Y eso fue suficiente motivo para darme la espalda? —Me sorbo los mocos e intento respirar—. El hospital... fue horrible, nunca me había sentido tan pequeña. Después, pasé días esperando para saber si estaba embarazada y a ti te dio igual. La medicación no es automática, Rubén, ni funciona al cien por cien.

Me mira completamente sobrepasado. No se esperaba todo lo que le estoy diciendo.

—Ni siquiera sabes en qué estado de mierda estaba cuando la conocí —añade Andoni, y la verdad es que lo prefería cuando estaba calladito. No quiero para nada que él use mi estado psicológico como arma arrojadiza contra mi ex.

—¿Y crees que siendo tu novia está mejor? —contraataca Rubén—. Porque es evidente que no y menos si eres capaz de ponerte a airear sus mierdas delante de sus amigos. Porque, hasta ahora, ni siquiera yo les había contado lo que pasó, y mira que soy parte implicada en el tema.

Andoni se echa a reír ante las palabras de Rubén.

—Amigo, tú no les has contado lo que os pasó porque te mueres de la vergüenza.

—Una vez más te equivocas, gilipollas. Me importa un huevo si se piensan que perdí el condón porque no era más que un crío que no sabía lo que hacía o porque la tengo del tamaño de un gusanito; no he abierto la boca porque, al contrario que tú, la respeto. —Me apunta con su dedo con rabia, pero siento el abrazo de su preocupación—. Porque es un tema que nos concierne a los dos y yo jamás lo hablaría con nadie sin antes consultarlo con ella.

—Si tanto la respetaras, sabrías que por tu culpa acabó necesitando tratamiento. Tú la dejaste medicada y yo tuve que arreglarlo.

Andoni hace un gesto hacia mí pidiéndome que le dé la razón, pero yo no hago más que encogerme. Sé que no son más que las típicas frases que se sueltan en pleno calentón, pero Andoni está sobrepasando todos los límites. Además, todo el bar nos está mirando.

—¿Tratamiento? —Rubén arruga la frente—. ¿Qué más hay, Maider? ¿Qué cojones no me has contado?

Niego levemente y me tapo los ojos con las manos.

No puedo aguantar más esta situación. He hablado de ello miles de veces con mi terapeuta y ambas estábamos de acuerdo en que tenía que llegar este día, que tenía que enfrentarme a Rubén y contarle todo lo que viví, pero no así, no en mitad del escarnio público al que me estoy viendo sometida.

—Abre la boca de una puta vez —insiste bastante fuera de sí.

—Rubén, creo que deberíais hablar a solas en otro lugar —dice Xabi, pero a mí ni me mira.

Me duele la decepción que he visto en su cara cuando Andoni ha soltado la bomba, es una expresión que he visto tantas veces en el rostro de mis padres que, solo con eso, la herida se me abre y sangra. Además, no hay más que ver cómo han acabado reuniéndose a nuestro alrededor nuestros amigos para saber de lado de quién están: Xabi está a la derecha de Rubén, Gemma a la izquierda y Óscar a su lado; yo estoy frente a ellos con Andoni.

—En serio, Rubén, salid de este puto bar y sentaos a hablar —repite Xabi.

—Tú no te vas a ir con esta a ninguna parte.

Andoni ha dado un paso adelante y se ha encarado con Rubén. Lo único que me falta esta noche es que acaben pegándose y que alguno de los dos salga herido. Jamás podré perdonarme todo esto.

—Venga, Agaporni, se supone que eres el espermatozoide más listo que ganó la carrera, deberías comportarte como tal y dejarle decidir a tu novia lo que quiere y no quiere hacer en este momento. Entre otras cosas, porque ya no estamos en la Edad de Piedra y tú la has metido en este lío. ¿No te parece? —contesta Rubén con una calma que me pone los pelos de punta. Sin embargo, alucino con que siga saliendo en mi defensa.

—Me importa tres cojones lo que ella quiera, porque contigo no va a ir a ningún sitio —rebate Andoni empujándolo un poco.

—¿Qué pasa, estás celoso, pequeñín? ¿Te preocupa no ser el único al que le gusta Maider?

Andoni se carcajea de manera cruel, pero Rubén no se achanta.

—No eres quién para darme lecciones sobre celos cuando

tú no soportas verla con otro. —Andoni vuelve a empujarlo, pero Rubén no se mueve ni un milímetro—. ¿Crees que no te he visto cómo la mirabas estos días? ¿El bailecito de ayer? A cada puto paso que hemos dado, ahí estabas tú, contemplándola con pena. Supéralo, chaval, ella prefiere a los tíos que saben follársela como Dios manda.

Se me cae la cara de vergüenza.

No puedo entender que mi supuesto novio me esté dejando en evidencia así. Me gustaría reaccionar y hacerle pagar por cada una de las palabras que está soltando, meterle un buen bofetón en toda la cara, pero estoy petrificada, a un tris de tirarme al suelo, hacerme una bola y seguir llorando.

—Qué triste tiene que ser pensar que una tía está contigo solo por el sexo, ¿no? —comenta Rubén.

—La verdad es que ver cómo otro tío se vuelve loco por tu novia y saber que jamás la volverá a tocar porque ella lo odia a muerte lo compensa todo.

Mi exnovio se echa a reír.

—Como sigas buscándome, me vas a encontrar y te voy a meter una hostia que te dejará mirando para Sestao o para el lugar de dónde cojones seas. Y cuando me la devuelvas, te daré otra media docena más, y así hasta que nos separen o alguno de los dos acabe jodido de verdad.

—Adelante, pégame. Total, ¿qué podría pasar? ¿Que ella te odie por pegar a su novio y no quiera volver a verte jamás en la vida? Ah, no, perdona, que eso ya sucedió cuando la dejaste tirada con un marrón de cojones y se dio cuenta de que no eres más que un mierda.

Cualquiera diría que con todo lo que ha aguantado hasta este instante, Rubén es inmune a todo lo que le digan, pero no. Esa última frase de Andoni es la que acaba con su paciencia y le mete un puñetazo en toda la boca que lo calla de golpe.

Xabi tarda una milésima de segundo en interponerse entre ambos y evita que Rubén golpee a mi novio de nuevo, Óscar se sitúa en el otro bando y retiene a Andoni para que no se la devuelva. Y aunque ambos están «atados», se ladran y se amenazan a gritos.

—Vuelve a acusarme de haberla dejado tirada y te meto otra hostia, cabrón.

—¡Ven a por mí si tienes huevos!

Gemma me coge de la mano y me obliga a dar un paso atrás. Supongo que teme que sea tan tonta como para meterme en medio y acabe llevándome un sopapo de regalo.

Al final Tito y Jacinto, ejerciendo como segurata del camping, acaban interviniendo también. Tito empuja a Rubén hacia el fondo del bar y Jacinto saca a Andoni fuera por la fuerza. Siento las miradas de decepción de mis amigos clavadas en mí, pero no me detengo, salgo detrás de ellos y me dispongo a largarme del camping, pero mi novio me intercepta antes de que cruce la puerta.

—¿Adónde coño vas? —pregunta entre gritos.

—Solo quiero alejarme de todo esto.

—De qué huyes en realidad, ¿de él o de mí? —pregunta señalando hacia el interior del bar con rabia.

Tiene un pañuelo sujeto contra la comisura de la boca y sé que debería sentir lástima por él, por la hostia que le ha sacudido mi ex, pero, por primera vez en mucho tiempo, estoy orgullosa de Rubén, por haber hecho lo que yo debería en cuanto Andoni ha empezado a hablar de lo que sabe que tanto me duele.

—Voy a huir de todo y de todos, incluido tú.

—No puedes hacerme pagar porque tu ex sea un gilipollas.

—¿Mi ex? Me has dejado en ridículo, Andoni, así que ahora no te hagas la víctima.

—Alguien tenía que soltarle cuatro verdades, ¿no te parece?

—Sí, pero ese alguien era yo. Además, tú no lo has hecho porque Rubén mereciera saber el daño que me hizo, lo has hecho porque querías joderlo y te has pasado de frenada.

—He matado dos pájaros de un tiro.

—No había nada que matar, Andoni. Nada.

—¿Que no? Es tu puto primer amor y siempre será especial, no puedo competir con él.

No puedo creer lo que está diciendo el muy cabrón.

—No tenías que competir con nadie, solo tenías que ser tú mismo, porque a mí me gustabas tal como eras al principio, pero odio con todas mis fuerzas a este tío vago, celoso y cruel en el que te has convertido desde que estamos aquí.

—No intentes venderme la moto, Maider, porque nunca he tenido una oportunidad real contigo. Nunca. Al principio pensaba que eras una tía a la que le costaba abrirse y confiar por todo lo que había pasado, pero está claro que no eres más que una cría que siempre estará encoñada de ese imbécil que te dejó tirada.

Ni siquiera me molesto en contestarle, le doy la espalda y salgo del camping.

Tres horas más tarde, después de haberme ido andando hasta el pueblo y vuelto, al entrar en el camping por una de las puertas laterales, me encuentro a Xabi y a Rubén sentados en la terraza del bar a oscuras, cada uno con una cerveza en la mano. Me acerco a la mesa en la que están sentados y Xabi se levanta y se marcha sin decirme nada. Sé que tengo que hablar con él, pero lo primero es Rubén.

—Lo siento. Andoni no debería... —digo según subo los escalones que van a la terraza.

—No debería, ¿qué? ¿Haber soltado nuestras intimidades delante de nuestros amigos? ¿Haber dejado en evidencia a su novia? Buf, la lista es enorme. Y, ¿qué me dices de ti?

—¿De mí?

—¿No crees que hay algunas cosas que deberías haberme contado hace mucho tiempo?

—Lo habría hecho si no hubieras pasado de mí. Te habría contado cada uno de los días que pasé esperando que mi vida se fuera por la borda, la tristeza, la soledad, el miedo, la vergüenza y la decepción que viví...

Aprieta la mandíbula. Sabe que la situación se está tornando muy delicada y que se va a tener que contener conmigo más de lo que le gustaría. Espero que sea capaz, porque lo que menos necesito ahora mismo es aguantar sus gritos y borderías.

—Vale. —Respira hondo—. Voy a preguntártelo una segunda vez, no te vayas a creer que es porque soy un pesado, pero no entiendo ni una puta palabra de lo que has dicho. Mai, ¿qué cojones pasó? ¿Por qué estuviste en tratamiento?

—No puedo, Rubén, ahora mismo no puedo...

—Si tanto sentiste mi falta, haz lo que no has podido hacer en cuatro años, ábrete a mí. —Estira los brazos a ambos lados y me mira—. Aquí me tienes, dispuesto a escuchar todo lo que tengas que decir.

—Yo no...

—No me dejes fuera, Maider.

Quiero hablar con él sobre cómo me sentí, sobre todo lo que pasó, pero el nudo que tengo en la garganta no me lo va a permitir, estoy a punto de sucumbir a un ataque de pánico. Doy un par de pasos atrás, superada por el momento.

—Maider, ni se te ocurra darme la espalda. No cruces esa puerta porque nunca podré perdonártelo.

—Déjalo estar, Rubén, por favor. Ya no tiene remedio.

—No lo hagas —ruega.

Pese a la insistencia con que me lo pide, le doy la espalda y vuelvo a salir del camping.

—No eres más que una zorra insensible y egoísta. Si esto es lo que quieres, perfecto, pero en lo que a mí respecta, esta ya no es mi guerra, Maider. —Alza las manos en señal de rendición y se pone en pie—. Soluciona tus problemas tú solita y no cuentes conmigo.

19

Me juzgaste y ejecutaste la sentencia

Benicàssim, 25 de agosto de 2005

Empujo a Rubén de malas formas y salgo disparada hacia la puerta de la discoteca.

No puedo enfrentarme a él y a esta situación; no, cuando la vergüenza gobierna en cada célula de mi cuerpo.

No quiero que me vea así porque no lo entenderá si no se lo explico. Y después de lo que acabamos de hacer, necesito tranquilizarme antes de pronunciar una mísera palabra.

Aparto a las personas que me cruzo en mi camino y alguna me insulta, pero no distingo sus caras, lo veo todo borroso. En cuanto salgo al aparcamiento, inspiro profundo y busco con la mirada un sitio donde refugiarme y respirar tranquila.

—¿Adónde te crees que vas?

Me doy la vuelta y ahí está Rubén, todavía abrochándose los botones de la bragueta, con la chupa de cuero sobre un hombro, mi bolso colgando del otro y una cara de pocos amigos de mucho cuidado, cosa que no me extraña lo más mínimo después del numerito que acabo de organizar.

Se acerca a mí y me apresa contra un coche.

—Mai, háblame. —Niego con la cabeza y él resopla asqueado—. No me puedes hacer esto. No me puedes follar en mitad de una discoteca y largarte llorando.

—Esto no va sobre ti. —Las lágrimas me empapan la cara. No puedo hilar una frase completa sin fatigarme.

—¿Sobre quién va entonces?

Esto va sobre mí, sobre todo lo que viví sin él. Siete años enteros de culpa me golpean en el pecho y apenas puedo respirar.

—No vamos a hablar de esto.

—Oh, sí que vamos a hacerlo. No me vas a dejar con la conversación a medias como la última vez.

—No puedo, ahora mismo no puedo. Déjame sola, por favor.

—Perfecto. —Saca mis bragas de su bolsillo trasero y me las tira. Caen al suelo y la metáfora del momento me parece, cuando menos, lamentable.

Cierro los ojos con fuerza, me falta aire y me sobra ansiedad. Tengo que tranquilizarme si no quiero que la noche acabe en urgencias otra vez.

—¿Llevas el inhalador encima? —pregunta tratando de ocultar la preocupación.

Asiento y él rebusca en mi bolso, lanzando todo tipo de cosas a su espalda. Por fin lo encuentra y me lo da, aspiro profundamente y espero unos segundos para expulsar la medicación. Enseguida noto cómo mis vías respiratorias se abren y el aire empieza a fluir de nuevo dentro y fuera de mi pecho.

—¿Lo tienes controlado?

Apoyo las manos en sus hombros y me tomo un momento para respirar con calma. Siento que estoy algo mejor.

—¿Qué hacéis aquí fuera? —nos pregunta Xabi de repente con una intranquilidad en la voz que hasta me asusta.

Cuando nos giramos para mirarlo, vemos que el resto ha salido también con él.

Rubén no contesta a su amigo, permite que sea yo quien dé las explicaciones pertinentes.

—Ahí dentro no podíamos hablar —miento a medias y retiro las manos de los hombros de Rubén.

Xabi mueve la cabeza arriba y abajo, pero no me quita el ojo de encima. Sabe de sobra que ha pasado algo, entre otras cosas porque tengo la cara llena de lágrimas, pero imagino que ver que Rubén está a mi lado, mitiga un poco sus temores.

—Entonces ¿os dejamos a solas? —intenta asegurarse, y yo no puedo evitar quererlo un poco más por ser tan buen amigo.

—Sí, dejadnos unos minutos —pide Rubén posando una mano en el hombro de su amigo.

Xabi asiente mientras me lanza una mirada llena de cariño y de apoyo; Gemma, en cambio, amenaza a Rubén con sus ojos entornados. Óscar está liándose un porro con la maría de mi amiga y Nagore observa la luz de una farola como si fuera una aparición mariana.

Gemma y Xabi empujan a los otros dos de vuelta al interior de la discoteca, y Rubén y yo estamos otra vez a solas. Él se acerca de nuevo a mí.

—¿Necesitas que te acerque al ambulatorio?

—Lo tengo controlado, estoy respirando bien, pero me convendría sentarme.

Haber dejado de jadear como un perro no me exime del temblor que domina mi cuerpo. Dudo de que mis piernas vayan a soportar la conversación que sé que se avecina. Rubén recoge mis bragas del suelo y las mete en mi bolso, me agarra de la mano y me lleva hasta un banco cerca de la entrada que queda un poco camuflado entre la vegetación. Me tapa los hombros con su chupa de cuero y me concede varios minutos para que consiga mitigar todo lo que bulle en mi interior. No se separa de mi lado ni aparta la mirada un instante.

—Cuéntame qué demonios ha pasado ahí dentro.

—No puedo, Rubén.

—Deja de repetir lo mismo y contéstame, ¿te he hecho daño?

Se siente inseguro, cree que ha hecho algo que me ha lanzado de cabeza a un ataque de ansiedad, pero no es así. ¿Es posible que aquella primera vez nos dejara marcados a los dos?

—No me has hecho daño, no has hecho nada. Es solo que... Es que de verdad que me cuesta un mundo hablar de esto, Rubén.

Mi cara vuelve a estar bañada en lágrimas y él cada vez

parece más perdido. Lo siento, lo siento tanto..., pero es que es intentar formar una oración relacionada con mi pasado y sentir que se me para el corazón.

—No me dejes fuera, por favor. No vuelvas a hacerlo. No se puede deshacer un nudo sin saber cómo está hecho...

Suspiro y cierro los ojos unos instantes. Esas mismas palabras las pronunció tres años atrás, pero fui incapaz de abrirme y salí corriendo. Esta vez, sé que se lo debo, pero no sé ni por dónde empezar.

—Yo...

—Sigue, por favor —ruega mientras sus pulgares me retiran varias lágrimas de las mejillas—. Soy yo, Mai, soy Rubén, sabes que puedes contármelo. Siempre voy a estar aquí.

Lo noto más calmado, pero sospecho que le va a durar poco. Lo que voy a decirle será como gasolina para su temperamento irascible.

—Creo que estuve embarazada.

Se queda paralizado durante varios segundos.

De pronto, entorna los ojos y comprendo que está repasando todo lo que pasó aquella noche de 1998. Sé que está reviviendo la parte que compartimos en urgencias, pero ahí no hizo más que empezar mi calvario.

—¿Te quedaste embarazada? —Su tono es cortante y me atraviesa con una mirada gélida que me ruega que le diga que lo que acaba de oír es mentira, que jamás le he ocultado algo así—. Dada la situación y la gravedad de lo que acabas de decir, estoy intentando ser muy suave contigo, así que o me contestas o voy a explotar como una puta bomba. ¿Te dejé embarazada o no?

Me quedo bloqueada sin saber cómo explicárselo.

—Es bien fácil, Maider: ¿sí o no?

—Creo que sí, ¡¿¿vale??! —grito fuera de mí.

Rubén se lleva las manos a la cabeza y me mira como si le hubiera sacudido una hostia en toda la cara. No puedo evitar hacerle daño cuando a mí me duele tanto.

—Maider, te juro que estoy haciendo un esfuerzo enorme, pero ahora mismo ando bastante escaso de paciencia. ¿Cómo que creíste que estabas embarazada? ¿Qué significa eso? Explícamelo como si fuera un hombre. Despacito, paso a paso.

Vuelvo a sentir el peso de cada uno de los días que pasé pensando que estaba embarazada y sola. Es un sabor amargo muy familiar, pero es ahora o nunca, o se lo cuento o callo para siempre. Soy consciente de que si abro la boca no habrá vuelta atrás. Aquí, en este banco, se va a definir lo que somos en realidad. Lo que vamos a ser a partir de ahora.

—Me tomé la medicación, pero tuve una falta. Me hice un test y dio positivo.

Su cara ha perdido todo el color y sus puños se han cerrado con fuerza.

—¿Por qué cojones no me dijiste nada?

—¿Acaso te preocupaste por mí?

—Por mucho que todos creáis que soy un desalmado, no soy el malo en esta historia, Maider, fuiste tú la que decidió no contarme nada en dos ocasiones, primero, cuando sucedió y segundo, hace tres años, cuando tu exnovio dejó caer la bomba. Me juzgaste y ejecutaste la sentencia. ¿Y ahora me vienes con esto?

No sé qué contestarle. Él se pone en pie, está completamente fuera de sí.

—Si esta vez también tienes una falta, te agradecería que no tardes siete años en decírmelo.

—Y luego tienes los santos cojones de preguntarte por qué pensamos que eres un desalmado.

—Será mejor que me largue antes de que suelte algo de lo que me tenga que arrepentir.

—Me parece fantástico que no te arrepientas de todo lo que has dicho ya.

—Soy un desalmado, ¿no? El arrepentimiento es de cobardes.

—Los cobardes callan, y eso es algo que tú no harías ni debajo del agua. Tu problema es que siempre has sido un maldito egoísta, solo piensas en el daño que le hacen a Rubén y ni siquiera te paras a pensar en el que TÚ les haces a los demás.

—¿Y qué me dices de ti? Si de verdad estuviste embaraza-

393

da, ¿me habría enterado en algún momento? Si eso no es egoís-
mo...

Respiro hondo, me pongo en pie y lo miro a los ojos.

—¡Rubén, no podemos seguir así! —grito e interrumpo la
siguiente impertinencia que está a punto de soltar.

Se queda callado mirándome.

—No podemos seguir estancados en los reproches «Tú no
me dijiste», «Tú no me llamaste»... Llevamos demasiados años
en esa fase. Si quieres que hablemos, lo haremos, pero me tienes que escuchar, porque te juro que no tienes ni idea del esfuerzo que me va a suponer contártelo. Ni con todos los años
de terapia que me he comido me siento preparada para enfrentarme a este momento.

Él mira hacia otro lado y aprieta la mandíbula. Tiene un
cabreo considerable y no puedo reprochárselo. Finalmente,
asiente.

Volvemos a sentarnos en el banco y, aunque hablar sobre
este tema en la puerta de una discoteca no estuviera entre mis
planes ninguna de las veces que me imaginé esta conversación,
es lo que hay, hemos llegado hasta aquí y no lo puedo retrasar
más. Rubén merece saber por todo lo que pasé, o pasamos, ya
puestos, y parece estar lo suficientemente por la labor de escucharme.

—No sé muy bien por dónde empezar, pero voy a hacerlo
por el principio...

1998

Vamos a calmarnos

Benicàssim, 22 de agosto de 1998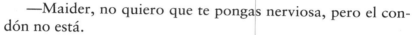

—Maider, no quiero que te pongas nerviosa, pero el condón no está.

—¿Cómo que no está?

Miro su polla y efectivamente, está desnuda y algo flácida. Deduzco que, por culpa del bajón, el condón se le ha debido caer por el coche.

—¿Y dónde está? —Empiezo a moverme un pelín nerviosa, palpo con las manos todo el asiento trasero, todos los recovecos y el suelo, pero no lo encuentro. No hay ni rastro del maldito condón.

Rubén se está poniendo el bóxer y, en cuanto lo veo echar mano del resto de la ropa que tenemos desperdigada por el asiento delantero, pierdo los nervios por completo y le pego. Golpeo su espalda con fuerza. No puedo creer lo que está haciendo.

—¡Ayúdame a buscarlo, joder!

Atrapa mis manos con las suyas y me mira con preocupación.

—Vamos a calmarnos, ¿vale? Voy a terminar de vestirme, tú haces lo mismo y te llevo al ambulatorio.

Paso de lo que me está diciendo, no registro ni una sola palabra. No quiero vestirme, lo que necesito es encontrarlo. Levanto las alfombrillas del suelo y sigo buscando por todo el coche. Tiene que estar en algún sitio, los condones no tienen patas.

—Maider, para. —Vuelve a agarrarme las manos.

—No hemos mirado bien, Rubén, déjame seguir.

—No, Maider, el condón no está por el coche.

Me mira fijamente, pero no soy capaz de entender lo que está tratando de decir.

—¡Tiene que estar!

Me mira con cariño, con una maldita ternura que me hace odiarlo. Me contempla como si fuera tonta y estuviera montando un drama por nada, cuando es él quien no está haciendo una mierda por encontrar el condón que ha perdido.

Quiero llorar. Quiero seguir buscando mientras lloro.

—Mai, solo hay un sitio en el que puede estar.

Automáticamente me llevo las manos a mis partes, asustada, y empiezo a hurgar desesperada por sacarlo. No lo noto. No puede ser que esté ahí.

—¡Ayúdame, por favor! —ruego a gritos mientras las lágrimas me mojan las mejillas.

Rubén duda unos instantes, y por primera vez en toda esta locura que se ha desatado sin previo aviso, me fijo en que le tiemblan las manos un poco y el músculo de su mandíbula no deja de palpitar.

Al final, cede y me ayuda a tumbarme en el asiento e introduce sus dedos. Pasan los segundos uno tras otro, sin detenerse, y él no se rinde, pero tampoco obtiene resultados.

—¡Quita! —Le arreo un manotazo y hago que se aparte de malas formas—. No tienes ni idea de lo que estás haciendo.

Vuelvo a meterme los dedos y rebusco enloquecida, me hago daño, pero insisto, no paro hasta que Rubén me obliga a hacerlo.

—Suficiente.

Y solo con esa palabra, mi mundo se viene abajo por completo.

Rubén toma las riendas de la situación, me ayuda a ponerme la camiseta y a meter las piernas en la braguita del biquini y en el pantalón corto; es suave y delicado conmigo, pero eso no evita que siga odiándolo. Soy como un pedazo de carne petrificado y frío.

—Lo tengo dentro —digo con las lágrimas a punto de rebosar de nuevo en mis ojos.

—Lo siento. —Su mano recorre mi mejilla con dulzura, pero se la aparto de malas maneras, no quiero que me toque más.

—¿Qué demonios hemos hecho mal, joder?

Siento una rabia tan irracional que solo me empuja a pegarle y a gritarle que todo esto es culpa suya y de nadie más, que no se puede ir por la vida perdiendo condones y que ni se le ocurra acercarse de nuevo a mí. Rubén me deja hacer, me permite perder la cabeza durante varios minutos más y aguanta el tipo sin alterarse por cada uno de mis gritos e insultos. Cuando le parece que empiezo a estar más tranquila me abraza, me encierra contra su pecho, y sé que, pese a todo lo que le he dicho y todo lo que lo he culpado, está conmigo y me perdona. En lo más hondo de mi ser, debajo de todo este miedo que siento ahora mismo, me alegra que sea él con quien estoy viviendo todo esto.

—Termina de vestirte. No estás sola, todo irá bien, ¿vale? —dice, y deposita un besito en mi sien—. Estoy aquí contigo y lo voy a solucionar.

Sé que solo pretende tranquilizarme, pero no dejo de pensar en cómo ha podido la mala suerte robarnos un momento tan bonito. Ni siquiera puedo pararme a pensar en cómo me lo van a sacar. Y rezo para que no avisen a mis padres, porque nos van a matar a los dos.

Nadie te prepara para el sexo. Te cuentan lo básico y te meten miedo, pero nadie se molesta en decirte lo bonito que puede ser, lo importante que es estar preparada y, sobre todo, qué hacer cuando las cosas se tuercen. Son muchas las personas que no lo naturalizan, entre otros, mis padres, y ahora mismo, en lugar de estar atemorizada por lo que me puedan decir, debería estar tranquila y segura de que ellos son los primeros que me van a apoyar pase lo que pase. Pero no es así.

En cuanto nos ponemos los cinturones de seguridad, Rubén me dice que el ambulatorio de Benicàssim es demasiado pequeño, lo conoce bien porque su madre trabaja allí, así que decide llevarme al hospital. Imagino que además de eso, busca privacidad. Arranca el motor y le cuesta lo suyo salir; de pronto parece que no recuerde cómo se maneja un coche. Conduce a toda velocidad, solo me suelta la mano para lo imprescindible, tampoco me habla. Hasta ahora ha mantenido la calma por el bien de los dos, pero en cuanto se ha puesto al volante, ya no ha podido disimular más. La preocupación se ha apoderado de cada uno de sus gestos.

Voy con los talones subidos al asiento y hecha un ovillo; no me duele nada, pero empiezo a sentir molestias en mis partes, y me preocupa que sea por el condón que se ha quedado por ahí perdido, y, aunque tengo el estómago vacío, creo que voy a vomitar en cualquier momento.

Rubén deja tirado el coche en el primer hueco disponible frente al hospital y entramos en urgencias. Las luces me ciegan y huele a desinfectante. Solo soy capaz de caminar hasta el mostrador porque él tira de mí, porque él está a mi lado. Habla con el recepcionista, le proporciona mis datos y le cuenta a grandes rasgos lo que nos ha ocurrido. No quiero ni escucharlo, porque todo esto no me está pasando a mí. El hombre toma nota y nos dice que enseguida nos atenderán.

Nos sentamos en la sala de espera pero no hablamos, no existen palabras que puedan aliviar el miedo que sentimos, es demasiado real para ignorarlo. Pese a todo, su mano no deja de apretar la mía en ningún momento; lo único que consigue tranquilizarme un poco es saber que está conmigo.

Pasan los minutos con tal peso que parecen horas, días y semanas.

—¿Maider Azurmendi? —pregunta una enfermera.

Ambos nos levantamos de un salto. La enfermera me indica adónde debo ir y la oigo discutir con Rubén, que no quiere quedarse fuera. No tengo fuerzas para intervenir, solo quiero que me saquen el condón, volver a mi casa y quedarme encogida en mi cama durante horas.

Una vez que se ha deshecho de un Rubén completamente fuera de sí, la enfermera me guía hasta una habitación, cierra la puerta y me pide que me quite la ropa, me ponga una bata azul y me tumbe en una silla que parece un potro de tortura medieval.

En cuanto estoy lista, me coloca las pantorrillas a ambos lados de la silla y me tapa de cintura para abajo con una sábana azul.

—Estate tranquila, enseguida vendrá el ginecólogo —dice con voz amable mientras va sacando de un armario todo tipo de instrumental médico—. ¿Fecha de la última regla?

Me tomo unos instantes para recordar la última vez que me bajó.

—Nueve de agosto.

La enfermera apunta lo que le he dicho y me hace algunas preguntas más. Contesto por inercia, porque en realidad no sé muy bien qué estoy haciendo.

—¿Cómo nos ha podido pasar esto? —digo compungida.

Esa es la pregunta que más me estoy haciendo: «¿Por qué a mí?».

—Hay muchas opciones: un tamaño inadecuado del preservativo, una mala colocación, una rotura del látex, una reducción de la erección durante la penetración, una contracción de la musculatura vaginal y del suelo pélvico... Ahora lo más importante es que estés tranquila, sacarlo cuanto antes y darte la medicación necesaria para intentar evitar un embarazo.

—Ay, *ama*.

—Relájate, acabaremos enseguida. —Me dedica una mirada compasiva.

—¿Estoy embarazada? —Me llevo la mano a la boca y contengo una arcada.

La enfermera me sonríe. Me-son-rí-e.

Sé que no tiene una bola de cristal, pero, maldita sea, mi pregunta no es como para reírse.

—Eso no lo sabremos hasta dentro de unos días.

Siento que me caen encima un par de toneladas de agua helada. Me estremezco y tiemblo sobre la camilla que emite un chirrido muy desagradable bajo mi peso.

¿Qué les voy a decir a mis padres? ¿Cómo lo vamos a asumir si, al final, gana la peor opción? No puedo hacerle frente a esto, soy demasiado joven. Apenas llevo un año saliendo con Rubén. ¿Y si él no quiere ser padre porque prefiere la universidad a los cólicos y los pañales?

En mitad de mis cavilaciones, entran dos médicos y se presentan. No retengo sus nombres, solo me quedo con que uno es el ginecólogo de guardia y el otro un médico de urgencias, y que ambos pasan de los cincuenta. El primero ocupa un taburete que hay a mis pies y lee la ficha con toda la información sobre mí que les ha proporcionado Rubén y que ha completado la enfermera.

—Muy bien, Maider, se te ha quedado un preservativo dentro, ¿no?

Asiento y lloro en silencio.

—Pon el culo más abajo —ordena con frialdad.

La enfermera me ayuda a deslizarme por la camilla hasta que mi trasero casi roza el borde.

—Voy a extraerlo. —Un sudor frío se abre paso por mi piel.

Ni me mira a la cara, ni me explica el procedimiento que va a seguir, se limita a ponerse unos guantes de látex.

Las lágrimas me corren por las mejillas y siento una presión insoportable en el pecho. La enfermera se acerca y me ofrece su mano, pero yo solo quiero que entre Rubén y que me dé la suya. No quiero pasar por esto sin él, es la única persona que necesito que esté a mi lado en estos momentos. Recuerdo como en un *flashback* la noche que nos escapamos a la playa cogidos de la mano y deseo con todas mis fuerzas volver a la seguridad y la inocencia de aquel momento. A nuestras discusiones sobre el Mediterráneo. A nuestro primer beso. A todas las veces que me ha dicho que me quiere...

—Abre más las piernas, bonita, que no te voy a morder.

Finalmente, al ver que no reacciono, me abre de malas formas las rodillas que he mantenido cerradas a cal y canto, y comienza mi infierno particular. Lo primero que sucede es que la enfermera sale a atender a otro paciente y suelta mi mano; lo segundo, que el doctor utiliza un instrumento de metal para abrirme que está muy frío y, aunque lo haya preparado para la causa, me molesta mucho. Siento la intrusión entre mis piernas y contengo la respiración. Me siento atacada en lugar de explorada, como si todo estuviera sucediendo sin mi consentimiento, como si todo fuera un castigo que no merezco.

—Recién estrenada y en menudo lío te has metido. —El ginecólogo apoya una de sus manos enguantadas en mi rodilla y me sonríe. Quisiera lanzarle una mirada asesina, pero me siento demasiado desprotegida.

Pasan los minutos y sigo medio desnuda, completamente expuesta, con los músculos rígidos por la tensión y llorando, y él no deja de hurgar entre mis piernas con unas pinzas con anillos en las puntas. Me duele y me molesta todo. Protesto un poco, gimo y me revuelvo en la camilla, pero él sigue a lo suyo, no le preocupa. No sé cómo voy a aguantar hasta que esto pare, no sé cómo conseguiré salir de una pieza de esta sala.

—Te creías muy madura para mantener relaciones con tu novio, pero resulta que no eres más que una niña cuando te toca asumir las consecuencias. Espero que mientras lo estabas haciendo con él no protestaras tanto —dice el buen señor con bastante mala baba, y se ríe de su propia gracia—. Porque mira que un pene es bastante más grande que el instrumental que estoy utilizando...

Encima, me explica el chiste.

Si esta no es la situación más denigrante de mi vida, no sé cuál será. Hasta he dejado de llorar y creo que estoy metida de lleno en algún tipo de shock del que no sé si saldré entera.

—Y si te has quejado lo mismo, pobre hombre, lo compadezco —comenta y se echa a reír de nuevo.

—Tendrías que ver al chaval que la está esperando fuera. En mis tiempos esperábamos hasta la boda, pero ahora no le dan la importancia que deberían a la castidad —comenta el otro médico como si estuviéramos en pleno sermón—. Y luego pasa lo que pasa.

No quiero ni necesito que me sermoneen estos dos señores, solo quiero que hagan su trabajo y me dejen marchar. Bastante tengo ya. Bastante tendré cuando me pillen por banda mis padres.

—Cada vez vienen más niñas —continúa el primer doctor—. Hace unos días me tocó atender a una turista de catorce años, si la ves llorar... Menudo rapapolvo le eché, aunque ni me entendía.

Por fin noto que retira las pinzas y que, con ellas, sale el condón.

—Aquí está. —El ginecólogo me da un par de palmaditas en el muslo y aunque odio que me toque, ya ni siento ni padezco—. Parece que está rasgado. A ver si le damos un cursillo rápido a tu novio para que aprenda a «vestirse» como un hombre.

—Si es que hay una próxima vez —se mofa el otro médico.

Tan pronto como saca el resto del instrumental salto de la camilla y me visto lo más rápido que puedo tras una cortina. No voy a derrumbarme del todo delante de estos dos pedazos de carne, porque ni siquiera merecen que los llame personas.

—Espera fuera a que la enfermera te entregue la receta para la medicación. Te la doy porque está claro que tú para ser madre no vales.

Me enumera los muchos efectos secundarios que tiene lo que voy a tomar, la culpa y la vergüenza no están en la lista, pero ya las siento.

Cuando salgo, Rubén está sentado justo donde lo he dejado, tiene la cabeza agachada y hundida entre sus manos, esas mismas manos que hace un par de horas me estaban desnudando en el momento más bonito de toda mi vida, sin que supiera que se iba a convertir en mi mayor pesadilla. Al otro lado del pasillo, fuera de mi vista, percibo las voces de mis padres hablando con alguien.

En cuanto Rubén se percata de mi presencia, corre hacia mí y me refugio entre sus brazos. Vuelvo a sentir tantas cosas que no sé ni cómo gestionarlas. Amor, cariño, miedo, vergüenza...

Pasados unos minutos, posa su dedo en mi barbilla y me obliga a mirarlo.

—¿Te encuentras bien? La enfermera y ese puto amargado de ahí no me han dejado entrar ni me han querido decir cómo estabas. —Señala al hombre de recepción—. Dime que estás bien, por favor.

Meneo la cabeza arriba y abajo sin estar muy segura de

cómo me encuentro en realidad. Estoy sobrepasada y me siento completamente humillada.

—Me estaba volviendo loco.

Me rodea de nuevo con sus brazos y apoya su barbilla en mi cabeza. No acierto a pronunciar ni una sola palabra, esta noche ha sido demasiado para mí en muchos sentidos.

Una lágrima templada corre sin permiso por mi mejilla y se me escapa un sollozo.

—Eh, Mai, no. No, no, no. No llores más...

—Han venido mis padres, los han llamado.

—No te agobies, ¿vale? —Rodea mi cara con sus manos y me mira a los ojos.

—Van a saberlo... Sabrán que ha sido contigo.

—¿Y qué importa? No me voy a marchar. Y si tu padre quiere matarme, que lo haga. Me importa una mierda. Lo que ha pasado entre nosotros es demasiado bonito para que nos arrepintamos.

—Oh, Rubén... —Vuelven a llenárseme los ojos como dos piscinas y hundo la cara en su pecho.

Pasamos varios minutos así, siendo cada uno el puerto seguro del otro, hasta que mis padres se acercan y noto la tensión enfriando el ambiente. Los ojos de mi *ama* me dicen que está muy preocupada, pero mi *aita*... Mi *aita* está justo como esperaba que estuviera: a punto de matarnos a todos.

—Asumo toda la responsabilidad —dice Rubén sin darles opción de abrir la boca.

—Rubén, ahora mismo no quiero ni verte. Mi hija va a tener que medicarse para evitar un problema que tú has provocado, así que no estoy para chorradas ahora mismo.

—*Aita*, yo también quería, no me ha obligado a nada. La culpa es de los dos —intervengo y me gano la madre de todas las miradas asesinas.

—Cállate, Maider, no sois más que unos puñeteros críos.

—Juan, cálmate, por favor, que bastante tienen ya —intercede mi *ama*—. Rubén, creo que lo mejor será que te marches.

—No pienso moverme de aquí hasta que ella se vaya. —dice, y se cruza de brazos, inflexible.

—Tú te vas a largar ahora mismo de aquí —lo corrige mi padre—, y no vas a volver a acercarte a ella en tu puta vida. Yo me encargaré de que así sea.

—*Aita*, por favor... —ruego con una mirada triste que él ignora.

—Ni *aita*, ni hostias, Maider. Mira en qué ha acabado toda la confianza que hemos depositado en ti.

La enfermera interrumpe nuestra agradable charla familiar para darme la receta. Mis padres firman varios papeles y nos dirigimos hacia la salida. Rubén sigue esperando.

—Maider, despídete —me dice mi *ama* entre unas lágrimas que ya no puede contener más.

—No, no se va a despedir. Al coche ahora mismo.

—Juan... —le implora para que ceda y me permita tener unos minutos a solas con Rubén.

—No quiero oír nada más. Al coche las dos. YA. Y en cuanto a ti, ya sabía yo que tenía que haber cortado esto hace tiempo, porque no eres más que un puto crío descerebrado que se ha dedicado a jugar con mi hija. Y, encima, siempre te has ido de rositas. Hasta hoy. Debería haber hablado con tu padre la primera vez que te pillé apedreando el iglú, porque si te hubieran puesto firme entonces, ahora no estaríamos así. Tan listo para algunas cosas y tan tonto para otras... Más te vale olvidarte de Maider si no quieres que las cosas se pongan feas de verdad.

Cuando nos alejamos en coche, Rubén sigue plantado en la puerta de urgencias.

Más tarde, oigo que se acerca a nuestra parcela un par de veces, pero mi *aita* no le permite hablar conmigo, lo echa casi a patadas. Al final, mi *ama* le cuenta que ya me he tomado la medicación y que está todo solucionado. A mí me obligan a dormir dentro de la caravana para evitar posibles fugas y a la mañana siguiente, cuando me levanto a eso de las nueve, el coche ya está cargado con nuestras cosas y siete horas después estamos de vuelta en Donostia.

20

La primera noche fue la peor

Benicàssim, 25 de agosto de 2005

—La primera noche fue la peor —digo con la voz temblorosa.

Rubén me coge de la mano y asiente levemente, animándome a continuar.

—Creo que no pasé ni un solo minuto sin llorar. Cada vez que cerraba los ojos, me veía otra vez buscando por todo el coche, repasando cada recoveco, y sentía el terror apoderándose de cada célula de mi cuerpo. Después llegaba la mirada condescendiente que me dedicaste cuando me detuviste y me dijiste que solo había un sitio en el que podía estar el condón.

—Lo siento si fui brusco contigo...

—No lo fuiste, Rubén, tú entendiste enseguida lo que había pasado, pero yo estaba perdiendo totalmente la cabeza. En realidad, te agradezco que fueras tan cariñoso conmigo y que no te dejaras dominar por el miedo, porque no sé qué habría pasado si los dos hubiéramos perdido los papeles. Nunca sabrás lo agradecida que estoy por cómo te comportaste, por la dulzura con la que me trataste, por el amor que me demostraste...

—Al menos hubo algo que sí hice bien esa noche. —Sonríe con pesar.

Llevo mi mano a su cara y se la acaricio con suavidad y bastante torpeza.

—Hiciste muchas cosas bien.

—Y las hice de todo corazón. Te quería, Maider. Eres la única tía por la que he sentido algo tan fuerte.

Sus palabras me aprietan un poco más el pecho y me frenan, pero me fuerzo a seguir hablando.

—Cuando me llevaste a urgencias sentí que de verdad me querías, que te estabas preocupando por mí y que nunca me dejarías sola. Entré en aquella sala con la certeza de que no saldría siendo la misma, pero con la seguridad de que pasara lo que pasara lo superaríamos juntos. Entonces aparecieron los médicos, la situación se tornó surrealista y perdí la poca entereza que tú me habías proporcionado. Me hicieron sentir como la mayor puta que ha pisado el planeta por haber mantenido relaciones sexuales con mi novio y haber acabado sufriendo un «accidente». No me miraron a la cara, no me dieron explicaciones de ningún tipo, se rieron cuando protesté por el daño que me hacía el instrumental, se mofaron porque, según ellos, tu polla era más grande y pese a eso, me estaba quejando.

Le relato paso a paso todo lo que viví en el hospital y me doy cuenta de que apenas lloro. La violencia ginecológica es algo que, por desgracia, sigue estando a la orden del día en algunos lugares y hoy, como mujer adulta que soy, haberlo vivido en mis propias carnes, más que entristecerme, me cabrea. Nunca entenderé que se juzgue a una mujer y que se la trate con tanta frialdad cuando está pasando por uno de los momentos más vulnerables de su vida. No era más que una adolescente, una cría que acababa de perder la virginidad con el chico al que amaba, que había tenido un problema y que buscó ayuda. Pero me encontré con un juicio y ninguna defensa.

—Mai, no sabes cuánto siento que tuvieras que aguantar todo eso de manos de aquellos dos desalmados. Nunca imaginé que te fueran a tratar así, ojalá te hubiera llevado al ambulatorio con mi madre.

—Habría sido muy violento, Rubén.

—Puede, pero no me sentiría tan culpable por haber tenido que dejarte sola. Ella no se habría separado de ti y te hubiera cuidado, aunque después me habría tenido quince días poniéndole y quitándole un condón a un pepino... —Hace una pausa y me mira—. Me están entrando unas ganas incontrolables de ir a buscar a esos dos hijos de puta y meterles cuatro hostias.

—No creo que a golpes soluciones nada, el daño ya está hecho. Sus comentarios me hundieron en la miseria y no he vuelto a ser la misma...

—Mai, siento tanto que tuvieras que vivir toda esa mierda por mi culpa.

Aprieta mi mano y veo que tiene los ojos llenos de lágrimas.

—Rubén, te he odiado por muchas cosas y culpado por otras tantas, pero jamás por haber perdido el condón.

—Está bien saberlo, pero para mí es inevitable...

—Pues no sigas, por favor. Porque, pese a todo, volvería a vivir aquella noche contigo sin dudarlo. Aunque tuviera que pasar por lo mismo mil veces.

Ahora sí corre una lágrima por su mejilla y se la limpia antes de que pueda hacerlo yo.

—Yo también, Maider, lo repetiría todo desde el principio, incluso los años en los que me ignorabas y yo me moría de celos porque creía que te gustaba Xabi. —Me dedica una pequeña sonrisa—. Hay muchas cosas de las que me avergüenzo, sobre todo de mi comportamiento en los últimos años, pero jamás me he arrepentido de nada de lo que viví contigo. Nos estamos desviando del tema y algo me dice que tienes mucho más que contar... ¿Qué pasó después?

—Después vino la parte de la medicación. Hace siete años, la píldora del día después todavía no se había comercializado, así que la única opción que había era tomarme una mezcla de anticonceptivos y rezar para que funcionara.

—Pero tu madre me dijo que con eso el asunto había quedado zanjado.

—Supongo que mi *ama* se refería a que ya me había tomado la medicación, pero había que esperar, Rubén, no fue algo automático.

—O sea que asumí que ya no corrías ningún peligro cuando, en realidad, podríamos decir que empezaba la peor parte.

Muevo la cabeza arriba y abajo.

—Yo estaba tranquilo y tú, mientras tanto, sola y asustada... —Niega con la cabeza y los ojos cargados de nuevo.

—Nadie se tomó la molestia de explicártelo.

—Y yo quise creérmelo. Joder, debería habérselo preguntado a mi madre, seguro que ella...

—¿Quieres dejar de engordar la lista de tus delitos, por favor? Si te estoy contando todo esto no es para hacerte sentir mal, lo estoy haciendo porque te lo debo y porque necesito sacarlo de dentro. Aunque tal vez sea demasiado tarde, quiero compartirlo contigo.

—No puedes prohibirme que me sienta fatal por ti, por la chica de la que llevo toda la vida enamorado.

Nos miramos a los ojos y, aunque sé que ahora mismo las emociones están a flor de piel y que es posible que podamos malinterpretar muchas cosas, necesito creer en sus palabras, deseo seguir siendo la chica de la que está enamorado.

Suspiro y vuelvo a aferrarme a su mano con fuerza.

—Después de la noche en vela que pasé, el primer día fue mucho más fácil de llevar. Coche, silencio, kilómetros y más kilómetros. Estaba tan cansada, tan destrozada que no me pude permitir el lujo de pararme a pensar demasiado. En cuanto llegamos a casa, me encerré en mi habitación y mis padres me dejaron en paz. Supongo que la seguridad de mi hogar me concedió una pequeña pausa y dormí del tirón un montón de horas. El segundo día, en cambio, fue un golpe de realidad. Amanecí en Donostia, encogida en mi cama, llorando, lejos de ti y con el temor lacerante de estar embarazada. Mi padre no me dirigía la palabra, me miraba como si hubiera cometido la mayor de las traiciones, y mi madre lloraba por cada esquina de la casa, me abrazaba y me prometía que todo iba a salir bien, cuando en realidad no era más que su deseo, una promesa vacía.

—¿Y Unai?

—Mi hermano pasaba de todo y te prometo que, por una

vez, le estuve muy agradecida. Al menos él consiguió que hubiera un poco de normalidad a mi alrededor, con sus tonterías habituales.

—Menudo gilipollas.

—No lo juzgues tan rápido.

Rubén alza una ceja en señal de desacuerdo y me hace un gesto para que continúe.

—El tercer día, perdí la esperanza de que fueras a contestar a alguna de mis llamadas o que me las fueras a devolver. —Los ojos se me vuelven a llenar de lágrimas y Rubén se muerde el labio—. Quedé con mis amigas y salimos por Donostia a pasar la tarde. Esa fue la primera vez que les mentí. Después de lo que había vivido en urgencias y de la situación que tenía en casa, no me sentía con fuerzas de contarle a nadie más lo que pasaba y exponerme a que me juzgaran una vez más.

—¿No lo hablaste con nadie?

—Al principio no pude. ¿Y tú?

Noto que sus mejillas se colorean tenuemente.

—Aquella noche, cuando os marchasteis de urgencias dejándome allí tirado, no me sentí capaz de conducir, así que llamé a mi primo para que viniera a recoger su coche y me llevara a casa. Supongo que me notó en la voz que no estaba para bromas, así que apareció cagando leches con mi hermana Lorena. Cuando llegamos a casa, se les unió mi madre y me sometieron a un tercer grado. Sabían que tus padres habían pedido la cuenta y que os marchabais a la mañana siguiente del camping. Me negué a contarles el motivo y me largué a tu parcela, ahí fue cuando tu madre me dijo que todo estaba bien y que me marchara, porque tu padre estaba a un tris de matarme. Volví a casa y pasé de todos, de hecho, los traté a patadas, de tan cabreado que estaba por todo. Pero según pasaban los días me fui consumiendo y la última noche antes de marcharme a Madrid, pude descargar parte del peso que estaba arrastrando con alguien.

—¿Con quién?

—Prefiero que la mantengamos en el anonimato. No es que me portara especialmente bien con ella en aquel momento. Lo único que pretendía era ayudarme y, aunque le conté parte de lo que pasaba, básicamente que me habías dejado, le prohibí volver a pronunciar tu nombre. Y desde entonces, cada vez que ha intentado acercarse y hablar conmigo del tema, la he mandado a la mierda.

—Rubén...

—No hace falta que me digas nada. Sé que he sido un imbécil.

—La verdad es que eso lo confirmé el sexto día después de marcharme. —Le sonrío un poco y él me da un golpecito con el hombro—. Me parecía increíble que no hubieras intentado ponerte en contacto conmigo de ninguna manera, que te importara tan poco... Después pasaron tres o cinco días más, no lo sé, porque estuve encerrada en el baño casi todo el tiempo, mirándome las bragas y compadeciéndome de mí misma.

Guardo silencio e intento tragarme la bola de dolor que se ha alojado en mi garganta. Observo a Rubén, que no me quita el ojo de encima, me armo de valor y sigo adelante.

—Los días continuaron avanzando y la situación siguió igual. Empecé a ponerme muy nerviosa y a agobiarme un montón, y creí que ese mismo agobio era la causa de que la regla se me retrasara aún más. Cuando se cumplieron las dos semanas, y el día en el que oficialmente debía bajarme quedó atrás, les dije a mis padres que me había venido la regla y que todo estaba solucionado. Pero no era así, Rubén, les mentí.

—¿Por qué lo hiciste?

—Porque no me dejaban vivir. Los tenía todo el día detrás de mí preguntándomelo, hasta me esperaban en la puerta del servicio cuando entraba...

—Estaban preocupados por ti, Maider.

—¿Crees que no lo sé? ¿Crees que no me he arrepentido de haberme comportado con ellos como una hija de mierda? Pero es que estaba muerta de miedo de tener que volver a enfrentarme a la camilla, a la desnudez, al instrumental, a ser juzgada..., y eso era lo que iba a pasar si mis padres seguían insistiendo, me llevarían de nuevo al ginecólogo, así que preferí seguir sola.

—No sé si tildarte de valiente o de inconsciente.

—Fue un poco las dos cosas. Me convencí a mí misma de que si mis padres dejaban de agobiarme, me vendría la regla. Aunque en el fondo sabía que algo no iba bien, lo sentía por todo el cuerpo... —Detengo mi historia porque apenas soy capaz de respirar.

Rubén cierra los ojos y sus facciones se contraen.

—Sigue, por favor —ruega con la voz rota por la emoción.

—Una tarde, acabé derrumbándome delante de mi hermano.

1998

«Up&Down»

Donostia, 18 de septiembre de 1998

Oigo «Up&Down», de Vengaboys, retumbando por el pasillo, así que no me cabe la menor duda de que mi hermano está viendo La Vuelta tirado en el sofá, como cada tarde.

Me detengo junto a la puerta del salón y me sorbo los mocos con disimulo. No tengo ni la más remota idea de cómo afrontar esta situación, pero sé que, aunque me cueste, él es la única opción que me queda. A mis padres les he mentido y a mis amigas no les he contado nada en absoluto, esta tumba me la he cavado con mis propias manitas.

En cuanto entro en el salón, mi hermano aparta la mirada de la pantalla del televisor durante tres segundos para observarme y vuelve a centrarse en la carrera. Me siento a su lado y carraspeo suavemente.

—Unai...

—¿Qué? —espeta sin mirarme, y el mero hecho de que me ignore en un momento así es motivo suficiente para que mi cuerpo rebose una vez más y las lágrimas empiecen a correr por mis mejillas sin control. Mi hermano me vigila de reojo y se revuelve en su asiento. Sé que acabo de ponerlo en un aprieto, pero la verdad es que no lo tenía planeado.

—Maider, ¿qué cojones te pasa?

Me da un par de toquecitos en el hombro como si fuera una desconocida, de lejos y con la punta de los dedos, lo que me hace llorar aún con más fuerza. Entonces sí, cuando ve que la situación se me está yendo por completo de las manos, se acerca y me abraza. Al principio creo que nos resulta incómodo a los dos, y es que sospecho que esta es la cuarta vez que nos abrazamos en lo que va de año, teniendo en cuenta Navidad, Nochevieja y el cumpleaños de mi abuela, pero al rato me acaba resultando agradable sentirme protegida por mi hermano mayor. Sin embargo, pasan los minutos y no puedo parar de llorar.

Unai no comenta nada, se limita a dejar que le empape la sudadera que lleva mientras me acaricia la espalda con suavidad. En algún momento ha debido de apagar el televisor, porque el único sonido que llena el salón es el de mi llanto desconsolado.

Minutos después consigo calmarme un poco y mi hermano se aparta para mirarme.

—¿Has hablado con Rubén? —dice con seriedad—. ¿Estás así por eso?

—No. He llamado al camping y ya no está, se marchó a Madrid hace días y, según me ha dicho Tito, palabras textuales: «Quería olvidarse de todo y de todos».

—Menudo cabrón.

Me echo a llorar de nuevo. Hace casi un mes que no sé nada de él y ese solo es uno de los muchos motivos por los que estoy hecha polvo. Él ya no quiere saber nada de mí, todo lo que pase a partir de ahora no es más que mi problema. Estoy sola en esto, él nunca me quiso de verdad, no lo suficiente.

—Ven aquí, anda, no llores más por ese gilipollas. Tú vales más que esto.

—¿Y si la medicación me ha roto algo?

—No digas tonterías, anda.

Mi hermano vuelve a protegerme entre sus brazos y yo vuelvo a abrirme en canal y dejo que salga todo el dolor, que parece no tener fin y se multiplica con cada lágrima.

—Maider, tienes que contarme qué es lo que pasa —me pide con la barbilla apoyada en mi cabeza—, porque si es por Rubén, te juro que cojo el coche, me presento en Madrid y le sacudo cuatro hostias.

—No es por él, aunque también. No lo sé. Es que... os he mentido, Unai.

Se separa de mí y me mira a los ojos en silencio, cavilando dónde he podido colarles la trola.

—¿En qué exactamente?

Quiero decírselo, pero no me sale la voz.

—Maider..., ¿en qué nos has mentido?

—No me ha venido la regla.

Unai se pone en pie *ipso facto*, como si le hubieran dado un calambrazo en el trasero.

—¡¡¿¿Cómo que no te vino la regla??!! ¿Qué cojones significa eso?

Me levanto también y le hago un gesto para que baje la voz. Mis padres están trabajando, pero pueden aparecer en cualquier momento, además, ¡tenemos vecinos!

—Os mentí, ¿vale? Estaba muy agobiada y supuse que, si dejabais de presionarme, me bajaría por fin, pero no ha sido así.

—¿Voy a ser tío? —pregunta, como si fuera una idea jodidamente genial.

—No lo sé. Por eso he vuelto a intentar hablar con Rubén... Tengo que decirle lo que está pasando.

Mi hermano pasea por la sala como si la solución al problema estuviera escondida en algún rincón. Se detiene frente a mí.

—Ni pensarlo. Primero... —dice tirándose de los pelos—. No tengo ni la más remota idea de lo que deberíamos hacer primero, pero voy a bajar a la farmacia y te voy a traer un test. Vamos a salir de dudas.

Al menos no me está proponiendo una visita al ginecólogo y, en cierto modo, siento un poco de alivio.

—Vale.

—¿Esas cosas se piden sin más?

—No creo que necesites receta.

—Y tallas y esas cosas tampoco hay, ¿no?

—Pero, Unai, ¿cómo va a haber tallas en una prueba de embarazo?

No es el momento ni tengo ganas, pero acabo echándome a reír.

—¿Tengo pinta de haber visto alguna? —Se encoge de hombros, ofendido.

—Digo yo que virgen ya no serás, ¿no?

—Tú y yo no vamos a hablar de sexo —dice con cara de asco—. Y, por suerte, no me he visto en la situación en la que estás tú.

—El test no es más que un palito de plástico sobre el que se hace pis y te da el resultado.

—Me flipa cómo avanza la ciencia. Voy a bajar en un salto a la farmacia.

Se acerca a la mesa del salón y coge sus llaves.

—No vayas a la de siempre, porque Inés nos conoce y puede soltarle algo a la *ama*.

—Bien pensado. Me acercaré hasta el Antiguo y me meteré en la primera farmacia que pille. Tú estate aquí tranquila y si aparecen los *aitas*, les pones cualquier excusa y te encierras en tu habitación hasta que vuelva, ¿vale?

Asiento moviendo la cabeza y él apoya su mano en mi hombro.

—Vamos a solucionarlo como sea, Maider.

—Gracias.

—Soy tu hermano, se supone que estoy para estas cosas.

No sé si me lo dice a mí o se lo dice a sí mismo, pero es como si de pronto hubiera comprendido que nuestro parentesco tiene sentido.

Nunca es tarde, estoy muy orgullosa de él.

Una hora y un test positivo después, estamos ambos sentados al estilo indio sobre mi cama. Unai no se ha separado de mí ni un solo segundo desde que le he enseñado el resultado. De hecho, lo he oído cancelar todos los planes que tenía para esta tarde con sus amigos. No sé cómo le voy a agradecer todo lo que está haciendo por mí en este momento; no voy a ser capaz de seguir adelante sin su apoyo, de eso estoy segura.

—No puedes cargarte con un crío —sentencia con seriedad.

—Por muy duro que sea, quiero a este bebé, no quiero abortar, Unai. Además, no puedo tomar esta decisión sola, tengo que hablar con Rubén.

—A ver... Relájate. Tienes diecisiete años y ahora mismo estás muy alterada. Además, no sabemos qué efecto ha podido provocar la medicación. Tómate unos días para pensarlo, vuelve a hacerte otro test y si finalmente decides que quieres tenerlo, te llevaré a Madrid para que lo habléis en persona. Pero te juro que, si se comporta como un cerdo, le meto dos hostias.

—Y yo te juro que, si se comporta así, te pediré que se las metas.

—Genial. Una vez que tengamos su respuesta, si tú lo tienes claro del todo, se lo contaremos a los *aitas*. Podemos ocultárselo unos días, pero no eternamente.

—¿Crees que el resultado del test es correcto? —pregunto agitando el cacharro de plástico.

—Es muy débil, pero según las instrucciones que me he leído tres veces, es positivo.

21

¿Rendirme?

Benicàssim, 25 de agosto de 2005

—Yo debería haber sido la primera persona a la que recurriste, no tu hermano.

—¿Y con qué me habría encontrado de haberlo hecho?

—Con tu novio dispuesto a todo. Todavía no era demasiado tarde, Mai. Y aunque todo se hubiera venido abajo, yo habría seguido a tu lado sin soltarte la mano ni un solo instante.

Rubén me abraza y noto que tiembla tanto como yo aquel día. Me siento fatal por hacerle pasar por este mal trago, pero creo que tiene razón en una cosa, he tardado demasiado en contárselo.

—No podía, Rubén. Me pasé muchos días llamando al camping y esperando a que dieras alguna señal de vida, pero entendí que para ti aquel no era más que otro invierno en el que no tocaba hablarnos. Te odié, te aborrecí con todas mis fuerzas. No podía entender que te importara tan poco.

—Nadie me dijo que habías llamado, supongo que los cambios de turno en recepción tampoco ayudaron, pero ya no importa. Continúa —exige sin muchos miramientos.

La parte en la que nos ignoramos el uno al otro sigue siendo una herida infectada.

—Varios días después del test, me vino la regla. Y aunque estaba segura de seguir adelante si estaba embarazada de verdad, no puedes hacerte una idea del alivio que sentí. Me dio tal subidón que me fui a buscar a mi hermano a la playa para darle la noticia y creo que esa ha sido la única ocasión en la que lo he visto llorar de alegría. Nos pusimos a dar saltos por toda la Zurriola como dos idiotas. —Sonrío recordando aquel momento tan peculiar—. Pero a los pocos días llegó la más absoluta tristeza. Unai me obligó a ir al médico para asegurarnos de que todo estaba bien, pero yo no tenía ningún problema físico, mi problema era otro. ¿Sabes qué le pasa a una chica que ha sufrido una pérdida como la mía?

Rubén niega con la cabeza.

—Que el abandono es absoluto. Siempre se habla de las chicas que buscan quedarse embarazadas y el calvario que viven al perderlo por el camino, pero nunca de las que no lo buscaban y acaban perdiéndolo igualmente. A nadie le importa la pena que soportan, porque, en realidad, todos asumen que han conseguido lo que querían y que no hay lugar para ningún otro sentimiento que no sea el alivio o la felicidad. Piensan que una vez solventado el problema, la chica está genial porque «se ha quitado el marrón de encima». Pero no siempre es así, algunas no nos sentimos así. Yo tenía planes, estaba dispuesta a enfrentarme a esa nueva vida que se estaba gestando en mi interior, y las hormonas no me facilitaban las cosas...

—Creo que te entiendo, y aunque es probable que no llegue a alcanzar tu nivel de ansiedad, esa pena que acabas de mencionar la estoy sintiendo ahora mismo.

—Fue muy duro. No fui capaz de gestionar tal cantidad de emociones porque no tenía herramientas para hacerlo, ni a nadie que me ayudara.

—¿Y qué hiciste entonces?

Estamos a punto de llorar los dos otra vez de impotencia, pero soy yo quien lo consuela acariciándole la espalda. Soy yo quien intenta que no sufra más.

—Cuando llegó octubre, empecé la universidad y... me desfasé completamente. Dejé de ser yo misma. Poco a poco fui perdiendo contacto con mis amigas de siempre, me seguía dando vergüenza contarles lo que había pasado, y conocí gente nueva. No es que me juntara con malas compañías, es que yo era la mala compañía de las demás. Me convertí en la chica que siempre estaba disponible para salir y que siempre volvía a casa con una borrachera vergonzosa. La que intentaba olvidar a toda costa y a cualquier precio. Sabía que algo no iba bien dentro de mi cabeza, pero lo ignoré con todas mis fuerzas a golpe de chupitos.

—¿En qué plan te desfasaste?, porque creo que podríamos compartir anécdotas... —dice con una sonrisa lúgubre.

—Alcohol y juergas de las que acabas dando pena.

—Ni tan mal.

Estudio su mirada y lo que veo no me gusta nada.

—¿Y tú?

—Alcohol y sexo... El típico plan universitario, solo que me saltaba bastante a menudo la parte de asistir a clase.

—Pero me dijiste que dejaste la carrera por otros motivos.

—Y así fue, pero es obvio que todo lo que te estoy contando tampoco me ayudó a ser un estudiante ejemplar.

Me parece increíble que, sin saberlo, ambos hubiéramos tomado el mismo camino, que a ambos nos hubiera destrozado aquello de una manera similar. Con lo fácil que habría sido mantener una mísera conversación, aclarar las cosas y buscar el apoyo en el otro... Pero no pudo ser, había demasiados factores en contra, empezando por mi familia, siguiendo por la distancia y la escasez de medios para comunicarnos, y, para rematarlo, la desconfianza que ambos habíamos desarrollado hacia el otro.

—Lo bueno fue que en una de todas esas juergas que me corrí —continúa—, me hice colega de varios tíos de clase que eran buena gente y poco a poco me fueron arrastrando hacia su rollo. Dejé de desfasarme tanto y me dediqué a hacer mucho deporte y a fracasar en mis estudios.

—Yo conocí a Nagore. Ella fue quien me dio el primer empujón para salir del bucle.

—Pues quién lo diría, porque tiene pinta de todo menos de formal.

Ambos nos echamos a reír. Imagino que él está recordando la escenita que organizó en la piscina los primeros días; yo tengo demasiadas para elegir solo una.

—Nagore lleva toda la vida practicando remo y, aunque se echa sus buenas juergas, eso no te lo voy a negar, se cuida mucho. Gracias a ella bajé el pistón y no me dio por el deporte como a ti, yo me centré en los estudios. Y justo al año siguiente, conocí a Andoni.

—¿Así se llama tu ex?

Sé que conoce de sobra su nombre, incluso recuerdo el mote cariñoso que le tiene puesto, pero si prefiere hacerse el duro y preguntar, no voy a ser yo quien se lo impida.

—Sí, es el hermano mayor de Nagore.

La cara de pasmado que acaba de poner Rubén no tiene precio.

—¡No me jodas! ¿Nagore es hermana de Agaporni?

—Andoni —repito.

—¿Esto lo sabe Xabi?

—Pues no tengo ni idea, pero algo me dice que no.

—O sea que lo conociste a través de ella.

—Sí, Andoni es remero, como Nagore, solo que él compite en categorías superiores. Lo conocí en unas regatas, empezamos a quedar, me gustó, me ofreció una relación fácil y alejada de mis problemas y yo... Creo que me enamoré de la idea de poder seguir adelante. Me agarré a él como si fuera la única salida posible.

Aunque muy en el fondo desde el principio sabía que no era más que un parche para la herida que tenía en el corazón, lo acabé confirmando el verano que pasamos en el camping. Después de que Andoni me dejara en evidencia delante de mis amigos no hubo más broncas, lo dejamos de mutuo acuerdo y volvimos cada uno por su lado a Donostia. Desde entonces, Nagore no ha parado de preguntarme qué pasó y por qué rompimos, y no deja de sorprenderme que su hermano nunca le haya contado la verdad: que, en realidad, fue por Rubén, por todo lo que todavía sentía por él. Creo que Andoni siempre se sentirá culpable de haber destapado mis mierdas y haberme defraudado, y no contarle la verdad a su hermana es su manera de disculparse conmigo.

—Entonces ¿no querías a Andoni?

—Quizá no en ese momento, pero pensaba que podíamos tener algo a largo plazo. Al final, acabó siendo más que evidente que no éramos compatibles del todo.

—Eso no lo descubriste hasta que volviste al camping —recuerda con recochineo.

—Bueno, aunque no estuviera loca por él, Andoni me gustaba, pero fue verte a ti y perderme por completo.

—Lo nuestro a veces parece una condena.

—Puede que tengas razón.

Ambos sonreímos. Y de verdad que hace mucho tiempo que no me sentía tan ligera.

—Pese a todo, a Andoni le tocó pasar bastante conmigo.

—¿A qué te refieres? —Frunce el ceño.

—Cuando nos conocimos, yo no era la típica chica fácil, y no me refiero en un sentido meramente sexual; me costó mucho abrirme y confiar en él. Pasados unos meses, las cosas se fueron calentando tanto entre nosotros que acabó llegando la inevitable charla en la que le tuve que contar parte de lo que me había pasado contigo. No encontré otra manera.

—Si se lo contaste fue porque quisiste hacerlo, ¿no?

—No. Lo tuve que hacer.

Rubén me observa sin entender a qué me refiero, con su preciosa mirada verde entornada. Se piensa que la peor parte ha pasado ya y puede que esté en lo cierto, pero siempre hay más.

—Andoni fue el primer tío con el que me acosté después de ti. Aunque me enrollé con unos cuantos en mi época de desfase, no pude hacerlo con ninguno de ellos. Yo... no aguantaba que me penetraran.

—¿Por qué? —Su ceño está tan fruncido que no sé si se piensa que le estoy mintiendo o si realmente le preocupa lo que le estoy contando.

—No conseguía relajarme, me dolía muchísimo y la mayoría de las veces acababa llorando. Estaba bien jodida en aquella época... —Me río por no empezar a llorar de nuevo.

Rubén coge mi mano y no sé muy bien cómo interpretar lo que veo en sus ojos, creo que se trata de culpa, pero dudo de que esté sintiendo eso ahora mismo.

—¿Por eso acabaste medicándote?

—Cuando confirmé que no podía mantener relaciones con nadie y que me sentía fatal conmigo misma, hablé con mi hermano, le conté que creía que estaba intimando con la depresión, que la estaba haciendo mía. Y aunque al principio me avergonzaba, el primer paso para la superación fue admitirlo. Unai me ofreció su ayuda una vez más. Fuimos al médico de nuevo, me derivó a psiquiatría, me medicaron y después buscamos una terapeuta. Durante tres años asistí a su consulta y fue ella quien me diagnosticó estrés postraumático. Me ayudó a ir saliendo adelante poco a poco, a hablar sobre lo que me pasó, a entender el trato que recibí, a gestionar la culpa, a superar el rencor que sentía hacia mis padres, a pasar página contigo... Así que, entre eso, las pastillas, Nagore y Andoni, fui dando pequeños pasos para recuperarme. Uno de los últimos fue cuando empezamos a salir y por fin conseguí acostarme con él.

—Esto te va a sonar raro de cojones, pero me alegro de que consiguieras follarte a tu novio. Y lo digo muy en serio. Jamás me habría imaginado todo lo que me has contado...

—No ha sido un camino ni fácil ni corto.

Rubén se queda unos minutos pensativo y en silencio. Supongo que tiene mucho que asimilar e imagino que tendrá dudas y es probable que mil y una preguntas.

—Dime algo... —le pido con cautela.

Veo en sus ojos la inseguridad, el dolor y un punto de rabia en el fondo. Su progresión emocional está pasando por un montón de fases que entiendo perfectamente.

—Me has contado muchas cosas, Maider, algunas muy dolorosas para ti y otras muy jodidas para los dos. Y si algo tengo claro es que todo esto deberías habérmelo dicho hace muchos años, porque ahora ya no tiene sentido ni solución.

—Entiendo que estés cabreado conmigo.

—La verdad es que no sé cómo me siento, creo que aún tengo que digerirlo. —Hace una pausa—. Te llamé. Lo hice decenas de veces, pero tu madre siempre me decía que ya me llamarías tú cuando pudieras, hasta que un buen día, tu padre me soltó que ya no querías saber nada de mí y que, si no dejaba de molestarte, me denunciaría. Tuve que dejar de hacerlo.

—Lo sé, hace tiempo que lo sé. Después de que lo mencionaras el verano que vine con Andoni, tuve más que palabras con mi padre y debo decirte que estaba muy equivocada con respecto a ti. Llevo tantos años culpándote por haber pasado de mí que no sé ni cómo disculparme...

—¿Qué te dijo tu padre?

—Que no te quería cerca de mí, que contigo solo tendría problemas, que solo era un capricho para ti, que no me habías demostrado nada. Repetía constantemente que eras un irresponsable y que mirara adónde nos había llevado la libertad que nos habían otorgado, y que por mucho que él te hubiera mentido diciéndote que quería que me dejaras en paz, tú tampoco hiciste muchos esfuerzos por saber de mí, así que eso le dio la razón. Además, tampoco era el primer invierno que desaparecías...

—Será cabr...

—No lo insultes. Sé que tienes muchos motivos para hacerlo, pero no le pierdas el respeto, por favor. Al menos, concedámosle que no les dijo nada a tus padres.

Rubén me mira como si mis últimas palabras fueran muchísimo peor que todo lo que le he contado.

—¿Me estás pidiendo respeto? ¿En serio? Hay una cosa que quiero que te quede bien clarita y es que me jode un huevo que creyeras que sería capaz de dejarte tirada. Porque, por mucho que tu padre se interpusiera entre nosotros, maldita sea, tú tenías que saber lo que sentía por ti, me debías el beneficio de la duda.

—Rubén..., cálmate por favor.

Aunque sé que está haciendo un gran esfuerzo por rebajar el cabreo que siente, agradezco que mi padre esté a más de seiscientos kilómetros, porque, de estar presente, ya tendría un ojo del color de las berenjenas.

—Creo que me estás pidiendo demasiado ahora mismo. Me pasé toda la adolescencia loco por ti y te demostré de todas las maneras posibles que eras lo más importante para mí. Vale, a menudo fui un capullo, sobre todo cuando llegaba el invierno, pero mostrarme ante ti era como lanzarme al vacío y nunca supe con seguridad si tú me echarías una cuerda. A pesar de todo, eras muy reservada y nunca estaba seguro de si sentías lo mismo que yo, porque, entre otras cosas, no me lo decías tanto como a mí me habría gustado, tanto como necesitaba oírtelo decir. Y resulta que en nuestro momento más vulnerable ni siquiera confiaste en mí. Creíste lo que te pareció, lo que me hace pensar que dudabas más de la fortaleza de tus sentimientos que de los míos.

—Eso no es verdad, Rubén. Siempre he estado segura de lo que siento por ti.

—Entonces ¿por qué dudaste de mí? No te di ningún motivo. Estuve allí contigo, en el coche, en urgencias, tu padre me apartó y tú no hiciste prácticamente nada para evitarlo. Me quedé allí, solo y apaleado, y al día siguiente desapareciste. Me destrozaste. Me sentí pequeño e inútil, un puto crío perdido. ¿Y sabes qué es lo peor? Que, pese a todo, por culpa de lo que siempre he sentido por ti, no me puedo enfadar contigo. Entiendo toda la mierda por la que has pasado y me siento muy culpable, pero eso no quita que me hayas decepcionado. Has traicionado la poca confianza que hemos recuperado estas semanas, has sido muy egoísta al no haberme contado todo esto desde el minuto uno.

Se levanta del banco y se lleva las manos a la cabeza. Lo conozco lo suficiente para saber que está a punto de perder los papeles. Yo contaba con que el paso del tiempo jugara a mi favor suavizando las cosas, pero está claro que está reviviéndolo todo en este mismo instante.

—Me quitaste la oportunidad de estar contigo, de sufrir contigo, de llorar contigo, de abrazarte, de ser tu novio, de quererte. ¡Maldita sea! ¡No me dejaste quererte! —Explota, haciendo un montón de aspavientos—. El problema era mío también, ¿sabes? Si estuviste embarazada, aunque solo fuera durante cinco putos minutos, era mi hijo también. Me robaste la oportunidad y ahora pretendes que te entienda, que haga borrón y cuenta nueva, que sea razonable con tu padre, que te abrace para que se te pasen todas las penas... Soy incapaz, lo siento. Ahora mismo no puedo tenerte cerca.

—Rubén, por favor... La otra noche en los columpios ibas con todo...

—¡Hemos follado, maldita sea! Y te habría pedido que volvieras conmigo ahí mismo. —Señala el interior de la discoteca—. Porque te quiero, joder. Pero no, tú tenías que dejarme llegar tan lejos sin contarme la verdad, así que no me pidas más. Déjame pasar este duelo en paz, porque tú has tenido siete años para hacerlo, pero yo no he tenido ni diez minutos.

Me está arrancando el corazón del pecho con sus palabras. Estoy reviviendo todo lo que pasó a través de su dolor.

—Lo más triste es que, al final, este verano ha vuelto a pasarme lo mismo que en los noventa: lo quería todo contigo, bajé las barreras y acabé destrozado. Está claro que no aprendo. Pero ¿sabes qué?, esta vez no me voy a molestar ni en odiarte, simplemente seguiré adelante.

—No digas eso, Rubén, no te rindas...

—¿Rendirme? No creo que tú puedas acusarme de eso, porque, tratándose de ti, no lo he hecho jamás. Y mira que «jamás» es una palabra que abarca una cantidad de tiempo enorme.

—No puedes obviar así todo lo que todavía queda entre nosotros.

—Quede lo que quede, ya no sé si merece la pena salvarlo, no cuando tú nunca has apostado por ello y yo... *no puc més*.

Se aleja un par de pasos en dirección a su coche y me mira por última vez.

—Tal vez lo nuestro solo sea ya un bonito recuerdo. Y a partir de hoy, a lo mejor ni eso.

22

Cabreado es poco

Benicàssim, 25 de agosto de 2005

Nagore aún no se ha despertado, la oigo roncar dentro de la caravana. Pobre, debe de tener una *txaranga* metida en la cabeza por culpa del fiestón que se pegó anoche.

Pese a que Rubén y yo nos retiramos, nuestros amigos siguieron de fiesta hasta el amanecer. Y así tenía que ser, no podíamos permitir que, una vez más, nuestras historias acabaran jodiendo a los demás. Sé que, de haberse enterado Xabi y Nagore, habrían preferido venirse al camping conmigo y darme un abrazo con todo el calor que me faltaba, pero soy yo quien debe enfrentarse a la situación y superarla de una vez por todas. Gemma y Óscar, en cambio, habían desaparecido cuando nos marchamos, así que no sé si están al corriente de las últimas novedades.

Me estoy sirviendo el tercer café, bien cargadito. Y es que no he pegado ojo en todo lo que restaba de la noche, me duele la cabeza de tanto pensar y me pican los ojos de tanto llorar, aunque hace ya un rato que no suelto ni una lágrima. Debe de ser que por fin me he secado.

Estoy hecha un asco.

Me dispongo a echarle otro terrón de azúcar al café cuando Xabi derrapa con su bici justo delante de mi parcela. No sé qué querrá, pero no se hace una idea de lo feliz que me acaba de hacer contar con su compañía, aunque solo sea como distracción.

Frunzo la frente al ver que no se baja de la bicicleta.

—Rubén se marcha a Madrid. Está cargando el coche en recepción —dice casi atragantándose con las palabras—. Date prisa, dudo de que tengas más oportunidades que...

No le permito ni terminar la frase, dejo el café sobre la mesa y echo a correr calle arriba en pijama. Me tropiezo con las chancletas un par de veces, pero no me importa, continúo al trote como si me fuera la vida en ello. Al tercer tropezón, no tengo el karma de mi lado, acabo perdiendo el equilibrio y yéndome de morros contra suelo. Estas escenas a la carrera solo salen bien en las películas. Me he dejado un par de centímetros de piel pegados en el asfalto, pero me pongo en pie de todos modos y sigo corriendo con la lección más que olvidada. Cuando llego al coche de Rubén, que a la luz del sol resulta ser un Opel Astra negro bastante nuevo, la sangre me gotea hasta el tobillo.

Rubén tiene el maletero abierto y un montón de cosas todavía por meter, y deduzco que esta vez se marcha para no volver en una larga temporada. Esto no es un amago.

—Menos mal que ya estás aquí, Xabi me ha pedido que lo entretuviera, pero ya no sabía cómo hacerlo —dice Tito, que está en la puerta del bar fumando.

Le dedico una sonrisa pequeñita, pero con toda la sinceridad y el cariño que todavía me quedan en el cuerpo.

—Gracias.

—Estamos todos metidos en esto, pequeña, y diría que ha llegado el momento de que actualicemos vuestra canción: «Te estoy amando locamente, pero no sé cómo te lo voy a decir. Quisiera que me comprendieras y sin darte cuenta te alejas de mí. Prefiero no pensar —pega un saltito—, prefiero no sufrir —otro saltito—, lo que quiero es que me beseeeeeeees...».

Se curra un bailecito al más puro estilo de Las Grecas y me guiña un ojo.

—Eres único eligiendo canciones.

—¿Y eligiendo palabras? Esta mañana Rubén me ha contado cuánto te afectó lo que te dije por teléfono cuando se marchó a la universidad. Quiero que sepas que mi intención nunca fue hacerte daño, no sabía por todo lo que estabais pasando. Ojalá hubiera seguido mi intuición y hubiera hecho algo, porque lo vuestro merece ser salvado.

Nunca dejará de sorprenderme que el mismísimo primo de Rubén lleve tantos años apostando por nuestra relación. ¿Qué verá para estar tan seguro de que merece la pena seguir luchando? Porque yo ya empiezo a dudar muy seriamente de que vaya a llegar el día en el que nos volvamos a encontrar en el mismo punto.

—Tito, ya has hecho bastante durante todos estos años.

Me dedica una sonrisilla y me hace un gesto con la cabeza.

—Venga, corre, que se marcha.

Tira el cigarro y se mete en el bar con los dedos cruzados.

Aparto todos los pensamientos para otro momento y me acerco al coche corriendo, porque si me despisto un poco más, lo voy a pillar llegando a su destino.

—Rubén.

Levanta la cabeza del maletero, me mira y sigue ordenando sus maletas como si yo no existiera. Luna está a su lado observándolo sin perder detalle.

—¿Te vas?

Pregunta absurda donde las haya, pero consigo que me vuelva a mirar.

—Qué va, me dedico a llenar y vaciar el maletero por pura afición. Es una manera tan buena como otra para hacer brazo... Joder, ¿qué cojones te has hecho en la rodilla?

Apunta hacia mi pierna con su nariz y ambos estudiamos mi herida. Parece que me haya caído sobre un charco de tomate Orlando.

—Alguien me dijo una vez que no se debe correr en las piscinas, pero, por lo visto, el consejo es aplicable a cualquier superficie si llevas chancletas.

Rubén abre la puerta del lado del copiloto, rebusca en la guantera y me tira un paquete de pañuelos de papel.

—Límpiate, anda, que esto empieza a parecer la escena de un crimen.

A continuación pega un portazo tan fuerte que estoy segura de que esa puerta no volverá a abrirse jamás, que ha quedado sellada como una cámara mortuoria de Egipto.

Saco varios pañuelos del paquete, me agacho y me tapo la herida con ellos. Me duele cosa mala, solo espero que sea algo superficial y que no me quede mucha cicatriz. Aunque, si consigo mantener una conversación civilizada con él, la marca habrá merecido la pena.

—Me gustaría hablar contigo antes de que te vayas. —Lo miro a los ojos desde el suelo y solo por eso parece que se lo estoy rogando.

No me dice nada, se cruza de brazos y observa mi mano sujetando los pañuelos contra mi rodilla. Está deseando hacerse cargo del asunto, pero es tan jodidamente orgulloso y cabezota que ahora mismo no me pondría un dedo encima, a no ser que estuviera al borde de la muerte.

—Sé que sigues cabreado, pero tienes que escucharme.

—Cabreado es poco, Maider. Estoy dolido, decepcionado contigo y conmigo, y un pelín rabioso.

Coloca la última bolsa en el maletero y cierra el portón con otro sonoro golpe. Si sigue así, es posible que el coche no llegue a salir entero de Benicàssim.

—Luna, sube, o te quedas aquí con ella.

Luna, que hasta este momento se había mantenido sentada y quietita junto a su dueño, continúa en la misma posición. Rubén le hace varios gestos con la mano para que se suba al coche. La perra se levanta, viene hasta mi lado, se sienta otra vez y me mira con la lengua fuera y moviendo la cola. No piensa obedecer, está claro que su prioridad es jugar conmigo, solo le falta guiñarme un ojo.

—Pues vale. Maldito chucho que se vende a cualquiera.

—Oye, no te metas con mi amiga. Luna, ¡ataca al idiota de tu dueño!

La susodicha me mira inclinando la cabeza a un lado y Rubén entorna la mirada.

—¿En serio, Mai? ¡Soy su padre! —grita indignado, y aunque sé que no es el momento de hacerlo, se me escapa una carcajada y después otras ocho.

429

«Soy su padre», dice, pues lo único que ha sacado de él ha sido el rabo, pero mejor no se lo digo. El complejo de Darth Vader es muy duro de llevar.

Pese a todo, oírlo hablar de su paternidad me pellizca un poco el corazón.

—Venga, Luna, vete con papá —ordeno. La perra reacciona y él la recibe con una mirada llena de decepción.

Luna salta dentro del coche, se sitúa en el asiento del piloto y, en cuanto Rubén cierra la puerta con suavidad, ella saca la cabeza por la ventanilla. Es una cotilla.

—Traidora. Ya vendrás con el patito para que juguemos...

—Cuánto resentimiento, Rubén.

—No tanto como el que siento por la situación en la que nos encontramos.

—Entiendo que te sientas así, pero nos debemos otra conversación. No puedes marcharte y dejar las cosas de esta manera.

Se echa a reír, pero no es una risa divertida.

—No te debo nada, y menos después de haberme enterado de que durante un tiempo pensaste que iba a ser padre y no me lo contaste. ¿Te haces una idea de lo jodido que es eso? —Suspira, abrumado por sus propias palabras—. Olvidémoslo, Maider.

Abre de nuevo la puerta del lado del conductor, le pide a Luna que se mueva al otro asiento y se dispone a montarse. Tardo varios segundos en reaccionar, pero me pongo en pie, tiro a una papelera los papeles que sujetaba contra la rodilla y le impido meterse en el coche.

—Necesito hablar contigo, por favor.

—Tengo que marcharme a Madrid.

—¿Qué hay en Madrid ahora mismo que sea más importante que esto?

—Distancia —contesta con sequedad, y yo, simplemente me rindo.

Estoy desesperada por hablar con él de todo lo que pasó anoche, pero no está por la labor y, por mucho que me duela, tengo que dejarlo marchar, porque dudo de que vayamos a conseguir nada si hablamos estando tan tensos.

Me alejo un par de pasos del coche.

—Que tengas un buen viaje —le deseo con la voz rota.

Es la primera vez que él se marcha y soy yo la que se queda. Estoy experimentando en mis propias carnes el vacío que él ha debido de sentir al final de cada uno de los veranos que hemos compartido. Este es mi primer «treinta y uno de agosto» y no me está gustando nada vivirlo. Además, lo más triste es que, llegados a este punto, no sé si volveré a verlo porque no puedo contar ni siquiera con el próximo verano.

Le doy la espalda y voy de vuelta a nuestra parcela con el cuerpo entero temblando, aunque sigo sin lágrimas.

En cuanto llego, saco el pequeño botiquín que tienen mis padres en la caravana y me dispongo a limpiarme la sangre reseca de la herida, más por no pararme a pensar y hundirme del todo que porque me preocupe la lesión. La estoy restregando con una gasa empapada de un par de litros de Betadine y ya tengo media pierna de color naranja, cuando oigo el ruido del motor de un coche a lo lejos y concluyo que ya está, que se ha marchado y que hasta aquí ha llegado nuestra historia. Pero antes de que me dé tiempo de soltar la primera lágrima que amenaza con retornar y rebozarme en mi drama personal durante un rato, aguzo un poco más el oído, incluso dejo de respirar, y descubro que, en lugar de alejarse, el motor se está acercando a toda pastilla.

—Te doy cinco minutos, sube —dice Rubén con la ventanilla de su Astra bajada.

Lo dejo todo y me monto en su coche haciendo un esfuerzo sobrehumano por no sonreír, abrazarlo, pegarle y echarme a llorar, todo a la vez. No tiene ni idea de lo que significa para mí que haya decidido concedernos estos cinco minutos. Solo espero que sirvan para darle un final digno a lo nuestro.

—¿Dónde está Luna? —pregunto como si fuera lo más importante.

—Con Tito.

Rubén avanza despacito entre las caravanas y salimos del camping. Cruza la Gran Avenida de Benicàssim sumido en un silencio mortal y, hasta que llegamos a la primera rotonda, no tengo ni idea de adónde me lleva.

431

—¿Piensas gastar mis cinco minutos conduciendo?

—A lo mejor.

—¿Vamos al Desert de les Palmes?

—A lo mejor.

Vale. No quiere hablar, esto va viento en popa.

El final decente que tanto anhelo para lo nuestro empieza a quedarse en escaso, pero no pienso perder la esperanza hasta que lleguen los gritos y esté todo perdido.

Subimos el puerto del Desert de les Palmes como si estuviéramos participando en algún tipo de rally de montaña al que no recuerdo haberme apuntado. Pese a todo, tengo que admitir que Rubén conduce de maravilla: su concentración es plena, utiliza las dos manos, no es nada brusco y su postura es... jodidamente sexy.

Y sí, me paso todo el trayecto estudiándolo para cuando me toque recordarlo.

En cuanto aparca y nos bajamos del coche, el sol ya está empezando a cascar con tanta fuerza que me encantaría quitarme la camiseta y quedarme solo con la parte de arriba del biquini, pero, con tanto correr, me doy cuenta de que sigo en pijama y no llevo sujetador.

Rubén se apoya en un lateral del coche, cruza los brazos sobre su ancho pecho y permanece a la espera.

—Los cuatro minutos y medio que quedan son tuyos, haz con ellos lo que quieras —dice con frialdad.

No puedo más que adorarlo cuando me pone las cosas tan fáciles. Su colaboración parece que va a rondar el cero, así que me preparo para soltar todo lo que le quiero decir y luego ya veremos qué pasa.

—Rubén, sé que tienes mucho que asimilar después de lo que sucedió ayer, pero me gustaría que nos viéramos dentro de unas semanas o de unos meses, cuando tú estés preparado, y que volvamos a hablar con más calma.

—Si me hubieras preguntado ayer, te habría dicho que sí a ciegas, pero después de todo lo que me contaste, he recapacitado y he visto claro que tengo que poner distancia.

Todo mi cuerpo reacciona tensándose. Sabía que esto podía pasar, esperaba que estuviera cabreado conmigo, pero lo que en realidad estoy viendo es dolor, un daño inmenso, y muy poca esperanza de que se le vaya a pasar.

—Me marcho a Estados Unidos esta misma semana —añade.

Me echo a reír. Probablemente es la risa más triste que he soltado en toda mi vida. Está claro que cuando Rubén busca excusas, no tira por lo bajo.

—¿Estados Unidos? ¿No se te ha ocurrido un lugar más lejano?

Aunque me da la sensación de que no le apetece lo más mínimo tener que darme explicaciones, suspira y se dispone a hacerlo.

—La cosa está bastante parada en la aviación a raíz del 11-S. Es muy jodido encontrar trabajo porque apenas contratan personal.

Me sorprende oírlo mencionar los atentados de las Torres Gemelas, porque es algo que pasó hace casi cuatro años y no me he vuelto a parar a pensar en el tema. Ni siquiera se me había ocurrido que la aviación mundial, no solo la estadounidense, estuviera atravesando una crisis por la falta de confianza que generaron los terroristas.

—Necesito completar mil quinientas horas de vuelo para desbloquear mi licencia como piloto de líneas aéreas, y la manera más fácil es ir a Estados Unidos. Es más barato y son más permisivos con el tiempo que podemos disponer de las aeronaves.

Abro la boca, alucinada. No es un farol, no es un puto farol, joder.

—¿Y cuándo pensabas decírmelo?

—No sabía que tuviera que hacerlo. De hecho, debería haberme marchado a primeros de este mes.

—Y te quedaste por mí. —No pregunto, afirmo.

—Creo que ayer ya aclaramos que casi todo lo que he hecho últimamente ha sido por ti. No me obligues a admitirlo otra vez porque el cabreo que siento conmigo mismo crece. Así que resumiendo: me quedé por ti y me voy a marchar por ti.

Rubén es de los que te hacen volar y caer en la misma frase.

—No te he pedido que hagas ninguna de las dos cosas.

Echa la cabeza hacia atrás y resopla. Nunca lo había visto así: la frialdad y el calor que me está transmitiendo me confunden. Por un lado está lo que sé que todavía siente por mí y por el otro, la necesidad de dejarlo atrás que me está demostrando.

—Mira, Maider. Está visto que cuando estamos juntos pensamos poco y actuamos demasiado. Al menos, en mi caso siempre ha sido así, y me parece que lo mejor que podemos darle ahora mismo a nuestra supuesta relación es tiempo y distancia. A pesar de que a primeros de este verano quedaban muchas cosas por aclarar entre nosotros, hemos seguido adelante hasta llegar aquí, y los dos volvemos a estar heridos. Creo que en este momento poner muchos kilómetros de por medio es lo correcto para que ambos podamos reflexionar con tranquilidad y decidir qué hacer con todo lo que sentimos evitando la tentación de volver a tocarnos y caer en los mismos errores.

Me impacta la indiferencia con la que es capaz de razonar.

—Voy a estar fuera por lo menos un año y, si después de que se hayan calmado las aguas aún queda algo entre nosotros, seré el primero en dar el paso y en ir a buscarte. Sé que te quiero y que siempre lo haré de una forma u otra, pero ahora mismo no puedo dejarlo todo por quedarme a tu lado y meterme en una relación en la que ya no creo ni confío. No quiero que hagamos nada de lo que podamos arrepentirnos. —Se separa del coche y da un paso hacia mí—. Ojalá pudiera decirte que volviéramos a intentarlo, que partiéramos de cero desde este mismo instante, pero estaría engañándonos a los dos. No hemos sabido cuidar nuestra relación y no podemos seguir forzándola hasta que se rompa del todo. Necesitamos un nuevo comienzo.

—Dudo de que podamos partir de cero.

—Pues espero que así sea, por el bien de los dos, porque no creo que nos queden muchas oportunidades más para hacerlo bien.

—Nunca me vas a perdonar lo que te conté ayer, ¿verdad?

—La cuestión no es solo que te lo perdone a ti, la cuestión

es que consiga perdonarme a mí mismo no haberle parado los pies a tu padre, no haber hecho nada cuando sospechaba que algo no iba bien..., haberme comportado como el crío que era.

A estas alturas de la conversación debería estar llorando, pero el dolor que siento en mi interior es tan grande que ni las lágrimas son suficiente desahogo.

—¿Y te ibas a marchar sin decirme nada?

—No quería que me hicieras cambiar de opinión.

Se acerca a mí y acuna mi cara entre sus manos.

—Lo voy a hacer por nosotros, tienes que entenderlo.

—Pero no quiero tenerte lejos, no después de todo lo que pasó ayer...

—No quieres, pero lo necesitas, hazme caso. Nunca hemos tenido una relación de verdad, y después de lo de ayer corremos el peligro de lanzarnos a ella por lástima, por nostalgia, por querer arreglarlo todo de golpe, y no va a funcionar, Maider. Si algún día damos el paso, no quiero que sea por inercia u obligación, sino porque ese amor tan fuerte que hemos sentido siempre el uno por el otro merece otra oportunidad.

—¿Y si pese a separarnos las cosas no se arreglan?

—A lo mejor tienes razón y me estoy equivocando al tomar esta decisión, y tal vez sea aquí donde se acabe todo, pero yo siempre te querré, Mai. Eso nunca cambiará.

Deposita en mi mejilla un beso dulce que me duele tanto como me reconforta.

—Siempre serás el recuerdo más especial que conservaré —añade.

—¡No quiero ser un recuerdo!

Lo empujo por el pecho y me alejo un par de pasos.

—Tampoco puedes ser nada más ahora mismo. Te prometo que te escribiré cuando esté en Estados Unidos.

—No me mientas.

—Ya no soy ese chaval que no cumple lo que promete.

Aunque sus ojos me dicen que no me está mintiendo, sé que no va a mantener el contacto. Cuando tuvo motivos para hacerlo, porque se suponía que estábamos saliendo, solo hubo dos inviernos en los que se dignó escribirme y llamarme, y ahora que vamos a vivir tan lejos, y tal como van a quedar las cosas entre nosotros, me entristece saber que no lo hará, que nuestra historia se acabará enfriando. Pero no me queda otra que asumirlo.

—¿Puedo abrazarte? —pido con una mezcla de miedo y necesidad.

—Hazlo, por favor.

Le rodeo el cuerpo con mis brazos y apoyo la mejilla en su pecho, justo encima de su corazón, que late desbocado. Él me aprieta entre sus brazos, me envuelve como una promesa a destiempo, como la dolorosa certeza de que por mucho que nos despidamos en este momento, lo nuestro nunca morirá, siempre seguirá existiendo dentro de nuestros corazones.

—Rubén, ¿cuántas veces tengo que perderte?

—Tantas como yo te he perdido a ti. Y no lo interpretes como una venganza por mi parte, no es más que la puta realidad: cada vez que uno de los dos pierde, el otro sufre sin remedio, y viceversa.

Deposita un beso sobre mi pelo y yo suspiro.

—¿Dónde se quedará Luna? —pregunto como si ese detalle lo fuera a hacer recapacitar y quedarse.

—Con mi hermana, está ya todo arreglado.

Asiento y vuelvo a regocijarme en el calor que me transmite su cuerpo, en los pocos minutos que me quedan con él.

—Entonces ¿esto es una despedida?

—Lo es, Maider. Pero no un final.

Me besa el pelo y suspira.

—No voy a rendirme, Rubén.

—Yo tampoco.

Guardo cada segundo de este último abrazo en mi corazón, porque nadie podrá quitármelo. Lo recordaré siempre que su ausencia me duela demasiado.

Cuando llegamos al camping, nos despedimos en la misma puerta. Beso su mejilla húmeda y me alejo sin mirar atrás. Es una despedida que, por mucho que él lo niegue, sabe a derrota.

En cuanto llego a mi parcela, aparece Xabi de la nada y me

da un abrazo. No me pide que le cuente lo que ha pasado, solo con mirarme la cara, deduce cómo han quedado las cosas.

—Una sola vida es poco para que vosotros dos os entendáis.

—Siento que siempre tengas que ser tú quien deba recoger los pedazos rotos de nuestra relación.

—Creo que lo que ha roto Rubén hoy es más que una relación.

—¿Has pensado en abandonar la carrera de Arquitectura y dedicarte a la Cardiología? Porque se te da de miedo, tus abrazos curan corazones.

No sé cuánto tiempo después, aparecen Nagore y Gemma con sendas caras de preocupación. Gemma me abraza por detrás y Nagore nos envuelve a los tres.

Un rato después se lo cuento todo a Gemma y Nagore, mientras Xabi prepara algo para comer. Gemma me promete que a Óscar le dará una versión que pueda entender, con dibujitos y esquemas, y Nagore me asegura que, si estoy dispuesta, ella montará otro plan para que tomemos Estados Unidos por la fuerza.

23

Interludio

+1 959 122 76543
Apunta este número

En cuanto recibo el mensaje, sufro un infarto y una apacible muerte clínica que dura demasiado poco para mi gusto.

Cuando consigo dejar de sonreír como una pánfila y reaccionar, salgo deprisa y corriendo de la clase que estoy dando y me precipito al aula de informática. Enciendo el primer ordenador que pillo y me pongo a investigar.

No tardo mucho en descubrir que +1 es el código internacional de Estados Unidos y Canadá, y que 959 es el prefijo de un área del estado de Connecticut. Y pese a tener todas esas pruebas delante de mis narices, no me puedo creer que sea él.

Maider Azurmendi
Rubén?

+1 959 122 76543
Cuánta gente conoces con prefijo de +1?

Maider Azurmendi
Quitando a George Bush hijo...
No sé con qué nombre guardarte, Rubén a secas?

+1 959 122 76543
Tienes algún Rubén más en tu agenda?

Maider Azurmendi
Cientos. Por eso, qué prefieres?
Rubén «mi ex»?
Rubén «el capullo de mi ex»?

+1 959 122 76543
Guárdame cómo quieras,
pero si lo haces como «Capullo»,
cuando me llames para practicar sexo telefónico,
recuerda buscarme en la C

Maider Azurmendi
Debería guardarte en la P de «Pedazo de Capullo»

+1 959 122 76543
Haz lo que quieras, Mai,
pero no te olvides de que estoy ahí

No sé si me lo dice como pullita o como una petición amistosa. Sea como sea, me quedo con la segunda opción porque es la que más me ilusiona.

Maider Azurmendi
Nunca pensé que me fueras a escribir

Rubén Segarra
Te prometí que lo haría

Como tantas otras veces.

◆*◆ ☾ ◆*◆

Rubén Segarra
Cuándo empiezas el cole?

Maider Azurmendi
Llevo ya dos semanas

Rubén Segarra
Perdona, me gustaría habértelo preguntado antes,
pero todavía estoy un poco desubicado.
Qué tal la clase que te ha tocado?

Maider Azurmendi
Bien, estoy contenta, son bastante formales.
Vuelve a preguntármelo en mayo

Rubén Segarra
Tomo nota

Maider Azurmendi
Qué tal tú? Ya te has instalado?

Rubén Segarra
Sí, ya he encontrado un piso
y trae un compañero de regalo

Maider Azurmendi
Vaya, eso es genial, no?

Rubén Segarra
No me quejo, es un tío bastante majo de
Copenhague,
que está haciendo horas de vuelo conmigo

Rubén Segarra
Echo de menos a Luna
Soy un padre de mierda

Maider Azurmendi
Ella lo entiende, Rubén, sabe que estás ocupado,
que la extrañas y que volverás a por ella

Rubén Segarra
Cómo puedes estar tan segura?

Porque es justo lo que me gustaría que hicieras conmigo. Que terminaras este año y que aparecieras en Donostia para decirme cuánto me has echado de menos.

Maider Azurmendi
Nos mensajeamos de vez en cuando por
Messenger.
No sabe hablar, pero teclea con las patitas

Rubén Segarra
Mentirosa.
Pero me has hecho sonreír y sentirme mejor

Maider Azurmendi
Me gusta hacerte sonreír

Rubén Segarra
Tengo un mal día y eres la única persona con la que
quiero hablar.
Qué estoy haciendo, Mai?

Maider Azurmendi
Algo muy bueno.
Hemos pasado demasiados días malos sin
hablarnos

Rubén Segarra
Estamos aprendiendo?

Maider Azurmendi
Espero que sí

Octubre de 2005

Rubén Segarra
Me acaba de llegar la factura del móvil.
60 céntimos el mensaje.
Me sales más cara que tener una amante!

Maider Azurmendi
Pues no me escribas

Rubén Segarra
Te iba a proponer que nos viéramos de vez en
cuando en Messenger.
Utilizaré como nick «El capullo de tu ex», así me
reconocerás a la primera

Maider Azurmendi
Me lo pensaré...

Rubén Segarra
Venga, que soy muy majo y nunca hago faltas de
ortografía...

Y así es como empezamos a intercalar los SMS con Messenger.

Rubén Segarra
Cómo estás? Cuéntame algo

Maider Azurmendi
Estoy bien. Está lloviendo

Rubén Segarra
Algo que no sepa?

No dejo de soñar contigo ni quiero dejar de hacerlo por mucho que me duela.

Un tío me ha invitado a tomar un café y lo he rechazado. Porque si algo tengo claro es que me he enamorado de ti en cada fase de mi vida y que siempre lo volveré a hacer. Aunque la última vez que nos vimos no fuera un camino de rosas.

Soy la única culpable de todas las ilusiones que me estoy haciendo contigo.

Cada tarde me siento en mi ordenador y busco vuelos a Estados Unidos, por pura maldad, por hacerme más daño, porque no puedo pagarlos ni tú querrás que vaya.

Maider Azurmendi
Mañana por la noche me voy
a un concierto con Nago

Rubén Segarra
Dale recuerdos y dile que me traje la bocina
que me regaló para hacer amigos.
A qué grupo vais a ver?

Maider Azurmendi
La Fuga

Rubén Segarra
"Quién subirá por ti a la luna?"

Me trago el nudo que se me acaba de formar en la garganta y tecleo forzando una sonrisa que no ve, pero que le voy a hacer llegar.

443

Maider Azurmendi
Esos mismos

Rubén Segarra
Pásalo bien y lleva paraguas

✦*✦* (✦*✦*

Rubén Segarra
Qué tal estuvo el concierto?

Maider Azurmendi
Brutal. Lo pasamos en grande.
Tienes que verlos algún día

Rubén Segarra
Será lo primero que haga cuando vuelva.
Justo después de robarle un tupper lleno
de croquetas a mi madre

Maider Azurmendi
Aburrido de la gastronomía estadounidense?

Rubén Segarra
Si solo fuera de eso...

Noviembre de 2005

Maider Azurmendi
Qué tal van las horas de vuelo?

Rubén Segarra
Esta mañana me he puesto a los mandos de un
Airbus A321 por primera vez

Maider Azurmendi
Qué aparato es ese?

Rubén Segarra
Es el avión más grande que he pilotado
hasta la fecha.
Ya ves, toda la vida vendiéndonos la moto
de que el tamaño no importa
y, mira por dónde, al final acabas dándote cuenta
de que sí

Maider Azurmendi
Si llego a hacer yo ese comentario...

Rubén Segarra
Habrías herido mi ego vilmente

Maider Azurmendi
Oh, Rubén, no sientas complejos por el tamaño,
más vale pequeña y juguetona que grande y
tontorrona

Rubén Segarra
Mi polla se acaba de indignar contigo

Maider Azurmendi
Por insinuar que es pequeña?

Rubén Segarra
Por llamarla tontorrona

Rubén Segarra
De verdad crees que la tengo pequeña?
Porque yo creo que tiene un grosor y una largura
muy dignos

445

Maider Azurmendi
Llevas dos horas dándole vueltas a eso?

Rubén Segarra
Joder, sí.
España no se reconquistó con una espada pequeña

Maider Azurmendi
Eres increíble

Rubén Segarra
Tanto como mi polla?

Maider Azurmendi
Rubén!

Rubén Segarra
Venga, Mai. Al menos admite que en K'Sim se
portó

No pienso admitir una mierda.
¿Vuelve a tener ocho años o qué puñetas le pasa?

Maider Azurmendi
Si estás a punto de mandarme
una foto de tu pene: detente!

Rubén Segarra
Crees que quiero que Bill Gates me vea el rabo?

Maider Azurmendi
A saber.
Con tal de demostrar que no la tienes pequeña,
eres capaz de cualquier cosa

Rubén Segarra
No necesito hacer cualquier cosa,
me vale con apelar a tus recuerdos porque sé
que tienes una imagen muy clara de mi polla

Maider Azurmendi
Ay, por Dios

Rubén Segarra
La acabas de recrear en tu mente?

Maider Azurmendi
Sí! Contento?

Rubén Segarra
Tan contento que me he empalmado

Maider Azurmendi
Pues yo estoy tan feliz con esta conversación
que podría comprarme un hacha y usarla contigo

Rubén Segarra
No te dejarían entrar en USA con eso.
Además, ambos sabemos que, en realidad,
se te han mojado las bragas

Cierro la aplicación de Messenger y empujo la silla hacia atrás para alejarme del ordenador.

Me quedo mirando la pantalla fijamente mientras mis manos cobran vida propia y van directas al interior de mis braguitas.

Hola, sexo clandestino a distancia, encantada de conocerte.

Diciembre de 2005

En diciembre espero que me mande varios mensajes, entre otras cosas, porque hay un montón de fechas señaladas en las que debería escribirme, por ejemplo, mi cumpleaños, el día 3. Pero no lo hace. En su lugar, varios días después me llega un sobre acolchado marrón enorme con una docena de sellos mal pegados y sin remitente. Me encanta que intente hacerse el interesante sin estampar su nombre en el reverso.

Palpo el sobre y noto algo duro en su interior, un objeto que parece cilíndrico. Rompo un lateral y descubro que es un botecito de cristal pequeño lleno de arena. Lo hago girar entre mis dedos, leo la etiqueta y el pósit que lleva pegados:

Myrtle Beach, Carolina del Sur.

La lluvia siempre me hace pensar en ti. Pero la arena me hace sonreír recordándote.

Zorionak.

No dice nada más, pero es suficiente para que me pase el día entero con una sonrisa.

En Navidad tengo tantas ganas de volver a verlo que hasta miro debajo del árbol por si Olentzero ha decidido que he sido una chica muy buena. Por lo visto, no lo he sido y encima me castiga con una ausencia de mensajes que me mantiene hecha un asco la primera mitad de las vacaciones.

Maider Azurmendi
Feliz Año Nuevo, Rubén 🖤

Rubén Segarra
Igualmente. Disfruta de la noche

Maider Azurmendi
Gracias por el botecito
Mi aversión hacia la arena va mejorando
gracias a ti

Rubén Segarra
Me alegra oír eso

Maider Azurmendi
Estás bien?

Rubén Segarra
Sí, no te preocupes

Maider Azurmendi
Me preocupo

Rubén Segarra
Qué hora es ahí? Las once de la noche?
Deja de preocuparte por mí, ponte un vestido
la hostia de sexy,
cómete las uvas y sal a quemar la noche

Maider Azurmendi
Ojalá estuvieras aquí

Rubén Segarra
Así no me ayudas.
Echo de menos hasta las persianas.
Nadie desea más que yo estar en casa

Sí hay alguien que desea que vuelvas mucho más que tú:
yo.

Enero de 2006

Maider Azurmendi

¡Felices veintiséis, Rubén!!

Añado un montón de besos que espero que entienda y reciba encantado.

Rubén Segarra

Llevo todo el día buscando una palabra
que rime con veintiséis

Maider Azurmendi

Y no ha habido suerte?

Rubén Segarra

Hay muchas, pero ninguna me da para
hacer un chiste que esté a la altura

Maider Azurmendi

Tan mal te han sentado, o qué?

Rubén Segarra

Estoy demasiado borracho para sentir
o padecer algo.
Cómo estás tú?

Maider Azurmendi

Bien, echando de menos las vacaciones de
Navidad

Rubén Segarra

Por un momento he pensado que era a mí a quien
echabas de menos

Maider Azurmendi

Suelta la cerveza que llevas en la mano, anda

Rubén Segarra
Sal de dondequiera que estés escondida
espiándome

Maider Azurmendi
Qué más quisieras que tenerme ahí
para que te llevara a casa

Rubén Segarra
Y tal vez no solo para eso

Decido dejar la conversación ahí. Está borracho y no sabe lo que dice. Nadie debería escribir mensajes a su exnovia en ese estado y ninguna exnovia debería recibirlos.

Debería haber alguna ley que lo castigue.

Febrero de 2006

Rubén Segarra
Está nevando

Maider Azurmendi
Habías visto la nieve antes?

Rubén Segarra
He vivido en Benicàssim toda mi vida,
no en el Sahara.
Por supuesto que he visto la nieve antes

Maider Azurmendi
Hablando de Benicàssim,
tienes que enseñarme a cantar «Cumpleaños feliz»
en valenciano.
He pensado enseñar a los niños a cantarlo en todos
los idiomas oficiales del país

451

Rubén Segarra
Es una idea cojonuda

Rubén Segarra
Los yanquis han perdido la cabeza, Mai.
Vaya adónde vaya, está todo lleno de corazoncitos
rojos,
apesta a vainilla y no hacen más que poner
canciones de Paul Anka en la radio.
Si vuelvo a escuchar "Put your head on my
shoulder",
me presentaré en la emisora y la quemaré hasta los
cimientos

> *Maider Azurmendi*
> Rubén, es San Valentín

Rubén Segarra
Ya decía yo...

> *Maider Azurmendi*
> No te enteras...

Rubén Segarra
Y qué se hace en esta fecha?

> *Maider Azurmendi*
> Lo típico es que la gente mande flores,
> bombones o cualquier otro detalle romántico
> a la persona que le gusta o ama

Rubén Segarra
✿ ✿ ✿ ✿ ✿
No te mando bombones porque parecen boñigas
«By the way», espero que las flores no te den
alergia como la colonia

452

¿Acaba de improvisar el día más bonito de San Valentín que jamás he vivido?

Confirmamos.

Marzo de 2006

Mi *ama* me sube del buzón un sobre marrón acolchado y yo corro por la casa hasta mi habitación con él entre las manos. Me tiro en la cama y lo abrazo como si fuera el mismísimo Rubén. Bueno, a Rubén lo abrazaría más suave, sin estrujarlo tanto, y es posible que le metiera mano con discreción.

Sé lo que hay dentro, así que rompo un lateral y me encuentro con otro botecito lleno con arena rojiza. Me apresuro a mirar la etiqueta.

Monument Valley, Utah.

No es arena de playa, pero supongo que cumple su función.

Me ha hecho pensar en aquella noche de botellón y en *La Sirenita*

Abril de 2006

Rubén Segarra
Acabo de descubrir por las malas que aquí
celebran los Santos Inocentes el 1 de abril

Maider Azurmendi
Qué te ha pasado?

Rubén Segarra
De todo un poco.
He empezado el día afeitándome con queso de untar,
que estaba muy bueno pero me ha dejado la piel irritada.

Cuando volvía de las clases de vuelo,
no dejaban de pitarme todas las conductoras
con las que me cruzaba en la carretera,
hasta que me he bajado y he visto que alguien
me ha puesto una pegatina
en el parachoques que dice «honk for sex»

Maider Azurmendi
Pítame si quieres sexo? Has triunfado, entonces

Rubén Segarra
No he venido a Estados Unidos para triunfar
follando,
no cuando las horas de vuelo me están
costando 70.000 €

Maider Azurmendi
Follar es una necesidad vital.
No solo se puede vivir de respirar

Rubén Segarra
Eso te lo aplicas a ti misma?
Porque, si quieres, podemos hablar del enorme
elefante
que acabas de poner encima de la mesa

Maider Azurmendi
Qué quieres saber?

Rubén Segarra
Te estás follando a alguien?

Directo a la línea de flotación, sin tonterías.

¿Qué hago? Si le digo que sí, mentiría, pero si le digo que no, puede pensar que soy tan ingenua que lo estoy esperando, cuando, en realidad, no sé lo que va a pasar con nosotros.

Maider Azurmendi
Fuiste el último al que me follé

Rubén Segarra
Qué feo, Maider, follar...
Tú y yo nunca nos hemos limitado a follar,
siempre ha habido algo más

Maider Azurmendi
En ese caso:
fuiste el último con el que mantuve
relaciones íntimas
(aunque fuera en una discoteca) con penetración

Rubén Segarra
Joder, leer la palabra penetración me ha puesto
cachondo

Maider Azurmendi
Me estás tomando el pelo?

Rubén Segarra
Nope. La tengo como una piedra

Maider Azurmendi
Tócate pensando en mí 😏

Rubén Segarra
Qué te crees que estoy haciendo?

Maider Azurmendi
Cambio y corto

Rubén Segarra
Jajajajajajaja

455

Cierro la aplicación, pongo cara de no haberme tocado en la vida pensando en él y me voy a cenar con mis padres.

Mayo de 2006

Rubén Segarra
Nota: preguntarle a Maider por sus alumnos
Cómo lo llevas?

Maider Azurmendi
Así no vale

Rubén Segarra
Me hago mayor y no tengo a mi madre cerca
para recordarme las cosas, tengo que tomar notas
para todo...

Maider Azurmendi
Estás solo ante el peligro

Rubén Segarra
Ni que lo digas.
Bueno, qué, te han vuelto loca los chavales?

Maider Azurmendi
Solo tienen diez años, son inofensivos

Rubén Segarra
Peor me lo pones, o es que ya no me recuerdas
con esa edad?
Era un capullo con mayúsculas

Maider Azurmendi
Lo eras

Rubén Segarra
Estaba cruzando los dedos para que no me dijeras
que sigo siéndolo

Maider Azurmendi
Sigues siéndolo, pero de otra manera

Rubén Segarra
De qué otra manera?

Eso, Maider, ¿de qué otra manera? Cuéntaselo, amiga, es tu oportunidad.

Dile lo que haces por las noches recordando lo capullo que es.

Descríbele cómo te tocas por dentro de las braguitas recreándote con esa bocaza que tiene: su boca fruncida, su boca en silencio, su boca sonriendo, su boca perdiéndose entre tus pechos, su boca pegada a la tuya...

Háblale de los orgasmos múltiples y de los gritos que sofocas contra la almohada.

Admite que te cuesta mucho más correrte sino piensas en él.

Venga, verbalízalo sin tapujos, ¿qué podría salir mal?

Maider Azurmendi
De pequeña me hacías rabiar,
ahora me haces reír

Rubén Segarra
Son malos tiempos para sonreír, me alegro de
conseguirlo

¿Ves? Tú pecando de remilgada y él alegrándose por hacerte feliz —aunque no sepa exactamente ni cómo y ni cuánto.

Junio de 2006

El tercer botecito con arena me llega en pleno final de curso, cuando más agobiada estoy poniendo las notas a mis alumnos.

New Haven, Connecticut.

Esta arena es de la playa que tengo cerca de mi piso.
Mientras paseo, estoy recordando un verano de tantos.
La arena de Benicàssim sobre tu piel mientras te...
se me acaba el pósit, espero que te hagas
una idea clara de lo que quiero decir.

Hay un segundo pósit perdido dentro del sobre que me hace contener la respiración cuando lo leo:

¿Te haces una idea verdad?
No dejo de pensar en ese hilo que nos une y que,
por mucho que tiremos de él,
parece irrompible.

Rubén Segarra
Ya estás de vacaciones?

Maider Azurmendi
Síííííííííí

Rubén Segarra
Qué morro tenéis los profes

Maider Azurmendi
Haber estudiado 🤕

458

Julio de 2006

Rubén Segarra
Llevo toda la semana cantando «El toro y la Luna»

Maider Azurmendi
Esa canción es el demonio.
A mí también se me pega en cuanto llega el verano

Rubén Segarra
Maldito sea Tito

Maider Azurmendi
Al menos, podemos fardar de tener
nuestra propia canción desde el minuto cero

Rubén Segarra
Si tenemos que elegir una, prefiero «Bajo la luz de
la Luna»

Maider Azurmendi
Por qué?

Rubén Segarra
Porque mientras te tenía entre mis brazos,
confirmé que todavía sentías algo por mí

Como dice la canción de Los Rebeldes: «Ni tan solo una palabra, una mirada bastó».

Agosto de 2006

Rubén Segarra
De camino al camping?

459

En realidad, Nagore ha intentado convencerme para que volvamos a Benicàssim, pero no le veo sentido a pisar el camping si él no está allí. Además, Gemma y Óscar se van unos días a Noruega a hacer una ruta juntitos y muy revueltos. Xabi me dijo hace unos días que, si no vamos al camping, podemos vernos durante la semana grande de Donostia. Así que he contraatacado ofreciéndole a Nagore un montón de noches de juerga en fiestas de Gasteiz, Donostia y Bilbo, y ha aceptado. Sobre todo, cuando ha sabido que vendrá Xabi. Sigo sin saber qué hay entre estos dos, pero tampoco quiero meter las narices demasiado, y no será por falta de oportunidades, porque no hay semana en la que no vea a Xabi por lo menos dos veces. Algo me dice que está cuidando de mí y que Rubén está detrás de todo.

Sea como fuere, acabaré el verano sin hígado pero con el corazón intacto.

Maider Azurmendi
Y tú? Vacaciones a la vista?

Rubén Segarra
Estoy llegando a Nueva York, voy a estar una
semana aquí

Me muero por preguntarle cuándo vuelve de Estados Unidos, pero no me atrevo. Me dijo que estaría «por lo menos un año» y aunque ya casi se ha cumplido, eso no significa necesariamente que vaya a volver ya...

Maider Azurmendi
Pásalo bien y cómprame algo en Tiffany's

Rubén Segarra
Si descubro qué demonios es Tiffany's, lo haré

Rubén Segarra
Dame tu talla de sujetador

                                        Maider Azurmendi
                                    Estás confundiendo Tiffany's
                                      con Victoria's Secret?

Rubén Segarra
Qué va, sé perfectamente lo que es
Victoria's Secret.
Entre otras cosas, porque estoy en la puerta.
Y voy a entrar.
En serio, Mai, dime la talla, porque estoy
intentando imaginar
tus preciosos pechos cubiertos con alguna
de estas prendas,
pero hace tanto que no los veo
que apenas recuerdo
si me caben en la palma de la mano

                                        Maider Azurmendi
                                    No sé qué contestarte a eso

Rubén Segarra
La talla, en formato americano

                                        Maider Azurmendi
                                              40

Rubén Segarra
He pagado una pequeña fortuna por una lencería
superpicante que,
de momento, solo me va a servir para matarme a
pajas lo que resta de la semana

Maider Azurmendi
Vas a pasarte una semana entera pensando en mí?
Cuéntame más

Rubén Segarra
Vaya, vaya.
Por fin nos vamos a embarcar en el cibersexo que
llevo esperando
y buscando casi un año?

Maider Azurmendi
A lo mejor yo ya he jugado en solitario

Rubén Segarra
Qué feo, Maider

Maider Azurmendi
Una tiene sus secretos

Rubén Segarra
Y acaso no has aprendido que no compartirlos
conmigo nos hace daño a los dos?

Bum.

Hasta ahora, nunca había sacado el tema de nuestra última conversación en el Desert de les Palmes, pero no hay duda de que sigue candente y que, de momento, como es lógico, sigue doliéndole.

Maider Azurmendi
Lo siento. No sé qué decirte

Rubén Segarra
Acabo de llegar a mi hotel.
Estoy abriendo Messenger.
Empieza por contarme lo más fácil: qué llevas
puesto?

Me está dando una oportunidad. Y ahora sí que no sé qué hacer con mi vida.

Abro Messenger, separo un poco la silla de la mesa, me lo pienso unos instantes y vuelvo a teclear.

Maider Azurmendi
Unas mallas y una camiseta de tirantes

Rubén Segarra
Quítatelo todo

24

Te doy un ocho en geografía

Donostia, 8 de septiembre de 2006

Me tiro en la cama y me quedo mirando el techo. Aunque no tengo ganas de hacer nada, tal vez debería bajar a la playa a pasear un rato, pasarme por el Koldo Mitxelena y coger algún libro o tomarme un café en lo viejo. ¿A quién pretendo engañar? Lo único que deseo ahora mismo es saber de Rubén, que durante el último mes ha estado más ausente que de costumbre. Aunque parezca extraño, me siento como si nos hubiéramos enrollado y a continuación hubiera pasado de mí.

Pero no le voy a escribir, no quiero convertirme en la chica que le llena el móvil con cientos de mensajes porque lo echa de menos y se siente sola mientras él pilota un avión e intenta hacer algo con su vida.

La verdad es que desde que empezó septiembre y se cumplió un año de su marcha, vivo atrapada entre la ilusión desmedida por hablar con él y el dolor por no hacerlo.

Estoy a punto de levantarme y pegarle un toque a Nagore para que salgamos a atracar una sucursal de Kutxa juntas, o lo que sea, cuando el móvil vibra sobre mi estómago. Miro la pantalla y sonrío. Su mensaje no podría haber llegado en mejor momento. Dios bendiga la tecnología que no teníamos hace ocho años.

Rubén Segarra
Qué haces?

Maider Azurmendi
Estoy tumbada mirando al techo

Rubén Segarra
Ves algo interesante?

Maider Azurmendi
Una telaraña con su correspondiente dueña
moviendo
las patitas. Voy a ponerle nombre

Rubén Segarra
Te ayudo?

Maider Azurmendi
Controlas los nombres para arañas?

Rubén Segarra
No, solo es por seguir hablando un rato más
contigo

Siento que la tamborrada de Donostia ha cambiado de fecha y se está celebrando ahora mismo en mi pecho. Desde que tuvimos aquella sesión tan interesante, me siento más desubicada que nunca. Los sentimientos que siempre he albergado por él no solo siguen latentes, sino que se han fortalecido e intensificado. Creo que es la esperanza la que los alimenta.

Maider Azurmendi
No estás ocupado?

Rubén Segarra
No, ya no, acabo de salir de una entrevista con una
aerolínea

Maider Azurmendi
Y qué tal te ha ido? 🫣

Me siento tan feliz como triste. Teniendo en cuenta cómo de complicado me dijo que está el mercado, me alegra que pueda conseguir un puesto de trabajo, pero odio que sea en Estados Unidos.

Rubén Segarra
No sabría decirte, pero cruza los dedos por mí

Maider Azurmendi
Seguro que la has bordado y que no te has cargado medio aeropuerto maniobrando

Rubén Segarra
No he tenido que pilotar

Maider Azurmendi
Pues intenta relajarte, porque si todo depende de que les hayas gustado, no vas a tener problemas

Rubén Segarra
Eso es justo lo que estoy haciendo, intentar matar los nervios
mientras me tomo una Coca-Cola en el centro de Barcelona.
Sabes que aquí tiene menos azúcar que en Estados Unidos?

Maider Azurmendi
Barcelona, Catalunya?

Rubén Segarra
Te doy un ocho en geografía

Maider Azurmendi
Has vuelto

Rubén Segarra
He vuelto

Su último mensaje se queda grabado en mis retinas. Las manos me tiemblan y los nervios se aferran con uñas y dientes a mi estómago.

Maider Azurmendi
Ongietorri

Rubén Segarra
Eskerrik asko

Le doy la bienvenida en euskera, él me da las gracias y ahí se queda todo.

Ni le respondo ni él me manda más mensajes, pero creo que ambos sabemos que su vuelta a casa significa enfrentarnos a lo que quede entre nosotros, sea lo que fuere.

Es hora de cerrar una etapa o de retomarla justo donde la dejamos.

Me gustaría preguntarle si le apetece que nos veamos, pero decido que no podría aguantar una negativa por su parte, porque no hay nada en el mundo que desee más ahora mismo que estar con él. Aunque eso suponga una despedida, un punto final tan grande para nosotros que acabe hundiéndome en la más absoluta miseria.

25

Manos libres

Octubre ha llegado con una caída de hojas masiva, los colores marrones no me favorecen lo más mínimo ni ayudan a mi estado de ánimo una mierda, y no tengo noticias de Rubén.

Hace ya un mes que está de vuelta, pero el volumen de sus mensajes no ha crecido; sigue escribiéndome de vez en cuando para saber cómo estoy y para contarme cómo le va en su nuevo trabajo, pero poco más. Al final, la aerolínea lo contrató como copiloto y opera diferentes destinos desde Barajas. De manera que ha vuelto a instalarse en su piso de estudiante en Madrid y, poco a poco, está construyendo su vida. Sin mí.

Hace unos días me llegó un botecito con arena de la playa de la Barceloneta. Me pregunto si seguirá enviándome recuerdos de cada uno de sus viajes o si dejará de hacerlo en algún momento. Por ejemplo, el día que finalmente se olvide de mí.

Empiezo a sospechar que las cosas entre nosotros se quedarán como están ahora mismo, en un punto muerto que ninguno de los dos se atreve a reanimar.

Me entristece pensar en que llevamos toda una vida escribiendo una historia de amor juntos para acabar con este final. Y es que el paso del tiempo arrugará las páginas de nuestra relación y dentro de veinticinco años solo quedarán un montón de palabras olvidadas en un cuaderno. No seremos más que un par de viejos amigos que solo se felicitan el Año Nuevo si hay suerte y se acuerdan.

A veces la vida es así, un mar lleno de corrientes que se mueven en todas direcciones y que generan olas, algunas terminan estampadas contra la costa, rompiéndose en mil gotas y otras, en cambio, mueren por desgaste, con calma, al llegar a la playa.

Así de perdida está mi cabeza mientras paseo por la playa de la Zurriola. Se supone que he venido a desconectar, a contar las olas, pero no hago más que pensar en Rubén.

De pronto suena mi móvil y al ver su nombre bailando en la pantalla me pongo tan nerviosa que casi me como a un surfista con su tabla y todo.

—¿Hola? —contesto supercohibida.

—Hola.

Ahí está esa voz tan sexy que le hace vudú a mi cordura. Cuánto tiempo llevaba sin oírla y cuánto me sigue gustando.

—¿Qué tal está nuestra mascota?

—Tendrás valor. La primera vez que me llamas por teléfono en un año y pico y lo primero que haces es preguntarme por una araña.

—Es nuestra primera mascota compartida, estoy en mi derecho de saber cómo está y si ya le has puesto nombre. Además, se me acaba de ocurrir que Maider rima con *spider*.

¿Ha estado pensando en mí y en la araña? No voy a mencionar ni de pasada que hace días que la maté aplastándola con un periódico, no cuando está claro que se ha convertido en algo importante para nuestra relación. Ay, qué triste suena esto...

—Oh, ¡qué malo! Rubén, ese chiste ha sido muy justito.

—Tampoco me pagas por hacerlos mejores. Entonces ¿qué me dices, bautizamos a nuestra mascota con tu nombre?

El corazón me hace cosas extrañas en el pecho.

—Sería raro llamarla como yo.

—¿Y Morticia, o algo así?

—En realidad no estoy segura de que sea chica.

—¿No te habla? —se pitorrea al otro lado de la línea.

—Las arañas, como los perros, no hablan. ¿O es que lo has olvidado?

—Por cierto, Luna te manda recuerdos.

Me siento en la arena con las piernas cruzadas a lo indio.

—¿Cómo lo sabes?

—Bueno, estoy hablando contigo y me está chupando la mano con la que sujeto el móvil, supongo que eso quiere decir que se acuerda de ti.

—Pásamela.

—No voy a ponerle el móvil en la oreja a un perro.

—Pues pon el manos libres.

Escucho un par de gruñidos muy humanos, pero, de pronto, la línea se llena de un ruido extraño que suena como si el Real Madrid estuviera jugando un partido de fútbol dentro de mi oído. La madre de Dios, Rubén parece un viejo de ochenta años viendo la tele sin audífono.

—Vale, estás en el manos libres.

No me digas...

—Hola, Luna, ¡preciosa! —grito, y aunque debería sentirme como una gilipollas, no lo hago. La pena es que lo único que recibo a cambio es un silencio verbal absoluto al otro lado de la línea—. Ya sé que Luna no habla, pero ¿podrías hacer las veces de subtítulos y decirme qué es lo que está haciendo?

La vibración de sus carcajadas me hace cosquillas en la oreja.

—Está moviendo la cola y mira mi móvil como si fuera de caramelo.

—Luna, bonita, la próxima vez que nos veamos, la tía Mai te regalará un móvil de juguete para que me puedas llamar.

—¿La tía Mai?

—A ver, ¿qué quieres que le diga? No quiero liarla con los parentescos.

—¿Y crees que hacerte pasar por su tía es una buena idea?

—Imagino que a estas alturas ya habrá deducido que es adoptada, ¿no?

—Muy graciosa, Mai. Luna, ni caso a esta zumbada, que, por cierto, no es tu tía.

De pronto dejo de oír el ruido del fútbol y miro la pantalla del móvil, preocupada. La llamada sigue activa, pero ha debido de quitar el altavoz.

—¿Mai? —Escucho a lo lejos. Vuelvo a ponerme el móvil en la oreja tan deprisa que casi me arranco un pendiente.

—Sí, estoy aquí. ¿Por qué has quitado el altavoz?

—Porque quiero proponerte algo y no quiero que Luna se lleve una decepción si respondes que no. Vente a Madrid y aprovechemos para pasar juntos el puente.

Hasta me he puesto de pie sin darme cuenta.

—Vaya, esto es nuevo.

—Habrá que probar cosas nuevas, ¿no? No solo el cibersexo...

—No, claro.

No sé ni qué decirle, pero estoy pegando saltos en mitad de la playa de la Zurriola como si me hubiera tocado el sueldo vitalicio de Nescafé.

—¿No te apetece que nos veamos? —La decepción inunda su voz, y luego dice de la pobre Luna...

—Claro que me apetece. Déjame que esta noche busque un vuelo y un hotel, y te digo algo.

—¿Un vuelo y un hotel? —Se echa a reír—. Ni pensarlo, que tú eres capaz de volar con la competencia y enamorar al piloto en los sesenta minutos que dura el vuelo. Volarás con mi aerolínea, yo me encargo, y te quedarás en mi piso. Porque si por un casual mi madre se entera de que te he invitado a venir a Madrid y que te he mandado a un hotel, no tengo península suficiente para correr sin que me alcance con su zapatilla.

—Dudo que desde Benicàssim vaya a acertar, puedes estar tranquilo por eso.

—Nunca subestimes a una madre decepcionada con su retoño. —Oigo un ruido de papeles al otro lado de la línea—. El jueves tengo que volar a Berlín, pero aterrizaré de vuelta en Madrid por la tarde. Va a ser complicado, pero intentaré buscarte sitio en algún vuelo que llegue más o menos a la misma hora, ¿vale?

—¿Pretendes que echemos carreras por la pista de aterrizaje?

—Ya sabes lo que opino sobre echar carreras.

—Los aviones, que yo sepa, no suelen llevar chancletas, Rubén.

26

Kaixo

Donostia, 12 de octubre de 2006

El jueves por la mañana no solo tengo un pasaje a Madrid en clase Business, es que, encima, tengo un coche privado esperándome en el portal para llevarme al aeropuerto de Bilbo. Por lo visto, la aerolínea para la que trabaja Rubén opera más vuelos desde Bilbo que desde Donostia. Así que, para evitarme el traslado de ciento y pico kilómetros hasta la capital de Bizkaia, me ha mandado un coche. Es posible que me haya enamorado un poco más de él, y es que este chico tan detallista y atento es un territorio demasiado conocido para mí.

He llegado a Madrid rozando las siete de la tarde. Según me dijo Rubén ayer, él tomaría tierra en la misma terminal una hora antes que yo, pero tendría que realizar las tareas de las que deben ocuparse los copilotos antes de abandonar la aeronave —pasar no sé qué *check-lists*, recoger sus cosas y apagar el avión— y andaría con el tiempo justo.

De manera que me tomo el proceso de salida de mi vuelo con parsimonia, permito que vayan desembarcando todos los pasajeros y hasta me paro a hablar con las azafatas. Laura, una de las auxiliares, me acaba contando vida y milagros de sus gatos, que, si no he entendido mal, hacen pilates. Si llego a tener un ratito más, la invito a un café.

Me entretengo otro poco más leyendo los mensajes que me han mandado mis amigos. Rubén le dijo a Xabi que habíamos quedado, según me contó este descojonado de la risa, le pidió

473

consejo sobre dónde llevarme y qué hacer, como si fuera la primera vez que quedaba con una tía. Xabi se lo soltó a Gemma, que está loca de alegría buscando una pamela para nuestra boda. Óscar me ha mandado un vídeo de Chimo Bayo por email, por lo tanto, doy por hecho que aún no se ha enterado y que por fin ha entendido que no hace falta ponerle el prefijo de Gipuzkoa a mi dirección. A Nagore, se lo conté en nuestra quedada semanal y aunque no ha salido corriendo a por una pamela, sí que estuvo tarareando la marcha nupcial.

Finalmente, me aventuro por los pasillos del aeropuerto con mi maletita rosa tamaño cabina y me encuentro con que la marabunta de pasajeros aún sigue pululando por aquí. No sé en qué momento me encontraré a Rubén, si estará junto a las cintas que traen el equipaje o en la zona de llegadas, pero antes de que me dé tiempo a ponerme nerviosa y echar a correr en sentido contrario, me quedo clavada donde estoy. Está al final del pasillo, con las piernas cruzadas, el hombro apoyado en la pared y una sonrisa tan bonita que podría deslumbrar y derribar todos los vuelos que intentan llegar a Barajas.

Y es que esa boca esconde algún misterio. Esos labios mullidos, esa manera de moverse cuando habla, esa sonrisa que me mata...

En cuanto se da cuenta de que me he quedado parada como un pasmarote y podría extender los brazos y hacer las veces de cancela para todos los pasajeros que me adelantan por ambos lados, viene hacia mí con la americana al hombro. Estoy aturdida y completamente fuera de mí, sin embargo, veo cómo cada pasajero que se cruza con él lo mira asombrado. No es habitual encontrarte a un miembro de la tripulación casi de paisano entrando por donde por lo general salimos todos los mortales.

Y hablando de pilotos, uniformes y demás cosas la hostia de lujuriosas...

¿Cómo afrontas que, después de un año, tu ex te esté esperando con el traje de faena puesto?

Un año en el que no nos hemos visto, pero hemos estado cerca y «nos hemos tocado».

Un año de los que sirven para coger impulso.

Un año en el que ambos hemos crecido como personas y como profesionales.

Un año en el que lo he echado de menos más que en todos los anteriores.

Un año en el que lo que siento por él ha madurado.

—*Kaixo* —saluda en cuanto llega a mi altura.

Me dispongo a responderle, pero me veo engullida por un abrazo de oso que dura algo así como cinco minutos, pero que, teniendo en cuenta todo el tiempo que hemos pasado separados y la cantidad de abrazos que nos debemos y me pienso cobrar este puente, me sabe a poco.

—Hola —respondo tan pronto como nos vemos obligados a separarnos por culpa de la tosecilla de cierta auxiliar con complejo de señora de los gatos que pasa por nuestro lado.

Aprovecho la coyuntura para echarle otro vistazo más a conciencia a la ropa que lleva puesta Rubén. Me gustaría decir que echo de menos verlo en bañador y las vistas privilegiadas de sus abdominales que esa prenda trae consigo de regalo, pero no, ni pensarlo, el uniforme que lleva es otro nivel, es de una masculinidad abrumadora, una fantasía erótica cuyo patrón pienso tatuarme en una nalga.

Aun así, el hecho de que nos estemos ganando la atención de todos los que pasan por nuestro lado me abruma un poco.

—Deberías haberme avisado y me habría traído mi disfraz de conejita de *Playboy*.

—¿Tienes un disfraz de conejita?

—No, pero me lo habría comprado si con ello evitaba que te mirara todo el aeropuerto.

—¿Tan feo te parece mi uniforme?

Se mira el cuerpo, nervioso.

A ver cómo se lo explico.

Observo la camisa blanca con sus galones, muy ceñida a su ancho pecho. La corbata. Los pantalones de vestir oscuros que le sientan como un guante. Y, finalmente, las botas.

—Creo que mejor no contesto a esa pregunta.

No parece pillar que me gusta tanto lo que estoy viendo que estoy deseando arrancárselo del cuerpo.

475

—¿Tienes más equipaje? —pregunta, señalando mi amago de maleta.

—No, solo esto.

—Genial.

No nos movemos, sigue estudiándome y yo me voy poniendo cada vez más nerviosa. ¿Habré cambiado tanto el último año que he dejado de gustarle?

—¿Nos vamos? —pregunto con ansiedad.

—Ah, sí, claro. Sígueme. —Me hace un gesto elegante señalando la puerta de salida.

—¿También me vas a explicar cómo me tengo que abrochar el cinturón?

Echa a andar a mi lado con una sonrisa enorme en la cara que le sienta aún mejor que el uniforme.

La gente nos sigue observando y ya no sé cómo sentirme, orgullosa por lo bueno que está vestido así, o celosa porque atrae más miradas de las que puede asimilar mi precaria autoestima de exnovia todavía enamorada.

—Por cierto, chaqueta al hombro ¿y botas? Pero ¿tú en qué aerolínea trabajas?

—Shhh. Que no se entere mi jefe, no está permitido mancillar el uniforme.

—¿Y por qué lo has hecho?

—Yo qué sé, Maider. He ido a cambiarme de ropa, pero he visto que no me daba tiempo y, al final, lo he dejado a medias.

—¿Estabas nerviosito? —me burlo, como si no me hubiera pegado todo el vuelo tamborileando por todas las superficies del avión.

—¿Tú qué crees?

Salimos al aparcamiento de empleados y caminamos en silencio hasta su Astra negro, que se encuentra aparcado entre dos Mercedes más grandes que un camión, con unas llantas de chorrocientas pulgadas que me llegan casi a la altura de la cadera. Está claro que aquí aparcan los pilotos, porque, madre mía, hay coches que valen lo mismo que la casa de mis padres. ¡Y viven en Donostia!

Rubén coloca mi equipaje en el maletero, se pone al volante y arranca. Sale de frente, pero se abre demasiado y se ve obligado a maniobrar para esquivar uno de los Mercedes. Acaba haciendo varios movimientos absurdos más, los típicos de cuando son los nervios los que conducen, y acaba golpeando una farola.

Se baja a mirar si el Astra ha sufrido algún daño y, cuando vuelve a sentarse al volante, lo estoy esperando con un buen arsenal de pullitas.

—Si no eres capaz de sacar un coche sin tumbar una farola, no quiero ni imaginarte al volante de un avión. ¿Esto lo sabe tu jefe?

—Es más bien a los mandos de un avión, pero, bueno, se me da bastante mejor manejar un Airbus, sobre todo, porque tú no sueles estar mirándome fijamente a mi lado.

Me echo a reír. El muy capullo es bueno lanzando balones fuera.

—No me culpes, prefieres el avión porque te asiste el cochecito amarillo ese y no tienes que hacer ni una maniobra. Te lleva hasta la pista y tú solo aceleras y das el tiempo por megafonía con voz sexy.

—El cochecito ese que mencionas engancha el tren de aterrizaje delantero y empuja el avión para que vaya hacia atrás. Es lo que llamamos *push back*, porque los aviones no tienen marcha atrás. Solo nos ayudan a maniobrar, del resto se encarga el piloto.

—Menos de los cafés.

—No tengo a quién preparárselos.

—Doscientos pasajeros..., digo yo que alguno te lo agradecerá. Tiene que ser un gustazo tremendo que el piloto te sirva un café.

Meneo el culo en mi asiento solo de pensar lo divertido que sería.

—Segundo de abordo, Mai.

—Deja mis fantasías en paz, piloto.

Pega un frenazo involuntario en mitad del aparcamiento y me mira.

—¿Tú también tienes la puta fantasía del piloto?

—Pues claro.

—Me decepcionas. Pensaba que habías venido por mí y no por mi oficio —me reprocha fingiendo indignación.

Circulamos un rato en silencio hasta que Rubén entra en una rotonda y, cuando pienso que va a coger la salida hacia Madrid capital, se la salta y toma la siguiente. Me pregunto si los nervios le han hecho perder también el sentido de la orientación y acabaremos haciendo una visita rápida a la Giralda de Sevilla.

—¿Adónde vamos?

—A Valdemorillo.

—¿Valdemorillo? ¿Eso qué es? ¿Algún apelativo cariñoso para Valdemoro?

Se descojona con ganas.

—No, Mai, Valdemorillo es Valdemorillo y está en la sierra. La familia de mi padre tiene una casa ahí.

—Pensaba que íbamos a tu piso.

—Y yo también, pero esta mañana he decidido cambiar de planes. Madrid está a tope de gente estos días y en la sierra estaremos más a nuestro rollo, ya sabes, más tranquilos.

Acepto el cambio sin protestar, pero me queda el regusto de una sensación extraña y desagradable, porque parece que no quiera meterme en su vida, en la de verdad, en su casa, con sus amigos, pero decido no darle más importancia hasta que vea cómo se desarrollan las cosas estos días.

27

¿Quieres dormir conmigo?

~~Madrid~~ *Valdemorillo, 12 de octubre de 2006*

—¿Dónde está Luna? —le pregunto.

En cuanto ha abierto la puerta principal, esperaba escuchar sus patitas corriendo para recibirnos, pero el silencio es absoluto.

—En casa de una amiga, en Madrid. Mañana iremos a recogerla.

—¿Cuando vuelas, dejas a Luna con ella?

—Depende de las horas que vaya a estar fuera, pero como mi amiga siempre está en casa, en cualquier momento me echa un cable y se la queda. Te veo decepcionada.

—Un poco.

Enciende las luces y deja las llaves sobre una repisa. Cuando cierra la puerta a nuestra espalda, me fijo en el chupete de plástico de color morado que lleva a modo de llavero. Si la memoria no me falla, es el que le regalé cuando éramos niños. Me parece increíble que haya sobrevivido y que él lo haya conservado. El corazón me da un vuelco en el pecho.

—Ese llavero...

—Es tuyo, sí. Bueno, lo era, porque hace años que es mío.

—Y aún lo conservas.

—Hay muchas cosas de esa época que guardo con cariño.

Me lleva de la mano hasta el salón, y deja mi equipaje y su bolsa sobre la mesa.

La casita consta de una sola planta, mucho jardín y una

479

piscina pequeña. Según veo, el centro es el salón en el que nos encontramos. Una chimenea, una mesa de comedor y un sofá de cuatro plazas presiden la estancia.

—Hay tres habitaciones, puedes dejar tus cosas en la que quieras —dice Rubén.

Me aventuro por el pasillo arrastrando mi maletita, abro la primera puerta que pillo, que resulta ser un dormitorio algo infantil, con ropa de cama llena de volantes y borlas, bastante grande, que incluye un baño completo, lo que compensa el mal gusto de la decoración. Tiro mis cosas sobre la cama y vuelvo al salón. Rubén está junto a la mesa del comedor revisando el correo que hemos recogido fuera, tan ensimismado que ni siquiera se percata de mi presencia. Cuando termina de leer el contenido del último sobre, se quita la americana y la deja en el respaldo de la silla que le queda más cerca, de un par de tirones se arranca la corbata y se desabrocha los galones de los hombros, que, según acabo de descubrir, son de quita y pon. Continúa desabotonándose los puños, así como los dos primeros botones del cuello, y se saca la camisa del pantalón. Juro que como se la quite le voy a saltar encima como una fan perturbada.

Me pilla mirándolo y se ríe, qué remedio, me juego el cuello a que no está seguro de si soy peligrosa en este estado de excitación y estupor, así que mejor ser simpático conmigo y no hacer movimientos bruscos por si acaso.

—No he oído tus pasos. ¿Qué estás mirando?

Maldito sea, va a cachondearse de mí y yo con esta cara de flipada desde que nos hemos encontrado en Barajas.

—¿Qué significan esas tres rayas? —pregunto como medida cautelar de distracción. Me acerco a él y acaricio con mis dedos los galones que acaba de dejar en la mesa.

—Mi cargo: primer oficial. El segundo de abordo del capitán.

—De manera que, según ascendéis, ¿os añaden rayitas?

—Exacto.

—Ajá. —Me balanceo adelante y atrás sobre los talones mientras pienso qué más preguntarle, pero él se me adelanta.

—¿En qué habitación has dejado tus cosas?

—Primera a la derecha.

—Esa es la de mi hermana, la mía es la de al lado.

Eso explica muchas cosas, sobre todo las borlas de colores chillones, pero me deja con una gran duda.

—Si preferías que dejara las cosas en la tuya, podrías haber sido más específico.

¿Acabo de sonar desesperada por meterme en su habitación?

—¿Quieres dormir conmigo?

Pues nada, se confirma que sí, que he sonado impaciente, además de un pelín ansiosa por colarme en su cama.

—No estás obligada a hacerlo, ya me entiendes, puedes quedarte en la habitación de Lorena y dormir ahí, o en la de mis padres... Este sofá no te lo recomiendo, es una mierda y, claro, en la bañera no creo que...

—No me importa dormir contigo.

Interrumpo sus divagaciones y él absorbe todo el aire que ha perdido justificándose de corrido.

—Vale, genial, me alegra que quieras hacerlo, aunque me esté comportando como un gilipollas y te pueda parecer justo lo contrario. Solo pretendía darte todas las opciones para que tú eligieras y, sobre todo, quería que supieras que tengo un plan B que seguro que te va a encantar.

—Nunca hemos dormido juntos en una cama. Aquella noche de tormenta, lo hicimos en una colchoneta y tú... ibas vestido de calle.

Bonito comentario, Mai. Claro que sí, directa a temas delicados como una campeona. Pero es que me ha sido imposible no recordar la noche que pasamos abrazados en mi iglú.

—Dormimos juntos en Burlada cuando subí aquellas Navidades.

—En un colchón medio deshinchado en el salón de los padres de Xabi y te recuerdo que Óscar estaba a nuestro lado con un cono de tráfico en la cabeza creyéndose David el gnomo y cantando villancicos en algo que se quería parecer al valenciano.

Rubén sonríe y niega levemente. Qué años más chulos hemos vivido...

—¿Hay algo que quieras saber sobre dormir conmigo a la antigua usanza? En una cama y sin gnomos alrededor, ya sabes... —Apoya las manos sobre su chaqueta, que cuelga del respaldo de la silla, y me mira con cierta diversión.

—¿Usas pijama?

—No.

—¿Nunca?

—Bueno, nunca es una palabra muy extensa. De niño sí que usaba, cuando duermo fuera por trabajo suelo llevarlo y algunas noches, si hace un frío del copón... Vale. —Suspira y cierra los ojos unos segundos—. En general, no. Quédate con esa respuesta.

Hasta él se da cuenta de lo mucho que se está columpiando.

—¿Hablas en sueños?

—Nunca me han dicho que lo haga, pero sería divertido, ¿no crees? A lo mejor lo hago en euskera.

Me quedo en silencio e intento ponerle cara a alguna de las chicas que habrán dormido con él durante estos años aquí, en esta casa, o en su piso, entre sus sábanas, entre sus brazos. ¿Se parecían a mí o huye de las chicas que le recuerdan a mí? Decido sobre la marcha que no quiero saberlo porque no lo soportaría.

—¿Antes has dicho que tenías un plan B? —pregunto, aferrándome a la curiosidad para no caer en los pensamientos nocivos.

—Sí, no pensaba enseñártelo hasta después de cenar, pero ¿quieres verlo ya?

Asiento y doy saltitos, emocionada. Adoro las sorpresas y más si vienen de Rubén. Solo espero que no haya traído un camión lleno de arena...

—Creo que vas a tener que esperar hasta después de cenar. Me muero de hambre, no me han dado nada de comer desde que he salido de Berlín.

Pataleo como una niña pequeña y él se parte de risa.

—Está bien, dejemos que Rubén se muera de hambre por satisfacer a Maider.

Me ofrece su mano otra vez y salimos al jardín trasero, que ya está completamente a oscuras, pero en cuanto enciende las luces exteriores me quedo sin pulso.

Se me para el corazón.

28

El plan B

Valdemorillo, 12 de octubre de 2006

—Pero... ¿cuándo has hecho todo esto?

Estoy tan alucinada que me he quedado tiesa como si me hubieran apuntalado la columna con cemento armado.

Rubén se rasca la nuca confundido. No sé qué tipo de respuesta esperaba por mi parte, pero está claro que esta no.

—Esta mañana antes de volar a Berlín.

Me adentro en la hierba y camino hasta el centro del jardín.

Ha montado un iglú de color morado entre dos árboles y ha colgado un montón de guirnaldas de luz a su alrededor.

—Esto... —No sé ni qué decirle, me limito a mirarlo.

—¿No he sido lo suficientemente adorable montando este tinglado para que me perdones que haya estado fuera durante todo un año?

—¿Crees que debo hacerlo?

—Puede. Algo me dice que no ha sido un año fácil para ninguno de los dos.

—No, no lo ha sido, pero tenías razón.

—¿En qué exactamente? Dije muchas cosas la última vez que nos vimos...

—En que poner distancia sería bueno.

Tira de mi mano para que me coloque frente a él.

—¿Te ha gustado tenerme lejos? —Noto cierto desasosiego en su voz.

—No tanto como volver a verte.

Se relame el labio inferior con la punta de la lengua y esconde una sonrisilla.

—¿Y qué me dices del plan B?

Si insiste es porque no he sido todo lo efusiva que él esperaba que fuera, pero es que, la verdad, no sé muy bien cómo reaccionar. Por un lado, está la ilusión desmedida que siento dentro del pecho, que me empuja a abrazarlo y besarlo, pero, por otro lado, está el temor a estar malinterpretando sus deseos.

Decido que lo mejor es hablar claro y salir de dudas cuanto antes.

—¿Qué significa todo esto?

—Es un detalle, Maider.

—Ya, un detalle.

—Si no te gusta, puedes decirlo.

—No es eso Rubén. Me encanta, de verdad, pero no sé... —Busco las palabras exactas para abordar el tema y no herir a ninguno de los dos—. No sé qué supone para nosotros, no sé adónde vamos, ni siquiera sé si vamos a algún lugar.

Se muerde el carrillo izquierdo y percibo los engranajes de su cabeza girando.

—Solo pretendía traerte de vuelta algunos de nuestros mejores momentos juntos.

Me acerco a él y apoyo las manos en su pecho. Está tenso como las cuerdas que sujetan el iglú, y su corazón, preparado para alcanzar la velocidad de despegue.

—Entiendo tus intenciones, Rubén, y te lo agradezco un montón, es el detalle más bonito que jamás nadie ha tenido conmigo, pero lo que no alcanzo a comprender es el objetivo de tus acciones.

Baja la mirada y se centra en sus pies. Suspira. Necesito que se abra, porque si no lo hacemos, habremos dado el paso de vernos este puente en balde.

—Me daba miedo que acabáramos pasando estos días echándonos en cara toda la mierda que ha habido en nuestra relación. En cierta manera, necesito aferrarme a lo bueno,

Maider, necesito que nos echemos en cara lo bueno, que fue mucho, porque no podría soportar ni un día más odiándote y queriéndote al mismo tiempo. Y este iglú representa justo eso para mí, un punto de partida, un recuerdo bonito al que aferrarme.

Tengo la boca tan abierta que todas las palabras han debido de salir por patas. Dudo de que consiga recuperar el habla en los próximos minutos.

—Me gustaría que seamos solo nosotros, obviando todo lo malo que nos ha traído hasta este instante, conocernos más allá de los roles que hemos adoptado hasta ahora. No quiero más callejones sin salida, Maider, quiero que avancemos sea cual sea la dirección, despacio, paso a paso.

Yo estoy dispuesta a lanzarme a por todas de cabeza, pero, por lo visto, él prefiere hacer borrón y cuenta nueva, y aunque está abierto a todo lo que pueda venir, porque todavía cree en lo bueno que hubo en nuestra relación, se siente inseguro. Tampoco parece estar mirando más allá de estos días de momento, y eso me extraña mucho, porque Rubén siempre ha sido de los que se entregan a ciegas. Es para lo único que nunca ha sido de ciencias, maldita sea.

—No esperaba ponerme tan intenso antes de cenar, lo siento.

—No pasa nada.

—Sí que pasa, Mai. Cuando te quedas callada y se te han llenado los ojos de lágrimas es que algo no va bien.

Rodea mis mejillas con sus manos y me retira una lágrima que ha decidido salir de puente, como yo.

—No sé qué esperaba, Rubén, pero desde luego que venía dispuesta a mirar más allá. ¿Este fin de semana va a acabar con un mísero «Ya te llamaré»?

—A lo mejor no me he explicado bien, porque mirar hacia delante es justo lo que quiero que hagamos a partir de ahora. Sin agobios y sin pretensiones que no podamos cumplir.

Siento la imperiosa necesidad de disolver la tensión que se ha formado a nuestro alrededor, que amenaza con estropearlo todo antes de tiempo.

—Está bien, supongo que estamos en la misma onda. Y por

si no te ha quedado claro, me encanta que hayas montado un iglú en el jardín por mí. Ahora bien, cuando te lo apedree por la noche, no me vengas con quejas.

Rubén se aferra a mi cintura y me acerca un poco más a él.

—Pensaba que ibas a dormir conmigo.

—Claro, es parte de mi plan. Me acostaré a tu lado, me aseguraré de que estás roque, saldré y descargaré todo mi arsenal contra el iglú.

Me sonríe y siento un alivio enorme. No estoy acostumbrada a que se ponga tan serio como se acaba de poner.

—Mientras no empieces a cantar «La Sirenita», por mí perfecto.

—Me dijiste que cantaba bien. —Hago un mohín.

—Te mentí, solo pretendía ligar contigo.

Le arreo un manotazo en el hombro y él se echa a reír.

Este Rubén se ha metido en mi corazón de nuevo, pero esta vez lo ha hecho pegando una patada en la puerta y no quiero que se vuelva a marchar.

—Vamos dentro, anda, que estamos casi a cero grados. Voy a ver si dándote de cenar se te pasa esa vena bélica que te ha entrado antes de que montes una catapulta con varias ramas y me desmontes el iglú.

Me arrastra con cero delicadeza de vuelta al interior.

Ante la incapacidad de ponernos de acuerdo con los ingredientes, acabamos pidiendo dos pizzas: una cuatro quesos para mí y una hawaiana para él. Algún defecto debía tener, lo peor es que le dejan votar como a cualquier ciudadano normal. Mientras esperamos a que nos traigan la comida, intentamos encender la chimenea. Rubén alega que la leña está húmeda, pero sospecho que, en realidad, no tiene ni pajolera idea de cómo hacerlo, justo como yo. Al final, a base de probar diferentes posiciones de los troncos y meterles cuatro pastillas para que aceleren la ignición, conseguimos que prenda. Sé que hemos quedado en que vamos a dormir en el iglú, pero me va a costar dios y ayuda alejarme del calorcito que desprende la chimenea.

Cenamos sentados en el suelo y, como viene siendo tradición, aunque odio la piña caliente, acabo probando su comida. Rubén me cuenta las mil historias que ha vivido pilotando aviones y nos reímos con ganas. Me habla sobre los meses que pasó en Estados Unidos acumulando horas de vuelo, sobre las amistades que hizo allí, en su mayoría niños pijos a los que no les apasionaba la aviación tanto como a él, y sobre las ganas que tiene de volver algún día y recorrer el país de este a oeste. No habla de hacerlo conmigo en ningún momento. Yo le cuento lo relativamente fácil que me resultó acostumbrarme a trabajar en una *ikastola*, un tipo de centro educativo concertado, y de lo frustrante que ha sido preparar las oposiciones en paralelo. Y es que cuando acabe el periodo de prueba, si no me cogen, tendré que opositar y entrar en las listas. Él me tranquiliza diciendo que nadie en su sano juicio se desharía de una profesora que se ha tomado la molestia de enseñarles valenciano a sus alumnos en pos de la convivencia entre comunidades autónomas. Me hace muchísimas preguntas y me encanta que sea así. Adoro estrenar este tipo de momentos con él.

Al acabar de cenar, recogemos todo y nos ponemos los pijamas, en plural.

Ver a Rubén desnudarse es un espectáculo digno de sentarte en la primera fila y atiborrarte a palomitas. Demasiado corto para mi gusto, pero tendré que conformarme con lo que me está dando.

—Me habías dicho que no usabas pijama —protesto con una ceja alzada.

Lleva un pantalón holgado de algodón gris y una simple camiseta blanca de manga corta con el logo de Airbus, que no sé si cumple su propio estándar de pijama, pero le sienta de maravilla.

—Estamos casi bajo cero, no soy tan gilipollas como para acabar con una pulmonía por lucirme delante de ti en calzoncillos. Además, me tienes muy visto.

—Te tenía muy visto —le corrijo.

Me dedica una sonrisilla de esas lentas y sexis que son la hostia de pícaras, pero no dice nada más.

Como fuera hace un frío de mil demonios, corremos por la hierba hasta el iglú. Dejamos las guirnaldas encendidas, cerramos las cremalleras y nos tapamos hasta las cejas. Rubén ha unido dos sacos de dormir, así que es como si tuviéramos uno de matrimonio. Tiene muchas ventajas, entre otras, el calorcito que emana su cuerpo me templa el alma de muchas maneras diferentes.

Al principio, nos quedamos callados mirando el techo del iglú. Jugueteo con el cierre del saco por tener las manos ocupadas y busco las palabras para hablar un poco más con él, para que no se termine todavía esta noche tan maravillosa que estamos compartiendo. Es Rubén quien rompe el silencio.

—¿Tienes frío? A lo mejor esto del iglú no ha sido la mejor idea.

—No, tranquilo, enseguida entraré en calor.

Me pongo de costado para mirarlo.

—¿Y tú?

—Estoy empezando a tener calor, con eso te lo digo todo.

Muevo mi mano dentro del saco; esperaba encontrarme la tela de su camiseta, pero resulta que se le ha subido un poco y acabo acariciando la piel de su estómago. Por el bote que pega corroboro que, efectivamente, sigue teniendo cosquillas y también que mi mano está helada.

—¿Cómo es posible que estés así de caliente?

—Me he criado bajo el sol del Mediterráneo.

—Ni que fueras una mandarina y eso te diera superpoderes contra el frío.

—Voy a tener que echarte de mi iglú por eso que acabas de decir.

Ambos nos echamos a reír.

—Ven aquí, anda, que ya no sé cómo pedirte que te acerques a mí sin sonar desesperado. Pensaba que pillarías que, de haber buscado distancia, habría dejado los sacos de dormir separados.

Me deslizo por dentro del saco y me pego a él con una sonrisa en la boca. Me rodea con el brazo y apoyo la mejilla en su pecho, que se mueve pausadamente según respira.

Rubén suspira y no sé si es porque tenerme entre sus brazos lo relaja o todavía le duele. No dejo de pensar en cuánto me gusta llenar el espacio sobre su pecho, este lugar que hasta hoy no me he dado cuenta de que echara tanto de menos. Siempre hablamos de echar de menos a una persona o una época, pero ¿qué pasa con el calor de un pecho? ¿El abrigo de unos brazos? ¿El tacto de una piel? ¿El sonido de una voz? ¿La intensidad de una mirada?

—Sé que te he dicho que prefiero que no toquemos viejos temas del pasado, pero hay algo que me gustaría decirte —comenta casi en un susurro.

Baja la mirada y la centra en mis ojos. Me aferro a su camiseta con todas mis fuerzas y asiento. Ojalá sus palabras no acaben con esta intimidad que tanto necesitamos.

—¿Sabes qué fue lo primero que pensé cuando me contaste lo de nuestro test positivo?

—¿Que me ibas a matar?

—Podría ser, pero no. Lo que pensé fue que, de haber salido bien, hoy tendríamos un hijo o una hija de siete años y estaríamos juntos. Y sentí pena, Maider. Sentí muchísima tristeza por todos los años que hemos perdido. Es un pensamiento de mierda, lo sé, pero mi cerebro me puso automáticamente a tu lado, no dudé ni un instante de lo que sentía por ti y todo lo que habría hecho por salir adelante juntos.

—Eso lo dices ahora. De haber ocurrido de verdad, no habría sido tan bonito como lo pintas. Solo tenías dieciocho años y yo ni los había cumplido.

Rubén se mueve y me rodea con su otro brazo encerrándome. Me encojo pegada a su cuerpo y disfruto de la sensación de seguridad que me transmite. Una seguridad que, aunque llegue tarde, no pienso rechazar.

—Sé que era un crío, Maider, pero me jode que no me dierais la oportunidad de demostrar que podía estar a tu lado. Y te aseguro que, de habérmela dado, esa parte habría salido bien.

Noto un nudo cerrándose en torno a mi garganta y, aunque no quiero llorar más por este tema, se me llenan los ojos de lágrimas. Todo el mundo te dice que no es más que un bache y que puedes, debes y tienes que seguir con tu vida. Pero ¿cómo se puede pasar página con el peso de la vergüenza y la culpa ahogándote casi a diario? La vergüenza por alegrarte de que una vida no haya salido adelante, y la culpa por haber hecho todo lo que estuvo en tu mano porque así fuera.

Sé que siempre me dolerá, pero tengo que encontrar la manera de superarlo por mi propio bien.

—Creo que con el paso del tiempo he acabado entendiendo que las cosas tuvieron que ser así, que ni tú ni yo podríamos haber hecho nada por evitarlo, pero odio que pasaras por todo aquello tú sola.

—Pues no le des más vueltas, por favor. Creo que solo intentas seguir buscando culpables donde no los hay. No hubo maldad, solo ingenuidad, inmadurez, desconfianza y miedo, mucho miedo por parte de todos.

—Es imposible no sentirme responsable, joder.

Guardamos silencio mientras permitimos que la culpa vuelva a hacer mella entre nosotros de manera inevitable.

—He pensado mucho sobre este tema desde que supe... ¿Tú quieres ser madre? —pregunta de pronto.

—Algún día.

—¿Y si yo no quisiera?

Alzo la mirada y la fijo en sus ojos. No sé adónde quiere llegar con este tema, pero está consiguiendo que mi cuerpo se encoja un poco más con cada frase.

—No es que estemos en un momento en el que eso tenga importancia, ¿no crees?

—¿Y si lo que quiero es que lleguemos a ese momento?

—No quieres ser padre, ¿es eso lo que me estás tratando de decir?

—No, lo que intento decirte es que no sabía que quería serlo hasta que supe que *pude* haberlo sido contigo.

—Me estás haciendo sentir fatal.

—¿Por qué dices eso?

—El test dio positivo, pero fue muy débil, ¿recuerdas? Tal vez no habría salido adelante de ninguna de las maneras. Lo siento... Fueron momentos muy duros en los que prefiero no pensar ahora mismo, Rubén.

Sé que nota que se me rompe la voz al pronunciar estas palabras porque percibo cómo estrecha el agarre de sus brazos en torno a mí. Vuelvo a recostarme en su pecho e intento llenar mis pulmones.

—Tienes razón, Mai, no quería... ¿Cambiamos de tema o prefieres dormir?

—Cambiemos de tema, por favor, cuéntame algo.

—Hummm..., déjame que piense.

Pasan los segundos, pero no dice nada.

—Anoche me masturbé.

Se me escapa una carcajada. Levanto la cabeza otra vez y lo miro. Debe de estar tomándome el pelo, sin embargo, ha conseguido con creces que mi humor cambie radicalmente.

—No me mires así, me has pedido que te cuente algo sin especificar mucho más.

—Ya, pero no sé..., la gente habla del trabajo, del tiempo, de la luna y las estrellas..., de mil temas más o menos importantes. No sueltan ese tipo de frases incendiarias.

—Si habláramos sobre estos temas con más libertad, nos ahorraríamos un montón de problemas. Además, creo que es importante que sepas que lo hice pensando en ti.

Vuelvo a apoyar la mejilla en sus pectorales y resoplo.

—Vaaale. ¿Me alegro?

—Supongo que deberías.

—Entonces, me alegro mucho de que te masturbaras pensando en mí.

—Te vi muy suelta el día que nos enrollamos a través del Messenger. Demasiado para que ahora intentes fingir que nunca te has tocado pensando en mí.

Recuerdo cada una de las veces que mis manos se han perdido dentro de mi ropa interior buscando un placer bastante esquivo y cómo la sola imagen de su boca en mi mente ha conseguido desatar el nudo. También rememoro con una claridad prodigiosa cómo sus palabras hicieron desaparecer la distancia que había entre sus manos y mi cuerpo cuando estaba en Estados Unidos y cómo me deshice entre jadeos delante del teclado.

—Debo admitir que he pasado más de una noche recordándote, pero durante el día te odiaba con todas mis fuerzas por haberte marchado tan lejos.

—¿Te tocabas o no? —insiste entre risas.

—Sí.

—Con esa respuesta me vale, de momento.

Se ríe con toda su boca y me contagia. Además, es una risita gamberra.

Qué fácil y bonito es estar con él cuando ríe así.

—¿Por qué te tocaste ayer? —pregunto con curiosidad.

—Resulta que Rubén es un cerdo porque habla sobre las pajas que se hace, pero, eh, que me cuente cómo fue. Eres una pervertida con un doble rasero muy acusado.

Le doy un puñetazo suavecito en el hombro y él se echa a reír de nuevo.

—Estaba tan nervioso y excitado que me daba miedo verte hoy y correrme al primer roce.

—Me parece muy pretencioso por tu parte que pensaras que llegaríamos a...

—No me refería a los roces que empiezan con una caricia y acaban siendo mucho más —sus dedos pasan con suavidad sobre la tela que cubre mi pezón izquierdo—, me refería a un roce cualquiera, un abrazo, dos besos..., o algo accidental, como un tropezón... Estaba tan desesperado por sentirte cerca que no me fiaba de mí mismo.

—¿Y qué recordaste exactamente?

—Cómo te restregaste contra mí en el mar aquella tarde del noventa y seis —admite tan rotundo que me hace pensar que las reposiciones de ese momento en su mente han sido muchas.

—¿En serio?

—En serio. No supero los noventa. Ese recuerdo lleva torturándome mucho tiempo. No veas la de veces que me he imaginado todo lo que te haría si volviéramos a estar ahí, la de finales alternativos en los que he trabajado a conciencia. Ya ves, este soy yo, Rubén Segarra, toda una vida recurriendo a recuerdos de mi exnovia para cascármela.

Su pecho se mueve debajo de mi cara por la risa que le entra. Esta conversación habría hecho caer fulminado de vergüenza a cualquiera, pero él ya no tiene remedio, es el descaro hecho hombre. Y me gusta que sea así.

—Pensaba que me dirías que recreaste mi culo o mis tetas.

—Para eso no necesito recurrir a ti, hay miles de culos y miles de tetas en el mundo. Tú eres mucho más que carne, tú eres recuerdos, sentimientos. Y a mí lo que más cachondo me ha puesto siempre sin excepción ha sido imaginarte entera, con tu cuerpo, con tu mirada, con tu sonrisa y con tu forma de ser, acogiéndome entre tus piernas y diciéndome que...

—¿Y diciéndote qué? —Vuelvo a levantar la mirada para observarlo. Es una lástima que las guirnaldas que hay fuera no iluminen más, porque juraría que su cara tiene el color de un pomelo.

—Olvídalo.

—No me dejes así, por favor.

Suspira mientras su mano empieza a acariciarme la espalda con suavidad.

—Diciéndome que no me has olvidado.

No me extraña que se pasara la mitad del verano del 2005 siendo un borde conmigo, de alguna manera tiene que proteger ese corazón tan sensible que le late en el pecho.

—He podido estar muy lejos, pero nunca te he olvidado, Rubén.

—Hubo un tiempo, bastante largo para mi gusto, en el que creí que sí. Más o menos hasta que te tuve entre mis brazos bailando la canción de Los Rebeldes.

—Pues siento decepcionarte, porque ni siquiera antes de eso te había olvidado.

—Me alegra mucho saberlo. ¿Me recordabas como «el gilipollas ese con el que estuve saliendo en la adolescencia» o como «qué gilipollas soy que lo he perdido»?

No quiero reírme, pero lo hago.

—Cuando estuvimos saliendo...

—Saliendo, qué verbo tan feo y tan poco conciso —me interrumpe.

—Bueno, es el término que has usado tú.

—Ya, pero no me gusta oírlo salir de tu boca cuando te refieres a mí.

—¿Te gusta más «cuando fuimos novios»?

—Sigue quedándose pequeño.

—Entonces ¿qué término prefieres?

—No lo sé, Maider. Fuiste mi primer amor y con el paso del tiempo te convertiste en el amor de mi vida. Debería haber una expresión que consiga abarcar eso.

Me echo a reír por no llorar. Odio que utilice el pasado cuando se trata de nosotros. Sé que continuamos sin ser nada más que dos viejos amigos que se siguen atrayendo, pero que la persona a la que todavía quieres hable de ti en pretérito, duele, duele horrores.

—Una vez Xabi me dijo que la palabra enamorado en euskera es *maiteminduta*, ¿no?

—Así es.

—Y que su traducción literal es «herido de amor». Tal vez sea esa la palabra que llevo tantos años buscando.

Seguimos hablando un rato más, pero Rubén se va quedando dormido abrazado a mí, con sus labios pegados a mi mejilla. Me gustaría que siguiéramos despiertos, pero tenerlo así es un sueño para mí. Me aprieto un poco más contra su cuerpo y bostezo, agotada.

29

Sagitario dinámico y Capricornio estable

Valdemorillo, 13 de octubre de 2006

Me apoyo en el quicio de la puerta de la cocina y observo cómo se pelea con la cafetera. Me pregunto en qué momento ha dejado de desayunar una Coca-Cola. No me gusta que las cosas cambien demasiado, prefiero que sigamos siendo tal como nos recuerdo.

Él tarda un rato en notar mi presencia, segundos, incluso minutos, que aprovecho para mirar su espalda, ancha y musculosa, y ese culo bien surtido y prieto que tiene. Vale, todo eso no me importa que haya cambiado, puedo crear nuevos recuerdos de mí misma lamiéndole los omoplatos y la columna mientras le aprieto el trasero con mis manos. Me río por lo bajo y Rubén se da la vuelta un pelín sobresaltado.

—¡Hostia! ¡Qué susto me has dado! ¿De qué te ríes?

Lleva el pecho descubierto y el mismo pantalón holgado que la noche anterior. Y he de añadir que es de los que doblan el talón de las zapatillas de casa.

No conozco a este Rubén hogareño, pero me gusta lo que estoy descubriendo, me encanta que vaya despeinado y medio desnudo, que tenga cara de dormido y se haya sobresaltado, pero que, pese a eso, me sonría.

—Tonterías mías.

No quiero contarle la cantidad de imágenes que estoy almacenando para la posteridad.

—*Egun on* —me da los buenos días con una timidez que

anoche, cuando me contó, nada más y nada menos, que se masturbaba pensando en mí, estaba ausente. Me estudia a conciencia y en su mirada hay tanta sensualidad como ternura. Sus ojos recorren mis piernas en sentido ascendente, como si estuviera redescubriéndome al igual que yo estoy haciendo con él. Hay tantas cosas que nos hemos perdido del otro que no podemos malgastar ni un segundo más.

—Hola —sueno tan tímida como él, aunque no me sienta para nada así en su presencia. Ya no.

Él se gira negando con la cabeza y sigue a lo suyo. Me fascina verlo interpretando su vida cotidiana, lejos del camping y de las vacaciones, y no hacen más que brotarme miles de preguntas sobre todos los temas imaginables, pero me digo que ya tendré tiempo de hacérselas.

—¿Quieres un café?

—Sí, gracias.

Mira la cafetera como si fuera un diseño de ingeniería extraterrestre muy avanzado. Intenta meter la cápsula en varias posiciones hasta que por fin acierta, cierra la tapa, pulsa el botón verde y da un paso atrás como si temiera que fuera a explotar. El señor Segarra, casi físico y piloto de vuelos comerciales, está a punto de vestirse un traje ignífugo y acordonar la zona por culpa de una mísera cafetera. No quiero reírme, pero lo hago con disimulo; es tan adorable como una cesta llena de cachorritos. La máquina emite un ruidito y empieza a expulsar un café largo cuyo olor fuerte y concentrado despierta todos mis sentidos. Una vez que ha terminado, Rubén se acerca a ella despacito y con cautela para coger la taza. Me la entrega con una sonrisita rebosante de orgullo por su hazaña. Me ofrece varios complementos: canela, vainilla, cacao, ¿hielo?, leche y azúcar. Acepto los dos últimos y me siento a la mesa.

Lo veo moverse por la cocina otra vez; abre un paquete de *fartons*, los pone en un plato y los deja en mitad de la mesa. A continuación se dirige al frigorífico y saca una lata roja.

—¿Sigues desayunando Coca-Cola?

—Claro, y no me digas que es peor que el café, porque esa

cosa negra que te vas a beber huele a petróleo. —Arruga la nariz como un niño que acaba de probar el brócoli por primera vez.

—Pensaba que con la edad se te pasaría la tontería, pero veo que no.

—No es ninguna broma, Mai, odio el café. Y el Cola Cao y similares siguen sin apasionarme demasiado.

—Eres único en tu especie.

—Una edición limitada. —Se encoge de hombros y extiende los brazos a ambos lados. Me pierdo siguiendo el caminito de vello que parte de su ombligo y se esconde bajo sus pantalones. Me muero por cartografiar cada milímetro de su piel con la lengua.

—Y suerte que no hay más como tú.

—¿Te han dicho alguna vez que por las mañanas eres un amor?

—No suelo compartir las mañanas con gente muy habladora, la verdad. ¿Qué vamos a hacer hoy?

—No puedo creer que lo hayas olvidado, tenemos que recoger a Luna.

Una sonrisa enorme anida y crece en mi boca. Me hace muchísima ilusión volver a ver a la perra.

—Menuda sonrisita que se te ha puesto.

—Me gusta. Es una tía guay.

—Y tú a ella. Intentad no hacerme el vacío estos días, ¿vale? —Me dice de cachondeo.

Cojo un *fartó* del plato, lo sumerjo hasta la mitad en mi café, me lo llevo a la boca y gimo de puro placer.

—Está bueno, ¿eh? —comenta entre risitas.

—Me encanta, ya lo sabes.

—Sí, por eso mismo le pedí a mi madre que me mandara una caja.

—Gracias. —Se me quiebra un poco la voz por la emoción, pero su sonrisa cura todos mis males.

—Termina de desayunar con calma, voy a ducharme.

Deposita un beso en mi coronilla y se marcha de la cocina.

Tardamos algo más de una hora en llegar al centro de Madrid, aparcamos y nos toca pasear un buen trecho hasta el edificio donde está Luna.

Sé que suena peor de lo que es, pero de verdad que no me acostumbro a verlo vestido. No puedo dejar de mirarlo mientras camina a mi lado. Lleva un tejano oscuro, un jersey rojo jaspeado de lana, una chaqueta de pana negra con el forro interior de borreguito y botas. Vamos, que lleva más ropa que la versión invernal del novio de la Barbie, pero le sienta tan jodidamente bien que llevo un buen rato dedicándole una buena sesión de babeo.

En cuanto entramos en el portal, nos topamos con una vecina que sale del ascensor. La buena señora lleva puesto un quimono rojo lleno de dibujos relacionados con los signos del zodiaco, pantalones negros de pitillo y unas botas camperas del mismo color. El perro que lleva en brazos está disfrazado de flamenco y ella le va cantando coplas en español con una voz de fumadora que da un poco de miedo. Creo identificar que se trata de «Yo no soy esa», de Mari Trini, pero quién sabe, no estoy muy puesta en el tema.

No salgo de mi asombro cuando la señora deja la copla a medias, sonríe como una auténtica loca y se lanza a abrazar a Rubén con una familiaridad pasmosa.

—No te esperaba tan pronto, Rubén, iba a dar un paseo con Hades. ¿Quién es esta chica tan mona?

La mujer me estudia con atención frunciendo sus labios pintados de rojo.

—Es Maider, una amiga... especial.

Amiga especial. Manda huevos. Amiga imaginaria me habría molestado menos.

—Qué calladito te lo tenías, Rubén. Yo soy Lara, la canguro de Luna. —Deja a su perro en el suelo y coge mis manos entre las suyas—. Nenaaa, pero ¿tú has visto qué cosa tan bonita eres? Con esos ojazos azules tan oscuros y brillantes, esa boquita tan... ¡ay, ay, ay, qué boquita! Y esa preciosa sonrisa esconde... ¿una Sagitario?

Me quedo de piedra, como un menhir.

—Hummm..., sí, creo que sí.

—Sagitario dinámico y Capricornio estable, hummm..., superopuestos. Vamos, subid conmigo, nos tomamos una sidra con frutos rojos y os cuento más.

No entiendo nada, pero los sigo y me monto en el ascensor con ellos.

Subimos hasta el quinto, Lara abre la puerta de su casa y asoma la cara por una rendija.

—Luna, cariño, mira quiénes han venido a por ti, papá y su amiguita especial Sagitario.

Oímos unas patitas derrapando por el pasillo, Lara abre la puerta del todo y Luna sale como un obús con un pato de peluche en la boca, directa hacia Rubén, solo que, en el último instante, tuerce un pelín su trayectoria hacia la izquierda y va a parar a mis piernas. Me baila una sardana dando saltitos y meneando la cola mientras le rasco detrás de las orejas. Menos mal que el pasillo es estrecho y puedo apoyarme en la pared, porque podría haberme puesto en órbita con semejante efusividad. Miro de reojo a su dueño, que, en lugar de entristecerse por el desplante, sonríe abiertamente con el patito entre sus manos.

—Qué *listuca* es mi niña, Rubén —dice Lara con cariño—. Huele que ella es importante para ti.

Rubén no dice nada, entra en el piso para recoger los juguetes y las cosas de Luna mientras Lara me invita a entrar y tomar esa sidra extraña que ha mencionado antes. Yo la rechazo con amabilidad alegando que nos vamos de vuelta a Valdemorillo.

—Nena, los Capricornio son pesimistas —me hace un gesto que pretende señalar a Rubén, que sigue en el interior—, poco razonables a veces y responsables en exceso; los Sagitario, en cambio, sois optimistas y un pelín irresponsables en vuestras decisiones. Los volvéis locos de todas las maneras posibles.

—Así que esto no pinta nada bien —digo, sintiendo cierta tristeza, aunque nunca he sido de creer en los signos del zodiaco, que el tema apunte en contra no me hace ninguna gracia.

—Tú eres el único motivo por el que vuestra relación puede funcionar, porque los Sagitario os adaptáis. Pero los astros también saben que ese pedazo de hombre sabe usar el corazón para quererte. —Me guiña un ojo justo en el momento en que Rubén sale con una bolsa por la puerta.

—Gracias, Lara, nos vemos esta semana —dice con amabilidad.

—Perfecto, aquí estaré.

Nos despedimos de la mujer, que nos abraza a los dos como si fuéramos de la familia, y nos dirigimos de vuelta al ascensor.

—Noto una influencia fortísima de la luna entre vosotros, ¡no la desaprovechéis!

Nos montamos en el ascensor muertos de risa por lo que acaba de soltar Lara. Si ella supiera lo grande que ha sido la influencia de la luna en realidad...

Me sorprende ver que Rubén, en lugar de pulsar el botón de la planta baja, pulsa el de la séptima.

—Necesito subir un momento a mi piso —se justifica.

—¿A tu piso?

De pronto el estómago se me ha puesto del revés por la emoción de ver su casa, la de verdad, donde vive desde que se vino para estudiar en la universidad, donde hubiéramos podido compartir muchos fines de semana. Menuda chorrada, pero qué nervios me han entrado.

—Lara es mi vecina, pensaba que te lo había dicho.

—No.

—Trabaja desde casa diseñando moda para algunas grandes firmas y, cuando tengo que ausentarme demasiadas horas, bajo a Luna para que se quede con ella. Son grandes amigas. Creo que el pobre Hades está hasta los huevos de todo lo que hablan.

—Tal vez el signo del horóscopo de Luna y el de Hades sean incompatibles y por eso está harto —afirmo poniendo los ojos en blanco.

—Luna es Acuario —contesta y se echa a reír—, un signo muy social como ya has comprobado, en todo caso, el problema lo tiene Hades, que es Capricornio como yo.

El piso de Rubén es pequeño, pero está renovado y su decoración resulta muy acogedora. Consta de un salón con cocina americana bastante grande, un baño, un estudio y un dormitorio de tamaño medio. No tiene nada que ver con el estilo rústico de la casa de Valdemorillo; el piso es más moderno y práctico. Está ordenado, pero no hasta rozar la locura, huele a vida y a él, a ese olor dulce que lo caracteriza. Tiene varios montones de libros apilados en diferentes lugares, aviones en miniatura y algún que otro bote de cristal lleno de arena con su etiqueta correspondiente. Me pregunto si serán los que me mandará en los próximos meses o los que se guarda para sí mismo a modo de recuerdo de los lugares que ha visitado y, por algún motivo, lo han marcado. Me acerco para leer las etiquetas mientras él se mete en su dormitorio a buscar no sé qué cosa con Luna a la zaga.

Cotilleo un poco a mi alrededor y me acerco para coger un botecito. En cuanto leo la etiqueta, casi se me cae de las manos. No puedo creer lo que están viendo mis ojos. Lo aprieto contra mi pecho y corro hasta el dormitorio. Rubén tiene la cabeza metida en el armario y, en cuanto se da la vuelta, no le doy opción a nada, le planto el bote delante de las narices.

—¿Cómo es posible?

Mira el recipiente y me mira a mí. Se muerde el carrillo con saña.

—Estuve una vez hace bastante tiempo.

Vuelvo a mirar la etiqueta escrita de su puño y letra que dice Donostia.

Y es que, por mucho que lo lea, todavía no soy capaz de procesarlo.

—¿Y no me avisaste?

—Yo... —Se deja caer a los pies de la cama y aparta la mirada.

Luna sale de la habitación como alma que lleva el diablo con su patito de peluche en la boca. Al final va a ser verdad que los perros entienden más de lo que creemos, porque está claro que ella ha captado que se avecina un roce entre nosotros.

—¿Rubén?

—Fui en el 2002.

—¿Cuándo?

—Después de que te marcharas del camping.

—Supongo que no fue una visita turística.

—Supones bien.

—¿Por qué? —Me siento a su lado y dejo el botecito sobre el colchón.

—Iba a contártelo en algún momento, tal vez este fin de semana, pero la verdad es que ni siquiera lo recordaba...

—Hazlo ahora. —Apoyo la mano sobre la suya en el colchón y aprieto con suavidad.

Rubén me mira con cautela, con un miedo que odio ver en sus ojos. Se supone que habíamos superado el año 2002, pero mira por dónde, acaba de volver para mordernos el culo.

—Después de todo lo que pasó con el gilipollas de tu ex, estaba tan cabreado contigo que, a los pocos días de marcharte a Donostia, fui a buscarte. Quería despedirme de ti para siempre, cerrar de una vez por todas esa etapa contigo e intentar que las cosas volvieran a funcionar en mi vida.

—Joder, Rubén...

La disculpa que veo en su mirada hiere mi corazón. Aquello tuvo que ser poco antes de que dejara sus estudios. Madre mía, jamás pensé que podía estar tan jodido como yo.

—Cuando llegué a tu ciudad, recordaba que vivías en el barrio de Gros, así que me fui directo hacia allí. Anduve deambulando durante horas por sus calles, creyendo que tal vez nos encontraríamos, pero no fue así, claro. Total que, como no era capaz de acordarme de tu dirección exacta, pedí ayuda. Llamé a Xabi y me senté a esperarlo en la playa.

—La Zurriola.

Asiente, abre el bote y llena la palma de su mano de arena. Juega con ella pasándosela de una mano a otra, hasta que finalmente, la devuelve a su sitio. No se hace una idea de la cantidad de horas que pasé sentada en esa playa pensando en él.

—Xabi se presentó en menos de dos horas y me convenció de que no lo hiciera, que no merecía la pena que nos hiciéramos más daño el uno al otro, que no era más que un momento de calentón, porque en realidad no quería despedirme de nada que tuviera que ver contigo por muy cabreado que estuviera, y que me acabaría arrepintiendo porque siempre serás especial para mí.

—Xabi... —murmuro para mí misma.

—Me convenció para que volviera a Benicàssim y lo dejara estar. Me dijo que bastante mal lo habías pasado para que apareciera yo a terminar de rematarte. Me hizo entender lo destrozada que debías de estar después de todo lo que había pasado con Agaporni. Y pensándolo hoy en frío, me alegro de que no me dejara llegar hasta ti porque habría cometido la mayor estupidez de mi vida, y más sabiendo todo lo que sé ahora.

—¿Por qué te avergonzaba contármelo?

—Porque me rendí y nos di por perdidos, y es algo que te prometí que jamás haría.

Me acerco a él y lo abrazo con todas mis fuerzas. Él hunde la cara en mi cuello y deposita un beso tan dulce que me rompe y me reconstruye al mismo tiempo. Nos quedamos pegados el uno al otro durante muchos minutos, más o menos hasta que Luna decide volver y distraernos con su patito de peluche para que corra el aire.

Rubén se levanta de la cama y se acerca al armario otra vez. Saca dos bolsas, una grande de color rosa y otra pequeña turquesa.

—Esto es lo que había olvidado aquí. Con las prisas de pasarme por Valdemorillo a montar el iglú, se me fue la olla.

Me entrega las dos bolsas y no sé ni qué hacer con ellas. Una es de Tiffany's y la otra de Victoria's Secret. Había olvidado completamente aquellos mensajes, tal vez porque se vieron eclipsados por los que vinieron a continuación.

—¿Cuál debería abrir primero? —pregunto con las dos bolsas en mi regazo.

—Lo que hay en la azul es exclusivamente para ti, lo que hay en la otra, espero que también sea para mí. Siempre que tú quieras, claro. Casi mejor que lo abras todo y decidas.

Cojo la bolsita azul, suelto el lazo y meto la mano dentro. Palpo una cajita de terciopelo que me encoge el corazón. Sé que no hay un anillo de compromiso, no soy tonta, pero me muero de la emoción por ver qué ha elegido Rubén para mí.

En cuanto la abro, los ojos se me llenan de unas lágrimas que no tardan ni diez segundos en empaparme las mejillas.

—Se suponía que no te iba a hacer llorar... —dice mientras se mordisquea el pulgar.

—¿Cómo no me va a hacer llorar?

Saco la finísima cadena de plata y miro el pequeño astro lunar que pende de ella.

—Me encanta, Rubén —admito con la voz tomada por la emoción.

Abro el cierre y me coloco la cadena alrededor del cuello. Rubén se acerca y me ayuda a cerrarlo.

—Te mentí. —Me sonríe con picardía, a lo que yo respondo alzando una ceja—. Le puse Luna porque me gustaba pensar en ti. Me dolía, pero no quería olvidarte. Nuestras vidas nunca han dado vueltas alrededor del sol, siempre las hemos dado alrededor de la luna —explica.

Las lágrimas caen en torrente por mis mejillas y él me mira con atención.

—Aunque intentaste engañarme, ya lo sabía. Tú y yo siempre estaremos unidos por la luna, como bien ha adivinado Lara. No hay noche que no la mire y no me acuerde de ti, y me resultaba imposible pensar que para ti fuera de otra manera. Por mucho que te jodiera.

—Qué bien me conoces.

—Cambiemos de tema, por favor.

—¿Por qué?

—Porque no quiero seguir llorando y estropear este momento.

Se sienta a mi lado en la cama y, valiéndose de sus pulgares, me seca la humedad de la cara.

—Mereces llorar por algo que te haga feliz, Mai, porque bastante lo has hecho por todo lo que te ha hecho infeliz.

—Ay, Rubén.

Vuelvo a estrecharlo entre mis brazos y aplastamos la otra bolsa con nuestros cuerpos. Luna suelta un par de ladridos en señal de protesta, porque ella también quiere participar de los mimos. Nos separamos y le acaricio la cabeza con cariño. No quiero que se sienta desplazada.

—Abre el otro regalo —me pide Rubén con algo de impaciencia.

Acto seguido se pone en pie y se aleja unos pasos hasta apoyar la espalda en la pared.

—¿Por qué te apartas?

—Por si me quieres pegar después de abrirlo.

Arrugo la frente, destrozo la bolsa, retiro todo el papel de seda y encuentro una caja. Hoy es el día de las cajas sorpresa, amigas.

Me tiemblan las manos y no es por la emoción de tener un conjunto de esta conocida marca, sino por saber qué ha elegido Rubén para mí, qué le gustaría que me pusiera. Esto es una declaración de intenciones.

Ahora bien, como me encuentre un pijama tipo buzo de franela naranja, me enrolaré en el celibato de por vida.

En cuanto abro el paquete, descarto el celibato por mayoría absoluta.

Dentro hay un sujetador abalconado de color negro, con muchísimo encaje, tan transparente y delicado que temo que se desintegre entre mis manos, hay también un tanga minúsculo a juego que dudo de que alcance a taparme poco más que el clítoris.

Si algo me queda claro es que, para Rubén, cuando se trata de mí, la ropa interior no es más que un trámite.

—Guau, es muy atrevido —digo por lo bajo—. Pero muy muy sensual.

—Bastante. Todavía me pongo colorado cada vez que recuerdo lo que fue ir hasta la caja con eso en la mano para pagar.

—¿Y pretendes que me lo ponga?

Inconscientemente estoy metiendo la barriga.

—No, no quiero que te lo pongas —dice todo serio.

Me lo quita de las manos y lo guarda en lo que queda de la bolsa.

—¿A qué viene este cambio de opinión?

—No es lo mismo verlo en una tienda que imaginármelo ahora mismo sobre tu cuerpo.

Me pongo en pie y me llevo las manos a las caderas.

—¿Tú también crees que estaría ridícula con algo así?

Mi autoestima se tambalea.

Rubén se acerca a mí y me mira los labios. Un escalofrío me recorre de arriba abajo al comprobar que sigue siendo de esos tíos que te miran la boca y no se cortan un pelo demostrando lo que desean a cada momento.

—Seguro que estarías despampanante, pero, por desgracia, ese conjunto no duraría sobre tu cuerpo el tiempo suficiente para confirmarlo. Te lo arrancaría en cuestión de segundos y dudo que después fuera capaz de aguantar lo suficiente entre tus piernas para demostrarte cuánto me gustas tú también.

30

Rubén es fuego

El calentón patrocinado por Victoria's Secret está a punto de lanzarnos de cabeza a un ritual de apareamiento abrasador que se anuncia largo y muy sucio, pero Rubén toma cartas en el asunto antes de que le arranque el jersey con los dientes. Alega que Luna se está haciendo pis y nos saca de casa por la fuerza.

Le dejo creer que me trago sus excusas, más que nada porque soy la primera que si no estuviera cegada por las ganas que tengo de montármelo con él, opinaría que un polvo en este momento no le haría ningún bien a nuestra relación.

O sí, yo qué sé.

Pero la cuestión es que, si algo aprendimos de lo que pasó en K'Sim, es que es mejor que avancemos con tiento. Ambos somos conscientes de que el sexo entre nosotros puede ser un tema delicado y, una vez puesto en un lado de la balanza, a mí, por lo menos, me compensa ir despacio y saber que lo estamos haciendo bien, que estamos respetando nuestros ritmos y hablando mucho, que es lo que más necesitamos.

Aprovechamos el sol que hace en Madrid para pasar el día en el Retiro. Comer en la hierba, leer un rato, charlar, jugar con Luna... Vamos, que sustituimos el sofoco sexual por un plan la mar de inofensivo y familiar. Aunque he de admitir que las miraditas y los roces entre nosotros se dan cada pocos minutos. Que si tienes algo en la comisura de los labios, que si hace frío, ven que te abrazo, que si...

Cuando el sol empieza a perderse en el horizonte, los tres nos montamos en el coche y tiramos para Valdemorillo. A mitad de camino, Rubén hace una paradita en un restaurante y compra un par de bocatas para cenar.

—Podríamos haber cocinado algo —comento en cuanto se vuelve a sentar al volante.

—Bah. No es necesario, estamos de puente. ¿A quién le apetece pasarse una hora entre sartenes? Además, soy un cocinero pésimo. No quieras saber la cantidad de comida rápida que he consumido durante el último año...

Ya estamos con la verborrea innecesaria que padece cuando está nervioso o quiere ocultar algo.

—¿Hay algo que no me estás contando?

Sabe que lo he pillado y ni se molesta en negarlo.

—Se me olvidó hacer la compra, ¿vale? —Me mira con una sonrisa enorme en la cara y cero arrepentimiento—. Tenemos un iglú precioso y la hostia de bucólico, pero no hay una mierda en la despensa, excepto café y *fartons*.

—Podría vivir alimentándome solo de *fartons*, ya lo sabes.

—¿Porque tienen el tamaño ideal para metértelos en la boca?

—¿Estamos otra vez a vueltas con ese tema?

—Mi polla es muy tontorrona, como tú bien dijiste, y no perdona tan fácil.

Le arreo un manotazo en el hombro. Él responde riéndose con ganas y Luna asoma la nariz entre nuestros asientos y nos observa. Pobre, le han tocado unos padres adoptivos que están fatal de lo suyo.

Volvemos a dormir en el iglú, por mucho que la temperatura exterior sea inferior a la de ayer. Hasta Luna nos mira como si estuviéramos locos cuando nos ve saliendo por la puerta de la casa en pijama.

No nos cuestionamos nada, simplemente nos tumbamos del mismo modo que anoche, con su brazo rodeándome la cintura, sus labios pegados a mi piel y mi cabeza descansando sobre su pecho. En pocos minutos, empiezo a notar que me pesan los ojos y que con el calorcito que desprende el cuerpo de Rubén estoy a punto de caer rendida.

—Necesito que me aclares una cosa, Mai.

—Hummm.

—¿Estás consciente?

—Más o menos.

—¿Te has puesto mi regalo debajo del pijama?

Abro los ojos de golpe y muevo la cabeza para mirarlo.

—¿Y qué pasa si lo he hecho?

—Nada, no pasa nada.

Se remueve dentro del saco y cuando para me recuesto de nuevo sobre su pecho. Vuelvo a relajarme con los ojos cerrados y estoy rozando las ovejitas con los dedos. De pronto, Rubén vuelve al ataque.

—Pero ¿te lo has puesto o no?

Me incorporo, apoyo las manos en sus pectorales y coloco encima mi barbilla.

—No, Rubén, no me lo he puesto. Puedes dormir tranquilo.

Me tumbo de nuevo, esta tercera vez con la cabeza en la almohada, pero abrazada a él. Intento retomar el sueño, pero ha conseguido contagiarme su inquietud; además, noto que sigue despierto, envarado como si fueran a pasarnos revista de un momento a otro.

—¿Qué ocurre? —pregunto con cansancio en la voz.

—Pues nada, que ahora no dejo de pensar en qué demonios llevas debajo del pijama.

—Unas braguitas y un sujetador de algodón en color burdeos.

—¿Duermes con sujetador?

—A veces, sí.

—¿Y qué color es el burdeos?

—¿Qué más te da?

—Si voy a tener sueños contigo, quiero que se acerquen lo máximo posible a la realidad.

—Es un tono de rojo oscuro.

—Me gusta el rojo.

—Pues genial. Hala, a fabricar sueños.

Le doy varias palmaditas en el pecho y me arrebujo bajo el saco de dormir.

Pasan los minutos y no consigo pillar la postura. Me muevo, me doy la vuelta, estiro las piernas..., pero nada, sigo con los ojos abiertos como un búho.

—¿No puedes dormir? —pregunta Rubén.

—No, me has desvelado.

—Si quieres, puedo ayudarte a relajarte.

No me lo pienso dos veces, ni siquiera una: me tumbo boca arriba y lo miro fijamente queriendo decirle que sí, que estoy deseando someterme a sus técnicas de relajación.

Lo noto moverse, apoya el codo en la almohada a mi lado y su otra mano se cuela por dentro del saco de dormir. Contengo la respiración mientras recorre el espacio entre mis pechos, mi abdomen, mi ombligo y, justo en el momento en el que suelto un gemido porque creo que va a tocarme ese punto que tanto anhela sus caricias, lo que hace es cogerme de la mano. Gimoteo en señal de protesta y oigo una risita a mi lado.

Por un instante no sé lo que pretende ni lo que va a suceder a continuación, si esto es parte de un juego del que no conozco las reglas o simplemente una caricia dulce, pero enseguida lo comprendo. Su mano guía la mía con lentitud hasta introducirla dentro de mis braguitas. Y sé que esto es un salto al pasado en toda regla, porque lo que Rubén busca, lo que quiere de mí esta noche, es que sea yo la que se acaricie. Siempre le ha gustado hacer suya mi excitación mirando cómo me toco, cómo me retuerzo regalándome placer a mí misma con los ojos clavados en él. Compartir esta intimidad denota mucha confianza, es bonito y muy dulce. Y no podría parecerme más excitante en este momento.

Sus dedos guían los míos en una primera misión de reconocimiento por mis labios mayores. Cada célula de mi ser reconoce su pericia en los movimientos y reacciona en consecuencia, ardiendo, quemándome de dentro hacia fuera. Me acaricio con suavidad, al ritmo que me marca su mano. Dios, no llevo ni treinta segundos tocándome bajo sus órdenes y ya me estoy derritiendo de manera literal.

No tardamos mucho en hundirnos un poco más en mi carne y palpar la abundante humedad que ya moja mis pliegues, y es que el efecto que Rubén siempre ha tenido sobre mi cuerpo ha sido como una sentencia en firme, irrefutable.

Mis caderas empiezan a moverse por voluntad propia mientras él dirige nuestros movimientos hacia mi clítoris, que ya está hinchado y muy sensible, y ejecutamos varios roces circulares que me empujan hacia la más absoluta locura. Con la mano que me queda libre, me levanto la camiseta un poco, bajo la copa de mi sujetador y echo la cabeza hacia atrás mientras busco mis pezones con desesperación. Me los acaricio y me los pellizco, y un jadeo escapa de los labios de Rubén. Sé que le estoy dando un buen espectáculo, pero esto es lo que provoca en mí, la más absoluta libertad, la confianza de volver a ser yo misma, y no pienso contenerme por nada.

Introducimos un par de dedos y nos movemos perfectamente sincronizados, fuera y dentro, fuera y dentro. La palma de mi mano resbala en cada movimiento contra el nudo de excitación que preside mi vulva y mi otra mano continúa torturando mis pechos.

Muevo las caderas contra nuestras manos y gimo con fuerza.

Noto la humedad resbalando entre mis piernas y el orgasmo cerca, muy cerca, como a dos roces de distancia.

Y en ese momento, contengo la respiración y me voy entre gritos.

Tengo un orgasmo demoledor como ninguno hasta la fecha, pero también curativo.

Por primera vez en mucho tiempo, me siento plenamente cómoda en una relación sexual con un tío y no he terminado con los ojos llenos de lágrimas. Y es que nadie ha sido capaz de llenar el vacío que me dejó Rubén; ni él mismo lo consiguió del todo aquella noche en K'sim. Pero el paso del tiempo, este año que nos ha separado, ha servido para unir las piezas que todavía quedaban sueltas dentro de mí, y supongo que a Rubén le ha enseñado a ir paso a paso con mi cuerpo, a ganar en paciencia.

Rubén es confianza. Rubén es fuego. Rubén es amor. Rubén lo es todo.

Me llevo su mano húmeda a la boca y le beso los dedos, esos mismos dedos que me han regalado el mejor viaje que he tenido en la vida. Él se recuesta a mi lado y se limita a mirarme como si fuera lo más bonito que ha visto jamás. Quisiera avergonzarme por la pinta que debo de tener después de haberme corrido con la fuerza de los siete mares, pero ya no, no pienso sentirme humillada por nada, y menos por el pedazo de orgasmo que acabo de gritar.

—Guau, Rubén, esto ha sido... Gracias.

—No me las des, apenas te he tocado, me he limitado a mirar cómo estallabas. —Se ríe con suavidad y a mí me parece la melodía más bonita del mundo porque todavía estoy flotando en alguna especie de trance sexual.

—Has hecho mucho más que eso.

Me muevo, apoyo las manos en su pecho y acerco mi boca a la suya.

—He echado de menos tus besos.

—¿La parte romántica?

—Sí.

—¿Y has venido a reclamarla?

—Tal vez.

Me retira un mechón de pelo y me acaricia la mejilla. Su mirada vaga entre mis ojos y mi boca, sin decidir dónde quiere quedarse.

—¿Estás bien? —le pregunto.

Rubén se queda callado y suspira con suavidad.

—En K'Sim te follé contra una palmera —afirma con seriedad—. Joder, seguro que hasta Agaporni fue más delicado, pero yo no sabía...

—Rubén, yo quise que lo hicieras.

—Sé que lo deseabas tanto como yo, Maider, pero eso no evitó que verte llorar me destrozara. Me sentí como la mayor mierda que habita el planeta por hacer que la chica que quiero se derrumbara y saliera corriendo, cuando debería haber estado abrazada a mí disfrutando de ese momento tan especial. Sé que el orgasmo fue de los buenos, porque lo noté en cada centímetro de tu cuerpo, pero no supe darte todo lo que necesitabas y te desmoronaste entre mis brazos.

—¿Por eso no me has besado?

—No, por eso necesitaba asegurarme de que puedo tocarte, besarte y llegar mucho más lejos sin hacerte daño de ninguna manera. Jamás podría perdonarme que acabaras llorando de nuevo entre mis brazos.

Y ahora sí, mis labios impactan contra los suyos y nos devoramos.

Un potente brazo rodea mi cintura para atraerme hacia él, tiro de su pelo y de su camiseta con mis manos, e introduzco la lengua en su boca. Él responde ralentizando el ritmo, acariciándome la espalda con dulzura y sé que, aunque su cuerpo me grita que lo está deseando, esta noche no vamos a ir más allá.

Por mucho que la temperatura haya vuelto a subir, Rubén pone fin a nuestro morreo separándose un poco de mí. Deposita un beso en mi frente y se tumba conmigo entre sus brazos.

Hace siglos que no tenía la mente tan despejada, los malos pensamientos tan silenciados y el cuerpo tan relajado. Pero, en el fondo, me da miedo pensar en el momento en que nuestro abrazo se rompa y la vida siga su curso. No estoy preparada. Esta vez no. Quiero un final con palabras bonitas y promesas para nosotros.

Quiero quedarme en este iglú.

Quiero un invierno con él.

31

En esta curva me maté en 1998

Valdemorillo, 14 de octubre de 2006

Cuando me despierto, Rubén está roncando suavemente a mi lado en posición Patricio, el amigo de Bob Esponja.

Se ve que tiene calor, porque en algún momento se ha quitado el pijama, ha sacado la mayor parte de su cuerpo del saco de dormir y solo ha dejado los pies dentro.

Hace ya media hora que la luz del amanecer ilumina el interior del iglú, más o menos el mismo tiempo que llevo yo mirándolo a él. Bajo esta luz, la estampa es perfecta. Sus facciones están relajadas y casi parece el adolescente del que me enamoré, un tío al que la vida todavía no había zarandeado.

Y está empalmado. Muy empalmado.

Y yo no hago otra cosa que debatir conmigo misma cómo abordar el asunto.

Ese pedazo de asunto.

No es que esté pensando en despertarlo en plan: «Eh, Rubén, mira lo que tienes entre las piernas, chaval». No. Lo que estoy intentando dilucidar es si será mejor que lo despierte con un besito cariñoso y que una cosa nos lleve a la otra. O pasar directamente a las manos.

Decido sobre la marcha que lo mejor va a ser ir al grano.

Deslizo mis dedos por sus abdominales y su vientre plano y, aunque sé por su respiración pausada que sigue dormido, sus músculos se contraen a mi paso. Acaricio la goma de su bóxer y me mordisqueo el labio inferior. He llegado hasta la última frontera terrestre entre mis dedos y su centro de placer. Y aquí estoy plantada, con todas mis tropas a la espera, dudando otra vez si cruzar con un ataque sorpresa, o despertarlo y que sepa que he venido buscando pelea.

Mi mano derecha, que nunca ha sido muy de cumplir órdenes, decide lanzarse a la aventura y se cuela en sus calzoncillos. Está duro y muy caliente. Me relamo con solo pensar en todo lo que le voy a hacer.

Pero en ese momento Rubén abre un ojo y sonríe perezosamente.

—Ni pensarlo. Saca esa mano de mi bóxer ahora mismo. No hay polla para ti, sigues castigada.

Se cruza de brazos fingiendo estar indignado y yo me tapo la boca para disimular una sonrisa. Nadie en su sano juicio mantiene una broma hasta los extremos a los que Rubén es capaz de llegar. Pero por mucho que proteste, no pienso sacar la mano de donde la tengo. De hecho, empiezo a acariciarlo con suavidad.

—Oh, vamos, Rubén, me muero por sentirte dentro...

Anoche tuve uno de los mejores orgasmos de mi vida, pero estoy lloriqueando desesperada por otro y eso me importa más bien poco. Lo necesito dentro de mí con urgencia y no me voy a conformar con menos.

—Dudo de que me sientas, es demasiado pequeña para tu gusto, ¿no?

—Eso no es verdad.

Muevo mi mano arriba y abajo y él camufla un jadeo con una tos.

—¿Qué quieres que te diga? ¿Que la tienes enorme?

—Tampoco exageremos.

—Me gusta, Rubén, me gusta mucho. Pero no por su tamaño, si no por lo que me hace sentir su dueño.

—No lo estás arreglando en absoluto.

Aprovecho que se ha propuesto ganar algún premio al más cabezota del país y que sigue con los brazos cruzados sobre el pecho, para sacarle el bóxer sin que pueda oponer mucha resistencia. Y es que, en realidad, ambos sabemos que lo está deseando. Una vez liberada, su polla se alza dura y orgullosa ante mí. No sé qué mierda le ha entrado con el tema del tamaño, cuando es jodidamente perfecta.

Ha llegado el momento de atacar con hechos, con manos, con boca y con lo que sea.

Agarro su miembro con la fuerza justa y empiezo a mover la mano arriba y abajo despacio otra vez.

La respiración de Rubén se acelera en cuestión de segundos y su pelvis se mueve suavecito contra mi mano; no aparta sus ojos verdes de la escena ni un puñetero segundo. Es un mirón, siempre lo ha sido, así que aprovecho la coyuntura para tirar de mi camiseta para sacarla de la escena. Él, automáticamente, recorre mi costado con su mano, desde el lateral de mi pecho, pasando por la curva cerrada de mi cintura, hasta la protuberancia de mis caderas.

—En esta curva me maté en mil novecientos noventa y ocho —dice entre risas, pero con un tono tan incendiario que casi consigue que me evapore.

Cuela su mano dentro de mis bragas y sonríe.

—¿Qué estabas haciendo antes de despertarme?

—Nada. —Me muerdo el labio un pelín avergonzada.

Su dedo recorre muy poco a poco toda mi humedad, que es mucha.

—Yo diría que aquí ha pasado algo.

—Todavía no.

—¿Todavía no?

Niego rotundamente con la cabeza y le guiño un ojo.

—Entonces ¿estás a la espera de que tome cartas en el asunto?

Su mano sigue acariciándome con lentitud entre las piernas. Roza, pero no llega a nada. Sospecho que está intentando matarme. Acelero un poco más el ritmo con el que estoy bombeando su polla y me detengo. Si vamos a sufrir, lo vamos a hacer juntos.

—¿No tuviste suficiente anoche?

Vuelvo a negar con insistencia, me restriego contra su mano y continúo torturándolo con la mía. Aumento el ritmo y lo bajo una y otra vez, hasta que Rubén emite un gruñido y, posando su mano sobre la mía, me mueve sobre su erección y acelera el ritmo con contundencia.

Echa la cabeza hacia atrás y jadea.

Es lo más erótico que he visto en la vida.

Me quito el pijama y las bragas, y me siento a horcajadas sobre él.

Me inclino hasta alcanzar su boca y me como sus labios, él me agarra por la nuca y profundiza, introduce su lengua buscando la mía. Y no puedo más que empezar a restregarme contra su erección con lentitud.

Sus manos recorren mi piel y se cuelan por debajo de mi sujetador para acariciarme los pechos, mientras yo deslizo la lengua por la comisura de sus labios.

Muevo las caderas despacio, buscando el roce con mi clítoris y consigo hacerlo jadear.

Los dedos de Rubén se mueven sin prisa pero con decisión hasta el cierre del sujetador. Tras varios intentos, se echa a reír.

—¿Quién diseñó este sujetador, Houdini?

Finalmente, la prenda resbala por mis brazos y acaba olvidada en un rincón del iglú. Rubén se incorpora lo justo para llevarse mi pezón izquierdo a la boca. Lo muerde, lo acaricia con su lengua y lo vuelve a morder. Lo miro mientras lo hace, no puedo dejar de mirarlo. Esa boca lleva siendo mi perdición desde 1995, no hay nada que me excite más que verla jugando con mis pechos y lamiéndolos.

Continúo moviéndome contra sus caderas y la presión entre mis piernas crece sin control. Oigo un gemido fogoso y sé que ha salido de mi boca, que soy incapaz de reprimir la oleada de placer que se está gestando en mi cuerpo.

Rubén se aparta de mis pechos y me besa, y busca algo a ciegas por un lateral del iglú con sus manos. Se toma su tiempo para colocarse el condón. Sabe de sobra lo que está haciendo, pero está siendo precavido. Dios, verlo así me encoge el corazón. No porque tema un embarazo, sino por todo lo que nos trastornó aquel incidente. Éramos jóvenes, pero no importó, nos marcó igualmente.

Una vez que el condón está en su sitio, guía su polla hasta mi entrada.

—Haz conmigo lo que quieras —dice—. Quiero que seas tú la que marque el ritmo.

Bajo mi cuerpo muy despacito y Rubén me penetra milímetro a milímetro.

Ese precioso gemido que ha salido de su boca me pertenece y me hace sonreír extasiada.

Balanceo las caderas con mis manos apoyadas en su pecho y las suyas empujando en mi culo, y constato que todavía sabemos cómo encender el fuego juntos, que hay cosas que nunca se olvidan.

Estos somos Rubén y yo: sexualmente compatibles, amistosamente compenetrados.

No han pasado muchos segundos cuando noto el orgasmo agitándose dentro de mi cuerpo, queriendo salir, y aunque temo que pueda traer algo más que alivio consigo, quiero confiar en lo que estoy sintiendo por él y soltarlo, quiero dedicárselo. Aumento el ritmo de mis movimientos, él eleva las caderas para empujar más adentro y cuela su mano entre nosotros. Una caricia en círculo es suficiente para que eche la cabeza hacia atrás y deje escapar un grito y un orgasmo veinte veces más potente que el de la pasada noche.

—Oh, Rubén —gimo sin apartar mis ojos de los suyos.

En un movimiento rápido, me tumba de espaldas contra la colchoneta y me penetra otra vez con fuerza, extendiendo mi orgasmo un poco más y otorgándome una oleada de placer tras otra. Sus embestidas se tornan violentas y rápidas, choca con mis caderas sin descanso. Le estrujo el culo con mis manos y siento que el orgasmo sigue palpitando entre mis piernas. Busco su boca, busco esa conexión que siempre ha sido algo más para nosotros y lo beso, me trago sus gemidos y le meto la lengua hasta el fondo. Él apenas es capaz de responder, pero no se aparta de mi boca.

Embiste una última vez y gruñe mientras se corre.

Ralentiza el ritmo hasta que se queda quieto, con la cara hundida en mi cuello y sin aliento.

Siento su corazón latiendo enloquecido sobre mi pecho.

No tarda mucho en apartarse y salir de mi interior. Se quita el condón, le hace un nudo y lo deja en una esquina. Vuelve a mostrarse cauto, aunque ya no me incomoda. Que sea tan delicado por mí me llena el pecho de mariposas.

Se abraza a mi cuerpo y deposita pequeños besos por todo mi cuello.

La verdad que me golpea es abrumadora: solo con él siento ese algo más que todos buscamos en la vida.

Y es que los sentimientos que Rubén me ha despertado en el cuerpo van mucho más allá del deseo. Rozan la ilusión y la esperanza, dos palabras que nunca pensé que volvería a relacionar con él. Ojalá hubiéramos echado solo un polvo, porque eso sería más fácil de manejar.

32

El tapete de ganchillo

Valdemorillo, 14 de octubre de 2006

Cuando entro en la casa, Luna viene corriendo hacia mí por el pasillo. Me pega la primera ducha del día con su lengua suave y rosa y me guía hacia el salón, que es donde encuentro a Rubén, sentado en una butaca, con el manual de algún modelo de avión entre las manos.

—*Egun on* —digo.

Él coloca un calcetín como marcapáginas improvisado y deja el manual sobre el reposabrazos del sillón.

—*Egun on* a ti también, dormilona. —Me recorre de arriba abajo con sus ojos verdes—. Es alucinante lo sexy que estás con mi camiseta de Airbus puesta. Y lo cachondo que me pone pensar por qué la llevas.

—¿Y por qué la llevo, según tú?

—Porque has dormido abrazada a mí, esta mañana te has desnudado —comenta con un tono que intenta ser neutro, pero que en absoluto lo es—, te has montado encima de mí y no me has dejado más opción que hacértelo cómo hacía años que soñaba.

Inclina la cabeza a un lado, se lleva la mano derecha a su entrepierna y gime con suavidad.

Por Dios santo, todos los apóstoles y Mickey Mouse.

«Míralo a la cara, Maider, céntrate en eso».

Y aunque solo acaba de empezar a tocarse, ya tiene el labio apresado entre sus dientes, una protuberancia de lo más excitante entre las piernas y una mirada enturbiada que rezuma sexualidad.

«Sube hasta los ojos y no bajes de ahí ni un milímetro, amiga».

Pese a hacerlo, veo por el rabillo del ojo que los músculos de su brazo se mueven con lentitud y me es imposible no pensar en lo que está haciendo. Se está acariciando por encima del pantalón gris que lleva con la vista clavada en mí, y yo aquí parada como un pasmarote, haciéndome la... ¿qué? ¿La remilgada? ¿A estas alturas de la vida?

—Después te has adormilado entre mis brazos otra vez —prosigue con su historia y los tocamientos—, me he levantado a preparar el desayuno y acabas de aparecer aquí con mi ropa, porque estabas desnuda cuando te has despertado y es lo primero que has encontrado. Porque te gusta que huela a mí, porque te sientes cómoda llevándola..., podría darte mil motivos más.

«Recuerda al niño de los columpios, Maider. Qué majo era, qué guapo. Cuánto tiempo ha pasado, cuánto ha crecido. Qué atractivo es y qué espectacular se vuelve cuando está cachondo. Observa cómo se toca mirándote, recreándose en lo que habéis hecho y en todo lo que todavía te quiere hacer».

Mierda.

—¿Te vas a quedar ahí? —cuestiona con una ceja alzada en señal de ¿protesta?

Aparta la mano lo justo y veo que su pantalón está un poco húmedo.

—A lo mejor.

—Por mí perfecto. Podemos volver a hacerlo sin tocarnos mutuamente.

Sube y baja su mano varias veces más y cierra los ojos, extasiado.

Joder. Estoy mojada hasta un extremo ridículo.

—Rubén, si sigues por ahí, vamos a echar a perder el desayuno.

Se aclara la garganta y ralentiza el ritmo con el que se está acariciando la polla.

—Los *fartons* de bolsa pueden esperar, Mai. Aunque he salido a comprar algunas cosas. Entre otras, más condones y el desayuno.

—¿En ese orden de importancia?

—En ese orden de importancia —asegura entre risas y con la mano todavía en movimiento sobre su más que presente miembro.

Doy un par de pasos y me siento en su regazo, me rodea con sus brazos y deposita un beso lento y muy profundo en mi boca. Siento cierto bulto apresado contra mi culo. Una sacudida de calor se precipita hasta mis entrañas.

—¿Estás bien? —Se interesa con prudencia.

—Sí, lo estoy. ¿Por qué lo preguntas?

Apoyo las manos en su cálido y robusto pecho, y lo recorro con suavidad, tan distraída como anonadada.

—Porque no sé hasta qué punto puede afectarte..., ya sabes..., hacer... eso conmigo, y estoy preocupado. Solo quiero que estés bien y temo haber sido un poco brusco.

—No me voy a romper, Rubén. Por desgracia sé muy bien dónde están mis límites y puedes estar seguro de que tú ya no eres uno. Tal vez en K'Sim aún lo eras, porque había muchas cosas pendientes entre nosotros, pero ya no, me siento cómoda contigo haciendo... eso.

—Veo que a ti también te cuesta definir lo que hicimos.

—No, no me cuesta ponerle nombre, me cuesta pronunciarlo en alto por temor a que tú te asustes.

—No hace falta que eludas el tema, está claro que hicimos mucho más que follar —admite por lo bajo.

Se mueve debajo de mí y noto su erección presionando en el sitio perfecto, pero ahora mismo necesito otras cosas de él. Después de tanto tiempo, no deberíamos pasarnos todo el fin de semana dándole, o sí, no lo sé.

Me pongo en pie con una sonrisa llenándome los labios, lo cojo de la mano y tiro de él hacia la cocina.

—¿Me vas a dejar a medias? —pregunta haciendo un mohín y señalando su más que evidente erección con la mano que tiene libre.

—No, te voy a hacer recuperar fuerzas para todo lo que está por venir.

—Mujer cruel.

Para mi sorpresa, cuando entramos en la cocina veo que ha traído de todo: fruta fresca, tomates, embutidos varios, huevos, mantequilla, mermelada, bollería y churros. Ha traído churros. ¿Es muy pronto para pedirle que se case conmigo?

—¿Has hecho la compra de la semana? —pregunto de cachondeo.

—Como si tuviéramos toda la semana.

Y con esa frase sé que se avecina la famosa conversación titulada: «Veinte maneras de fastidiar un reencuentro perfecto con la pregunta: ¿Y ahora qué?». Porque, aunque no estoy preparada para que la tengamos, sé que va a llegar de un momento a otro. Soy consciente de que con él operando como segundo de a bordo con base en Barajas, y conmigo trabajando como profesora en el sistema de educación vasco, no existen las soluciones fáciles. Uno de los dos tendría que abandonar su ciudad por el otro y ni siquiera sabría decir si estamos preparados para afrontar un cambio tan importante, porque es pronto. Aunque llevemos toda la vida metidos en esto, es jodidamente pronto.

Tampoco estoy lista para despedirme de él sin saber cuándo volveremos a vernos. Necesito algo más que un «hasta pronto», necesito promesas de algún tipo, pero no tengo ni idea de cuáles son las intenciones de Rubén.

—¿Qué te apetece desayunar? —pregunta.

—¿Qué tipo de pregunta es esa? Una chica siempre elegirá los churros por encima de cualquier otra cosa.

—Pensaba que me elegirías a mí —comenta con soberbia.

Se me acerca creyéndose un tigre, despacio pero imparable. Hambriento.

—Los churros van por delante de los tíos.

Se aparta con una ceja alzada y me prepara un café. Sospecho que no se fía un pelo de la cafetera y no me quiere ver cerca de ella; saca una lata de su tradicional Coca-Cola mañanera para él y nos sentamos uno frente al otro en la pequeña mesa que hay en la cocina.

Desayunamos entre risas, sobre todo cuando lo veo untar un churro en su Coca-Cola. Acabamos hablando de alguno de los muchos recuerdos compartidos, de Gemma y Óscar y su relación confirmada, de Xabi y su eterna soltería... Y en cuanto terminamos, recogemos la cocina juntos y sacamos a Luna a pasear un rato por el campo.

Cuando volvemos a casa varias horas después, Luna se queda dormida en su camita en la cocina y nosotros nos sentamos en el sofá a ver una peli.

Al final, una cosa nos lleva a la otra y, como somos incapaces de dejar de tocarnos, acabo desnudándome bajo su atenta mirada y subiéndome a horcajadas sobre él. Le retiro el bóxer a un lado, le pongo un preservativo y me deslizo suavemente.

—Joder —gime de placer en cuanto me penetra entera.

Empiezo a moverme con rapidez, rozando mi parte más sensible y sintiéndolo muy adentro. Él se aferra a mi trasero y mueve la pelvis incrementando la fricción y la profundidad.

Continuamos sin descanso, besándonos sin cesar, hasta que siento que mi orgasmo está a la vuelta de la esquina. Y es que correrse con Rubén es algo ridículamente fácil.

Llevo mis manos a sus mejillas, lo miro a los ojos.

—Te quiero —digo.

Me sale directamente del corazón, pero Rubén no me contesta, se limita a cambiarnos de postura. Hace que apoye las manos sobre el respaldo del sofá y las rodillas en el asiento, se pega a mi espalda, me agarra por las caderas y me llena.

Dios, el placer me atraviesa.

En esas estamos, dale que te pego, con un ritmo demencial, cuando oímos cómo se abre la puerta principal y a Luna ladrando en la cocina.

Me quedo petrificada a la espera de que me llegue algún sonido más, pero Rubén sigue ensartándome, como si la posibilidad de que unos ladrones allanen su morada le importe un pito. Primero va el folleteo y después, ya si eso, el asalto.

—¿Hola? —Escuchamos una voz femenina a lo lejos y entonces sí, Rubén sale de mi interior bruscamente.

Intento rebuscar en mi memoria, pero de primeras, no reconozco esa voz.

—Mierda, mis padres —dice entre dientes.

Mi instinto de supervivencia echa mano de lo primero que tiene a su alcance para taparme las vergüenzas: uno de los tapetes de ganchillo que hay en el respaldo.

—No me digas que a estas alturas de la vida nos acaban de pillar tus padres.

—Nos han pillado, sí. ¿Qué cojones haces con ese tapete?

—¡Taparme! —respondo bajito, como si fuera lo más evidente del mundo.

—Rubén, ¿dónde estás? —La voz de su madre avanza por el pasillo en dirección a nosotros. Rubén se pone en pie de un salto, se viste el bóxer y me tira encima una manta, parece una solución bastante más adecuada que el tapete lleno de agujeritos. En su día fui una sombrilla plegada muy convincente, puedo volver a serlo.

—Estoy aquí, en el salón —responde Rubén a su querida mamá—. ¡Ahora voy!

La buena señora ignora a su hijo y oigo pasos entrando por la puerta de la estancia en la que estamos. No tengo ningún plan, así que me encojo contra el respaldo del sofá y me quedo muy quieta.

—No os esperaba, mamá.

—No lo habíamos planeado. A tu padre se le ha ocurrido venir para limpiar y dejarlo todo preparado para volver la semana que viene, que es el cumpleaños de tu hermana y ya sabes que le gusta celebrarlo aquí.

Vuelvo a oír varios pasos y una silla moverse. Intento ubicarme en la escena, Rubén está en calzoncillos junto al sofá, si es que no le ha dado tiempo de ponerse nada más, yo estoy completamente desnuda debajo de una manta y su madre cada vez más cerca. Me llevo el tapete de ganchillo a la boca para sofocar la risa tonta que me está entrando.

—¿Has estado con una chica aquí? —cuestiona Pilar.

—En realidad... —Rubén deja la frase suspendida en el aire y casi soy capaz de sentir el bochorno de su madre friéndole la cara.

Me incorporo y bajo la manta hasta mis hombros. Me asomo por encima del respaldo del sofá y la saludo agitando el tapete como si fuera una dama salida de otra época. Desnuda, pero de otra época.

—¿Maider?

Ambos asentimos en respuesta mientras la madre de Rubén empieza a recorrer la estancia con la mirada y yo decido que es un buen momento para morirme. Mi sujetador está en el suelo, la caja de condones descansa abierta sobre la mesa, un envoltorio al otro lado... Está bastante claro que no nos ha pillado jugando al Trivial. Y por si con esas pistas no tuviera suficiente para atar cabos, su hijo sigue en ropa interior y tiene la mismísima prueba del delito entre las piernas: una erección del tamaño de un perchero de Ikea. Tan exagerada que sus padres podrían colgar los abrigos de ella.

Dios mío, qué bochorno y qué morbazo.

Me planteo tirarle el tapete para que se cubra, pero eso llamaría la atención hacia el punto que justamente pretendo disimular. Así que me quedo quieta aferrándome a la manta y al tapete, y espero que se le baje cuanto antes.

Pasan los segundos y ninguno de los tres somos capaces de movernos ni de decir nada.

—Rubén, hijo, ¿has usado toda la leña que había? —pregunta su padre entrando por la puerta con Luna dando brincos detrás.

Pues nada, ya estamos todos. Que siga la fiesta y que alguien saque la baraja de cartas, los *hamarrekos* y el pacharán.

—¿Maider? —El padre de Rubén repite la pregunta del día y yo agito otra vez el tapete en respuesta.

Avanza un par de pasos y yo solo espero que no se acerque a darme dos besos. Estoy desnuda, por el amor de Dios... Pero en lugar de eso, se agacha y recoge mi sujetador de color burdeos del suelo y lo deja sobre el respaldo de una silla como si tal cosa.

—Un placer verte aquí, Maider. ¿Qué tal tus padres?

Placer, dice. Placer el que sentía yo hace cinco minutos.

—Papá, creo que mejor será que os pongáis al día dentro de un rato... —dice Rubén levantando una ceja.

—Oh, sí, claro. —Se ríe el patriarca como si acabara de pillar que la situación es francamente incómoda—. Si os parece, voy a hacer un *arròs del senyoret* para celebrar esta feliz ocasión. Si habéis terminado, vestíos, parejita, y cuando estéis listos, hijo, corta algo más de leña. Seguro que Maider se entretiene mientras tanto compartiendo patrones de ganchillo con tu madre. —Y, dicho eso, empuja a la señora Pilar fuera del salón como si fuera un carro de la compra.

Ay, pobre, se ha quedado flasheada.

—Creo que lo mejor será que me marche —le comento a Rubén cuando nos quedamos solos.

—Solo son mis padres, Maider.

—Y no sabían que yo estaba aquí.

—No tuve ocasión de decírselo.

—Bueno, pues ya están al corriente de que he venido y de que estábamos follando.

—Creo que hace años que se imaginan que no soy virgen y que practico sexo.

—¡Pero no conmigo!

Me lanza mi ropa y empiezo a vestirme. Él hace lo propio con la suya.

—No me avergüenza en lo más mínimo. De hecho, prefiero que me hayan pillado contigo que sé que les gustas, que con otra que no conocieran de nada.

—Alucino con lo que estás diciendo.

—No han visto nada, solo lo han intuido. Y, sinceramente, pasada la primera impresión, diría que se han alegrado al ver que eras tú, porque saben de sobra lo que siempre ha habido entre nosotros.

—¿Siempre?

—Siempre.

—Pensaba que hubo una época en la que no quedaba nada.

—Lo pensabas, pero ¿de verdad lo creías? —Me guiña un ojo y se marcha contoneando su precioso trasero.

33

Paellicidio

Valdemorillo, 14 de octubre de 2006

Después de que Rubén se haya encargado de cortar leña para cuatro inviernos con mi inestimable ayuda, que ha consistido básicamente en permanecer embobada sentada en un tocón y mirarlo mientras él pegaba hachazos con el torso desnudo, salimos a la terraza con los abrigos abrochados hasta la nariz.

—Rubén, hijo, ¿por qué tenemos un iglú montado en el jardín?

El señor Segarra está en medio de la terraza con un delantal rosa fucsia puesto, los brazos en jarras y el arroz echando humo delante.

—Tomás, los chavales habrán estado recordando sus veranos en el camping. —Pilar mira a su marido con complicidad, pero parece que él no está en el mismo equipo y sigue confundido.

Me pregunto cuánto sabe ella de nuestros veranos, pero teniendo en cuenta que es la cuñada de Jacinto y la tía de Tito, debería ser mucho.

—Tu hijo no ha dormido en un iglú en la vida, Pilar.

Nos quedamos todos en silencio. El padre de Rubén nos estudia con las cejas muy juntas.

—¿Vais a contarme el chiste o tengo que seguir siendo el ignorante de la familia? —Finge indignación y su mujer responde acercándose a él.

—Rubén apedreaba el iglú de Maider por las noches y se marchaban por ahí.

—¿Qué hacía qué?

Tomás Segarra acaba de ver el negocio familiar de más de treinta años de antigüedad yéndose a pique por culpa de una gamberrada de su hijo.

—¿Por qué demonios me estoy enterando de esto ahora? —pregunta pasando de la indignación a un cabreo ligerito.

—Porque a todos nos pareció bonito —asegura su mujer.

—¿Tu hijo se dedicaba a importunar a los clientes y a ti te parecía bonito? —Se gira hacia Rubén y lo apunta con el dedo índice—. Ya hablaremos tú y yo de apedrear tiendas de campaña.

—¿Vas a castigarme, papá?

Rubén y su madre se están partiendo el culo de risa. A mí me da pena el pobre Tomás.

—Estos delitos no prescriben, hijo.

—Tomás, te estás cargando todo el romanticismo, como siempre —lo acusa Pilar.

—¿Romanticismo? ¡Tu hijo es un vándalo!

—No te enteras de nada. ¡Estaban enamorados! —insiste ella.

—¿Enamorados?

Nos mira a ambos y de pronto parece que su cerebro está uniendo un montón de puntos aleatorios que forman un corazón con su flechita atravesada y todo. Alucino con que el amor lo deje más traspuesto que el sexo sucio que nos ha pillado practicando en su sofá.

—Soy el encargado, no entiendo por qué siempre soy el último en enterarme de las cosas que pasan.

—¿Cuántos árboles hay en el camping? —pregunta Pilar con una ceja alzada al estilo de su retoño.

—Doscientos setenta y seis.

—¿Cuántas novias ha tenido tu hijo?

Se queda callado, devanándose los sesos.

—Pues eso, Tomás, pues eso.

Una hora después, la comida está lista y nos sentamos los cuatro en el salón.

—¿Y qué habéis hecho estos días? —nos pregunta Pilar mientras va echando una palada tras otra de arroz en el plato de su hijo.

—No mucho, la verdad. Rubén me ha tenido encerrada aquí y solo me ha dejado salir una tarde —contesto.

Oh, Dios mío, me he quedado tonta después de tanto orgasmo. Porque solo me ha faltado decirles que, con los años, su hijo ha perfeccionado un giro de cadera que con solo recordarlo me corro *ipso facto*.

Rubén se ha quedado mirándome con un pedazo de pan untado de alioli a mitad de camino de la boca, Pilar tiene el cucharón flotando en el aire y Tomás, bueno, Tomás está ahí sentado sonriendo sin enterarse de la misa la media.

—Estuvimos en el Retiro —añade Rubén.

Madre e hijo se lían a hablar de las virtudes del parque y su fauna y flora, y yo agradezco mucho que echen esa cantidad de conversación insustancial sobre mi poco acertado comentario.

—¿Y hasta cuándo te quedas, Maider? —se interesa Pilar.

—Mañana a mediodía tengo el vuelo de vuelta a Bilbo.

—Qué calladito te lo tenías, Rubén —le dice a su hijo, incapaz de ocultar una sonrisa.

—¿El qué? —contesta él sin levantar la cara de su plato. Mete el tenedor y arrasa con un buen montón de arroz, como si fuera una excavadora, y se lo lleva a la boca.

—Pues esto, que volvéis a estar juntos. —Su madre extiende las manos y le guiña un ojo—. Todo el camping esperaba que acabarais volviendo en algún momento, pero podrías habérnoslo dicho.

Rubén mira a su madre con cara de pocos amigos.

—No estamos juntos, mamá. —Lo suelta tan tranquilo, sin dejar de masticar.

Y aunque sé que sus palabras son verdad, que oficialmente no estamos juntos, me duelen. Pensaba que este puente estaba cambiando las cosas entre nosotros, que estábamos a punto de dar ese paso que tantos años llevábamos retrasando, pero está claro que me he quedado sola a mitad de camino.

Cuando levanto la mirada de mi comida, me encuentro a la

madre de Rubén observándome con un halo de tristeza en los ojos.

—¿Cómo va el tráfico aéreo, hijo? —Tomás cambia de tema como si mi corazón no estuviera partido en dos.

—Sigue complicado. Las aerolíneas comerciales solo contratan pilotos para cubrir bajas y en momentos puntuales de mucha carga.

—¿Y no has pensado pasarte al sector privado?

Rubén deja el tenedor en el plato y observa a su padre con cierto cansancio.

Me jode que este tema le impulse a dejar de comer y, en cambio, al hablar de nuestra relación no se haya detenido ni para mirarme durante un segundo e interesarse por lo que yo opino.

—De momento voy a seguir donde estoy.

—¿Y cuándo te trasladas a Frankfurt? —suelta su madre mirándome fijamente.

Algo me dice que su intención no es observar cómo me encojo ante la respuesta de Rubén, en realidad, quiere que su hijo me lo cuente.

34

Las hadas madrinas

Valdemorillo, 14 de octubre de 2006

—No está preparado.

—¿Qué?

La madre de Rubén se sienta a mi lado y me coge de la mano.

Hace ya un par de horas que hemos terminado de comer. Mientras Tomás y Rubén meten horas extras de siesta y Pilar poda unas hortensias, yo me he sentado fuera a leer un rato.

—Mi hijo, que no está preparado para retomar la relación contigo.

—Ya, bueno, es lo que hay.

Me encojo de hombros y dejo el libro a mi lado.

—Sé que estás decepcionada, lo veo en tu cara, Maider, pero no desistas. Creo que, aunque os dolió, fue bueno que rompierais, porque en este tiempo habéis crecido, aprendido y conocido a otras personas, y ahora valoráis mucho más lo que tuvisteis. Sé que ha habido otras chicas, pero no nos ha presentado a ninguna. Dale tiempo, lleva toda la vida enamorado de ti, desde aquella tarde que... No sé ni la de veces que le he contado esa historia.

Suspira y me dispara arcoíris y corazoncitos.

—Los dos conguitos en bañador.

—Estabais tan monos cogidos de la mano... —Se ríe rezumando cariño y ternura por todos los poros de su cuerpo.

—Qué fácil era nuestra relación por aquel entonces.

—No te creas, no veas cómo discutíais cuando los dos queríais montaros en el mismo columpio. Pero, bueno, creo que tienes razón, un columpio era un problema diminuto comparado con todo lo que habéis vivido después.

La miro fijamente porque sospecho que está tratando de decirme más de lo que en realidad me está diciendo. ¿Acaso es posible que sepa que...?

—No me malinterpretes, siempre estaré a favor de vuestra relación sea cual sea, porque he visto nacer y crecer vuestro amor. Ay, la de veces que tu madre y yo nos reíamos haciendo conjeturas. Si mi hijo daría el paso algún día y te lo diría, si tú por fin te enterarías de lo que sentía...

—¿Mi madre y tú?

—Claro, ¿de qué pensabas que hablábamos cuando quedábamos para tomar café? Vosotros dos habéis protagonizado la mayoría de nuestras conversaciones durante años.

Me quedo con la boca abierta. Las vi miles de veces sentadas en la terraza del camping con otras madres, pero nunca llegué a imaginar que vigilaran cada uno de los pasos que dábamos ni que se hicieran películas al respecto.

—Vaya dos...

Se carcajea de tal manera que no podría recordarme más a su hijo.

—Tu madre se pasaba el verano entero planeando coartadas para ti por si tu padre te pillaba escapándote del iglú.

—¿En serio?

—En serio —asiente, divertida—. El día que finalmente os pilló, la pobre se había quedado dormida. No veas qué disgusto se llevó.

De pronto entiendo el motivo por el que Rubén se libró de aquella bronca, nuestras madres estaban al corriente, lo que confirma que nuestras fugas no eran tan discretas como creíamos.

—Sois como una especie de hadas madrinas.

—No, solo somos dos madres que entendieron desde el principio el amor que había entre sus hijos.

—Podría haber sido la típica tontería adolescente.

—Claro. ¿Y quiénes éramos nosotras para prohibiros vivirla? Tu madre y yo crecimos en una época en la que todo era pecado, no queríamos lo mismo para vosotros.

—Me encanta que me cuentes esto. Jamás pensé que tuvierais semejante amistad.

—Tenemos ese tipo de conexión especial que se forja sin querer y que se fortalece con el paso de los años. De hecho, tu madre me llamó llorando cuando..., bueno, cuando os volvisteis a Donostia deprisa y corriendo, ya sabes, al día siguiente de que acabarais en urgencias. Estaba muy preocupada por ti y por los efectos que podía tener la medicación que te habían mandado. Yo intenté tranquilizarla, de hecho, ya sabía algo por Rubén...

Se me cae el alma a los pies porque no esperaba esa reacción por parte de mi madre. Ella, que siempre aparenta tragar todo sin pedir ayuda, resulta que también la pide de vez en cuando. Qué queréis que os diga, pero eso hace que la admire aún más.

Por otra parte, imagino que la persona con la que Rubén me contó que había hablado sobre el tema fue su madre, aunque después se cerrara en banda.

—Nos mantuvimos al corriente, fueron unos días muy duros para tu madre. La llamaba cada noche y, cuando todo se quedó en un susto, decidimos que nunca intervendríamos, que erais vosotros los que teníais que decidir qué hacer con vuestra relación a partir de entonces, muy al contrario de lo que hizo tu padre, según he sabido, ¿verdad?

Me salto la parte de mi padre y decido que Pilar merece toda la sinceridad del mundo. Ni siquiera me avergüenzo de lo que estoy a punto de decir, porque siento que ella me va a entender.

—No se quedó en un susto. No del todo.

—¿Cómo que no...?

—Mentí a mis padres.

No le hacen falta más explicaciones para abrazarme, y aunque me siento muy pequeñita entre sus brazos, su amparo me da alas. No me había dado cuenta de cuánto necesitaba este abrazo tan maternal, cuánto necesitaba que alguien se limitara a abrazarme sin juzgarme.

Este es el tipo de feminismo sin azúcares añadidos que debería sacudir el mundo.

—Ay, mi niña.

Lloro en su hombro hasta que no me quedan más lágrimas y ella se limita a acariciarme la espalda. Cuando por fin me aparto, varios minutos después, me rodea las mejillas con sus manos.

—Eras una niña preciosa, y te has convertido en una mujer aún más preciosa, por fuera y por dentro. Sonríe, Maider, que la vida no te está tratando tan mal y pocas personas viven un amor como el vuestro. Mi hijo lleva toda la vida aferrándose a lo que siente por ti, tenéis un vínculo tan sólido que, por muy difíciles que se hayan puesto las cosas, nunca se ha roto. Aunque ahora mismo es posible que todavía siga dolido contigo y tan confundido que no tiene claro cuáles son sus prioridades, sé que no se va a rendir tan fácilmente y apostará por vosotros. Dale un poco más de tiempo, por favor.

35

Necesitarte me hace débil

Valdemorillo, 14 de octubre de 2006

Los padres de Rubén se han marchado poco después de mi charla con Pilar.

Sé que habían venido a pasar unos días en esta casa, pero está claro que se han vuelto a Benicàssim para darnos un poco de espacio. Me sabe fatal que se hayan metido tantos kilómetros en un día por culpa nuestra, pero también agradezco que nos den un poco de intimidad para aclarar lo que hay entre nosotros.

El problema es que hace más de una hora que Rubén ha salido a correr por el campo y ni siquiera me ha preguntado si quería ir con él.

Cuando vuelve, es tan tarde que ya ha anochecido. Entra por la puerta, sudado y exhausto, y se dirige a la cocina sin mediar palabra. Entro detrás de él, apoyo la cadera en la encimera y lo observo mientras se bebe una Coca-Cola.

—¿Estás vestida?

—¿Pretendías que te recibiera desnuda? ¿Es parte de alguna de las muchas fantasías que tenías para estos días?

Resopla y me lanza una mirada de advertencia para que no le toque las narices.

—Me refiero a que llevas puesta la ropa de la calle, Mai.

—Es lo que suelo ponerme cuando me voy a marchar.

Rubén deja su bebida sobre la encimera y se apoya de espaldas en ella. Sus nudillos se tornan blancos de tanto apretar el granito.

—No quiero que te vayas.

—No me dejas otra opción. Está claro que no estamos viviendo este reencuentro con las mismas expectativas y prefiero marcharme antes de que me duela más.

Da un paso hacia mí, pero lo detengo alzando una mano.

—No te acerques, por favor.

Resopla, pero retrocede.

—Mai, te lo dije el primer día, necesito que vayamos paso a paso.

—Pero creía..., creía que...

—¿Qué, Mai? ¿Qué creías?

—Que volvía a ser tu novia.

Acabo de sonar de lo más infantil e inmadura. Rubén parece sorprendido y la verdad es que me cabrea bastante. ¿Cómo quiere que me sienta?

—¿Es lo que quieres? ¿Ser mi novia? ¿Así? ¿Sin más?

—¿Sin más? ¿Crees que hemos llegado hasta aquí por pura casualidad? ¿Te piensas que no siento nada por ti y que me estoy precipitando?

No me contesta, se limita a mirarme fijamente.

—Vista la situación, está claro que te importa bastante poco lo que yo quiera, ¿no?

Se revuelve el pelo y apoya la espalda en la encimera de nuevo.

—Lo de Frankfurt estaba atado desde que me entrevistaron en Barcelona. Barajas solo es un destino temporal mientras cubro una baja. Cuando empiece a operar con base en Alemania me resultará mucho más cómodo vivir allí que andar yendo y viniendo cada vez que me toque volar. En cuanto a lo demás, sé que debería haber sido más claro contigo, pero me he dejado llevar. Lo siento, ¿vale?

—Te has dejado llevar —repito con amargura—. ¿Eso es todo?

—No, eso no es todo. ¿Qué te crees que siento? ¿Eh? —Sube la voz—. He sufrido mucho por ti. Primero, cuando mis sentimientos no eran correspondidos, de lo que no te puedo culpar pero me sigue haciendo dudar igualmente. Segundo, cuando decidiste hacerme caso y estaba seguro de que no era más que un capricho para ti, culpa mía por no confiar en mí mismo. Tercero, cuando desapareciste. Cuarto, cuando reapareciste con tu ex. Y quinto, cuando volviste al puto camping y me contaste todo lo que me habías ocultado. Entiéndeme, no se trata de rencor, es cautela.

No comprendo a qué viene toda esta desconfianza de pronto, pero sospecho que tiene mucho que ver con mis palabras de esta mañana.

—¿Es porque se me ha escapado que te quiero mientras follábamos?

—Podría adornarte la respuesta, pero sí, es por eso. Me has soltado un «Te quiero», Maider, y te has quedado tan tranquila. Las cosas no tenían que haberse enredado tanto tan pronto...

—¿Y qué querías? ¿Que te insultara y te escupiera? Estábamos haciendo el amor, Rubén, y, después de tantos años, ¿qué esperas que sienta por ti? Te quiero, asúmelo, no es tan complicado.

—No era el momento adecuado.

—Oh, claro, perdona por no haberte avisado con quince días de antelación. La próxima vez te haré llegar un burofax... ¿a Frankfurt?

—No hace falta que seas sarcástica.

—Será porque tú estás siendo la hostia de simpático conmigo.

—Me has jodido vivo diciéndome que me quieres.

No puedo creer lo que estoy oyendo.

—¿Por qué?

—Porque me habría encantado decirte que yo también te quiero, que tus sentimientos siempre serán correspondidos por mi corazón, pero no puedo. No me sale. No quiero soltarte unas palabras que no se sostienen del todo. El día que te lo diga, necesito estar seguro, y ahora mismo todavía no lo estoy.

Me quedo mirándolo sin entender una palabra de lo que me está diciendo. ¿Me quiere, pero no me lo puede decir? ¿Me sigue odiando? ¿Es eso? ¿Nunca me va a perdonar?

—No te confundas, Mai, sé lo que siento por ti desde hace años, eso no ha cambiado, pero todavía no sé si estoy preparado para luchar por ello. Ya no soy el chico adolescente al que le gustas, quiero convertirme en el tío que está loco por ti y que no duda de sus decisiones ni un puto instante.

—¿Y dónde queda lo que siento yo? Porque te necesito a mi lado, no puedo seguir alargando esto. He esperado más de un año a que volvieras...

—Lo sé y me siento como una mierda por no poder dártelo. Siento que el cuento de hadas que imaginamos no tenga el final que esperábamos, pero no soy el típico tío que vive solo para poner el mundo a tus pies. Soy de los que necesitan comerse el mundo sin depender de nadie, y tú eres eso ahora mismo, una dependencia que no estoy preparado para asumir. No puedo tirar mi carrera por la borda otra vez por ti, porque no nos lo perdonaría a ninguno de los dos.

Rubén siempre ha luchado por nosotros, incluso en los momentos más complicados, pero se acaba de rendir, nos acaba de dar por perdidos, y está poniendo su carrera por delante de lo nuestro. No sé qué necesita demostrar ni a quién, pero no me cabe duda de que todo lo que me está diciendo parte de una deuda que tiene consigo mismo y que a mí me afecta directamente.

—¿Crees que quererme te hace débil? —pregunto, abatida.

—Necesitarte me hace débil. Siempre ha sido así.

—Pues yo no soy la típica chica que se queda esperando a que el gilipollas de turno decida si es lo suficientemente valiente para quererla.

—No hace falta que lo jures.

—Esa frase sobraba, Rubén.

Me acerco a la puerta de la cocina y vuelvo a mirarlo con los ojos llenos de lágrimas.

—Si me hubieras pedido que dejase Donostia por ti, lo habría hecho. Te habría acompañado a cualquier lugar.

—Jamás te pediría algo así, porque es justo lo que no quiero que hagas tú conmigo.

Salgo de la cocina y me dirijo a la entrada, donde, en previsión de que necesitara largarme, he dejado la maleta preparada. Cuando estoy poniéndome el abrigo, Rubén aparece por el pasillo.

—No quiero que te vayas así.

—Ni yo quería venir para acabar así —espeto mientras me pongo la bufanda.

No quiero que me mire a los ojos y descubra que la esperanza que sentía me ha roto completamente el corazón.

—No pretendía que confundiéramos las cosas, pero tampoco esperaba que este fin de semana fuera a ser tan intenso...

—¿Para qué me hiciste venir, entonces? ¿Para echar un polvo y salir por patas?

—No puedo salir por patas porque esta es mi casa.

—Pues genial, ya me marcho yo.

—Maider...

—No, Rubén, no. Estás cagado de miedo y me estás haciendo pagar a mí tus inseguridades, pero ¿sabes qué? Ya tengo bastante con las mías, que son muchas.

Me agarro al último trocito de orgullo que me queda y abro la puerta. Veo que Luna asoma la nariz al final del pasillo para ver qué pasa.

—Contigo siempre me ha salido todo al revés. —Eso es lo último que lo oigo decir antes de cerrar de un portazo.

Ni siquiera le digo adiós porque no podría soportarlo.

Me alejo de la casa arrastrando mi maleta y sin mirar atrás.

Sin palabras, ni promesas ni esperanzas.

Sé que está en la ventana dibujando un mapa de mis pasos mientras me alejo, pero tampoco hace nada para evitarlo. Mantengo la cabeza alta y también la compostura, aprieto los labios con fuerza para que no se me escape el llanto y no paro de caminar hasta llegar a la calle principal, donde me dispongo a pedir un taxi y buscar alojamiento.

Supongo que esta vez me toca a mí ignorarlo. No estoy segura. El patrón de nuestra relación está roto y no sé qué es lo que debemos hacer a partir de ahora.

Lo nuestro ha durado entre un segundo y una vida entera, y me prometo a mí misma que, pese a todo, lo seguiré queriendo.

Y si tengo algo claro, es que es más difícil olvidar el último beso que el primero.

36

Haz lo que te pida el cuerpo

Donostia, 16 de octubre de 2006

—No me llamas lo suficiente —protesta Nagore agitando un dedo amenazador en el aire.

—Lo sé, pero entre el trabajo...

—Y Rubén.

—Y Rubén —admito con pesar.

Me siento a la mesa con ella y le pido al camarero que me sirva lo mismo que está tomando mi amiga. No estoy segura de lo que es, pero tiene pinta de ser algo lo bastante fuerte para acallar mis pensamientos. Ya no soy la adolescente que recurre al alcohol para eludir sus problemas, pero, sinceramente, un buen lingotazo es lo único que me apetece ahora mismo.

El camarero vuelve con un vaso idéntico al de mi amiga, le pego un trago largo y gruño decepcionada. Resulta que no es más que un inofensivo zumito de frutas con toda la parafernalia decorativa que le correspondería a un mojito.

En cuanto dejo el vaso en la mesa, Nagore ataca.

—¿Qué pasó en Madrid?

Me paso la siguiente hora y media contándole todo con pelos y señales, y juntas analizamos cada una de las palabras y gestos de Rubén. Cuando termino, ambas le pedimos al camarero que nos eche algo espirituoso en la segunda ronda de zumos.

—Está cagado de miedo —concluye mi amiga.

—No, no solo está cagado, está poniendo su carrera por delante porque cree que tiene que demostrar su valía.

—No, amiga, no. —Agita de nuevo el dedo índice delante de mis narices como si fuera una varita mágica—. Poner sus aviones de juguete por encima de vuestra relación no es más que el clavo ardiendo al que se está agarrando para no admitir que tiene los huevos de corbata. Es un farol. Lleva toda la vida loco por tus coletitas y resulta que por fin ha llegado el momento de lanzarse de lleno a esa relación y, ¿qué quieres que te diga?, hasta a mí me daría miedo después de la trayectoria que tenéis, y mira que soy internacionalmente conocida por no acojonarme ante la adversidad.

—Supongo que también está dolido, perdido y es probable que todavía se sienta inseguro por todo lo que le conté, y todo eso junto lo está frenando.

—Supones bien, Maidertxu, pero ha pasado un año y pico. A estas alturas, si no lo hubiera superado, si se hubiera decantado por el odio visceral, no habrías vuelto a saber de él.

—A no ser que lo que pasó en Madrid no fuera más que una parte de su plan de venganza.

—Oh, qué retorcida eres. Me encanta, cuéntame más.

Se restriega las manos como una mafiosa.

—No tiene gracia, te lo he dicho muy en serio.

—Sí que la tiene, tu versión negativa es unas risas. Anda, hazme el favor de mandarla a la mierda.

—Vale. A tomar por saco el negativismo. Y, dime, ¿qué hago? ¿Qué coño hago a partir de ahora?

Nagore se queda pensativa unos instantes mientras le da sorbitos a su zumito adulterado.

—Haz lo que te pida el cuerpo, pero que sea algo que se parezca mucho a pasar del tema y dejar que sea él quien se acerque. Podrías hacerlo sufrir, pero eso ya depende de lo cruel que te sientas y de cuándo te toque el síndrome premenstrual.

—¿Y si no funciona? ¿Y si es él quien pasa de mí?

—Bah. —Sacude la mano en el aire restándole importancia—. Funcionará, pero no puedo asegurarte cuándo.

Suspiro, le doy un trago a mi zumo y sufro varios escalofríos. ¿El camarero nos ha echado queroseno?

—A veces pienso que le he dado demasiado valor a nuestra

relación adolescente y que jamás se convertirá en algo adulto, en algo tangible y de verdad. Tal vez ya sea demasiado tarde, incluso...

Nago se echa a reír como solo sabe ella: con varias carcajadas fuertes y contundentes que hacen vibrar toda la cristalería del bar al tiempo que da golpes en la mesa.

—Yo no lo veo así. Saliste con él, fue algo muy especial que acabó peor que el rollete que tuvieron Alemania y Rusia en el treinta y nueve. Os separasteis y por el camino, aunque te costó, probaste otras pollas, incluida la de mi hermano. ¿He perdido la razón? ¡Dios me libre de la imagen que me acabo de poner a mí misma en la cabeza! —Se santigua y se bendice a sí misma echándose gotitas de su bebida por encima—. Pero, bueno, como iba diciendo, la cuestión es que quieres volver a por la primera polla, y eso, querida Azurmendi, es jodidamente romántico.

—Pensaba que ibas a decir que es conformista.

—Para nada, si te paras a pensarlo, esto demuestra que el sexo con amor vale el doble y que por muchos penes que pruebes, siempre habrá uno que viene pegado a un tío que lo es todo para ti.

—Pura poesía.

—Como siempre, amiga. Y en cuanto a él, dale tiempo y no se lo pongas fácil. Se fue a Estados Unidos a lamerse las heridas, ha vuelto pensando que lo había superado todo, ha quedado contigo y ¡sorpresa! Tiene que empezar a tomar decisiones. Pero no desistas, Maidertxu, la partida está ganada.

Brindamos con nuestras copas y me dispongo a lanzar otra granada de mano sobre la mesa.

—¿Y qué me cuentas de Xabi?

—¿Quieres que te hable de su polla? Porque ya sabes que yo no soy muy de historias de amor como la tuya...

Frunzo la nariz, me llevo los dedos a las orejas y empiezo a tararear la melodía de *Barrio Sésamo*. Qué jodida es, cómo sabe desviar los temas que no le interesan.

37

Interludio

Finales de octubre de 2006

Rubén Segarra
Hola

    Decido no contestar a ese mensaje, ni a los veinte que me llegan los siguientes días. No es que esté aplicando el nuevo plan de Nagore, es que estoy demasiado dolida con él para hacerlo.

Noviembre de 2006

Maider Azurmendi
DEJA DE MANDARME ZUMBIDOS!!

Rubén Segarra
Pues hazme un poco de caso...

Maider Azurmendi
Crees que te lo mereces?

Rubén Segarra
Claro que no, pero no por eso me voy a rendir

Diciembre de 2006

Rubén Segarra
Zorionak, Maider

Maider Azurmendi
Gracias

Rubén Segarra
Cómo estás?

Maider Azurmendi
Helada de frío

Rubén Segarra
Casi tanto como nuestras conversaciones

Maider Azurmendi
No me pidas más, Rubén

Rubén Segarra
Al menos me hablas

Maider Azurmendi
De momento

✦*✦* (✦*✦*

Rubén Segarra
Zorionak, Olentzero!
Se dice así?

Por mucho que no quiera, no puedo evitar reírme. Es un kamikaze con el euskera.

Maider Azurmendi
Depende.
Si lo que pretendes es felicitarle el cumpleaños a Olentzero, sí.
Ahora, si lo que quieres es desearme «Feliz Navidad», se dice «Eguberri on»

Rubén Segarra
Entonces: Eguberri on

Maider Azurmendi
Igualmente

Rubén Segarra
No me vas a decir nada más?

No, Rubén, no te voy a decir absolutamente nada más, entre otras cosas, porque todo lo que te quiero decir es una extraña mezcla de insultos y ruegos que no entenderías.

✦*✦ (✦*✦

Rubén Segarra
Ya tienes preparada tu lista de propósitos para el 2007?

Maider Azurmendi
Sí

Rubén Segarra
Me has incluido?

Maider Azurmendi
Por qué debería hacerlo?

Rubén Segarra
Bueno, estaría bien que durante el próximo año
te propongas hablarme en algún momento...

Maider Azurmendi
Lo decidiré cuando lleve cuatro copas de champán

Rubén Segarra
Al menos no es un no

Maider Azurmendi
Tampoco es un sí

Enero de 2007

Rubén Segarra
Al final me hiciste un huequito entre tus propósitos?

Maider Azurmendi
Tal vez

Rubén Segarra
Sé que estás cabreada, pero me gustaría hablar
contigo

Maider Azurmendi
Cabreada? Qué te ha llevado a pensar eso?

Rubén Segarra
No hace falta ser borde

Maider Azurmendi
Ni ser pesado

Rubén Segarra
He echado de menos que me felicitaras

Maider Azurmendi
Uy, ni me había dado cuenta de que hoy es
tu cumpleaños

Rubén Segarra
Eso duele

No más que a mí mentirte.

Febrero de 2007

Rubén Segarra
Me he roto una pierna

Maider Azurmendi
Qué putada. Cómo ha sido?

Rubén Segarra

Patiné con el hielo por la calle

Maider Azurmendi
Consecuencias de mudarse a Alemania
Estás bien?

Rubén Segarra
Sí, pero me espera un mes escayolado y aburrido
en casa

Maider Azurmendi
Seguro que Luna te hace compañía

Maider Azurmendi
Cómo está tu pierna?

Rubén Segarra
Mejor

Maider Azurmendi
Me alegro, cuídate

Rubén Segarra
No sé si ha sido por las drogas o porque mis
últimas decisiones
me han condenado al insomnio, pero las pocas
horas que consigo dormir,
solo sueño contigo.
Creo que me lo tengo más que merecido

Maider Azurmendi
Estaba vestida en tus sueños?

Rubén Segarra
Por desgracia, sí.
Estabas preciosa con un vestido de esos
que os ponéis las tías en verano
para pasear por la playa, pero ibas cogida
de la mano de otro

Maider Azurmendi
A lo mejor ha sido una premonición

Rubén Segarra
Tal como te he dicho, prefiero pensar
que es la droga,
que no hay otro y que, por muy gilipollas
que haya sido,
no me olvidarás tan fácilmente

Maider Azurmendi
No volvamos a jugar a esto

Rubén Segarra
Y qué si yo quiero?

Maider Azurmendi
Pues te jodes y juegas solo

Rubén Segarra
Es ahora cuando me vas a decir que tengo dos
manitas para jugar solo?

Pese al cabreo que todavía me corre por las venas, me echo a reír con ganas y siento que mis mejillas se encienden. No tiene remedio y yo menos, porque nunca dejaré de reaccionar a sus palabras.

Rubén Segarra
Lo siento, Mai
Tal como están las cosas, ese comentario
sobraba

Estoy a punto de mandarle un montón de emoticonos de risas para aligerarle el peso, pero decido que dejarle pasar un mal rato tampoco es tan mala idea.

Marzo de 2007

Maider Azurmendi
Hace mucho que no sé de ti

Sí, soy yo quien abre la conversación por segunda vez y se queda a la espera de recibir respuesta. Por lo visto, desde la última vez que hablamos, ha decidido mantener las distancias, cosa que no me acaba de gustar del todo. Aunque lo ignorara la mayor parte del tiempo, me gustaba saber que seguía ahí.

Rubén Segarra
Veinte días y diecisiete horas

Maider Azurmendi
Llevas la cuenta

Rubén Segarra
Siempre la he llevado. Cómo estás?

Maider Azurmendi
Supongo que bien. Y tú?

Rubén Segarra
Tirando. Ahora mismo estoy a punto de salir de
Niza

Maider Azurmendi
Es la ruta que te ha tocado?

Rubén Segarra
De momento, sí. Cuando llegue a casa te mando
unas cuantas fotos

Tres horas después, abro el correo y en lugar de encontrarme un montón de fotos turísticas que no me interesan en lo más mínimo, me encuentro a Rubén y a Luna posando como una pareja de enamorados en diferentes paisajes invernales. No me escribe ni una sola palabra, pero me provoca muchas sonrisas y un aleteo en el pecho.

¿Cómo es posible que los esté echando de menos a los dos?

¿Cómo han podido convertirse en algo tan importante para mí?

¿Cómo conseguiré olvidarlos?

Porque el asunto va francamente mal, la verdad.

Rubén Segarra
Odio las mudanzas

Maider Azurmendi
Te mudas?

Rubén Segarra
Sí, tengo que dejar mi piso de Frankfurt la semana
que viene
y ahora mismo vivo rodeado de cajas.
Dentro de nada, acabaré durmiendo en una

Maider Azurmendi
Y adónde vas?

Rubén Segarra
Todavía no lo sé con seguridad, pero diría que al
norte

Pues nada, se marcha unos cuantos kilómetros más lejos. Total, ¿qué más da ya?

38

La Zurriola

Donostia, 9 de marzo de 2007

Hago un barrido desde el monte Urgull hasta la playa y respiro hondo. Me siento en el pretil y cierro los ojos. El viento salado me revuelve el pelo.

Estoy junto al Kursaal, en el paseo de la Zurriola, leyendo un rato, haciendo tiempo para acercarme a cenar con mis padres, mi hermano y Sara, su novia, y permitiendo que la melancolía invada cada rinconcito de mi ser.

Hace ya casi cinco meses que me marché de Valdemorillo y, aunque me gustaría decir que según el tiempo ha ido avanzando el dolor que siento en el pecho también ha ido menguando, no ha sido así. Cada día que pasa, cada semana y cada mes, lo echo un poquito más de menos y el agujero se ha hecho más grande. Además, cada vez me cuesta más contener las ganas que tengo de gritarle que no puede seguir haciéndonos esto, que tenemos que intentar salvar nuestra relación, pero sé que sería en balde, que, de haber cambiado de opinión, a estas alturas ya me lo habría hecho saber. Como me pasó en la adolescencia, solo me queda centrarme en mi carrera y rezar para que el tiempo empiece a cumplir su cometido de una vez por todas y por fin pueda superarlo.

El Cantábrico hoy está especialmente embravecido, lo que me lleva a pensar que es muy probable que se esté acercando algún temporal con rayos y truenos de esos que tanto me gustan. Siempre que miro el mar, me resulta inevitable no pensar en Rubén. Imposible observar el vaivén de las olas, sentir el viento salado acariciándome la cara y no evocar el tacto cálido y sedoso de su piel, de su boca, de sus manos... Él es mi Mediterráneo, aunque a veces se comporte como el puñetero Cantábrico.

No obstante, el mar no es lo único que me hace pensar en él, también lo hacen la tierra y el aire. Porque siempre que veo un avión surcando el cielo de Donostia, me pregunto si será él quien lo pilota, si eso será lo más cerca que vamos a estar el uno del otro, él arriba y yo abajo, y todo el cielo entre nosotros; si algún día tomará tierra de nuevo a mi lado o si tendré que vivir con esta distancia insalvable para siempre.

Agito la cabeza para despejar mis pensamientos y abro el libro que traigo conmigo.

No he llegado a leer ni un párrafo cuando el móvil que vibra en el bolsillo de mi abrigo me pega un susto de mucho cuidado.

Según anuncia la pantalla, es Rubén. Esta es la cuarta vez que me llama en pocos días. Hasta ahora no me he atrevido a contestar porque no sé si mi corazón podrá soportar oír su voz, pero hoy me siento valiente en exceso, casi imprudente, y decido que morir fulminada por un paro cardiaco no es tan mala idea.

Pulso el botón verde y espero unos segundos.

—Hola, Rubén.

—Hola, Maider.

Se hace el silencio a ambos lados de la línea. Solo escucho el rugido del mar a mi lado, los coches atravesando el puente del Kursaal y la gente paseando por las calles de mi ciudad.

—¿En qué piensas?

Alzo la vista al cielo y persigo una aeronave con mis ojos.

—Un avión está cruzando el cielo en paralelo a la costa. Siempre que veo uno pienso en si serás tú quien va a bordo...

—No me mientas. Lo que piensas en realidad es «Ya está Rubén otra vez pasando por aquí sin saludarme». Como en los viejos tiempos.

—También.

Se me escapa una risita al recordar todos aquellos veranos.

—Si pasara por ahí y pudiera hacerlo, te saludaría. Lo sabes, ¿verdad?

—Espero que así sea, que bajes el avión unos metros y agites la manita.

—¿Sacándola por la ventanilla?

—Eso es.

—Me temo que me despedirían si hiciera algo así. Las grandes aerolíneas no permiten la despresurización de la cabina solo por amor, pero algún día tendremos la oportunidad, te lo prometo. Por cierto, gracias por haberme contestado a esta llamada.

—He llegado a la conclusión de que no piensas rendirte y que a estas alturas no me quedaba otra que cambiarme de número o responder. He optado por la segunda opción, así que, venga, habla, aprovecha tu oportunidad, ¿qué me cuentas?

Lo oigo reírse al otro lado de la línea.

—Hummm... Hoy voy a hacer el aterrizaje más complicado de toda mi carrera.

Ya estamos con la aviación de nuevo. ¿Es que no se da cuenta que odio que mencione el tema que relegó lo nuestro a un segundo plano? ¿Es que no entiende el daño que me hace?

—Espero que te salga bien —espeto, molesta.

—Veremos. La pista es corta, como la paciencia que te queda conmigo; el viento, cruzado, como nuestra historia pasada; cae granizo, como las piedras que nos hemos encontrado en el camino, y no hay balizas, por lo tanto, no sé con qué me voy a encontrar...

—¿Qué significa eso exactamente?

—Que no es el avión el que va a tomar tierra.

Guardo silencio intentando entender qué me está diciendo.

—No me estoy enterando de la fiesta, Rubén. ¿Te importaría ser un poco más claro?

Oigo un ruido al otro lado de la línea y aparto el móvil para mirar la pantalla: el muy capullo me ha colgado. ¿A qué demonios está jugando? Me ha entrado tanta rabia que estoy a punto de lanzar mi teléfono al agua, pero...

—Así que este es el Cantábrico. Meh. Le doy un tres.

Me doy la vuelta a la velocidad de la luz.

—Pero... tú... ¿cómo?... No puede ser, no estás aquí. —Me echo a reír y niego efusivamente con la cabeza.

Se acerca y se coloca entre mis piernas, bastante pegado a mí. Coge mi mano y guía mi dedo índice hasta que toca su mejilla varias veces, como si fuera un niño que mete el dedo en un pastel de chocolate.

—Claro que estoy aquí.

Mi mano se cierra en torno a su cara y se la acaricio. No debería hacer esto cuando se supone que estoy dolida y cabreada, pero es que, me muero por tocarlo.

—Vaya.

—¿Vaya?

—Llevas abrigo.

Asiente y con los brazos extendidos da una vuelta lentamente sobre sí mismo.

—¿Qué te parece?

Se ha puesto un tres cuartos de corte marinero en color negro que le queda como un guante.

—Estás muy elegante.

—Lo sé, me sienta la hostia de bien.

Le arreo un manotazo en el hombro por creído y él se ríe. Aunque no le falta razón, tiene un cuerpo de escándalo en bañador, musculado lo justo y necesario, pero con tanta ropa se convierte en un regalo al que solo deseo arrancar el envoltorio.

—Me refería a que es increíble verte aquí y ahora, con el Kursaal detrás, en mi Donostia. Pensaba que estarías en algún lugar entre Niza y Alemania.

—Y lo estaba, esta mañana, pero me he cansado del Mediterráneo. ¿Te has fijado alguna vez en él?, parece una piscina.

—¿Y has decidido venir a ver el Cantábrico?

—No, en realidad, no. He venido a ver a una chica. A intentar demostrarle que me arrepiento y a volver a conquistarla. Cosa que suena más fácil de lo que parece.

Bum. Bum. Bum. Bum.

He ahí mi corazón aporreándome el pecho.

—¿Cómo me has encontrado?

—He pasado por tu casa y tu madre me ha dicho que estabas aquí. «Melancólica, como cada tarde desde octubre». —Alza una ceja y yo noto que mis mejillas arden de calor.

—Suelo venir a leer. —Le muestro el libro que he traído, una novela romántica de esas que tanto me gustan. A continuación pierdo un buen rato guardándola en mi bolso.

—Maider...

—Vale, estoy pasando unos meses un poco raros desde que me fui de Valdemorillo —admito, no quiero ocultarle que no estoy bien.

—Deberías habérmelo dicho.

Su pulgar me acaricia el labio inferior.

—Prefería no hablarte, entre otras cosas, porque tú eres el origen de todos mis males. Además, ¿qué habría cambiado? Tú querías seguir a lo tuyo y yo ya no quería esperarte más... Estaba bastante claro.

Coloca su dedo índice sobre mis labios haciéndome callar.

—De haberlo sabido, habría cambiado lo mismo que ahora: habría venido. Sabes que, por encima de todo, siempre he odiado verte triste.

Le pego un manotazo para que me quite el dedo de la boca.

—¿Habría sido tan fácil? Te digo que estoy triste, tú coges un avión y todo arreglado.

—A estas alturas de la película, solo necesitaba una excusa para hacerlo y ya sabes que lo de coger aviones es lo mío. No quiero verte así. —Se revuelve el pelo, nervioso, parece que ha perdido esa fe en sí mismo que suele tener—. Y creo que ha llegado el momento de dejarlo todo por esto.

—¿Por esto?

Asiente y apoya sus manos en mis piernas.

—Por esto que hay entre nosotros y por todo lo que podríamos tener. Fui un cobarde de mierda en Valdemorillo y entenderé que no quieras saber nada más de mí, pero no dejo de preguntarme de qué me sirve perseguir mis sueños, si cuando vuelvo a casa tú no estás. Puedo surcar los cielos de Europa a los mandos de un Airbus, pero no puedo besarte por las mañanas. Visito media docena de ciudades al mes, pero nunca lo hago contigo. Quiero ser el que te espera en casa cuando vuelves del cole..., quiero serlo todo para ti y que tú lo seas para mí.

—¿También me harás un bocata de Nocilla?

—No, te haré otras cosas. Pero es posible que en algún momento utilice la Nocilla.

Se echa a reír y yo lo miro embobada, qué guapo está cuando se ríe con estas ganas.

—Está bien. Centrémonos. —Cierra los ojos y suspira suavecito—. ¿Por qué seguir haciéndonos daño con esta distancia que solo nos permite sobrevivir?

Me rodea con sus brazos y hunde la nariz en mi cuello.

—La cagué por todo lo alto, Maider. Sufrí una regresión un tanto abrupta a la época en la que no sabía qué hacer con mi vida y me acojoné. Fue como si alguien me dijera que no podía tener ambas cosas, que debía elegir entre perseguir mi carrera y estar contigo. Fui un gilipollas, porque la realidad es que sí puedo, no soy ni seré el único piloto que hace su vida en una ciudad y trabaja en otra. Puedo «balsear».

—¿Qué es eso?

—Pasar varios días volando a distintos destinos, hasta que se acaba la rotación y vuelves a casa. Será duro, no te lo voy a negar, pero solo quiero que seamos felices. Es tan simple como eso, y me odio por no haberlo entendido antes.

Me bajo del pretil, me abalanzo sobre él y lo abrazo. Casi pierde el equilibrio, pero, pese a eso, siento que disfruta del abrazo tanto como yo, de este momento de conexión y cariño que estamos compartiendo. De este instante por el que tanto he llorado. Me alegra comprobar que Rubén sigue siendo de los que te abrazan con todo el cuerpo y con toda el alma, de los que son capaces de decirte muchas cosas sin pronunciarlas.

—Rubén..., no quería que cambiaras tu vida por mí, solo quería que me hicieras un hueco.

—¿Y por quién lo voy a hacer, si no es por ti? Lo eres todo, Maider. No he dejado de quererte ni un solo día desde que era un crío.

—¿Ni siquiera cuando era una zorra insensible a la que odiabas?

—Bueno, ahí puede que te quisiera un poquito menos.

Le pego un manotazo en el brazo y él me sonríe.

—Te odiaba porque te quería y pensaba que te había perdido para siempre. Tenía razón en lo que te dije y no es ninguna tontería, nunca hemos tenido una relación de verdad, un noviazgo sólido. Pero me equivoqué en una cosa: tenemos que estar juntos para poder construir la vida que queramos. O damos el paso o nos quedaremos en un eterno «pudo ser y no fue». O arriesgamos o lo perderemos todo.

—Es posible que tengas razón.

—¿Es posible? —Levanta una ceja y yo contengo las ganas de bajársela de un tirón.

—Te quiero, Rubén, y, como tú has dicho, siempre te querré, pero ¿de verdad crees que podremos con esto? ¿Qué ha cambiado en estos meses para que hayas decidido que ahora sí?

—Lo que te he dicho hace un rato: me he dado cuenta de que no me sirve de nada perseguir mis sueños sin ti. La clave de todo siempre has sido tú.

Mete la mano en el bolsillo de su abrigo y me entrega una tarjeta un pelín arrugada por el paso del tiempo, con las esquinas rotas. La cojo entre mis dedos y en cuanto la giro, veo la cara de un señor alemán muy rubio con bigote.

Bernd Schuster. Es el cromo de Schuster.

Rubén ni siquiera me da tiempo a decir nada, me rodea la cara con sus manos y me besa con dureza y desesperación.

Su cuerpo y su boca se pegan a mí y mi lengua sale disparada para rozarse con la suya; un gemido ronco y angustioso lleno de necesidad reverbera en el fondo de su garganta.

Este tipo de beso es nuevo entre nosotros, supongo que porque nunca nos habíamos reconciliado. No importa, es magia en estado puro, sexo en estado líquido y sentimientos en estado sólido. El beso más apasionado que hemos protagonizado hasta ahora.

Como bailar bajo la luz de la luna.

Como pasear por la playa bajo la luz del sol.

Como un verano que nunca se acabará.

El tacto áspero de su barba en las palmas de mis manos hace estragos por todo mi cuerpo y noto que el suyo no va por un camino más inocente que el mío.

—Contigo necesito otro final —dice contra mi boca y continúa besándome durante un buen rato más.

Un tiempo en el que recuperamos cada uno de los días que hemos estado lejos.

Más tarde, paseamos de la mano por la Zurriola hasta llegar a Sagüés y allí, volvemos a sentarnos junto a las rocas.

—Gracias por el cromo de Schuster.

—Gracias a ti por no haberme mandado a la mierda, aunque me lo mereciera.

—Necesitabas tiempo, Rubén, igual que yo lo necesité en su día, pero si hay una próxima vez, te agradecería que hablemos y que no me ocultes nada. Y aunque haya estado cabreada contigo durante meses, sigo...

—Sigues loca por mí, no te cortes.

—Te odio.

—Me quieres tanto como yo a ti.

—También.

Observamos el Cantábrico en silencio durante un rato, no hay mucho más que decir a estas alturas, solo nos queda empezar nuestra vida en común, que se dice fácil.

—¿Qué planes tienes?

—He quedado para cenar con mi familia en La Perla, un restaurante que está en el paseo de La Concha. Hoy es el cumpleaños de mi padre.

—Lo sé, me lo ha comentado tu *ama* antes.

—Dime en qué hotel estás, voy a verte después y hablamos... ¿O te marchas ya?

—Mi vuelo no sale hasta el lunes.

—Genial.

Me bajo del murete y lo cojo de la mano, pero él no avanza, se queda parado en el sitio.

—¿No te parece que mi presencia en esa cena sería el regalo perfecto para tu padre?

—¿Quieres venir?

—Tu madre me ha invitado y no he podido decirle que no.

—No hace falta que...

—Sí hace falta. Además, hace mucho tiempo te hice una promesa que no he cumplido.

—¿Qué promesa? —Entorno los párpados.

—Ya lo verás. Es perfecto que hoy hayas decidido vestirte de negro.

39

La Perla

Donostia, 9 de marzo de 2007

Me quito el abrigo y lo dejo en el respaldo de mi silla. Cuando me doy la vuelta, me encuentro a Rubén pegado a mí. No sé cómo se lo monta a veces para moverse tan deprisa sin hacer el más mínimo ruido.

—Joder, estás preciosa.

Llevo una minifalda de pana negra, medias oscuras, un jersey de lana del mismo color con el cuello en pico y botas militares hasta media pantorrilla. No me he vestido para él, primero, porque no sabía que lo iba a ver y, segundo, porque tampoco tengo mucha idea de lo que le gusta, aparte de los biquinis con triángulos.

—Adoro esta minifalda. Adoro el escote de ese jersey. Adoro tus piernas. Adoro el puto invierno.

—Tiene su gracia que a estas alturas de la película te hagas fan del frío.

—Nunca es tarde, ¿no?

Toma indirecta, Maider, a ver qué haces con ella.

—No, no lo es.

Venga, échale una sonrisita coqueta de esas que dicen: «Te lo voy a demostrar en cuanto salgamos de este restaurante, chaval».

Mis padres, mi hermano y su novia embarazadísima no tardan en aparecer. Mi *ama* se deshace en sonrisas y buenas palabras hacia Rubén en cuanto lo ve. Diría que le agradece el detalle de haberse quedado a cenar con nosotros como unas veinte veces. Mi hermano le estrecha la mano con bastante camaradería y le presenta a mi cuñada en funciones. Mi *aita*, como el adulto maduro que es, se limita a hacerle un gesto rudo con la cabeza. Rubén me mira sorprendido ante la avanzada gestación de Sara, pero le hago un gesto para indicarle que ya hablaremos del tema en otro momento.

Nos sentamos a cenar y he de decir que, aunque mi padre intenta parapetarme entre mi hermano y él, al final, cede a los codazos poco discretos de mi madre y permite que Rubén se siente a mi lado. No sé cuántos años va a necesitar para asimilar que su niña cumplirá los veintisiete en diciembre y que hace ya algún tiempo que mantiene relaciones con hombres que están dotados de penes.

Pedimos entremeses para compartir y cada uno elige el primero. Cuando llegamos a los postres, una *Goxua* con el azúcar que la cubre bien tostadita, mi padre y mi hermano ya se han pimplado una botella entera de tinto, mi madre un par de copas de Rueda y yo voy por mi tercera cerveza. Rubén solo ha pedido agua, como Sara. Imagino que con el nivel de tensión que ha estado generando mi *aita* durante parte de la cena soltando una indirecta aquí y allá, ha preferido mantener todas sus facultades mentales y físicas en buen estado.

—¿Y hasta cuándo te quedas, Rubén? —pregunta mi madre y, por la cara que pone, sé de sobra que lo invitará a comer, a dormir y a lo que se tercie con tal de hacerme feliz.

—De momento, hasta el lunes. Tengo un vuelo a Berlín por la tarde.

—Así que sigues en Frankfurt —comenta mi padre con bastantes malas formas.

A ver, se comporta como el maldito duque de Atapuerca cuando se trata de mí, pero sé que en el fondo solo está preocupado y que, cada una de las veces que me ha visto hecha polvo llorando desde que volví de «Valdemoro en cariñoso», ha sufrido por mí. Lo he oído más de una vez hablando con mi madre por la noche sobre cuánto le gustaría poder hacer algo para quitarme todo el peso que llevo encima, y aunque no lo apruebo, no es de extrañar que sea un poco borde con Rubén.

—Sí, continúo operando con base en Alemania. Pero no seguiré viviendo allí, ni es necesario ni es lo que quiero hacer.

Oigo el estruendo de cinco mandíbulas pegando contra los platos del postre, incluida la mía. Automáticamente, mi mano se pierde debajo de la mesa y busca la de Rubén. No sé por qué necesito agarrarme a él en este momento.

—¿Y dónde vivirás? —se interesa mi cuñada.

—Donde esté Maider.

El corazón me hace piruetas en el pecho.

—¿Y no es una solución demasiado simplista para tus aires de grandeza como piloto internacional? —Mi padre sigue hurgando la mierda a dos manos.

—En realidad, lo que yo quería era pilotar vuelos transatlánticos y eso, obviamente, no lo voy a poder hacer en mucho tiempo. Así que seguiré volando a distintos destinos desde Frankfurt y acumulando horas, pero no viviré allí. No será fácil, porque me veré obligado a volar a Alemania para trabajar, pero me satisface bastante la idea.

—¿Solo bastante? —pregunta mi progenitor.

—Totalmente. Mi carrera ya no lo es todo.

La copa que mi padre tiene en la mano se le cae, golpea el borde de la mesa y se rompe en mil pedazos. Me limito a sonreír porque no sé qué otra cosa hacer. Mi hermano, su novia y mi madre no apartan la mirada de Rubén.

—Lo que me lleva al siguiente punto, Juan —Rubén se dirige a mi padre con seriedad—. Sé que las cosas no han sido fáciles estos nueve años y que la que más ha sufrido ha sido Maider, jamás pondré eso en duda, pero quiero que entiendas que yo también lo he pasado mal en muchos momentos. Te lo dije aquella noche en urgencias y te lo repetiré toda la puta vida si es lo que necesitas: nunca quise poner en peligro a Maider. NUNCA. He tardado bastante tiempo en asumir que ninguno de los dos hicimos nada malo, simplemente nos queríamos con locura, nos acostamos, las cosas se torcieron y, aunque ambos estábamos metidos en aquel lío, Maider acabó pagando la peor parte —hace una pausa para suspirar—, por nuestra culpa. Porque fuiste tú quién decidió, sin contar con nadie y sin querer entender lo que sentíamos el uno por el otro, que lo mejor era separarnos. Y porque yo, por desgracia, solo era un chaval de dieciocho años que no tenía la suficiente madurez para enfrentarse a la situación.

—Rubén, te conozco desde que eras un niño, no creo que...

—Por eso mismo, Juan, porque sabes que me he pasado toda la vida detrás de ella.

—Excepto todos aquellos inviernos en los que la hiciste sufrir.

—Era un crío, no puedes seguir achacándome eso.

—Y ahora no eres más que otro crío de veintisiete. No veo una gran diferencia —rebate mi *aita*.

—Oh, sí que la hay. Esta vez no voy a dejarme llevar por el miedo ni me voy a rendir. Y debes saber que no te guardo ningún rencor, no podría, sé que lo único que hiciste fue intentar protegerla, aunque, en tu esfuerzo, acabaras privándome de lo que necesitaba y tenía que hacer, que era justo lo mismo. Imagino que no te hace especial ilusión ver que Maider sigue queriendo estar conmigo; solo espero que con el tiempo me acabes aceptando, porque lo único que deseo en esta vida es estar a su lado.

A mi *aita* le ha llegado su oportunidad de disculparse y de quitarnos todo el peso que soportamos desde tanto tiempo, de decir algo que me haga llorar el triple de lo que ya estoy llorando, pero no sé si lo hará. Mi *ama* no aparta la mirada de su marido, tampoco las tiene todas consigo. Unai, en cambio, le hace señas al camarero que está llevándose la copa rota para que nos traiga unos chupitos. «Te quiero, hermano».

—Bonita charla, Rubén —dice mi padre. A continuación se lleva la servilleta a los labios y se limpia mientras lo observa fijamente—. Mi capacidad oratoria no es tan buena como la tuya, pero déjame que te diga algo: me he pasado años vigilándote porque sabía que a la larga me traerías problemas, sabía que eras como yo cuando era joven, el típico chaval que no se rinde a la primera de cambio, y me alegra ver que no estaba equivocado. Podríais haberos destrozado la vida, sin embargo, quisiera disculparme por la parte que me toca, pero... ¿sabes qué? No lo voy a hacer. —Mi madre resopla y pone los ojos en blanco, mi hermano hace un redoble golpeando la mesa y mi cuñada se lleva la mano a la boca—. Me voy a guardar las disculpas hasta el día que seas padre. Cuando llegue ese momento, te agradecería que lo pienses bien y, si crees que aún te las debo, me las pidas.

—Hecho, Juan. —Rubén estira la mano por encima de la mesa y estrecha la de mi padre con solemnidad—. Sin intención de querer avivar una discusión que dura ya demasiados años, debo decirte que, si algún día llego a tener una hija, jamás pasaré por encima de su felicidad y de sus sentimientos como lo hiciste tú, porque el fin no siempre justifica los medios. Podrías haber perdido a Maider igual que la perdí yo, ¿sabes? Podría habernos mandado a tomar por el culo y no perdonarnos jamás, pero tenemos la gran suerte de que ella no es así, ni siquiera cuando está hundida en la más absoluta miseria. Y somos jodidamente afortunados porque tiene un corazón tan grande que cabemos los dos.

Mi hermano aplaude como un loco, silba y jalea a Rubén. Mi *ama* y Sara tienen los ojos llenos de lágrimas, como yo. Mi *aita* se limita a asentir.

—Y ya que estamos, hay una promesa que le hice a tu hija en el Desert de les Palmes hace mucho tiempo y que hoy me he propuesto cumplir.

Todos miramos a Rubén con atención a la espera de lo que tenga que decir. Creo recordar cuál era aquella promesa que me hizo hace tanto tiempo.

—Le prometí que sería yo quien te informaría de que a partir de hoy nuestra relación vuelve a estar vigente y, como ya he mencionado, me voy a mudar a Euskadi. De momento, ella se quedará con vosotros y, cuando esté preparada y quiera, sea mañana o dentro de tres años, me da igual, nos iremos a vivir juntos.

—¿Y si vuestra relación se vuelve a romper? —pregunta mi padre, agorero él, con su típico tonito despectivo.

—Si esperas que sea tan engreído como para decirte que lo nuestro nunca se romperá otra vez, estás muy equivocado. Soy realista, las cosas nos pueden ir bien o mal a partir de ahora, pero también sé que, el hecho de que después de tantos años estemos manteniendo esta conversación, significa que es muy probable que salga bien, porque no he dejado de quererla ni un solo minuto en todo este tiempo y, encima, he tenido la gran suerte de que ella también me siga queriendo, pese a todo lo que ha sufrido.

Aprieto su mano por debajo de la mesa y deposito un beso en su mejilla. Parece superseguro de todo lo que acaba de decir y sé que es así, que siente cada palabra que ha salido de su boca, pero, al acercarme, también lo noto nervioso, casi tiembla.

—Me alegra mucho oír eso, Rubén —continúa mi padre con un tono mucho más apacible. Hasta sonríe un poquito—. En cuanto a todo lo demás, estaré encantado de ayudarte a buscar un piso aquí, echarte una mano con la mudanza y con todo lo que necesitéis los dos. Tampoco me importará que vengas a comer los domingos a nuestra casa, incluso compartir contigo el carnet de socio si en alguna ocasión te apetece ir a Anoeta para ver a la Real. Ahora, como vuelva a ver sufrir a mi hija...

Podríamos decir que es un paso. Pequeño y en diagonal, pero es un paso. Tal vez mi padre algún día acabará admitiendo su culpa en toda esta historia, como hemos hecho nosotros. Desde hace algún tiempo no le guardo rencor. Metió la pata cegado por el instinto de protección insano que siempre ha sentido hacia mí, y sé que ha intentado aprender a aflojar el amarre, pero le queda mucho camino por recorrer. Aunque siempre seré su pequeña, he aprendido a volar sola.

—¡Y aprended a usar los condones, insensatos! —añade mi hermano como colofón, a lo que mi padre responde dándole una buena colleja.

Justo en ese momento, aparece el camarero con una ronda de chupitos que nos viene de lujo para aparcar la conversación. Brindamos y nos los bebemos de un trago. En cuanto mi madre deja el vasito en la mesa se pone a trastear con su móvil. Me parece rarísimo que haya estado tan calladita.

—*Ama*, ¿qué haces con el móvil?

—Escribir a la madre de Rubén —dice sin levantar los ojos de la pantalla—, la estoy poniendo al corriente de todo. Poneos bien juntitos, que le voy a mandar una foto también.

Rubén y yo nos pegamos, sonrío, él posa sus labios en mi sien y mi *ama* dispara.

Hora y pico después, salimos de La Perla, nos despedimos de mi familia y paseando de la mano por La Concha nos dirigimos al Boulevard.

—¿En qué hotel te alojas? —pregunto.

—En el Parma.

—Vale. —Intentando orientarme, miro a mi alrededor—. Si no me equivoco, está en el paseo Salamanca, junto a lo viejo. Puedo acompañarte...

—Sé dónde está, he pasado por allí para dejar el equipaje antes de ir a buscarte. Pero no vendrás solo a acompañarme, ¿no?

—Como tú quieras...

Se detiene en mitad del paseo y me rodea la cara con sus manos.

—Se acabaron las dudas, Maider.

Contengo la respiración y lo miro a los ojos.

—Quiero que tengas muy claro que soy el gilipollas de turno lo suficientemente valiente para quererte.

-—Vaya. —Aprieto los labios para no sonreír—. Bonita manera de declararte.

—Déjame que lo intente de nuevo, ¿vale?

Resopla y me sonríe con un toquecito de timidez.

—Quiero ser tu invierno.

Es la declaración más especial del mundo, sobre todo, tratándose de nosotros.

—¿Y cuando llegue la primavera?

—Me convertiré en tu primavera. Y antes de que me preguntes por el otoño...

—¿Y cuando vuelva el verano? —le interrumpo.

—Seré el mismo gilipollas, pero sin abrigo y en pantalón corto.

—¿Tú sabes que en Euskadi el verano es anecdótico?

—Si estamos juntos siempre será verano, como todos esos veranos que hemos compartido.

—No va a ser fácil.

—Ese solo será mi problema.

Epílogo 1

Maider

Bajo las escaleras pegando brincos y cuando llego al portal me paro frente al espejo. El pelo me ha crecido bastante, tengo las mejillas sonrosadas y juraría que cada vez me están saliendo más patas de gallo. Es lo que tiene sonreír. Es lo que tiene ser feliz. Es lo que tiene estar con Rubén. Es lo que tiene disfrutar de lo mejor del Mediterráneo en el Cantábrico.

Abro la puerta y el aire templado pero húmedo de la Zurriola me revuelve la melena. Rubén está apoyado en la barandilla enfrente de mi portal, mirándome. Tiene el coche aparcado en doble fila.

Se me acerca, no me ha dicho ni «Hola» y su boca se apodera de la mía.

Solo llevamos juntos año y pico y ya nos hemos convertido en ese tipo de parejas que no dejan de tocarse siempre que están juntos y aprovechan cada pequeña oportunidad para meterse mano o besarse. Supongo que es lo que ocurre después de haber pasado tantos años luchando por una relación: no queremos perder más el tiempo. Sin embargo, todavía no vivimos juntos, vamos avanzando poco a poco y conociéndonos en esta nueva etapa de nuestras vidas, aunque eso no quita para que cada semana yo duerma más noches en el piso de Rubén que en el de mis padres. Sé que no tardaremos mucho más en dar el paso, de hecho, me ha sorprendido bastante que Rubén no haya insistido, pero también es verdad que cada vez nos resulta más complicado establecer la frontera entre vivir juntos y no hacerlo. ¿Cuánta ropa tienes que tener en casa de otra persona para que se considere que vives con ella? Porque el armario de casa de mis padres está prácticamente vacío. ¿Cuántos libros te tienes que llevar? ¿Dónde recibes los paquetes?

—¿Qué tal el vuelo? —le pregunto en cuanto nos separamos un poco.

—Como siempre, bien. La clave no es más que aterrizar tantas veces como despegas. Es fácil si te ciñes a eso.

—Digo yo que habrás hecho algo más...

—Pensar en ti y en lo que hicimos la otra anoche, que es exactamente lo mismo que planeo hacer hoy.

También he descubierto que Rubén puede ser muy romántico. Es el típico tío que sabe soltar la frase perfecta en el momento idóneo. Aunque tal vez siempre ha sido así y yo no me había fijado por el tema ese de odiarlo, mantener las distancias y tal. Luego está el pequeño detalle de que también es muy sexual y los filtros le escasean de una manera preocupante. No es que me importe que amenace con hacerme el amor a cualquier hora y en cualquier sitio, me parece más que perfecto, sobre todo si cumple sus amenazas, pero a la gente que nos rodea no le suele gustar tanto. Especialmente a mi padre. Mi *aita* todavía lo lleva regular. Y eso que los comentarios de Rubén delante de él suelen ser más bien susurros, pero eso no quita para que vernos juntos y ser testigo de cómo nos tocamos le amargue la existencia un poquito. A mí me sigue mosqueando bastante la cuestión, más que nada porque mi querido hermano Unai no se corta un pelo a la hora de meterle mano a Sara, ni siquiera ahora que es padre. Por Dios, le pillé con las manos metidas en sus bragas en la cabalgata de la noche de Reyes en plena calle, con el cochecito de mis sobrinas como parapeto.

Pero el problema siempre será Rubén.

Las charlas que mi novio y mi *aita* han mantenido en los últimos meses mientras veían a la Real jugar en Anoeta han sido muchas y sé de buena tinta que mi progenitor se arrepiente de todo el daño que nos ha causado, pero también sé que en

574

el fondo sigue pensando que hizo lo correcto al intentar protegerme.

—Creo que el sexo de hoy tendrá que esperar —le digo a Rubén con una sonrisa.

—¿A qué hora llegan? —pregunta con interés—. Porque con quince minutos me sobra para hacerte gritar mi nombre, y, si me apuras, hasta mis dieciséis primeros apellidos.

Gemma y Óscar vienen de camino en avión, y Nagore y Xabi hace un par de días que están de *tour* por la costa de Bizkaia. A la eterna pregunta de si están juntos o no, la respuesta sigue siendo un no con la boca pequeña. Pero se llevan muy bien, son colegas y suelen pasar bastante tiempo juntos; tiempo que obviamente aprovechan para follar como locos sin más ataduras. Xabi consiguió quitarse de encima el proyecto con la ayuda de Rubén, que, por lo visto, le pareció que aplicar Matemáticas y Física a la Arquitectura era una soberana chorrada. Nada más terminar la carrera, empezó a trabajar en una constructora guipuzcoana. Nagore, en cambio, anda a la caza de un empleo; mientras tanto cubre sus gastos trabajando como azafata en el Kursaal y aprovecha el tiempo libre para estudiar ruso.

En cuanto a Gemma y Óscar, se han prometido, aunque todavía no han cerrado una fecha para la boda. Solo espero que Óscar esté informado y sepa de qué va el asunto, y, sobre todo, que Gemma consiga convencerlo de que «Así me gusta a mí», de Chimo Bayo, no puede hacer las veces de vals.

Hoy hemos quedado los seis para comer juntos y pasar el día en Donostia. Estoy tan nerviosa como ilusionada, no lo voy a negar.

Y es que esta va a ser la primera vez que mis dos mundos colisionarán.

Mi antigua vida en esta ciudad, mi nueva vida con Rubén y los amigos que nos acompañan desde la infancia.

Y es que ya no son sus veranos y mis inviernos, es nuestra vida en común.

Epílogo 2
Rubén

Donostia, 12 de agosto de 2010

Maider está alterada.

No conozco a una sola persona que se vuelva tan loca como ella haciendo las maletas. Me he sentado en el sofá y me limito a mirarla mientras corre por toda la casa buscando las chanclas que lleva en la mano. Podría decírselo, pero está la hostia de bonita siempre que se pone así de nerviosa, las mejillas se le encienden y habla sola en euskera. Es adorable, me recuerda a aquella chica que perdía los papeles con mis tonterías y que no era capaz de hilar una frase entera.

Maider siempre ha tenido ese rollo dulce e inocente aderezado con una seguridad en sí misma que se ha currado mucho. Cuando era un crío me parecía preciosa, después me volvió loco con sus curvas y con su carácter un tanto arisco, pero en cuanto me dejó conocer a la chica en la que se estaba convirtiendo, ese corazón tan enorme que tiene, caí rendido. Creo que me he enamorado de ella en cada etapa, cada día, cada verano, cada año...

No ha sido un camino fácil, pero estoy orgulloso de que hayamos ido construyendo una relación a nuestro ritmo, intentando entendernos y, por encima de todo, queriéndonos y apoyándonos como siempre debimos hacer. Ojalá su padre no hubiera intervenido de aquella manera entre nosotros, porque por mucho que Maider siempre diga que no le guarda rencor, sé que no lo ha perdonado del todo. Y ella no merece vivir con ese peso en el corazón. Además, una parte muy importante del problema fue nuestra propia inmadurez y la desconfianza.

Maider se vino a vivir conmigo año y pico después de que me mudara a Donostia, cuando ambos estuvimos seguros de querer dar ese paso. Todavía no hemos colgado los cuadros ni tenemos cucharillas, pero nuestro piso ya huele como un hogar. He descubierto que la convivencia tiene sus cosas buenas: despertarme pegado a ella, desnudos o arrancándole el pijama de franela; compartir un Cola Cao por las mañanas —sí, he acabado abandonando la Coca-Cola—; ausentarme unos días para volver aún con más ganas a su lado; los domingos por la tarde tirados en el sofá odiando juntos los lunes; los paseos al amanecer por la playa con Luna, que según Maider, ya habla un euskera mucho más fluido que el mío; hacer el amor y follar como locos dependiendo del día... He de admitir, sin embargo, que vivir juntos también tiene algunas cosas no tan buenas. Nuestra relación se ha convertido en un verano eterno al sol, pero es inevitable que de vez en cuando aparezca alguna nubecilla en el horizonte, aunque la verdad es que, en el balance final, no importan, porque solo he acabado queriéndola más con cada detalle, cada ventolera que le da y cada manía.

Cuando pasa por séptima vez delante de mí, la agarro de la mano y la siento en mi regazo.

—Solo es una maleta, Mai.

—En realidad son tres. La tuya, la de Luna y la mía.

—La mía está hecha desde ayer. No necesito más que unos cuantos bañadores y las chancletas.

—Claro, tú solo necesitas eso, pero alguien tiene que llevar toallas, cremas para el sol, ropa de cama...

—Todo eso se lo podemos pedir prestado a mi madre.

Se lo piensa unos instantes y acaba asintiendo. Sus labios se entreabren un poco y suspira con lentitud. Quiero comerle la boca. Siempre quiero comerle la boca y la verdad es que no sé por qué no lo hago ahora mismo. Podría pasarme la vida pegado a sus labios y solo con eso sería más que feliz.

Opto por acariciarle la mejilla y recoger uno de sus mechones detrás de su oreja.

—Cada vez que volvemos al camping me pongo nerviosa —dice con una timidez que me vuelve loco; me gusta que siga sintiendo esa emoción por volver al sitio donde empezó todo esto, por volver a la que un día fue mi casa. Porque ya no lo es. Mi hogar siempre será ella. Sin embargo, en cuanto podemos, hacemos un viaje relámpago a Benicàssim buscando el sol tan esquivo en Euskadi.

—¿Has quedado con tu novio allí o qué? —Le tomo el pelo como hago siempre.

—Sí, me estará esperando en el bar.

—¿Y te pondrás un tanga negro y fingirás que se te ha enganchado la falda para que te lo mire?

Todavía se pone roja y se echa a reír. Cuando mi chica se ríe, aunque llevemos tantos años juntos, el estómago se me pone del revés. Es lo más hermoso que existe. Me dan ganas de escribirle sonetos, aunque con ello solo consiga que todos los poetas muertos se levanten de sus tumbas y vengan a buscarme para darme una buena paliza. Pero lo que cuenta es ella, todo lo que me hace sentir y la necesidad que tengo de hacérselo saber cada día.

—Esta vez no llevaré ropa interior —dice coqueta.

—Así que planeas ponerme los cuernos con él.

—En cuanto te despistes.

—Prefiero que me dejes mirar.

—Ay, Rubén. Eres un pervertido...

Me da una palmada en el hombro y se ríe de nuevo. Creo que no hay nada más satisfactorio que ser capaz de desarmar a tu novia después de tantos años.

—Nunca empieces un juego que no puedas seguir.

—No aprendo.

—Tú no aprendes y yo no me rindo.

—Cierto.

Rodeo su cara con mis manos y deposito un beso en su boca; estoy preparado y dispuesto a hacer mucho más que eso, como siempre, pero ella me detiene.

—Rubén, tenemos que terminar con el equipaje y además...
—Introduce las manos en el bolsillo frontal de la sudadera rosa que lleva puesta y observo cómo trajina con algo que tiene escondido.

—¿Qué llevas ahí?

Intento colar mis manos, pero no me lo permite. Se pone en pie de un salto y me mira ¿con miedo? No entiendo qué es lo que está pasando y me preocupo al instante.

—¿Qué sucede, Mai?

No me responde, se limita a sacar la caja que tenía escondida en el bolsillo de la sudadera y me la entrega. Tardo un par de segundos en deducir lo que el contenido de esta caja significa para ella, para mí y para nuestra relación, hasta que de pronto comprendo a la perfección ese miedo que acabo de ver en su mirada.

—¿Estás segura? —pregunto con cautela.

—No, ese es el motivo por el que lo he comprado. —Pone los ojos en blanco y aunque intenta fingir normalidad, no me la cuela.

—¿Y a qué estamos esperando? —Agito la caja entre mis dedos y le sonrío, primero, porque estoy ilusionado y, segundo, porque quiero que sepa que, pase lo que pase, puede estar tranquila, esta vez estoy donde me corresponde estar: a su lado.

—Supongo que esperaba a tener un momento para hacerlo juntos.

—Esos momentos no se esperan, Maider, se buscan.

Me levanto del sofá con decisión y le ofrezco mi mano. Caminamos juntos hasta el baño y le concedo unos minutos de intimidad que me paso recorriendo el pasillo arriba y abajo. Sé que un resultado positivo nos va a lanzar de cabeza a la más absoluta felicidad, sobre todo, porque esta vez ha sido buscado. Un resultado negativo, en cambio, nos meterá en un terreno desconocido para ambos, pero no me preocupa, nuestra relación puede con cualquier contratiempo que se nos presente en mitad del camino.

Cuando vuelve a salir, nos sentamos de nuevo en el sofá y

cojo su mano entre las mías mientras esperamos a que dos rayas marquen nuestra vida.

O no.

Sea como sea, nunca soltaré su mano.

Nota de la autora

En pleno 2023 nos parece que la píldora del día después lleva toda la vida con nosotras, pero no es así. En España se empezó a dispensar en 2001 (aunque antes ya existían otras soluciones similares), sin embargo, aun cuando se suponía que habíamos avanzado, en algunos casos la pastilla vino acompañada de juicios de valor gratuitos y mucha desinformación.

Mientras me documentaba para escribir esta novela, tuve la suerte de conocer de primera mano varias historias parecidas a la de Maider. Tantas y tan diversas que fueron una sorpresa en muchos aspectos. Por un lado, me alegró infinitamente que la trama consiguiera conectar con las vivencias reales de tantas chicas, pero, por otro lado, me entristeció saber lo mucho que tuvieron que aguantar y sufrir algunas de ellas en soledad. Por eso, mi intención no ha sido juzgar las decisiones de nadie ni abogar por ninguna opción en concreto. Solo he querido plasmar la experiencia de una mujer cualquiera, con su realidad particular y sus miedos, y la importancia de poder decidir con absoluta libertad sobre su cuerpo y su vida.

Además de eso, he sido todo lo fiel que he podido a los noventa y dos mil, pero me he tomado alguna pequeñísima licencia. Y debéis saber que cualquier parecido de los personajes y de sus situaciones con personas reales, vivas o muertas, son fruto de la casualidad.

Agradecimientos

A Aránzazu Sumalla, mi editora: si no fuera por ti, esta novela seguiría viviendo en un cajón. Gracias por haberme dado esta gran oportunidad y por acompañarme en el camino. Ni la novela ni yo podríamos estar en mejores manos.

A todas las personas que se dedican a hacer magia con cada novela en Penguin Random House, un gracias enorme. Y a Anna Bellvehí por la preciosa ilustración de la cubierta y el Frigopie ♥. (¡¡Tengo un Frigopie en la cubierta!!).

A Sofía Di Capita, mi agente, por toda la ilusión y el apoyo que me has demostrado desde el minuto cero (¡incluso pidiendo más de Rubén y de Maider!), y a todo el equipazo de la agencia Antonia Kerrigan. Hacer esto sola da mucho miedo, pero con vosotras a mi lado, ha sido mucho más fácil.

A Lucía, mi *worstie*, la culpable de todo, un *milesker* gigante aderezado con mucho cariño.

A Lorena, *gatita*. Me encanta que siempre que lees algo escrito por mí me digas: «Y se comen la boca». Te costó enamorarte de Rubén, eras la resistencia, pero ¿al final qué, *bestie*? Acabaste llorando conmigo cuando escribí la palabra fin. Espero que se hayan comido la boca tantas veces como a ti te gustaría, aunque no lo hayan hecho desde el primer párrafo. Ya sabes, había que sostener la tensión y esas cosas.

Al Duque de Marín, gracias por toda la música tecno, trance y dance chunga que le has aportado a esta novela. Sobre todo, la versión de «Heaven». ¿Qué necesidad había, eh? Gracias también por las traducciones al euskera :-P

Marta y Laura del Rincón de Marlau. Espero que Laura haya sabido guardar nuestro secreto. Os estoy más que agradecida por todo lo que me habéis ayudado/acompañado/apoyado en este proyecto.

A María Martínez, por ser siempre tan amable y hacerme tan fácil la transición de fan loca a compañera. A Jon Azkueta, por ese acento bizkaitarra tan goxo y esos audios por fascículos. Y a Paula Ramos, la reina del hype innecesario (y cruel), por «echarle un vistazo» a esta novela y comerse 80 páginas de golpe.

A Lorena R., porque detrás de ese disfraz de iceberg se esconde una persona maravillosa. Fría como ella sola, pero maravillosa. Y *májica*. Poder abrazarte fue una de las mejores cosas de 2022. Ojalá pueda verte pronto.

Maru, la tiquismiquis y tocapelotas más adorable del mundo. Por mucho que vayas de borde, ambas sabemos que en el fondo eres una blandengue. Gracias por estar ahí desde el principio. Y que lo sepa el mundo: lloraste con esta novela.

Gemma, valenciana de nacimiento, pero vasca de espíritu, *eskerrik asko* por ayudarme con el valenciano. *Onena zara.*

Olivia, mi chica Roxette, la mujer con el acento más dulce de todo el país. Tu optimismo es contagioso, casi tanto como esa manía que tienes de cantarme a diario. Gracias por estar siempre tan cerca.

Todas esas amistades que siempre están a un audio de distancia: Amanda (más que audios, lo tuyo son podcast, piénsate lo de meter publi de Mercadona), Alba (Cazadora de libros), Juan Vorágine, Lara, Clau, Marisa, Sagrario (AKA Maider), Susana, Yesenia, Nieves, Meg Sternworth y Laure, Virginia y Cris, Maialen Aranguren, Garazi Etxebarria y Lady Irene.

Mis Sonia y Selena particulares: Silvia Moreno y Carmen Barbeito. ¿O era al revés?

Conchi, una pieza muy importante en este camino de la escritura.

Silvia Sancho, aunque sigamos con el culo apretado, lo hemos conseguido, amiga.

Ana Cantarero y Álvaro, el señor del sonido: que sepáis que hemos perdido una oportunidad cojonuda de hacer un retorno de Gintonizadas por todo lo alto con el funeral de Lilibeth.

A mis compañeras en el mundillo literario Elsa García, Cristy Molokai, Elena Garquin, Belén Urcelay y Susanna Herrero.

A Iker Garmendia y Julen Irazoki por su paciencia y buen hacer.

A mi *koadrila*. Especialmente a Edurne, por sus audios demasiado cortos; a Gorane, por el peinado más molón de la historia para la foto de autora; y a Maialen, por ayudarme con el perfil laboral de Maider.

A Laura Garciandia, por ese arte que tiene sin usar la escopeta de maquillar de Homer Simpson y dejarme la hostia de resultona.

Arantza, Kris (con K), Nerea, Sandra y especialmente, a Irene por esa *fucking photo* que te cagas de chula que me ha hecho. *Milesker, ekipo!*

A David López, amigo de la infancia y excamarero en la discoteca K'Sim, y a José. Gracias por haberme hecho un *tour* virtual vía audio tan detallado. Sigo sin tener una explicación para la foto de tu padre y el mío disfrazados de lo que fuera. Los ochenta fueron muy turbios...

Ana Sánchez, no sabría decir en qué año nos tocó ser vecinas de parcela, pero lo nuestro sí que es una amistad que salta las barreras del tiempo y la distancia. Gracias por ayudarme a pasear a la abuela. Que dios la tenga en su eterna gloria XD.

Al señor Goikoetxea, por ser un poco Xabi, un poco Óscar y otro poco Mónica Naranjo, y por haber vuelto a mi vida veinte años después. Se te echaba de menos.

Al señor Tárrega: me alegra que te hayas echado unas risas recordando tu juventud (aunque todavía la estés viviendo con tus nuevos veinte). Un abrazo para ti y otro aún más grande para Sandra, que me cae mejor que tú.

A Yaiza, sexóloga en Universo Pórnico, un gracias enorme por guiarme con Maider y abrirme los ojos en cuanto a que, por mucho que la novela esté ambientada en los noventa, todavía hoy en día nos queda mucho camino por recorrer.

Laura Ferreiro, sobrecargo de Vueling y loca de los gatos en sus ratos libres, gracias por tanto. Sobre todo, por las fotos de operarios de Lufthansa. Tú sí que sabes hacer feliz a una escritora.

Al comandante Alberto García, el primer oficial Nacho Puertas y José Padilla, un millón de gracias por esas entrevistas improvisadas en pleno vuelo en las que me contasteis cómo han sido vuestras carreras en el mundo de la aviación. No os podéis hacer una idea de lo que me habéis ayudado a crear el perfil laboral de Rubén.

A mi familia. A todos. Pero en especial a Gaizka, por hacer las veces de lector cero y analizar tan a fondo esta novela. Espero que sigas cantando Shakira, cuñadito.

A Mikel y Luna, mi equipo. Sin vosotros no habría ni inviernos ni veranos (ya, ya sé que vivimos en Euskadi y que el verano no es más que un día soleado al año). Gracias por estar a mi lado siempre, por vuestro apoyo incondicional, por hacerme la cena y no avisar al psiquiátrico cuando me río sola escribiendo. Os quiero. A los dos. CASI por igual.

Y, finalmente, a todas mis lectoras un GRACIAS gigantesco (Grijalbo no me ha permitido que fuera un neón rosa que parpadea...) por seguir a mi lado y apoyarme siempre. Esta aventura sin vosotras no sería lo mismo.

Revive los veranos de Maider y Rubén a través de sus canciones y apréndete la banda sonora de *La Sirenita* 😆